Gisa Klönne, geboren 1964, lebt als Schriftstellerin, Schreibcoach und Yoga-Lehrerin in Köln. Bekannt wurde sie mit ihren Kriminalromanen um die eigenwillige Kommissarin Judith Krieger. Die Reihe wurde in mehrere Sprachen übersetzt und unter anderem mit dem Friedrich-Glauser-Preis ausgezeichnet. Ihr autobiografisch inspirierter Roman «Das Lied der Stare nach dem Frost» war ein SPIEGEL-Bestseller. Ihre Bücher erreichten eine Gesamtauflage von über einer halben Million.

www.gisa-kloenne.de

«Tief empfunden, genau beobachtet, toll geschrieben.» *(Donna)*

«Wie kann man aussprechen, was man jahrzehntelang verschwiegen hat? Die beiden Perspektiven von Franziska und Heinrich entfalten sich mit Zartheit und Wucht und stellen die Fragen unseres Lebens.» *(Emotion)*

GISA KLÖNNE

FÜR DIESEN SOMMER

ROMAN

ROWOHLT TASCHENBUCH VERLAG

Veröffentlicht im Rowohlt Taschenbuch Verlag, Hamburg, Juli 2023
Copyright © 2022 by Rowohlt Verlag GmbH, Hamburg
Zitate auf den Seiten 163 sowie 191 aus: Alfred Brehm,
«Brehms Tierleben. Säugetiere. Band 7: Zahnarme – Beuteltiere –
Gabeltiere – Einhufer», 1927, Herausgeber: Adolf Meyer
Covergestaltung FAVORITBUERO, München
Coverabbildung Kim Reuter
Satz aus der Fournier
bei Pinkuin Satz und Datentechnik, Berlin
Druck und Bindung GGP Media GmbH, Pößneck
ISBN 978-3-499-00679-1

Die Rowohlt Verlage haben sich zu einer nachhaltigen Buchproduktion
verpflichtet. Gemeinsam mit unseren Partnern und Lieferanten setzen
wir uns für eine klimaneutrale Buchproduktion ein, die den Erwerb von
Klimazertifikaten zur Kompensation des CO_2-Ausstoßes einschließt.
www.klimaneutralerverlag.de

Für meinen Vater,
der auch am letzten Tag
einen Baum pflanzen würde.

KOMMEN

SIE STEHT VOR DER TÜR ihres Elternhauses und denkt, dass sie noch nicht geklingelt hat und also einfach wieder gehen könnte, und dann wäre zwar nichts gewonnen, aber auch nichts verloren. Sie hebt die Hand zur Klingel und weiß im selben Moment wieder, wie es war, diesem Haus den Rücken zu kehren und zu rennen, geduckt und auf Zehenspitzen hinter der Hecke, lauf schnell und lauf weit und bloß nicht zurückblicken. Und sie weiß wieder, wie es gewesen ist, auf der anderen Seite im Haus an die Klinke zu fassen und die Tür aufzureißen. Wie wichtig ihr das gewesen ist früher, sobald der melodische Dreiklang der Klingel ertönte, als Erste die Haustür zu erreichen, schneller als Monika und ihre Eltern. Das Kind, das die Tür öffnen wollte, ist sie gewesen. Ihr hell schlagendes Herz, ihre fliegenden Schritte auf den blanken Fliesen, und dann stand da doch wieder nur Edith Wörrishofen und wollte Mehl borgen oder Zucker, oder eine andere Nachbarin hatte etwas auf dem Herzen, oder der Kartoffelmann kam oder der Postbote.

Die Haustür ist aus dunklem Holz, der Türknauf aus Messing, blank gewetzt von den vielen Händen, die ihn im Lauf der Jahre, Jahrzehnte berührt haben. Thomas hat behauptet, sie hätte noch einen Hausschlüssel, da sei Monika sich ganz sicher, aber das stimmt nicht, oder falls doch, steckt dieser Schlüssel irgendwo in den Untiefen eines Umzugskartons in Niedenstein und hilft ihr hier und jetzt also nicht weiter. Heinrich Roth steht in geschwungener Gravur auf dem Klingelschild, der Name ihres Vaters, seit eh und je nur sein Name, auch wenn sie hier einmal zu viert gewohnt haben und dann, er und ihre Mutter, zu zweit. Jetzt stimmt es also endlich, denkt sie und wünscht sich, auch ihre Mutter wäre noch dort drinnen, wünscht sich, sie würde herbeieilen, die Arme ausbreiten und sagen, *komm rein, Zissy, schnell, lass dich anschauen, ich hab dich so vermisst, dünn bist du, mein Mädchen, wie schön, dass du da bist.* Sie ist wieder sieben und siebzehn und seltsamerweise auch weit über siebzig. Alles ist sie, nur nicht eine Frau Anfang fünfzig mit einem Rucksack, der an ihrem Rücken klebt und auf einmal zu schwer wiegt. Sie hätte wohl doch Blumen mitbringen sollen. Pralinen, Wein, irgendetwas. Es würde nichts ändern, aber immerhin wäre es eine Geste, und sie hielte etwas in den Händen. Hier, für dich, Papa, nimm und verzeih mir, lass uns noch einmal anfangen.

Sie klingelt. Ding-dang-dong. Hell-dunkel-dunkler. Gedämpft kann sie das durch die Tür hören. Stille danach, eine veränderte Stille, so scheint es, als würde das Haus erwachen, den Atem anhalten und lauschen. Die Geister sind das. Erinnerungsgeister. Ihr Vater im Trainingsanzug, juvenil und dynamisch. Monika und sie in ihren selbst geschneiderten, sorgsam gebügelten Kleidchen. Ihre Mutter Johanne in dem Morgenmantel mit den Orchideen, die ihnen die Schulbrote in die Ranzen steckt, sie zum Abschied küsst und ihnen nachwinkt und dabei immer ein wenig erstaunt wirkt. Als ob sie nicht glauben könnte, dass es sie wirklich gibt, diese beiden Töchter mit den strammen Zöpfen, als ob sie nicht fassen könnte, dass sie heranwachsen und auf einmal ohne sie aus dem Haus eilen.

Die Strumpfhosen hat sie gehasst, weil die nie richtig im Schritt sitzen blieben, sondern zwickten und kratzten. Die Kniestrümpfe waren kaum besser. Luft an der Haut wollte sie, die nackten Zehen ins Gras drücken können, jederzeit, immer, in Sand, Schlick, Matsch oder auf warmen Asphalt, dieses Gefühl der Verwegenheit auskosten, das damit einherging.

Franziska klingelt noch einmal, energischer diesmal. Nichts regt sich im Haus, der Nachmittag brütet stumm auf den Dächern und Dorfstraßen. Was, wenn ihr Vater entgegen Thomas' Versicherungen gar nicht da ist? Oder wenn er sie längst gesehen hat und nicht vorhat, ihr zu öffnen? Oder wenn er ihr nicht aufmachen kann, weil er dafür zu schwach ist. Was ist, um Himmels willen, wenn er tot ist?

Im Garten könnte ihr Vater sein und die Klingel nicht hören, es wird ja nicht besser mit seinen Ohren, und er war immer gern draußen. Franziska löst den Hüftgurt ihres Rucksacks, lässt ihn zu Boden sinken und lehnt ihn an die Hauswand. Das T-Shirt haftet an ihren Schultern, den Hüften, dem Rücken, ihre Füße fühlen sich an, als wären sie mit ihren Sneakern verwachsen. Dieselben Sneaker, die sie vor zweieinhalb Jahren getragen hat, plötzlich fällt ihr das auf. Dieselben Sneaker, derselbe Rucksack, nur durchweicht vom Schnee damals, und ein bisschen neuer.

Du bist zu spät, Franziska, Mutti ist heute Morgen gestorben. Monika, die ihr das gesagt hat, das Gesicht bleich und verquollen. *Du bist zu spät, Franziska.* Sie hat so gefroren.

Wie viel Grad mag es jetzt sein? Über dreißig bestimmt. Keine Wolke am Himmel, der trotzdem nicht richtig blau ist, sondern blass, als wäre die Farbe ausgebleicht worden. Anfang Juni erst und seit fünf Wochen kein Regen. Oder schon seit sechs? Das hat sie sich nicht vorstellen können, als sie in den 80er-Jahren gegen das Waldsterben demonstrierte: dass die Natur nicht am sauren Regen zugrunde gehen würde, nicht am Ozonloch oder an den Rodungen für die Autobahnen und Straßen, die ihr Vater so leidenschaftlich plante, sondern einfach in diesen nicht enden wollenden Schwimmbad- und Biergartensommern vertrocknen.

Wir hatten doch recht damals, aber ihr wolltet nicht auf uns hören. Wie nutzlos das ist, so zu denken oder das gar zu sagen. Drei Wochen lang soll sie bleiben. Drei Wochen sind so gut wie nichts, gemessen an einem ganzen Leben, selbst dann, wenn ihr Vater sich weiterhin weigern sollte, mit ihr zu sprechen, kann sie die überstehen.

Sie folgt dem Trittpfad aus Sandstein zur Rückseite des Hauses. Die Terrasse wirkt verwaist, der Garten verwildert. Das Gartenhaus gibt es noch, die Obstbäume und die Walnuss und die Wiesen gleich hinter dem Garten. Dorfende. Weltende, so kam ihr das früher vor. Unter dem Vordach des Gartenhauses haben sie in den Julinächten gesessen und die Leuchtkäfer beobachtet. Später ist sie manchmal allein durch das Gartentor auf die Wiesen getreten und hat versucht, sich die Unendlichkeit vorzustellen und dass die Erde darin nur eine Steinkugel ist, auf die es nicht ankommt, ein winziger Splitter im Universum nur, der irgendwann einfach wieder vergehen wird.

Zwei Hühner stolzieren durch den Nachbargarten zum Staketenzaun und glotzen zu ihr herüber. Ein schwarzes und ein weißes. Auch der Hühnerstall steht an seinem Platz, vielleicht gibt es die schrullige Edith Wörrishofen ja auch wieder.

Beschreiben Sie Ihren Vater. Wenn man sie das fragte, was würde sie erwidern? Obwohl er persönlich nichts gegen Hühner hatte, sie sogar mochte, versuchte er, seiner Nachbarin die Hühnerhaltung zu verbieten, denn das Glück unserer Mutter ging ihm über alles, und die konnte das Scharren und Glucken mit jedem Jahr weniger gut ertragen. Wenn er uns früher die Haustür öffnete, sagte er manchmal: *Wir geben nichts*, und da uns Mädchen das kränkte, behauptete er, dass er doch nur Spaß mache. Er hat uns für den Nachtflug der Glühwürmchen begeistert, aber strikt verlangt, dass wir sie Leuchtkäfer nannten, weil sie biologisch gesehen nun einmal zur Gattung der Käfer gehören. Er wollte die Welt vermessen, jede Erhebung, jeden Bachlauf, exakt bis in den Millimeterbereich, als wäre dies die einzige Chance, sich zu orientieren, er fand, es sei wichtig, die Welt so zu ordnen. Ich bin mit ihm gelaufen, durch den Wald, viele Male, dabei waren wir uns ganz nah, und manchmal, ganz selten, wenn ich schnell genug rannte, vergaß er seine Stoppuhr und die zuvor sorgfältig ausgetüftelten Routen, und etwas in seinem Gesicht wurde freier. Ich kann nicht exakt beschreiben, woran ich das damals eigentlich festgemacht habe, warum ich überhaupt ‹frei› dachte, wo doch frei so ein großes Wort ist, das noch dazu gar nicht zu ihm passte. Vielleicht war es ein bestimmter Zug um seinen Mund oder etwas in seinem Atem, aber in jedem Fall schien es mir unverkennbar, jedes Mal, wenn es eintrat. Und ich dachte dann, dass dieses Freiheitsgefühl wohl der wirkliche Grund war, warum wir so viel rannten, ja dass mein Vater womöglich überhaupt nur zum Läufer geworden war, um diese Freiheit zu finden, dass er sie nur so fühlen konnte. Und heute denke ich manchmal, dass wir uns darin gleichen.

Franziska wendet sich zum Haus um. Sneakerschritte auf Sandsteinplatten. Irgendwo über ihr singt eine Amsel, weit entfernt rauscht die Schnellstraße, und ihr Herz schlägt zu laut, als sie sich der Terrassentür nähert. Was, wenn sie wieder zu spät kommt, wie soll sie das aushalten? Die Terrassentür ist verschlossen, der Blick ins Haus von den Spitzenstores ihrer Mutter verhängt. Nur im Arbeitszimmer ihres Vaters gibt es keine Gardinen, und im Erkerfenster erkennt sie wie eh und je seine Ferngläser, den Theodolit und das Tachymeter. Franziska tritt näher. Ihr Vater sitzt mit geschlossenen Augen in seinem Sessel, er atmet, und Thomas hat offenbar nicht übertrieben: Ihr Vater wird wunderlich auf seine alten Tage. Auf seinem Schreibtisch, dem Sideboard, sogar zu seinen Füßen stapeln sich Skizzen von Ameisenbären.

*

SEIN PROBLEM MIT DEM STERBEN IST, dass es keine verlässlichen Informationen darüber gibt, was danach kommt, weil ja, wer erst einmal tot ist, nicht wieder zurückkehren kann, um darüber zu berichten. Eines seiner Probleme mit dem Sterben ist das, und aktuell das, was ihn am meisten beschäftigt. Natürlich hat er sich umfassend informiert. Das Internet wimmelt nur so von Berichten von Menschen mit Nahtoderlebnissen, die angeblich schon auf der anderen Seite gewesen sind. Die Geschichten ähneln sich auf verdächtige Weise. Immer handeln sie von Tunneln und Lichtern und bereits verstorbenen Angehörigen, die an der Himmelspforte bereitstehen, um ihre durchweg schmerzlich vermissten Familienmitglieder mit weit offenen Armen zu empfangen. Der Tod wird auf diese Weise zu einer Art Reset verklärt. Alles nicht so schlimm, man stirbt und erwacht wieder im Kreis seiner Liebsten und Nächsten, nur ohne lahme Beine, Falten und graue Haare. Reiner Mumpitz natürlich, und selbst wenn so etwas doch geschehen könnte, würde das allein schon aus logistischer Sicht nichts als Chaos bedeuten. Denn wo bitte wollte Gott (wenn es denn einen Gott gäbe, was Heinrich bezweifelt) die Reißleine ziehen, bei welcher Generation der Verwandtschaft, bei Darwins Affen? Und was ist mit all jenen Familienmitgliedern, denen man schon zu Lebzeiten lieber aus dem Weg ging? Seine Mutter, seine Frau und er selbst, auf immer und ewig in trauter Dreisamkeit vereint und Loblieder trällernd, ist für ihn beispielsweise eine alles andere als paradiesische Vorstellung.

Aber ein solches Szenario muss ihn nicht bekümmern, denn mit seinem letzten Atemzug – zu diesem Fazit ist er nach Auswertung aller verfügbaren Daten und Fakten zum Thema Tod und Sterben gekommen – wird der irdische Spuk verlässlich und ein für alle Male vorbei sein. Falls ihn im Ableben doch noch irgendein Licht blenden sollte, wäre dies allein einer allerletzten

Kapriole seiner Nerven geschuldet. Ein Blitz noch und Schluss, aus, Ende, Blackout. Danach kommt nichts mehr.

Jemand lacht. Eigentlich ist es mehr ein Schnauben, trockenkehlig und heiser. Seine Mutter ist das. Eine jugendliche Version seiner Mutter im paillettenbesetzten Abendkleid mit Federboa, Champagnerkelch und Zigarette, nicht die verbitterte Alte, die er vor Jahrzehnten in einem gottverlassenen Kaff in Brandenburg zu Grabe getragen hatte. Und weil ihm dieser Umstand nur allzu deutlich bewusst ist und seine Mutter dennoch provozierend die Augen rollt und die Hüfte schwingt und Rauchkringel in die Luft bläst, muss er wohl träumen. Und richtig, sobald er die Augen aufschlägt, löst sich die Varieté-Lilo gehorsam in Luft auf. Er muss also eingedöst sein in seinem Sessel, dabei wollte er nur etwas nachschlagen.

Tiere lebensecht zeichnen. Das Buch ist ihm vom Schoß gerutscht und auf seinem linken Fuß gelandet. Heinrich lehnt sich vornüber und legt es auf den Beistelltisch zu den neuerlich misslungenen Entwürfen, von denen ein paar, wie um ihn zu ärgern, vom Tisch rutschen und zu seinen Füßen hinabsegeln, die wie zwei Fremdkörper in den neuen Sandalen stecken, die Monika ihm gekauft hat. Weil die Klettverschlüsse so praktisch sind und sie angeblich ein famos gesundes Fußbett haben. Dabei hätten es seine alten durchaus auch noch getan, und von dem Fußbett hat er überhaupt nichts. Aber das hat er Monika lieber nicht gesagt, denn da hatten sie schon wegen dieser Sache mit der Kur gestritten. Fünf Tage ist das jetzt her, und bislang hat Monika ihm wohl noch nicht verziehen, denn sonst hätte sie sich aus ihrem Urlaub bestimmt schon gemeldet. Das hat er nicht gewollt, sich so im Unguten von ihr zu verabschieden. Aber das ist nun nicht mehr zu ändern. Er muss, was er sich vorgenommen hat, zu Ende bringen, denn eine bessere Chance als Monikas Ferienreise wird er nicht mehr bekommen.

Wird Monika das verstehen? Vielleicht nicht direkt, aber doch mit der Zeit. Sie wird womöglich sogar erleichtert sein und einsehen, dass er das einzig Richtige getan hat, und ihm dafür danken. Oder nicht? Das ist eine der Unwägbarkeiten bei seinem Vorhaben, er kann sie das nicht fragen, wird es also auch nicht erfahren, aber das muss er akzeptieren.

Ein Schatten streift sein Gesicht. Ein Schatten im Fenster, der eine Schattenhand hebt und ihm zuwinkt. Heinrich schüttelt den Kopf. Es hilft aber nichts, der Schatten ist immer noch da und klopft sogar an die Scheibe. Seine Tochter ist das. Seine andere Tochter. Franziska.

*

WIEDER STEHT SIE VOR DER TÜR ihres Elternhauses und wartet. Wieder verliert die Zeit jedes Maß, und irgendwo flötet noch immer die Amsel mit trotziger Inbrunst, als ob alles gut würde. Und vielleicht wird es das ja auch, sagt Franziska sich vor, es hat hier in diesem Haus, diesem Garten schließlich auch helle Tage gegeben. Helle Wochen sogar, wie im Leuchtkäfersommer. Sie wünscht sich auf einmal, sie würde noch rauchen. Nein, wünscht sie sich nicht, ganz bestimmt nicht, der eine Entzug reicht fürs Leben. Nur das Gefühl würde sie gern noch mal haben: den Tabak aufs Blättchen verteilen, den Filter davorstecken, dann drehen und anlecken und tief inhalieren. Das Pochen im Kopf und in der Lunge danach, diese Mischung aus scheiß drauf und alles noch möglich: die Liebe, der Weltfriede, die Rettung der Wälder, ihr Leben. Ihre Zuversicht, dass es zwar schwer werden wird und womöglich ein bisschen wehtun, aber sie doch auf dem richtigen Weg ist.

Etwas kratzt drinnen an der Tür, der Schlüssel knirscht im Schloss, schabt, dann schwingt die Tür langsam auf und stoppt sofort wieder, die Sicherheitskette spannt sich, durch den Spalt blinzelt ihr Vater und scheint zu überlegen. Ob er sie noch kennt, womöglich. Oder ob er die Tür besser gleich wieder zuschlagen sollte. Und wie in einem billigen Krimi schiebt Franziska reflexartig den Fuß in den Türspalt. Shakti, so nennen sie sie im Ashram. Die weibliche Kraft. Göttinnenkraft. Sie will lieber nicht wissen, wie ihr Vater das kommentieren würde. Und sie kann ihn sogar verstehen. In seiner Welt ist kein Platz für Hokuspokus wie Yogaverrenkungen und spirituelle Sinnsuche. Man schätzt die Natur, und man nutzt sie, weil sie dafür nun einmal da ist, und dann lebt man ganz einfach sein Leben. Man umarmt keine Bäume.

«Franziska, das ist ...»

«Darf ich reinkommen?»

«Wie bitte?»

«Darf ich reinkommen, Papa?»

«Ja, nun ...» Zögernd, fast widerstrebend, löst er die Sicherheitskette und gibt die Tür frei, und dann dauert es immer noch eine ganze Weile, bis sie eintreten kann, da sich sein Rollator im Schirmständer verkeilt und mühsam zurück an den dafür vorgesehenen Platz manövriert werden muss. Franziska hievt ihren Rucksack daneben. Dünn ist ihr Vater geworden, dünn und zerbrechlich. Er verschwindet, denkt sie, Thomas hat recht, man darf ihn nicht allein lassen.

«Schließ wieder zu, bitte. Zweimal die Tür, einmal den Riegel und vergiss nicht die Vorhängekette.»

«Aber es ist helllichter Tag!»

Er antwortet nicht, stützt sich stumm auf seinen Gehstock und wartet, und ihre Finger bewegen sich, ohne dass sie darüber nachdenkt. Das Rasseln der Kette, der Druck mit dem Handballen gegen das Türblatt, denn nur so lässt sich der Schlüssel ohne Probleme drehen.

«Und jetzt?»

Ihr Vater wendet sich um, schwankt ein wenig und stabilisiert sich. Als hätte er seine Mitte verloren und fürchte ins Leere zu treten, bewegt er sich vorwärts, hebt die Füße nicht an, sondern schiebt sie im Zeitlupentempo über die Fliesen.

Kein Geräusch sonst im Haus, nur dieses Schlurfen, das leise Klacken des Gehstocks, sein Schnaufen. An der Garderobe hängt noch der himmelblaue Popelinemantel ihrer Mutter. Auch ihren Regenschirm mit den Wolken gibt es noch und die Hüte und Halstücher und im Schuhschrank bestimmt ihre Schuhe. Und an der Wand gegenüber die Sammelteller mit den Rosen und auf der Telefonkommode das mit Samt ummantelte Telefon mit der Wählscheibe. 7893 Anna. Arturs Nummer weiß sie im selben Moment auch wieder. Die Darmstädter Vorwahl erst und sechs Ziffern, von denen drei eine Fünf sind. Denk nicht daran. Denk gerade jetzt nicht daran, Franziska. Das ist jetzt nicht das Thema.

Oder ist es das doch? Ist das alles untrennbar mit diesem Haus verbunden? Alles, was war und wovon sie einmal träumte, jeder Höhenflug, jedes Scheitern, sogar dieses letzte? *Heinrichs Termine, seine Medikamente, die wichtigsten Kontakte findest du in der Küche. Oben liegt Monis Packliste. Fang im Schlafzimmer an, nimm dir als Nächstes das Nähzimmer vor.*

Das Nähzimmer auch?

Es ist alles entschieden, Franziska. Mach einfach, was auf der Liste steht, und gut ist's.

Die Wände pulsieren und rücken näher. Das Haus riecht nach Staub, saurer Milch und etwas nicht unmittelbar Definierbarem. Die Dinge sind das, denkt Franziska. Tote Materie, Totems. Sie atmen und raunen. Sie warten. Ich kann sie hören. All diese Dinge, von denen man sich dringend trennen müsste, weil sie nur Energie binden.

Mit Packen kennst du dich doch aus. Das wirst du wohl hinkriegen.

Werde ich, klar, Thomas. Macht euch keine Sorgen.

Auf der Treppe ins Obergeschoss wölkt sich der Staub. Aus dem Wohnzimmer fällt ein Strahl Nachmittagssonne in den Flur, auch in ihm flirren Staubpartikel, dass es aussieht, als wollte ein schimmernder Geisterfinger auf etwas zeigen. Auf die Küche vielleicht, auf die ihr Vater sich zuschiebt. Franziska schließt zu ihm auf. Drei Schritte nur, dann muss sie schon wieder abbremsen, weil er stehen bleibt und seinen Gehstock an die offenbar zu diesem Zweck halb offen stehende Schublade der Anrichte hängt, die zu klobig für die Küche ist und zu dunkel und seit Uroma Friedas Tod trotzdem hier stehen muss.

«Ich koche uns dann wohl mal einen Kaffee.»

«Ich kann das machen, Papa, ich kenn mich ja aus.»

Er antwortet nicht, wirkt, als ob er sie nicht mal gehört hat. Schiebt sich in langsamen Unterwasserbewegungen entlang der Anrichte zur Spüle. Tastend, sondierend, ein Traumtaucher in seiner eigenen Tauchglocke.

«Papa? Setz du dich doch hin. Ich mache den Kaffee!»

Franziska schlängelt sich an ihm vorbei und greift nach der Kanne.

«Lass mich.» Er spricht nicht direkt zu ihr, eher zu den Abziehbild-Blumen, die Monika und sie vor sehr langer Zeit abwechselnd von den Spüliflaschen gelöst und auf die hellgrauen Fliesen geklebt haben. Rot-Lila-Orange. Immer schön mittig, nach den Anweisungen ihrer Mutter. *Das peppt unsere Küche doch ordentlich auf, Mädchen, oder?*

Es kostet ihren Vater offenbar Mühe, den Tank der Kaffeemaschine mit Wasser zu füllen, doch als sie versucht, ihm zu helfen, fasst er den Kannengriff fester. Dieselbe Maschine noch und dieselbe Kanne, das Glas ist blind von Kalk und Kaffeeresten, die

Warmhalteplatte hat bereits vor Jahrzehnten den Geist aufgegeben, aber ihre Mutter wollte nie eine neue, denn zum Warmhalten benutzte sie ja die Thermoskanne mit den blauen Blümchen.

Ihr Vater löffelt Kaffeepulver in die Filtertüte. Ein Maßlöffel. Pause. Noch einer. Pause. Und noch ein halber und die Dose verschließen. Vor seinem angestammten Platz an der Stirnseite des Esstischs steht die aufgeklappte Thermobox des Essen-auf-Rädern-Lieferdiensts mit seiner Mittagsmahlzeit. Dort, wo früher immer ihre Mutter gesessen hat – auf dem sogenannten Springerplatz mit dem Rücken zum Fenster –, stehen die Lieblingstasse ihrer Mutter und ein schmaler Krug mit einer roten Rose. Franziska tritt an den Tisch. Der Geruch des Essens steigt ihr in die Nase. Kartoffeln, Blumenkohl und ein halb aufgegessenes Stück totes Tier in glasiger Soße. Schwein oder Pute, was genau, ist nicht zu entscheiden, und sie will es auch gar nicht wissen. Die Soße ist eingetrocknet, der Beilagensalat klebt welk im Schälchen. Zum Nachtisch gab es Schokoladenpudding, den immerhin hat ihr Vater gegessen.

Sitzt dort allein und stochert in seiner Thermobox und guckt auf die rote Rose. Schneidet er die selbst im Garten, ist das ein Ritual? Stellt er sich vor, seine geliebte Johanne hätte die hereingebracht, wie früher? Hängt deshalb ihr hellblaues Schultertuch über der Stuhllehne, weil es so wirkt, als habe sie es eben noch getragen? Sie sieht ihren Vater am Totenbett ihrer Mutter sitzen, vornübergebeugt und in sich zusammengesunken, mit rot geränderten Augen, dieses Tuch in der Hand knetend. Sie sieht sich selbst vor ihm knien in ihren viel zu dünnen Hosen und den lila Sneakern, an deren Schnürsenkeln der Schnee klumpt, und Monika dicht an der Seite des Vaters, ihre Hände mit seinen verflochten, mit einem Gesicht wie aus Marmor.

Die Kaffeemaschine stößt ein Fauchen aus und beginnt mit einem beinahe menschlich klingenden Stöhnen zu blubbern. Vor

Jahren, Jahrzehnten hatte ihr Vater versucht, die defekte Warmhalteplatte zu reparieren, und schließlich kapitulieren müssen. Er kaufte eine neue Maschine, die ihre Mutter ausgiebig bewunderte und dann im Keller verschwinden ließ, um ihm seinen Kaffee morgens weiterhin aus der Thermoskanne mit den blauen Blümchen zu servieren. Keiner von beiden erwähnte die neue Maschine je wieder, er fügte sich dem Willen seiner Frau, ließ sie lächelnd gewähren. Oder war das nur Show, haben die beiden sich heimlich gestritten, nachts, flüsternd, erbittert, hinter verschlossenen Türen?

Sie wird das Essen auf Rädern abbestellen und selbst für ihn kochen. Sie wird diesen lauwarmen, bitteren aus der Zeit gefallenen Kaffee mit ihm trinken und auf gar keinen Fall eine der alten Diskussionen aufkommen lassen oder diese gar initiieren, sie wird einfach nur drei Wochen lang für ihn da sein. Karma-Yoga ist das, das Yoga der Handlung, des selbstlosen Dienens.

Ihr Vater nickt der Kaffeemaschine zu und dreht sich zu ihr herum. Langsame Unterwasserbewegungen. Es sieht aus, als ob er aus sehr weiter Ferne auf sie zutreibe. Aber in seinen blauen Augen schimmert noch etwas anderes, und einen irrwitzigen Augenblick lang sieht sie den Mann, der er einmal gewesen ist, die Arme ausbreiten, um sie hoch in die Luft fliegen zu lassen, und es erscheint völlig absurd, dass sie ihn seit der Beerdigung nicht besucht hat und nun vor ihm steht wie eine Fremde, und sie geht auf ihn zu und zieht ihn sehr vorsichtig in ihre Arme.

«Hallo, Papa, da bin ich. Wie geht's dir?»

Ein Hauch Frisiercreme hüllt sie ein und etwas Fahles wie ungewaschener Kragen. Ihr Vater ist noch dünner, als sie gedacht hat, und kleiner, ein Vogelknochenmännchen. Als sie ihn sehr vorsichtig auf die Wange küsst, lässt er das wie ein Kind über sich ergehen, das von einer ungeliebten Tante geherzt wird, und sie hört seine Hörgeräte fiepen. Nimmt er das auch wahr, oder wird das nur nach außen übertragen? Und falls er es auch hört, wie kann er das aushalten?

«Franziska, das ist eine Überraschung, dass du hier doch noch einmal vorbeischaust», sagt er, als sie ihn wieder loslässt. «Wann fährst du denn wieder?»

*

WIE DAS GEWESEN IST, MIT IHM ZU LAUFEN, zwischen sommerhell flirrendem Blattgrün und winterkargen Zweigen, in kurzen Hosen und in den dunkelblauen langen aus Polyester mit den drei weißen Streifen, durch Regen, Schnee, Hitze und diese blaugoldenen Herbsttage, die etwas mit ihr machen, das sie nicht beschreiben kann, damals nicht, heute nicht, nur fühlen. Die tägliche kleine Runde und dreimal pro Woche die große. Das Gartentor schnappt ins Schloss, und schon saust der Wind in den Ohren, und das Trommeln ihrer Schuhe, in denen noch keine Gel- oder Luftpolster den Tritt dämmen, gibt den Takt vor. Über die Wiesen zum Klärwerk laufen sie und hinauf auf die Anhöhe, wo der Wald wartet mit seiner Kühle und dem Geruch nach Laub, Totholz, Erde. Sie würde den Wald gerne richtig begrüßen, doch die langen, sehnigen Beine ihres Vaters diktieren das Tempo, das er anhand diverser Alters- und Leistungstabellen berechnet. Kein Stolpern, kein Zögern, kein Schwanken in seinen Schritten, als ob ein inneres Metronom seinen Lauf lenkt, zieht er sie mit sich und misst ihre Fortschritte mit der Stoppuhr, und sobald sie ihr Pensum sicher bewältigt, beschleunigt er oder verlängert die Strecke.

Will sie selbst immer schneller und schneller werden oder will sie einfach nur laufen? Sie denkt nicht drüber nach an der Seite ihres nach Speickseife duftenden Vaters, rennt und rennt einfach auf den holprigen, matschigen, laubübersäten Wegen, die er für sie aussucht. Früher haben sie zu dritt trainiert, und sie war die Kleine, die vergeblich versuchte, die beiden Großen zu erreichen. Dann holte sie auf, und Monika wollte nicht mehr mitkommen, und seitdem trainieren Franziska und ihr Vater alleine.

Na komm, mein Gazellchen, komm, komm, komm schon, du schaffst das, ich weiß es, na los, zeig mir, was in dir steckt, wer ist zuerst bei der Eiche?

Und ihre Lunge zerspringt, und ihre Beine zerreißen, es ist zu viel manchmal, sie kann das nicht aushalten, bis sie lernt, durch den Schmerz hindurchzufliegen, auf seine andere Seite, wo alles sehr still und sehr weit wird, wie in einer Kathedrale, wo sie immer so weiter voranfliegen könnte, nie mehr aufhören, vielleicht sogar ihren Vater einfach hinter sich zurücklassen. Aber dann kitzelt doch wieder ein Sonnenstrahl ihre Nase, oder ein moosweicher Baumstamm leuchtet wie Eidechsenhaut, oder die Zugvögel rufen so fernwehtrunken, dass sie den Kopf heben muss und nach ihnen gucken und so aus dem Tritt gerät. Sie sagt ihrem Vater nie, dass ihr die Pokale und Medaillen, die sich in dem Regal über ihrem Bett sammeln, eigentlich gar nichts bedeuten, denn sie spürt instinktiv, das würde ihm wehtun. Ihr Schrittmacher ist er, ihr Horizontjäger, der sie aus dem Puppenstubenhaus ihrer Mutter und Schwester hinausführt. Ihre fliegenden Mädchenbeine neben seinen, ihre fliegenden Worte und Träume.

Wann hat das geendet? Es muss ihn gegeben haben, diesen allerletzten gemeinsamen Waldlauf. *Ich komm heut nicht mit, hab was anderes vor.* Irgend so etwas wird sie wohl gesagt haben, als ob es nicht wichtig wäre, nicht weiter von Bedeutung. Wie hätte sie denn auch voraussehen können, dass es von dort kein Zurück gab?

*

EINE SCHWERE GEBURT ist Franziska gewesen, so hat die Hebamme sich damals ausgedrückt, als sie ihm seine neugeborene Tochter 49 Stunden nach Beginn der Wehen endlich in den Arm legte. Ein rotes, verknautschtes Gesichtchen in weißen Tüchern, so federleicht, dass er kaum wagte, es an sich zu drücken. Aber dann hielt er sie doch an der Brust – behutsam, behutsam –, und das Bündel erwies sich erstaunlicherweise als gar nicht so zerbrechlich, sondern schien ganz im Gegenteil vor Kraft zu pochen, ja förmlich zu beben, und verströmte eine erstaunliche Wärme. *Leben sollst du, leben, hörst du, du musst leben*, hat er geflüstert. Und dann kamen ihm die Tränen, und die Hebamme nahm ihm das Bündelchen wieder ab, und der Stationsarzt erschien und klopfte ihm auf die Schulter.

Zwei Tage Wehen, das hat diesmal lange gedauert, na ja, ist wohl kein Wunder, bei dieser Vorgeschichte, aber jetzt ist es geschafft, ihre Frau muss sich erholen und nach vorn blicken und Sie müssen das bitte auch tun. Kommen Sie nur mit mir, ein guter Kaffee und ein Cognac werden Ihnen guttun, und auch ihre kleine Franziska hat eine Mütze Schlaf nötig.

Eine Mütze Schlaf – wie unpassend ihm diese Formulierung auf dem nach Desinfektionsmittel riechenden Flur der Wöchnerinnenstation vorgekommen war. Aber er gehorchte und folgte dem Arzt in sein Zimmer, eine Schwester servierte ihnen Kaffee, der Arzt zwinkerte ihm zu und förderte Cognac und Gläser aus einem seiner Schränke, und als könnte er Heinrichs Gedanken lesen, versicherte er ihm erneut, dass seine Tochter gesund sei und stark und nur eine Mütze Schlaf bräuchte und die Hebammen gut auf sie achtgeben würden.

Also, sehr zum Wohl, lieber Herr Roth, und nur Mut.
Danke, Herr Doktor.

Und wirklich: Der gesüßte Kaffee und der Cognac halfen ihm auf die Beine und zurück ins Leben. Nach vorn blicken musste er. Nach vorne. Endlich wieder nach vorne. Wie beseelt eilte er ins Standesamt, um die Geburt anzuzeigen, und von dort nach Bessungen zu Oma Frieda, um ihr und Monika die frohe Kunde zu überbringen.

Du hast ein Schwesterchen bekommen, Moni. Sie heißt Franziska. Du wirst sie sehr lieb haben und sie dich auch. Aber sie ist noch ganz klein, also müssen wir alle immer sehr gut auf sie achtgeben.

Begriff sie die Tragweite dessen, was er ihr da sagte? Natürlich nicht, so dachte er damals, sie war noch nicht einmal drei, für sie war jeder Tag nagelneu und alles, was gestern war, im Nu nicht mehr existent. Sie lebte ihr kleines, behütetes Kinderdasein im Ladenlokal ihrer Uroma Frieda, wenn Johanne nicht aus dem Bett kam, sie ahnte nichts von diesen hauchdünnen Linien, die Glück und Verderben oder Leben und Tod trennen. Und trotzdem schien ihm, wie er da so vor seiner Erstgeborenen kniete und ihre Händchen in seinen hielt und sie ansah, als verstünde sie doch alles.

Freust du dich, mein Schatz?

Wo ist Mama?

Mama muss sich noch ausruhen, aber ihr geht es gut. Sie wird wieder gesund werden, und sie ist sehr, sehr glücklich.

Und du?

Ich auch, Moni, ich auch. Jetzt sind wir eine richtige Familie: Vater, Mutter und zwei Kinder, wie in deinen Büchern.

Darf ich sie sehen?

Aber ja, mein Schatz, natürlich. Gleich heute Nachmittag fahren wir zu ihr. Aber erst müssen wir uns tüchtig stärken.

Den ganzen Weg bis zur Bäckerei hat er Monika dann auf den Schultern getragen. Mitten an einem für alle anderen ganz normalen Donnerstagmorgen lief er wie ein Gaul schnaubend, hüpfend und Hoppe-hoppe-Reiter singend durch Bessungen. Sie kauften frische Brötchen, und unterdessen briet Frieda Spiegeleier mit Speck und tischte saure Gurken, Rote Bete und Mayonnaise dazu auf, und Honig und goldgelbe Butter und das letzte Glas Apfelgelee vom vergangenen Herbst und Schokoladenpudding mit Schlagrahm. Ein Königsmal war das, und so gestärkt, fuhr er mit Monika hinaus nach Mühlbach, und wie an jenem Tag, als er Johanne erstmals über die Eingangsschwelle getragen hatte, schien es ihm erneut wie ein Wunder, dass es dieses Haus wirklich gab: Sein eigenes Haus, das er gefunden und gekauft hatte und das ihm eines – wenn auch noch sehr fernen – Tages, wenn die letzte Kreditrate getilgt wäre, tatsächlich vollumfänglich gehören würde. Ihr aller Zuhause mit einem großen Garten und einer Scheune in diesem hessischen Dorf zwischen Bächen und Wiesen, in dem sie nun wirklich wohnen würden, nicht mehr bei Frieda. Da standen sie Hand in Hand und schauten ihr kleines Reich an: Monika in einem von Frieda geschneiderten weißen Kleidchen, er mit Hemd, Krawatte und Anzug. Sonntagsstaat mitten am Donnerstag, und Monika pflückte ein Sträußlein Gänseblümchen, bevor sie zurück in die Stadt fuhren, wo er einen sündteuren Strauß erstand für Johanne: 24 duftende Rosen in Rot, Orange, Hell- und Dunkelrosa, Gelb, Weiß und Apricot, weil Franziska an einem 24. geboren war.

Es ist Frühling, dachte er, als sie mit ihren Gaben die Wöchnerinnenstation betraten. Jetzt ist es tatsächlich Frühling geworden, wir haben eine Sonnentochter bekommen. Und der Duft der Rosen stieg ihm in die Nase, und sein Herz wurde noch leichter, weil Monika die bereits schlappen Gänseblümchen mit solch heiligem Ernst in ihrer pummeligen Kinderfaust hielt. Wie niedlich sie aussah. Wie entzückend, dass sie ihrem Schwesterchen ein Geschenk bringen wollte.

Zimmer 207. Johanne lag einzeln, das dünne Jammergeheul eines Säuglings empfing sie. Und Johanne selbst verschwitzt und erschöpft in den Kissen liegend, mit tränenumflorten Augen.

Sie will weg von mir, Heinrich, sieh doch nur, wie sie sich windet, sie will einfach nicht trinken, ich kann sie nicht halten, was ist nur mit ihr, was soll ich denn machen?

Erneut diese überraschende Kraft in dem winzigen, glühenden Körperchen, als er es ihr abnahm. *Schschsch, schschsch* – beruhigende Laute in seiner Kehle, die hier nichts veränderten, obwohl sie bei Monika doch immer genügt hatten. Monika, seine Große, die neben ihm zu einem kleinen Zinnsoldaten erstarrt ist, der das Schauspiel mit unergründlicher Miene betrachtet.

*

WENN ER SEINEN BEINEN den Befehl gibt, sich zu bewegen, rutschen seine Füße über den Boden. Er kann auch die Zehen bewegen, im Zeitlupentempo zwar, aber immerhin, das klappt noch. Nur fühlen kann er sie nicht. Die Waden nicht, die Füße, die Zehen, die Fußsohlen, die neuen Sandalen mit dem angeblich so famosen Fußbett, den Boden. Andere haben Krebs oder gar keine Beine mehr, das weiß er. Polyneuropathie ist eine Nervenkrankheit und verläuft in Schüben. Es gibt bessere und leider auch schlechtere Tage und insgesamt keine Heilung. Es ist also nur eine Frage der Zeit, bis diese tückische Krankheit auch seine Hände befallen wird, er kann schon jetzt spüren, wie ihnen die Kraft schwindet, und was, wenn auch sie ihm nicht mehr gehorchen, was dann?

«Papa? Hallo? Kannst du mich hören?» Franziska sagt das. Franziska, die wie aus dem Nichts mit einem großen Rucksack gekommen ist und offenbar vorhat zu bleiben. Warum ausgerechnet jetzt, da Monika in den Urlaub gefahren ist? Monika muss das veranlasst haben, weil er sich geweigert hat, die Kur anzutreten, die sie für ihn arrangiert hatte. Das ist die einzig logische Schlussfolgerung: Monika hat Franziska abkommandiert, ihn zu bewachen, während Monika sich von ihm erholt. Sonst wäre Franziska nicht hier. Er mag zwar schwerhörig sein und zu nicht mehr viel zu gebrauchen, aber das heißt noch lange nicht, dass er senil ist.

Er mustert sie. Jung sieht sie aus. Nein, nicht jung, aber auf andere Weise gealtert als Monika. Oder es wirkt nur so, weil sie dünn ist und zierlich und Kleidung trägt, die nicht zu ihrem Alter passt: Pluderhosen und ein schreiend violettes T-Shirt, auf dem ein seltsames Geschöpf, das halb Mensch und halb Elefant ist, den Rüssel biegt, als wollte es ihn grüßen.

«Papa?»

Das Haar immerhin färbt Franziska nicht mehr in diesem grausigen Rot, und es hängt ihr auch nicht mehr ins Gesicht wie früher als Teenager. Lang ist es aber immer noch, sie hat es zu einem Knoten gezwirbelt, der ein wenig schief sitzt und ihn an ein aus der Form geratenes Vogelnest erinnert.

Wo kommt sie diesmal her, wieder aus Indien oder aus einem Buschcamp? Auf diesem Bauernhof lebt sie wohl nicht mehr, aber was weiß er schon wirklich von ihr, worauf kann man sich bei ihr verlassen? Ab und zu hat sie ihn nach dem Desaster bei Johannes Beisetzung angerufen, wollte reden, erklären, argumentieren, aber die Verbindung war immer schlecht, und er wusste nie, was er ihr hätte sagen sollen.

Und jetzt ist sie aus heiterem Himmel wieder da und fegt wie ein Derwisch durch seine Küche. Klappt den Kühlschrank auf und gleich wieder zu, findet Gläser und Johannes Lieblingskaffeeservice und das Mineralwasser, von dem er schon wieder vergessen hatte, wo Monika das immer hinstellt.

Die Wand kippt auf Heinrich zu, schwankt nach vorn und zurück und nach links und rechts. Er greift hinter sich und bekommt die metallische Kante des Abwaschbeckens zu fassen. Sein Kreislauf ist das mal wieder, vielleicht hat Monika ja doch recht, er muss sich mehr bewegen, mehr fordern, und sei es nur, um endlich seine Entscheidungen treffen zu können und sein Vorhaben zu vollenden.

«Papa! Was ist ...»

Franziska packt seinen Ellbogen und zieht seinen Arm um ihre Schulter und redet und redet, und auch wenn ihre Stimme dunkler als Monikas ist, kann er sie nicht verstehen, denn da ist wieder dieses Rauschen in seinen Ohren, und im nächsten Moment sitzt er plötzlich am Tisch und weiß nicht genau, wie er da so schnell hingelangt ist.

«Hier, trink!»

Franziska füllt ein Glas Wasser und schiebt es ihm in die Hände.

Immer trinken soll er, es ist eigentlich komisch, so verschieden sie sind, darin sind sie sich offenbar allesamt einig: Seine Töchter, sein Schwager, der Hausarzt, die Fußpflegerin, die Enkel, sogar im Radio sagen sie das jetzt immer. *Trinken Sie, trinken Sie, wegen der Hitze*. Aber dem alten Wörrishofen von nebenan konnte man sicherlich vieles vorwerfen, aber nicht, dass er jemals zu wenig getrunken hätte. Und trotzdem hat den im letzten Sommer einfach der Schlag getroffen. Rums und vorbei, da war Edith nur schnell bei den Hühnern. Kam zurück mit den Eiern fürs Frühstück, und da lag er im Bad, den Rasierpinsel noch in der Hand. Ein sauberer, zügiger Tod ist das gewesen, ein Geschenk, das gerade der alte Wörrishofen keineswegs verdient hatte. Warum durfte der einfach umkippen, und Johanne musste sich wochenlang quälen?

«Trink, bitte!»

Franziska verschwindet im Flur und ist im Nu wieder bei ihm. Seine Tochter mit den schnellen Beinen, die so vieles hätte erreichen können in ihrem Leben, mehr als Monika vielleicht sogar, mehr als er, jedes Rennen gewinnen, wenn sie das denn nur gewollt und sich ehrlich bemüht hätte. Das stellt er sich manchmal vor, malt sich das aus, in allen Details: Dass er noch einmal die Laufschuhe schnürt, das Gartentor aufstößt und lostrabt mit ihr, quer über die Wiesen zum Wald hoch. Und diesmal den richtigen Weg findet, den einen entscheidenden Abzweig, den sie damals verpasst haben.

«Willst du auch?» Franziska hält ihm einen Teller mit Apfelschnitzen vor die Nase, und Johannes Keksdose hat sie auch irgendwoher gezaubert und Kaffee eingegossen.

Er hat nicht damit gerechnet, sie noch einmal zu sehen. Er hat nicht für möglich gehalten, dass sie, der hier nie etwas gut genug war, noch einmal heimkommen könnte und dann so sehr anwesend sein wird, so sehr Franziska, und doch eine Fremde. Er hat nicht die leiseste Ahnung, wie das mit ihr länger als einen Nachmittag lang funktionieren soll.

*

WIE ALBERN DAS IST, in ihrem einstigen Zimmer mit den Tränen kämpfen, einfach nur, weil sie hier ist: in diesem Haus, diesem Zimmer, bei ihrem Vater. Sie kennt sich so nicht. Sie hat doch längst abgeschlossen mit ihrer Kindheit und Jugend, hat sich hier schon so oft verabschiedet, sie kann das gar nicht mehr zählen. Einmal, nach einem Streit, hat ihr Vater sie in diesem Zimmer eingesperrt. *Stubenarrest, Fräulein, das wird dich Vernunft lehren.* Aber Vernunft war nicht das, was sie als Teenager interessierte, jedenfalls nicht die ihres Vaters, und also ist sie aus dem Fenster geklettert, überzeugt, das Rosengitter sei stark genug, sie zu tragen, was mit einem gebrochenen Fußknöchel endete und vier Wochen lang Gips und Stillhalten müssen. Danach ist sie durch den Keller getürmt, überzeugt, dass sie aus ihrem Fehler gelernt hatte, bis auch das im Desaster endete und sie zum ersten Mal auszog. Über Nacht, überstürzt, mit nur wenigen Sachen, verbrenn die Erde und zieh tiefe Gräben. Aber dann war sie doch noch einmal zurückgekehrt. Und wieder gegangen. Und wieder und wieder. Bis sie endgültig aufgab. Lars ist der Einzige, den sie je in ihr Elternhaus mitnahm, ihn vorstellte, der mit ihr hier übernachtete.

Jahre später ist das gewesen – ein Ereignis, das sie damals mit aus dem Partykeller gemopstem Rotwein begossen haben, nur Lars und sie, hier in diesem Zimmer, nachdem Thomas und Monika sich verabschiedet hatten und ihre Eltern ins Bett gegangen waren. Einen Moment lang kann sie Lars und sich wieder hier sehen – betrunken vom Wein und von ihren Träumen. Als es draußen schon dämmerte, haben sie die Matratze auf den Boden gehoben und miteinander geschlafen, kichernd und flüsternd ob dieses verstohlenen Akts mit immerhin über dreißig. Da hatten sie gerade die ersten Anteile am Hof gekauft. Unser Hof, so haben sie da gesagt. Unser Hof, unser Leben. Bevor sie wieder fuhren, hat sie ihre letzten, in diesem Zimmer zurückgelassenen Jugendschätze aussortiert, ein paar Postkarten, eine Vase und einen Kerzenhalter eingepackt und den Rest in den Müll geworfen; und als sie das nächste Mal zu Besuch kam, hatten ihre Eltern die Wände zartlila und ihre Kiefernholzmöbel weiß streichen lassen und alles wieder an die alten Plätze geräumt: den Schreibtisch vors Fenster, das Bett und das Nachttischchen mit der hellrosa Lampe unter die Dachschräge, den Schrank neben die Tür, den Schaukelstuhl und den Flokati in die Mitte.

Franziska öffnet den Schrank und schließt ihn gleich wieder, weil er leer ist. Auch der Schreibtisch ist leer, nirgendwo liegt eine Packliste ihrer Schwester, auch auf dem Bett nicht. Das im Übrigen nicht bezogen ist; und natürlich gibt es auch keine Blumen zu ihrer Begrüßung. Wer sollte sie denn auch schneiden, wenn nicht ihre Mutter, wer könnte sie überhaupt je so arrangieren?

Eine Rispe Rittersporn, ein Gras und ein Zweig. Ein Ast Hagebutten und eine letzte Rose. Tagetes, Sonnenbraut, ein Gras, eine Schafgarbe – wie gehaucht und so locker gesteckt, als seien diese Sträuße nicht mit Bedacht arrangiert, sondern en passant auf einer Wiese gepflückt worden.

Wie gut, dass du wieder zu Hause bist, meine Kleine.

Wie verlockend das klingt, nun, da sie weiß, ihre Mutter kann das nie mehr sagen, ihr Vater sie nie wieder einsperren. Was genau hat sie hier nicht aushalten können? In diesem Haus, diesem Zimmer. Mit ihren Eltern und ihrer Schwester? Sie hat immer noch keinen Namen dafür, aber sie kann es noch spüren. Nicht so deutlich wie früher, eher wie einen Nachhall.

Franziska setzt sich aufs Bett und vergräbt das Gesicht in den Händen. Müde, so müde ist sie. Die Fahrt aus dem Schwarzwald hat über zehn Stunden gedauert, um drei in der Nacht ist sie aufgestanden, der Tag ist noch längst nicht zu Ende. Und einatmen. Ausatmen. Ein. Aus. Und bei jedem Ausatmen loslassen, loslassen, loslassen.

Es funktioniert nicht. Sie hätte nicht an Lars denken dürfen, an den Hof und die Umzugskartons dort, an die Mails und die Anrufe. *Sag uns jetzt bitte endlich, wie du dich entschieden hast, Ziska. Ja, das ist insgesamt alles scheiße gelaufen, aber wir brauchen den Platz, und zwei Jahre sollten doch reichen, das Leben geht weiter, für dich doch auch, oder?*

Ihre Hände sind warm von ihrem Atem, heiß plötzlich, und trotzdem so steif, als würde sie frieren. Sie hebt den Kopf, hält den Atem an, lauscht mit geschlossenen Augen. Was, wenn sie aus tiefem Schlaf unverhofft in diesem Zimmer erwacht wäre, würde sie es dann erkennen, ohne die Augen zu öffnen und ohne etwas zu berühren, zu riechen, zu hören? Dieses Zimmer, das Haus, nur an seiner Stille? Nicht zu entscheiden. Ihr Handy brummt und vibriert, lässt sie hochschrecken.

– UND? BIST DU DA?

Anna, gute Anna.

– ER MALT TATSÄCHLICH AMEISENBÄREN!

– NEIN!

– JA!

– UND DU?

– ICH NICHT. – 😊 😟 – MELDE MICH SPÄTER.

Franziska scrollt durch ihre Mails, steht auf und begibt sich auf die Suche nach der Packliste ihrer Schwester. Ohne Erfolg, immerhin den Medikamentenplan gibt es. Sie versucht, Monika zu erreichen, dann ihren Schwager. Büro, mobil und zu Hause. Überall nur ein Anrufbeantworter, und Monikas Smartphone ist offenbar ganz ausgeschaltet.

Und jetzt, Franziska, was jetzt, was hat das zu bedeuten? Sie geht ins Bad, wäscht sich Gesicht und Hände, dreht den Wasserhahn wieder zu und verharrt einen Augenblick lang vor dem Spiegel. Das also bist du, so siehst du jetzt aus, so stehst du da, allein und mit leeren Händen. Halt das aus, leb damit, akzeptier das.

*

SIE WÜRDE GERNE NOCH EINMAL nach Niedenstein auf den Hof fahren können, nur ein einziges Mal noch den Weg auf die Anhöhe nehmen in der Gewissheit, dass dies auch ihr Hof ist, ihr

Leben, und sich dabei über die Schafe und Hühner freuen und das neue Gewächshaus. Und mit Lars auf der Bank hinter der Scheune die Beine ausstrecken möchte sie noch einmal. Ohne dass er mit diesem Unterton sagt, *Franziska, wir müssen reden, ich muss dir etwas sagen,* ohne dass sie eine solche Möglichkeit auch nur in Betracht zieht. Einfach nur mit ihm auf der Bank sitzen und die Augen spazieren führen in den Wäldern und Wiesen und von Burgen gekrönten nordhessischen Hügeln, die so aussehen, als wären die Märchengestalten der Brüder Grimm gar keine Erfindung gewesen. Sie würde auch gerne noch einmal mit einem Transparent durch die Straßen ziehen und Parolen skandieren und daran glauben, sie könnte auf diese Weise die Welt retten. Und die Schulzeitung mit ihrer allerersten Reportage würde sie gern noch einmal in der Hand halten und das Leuchten in Arturs Augen sehen, weil das, was sie geschrieben hat, wirklich gut ist. Wieder sechzehn sein will sie und bis tief in die Nacht mit Artur und Anna und den anderen aromatisierten Tee aus der Tonkanne mit dem Sprung in der Tülle trinken und diskutieren. Und mit ihrer Mutter im Gras liegen möchte sie und die Wolken anschauen, die sich durch die Geschichten ihrer Mutter in wattige Fantasiewesen verwandeln. Ihre Gutenachtlieder will sie hören und dabei in Löffelchenhaltung mit Monika unter der Bettdecke kuscheln. Ans Totenbett ihrer Mutter will sie zurückkehren und ihre Hand streicheln und all das aussprechen, was sie ihr nie gesagt hat, und daran glauben können, ihre Mutter würde das immer noch hören. Mit Anna am Waldsee liegen möchte sie und mit Artur nackt ins Dunkelgrün abtauchen. Den Leuchtkäfern zusehen können will sie und gewiss sein, wenn der nächste Sommer nur warm genug wird, kommen sie wieder. Sie möchte wirklich sehr gerne daran glauben können, dass diese Welt noch eine Chance hat: die Welt, die Wälder, die Meere, die Tiere, die Menschen. Und einmal, nur einmal noch, würde sie gern Artur umarmen und ihm sagen: *Geh nicht, bitte, bleib, oder geh wenigstens nicht ohne Abschied.* Und mit ihm durch das Dachfenster im WG-Haus die Sterne angucken will sie und die Wange auf seine Brust legen, und seinen Herzschlag, den möchte sie auch hören. Sie würde gern zu ihrem Vater hinuntergehen und sagen, *komm, lass uns eine Runde drehen, bis zur Eiche, womöglich auch weiter, fangen wir noch mal an und dann erzähl mir mal, was das auf einmal ist mit den Ameisenbären.* Und wissen, wie, wo und mit wem sie leben soll, wenn diese drei Wochen mit ihm vorüber sind, will sie. Und nicht so verdammt sentimental werden, kaum dass sie wieder in diesem Haus ist. Das vielleicht am allermeisten.

*

DER AMEISENBÄR GEHÖRT zur Säugetiergattung der Zahnlosen und gilt als Einzelgänger ohne festen Wohnsitz. Er sieht und hört schlecht, sein Gehirn ist kaum größer als eine Erbse und also eindeutig nicht für komplexe Gedankengänge geschaffen. Dafür kann ein ausgewachsener Ameisenbär seine bis zu neunzig Zentimeter lange, extrem klebrige Zunge einhundertsechzig Mal pro Minute aus der Mundöffnung schnellen lassen. Rund dreißigtausend Ameisen und Larven spürt er jeden Tag auf und verzehrt sie. Um dieses beachtliche Pensum zu bewältigen, muss ein Ameisenbär enorm fokussiert sein, und das ist einer der Gründe, warum die Ameisenbär-Lithografie aus *Brehms Tierleben* neben Heinrichs Schreibtisch an der Wand hängt.

«Papa?»

So unverhofft wie diese Kasperlfiguren, die er als Junge Spring-aus-der-Box genannt hat, steht Franziska wieder vor ihm. Heinrich lässt seinen Tuschestift sinken. Wollte Franziska nicht duschen und sich oben einrichten, ist sie damit schon fertig? Offenbar nicht, denn sie trägt immer noch dieselben Sachen.

«Ich bin hier noch ...», sagt er und weiß plötzlich nicht weiter. Und als wäre, was auch immer er sagen will, nicht wichtig, beginnt seine Tochter zu reden, oder vielmehr redet sie auf ihn ein, das erkennt er an der Art, wie sie den Mund öffnet und schließt, im exakten Takt ihrer Hände. Oder vielleicht ist es auch umgekehrt: Ihr Mund bestimmt, und die Hände folgen. Nie, schon mit zwei Jahren nicht, konnte Franziska sich äußern, ohne zu gestikulieren. So vieles an ihr ist ihm fremd, aber das nicht.

Was will sie von ihm? Er müsste seine Hörhilfen wieder einschalten, dann könnte er das womöglich verstehen, denn obwohl Franziska zierlicher ist als ihre Schwester und einen Kopf kleiner, ist ihre Stimme dunkler als Monikas, ein melodischer Strom anschwellend, abschwellend, eigentlich gar nicht so unangenehm, nur die Worte darin sind für ihn nicht zu identifizieren.

Lü versteht er immerhin und *Lu* und noch einmal *Lü*, und schon läuft Franziska zum Fenster, und Heinrich begreift, was sie vorhat.

«Das Fenster bleibt zu!», sagt er. Laut und deutlich und unmissverständlich, und Franziska zögert zwar kurz, lässt sich aber nicht aufhalten.

«Zu!», schreit er, «Zulassen!», und stemmt sich hoch, und das endlich stoppt sie. Wie in einem Western steht sie jetzt da, reglos mit erhobenen Händen.

«Es kommt sonst nur alles durcheinander», sagt er und deutet auf seine Zeichnungen und ärgert sich gleichzeitig, dass er sich genötigt fühlt, sich zu erklären, denn dies hier ist immer noch sein Zimmer, sein Fenster, sein Haus.

Johanne hat Wolken aquarelliert und geografisch nicht zu verortende Landschaften, in denen es niemals auch nur ein Haus gab, ein Dorf, eine Straße. Oder sie malte Blumen mit seltsam im Leeren schwebenden Stängeln und Blüten, deren Konturen an den Rändern sanft zerflossen, sodass die Mädchen zuweilen

Fantasiewesen darin zu entdecken glaubten, Elfen und Drachen und Trolle. Johanne hatte sie in dem Glauben gelassen, ja sogar beflügelt: *Komm, erzähl uns noch eine Geschichte, Mama.*

Ihren Malkasten hat er nach der Beisetzung in seinen Schreibtisch geräumt, in die oberste Schublade zu den Linealen, Zirkeln, Winkelmessern, Tuschfedern und Bleistiften. Er hat sogar versucht, wie sie mit leichtem Pinsel zu tupfen und die exakte Linienführung dem Zufall zu überlassen, jedoch schnell wieder davon Abstand genommen.

«Aber Papa ...», sagt Franziska und redet und redet. Immer aber, von Anfang an immer nur aber, mein Abermädchen, hat er sie früher geneckt und sich deshalb doch keine Sorgen gemacht, weil ihm sicher schien, dass sich das noch auswachsen würde.

Aber Papa, was hast du denn nur mit dem Ameisenbär, warum willst du nicht mehr raus, was willst du nur mit diesen Zeichnungen ... Er muss seine Hörgeräte nicht bemühen, um Franziskas Redefluss zu verstehen, er braucht nur ihr Gesicht zu betrachten und ihre Arme, die in großer Geste auf die Wandlithografie, seinen Schreibtisch, die völlig missratenen Entwürfe auf dem Boden und die möglicherweise noch zu rettenden auf dem Sideboard zeigen.

Heinrich lässt sich wieder auf seinen Stuhl sinken. Genau genommen hat Franziska ja recht: Es ist beschämend, dass er mit dem Ameisenbären nicht vorankommt. Sein Leben lang hat er mit Zirkeln, Winkeln, Linealen hantiert, mit Bleistiften, Kohlen und Tuschen, nie hat seine Hand auch nur gezögert, geschweige denn gezittert. Er hätte nicht für möglich gehalten, das freihändige Zeichnen könnte so schwer sein, hat es anfangs nur einmal probieren wollen und zugleich überprüfen, ob seine Finger ihm noch gehorchen. Aber dann packte ihn der Ehrgeiz, und inzwischen hat er die Originallithografie sogar auf den Millimeter genau vermessen und die Proportionen im exakt richtigen 1:1-Maßstab übertragen: Den lang gezogen birnenförmigen Schädel, die Augen und Ohren, die eigentümlich nach innen verkrümmten Vorderkrallen, die Rundung des Rückens, den Schweif und die weiß gezackte Flanke. Er hat sogar berechnet, wie viele Bleistiftstriche in welcher Länge und welchem Winkel er für das Fell setzen muss. Nun muss er eigentlich nur noch vollenden, er darf den Rhythmus nicht wieder verlieren, muss die Schraffur des Rückenfells bis zum Hinterteil gleichmäßig fortführen und dann mit dem etwas dickeren Bleistift, vielleicht auch mit der Tuschfeder, die Augen ...

«Papa? Hallo!»

Franziska steht wieder neben ihm. Steht mit in die Hüften gestemmten Händen und blickt auf ihn herab, wie einstmals das magere Fräulein Habicht, das im KLV-Lager darüber wachen musste, dass er seinen Lauch isst. Wie kann das sein, dass sich die Rollen so verkehrt haben? Warum gibt es kein Entkommen? Jahrelang sind seine Töchter sich spinnefeind und sprechen kein Wort miteinander, und kaum fährt Monika in den Urlaub, schickt Franziska sich an, sie zu ersetzen.

«Ich will keine frische Luft! Ich will auch keinen Treppenlift und keinen Umbau und keine Hilfe, ich will einfach nur meine Ruhe!»

Das war dann wohl deutlich genug, denn Franziskas Hände lösen sich von ihren Hüften, es sieht aus, als würden sie einfach herabfallen. Da baumeln sie nun, zwei nutzlose, nackte Tierchen.

Und wenn sie doch nicht wegen Monika hier ist, sondern weil sie ... Aber warum sonst sollte sie hier plötzlich aufkreuzen? Weil sie Reue fühlt, weil sie Geld braucht?

Franziska beugt sich vor, nimmt einen Bleistift und notiert etwas.

HAST DU EINEN WUNSCH? ICH GEH JETZT EINKAUFEN, liest er und schüttelt so lange den Kopf, bis sie aufgibt.

Und dann wartet er immer noch reglos, bis er hört, wie die Haustür zuschlägt. Oder vielleicht hört er das auch gar nicht, sondern spürt es nur, weil die Stille im Haus danach eine andere ist, seine eigene gewohnte Stille.

Mach doch mit, Papa, komm doch! Wenn Johanne mit den Mädchen am Küchentisch malte, haben sie das manchmal gerufen. Aber er hatte immer abgewunken. *Ich bin nur Ingenieur, Mädchen, die Künstlerin ist eure Mutter.*

Heinrich schiebt Franziskas Notizzettel beiseite. Abends isst er immer die gelieferte Vorspeisensuppe vom Mittag und zwei Scheiben Toastbrot mit Bierschinken oder Leberwurst. Mehr braucht er nicht, außer einem schönen Becher frische Milch dazu. Frische Milch hätte Franziska ihm allerdings mitbringen können, das fällt ihm jetzt ein, da es zu spät ist, aber es wird auch so gehen, er kann sich begnügen. Jedes Kilo, das seine nichtsnutzigen Füße weniger zu tragen haben, kann ihm nur recht sein. Heinrich rückt die Bleistifte, Radiergummis und Lineale wieder auf Linie. Die aktuelle Zeichnung ist bislang seine beste. Er wählt den richtigen Bleistift, stützt den Ellbogen auf, bringt die Hand in den richtigen Winkel. Zittert sie? Kann er die lackierten Kanten des Bleistifts unter den Fingerkuppen tatsächlich noch spüren, oder bildet er sich das ein? Er packt fester zu. Doch, er spürt das, wenn auch vielleicht nicht genau so wie früher.

Vielleicht liegt es auch an der Hitze. Die setzt ihm zu, keine Frage. Er darf jetzt nicht nachlassen. Gerade jetzt, da das Ziel schon zum Greifen nah scheint, muss er seine Aufmerksamkeit noch einmal erhöhen. Wie ein Ameisenbär, der einen Termitenbau aufspürt. Wie der junge Vermessungsingenieur, der er einmal gewesen ist, der auch eine noch so sorgsam eingemessene Trasse mehrmals überprüft hatte. Strikte Wachsamkeit bis zur Vollendung, so hat er es immer gehalten, so muss es auch bleiben, das ist der entscheidende Faktor, der über Sieg oder Scheitern entscheidet. Denn was, wenn er im Untergrund etwas übersehen hätte? Eine Wasserader oder einen Hohlraum? Er hat das erlebt – zum Glück nicht in einem Projekt unter seiner Leitung, aber bei anderen. Eine winzige Nachlässigkeit bei der Planung, und schon reicht ein Regenguss oder eine minimale tektonische Verschiebung oder ein Quäntchen zu viel Last, und zack, sackt der ganze Bau ab.

*

DER SOMMER VOR MONIKAS erstem Geburtstag ist sehr hell und sehr heiß und will einfach nicht enden. Nacht für Nacht schlafen sie unter dem weit geöffneten Fenster und wagen sich kaum zu bewegen, damit ihre Körper nicht noch mehr Wärme verströmen, aber das hilft nichts. Es ist zu stickig in ihrer Schlafkammer, die ganze Parterrewohnung hinter der Änderungsschneiderei, die sie sich mit Johannes Großmutter Frieda teilen, ist zu eng für sie geworden. Monika krabbelt schon, sie wird immer munterer und hat doch keinen rechten Raum dafür, und schon gar nicht gibt es zwischen all den Möbeln und Schneidersachen noch ein Plätzchen, an dem Johanne und er einmal ungestört sein könnten.

«Gehen wir ein Stück», sagt Heinrich deshalb, sobald sie mit Frieda zu Abend gegessen und den Abwasch gemacht und ihr Töchterchen zu Bett gebracht haben. Und dann ziehen sie los, hinaus aus der muffigen Enge über die staubige, sonnenwarme Straße zum Orangeriepark, wo es nach reifen Pfirsichen riecht, nach Rosen und dem algigen Wasser der Brunnen, vor allem aber nach ihren Träumen von einem Leben, das sie nach ihren eigenen Wünschen gestalten. Sie sprechen davon, immer wieder, sie malen sich aus, wie es sein wird: Ein Stück Welt, das nur ihnen gehört, ihrer kleinen Familie. Und nun ist er endlich fündig geworden: Er hat ein Haus für sie gefunden, nicht in Darmstadt zwar, aber im Mühltal, ein Haus mit einem Garten. Der Vorbesitzer ist verstorben, der Kaufpreis ist gerade so hoch, dass die Bank ihm den dafür nötigen Kredit bewilligen würde. Sogar die Papiere sind vorbereitet, er muss nur noch unterschreiben. Vor allem aber muss er Johanne von diesem Haus erzählen, er muss es ihr zeigen, bevor er unterschreibt. Er will dieses Haus kaufen, also was lässt ihn zögern?

Er weiß es nicht. Er versteht sich nicht. Abend für Abend betritt er die Änderungsschneiderei mit dem festen Vorsatz, sein Schweigen zu brechen, und dann kneift er doch wieder und liegt schlaflos neben seiner Frau und lauscht ihrem Atem und sorgt sich und rechnet die Raten noch einmal durch, führt sich die Gemarkung vor Augen, die angrenzenden Wiesen, die Maße des Gartens, den Grundriss. Er hat nichts übersehen, er begreift nicht, warum er so zaudert. Das Haus bietet genug Platz für sie, mehr als genug Platz. Johanne kann sich sogar eine eigene Nähstube darin einrichten, und Oma Frieda kann zu Besuch kommen und, wenn sie will, jederzeit übernachten.

«Johanne», sagt er. «Ich habe ein ... Ich muss dir etwas sagen», und sein Herz schlägt schneller. Jetzt, denkt er, heute, das hier ist unser Leben, wir sind jung, jetzt wird unser Traum wahr, ich lasse ihn wahr werden, und Johanne drückt seinen Arm und lächelt, sie lächelt ihn an, als ob sie das schon wüsste, als wäre auch sie zu dem Schluss gekommen, dass sie das wagen können, ja, dass ihnen das zusteht.

«Ich muss dir auch etwas sagen, Heinrich», imitiert sie ihn mit so feierlichem Ernst, dass sie beide in Lachen ausbrechen, und er fasst sie noch fester, und sie eilen zu ihrem Lieblingsplatz am großen Brunnen.

«Ah, das tut gut!» Johanne streift die Sandalen ab, sinkt auf die steinerne Einfassung und schwingt ihre Füße ins Becken.

«Johanne, ich habe...»

«Gleich, Heinrich, ich will erst ...»

Grün leuchten ihre Augen hier, wassergrün unergründlich, winzige Lichtpunkte flirren darin, und auf einmal kann er dieses Funkeln kaum aushalten, denn was, wenn es wieder erlischt, was, wenn er es erlöschen lässt, was dann?

Der Brunnen ist ein Rondell, sein Durchmesser beträgt gut sieben Meter. Aus dem übermannshohen steinernen Spender in seiner Mitte ergießt sich das Wasser zu einem pilzförmigen Vorhang.

«Johanne, ich ...» Er findet die richtigen Worte nicht, räuspert sich und will noch einmal ansetzen, aber da ist es schon wieder zu spät. Johanne löst sich von ihm, streckt die Arme aus und watet tiefer ins Becken. Bleich sehen ihre Füße im Wasser aus und seltsam schwebend, als würden sie den Grund gar nicht berühren und festen Boden auch nicht benötigen, als könnten sie einfach im Algengrün tanzen. Nixenfüße, denkt Heinrich, dabei haben Nixen ja gar keine Beine und also auch keine Füße. Aber seine Frau hat offenbar doch welche, und nun klebt ihr der Rocksaum schon nass an den Beinen, aber das scheint sie, die sonst immer so achtsam mit allem ist, nicht einmal zu bemerken. Ganz im Gegenteil sogar, sie lacht nur und dreht sich mit weit ausgebreiteten Armen um ihre Achse.

«Oh, das ist herrlich, ganz herrlich, komm doch auch, Heinrich!», ruft sie, so selbstverständlich, als ob sie sich in einer Badeanstalt befände.

«Johanne, das ist ...» Nicht erlaubt, will er rufen. Aber das weiß Johanne natürlich auch, und trotzdem tänzelt sie auf den Wasserpilz zu. Heinrich sieht sich um. Ein älterer Herr mit Hut und Gehstock ist stehen geblieben, um zu gaffen, geht dann aber doch weiter und lächelt. Zwei Spaziergängerinnen, vermutlich Mutter und Tochter, beobachten Johanne ebenfalls und tuscheln.

Verblüfft oder missgünstig? Auf einmal ärgert er sich über diese Blicke. Ärgert sich noch mehr darüber, dass er sie überhaupt beachtet. BETRETEN DER GRÜNFLÄCHE VERBOTEN. HUNDE, BALLSPIELE, PICKNICK VERBOTEN. KEIN TRINKWASSER. KEINE FAHRRÄDER. Die gesamte Orangerie ist mit solchen Hinweisschildern übersät, gestattet ist eigentlich nur das Spazierengehen auf den dafür vorgesehenen Wegen. Ein Badeverbotsschild allerdings gibt es nirgendwo. Was natürlich nicht heißt, dass Baden erlaubt wäre, sondern lediglich davon zeugt, dass die Parkwächter eine derartige Zweckentfremdung schlichtweg nicht in Betracht ziehen.

Vielleicht hält ihn also sein Ärger über diese Fantasielosigkeit davon ab, Johanne zur Ordnung zu rufen, und je länger er ihr zusieht – ein, zwei, drei Sekunden, eine halbe Minute, eine ganze, wie lange genau, vermag er bald gar nicht mehr zu sagen –, desto natürlicher scheint es, und er wünscht sich, er könnte ihr immer so zusehen: lachend und planschend in dem tropfnassen Leinenkleid mit den hellblauen Punkten.

«Ich liebe dich», ruft er, und sie wirft ihm eine Kusshand zu und watet mitten hinein in den Wasservorhang. Es muss ihr gefallen dahinter, weil sie nicht wieder hervorkommt. Nur einen Arm streckt sie noch einmal durch und winkt ihm. Das also ist sie, die Vorkriegsjohanne. Hin und wieder hat Frieda schon von ihr erzählt, und er hat genickt und gelächelt und doch nichts verstanden. Nun aber sieht er es regelrecht vor sich, dieses freche Mädchen mit den dunklen Zöpfen, das sein Pony im wilden Galopp über die abgeernteten Felder in einen ostpreußischen See lenkt, eine juchzende Miniaturamazone, die nicht weiß, dass diese Freiheit schon bald Vergangenheit sein wird, dass nichts davon bleiben wird, gar nichts, dass ihr Pony so tot sein wird wie ihre Eltern, Geschwister und Nachbarn. Dass die ganze Welt ihrer Kindheit verloren sein wird und sie trotzdem noch lebt: das

Nesthäkchen, das man vor der großen Flucht zur Großmutter ins ferne Darmstadt vorausgeschickt hatte, in diese ihr in glühenden Farben als andere Heimat geschilderte Stadt, die sich dann aber kurz nach Johannes Ankunft über Nacht ebenfalls in ein Trümmerfeld verwandelte.

Alles zerbombt, die Kirchen, das Schloss, das Theater, die Menschen. *Ich weiß nicht, warum ich noch lebe, warum gerade ich, Heinrich? Warum ich und du? Ich weiß nicht, womit ich das verdient habe?* Nachts, wenn sie im Traum wieder in Züllichau auf der Bahnhofsbank festsitzt und niemand sie abholt oder im Luftschutzkeller mit Frieda, fragt Johanne das manchmal. *Ich weiß nicht, womit ich das verdient habe?*, und was soll er darauf erwidern? Der Krieg ist der Krieg, der nimmt, was er will, ohne sich zu erklären. Seine Bomben versenken das eine Schiff in der Ostsee und verfehlen ein anderes. Seine Bomben zerstören die Darmstädter Innenstadt, doch ausgerechnet die Straße mit der Änderungsschneiderei von Johannes Großeltern bleibt unversehrt, und also beugt sich Frieda dort über die Nähmaschine, weil ihr Mann an die Front musste und nicht mehr zurückkehrt und die kleine Enkelin Hunger hat und es also weitergehen muss, dieses Leben. Und es geht ja auch weiter, der Krieg endet, aus dem Kind wird eine Frau, und eines Tages betritt ein Mann das Geschäft und ...

Heinrich zieht seine Schuhe aus, die Socken. Das Wasser leckt kühl an seinen Füßen und seinen Knöcheln, klebt ihm die Hosenbeine an die Waden und zieht ihn vorwärts. Er senkt den Blick. Seine Füße sind keine Nixenfüße, seine Füße sind zwei bleiche Pratzen, die ihm plötzlich so vorkommen, als wären das gar nicht seine. Aber sie gehorchen ihm und finden im schlickigen Grün ihren Halt, rutschen und suchen und rutschen und suchen. Ein Gleiten ist das eigentlich mehr, denn ein Gehen. Ich bin ein Eisläufer unter Wasser, denkt er, wir sind alle beide Eisläufer unter Wasser. Das ist es wohl, was uns verbindet, das ist, was wir ineinander erkannt haben, schon an jenem ersten Tag, als ich mit meinem erbärmlichen Sakko vor Friedas Ladentheke aufkreuzte und hoffte, da wäre mit etwas Garn und Geduld noch etwas zu retten.

Kühler Dunst legt sich auf sein Gesicht und die Arme. Mit jedem Schritt wird es feuchter, und das Rauschen wird überlaut und löscht alles andere aus. Es ist ein Leichtes, mitten in dieses Rauschen zu treten, einfach hindurchzugehen auf die andere Seite, und Johanne ist da, sie fällt ihm in die Arme, sie zittert, doch als er sie an sich zieht, fühlt er ihre Wärme. Und so stehen sie in diesem Rauschen, eng umschlungen und verborgen vor allen Blicken. Sie sind eins jetzt, begreift er, mehr als jemals zuvor. Es ist, als würde Johanne noch einmal zu seiner Frau werden, ja, als würden sie ihren Ehepakt überhaupt jetzt erst besiegeln.

Er hat gezweifelt, gesteht er sich ein. Er hat sich zuweilen gefragt, ob er wohl stark genug sei, ihre Lasten mitzutragen, und das ließ ihn auf der Hut bleiben. Jetzt aber gibt es kein Zurück mehr, in Zukunft wird er sie so lieben, wie sie das verdient hat, und er spürt ihre Lippen, die weich sind und fest und ein bisschen fremd, als ob dies ihr erster Kuss wäre, der etwas lange Verschüttetes zurück ans Licht holt.

«Ich liebe dich», sagt er, ohne die Lippen von ihren zu lösen, und er fühlt ihre Antwort mehr, als sie tatsächlich zu hören.

«Ich liebe dich auch, Heinrich», flüstert sie, «jetzt wird alles gut werden. Wir bekommen ein zweites Kindlein.»

*

ICH KOMME SCHON KLAR. *Lass mich. Lass mich!* So, wie ihr Vater jetzt redet, kann sie sich selbst hören. Ihre kleine Hand, die den Breilöffel wegschlägt, weil sie allein essen will, ohne Hilfe. Ihr Körper, der sich nach Türklinken reckt, Schrankfächern,

Schubladen, Jacken, den Schuhen. Selbst machen. Groß sein. Entscheiden können. Weggehen!

Ist es so gewesen? Oder sind das nur Geschichten, die ihr so oft erzählt worden sind, von den Eltern und ihrer Schwester, dass sie sie für die Wahrheit hält?

Du rennst, Zissy, du rennst immer nur weg.

Nein, tu ich nicht. Ich will doch nur …

Oh, doch, das tust du.

Die Tochter, die nie etwas durchhält, ist sie. Auf die kein Verlass ist.

Nichts Richtiges schaffen, kein Geld, keine Verantwortung, aber große Töne.

Sie erreicht das Ende der Straße, wendet sich nach links und an der zweiten Kreuzung nach rechts. Sie muss nicht überlegen dabei, sie kennt ihre Wege in Mühlbach, die Topografie dieses Dorfs ist in ihrem Körpergedächtnis gespeichert, jedes Haus, jede Straße, jeder Schleichweg, jeder Rinnstein, sogar der glubschäugige Porzellanmops in dem Holzschindelhaus, den sie immer vergisst, bis er sie wieder anglotzt.

Der Dorfladen an der Hauptstraße hat noch geöffnet. Im Kühlregal sind sogar ein paar Bioprodukte. Franziska kauft das Nötigste und merkt wieder, wie müde sie ist und wie hungrig. Losen Tee gibt es hier nicht, aber selbst Beutel sind besser als der bitter lauwarme Kaffee ihres Vaters. Milch noch und Tomaten und eine Flasche Weißwein. Im Ashram gibt es weder Alkohol noch Kaffee oder Darjeeling. Sie hat gedacht, dass sie sich daran gewöhnt hätte, aber vielleicht stimmt auch das nicht.

Drei Wochen Zeit, um zu überlegen und sich zu entscheiden. Und dann, Ziska, was dann? Die Weinflasche und die Joghurtgläser klirren im Takt ihrer Schritte. Das in den 90er-Jahren neu erschlossene Wohngebiet, in dem Monika und Thomas gebaut haben, liegt am anderen Ende des Dorfs und wirkt gemessen an den aktuellen Neubausiedlungen schon wieder altmodisch in seiner Verschwendung: frei stehende Häuser in üppigen Gärten, die Fahrbahnen und Gehwege hingegen viel zu eng für die feisten Erst-, Zweit- und Spaßautos, weshalb sich in die Gärten gigantische Carports gefräst haben oder gar eine Doppelgarage, wie am Haus ihrer Schwester.

Jandel. Ein schlichtes Schild. Edelstahl. Monikas Sohn Florian meldet sich in der Sprechanlage und drückt Franziska die Gartenpforte auf, die mit einem diskreten Schmatzen sogleich wieder hinter ihr ins Schloss schnappt. Sie läuft über hellen Stein aufs Haus zu, ihr Neffe macht die Tür auf.

«Hey, Tante Zissy!»

«Hey, großer Häuptling.»

Er grinst. Ein junger Mann, dem sie gerade noch so bis zur Schulter reicht, nicht mehr der Tomahawk schwingende Miniatur-Winnetou, mit dem sie im Wald Spuren gelesen und Baumhäuser gebaut hat, aber womöglich noch immer ein Wolkenkuckucksheimträumer. Der Sohn, den sie gern hätte haben wollen und vielleicht sogar hätte bekommen können. Vielleicht, möglicherweise, wenn sie in ihrem Leben …

«Und, was machen die Gurus?»

«Sie meditieren.» Franziska schlingt ihre Arme um ihn. «Und was machen deine?»

«Musik, immer Musik. Sie suchen den richtigen Beat.»

«Auch gut.»

«Ist es das?»

«Findest du nicht?»

«Franziska.» Thomas kommt auf sie zu. Präzise Schritte entlang der makellos weiß lackierten Schränke und Regale des Eingangsbereichs, zwei schnelle Pro-forma-Wangenküsse für sie, fast ohne ihr Gesicht zu berühren, nur Thomas' Hand bleibt auf ihrer Schulter und dirigiert sie ins Wohnzimmer.

«Flori, lässt du uns bitte alleine.»
«Bin schon weg, bin schon weg, Dad!»
«Aber um acht bist du wieder zurück.»

Florian reißt ein Longboard aus dem Wandschrank und stößt einen Laut aus, der mit etwas gutem Willen als Zustimmung interpretiert werden kann. Ihr Schwager lotst Franziska nach einem kurzen Blick auf den mit leeren Pizzakartons, Gläsern, Cola- und Wasserflaschen, Espressotassen, Schokolade- und Gummibärchen-Verpackungen übersäten Esstisch zur Couchgruppe, die in einem durchschnittlich dimensionierten Zimmer alles blockieren würde, hier jedoch so luftig platziert wirkt wie in den Möbelhaus-Katalogen, die solche Ensembles als Sitzlandschaften anpreisen.

«Wollen wir nicht lieber auf die Terrasse?»

Thomas' Kinn zuckt, was wohl ein Kopfschütteln sein soll, er wirft sich auf eines der Sofas, zieht zwei Mobiltelefone aus der Hemdtasche und platziert sie vor sich auf den Couchtisch.

Franziska gibt nach und setzt sich über Eck von ihm, mit Blick auf die verglaste Wohnzimmerfront zum Garten: Kies, Bambus und in groteske Formen getrimmte Zwergpinien, ein paar steinerne Japan-Laternen. Vor der Terrasse plätschert ein künstlicher Wasserfall in ein Betonbecken, das von zwei aufgespießten Buddhaköpfen flankiert wird.

«Ich hab nicht viel Zeit, Franziska, was willst du?»

«Keine Sorge, ich stör dich nicht lange.» Unmöglich, sich auf diesem Sofa anzulehnen und gleichzeitig die Füße auf dem Boden zu behalten, aber zum Flegeln ist jetzt nicht der Zeitpunkt, also hockt sie auf der Kante, als ob sie auf dem Sprung wäre. Sie sieht Thomas' Wangenmuskulatur arbeiten, fühlt seine Anspannung, riecht sie. Anspannung oder Ablehnung. Beides wahrscheinlich. Etwas stimmt nicht, stimmt überhaupt nicht.

«Was ist los, Thomas? Ihr geht nicht ans Telefon, und Papa

weiß offenbar gar nichts davon, dass ich Moka in den nächsten drei Wochen vertrete. Ich finde auch nirgendwo diese Packliste.»

«Dann hast du nicht richtig gesucht ...»

«Habe ich wohl. Moka hat nichts für mich hinterlassen, gar nichts.»

«Sie ist schuld, ja? Klar! Genau wie beim letzten Mal.»

«Es geht nicht um Schuld, Thomas. Aber ich finde diese Packliste wirklich nicht. Und wenn wir schon dabei sind: Vor zweieinhalb Jahren hatte Monika mich auch nicht ...» Hör auf, Franziska. Nicht jetzt. Nicht mit Thomas. Vielleicht ist ihre Schwester ja auch für Thomas nicht erreichbar. Vielleicht haben die beiden gestritten oder stecken in einer handfesten Krise. Vielleicht hat ihr Schwager eine Geliebte.

Thomas' Telefon fiept, er reißt es hoch, bedeutet Franziska zu warten und sprintet in den Flur.

Ich muss dir was sagen, Franziska.

Sag mir was, Lars. Aber erst musst du meine neue Mischung probieren. Ich glaub echt, jetzt hab ich's, wenn wir die im Laden verkaufen ...

Ihre Bank mit der sonnengewärmten Lehne, auf der sie sitzen, zwei Tonbecher und der Glaskrug mit dem Kräutertee aus eigenem Anbau vor ihnen auf dem Holztisch: Rosenblüten, Hagebutte, Kornblume, Rosmarin, Minze, Schafgarbe und Pimpernell. Nicht zu süß, nicht zu bitter. Franziskas Erfindung. Die Märchenburglandschaft vor ihnen und der violettrosa Himmel. Und Lars neben ihr, der nicht nach seinem Becher greift, nicht den Arm um sie legt und die Beine ausstreckt, sondern die Ellbogen auf seine Knie stützt und ins Gras guckt und nuschelt, *Jule ist schwanger.*

Jule ist also schwanger, hat sie wiederholt und sich sogar gefreut und schon zu überlegen begonnen, wie es gehen könnte, mit dem Baby dieser jungen Frau, die bei ihnen untergekrochen war und ihr nie in die Augen sehen kann. Bis sie endlich begreift, dass Lars der Vater von Jules Kind ist und ihr verkündet, er würde Jule lieben und sich in jedem Fall seiner Verantwortung stellen.

«Monika hat einfach die Nerven verloren.» Thomas setzt sich wieder auf seinen Platz und positioniert seine Handys.

«Die Nerven verloren. Und was bitte heißt das?»

«Sie braucht einfach mal eine Auszeit. Alles, wirklich alles hat sie schließlich allein tragen müssen bei euren Eltern, all die Jahre, Franziska, und seit dem Tod von Johanne ist es mit Heinrich von Woche zu Woche schwieriger geworden.»

«Ja, das merke ich auch, und ...»

«Er will nicht umziehen, er will keine Hilfe, er will keinen Treppenlift, er will keinen Umbau, aber klar kommt er auch nicht. Also haben wir alles durchgeplant und ihm eine schöne Kur gebucht und bezahlt. Er wird das schon akzeptieren, wenn er wieder heimkommt und im Erdgeschoss ein richtiges Bad und ein Schlafzimmer vorfindet, haben wir gedacht – und dann sagt er die Kur einfach ab, und das war das eine Quäntchen zu viel für Moni, da ist sie ...»

«Ja?»

«Wie gesagt, sie braucht eine Auszeit.»

«Und deshalb hast du mich hierher beordert.»

«Fair ist fair, oder? Er ist schließlich auch dein Vater.»

«Aber ihn habt ihr nicht informiert.»

«Doch natürlich. Aber der alte Sturschädel hört ja nur, was er hören will.» Thomas springt wieder auf. «Ich hol dir den Umbauplan und die Packliste. Daran soll es nicht scheitern.»

«Ja, gut, aber ...»

Keine Chance, ihr Schwager ist schon wieder weg. Franziska steht auf und tritt an die Glasfront. Im Betonbecken driften Kois, die vielleicht von Seerosen träumen und gelernt haben, ohne zu überleben. Hat Monika diesen Garten so anlegen lassen? Frau Dr. Ing. Monika Jandel in ihren Hosenanzügen und Kostümen. Franziska versucht, sich vorzustellen, wie ihre Schwester nach einem langen Konferenztag aus ihrem Planungsbüro heimkommt, die Schuhe abstreift, die Füße ins Koibecken hängt und sich insgeheim nach einem Rasen mit Gänseblümchen zurücksehnt. Wahr oder nicht wahr? Sie weiß es nicht, sie hat nicht einmal eine Ahnung. Nichts ist geklärt zwischen ihrer Schwester und ihr, früher nicht, und seit der Beerdigung schon gar nicht. Wie die beiden gepfählten Buddhaköpfe stecken sie jede in ihrer Welt fest.

«Hier.» Thomas kommt wieder und gibt ihr einen Umschlag. Sie nimmt ihn an, ohne ihn zu öffnen.

«Moka will dich nicht sehen», sagt er. «Sie will auch nicht mit dir telefonieren. Kümmere dich um euren Vater, so wie wir das verabredet haben, und lass deine Schwester in Ruhe.»

*

MONIKAS ZWEITER ZEH ist etwas länger als der große, genau wie bei ihr, aber seitdem Monika dreizehn geworden ist, lackiert sie sich manchmal die Nägel, wie Perlmuttmuscheln schimmern sie zwischen den Grashalmen. Es sieht lustig aus, wenn Monika mit ihnen wackelt, und sie kann mit den Zehen Gänseblümchen pflücken.

«Siehst du schon eins, Zissy?»
«Nein. Doch. Warte. Da drüben!»
«Wo?»
«Da, in der Hecke.»
«Du spinnst, da ist nichts.»
«Nicht streiten, Mädchen, nicht streiten!» Es klirrt sanft in ihrem Rücken. Die Eltern tippen ihre Weingläser aneinander.

Jahrhundertsommer sagen sie später, wenn sie an den Sommer nach Franziskas zehntem Geburtstag zurückdenken. Oder einfach nur Leuchtkäfersommer. Sie leben eher draußen als drinnen, sie essen jeden Tag Erdbeeren und Eiscreme. Ihre Haare bleichen aus, und die Haut färbt sich goldbraun, weil sie jeden Tag zum Baden an den See radeln. Es ist, als würde dieser Sommer sie alle verzaubern, nicht nur äußerlich, sondern auch innen, und Franziska wünscht sich, er möge nie enden. Immer und immer will sie, wenn die Sonne versunken ist, mit Monika und ihren Eltern auf der Veranda des Gartenhauses Platz nehmen und auf die Leuchtkäfer warten. Die Eltern auf der Bank, Monika und sie mit den Füßen im Gras auf der Holzstufe.

«Da, noch ein zweites!»

«Ja, stimmt, jetzt seh ich es auch.»

Das Zwielicht nimmt zu und verwischt die Konturen. Das Gras fühlt sich warm an und federnd, fast so, als würde es sich ganz sacht unter ihnen bewegen, wie der Rücken eines sehr großen und trägen Tieres.

«Schau!» Monika klemmt sich ein Gänseblümchen ins Haar, wo es zu einem schimmernden Stern wird. Aber Franziska heftet ihren Blick trotzdem wieder auf die Hecke. Man muss aufmerksam sein, um den Flug der Leuchtkäfer zu verfolgen, das weiß sie. Man muss viel Geduld haben mit ihnen, denn sie erscheinen nicht immer verlässlich zur selben Uhrzeit an derselben Stelle, und sie leuchten auch nicht immer gleichmäßig hell. Es ist eher, als würde das Licht in ihnen die ganze Zeit sanft pulsieren, ein beständiges Aufglimmen und wieder Vergehen, und manchmal wechseln sie einfach die Richtung oder machen mitten im Flug ihr Licht aus. Jede Nacht aufs Neue sorgt sie sich, ob die Leuchtkäfer überhaupt wiederkommen werden, und je länger sie warten müssen, desto unwahrscheinlicher scheint das. Doch sobald sie sie entdeckt, ist es, als seien sie eigentlich gar nicht fort gewesen:

winzige grün schimmernde Wesen zwischen den Schatten der Hecken und Sträucher, die die geheime Macht haben, sich nach Belieben vor den Augen der Menschen zu verbergen.

Was geschieht, wenn sie ihr Licht löschen? Fürchten sie sich im Dunkeln? Oder spielen sie auf diese unnachahmliche Leuchtkäferweise miteinander Verstecken?

«Insekten spielen nicht», sagt ihr Vater. «Sie denken auch nicht nach, und sie haben keine Gefühle, sie folgen einfach nur ihrer biologischen Programmierung.»

«Sie suchen einander», ergänzt Franziskas Mutter. «Und damit sie sich auch finden, schalten sie eben ihr Licht an.»

«Die Männchen suchen die Weibchen», fügt Monika hinzu. «Weil sie Leuchtkäferbabys machen wollen.»

«Sich paaren heißt das», korrigiert ihr Vater, «oder Nachwuchs zeugen. Aber du hast recht: Das Licht dient allein der Arterhaltung.» Und Franziska hört, dass er lächelt, und glaubt zu sehen, dass ihre Mutter sein Lächeln erwidert, obwohl sie den Kopf schüttelt.

«Und wenn sie sich gefunden haben, leuchten sie nicht mehr?», fragt sie, und Monika schnaubt auf eine Weise, die klarmacht, dass sie Franziskas Überlegungen total babyhaft doof findet.

«Ach, Zissy, du stellst immer Fragen ...» Die Hand ihrer Mutter streift sanft durch ihr Haar. Aber aus irgendeinem Grund kann sie auf einmal nicht länger still sitzen. Es muss doch möglich sein, den Flug eines Leuchtkäfers zu verfolgen und also herauszufinden, was er vorhat. Doch so sehr sie sich auch bemüht, nie sieht sie zwei, die geradewegs aufeinander zufliegen und sich zu einem einzigen leuchtenden Punkt verbinden, höchstens umkreisen sie sich so, als ob sie das vorhätten.

«Jetzt sei doch nicht beleidigt.» Monika schlingt die Arme um sie. «Sie sehen schön aus, das reicht doch.»

Und eine Weile stehen sie dann einfach still, und sie fühlt Monikas Atem im Haar, und alles scheint auf einmal wieder ganz einfach. Doch als sich der Leuchtkäfersommer seinem Ende zuneigt, ist sie doch zu dem Schluss gekommen, dass ihre Eltern und Monika sich irren. Zumindest in ihrem Garten suchen die Leuchtkäfer nicht nach einem Partner. Sie fliegen und leuchten zwar umeinander herum und sehen wunderschön aus, aber sie bleiben jeder für sich alleine.

*

DAS GARTENHAUS MÜSSTE DRINGEND neu eingedeckt werden, der Rasen sieht braun aus, die Beete kaum besser, im Nachbargarten scheucht Edith Wörrishofen ihre Hühner. *Husch, husch, meine Süßen, Zeit zu schlafen*, so hat sie früher gerufen, so wird sie es wohl auch jetzt tun, das kann er sich denken, ohne die Hörhilfen zu bemühen oder das Fenster zu öffnen. Nur der silbern ziselierte Gehstock ist neu, den kennt er noch nicht. Allerdings scheint Edith den auch nicht wirklich zu brauchen, denn von Zeit zu Zeit lehnt sie ihn an ihre Hüfte und klatscht in die Hände, und jetzt schwenkt sie ihn in weitem Bogen in Richtung der Himbeeren, aus denen sich tatsächlich ein braunes Huhn löst.

Husch, husch, meine Süßen! Ab in den Stall jetzt!

Früher war Edith blond, jetzt strömt ihr das Haar wie ein schneeweißer Wasserfall über die Schultern, und obwohl sie jetzt einen Stock benutzt und ihren Schritten bei näherem Hinsehen etwas Tastendes anhaftet, kann er die tänzelnde Leichtigkeit der jüngeren Frau in ihnen erkennen. Und natürlich trägt sie immer noch eines ihrer wallenden, grellbunten Gewänder.

Edith lebt, als gälten für sie keine Regeln. So hat Johanne das formuliert: Wenn im Morgengrauen Ediths Hahn krähte und die ganze Nachbarschaft aufweckte. Wenn zur Mittagszeit durch

Ediths weit geöffnete Fenster Schubert oder Chopin perlte oder eine ihrer Gartenpartys erst um Mitternacht richtig in Schwung kam.

Ach, kommt doch rüber zu uns und trinkt noch ein Gläschen, die Luft ist so lau, die Nacht noch so jung, man lebt doch nur einmal.

Wie Ediths Lachen in solchen Momenten extrahell flirrte, sodass selbst Johanne ihr nicht widerstehen konnte. Bis die Stimmung mal wieder kippte und Hubert Wörrishofens Gebrüll jeden anderen Laut erstickte. Nur als Edith mit Huberts Geschäftspartner durchgebrannt ist, hat er nicht mehr geschrien, da ist er einfach stumm und verbittert zum Stall gestapft und hat einem Huhn nach dem anderen den Hals umgedreht und als Krönung dem Hahn den Kopf abgeschlagen und Johanne vor die Füße geschleudert.

So, jetzt ist Ruhe bei uns, das war doch, was ihr wolltet!

Aber so hatte Johanne das nicht gemeint und er natürlich auch nicht, auch wenn er sich wieder und wieder bei Edith und Hubert über den Lärm beschwert hatte.

Manchmal, wenn er im Morgengrauen hochschreckt, glaubt er, den Hahn noch zu hören. Den Hahn und sogar das nachttrunkene Glucksen der Hennen, dabei weiß er ganz genau, dass das ohne die Hörhilfen nicht sein kann. Doch je mehr er sich müht, den Spuk zu vertreiben, desto hartnäckiger ist er. Er hört den geköpften Hahn und die Hennen, hört ihr Rascheln und Scharren und Gackern, er kann sie sogar riechen: Stroh, Staub, Kalk und Körner und den scharfen Ammoniakkot, dabei ist er noch nie in dem Hühnerstall gewesen. Edith – die immer getan hat, als ob es kein anderes Glück für sie gäbe, als das mit ihrem Mann und den Hühnern, und dann einfach verschwindet und nach drei Jahrzehnten unverhofft wieder zurückkommt. Er hat nie verstanden, warum Hubert Wörrishofen das einfach so akzeptierte, warum er sich nie hatte scheiden lassen und Edith, ohne auch nur mit der Wimper zu zucken, zurücknahm. Nörgelte zwar und schrie, aber ließ sie gewähren, muckte nicht, als sie direkt wieder Hühner anschaffte, ließ sich sogar von ihr pflegen, bis er eines Tages tot umkippte.

Heinrich wendet den Blick zur Terrasse, aber da gerät auch alles aus den Fugen, weil seine Tochter Franziska eben mit einem Tablett kommt und beginnt, den Tisch einzudecken, obwohl er ihr deutlich gesagt hat, dass er in der Küche isst und nirgendwo anders. Heinrich stemmt sich hoch, schwankt, stabilisiert sich.

Wie regeln wir das nun mit Ihrer jüngeren Tochter?

Noch so eine Frage des Notars, die er dringend beantworten muss. Er hatte sich eigentlich auch schon entschieden: Die Gunst der Stunde durch Monikas Reise nutzen und tun, was zu tun ist, die schlafenden Hunde nicht noch einmal wecken. Nun ist ihm, als höben sie dennoch die Häupter.

Heinrich schiebt den rechten Fuß vor, zieht den anderen nach, rammt den Stock in den Perserteppich. Der Boden ist da, er ist fest, mit dem Stock kann er ihn fühlen, warum nicht mit den Füßen? Der Ameisenbär an der Wand scheint zu zwinkern. *Na, komm, Heinrich, trau dich, jetzt mach schon.* All diese Stimmen, die unentwegt in ihm plappern, dieses Kopftheater muss dringend enden.

Immerhin sieht er jetzt, was mit seiner Zeichnung nicht stimmt: Die Augen sind tot und das Plastische fehlt, auch wenn die Proportionen nun einigermaßen korrekt sind. Johanne könnte das Bild vielleicht retten, aber er nicht und also reißt er es vom Zeichenblock und wirft es zu den anderen.

Er zwingt sich weiter voran. Einfach mal schnell nach nebenan oder in den Garten gehen, auf die Terrasse oder in die Küche, nach oben ins Bad, ins Schlafzimmer oder zu den Mädchen, zwei Stufen auf einmal hat er oft genommen, so selbstverständlich, als könnte sich das niemals ändern. Ein Fehler ist das gewesen, daran nicht zu denken. Ein weiterer Fehler. Er hätte es kommen sehen können, spätestens mit der Diagnose, er hat zu lange gewartet, sodass es nun für manches zu spät ist.

Noch ein Schritt. Und noch einer. Jeder Schritt ist ein Sinken, wie damals im Schnee, dieser endlosen Einöde. Er fühlt sein Herz überlaut schlagen, stützt sich mit der freien Hand aufs Sideboard. Verliert auch sie ihre Kraft, kann er das Holz wirklich fühlen? Er ist zu warm, dieser Sommer, er ist zu hell, fast wie Schnee, bleicht alles aus. Selbst seine auf Spanplatte gezogenen Flughafenpläne und die Luftaufnahmen nach der Bauvollendung haben Staub angesetzt und verblassen allmählich.

Ich will dein Betongeld nicht! Keinen Pfennig davon! Ich gehe!

Die Verachtung der siebzehnjährigen Franziska in jedem Wort, jeder Geste. Johannes stumme Tränen und seine Siegesgewissheit.

Ein, zwei Wochen, gebe ich dir. Allerhöchstens einen Monat! Ohne Geld, ohne Abi kannst du nichts werden, das wirst du schnell begreifen.

«Da kommst du ja schon, ich wollte dich gerade abholen!» Franziska hakt ihn unter, riecht nach Gras und nach Sonne und dirigiert ihn mit sanfter Entschlossenheit zur Terrasse.

Sie hat mit Johannes Lieblingsgeschirr eingedeckt, sogar die rote Tischdecke hat sie gefunden. Und Gurken mit Schnittlauchquarkhaube hat sie angerichtet, aber nirgendwo sind seine Suppe vom Mittag, sein Toast und sein Milchbecher.

«Ich will», sagt Heinrich, «ich will nicht ...» Und weiß plötzlich nicht weiter.

*

DIE BLANK GESCHEUERTE TISCHPLATTE dehnt sich endlos vor ihm, auf dem Teller vor seiner Nase kleben glasige Lauchstrünke und Kartoffelbrocken in einer blässlichen Mehlpampe.

Er pikt seine Gabel in eine Kartoffel, hebt sie zum Mund, lässt sie gleich wieder sinken. Unmöglich. Er kann nicht. Der Lauch stinkt zu sehr, er bringt keinen Bissen herunter, schon beim Gedanken daran krampft sich sein Magen zusammen. Wenn er es trotzdem versucht, muss er würgen. Er wird den Lauch wieder ausspucken müssen, und was dann passiert, weiß er, seitdem Jonas aus der Quinta das mit der Roten Bete gemacht hat. *Quidquid agis, prudenter agas et respice finem.* In jeder Lateinstunde lässt sie der Direx das im Chor wiederholen. *Was immer du tust, tue es klug und bedenke das Ende.*

«Bitte, Fräulein Schuster, ich kann nicht, wirklich nicht, ich ... ?»

Wie sinnlos das ist, so zu bitten. Es ist Krieg, er muss dankbar sein für das Essen, da darf nichts verkommen, das weiß er. Er hat die Chance verpasst, seinen vollen Teller heimlich mit dem eines Schulkameraden zu vertauschen, der kein Problem mit dem Lauch hat, jetzt sind alle weg, es gibt kein Entkommen, es sei denn, er kann seine Bewacherin doch noch erweichen.

Er hebt den Kopf und blickt zu Fräulein Schuster, die reglos, gesichtslos und stumm am Fensterkreuz lehnt, ein Schattenriss nur vor dem Himmel, der wie eins scheint mit der kaltweißen Landschaft. Kein Weg darin, gar nichts, nur die Rufe der anderen Jungen, die auf dem Exerzierplatz eine Schneeballschlacht abhalten.

«Kann nicht vielleicht ein anderer Junge meinen Teller leer essen?»

Sie antwortet nicht, was soll sie auch sagen? Es gibt hier im Lager nun mal kein Erbarmen für Burschen, die glauben, man müsse für sie eine Extrawurst braten. Er wünscht sich, sein Teller würde einfach verschwinden, wünscht sich, er könnte Jonas und die Rote Bete vergessen, und am allermeisten wünscht er sich, es wäre nicht Krieg, der andauernd verlangt, dass sie keine Memmen sind, sondern Männer, obwohl sie dann mit dreizehn doch wieder zu jung sind, ihren Teil an der Front für den Endsieg zu leisten.

Fräulein Schuster hüstelt und verschränkt ihre mageren Arme vor der ebenso mageren Brust. Es ist kalt im Speisesaal ohne die anderen. Bestimmt friert sie auch. Vielleicht würde sie selbst gerne seinen Lauch essen. Will gern und darf nicht. Vor zwei Wochen, als er ins Eis eingebrochen war, hat sie ihn an Land gezerrt und so fest an sich gedrückt, als wollte sie ihn nie wieder loslassen. Er kann sich noch an sein Erstaunen darüber erinnern, dass diese dürre Frau mit den harten Bewegungen und Worten auf einmal so weich schien und ein bisschen nach Schweiß roch und nach etwas Süßem; nicht ganz so veilchensüß wie seine Mutter, aber doch gut.

Habicht nennen die Jungs, die schon länger im Lager sind, sie hinter ihrem Rücken. *Pass auf den Habicht auf. Der Habicht frisst Mäuse.* Aber ihn hat sie doch nicht gefressen, und dabei hatte sein Eisunfall nicht nur für ihn, sondern auch für sie ein unschönes Nachspiel, schließlich war der See nicht zum Eislaufen freigegeben, und er hatte sich widersetzt, und Fräulein Schuster hatte die Aufsicht.

Ist Fräulein Schuster zum Rektor zitiert worden, weil er ihr nicht gehorcht hatte oder weil sie ihn gerettet hat? Manchmal fragt er sich das, ob es nicht das ist, was sie in diesem Lager mit ihnen vorhaben: Die Spreu vom Weizen trennen und die Spreu vernichten.

Er schiebt das Kartoffelstück in den Mund, schließt die Augen, würgt es herunter. Auf dem Aufsehertisch steht ein Salzfässchen. Wenn er nur eine einzige Prise davon bekäme, ginge es womöglich ein wenig leichter, aber Salz ist rationiert und außerdem ungesund für junge Burschen, die dankbar sein müssen, dass es überhaupt etwas für sie gibt, Gemüse und Vitamine, obwohl sie nicht in den Schützengräben ausharren müssen oder durch Russland marschieren.

«Du rührst dich nicht vom Fleck und isst auf, verstanden?»

Wenn sie ihnen droht, senkt Fräulein Schuster immer die Stimme und klingt dann in der Tat wie ein krächzender Raubvogel. Gleich wird sie mich packen und schütteln, denkt Heinrich, als sie geradewegs auf ihn zuhält. Aber dann gibt sie ihm nur einen Katzenkopf, und im nächsten Moment fällt die Tür hinter ihr zu, und er hört, wie sich der Schlüssel von außen im Schloss dreht.

Eingesperrt zwar – aber alleine! Das Wunder, auf das er nicht zu hoffen gewagt hatte, hier ist es. Heinrich stürzt zum Fenster und weicht gleich wieder zurück. Das wird nicht gutgehen, wenn er den Lauch da hinausschüttet, denn direkt unter dem Speisesaal wacht der einarmige Böhmer über Heinrichs Klassenkameraden, und der Abfalleimer neben der Tür kommt auch nicht infrage, denn den wird der Habicht bestimmt kontrollieren. Heinrich geht in die Knie. Die Heizungsverkleidung klappert und wackelt und lässt sich weit genug anheben, um blitzschnell den Lauch von seinem Teller in den entstandenen Spalt glitschen zu lassen. Nicht alles natürlich, ein bisschen was muss er wohl oder übel noch auf dem Teller behalten und trotz allem aufessen, sonst wird der Habicht zu misstrauisch.

Noch etwas Salz jetzt – nein, schon dreht sich wieder der Schlüssel im Schloss. Keine Sekunde zu früh schafft Heinrich es wieder auf seinen Platz und macht sich ans Werk. Den Kopf senken, nicht aufblicken, nur schlucken und schlucken. Die Tür knarzt und klappt zu, der Habicht kreist mit Raubvogelblick durch den Speisesaal und kommt direkt vor Heinrich zu stehen, kann offenbar gar nicht glauben, dass sein Teller auf einmal doch leer wird.

Ein letzter Bissen noch. Es schüttelt ihn, würgt ihn, aber er schafft es. Frei, gleich wird er frei sein und kann sich übergeben.

«Fertig, Fräulein Schuster. Darf ich jetzt zu den anderen?»

«Lauf, Heinrich. Und bitte erspar uns in Zukunft dieses Theater, denn sonst muss ich ...»

«Mache ich, ja. Ganz gewiss. Versprochen.»

Er springt auf, sieht im Loslaufen, dass sich ein Soßenrinnsal unter dem Heizkörper hervorwindet, blass zwar und mickrig, aber nicht zu leugnen. Das hat er nicht bedacht in seiner Verzweiflung: Dass der Lauch sich zersetzen kann und verflüssigen und wieder hervorquellen, vor allem dann, wenn sie doch noch einmal anheizen. *Quidquid agis, prudenter agas et respice finem.* Wenn der Lauch wieder auftaucht, ist er dran, dann gibt es für ihn kein Entkommen mehr, kein Erbarmen, und das wird dann ganz allein seine Schuld sein. Heinrich rennt schneller.

*

WIE STERBEN AMEISENBÄREN? Nach allem, was er weiß, machen sie sich auf den Weg wie sonst auch immer, als wollten sie einfach nur Ameisen und Termiten erbeuten. Brechen ein letztes Mal auf und kehren nicht wieder, wobei ‹wiederkehren› eigentlich inkorrekt ist, denn der Ameisenbär ist ein Einzelgänger, der kein festes Heim baut. Wird er müde, wühlt er sich in ein Nest aus Laub und Erde. Hat sein letztes Stündlein geschlagen, genauso. Scharrt eine Kuhle, schließt seine Augen, macht daraus keine große Affäre. Leben, fressen, sterben und fertig. Heinrich wünscht sich, so leicht könnte das auch für ihn sein. Er malt sich regelrecht aus, wie es sein könnte, dieses Verschwinden. Wie er noch einmal den Garten durchquert und das Tor zu den Wiesen aufstößt und hindurchtritt und es sacht hinter sich zuzieht. Wie er dann losläuft, ein einziges Mal noch, und nicht mehr zurückkehrt und sich nicht um einen Grabstein kümmern muss, um ein Testament und um dieses letzte Versprechen, das er Johanne gegeben hat, und also unmöglich brechen kann und nicht brechen will, aber auch nicht erfüllen.

*

«ICH ESSE AM ABEND NUR meine Suppe. Mit Toastbrot.»

«Dein Toast war verschimmelt, Papa.»

«Wie bitte?»

«Verschimmelt! Der Toast. Und die Wurst auch.»

«Verschimmelt.»

«Hier.» Sie reicht ihm den Brotkorb.

«Brötchen?» Er zögert.

«Morgen kaufe ich richtiges Brot, das war vorhin schon ausverkauft.»

«Wie bitte?»

«Es gab nur noch Brötchen.»

«Kein Toastbrot?»

Sie legt ihm Quarkgurkenhäppchen auf den Teller. Er mustert sie, isst eins, ein zweites, nimmt ein Brötchen.

«Alles bio.»

Sie nimmt sich selbst Gurken und ein dickes Stück Cheddar. Als hätte sie wochenlang nichts gegessen.

«Bio.» Er dehnt das Wort, dass es klingt wie ein Schimpfwort. Legt seine Gabel beiseite, will offenbar aufstehen.

«Was ist, Papa?» Sie schreit.

«Meine Milch.»

«Ich hol sie dir, warte!»

Er nickt, lehnt sich wieder zurück, beißt in sein Brötchen.

Solange Monika und sie klein waren, gab es abends immer nur Milch zu trinken, nie Saft, Tee oder Mineralwasser. An heißen

Sommerabenden hat ihre Mutter geriebene Zitronenschale und Zucker in einen Tonkrug gegeben, Milch und Buttermilch zugefügt und mit dem Schneebesen so lange gequirlt, bis sich eine kühl sahnige Schaumkrone bildete.

«Danke.» Ihr Vater nimmt ihr den Becher ab, hebt ihn an die Lippen, trinkt in tiefen Zügen.

Zittert seine Hand, oder bildet sie sich das nur ein? Sie muss weiter versuchen, Monika zu erreichen, denn die Listen von Thomas verraten ihr viel zu wenig. Irgendwann wird ihre Schwester das Handy wohl einschalten oder zumindest die E-Mails abrufen.

Das hast du doch immer gerne gegessen, Franziska, und nun isst du wirklich kein Fleisch mehr, überhaupt nicht?

Dieselbe Frage ihrer Mutter, bei jedem Besuch aufs Neue. Dieselbe Traurigkeit, die darin mitschwang und ihr die Kehle zuschnürte, ein nicht lösbares Dilemma. Und jetzt sitzt sie da und wünscht sich, sie wäre nicht so stur gewesen und sie könnten noch einmal alle vier unter dem roten Sonnenschirm mit den weißen Fransen etwas von ihrer Mutter Gekochtes essen: das Frikassee mit den Zuckererbsen oder die Rinderrouladen oder die mit Hackfleisch gefüllten Paprikaschoten.

Der Garten ihrer Mutter braucht wirklich sehr dringend Pflege, zumindest müsste mal jemand wässern. So wie nebenan, wo tatsächlich Edith Wörrishofen mit dem Schlauch steht. Schaut sie absichtlich nicht zu ihnen herüber oder ist sie nur in Gedanken versunken? Franziska wirft einen Blick auf ihren Vater, aber der trinkt seine Milch und guckt hoch konzentriert über den Garten hinweg auf die Wiesen, die sich hinter dem Zaun in sanftgrünen Wellen zum Waldsaum hinaufschwingen.

Artur auf seinem klapprigen Hollandrad – einen Moment lang glaubt sie, ihn auf dem Feldweg zu sehen. Artur mit wehendem Haar und der Wildlederjacke, die er nie zugeknöpft hat.

Komm, Ziska, diese Nacht gehört uns, fahren wir noch in die Laterne.

Sie schließt die Augen, öffnet sie wieder. Kein Artur, nur die Wiesen, der Wald und ein unwirklich rosa behauchter Himmel. Nimmt ihr Vater den auch wahr oder sieht er sein jüngeres Selbst auf dem Feldweg?

Es ist wichtig, im Rhythmus zu bleiben, Gazellchen. Wenn du den erst mal hast, zieht er dich immer vorwärts, deshalb musst du auch, wenn du mal fällst, direkt wieder weiter.

Auch wenn ich mir wehtue?

Gerade dann, denn sonst findest du deinen Rhythmus nicht wieder.

Ihr Vater angelt ein goldenes Pillendöschen aus seiner Hemdtasche.

Sie tippt an sein Wasserglas. «Trink das dazu, bitte.»

Er nickt und lässt zwei Tabletten in seine Handfläche kullern.

Morgens zwei und abends eine, so steht es auf dem Medikamentenplan. Oder nicht?

Ihr Vater verstaut seine Dose wieder. Langsam. Bedächtig. Legt die Tabletten eine nach der anderen auf seine Zunge, führt das Wasserglas an die Lippen. Er muss das Laufen vermissen, die Kraft, die ihn voranträgt, es muss ihn schier verrückt machen, dass er aus seinem schwindenden Körper einfach nicht mehr herauskann.

Lauf mehr auf dem Ballen, Zissy, ja, genau so. Du federst ab und schnellst vorwärts, es ist ein bisschen wie fliegen, und verkrampf nicht die Schultern, das bremst nur.

Ihr Vater setzt sein Wasserglas auf den Tisch und sieht sie an. Abwartend, abwägend, ablehnend? Das Essen hat ihm gutgetan, das Trinken vermutlich noch mehr und die frische Luft sicher auch. Er sieht wacher aus, weniger greisenhaft. Präsenter.

Geh und bemüh dich nicht mehr, Franziska, das, was deine Mutter gebraucht hätte, kannst du ihr nicht mehr geben, hat er ihr entgegengeschleudert, als die Trauerfeier vorbei war. Will er das jetzt wiederholen? Und wenn er das tut, was soll sie erwidern?

Allein kannst du hier nicht mehr zurechtkommen, Papa.

Wie viel Wucht dieser Satz hat. Und welches Recht, welche Pflicht, welche Kompetenz hat sie überhaupt, das für ihn zu entscheiden? Er malt Ameisenbären und hört schlecht, er kann kaum noch laufen, aber heißt das schon, dass er nicht mehr in der Lage ist, alleine zu leben?

«Du willst also hier übernachten.»

«Ja.»

Seine Augenfarbe hat sich nicht verändert. Himmelhellblau hat sie früher gedacht, doch so, wie er sie jetzt ansieht, muss sie an einen Ozean denken und an diese Parabel, die indische Gurus verwenden, um ihren Schülern die Angst vor dem Sterben zu nehmen. Der Ozean ist, was am Ende zählt und was bleibt. Der Mensch ist ein Tropfen, der daraus aufstiebt und funkelt auf seine ganz eigene Weise. Der Tropfen kann sich vom Ozean trennen, aber der Ozean bleibt dennoch in ihm. Fällt der Tropfen zurück in den Ozean, löst er sich zwar auf, ist dafür aber in etwas Größerem geborgen.

Manchmal, wenn sie meditiert, kann sie diesen Frieden fühlen, der daraus erwächst, sich von all ihrer Sehnsucht, dem Wollen, dem Nichtwollen zu verabschieden, diese innere Freiheit. Aber dann will sie doch wieder funkeln und fliegen und, wenn es denn sein muss, auch fallen und scheitern. Sie will Franziska sein und Franziska bleiben. Sie will sich nicht in einer kosmischen Ursuppe auflösen. Sie will auch Artur nicht darin wissen, ihre Mutter, ihren Vater, Monika, Flori und Anna, ihre Lebenden und Toten. Selbst Lars nicht.

Ich brauche dich, Papa, wir müssen noch so vieles klären. Lass mich bitte bleiben und dir helfen.

Wenn sie das laut sagen würde, wäre das ehrlich? Sie hat kein Recht, etwas von ihm zu verlangen. Und wenn sie es trotzdem tut, weiß sie nicht, was das in ihm anrichtet. Vielleicht fühlt er sich dann noch gebrechlicher als ohnehin schon, fühlt sich dem Tode geweiht durch die Dringlichkeit ihrer Worte?

Sie hält den Blick ihres Vaters. Das Symbol für das Herzchakra ist die Gazelle, ein Fluchttier.

«Monika ist ja verreist, und da dachte ich … also ich dachte, ich bleibe ein paar Tage und helfe dir ein bisschen. Ich könnte zum Beispiel den Garten schön machen.»

Kann ihr Vater sie verstehen, oder waren das wieder zu viele, zu lange Sätze?

«Den Garten», sagt er und blickt auf die Wiesen.

«Ja, zum Beispiel.» Feige ist das. Oder vielleicht wählt sie auch instinktiv die richtige Strategie. Er will den Umbau nicht, sie kann ihn nicht einfach überrollen, auch wenn Monika und Thomas das von ihr erwarten.

«Es tut mir leid, dass ich seit Mamas Beerdigung – also dass ich nicht früher gekommen bin, aber ich wusste einfach nicht, wie, und wenn ich dich angerufen habe, wolltest du nie mit mir reden.»

Ihr Vater stemmt sich hoch. Sein Stock fällt zu Boden. Sie hebt ihn für ihn auf, stellt sich neben ihn.

«Wo willst du denn jetzt hin?»

Er antwortet nicht. Schiebt den rechten Fuß vor, zieht den linken nach. Die Sandsteinplatten sind holprig, das Unkraut drückt sie nach oben. Jedes Mal, wenn ihr Vater mit dem Fuß hängen bleibt, ruckt sein Körper, als würde ihm ein Schlag versetzt, und er rammt den Stock beim nächsten Schritt umso nachdrücklicher auf den Boden. Klack – schlurf – schlurf – klack. Jeder Schritt ist ein Kampf, und sie kann ihn nicht lindern.

Die Schwelle ins Wohnzimmer jetzt. Ihr Vater ignoriert den

Arm, den sie ihm anbietet, packt stattdessen den Türrahmen und manövriert sich nach drinnen. Schweiß perlt ihm auf der Stirn und im Nacken, sie kann ihn jetzt riechen, ihr Vater muss sehr dringend duschen, doch wie soll das funktionieren? Selbst wenn sie es bis ins Obergeschoss schaffen, kann sie ihn unmöglich ausziehen, festhalten, abseifen, er will ja nicht einmal mit ihr sprechen, sie ansehen oder sich bei ihr einhaken. Klack – schlurf – schlurf – klack. Alt werden ist nichts für Feiglinge. Wer nicht alt werden will, muss jung sterben. Der Körper ist nur eine Hülle. Alles wahr. Alles total banal. Alles nicht zu ertragen. Wie macht Monika das sonst, kommt sie zur Schlafenszeit her, um ihn die Treppe hinaufzubegleiten, und morgens vor der Arbeit erneut und bringt ihn wieder nach unten?

«Wie machst du das denn mit der Treppe, Papa?»

«Die Treppe?»

«Ja, die Treppe nach oben?»

Er schüttelt den Kopf. Ins Gästeklo will er, also lässt sie ihm seine Intimsphäre und wartet in der Küche. Steht dort und starrt auf die rote Rose am leeren Platz ihrer Mutter. Die Küchenuhr tickt die Sekunden herunter, und der Wasserhahn tropft, und dann erhebt sich auf einmal ein Ächzen, und die Jalousien leiern herunter und sperren das Licht aus.

Sein Faible für Zeitschaltuhren, die seinen Tagen den Takt diktieren, hat er also nicht verloren. Franziska schaltet das Deckenlicht ein und macht sich auf die Suche, es gibt einen Trick, die Programmierung zu überlisten, sie muss sich nur daran erinnern und den richtigen Knopf finden.

«Lass bitte! Du bringst mir sonst wieder alles durcheinander.»

«Aber es ist erst neun, draußen ist es noch hell.»

«Ich gehe jetzt zu Bett.»

«Ja, aber ...»

«Ich komme schon klar.»

«Die Treppe ...»

Er wendet sich ab, schlurft den Flur entlang. ATELJE. Das von der Erstklässlerin Monika einst mühsam handgeschriebene und mit Mäusezähnchen umhäkelte Pappschild hängt noch immer an der Tür des Nähzimmers. Als ihr Vater die Hand auf die Türklinke legt, glaubt sie einen Augenblick lang wieder das gedämpfte Rattern der Nähmaschine zu hören und dieses melodische Summen, das ihre Mutter anstimmte, wenn sie mit einer Arbeit besonders gut vorankam.

Ihr Vater öffnet die Tür, und das Rattern und Summen verstummen. «Du findest dich noch zurecht?»

«Ja, sicher. Aber du ...»

«Ich schlafe hier bei Johanne. Ich bin müde, Franziska.»

*

EGAL, WAS PASSIERT, EIN BAUM kann nicht weglaufen. Dort, wo er Wurzeln geschlagen hat, muss er bleiben. Franziska versucht, sich vorzustellen, wie das sein muss: nicht gehen können. Nicht protestieren können, sondern sich fügen müssen, sich verbiegen und dabei allmählich verkümmern. Was empfindet ein Baum, der gefällt wird? Im Biologieunterricht haben sie gelernt, dass seine Wurzeln sich im Boden mindestens ebenso weit ausbreiten wie seine Krone. Unter der Erde verästeln sie sich zu einem fein ziselierten Netzwerk und verbinden sich mit den haarfeinen und oft kilometerlangen für Menschen unsichtbaren Sporen diverser Pilze: Ein gigantisches geheimes Leitungssystem ist das, über das die Bäume miteinander kommunizieren. Und obwohl ein Baum vielleicht nicht auf dieselbe Art Schmerz oder Angst empfindet wie ein Mensch oder Tier, obwohl er stumm bleibt, wenn ihn eine Axt trifft, wird er doch spüren, dass er gefällt wird, und also werden durch die Wurzeln nach und nach auch alle anderen Bäume seine Schmerzsignale empfangen, selbst solche, die weit entfernt stehen. Und dann? Was passiert dann? Trauern sie, fürchten sie sich, können sie seinen Schmerz teilen?

Nachts glaubt Franziska, dieses stumme Wehklagen der Bäume zu hören, vor allem, wenn Artur in der Stadt bleiben muss und ihr immer kälter und kälter wird auf der Isomatte in ihrem Schlafsack. Wie ein einziges großes Seufzen und Stöhnen klingt das Knarren der Kiefern im Wind, und der Atem der anderen Hüttendorfbewohner kriecht näher und mischt sich mit den Schreien der Eulen, die klingen wie jammernde Babys. Dann hält sie es nicht mehr aus in der Hütte und schleicht nach draußen zwischen die schwarzen knarrenden Stämme. *Wir schaffen das,* flüstert sie, *wir verlassen euch nicht,* und presst ihre Wange an eine der Kiefern und sagt sich vor, dass sie noch eine Chance haben, den Bau der neuen Flughafen-Startbahn zu verhindern, die ihr Vater und seine Ingenieure im Auftrag der Hessischen Landesregierung genau hier, wo sie jetzt steht, geplant haben.

Wenn du zu diesen Hottentotten in den Wald ziehst, Franziska, überschreitest du eine Grenze. Dann gibt es kein Zurück mehr.

Aber du liebst den Wald doch auch, du hast mir immer gezeigt, wie schön er ist, wie kannst du ihn dann zerstören?

Auch der Mensch hat ein Recht zu existieren, Franziska. Und der Mensch braucht feste Wege.

Aber ohne den Wald können wir nicht leben.

Du verrennst dich, du lässt dich aufhetzen von diesen vernagelten Idioten. Du bist ein Schulmädchen, Franziska! Du kannst das doch alles noch gar nicht überblicken.

Aber das stimmt nicht, und deshalb hält sie es im Hüttendorf aus und verteidigt den Wald, wenn die Polizei kommt. Deshalb beißt sie die Zähne zusammen, wenn sie beim Weglaufen hinfällt oder in den Strahl der Wasserwerfer geraten ist und stundenlang nicht mehr aufhören kann zu zittern. Deshalb fährt sie Woche für Woche auf den Ladeflächen klappriger R4-Kastenautos und VW-Busse zu den Großdemos in Frankfurt, Darmstadt und Wiesbaden.

Bürger lasst das Glotzen sein, kommt herunter, reiht euch ein! – Hejo, leistet Widerstand ... – Apathie – nie! ... Wer sich nicht wehrt, lebt verkehrt!

Wenn sie das alle zusammen skandieren und sie sieht, wie viele sie sind, kommt ihr Mut wieder. Und sie ist gut, wenn sie ausschwärmt und Unterschriften sammelt, absolut überzeugend. Sie freut sich ehrlich über jede Stimme, die sie gewinnen kann, auch wenn sie genau weiß, dass viele Passanten nur unterzeichnen, weil ihre geschniegelten Häuser mitten in der neuen Startschneise liegen würden und also auch mitten im Lärm und ihnen der Wald eigentlich total egal ist. Aber das müssen sie eben in Kauf nehmen, wenn sie nur genug Unterschriften für das neue Volksbegehren zusammenbekommen, um die Startbahn West in letzter Sekunde doch noch zu verhindern. Sie kämpft um jede einzelne Stimme und versucht, nicht an die Schule zu denken und an die Schulzeitungsredaktion, die jetzt ohne sie tagt, und auch nicht an ihre Eltern und Monika, obwohl sie dann doch hin und wieder, bevor sie zurück in den Wald fahren, 20 Pfennig in den Schlitz einer Telefonzelle steckt und in das eisige Schweigen ihres Vaters oder die Vorwürfe ihrer Schwester flüstert, dass es ihr gut geht und sie sich keine Sorgen machen sollen und sie sich wieder meldet, *und bitte grüßt auch die Mutti.*

Was, wenn sie trotzdem verlieren, was dann? Auf den Demos kann sie diese Angst verdrängen, aber nicht nachts, wenn sie in ihrem Schlafsack friert und sich nach einer heißen Dusche sehnt, nach einem Schaumbad, nach einer Heizung, einer Matratze und ihrem Zimmer. Sie schämt sich dafür, es gibt schließlich Wichtigeres, und sie haben Plumpsklos und immer genug Wasser zum Zähneputzen und für eine Katzenwäsche.

«Wenn du so weitermachst, gehst du kaputt, Zissy», sagt Anna, zu der sie flüchtet, wenn sie es doch nicht mehr aushält oder ihre Menstruation hat. «Du musst damit aufhören! Jetzt, auf der Stelle!» Aber dann lässt Anna ihr im WG-Badezimmer trotzdem ein Bad ein, mit extra viel Maiglöckchenschaum, und danach darf sie sich zwölf Stunden am Stück in Annas Hochbett ausschlafen und gleich noch einmal duschen und sich die Haare mit Annas grasgrünem Shampoo waschen und in Annas Bademantel am Küchentisch große Portionen Spaghetti in sich hineinschaufeln und Nutella- und Camembertstullen, bis sie das Gefühl hat zu platzen. Wie kann sie das so sehr genießen und den Harzgeruch ihrer Kiefern mit synthetischem Apfelduft fortspülen? Warum kann sie sich nicht mit kaltem Wasser und Kernseife begnügen? Sie wünscht sich, sie wäre stärker, aber dann zerrt sie Anna trotzdem zum Waschsalon, um all ihre Jeans und Pullis und die Unterwäsche zu waschen, und während die Maschinen rotieren, sitzen sie auf der Fensterbank und trinken Bier aus der Flasche und quatschen wie früher und essen Gummibärchen und Erdnussflips, immer abwechselnd.

«Bleib hier, Zissy, bitte», sagt Anna. «Du gehst kaputt dort, du kannst bei uns unterkommen, du musst doch auch wieder zur Schule.»

«Nicht ich, der Wald geht kaputt, wenn wir aufgeben», widerspricht sie. Und umarmt Anna zum Abschied, trampt mit einem Rucksack sauberer Kleidung zurück ins Hüttendorf und schluckt ihre Angst runter.

*

IM ZWIELICHT, DAS AUS DEM GARTEN ins Haus sickert, beugt sich die Silhouette ihres noch jungen Vaters über den Schreibtisch. Sein Haar ist dicht, die Bewegungen kraftvoll, präzise, dynamisch. In schneller Folge überträgt er die Messdaten eines langen Tages in ebenso lange Tabellen. Der Ameisenbär blickt aus seinem Messingrahmen halb ins Ungefähre und halb zum Schreibtisch, als wolle er den dort arbeitenden Mann auffordern, ihm zu folgen. Franziska tritt näher. Ihr Schatten huscht glänzend über das Glas. Die Lithografie ist eines der wenigen Überbleibsel aus seiner Kindheit. Eine offenbar hastig aus einem Buch getrennte, zerknüllte und wieder geglättete Seite. Sie müsste sie von der Wand nehmen und ins Licht halten, vielleicht sogar aus dem Rahmen herauslösen, vielleicht würde sie dann etwas darin entdecken, das sie in den Jahrzehnten zuvor nicht gesehen hat. Vielleicht würde sie dann auch verstehen, warum ihr Vater den Ameisenbären nun plötzlich wie ein Besessener abzeichnet. Aber noch ist sie nicht bereit dazu, noch schleicht sie durchs Haus, als würde sie ein Museum besichtigen.

Die Treppe hinauf jetzt. Die Tür zum Bad steht offen, vor dem Spiegel knibbelt ihre Mutter ein Stückchen der Silberfolie vom Rand eines Cremetiegels, stippt behutsam den Zeigefinger in die entstandene Öffnung und zieht die Folie sogleich wieder über den Rand, bevor sie den Deckel zuschraubt. Jedes Mal tut sie das, immer mit der gleichen gedankenverlorenen Andacht. Sie will sich vorstellen können, die Creme sei noch unbenutzt, sagt sie. Ihr kleiner privater Luxus ist diese Unversehrtheit. Die Cremes selbst sind nichts Besonderes: Nivea, Penaten, Creme 21. Selbst die Tagescreme mit dem Rosenduft und dem geheimnisvollen französischen Namen gibt es in jedem Kaufhaus.

Unser Flur haben Monika und sie den Gang vor ihren Zimmern früher genannt, obwohl nicht nur ihre beiden Zimmer, sondern auch das Bad und das Elternschlafzimmer davon abgehen, und am Stirnende der Spitzboden mit den beiden am Dachbalken befestigten Schaukeln, dem Puppenhaus, dem Kaufmannsladen und den Kissen zum Toben und Träumen. Franziska öffnet die Tür und schließt sie gleich wieder. Kisten über Kisten und pralle Kleider- und Müllsäcke. Gleich neben der Tür steht sogar noch der grüne Hocker, auf den ihre Mutter im Winter einmal pro Woche die Höhensonne gestellt hat, damit ihnen nicht die Knochen verkümmern. Im Flur tut sie das, damit niemand von draußen hereinschauen kann, denn zum Höhensonnen müssen sie nackt sein. Nur die braunen Plastikschutzbrillen setzen sie auf, die eigentlich gar keine richtigen Brillen sind, sondern zwei Plastikhartschalen, die ihre Augen bedecken, mit einem Gummiband zum Fixieren.

Springt, Mädchen, bewegt euch, aber geht nicht zu dicht ran!

Die Höhensonne ist ein Kasten zum Aufklappen, in ihrem Inneren ist eine Metallschale mit zwei senkrechten Glasröhren, aus denen grellweißes Licht flutet, sobald die Mutter sie einschaltet. Und dann geht es schon los. Die Mutter fasst ihre Hände und zieht sie in einen Reigen, und schon werden sie zu drei nackten tanzenden Insekten mit Ameisenglubschaugen. Sie gleißen und leuchten fast schneeweiß, und ihre Schatten geistern seltsam verzerrt und vergrößert über Wände und Türen.

Und das rechte Bein vor und das linke und wieder das rechte und herum mit euch, dreht euch und schaut nicht direkt in die Leuchtröhren!

Licht nur und Schatten, alle anderen Farben verschwinden. Die Brüste der Mutter wippen im Takt ihrer Schritte, dunkle Strähnen lösen sich aus ihrem Haarknoten und fliegen wie lustige schwarze Schlangen über die Wände. Sie ist eine andere, wenn sie zusammen tanzen, etwas fällt von ihr ab, für das es keinen Namen gibt und das deshalb auch niemand erwähnt, obwohl sie doch alle wissen, dass es sonst meistens da ist.

Zeigt her eure Füße, singen sie. *Blaublaublau ist alles, was ich liebe*, und *Brüderchen, komm, tanz mit mir*, obwohl sie ja Schwestern sind, mögen Monika und sie dieses Lied am allerliebsten.

Einmal hin, einmal her, rundherum, es ist nicht schwer. Sie kichern und schleudern die Beine und fassen sich fester, viel zu bald verlässt ihre Mutter den Reigen und schaltet die Höhensonne wieder aus, und im selben Moment sind sie keine tanzenden Ameisen mehr, sondern tapsende Schattengeschöpfe in einem seltsam konturlosen Flur, als ob nun ein Licht fehle, das sie doch eigentlich notwendig brauchen.

Franziska öffnet die Tür zu Monikas früherem Zimmer. Wie ihr eigenes nebenan ist es ausgeräumt und renoviert worden. Die Wände sind pfirsichfarben getüncht. Statt Monikas altem Bett steht ein Schlafsofa an der Wand, auch der dreiflügelige Spiegel, vor dem Monika sich geschminkt und Kleider probiert hatte, ist verschwunden.

Soll ich dich hübsch machen, Zissy?

Monika ist so blond und blauäugig wie der Vater, wenn sie ihr Haar bürstet, glänzt es wie Seide. Goldmarie und Pechmarie. Weißes Schaf und schwarzes. Struppig und ungelenk fühlt Franziska sich, wenn Monika sich zurechtmacht, ein Trollmädchen.

Aber viel Zeit verbringt auch Monika nicht vor dem Spiegel. Sie näht zwar gern mit der Mutter und studiert mit Begeisterung neue Schnittmuster aus der *Carina*, aber noch lieber brütet sie über ihren Physik- und Mathematikbüchern.

Komm, ich helf dir, Zissy, Dreisatz ist wirklich babyeinfach.

Monikas Stimme kitzelt an ihrem Ohr, wenn sie sich über sie beugt, um ihr Matheheft zu kontrollieren. Monikas Hände können nie stillhalten, sie glätten und zupfen und richten und korrigieren, und wenn Franziska genug hat, ziehen sie sie in eine dieser Monikaumarmungen, die immer ein bisschen kantig und überfallartig beginnen und dann plötzlich ganz weich werden.

Lasst eure Mutti ein bisschen ruhen, sie muss sich erholen.

Der Vater, der ihnen das sagt, mit diesem Unterton in der Stimme, der wie ein Steinklumpen in ihre Brust sinkt.

Macht Mutti nicht traurig. Lasst Mutti jetzt schlafen.

Das Flüstern hinter der verschlossenen Tür des Elternschlafzimmers, die Wände des Flurs, die näher rücken, sie erdrücken, aus den Dielenbohlen kriecht Kälte in ihren Körper.

Was machst du denn hier, Zissy? Komm ins Bett. Schlaf jetzt.

Wenn Monika aufs Klo muss und sie im Flur findet, zieht sie sie in ihr Bett und stopft das Federbett fest.

Besser so?

Besser.

Wann hat das geendet? Als sie zehn war oder zwölf oder viel früher?

Das Doppelbett ihrer Eltern ist frisch bezogen, die Bezüge sind glatt gebügelt und ohne Gebrauchsspuren. Auf dem Nachttisch der Mutter stehen eine mit Seidenkrepp bezogene Spenderbox für Papiertaschentücher und ein leeres Wasserglas, als würde ihre Mutter die immer noch jeden Abend benutzen. Auf dem Nachttisch ihres Vaters liegt eine Biografie über Alexander von Humboldt. Der Erforscher der Welt. Der Chronist und Vermesser. Vielleicht hat auch er einen Ameisenbären gezeichnet, womöglich hat er dieses seltsam archaische Säugetier überhaupt erst entdeckt und in Europa bekannt gemacht. Franziska schaltet das Leselicht ein und blättert durch die Seiten. Kein Hinweis darauf, und selbst wenn es so wäre, würde ihr das noch immer nichts über die Motivation ihres Vaters verraten.

Sie schaltet das Licht wieder aus und steht reglos im schwindenden Licht dieses Abends, fühlt das Haus um sich, seine Geister. Sie kann sie tatsächlich noch hören; und ihr scheint, solange im Haus alles an seinem Platz bleibt, geben sie Frieden.

*

IM TRAUM LÄUFT ER WIEDER entlang dieser Bahnschienen. Schnee fällt und droht sie zu verdecken und damit die letzte verbliebene Orientierung. Er muss deshalb schneller sein als der Schnee, aber der stiebt in immer größeren Flocken, die sich schon bald zu einem einzigen großen alles verschlingenden Weiß verdichten. Weiß vor ihm und hinter ihm, über ihm, unter ihm. Er kämpft dagegen an und sinkt doch mit jedem Schritt tiefer, seine Füße verschwinden darin, die Waden, die Schenkel, er kommt nicht mehr vorwärts und muss doch den Bahnhof von Züllichau erreichen, denn sonst ... Ja, was sonst? Mit dieser Frage erwacht er, keuchend und schwitzend und ohne eine Antwort, dabei ist sie doch wichtig, der tiefere Sinn dieses Traums wohl, den er inzwischen schon so oft geträumt hat, dass er ihm beinahe wirklicher vorkommt als sein Leben.

Und immer die offene Frage am Ende. Und nie kommt er an seinem Ziel an, weil er zu früh aufwacht. Heinrich liegt still mit geschlossenen Augen, beschwört die Schneelandschaft noch einmal herauf, kann den Schnee sogar fühlen und schmecken, auch den Bahnhof Züllichau sieht er, nur die Antworten lassen sich nicht erzwingen.

Nun zwickt ihn auch noch die Blase und macht ein Zurückgleiten in den Traum unmöglich. Er hätte nicht so viel Wasser trinken dürfen, aber das wäre wohl auch keine Garantie gewesen, denn selbst wenn er abends auf seine Milch verzichtet, sind die Zeiten, in denen er durchschlafen konnte, unwiederbringlich vorüber. Einmal mindestens, in schlechten Nächten auch zwei- oder gar dreimal muss er austreten und kann immer nur hoffen, dass er die Toilette erreicht, bevor es zu spät ist. Als junger Mann hat er sich nicht einmal im Ansatz ausmalen können, was Altwerden alles bedeutet.

Heinrich öffnet die Augen, nimmt die rostigen Lichtstreifen wahr, die durch die Ritzen der Jalousie auf die Wand fallen.

Noch vor Mitternacht also, denn die Straßenlaterne brennt noch. Er stemmt sich hoch, schiebt ein Bein nach dem anderen über die Bettkante, fühlt das weiche Velours unter seinen Fußsohlen. Manchmal ist das noch so, wenn er aufwacht, die Taubheit ist geschwunden, aber Freude darüber kann er nicht mehr empfinden, sein Krankheitsbild ist eindeutig: Bergauf geht es nicht mehr. Und trotzdem, während er jetzt auf der Bettkante sitzt und sacht die Füße über den Teppichboden rutschen lässt, will sein törichtes Herz nicht glauben, dass die Nervenenden in seinen Beinen sich schon bald wieder verweigern werden, wenn nicht sofort, dann beim zehnten Schritt oder beim elften oder allerspätestens am nächsten Morgen.

Sich einfach wieder zurücksinken lassen, die Augen schließen und vergessen, womöglich gar nicht mehr erwachen oder, falls doch, gesundet – wie schön wäre das. Heinrich fasst nach der Nachttischlampe. Sie leuchtet auf, sobald er sie berührt. LED-Technik, stufenlos dimmbar. Ein Weihnachtsgeschenk von Monika und Thomas, ein kleines Wunder moderner Technik. In ihrem Lichtkegel wirkt Johannes Foto, als sei sie lebendig. Lächelt ihr schönes trauriges Lächeln und sieht ihm direkt in die Augen.

Kein Grabmal für mich, Heinrich, ich will zu meinen Lieben.

Natürlich, ja, ich verstehe. Ein wenig nur musst du noch warten, dann komme ich mit dir.

Heinrich ergreift seinen Stock und stemmt sich hoch. Johanne lag schon im Sterben, als er ihr dieses Versprechen gegeben hat. Was sollte er auch sonst tun, sie litt schon genug, sie hatte vergebens auf Franziska gewartet, nun blieb keine Zeit mehr, wie sollte er ihr also den letzten Wunsch verwehren? Und er war ja auch folgerichtig, schien sogar ein wenig tröstlich. Einmal zurück noch zur Ostsee und diesmal ohne Tränen. Ihre und seine Asche stattdessen, die sich im Wind mischen und in den eisgrünen Fluten versinken.

Eisgrün wie der Veloursteppich unter seinen Füßen, den er immer noch spüren kann. Die Beine sind deshalb zwar nicht kräftiger, aber der Boden ist keine undefinierbare Masse, er trägt ihn. Heinrich tastet sich vorwärts, saugt den vertrauten Geruch dieses Raums durch die Nase: Stoffe und Garne, sogar Johannes Schneiderkreide glaubt er zu riechen. Ein weiterer LED-Lichtspot springt an, als sein Infrarot-Sensor Heinrich erfasst. In dem bläulichen Strahl wirkt die Nähmaschine wie ein leuchtender Knochen, auf den gerahmten Fotos darüber lächelt Johanne in Schwarz-Weiß: kindlich unbeschwert im Kreis ihrer Eltern und Geschwister und immer noch mädchenhaft anmutend als Ehefrau und Mutter.

Der Tag der Taufe, als noch alles gut war. Heinrich heftet den Blick wieder auf den Teppich. Er muss den Notar endlich anweisen, das Testament entsprechend Johannes Wünschen zu ändern, und das prophylaktisch gemietete Grab muss er auch wieder kündigen. Er weiß, dass er das tun muss, warum zaudert er trotzdem? Wenn er tot ist, kann es ihm herzlich egal sein, ob seine sterblichen Überreste in der Ostsee verstreut werden oder unter einem Grabstein mit seinem Namen im Boden vergammeln.

Oder nicht? Seine Blase ziept nachdrücklicher und enthebt ihn fürs Erste weiterer Überlegungen. Wie er das schon als Pimpf gehasst hat, dass ein so kleines Organ ihn schachmatt setzen kann. Diese warmfeuchte Schande in Hose und Laken, wenn seine Mutter ihn in einem Wutanfall wieder einmal in seiner Kammer eingesperrt und vergessen hatte, weil sie zu einer Aufführung ins Varieté musste oder ein neuer Verehrer um ihre Gunst warb.

Heinrich tritt auf den Flur. Seine Füße gehorchen noch immer, er fühlt die kühlglatte Festigkeit der Fliesen unter den Sohlen und kurz darauf den rauen Sisalläufer. Auf der Treppe brennt Licht, das hat er vorhin wohl vergessen. Heinrich schaltet es aus und manövriert sich ins WC, und erst dort fällt ihm ein, dass wohl nicht er das Licht angelassen hat, sondern Franziska.

Warum ist sie zurückgekommen, was will sie? Auch im Obergeschoss brennt noch Licht, nachdem er sich erleichtert hat und wieder im Flur steht, kann er das erkennen. Seine Tochter ist also wach, aber was sie dort oben tut, kann er nicht hören, nicht sehen, ja nicht einmal erahnen, er kann sie nicht erreichen, weil die Kraft nicht mehr reicht und nun auch noch die Taubheit in seine Beine zurückkriecht. Tumb und taub, wie im Schnee steht er da. Ein nutzloser Tor, der nicht vor noch zurück kann.

*

WÄRE ES MIT FRANZISKA ANDERS gekommen, wenn sie über das, was vor ihrer Geburt geschehen ist, mit ihr gesprochen hätten? Mit Franziska und auch mit Monika? Wäre das womöglich auch für Johanne besser gewesen, für sie alle? Es ist zu spät, so zu denken oder gar die vor Langem getroffene Entscheidung zu revidieren. Jahre, Jahrzehnte haben sie damit gelebt. Es schien das Beste zu sein, gerade auch für Johanne. Der Schatten blieb zwar, aber sie hielten ihn unter Kontrolle. Unbeschwert sollten Franziska und Monika aufwachsen können: Geliebt und gefördert, an nichts sollte es ihnen fehlen. Und sie waren ja glücklich zusammen gewesen, eine stabile Familie; und zumindest Monika hat als Erwachsene verstanden, die Chancen, die sie ihren Töchtern eröffneten, zu nutzen.

Warum Monika, aber nicht Franziska? Die falschen Lehrer, die falschen Freunde trugen ihren Teil dazu bei und natürlich ihr Wesen, dieser ihr eigene Starrsinn, ihr Bewegungsdrang, der aus der Bahn lief. Weg, immer weg. Auf der Stelle hätte er sie in jener Nacht, in der sie zum ersten Mal mit ihrem riesigen Rucksack aus dem Haus schlich, zurückholen müssen. Doch stattdessen stand er am Schlafzimmerfenster und sah ihr hinterher. Die Haustür hatte ihn geweckt, damals konnte er noch alles hören. Er schreckte aus dem Schlaf und trat ans Fenster, gerade noch rechtzeitig genug, um Franziska zu sehen. Sie entfernte sich schnell, trotz der beachtlichen Größe des Rucksacks federte sie über die Ballen, genau wie er sie das gelehrt hatte. Kein Blick zurück, nichts, das Franziskas Schritte verlangsamte. Er hätte sie dennoch einholen können. Seine Pflicht wäre das sogar gewesen, sie war ja noch nicht einmal volljährig. Aber er war blind. Kalte Wut dominierte sein Urteil. Und auch Erleichterung, heute kann er das erkennen. Aber damals?

Ein paar Tage Ruhe, wir alle brauchen sehr dringend ein paar Tage Ruhe, so hat er gedacht, während er Franziska nachblickte. Ein paar Tage ohne Streit und Johannes rasend stumme Verzweiflung und Franziskas ewige Anklagen und linke Parolen und Monikas verbissene Lippen. Und länger als ein paar Tage wird sie sowieso nicht durchhalten, in spätestens zwei Wochen wird sie zu uns zurückkriechen, davon war er überzeugt. Wie sehr er sich doch getäuscht hatte. Und trotzdem wieder daran geglaubt, als Franziska – Monate später – tatsächlich noch einmal, wenn auch nicht wirklich freiwillig, zurückkam. Nur um nochmals zu gehen und nochmals und nochmals. Bis sie endgültig fortblieb.

Es ist nicht unsere Schuld, dass Franziska ihr Leben vergeudet. Wie oft er Johanne das all die Jahre, Jahrzehnte versichert hat, im immer gleichen Tenor. *Es ist nicht unsere Schuld, dass Franziska so unstet ist, dass sie nicht studiert, keinen Beruf erlernt, keine feste Bleibe findet, keinen Mann will und keine Kinder. Es ist erst recht nicht unsere Schuld, wenn in der Sowjetunion ein marodes Atomkraftwerk in die Luft fliegt und unsere Tochter dies zum Anlass nimmt, sich vollständig lächerlich zu machen, indem sie in der Fußgängerzone zum Gebärstreik aufruft, als könnte sie so die Welt retten.*

Aber Johanne ließ sich nicht überzeugen, noch im Tod nicht, und Franziska war nicht gekommen, sie zu erlösen, tat sogar noch so, als ob Monika und er daran schuld seien.

Aus, vorbei, geh und komm nie mehr wieder.

So hat er ihr das am Tag nach der Beisetzung gesagt, so hat er das empfunden. Und hat sie trotzdem wieder in sein Haus gelassen, nun, da es zu spät ist, ihre Versäumnisse zu korrigieren.

Für einen Augenblick sieht er sich wieder mit diesem schreienden Bündelchen Mensch, das Franziska einmal gewesen ist, in der Wöchnerinnenstation auf und ab gehen, fühlt ihr Winden und Sträuben, diese Unfähigkeit, sich zu beruhigen, fühlt sein eigenes Herz, das ihm schier aus der Brust springen will vor lauter Sorge.

Leben sollst du, leben! Hat er geglaubt, wenn sie nur Geduld mit ihr hätten und sie behüteten, könnte alles gut werden? Hat er wirklich geglaubt, das, was zuvor geschehen war, spielte keine Rolle?

*

ER IST EIN FREMDER IN DARMSTADT geblieben, daran lässt der örtliche Dialekt keinen Zweifel, sobald er mit jemandem ins Gespräch kommt. Im ersten Studienjahr hat er noch versucht, sich anzupassen, hat die Konsonanten verwaschen und sich redlich bemüht, die Vokale zu zerdehnen. Ein aussichtsloses Unterfangen, er bekommt Berlin nicht aus sich heraus, eher im Gegenteil stolpert er, wenn er verunsichert ist, in der übertriebenen Bühnensprache seiner Mutter über Spitzen und Steine. Und so lässt ihn dieses «Guten Tag, mein Herr», in dem nicht der kleinste südhessische Zungenschlag mitschwingt, unwillkürlich aufmerken, als die Tür der kleinen Bessunger Änderungsschneiderei hinter ihm zufällt. Doch vielleicht ist das auch ein Irrtum, und die

Sprecherin, die aus dem Hinterraum an die Ladentheke tritt, hätte überhaupt nichts sagen müssen oder ihn sogar im tiefsten Hessisch begrüßen können. Vielleicht hätte ein einziger Blick ihrer waldseegrünen Augen genügt, ihn zu bannen, weil er darin etwas zu lesen glaubte, das ihm auf eine seltsame Art vertraut schien?

«Dieses Jackett, also ich ... ich bräuchte es bald, und ich wollte fragen, ob Sie ...»

Da steht er nun und verheddert sich heillos und schiebt ihr schließlich verlegen sein Stoffbündel über den Tresen. Was sie vermutlich schon kennt, von anderen männlichen Kunden, die vor ihr verstummen, jedenfalls nimmt sie es mit großer Würde und Grazie entgegen.

«Ein sehr feines Tuch.»

Sie hat wundersam feingliedrige Finger mit sehr kurz geschnittenen, rosigen Nägeln, und sie trägt keinen Ring, keinen Schmuck, keine Schminke, sie braucht all das auch nicht, weil sie mit ihrem Porzellanteint und den dunklen, zu einem strengen Pferdeschwanz gebundenen Haaren perfekt ist.

«Ich bräuchte es, also ich ... es ist nicht mehr neu und mir auch etwas zu weit, aber ...»

Eine maßlose Untertreibung ist das. Das Jackett war schlichtweg billig gewesen, der Händler wollte es loswerden und konnte kaum glauben, dass ihm jemand für dieses zerbeulte, zerschlissene Stück noch etwas bezahlte. Eine einzige Peinlichkeit ist sein Jackett, auch diese grünäugige Schönheit muss das erkennen, doch sie lässt es sich nicht anmerken.

«Das Innenfutter kann ich leicht erneuern, ein Synthetiktaft würde ausreichen, das wäre erschwinglicher als Seide und praktischer für die Reinigung. Die Ärmel allerdings –» Sie hebt den Blick, mustert ihn, senkt den Blick wieder. «Sie sind groß, aber ich muss vorn etwas wegnehmen, sehen Sie, die Stoßkanten klaffen schon, aber vielleicht könnte ich dafür am Rücken etwas herausschneiden und vorn wieder einfügen, dazu müsste ich aber Maß nehmen, also wenn Sie es bitte einmal anziehen würden, dann könnte ich sehen, ob ...»

«Sie sind nicht von hier, oder?»

Sie erstarrt wie ein ertapptes Kind, und Heinrich beißt sich auf die Lippen, denn das wollte er nun überhaupt nicht, sie so aus dem Takt bringen.

Er räuspert sich. «Entschuldigen Sie, das war unhöflich von mir. Ich wollte Ihnen nicht zu nahe treten, aber ich bin selbst nicht von hier, und ich ... ich mag Ihre Sprachmelodie, sie erinnert mich an meine Kindheit, ich könnte Ihnen noch stundenlang zuhören.»

«Meine Oma ist Darmstädterin, ein waschechtes Bessunger Mädchen, die Inhaberin. Meine Mutter ist hier aufgewachsen, aber als junge Frau in den Osten gegangen. Zu meinem Vater.»

Das klingt beinahe trotzig.

«Ah, Ihre Oma. Die kenne ich schon.»

«Ich bin meistens hinten.»

Ihre Finger sind immer noch mit seinem Jackett beschäftigt, erforschen es auf eine Weise, die ihm plötzlich regelrecht intim scheint, aber ihre Augen sind nicht bei der Sache, bald schaut sie zur Tür, schon fliegt ihr Blick über die mit Tuchballen und Kurzwaren vollgestopften Regale, die Theke und wieder zur Tür. Wie ein Eindringling fühlt er sich dadurch, wie jemand mit unlauteren Absichten, vor dem man diese milchhäutige Schönheit sehr dringend beschützen müsste; und kaum hat er das gedacht, malt er sich auch schon aus, wie weich ihre Hand sich wohl anfühlt, wie zart ihre Wangen und wie es wohl wäre, sie zu küssen, und ob ihr das gefiele, aber noch sehnlicher wünscht er sich, sie würde nicht so verloren aussehen, sondern lächeln.

Sanft, sehr, sehr sanft zieht er das Jackett zu sich herüber. «Ich sollte das wohl jetzt anziehen, dann können Sie besser ...»

Sie zuckt zusammen. «Ja, ja natürlich, entschuldigen Sie bitte, ich war nur gerade ...»

«Ja?»

«Hier. Bitte.» Sie lässt den Kragen los und deutet auf die aus einem dunkelgrünen Vorhang improvisierte Umkleidekabine. Drinnen gibt es zwei Haken, einen Bügel, einen Spiegel und einen dreibeinigen hölzernen Schemel. Er stellt seine Aktentasche darauf, atmet durch, streift das Jackett über.

Es ist noch weiter als in seiner Erinnerung und riecht nach dem ranzigen Schweiß eines Fremden. Wie eine Vogelscheuche wirkt er darin, und seine Hose sitzt auch schlecht, er hätte nicht all sein Erspartes für das Nivelliergerät ausgeben sollen, aber nun ist es zu spät, nun muss es so gehen, deshalb werden sie ihm das Diplomzeugnis wohl nicht verweigern. Er kämmt sich mit den Fingern durchs Haar, zum Friseur müsste er wohl auch, tritt zurück in den Laden.

«Ja, also ich ...»

Am linken Handgelenk trägt sie jetzt ein mit Stecknadeln gespicktes Samtkissen, ihr Kleid ist auf Taille geschnitten, aber schlicht und schmeichelt ihren Augen. Sie muss genauso wie er sehen, wie schäbig das Jackett ist, wie armselig auch seine Schuhe, das Hemd und die Hose, sie muss das direkt gesehen haben, als er hereinkam, doch sie lässt es sich nicht anmerken, sondern dreht ihn sanft nach rechts, dann nach links, heißt ihn die Arme ausstrecken und still stehen, während sie Stoff rafft und faltet und Stecknadeln hineinpikt. Sie hat ihre Fassung wiedergewonnen, während er seine hinter dem Vorhang offenbar vollständig verloren hat. Und als würde das nicht schon reichen, denkt er nun auch noch an seine Mutter und wie ihr diese schöne schüchterne Schneiderin wohl gefallen würde.

«Ostpreußen», sagt sie. «Da komme ich eigentlich her.»

«Oh, das ist weit.»

«Ja.»

«So weit im Osten bin ich nie gewesen.»

«Es geht ja auch nicht mehr.»

«Nein, heute nicht. Aber damals ...»

«Ja?»

«Als Junge bin ich zwei Jahre im Osten gewesen. Polen, sagt man ja heute. Meine ganze Schule ist dahin evakuiert worden. Raus aus Berlin, lautete die Devise. Wegen der Bomben.»

«Ja.»

«In Züllichau war dann Endstation, von da ging's mit Pferdefuhrwerken auf den Acker.»

«Züllichau!»

«Das kennen Sie?»

«Ach, nein, das nicht.» Erneut flieht ihr Blick zu den Tuchballen, zur Tür, kehrt zurück zu den Stecknadeln.

«Ich habe dort nur einmal im Bahnhof gewartet.» Ganz leise kommt das schließlich. «1943 ist das gewesen. Im Juni.»

«Der Sommer nach Stalingrad.»

«Ja.»

«Da waren sie wie alt?»

«Ich war zehn. Das Nesthäkchen. Sie haben mich vorausgeschickt zu meiner Oma, denn mein Vater glaubte nicht mehr an ein gutes Ende. Sie wollten nachkommen, haben sie mir versprochen, und mir diese Fahrt wie die Reise in eine Märchenstadt beschrieben: Mit einem Schloss und blühenden Parks und einem Turm, der aussieht wie zwei betende Hände, und einer Kapelle mit goldenen Kuppeln daneben.»

«Und haben Sie das geglaubt?»

Sie atmet scharf ein, wirkt erneut wie erfroren. Und gerade, als er denkt, sie werde nicht antworten, beginnt sie doch wieder zu sprechen.

«Man wusste ja damals so vieles noch nicht, schon gar nicht als

Kind. Es war ja auch wie ein Abenteuer, diese Reise. Aber dann, in Züllichau kam mein Anschlusszug nicht, da war ich schon beinahe zwei Tage unterwegs gewesen und sehr müde. Eine Schaffnerin brachte mich in die Bahnhofshalle. Da gab es eine Bank, da sollte ich sitzen und warten.»

«Zwischen dem Fahrkartenschalter und der Gepäckaufbewahrung.»

Wieder erstarrt sie, und er wünscht sich, er dürfte sie jetzt in den Arm nehmen und festhalten. Er weiß nicht, warum er so sicher ist, dass sie sehr dringend Trost braucht, und warum unbedingt er es sein will, der ihr den spendet, aber so ist es. Als würde sein eigenes Seelenheil davon abhängen.

«Ich habe selbst einmal auf dieser Bank gesessen», sagt er leise. «Am 7. Februar 1945.»

«Da waren meine Eltern und Geschwister schon ...»

«Ja?»

Sie schüttelt den Kopf. «Sie haben es nicht geschafft. Ich glaube, ich wusste schon, als ich auf dieser Bahnhofsbank saß, dass es so kommen würde. So elend war mir. So verloren. Irgendwann hatte eine Bäuerin wohl Mitleid mit mir. Eine ganz einfache Frau, mit Kopftuch und derbem Gesicht, aber freundlichen Augen. Sie schenkte mir ein Körbchen Erdbeeren. Das war immer so ein Fest bei uns daheim gewesen, wenn wir unsere eigenen Erdbeeren ernteten. Tiefdunkelrot waren die und so süß und aromatisch wie keine anderen. Aber die von der Bäuerin waren auch gut. Ich lutschte sie mehr, als dass ich sie kaute, und ich dachte bei mir, so schmeckt mein Zuhause und dass ja vielleicht doch alles gut ausgehen wird, wenn ich diesen Geschmack bewahre, ja, dass ich ihn vielleicht sogar wiederfinden kann bei meiner Oma, in diesem goldenen Darmstadt, das meine Mutter so liebte.»

«Und, ist es Ihnen gelungen?»

«Sie schmecken hier anders.»

«Ich weiß. Ja.»

Sie nickt, streicht federleicht über seinen Jackettrücken und zuckt zurück, als ob sie sich verbrannt hätte.

«Die Nadeln ... ich schweife ab, ich muss mich jetzt wirklich, entschuldigen Sie bitte ...» Sie hebt den Finger zum Mund, leckt den stecknadelkopfgroßen Blutstropfen ab, der sich auf der Kuppe gebildet hat, eilt zur Theke und fördert mit zwei schnellen Handgriffen ein Pflaster zutage.

Lass mich das aufkleben. Er verschluckt den Impuls, das zu sagen, er wagt kaum zu atmen, denn jede noch so kleine Irritation könnte das dünne Band, das sie eben erst knüpfen, wieder zerreißen, und das darf nicht geschehen, weil dieses Band etwas sehr Grundlegendes in ihm verändert. Ganz feierlich ist ihm plötzlich, solange er dieses Band spürt, als ob sich ein Raum öffne, den er – ohne sich dessen auch nur bewusst gewesen zu sein – immer gesucht hat. Und mitten in dieser großen damit verbundenen Ruhe heißt ihn diese junge Frau, von der er nicht einmal den Namen kennt, das Jackett abzustreifen, nimmt es ihm aus den Händen und drapiert es über die hölzernen Schultern einer kopflosen Ankleidepuppe.

«Und Sie», fragt sie und zupft das Revers glatt. «Wohin sind Sie unterwegs gewesen?»

«Ich wollte zurück nach Berlin, aber das war eben 1945, da fuhren ja kaum noch Züge – vor allem nicht in den Westen. Und wenn doch, waren sie hoffnungslos überfüllt.»

«Und dann?»

«Ich hatte kein Glück. Irgendwann habe ich aufgegeben und bin lieber gelaufen.»

«Gelaufen! Aber da waren Sie doch noch ein halbes Kind.»

«Ich war dreizehn. Und ich hatte einen Kompass. Hören Sie, ich weiß, das kommt jetzt sehr unverhofft, aber dieses Jackett, ich brauche es für meine Diplomfeier am nächsten Samstag. Würden Sie mir die Ehre erweisen und mich begleiten?«

*

SIE MUSS IHM SEINE WÜRDE lassen. Sein Tempo. Seinen Willen. Sie darf ihm nicht alles aus der Hand nehmen, und wenn er drinnen frühstücken und selbst den Tisch decken möchte, hat sie kein Recht, das anders für ihn zu entscheiden. Auch wenn sie selbst lieber draußen sein würde und auch er frische Luft bräuchte. Auch wenn es zehnmal so lange dauert, wenn er seine Tasse, den Teller, das Messer, die Margarine im Zeitlupentempo zum Küchentisch trägt, statt das ihr zu überlassen. Der dritte Morgen ist dies. Sie beginnt, ein Gefühl für den Rhythmus ihres Vaters zu entwickeln, für sein Leben in diesem Haus. Um halb acht heben sich die Jalousien in Küche und Nähzimmer, eine halbe Stunde später beginnt nach einem leisen Klicken der Zeitschaltuhr die von ihrem Vater am Abend zuvor befüllte Kaffeemaschine zu blubbern. Um halb neun ist er mit seiner Katzenwäsche am Handwaschbecken des Gäste-WCs und dem Ankleiden fertig, holt die Zeitung herein und schneidet jeden zweiten Morgen von der Kletterrose an der Garage eine frische rote Knospe. Zwei Scheiben Toastbrot mit Diätmargarine und Himbeermarmelade frühstückt er und trinkt dazu zwei Tassen Kaffee aus der Thermoskanne mit den Blümchen. Um Punkt neun Uhr springt das Radio an und plärrt die Nachrichten in die Küche. Die Welt brennt und führt Kriege, Europa streitet sich über Flüchtlinge, die Rechten werden stärker. Es bleibt weiterhin heiß und trocken.

Nichts davon ist, was sie morgens ertragen kann. Sie braucht Tee und frisches Obst, und am allermeisten, so dringend, wie sonst überhaupt nichts, braucht sie Stille. Und trotzdem sitzt sie auch an diesem Morgen wieder bei ihrem Vater am Küchentisch.

Weil sie irgendwie zu ihm durchdringen muss, einen Funken seines Vertrauens erlangen. Jedenfalls ist das ihr Plan. Karma-Yoga. Der Yoga des selbstlosen Handelns und Dienens. In den Büchern, in der Theorie ist das eine zutiefst bereichernde, ja spirituelle Erfahrung. Die innere Haltung entscheidet, überwindet auch die Tiefen. Aber die praktische Umsetzung ist etwas anderes.

Die Staus jetzt, und im Anschluss besingt Jürgen Drews ein Bett im Kornfeld. Ihr Vater beißt in seinen zweiten Toast, ein Klecks Marmelade klebt auf seinem Kinn, seine freie Hand klopft den Takt mit. Das hat sie nicht gewusst, dass er Schlager hört und Jürgen Drews mag, das ist schon wieder rührend. Und dennoch macht es sie schlichtweg wahnsinnig, sie will aufspringen und das Radio ausschalten und den Tisch abräumen, damit sie ein klein wenig schneller vorankommen. Nein, will sie nicht. Sie will aufspringen und das Radio ausschalten und ihn an den Schultern fassen und schütteln.

Sieh mich an! Sprich mit mir! Ich bin da, um dir zu helfen! Mamas Chaiselongue ist zu kurz für dich. Du musst endlich mal duschen. Wenn du Monikas Umbau nicht willst, müssen wir einen Treppenlift ordern, so geht das nicht weiter!

Das Radio verstummt. 9:15 Uhr. Ihr Vater ist mit seinem Toast fertig, wischt sich den Mund ab, schenkt sich Kaffee nach. Seine Kaugeräusche, das leise Schlürfen. Das Ticken der Wanduhr wird lauter, ein eigener Organismus, der sie einlullt und in einen Kokon spinnt, in die Vaterzeit, nicht mehr in ihre.

«Ich hab für morgen Mittag Spargel gekauft.»

«Spargel.»

«Die letzten Stangen des Jahres. Und Erdbeeren.»

«Und wann willst du nun wieder fahren?» Seine Augen auf ihr, blaues Warten.

«Ich dachte, ich bleibe vielleicht etwas länger, bis Monika wieder da ist.»

«Wie bitte?»

«Bis Monika wieder da ist.»

«Monika ist im Urlaub.»

«Ja, genau, deshalb dachte ich ...»

«Ich komme hier klar.»

«Papa, bitte! Es würde ... es würde mir helfen. Ich müsste sonst, also, es ist gerade alles ein bisschen kompliziert. Ich müsste sonst in ein Hotel.»

Eine Lüge. Oder jedenfalls nicht die Wahrheit, schließlich könnte sie zurück in den Schwarzwald oder es in einem weiteren Ashram versuchen, das wäre dann der vierte seit der Trennung von Lars, eine Spur von Kartons und zurückgelassenen Dingen zieht sie seitdem hinter sich her, von Niedenstein nach Indien und wieder zurück und quer durch die Republik. Es schien das Beste zu sein: Weitere Yoga-Ausbildungen, ihre eigene Praxis intensivieren, den Schmerz aushalten lernen durch die Meditationen, nicht allein leben müssen. Sie hat sich dem Rhythmus der Ashrams unterworfen, hat Küche, Bad, Arbeit geteilt, die Schweigezeiten eingehalten, die Sonderschichten bei den Retreats, hat sich vorgesagt, dass sie mit der Zeit hineinwachsen wird in diese Lebensform, und jetzt plötzlich weiß sie: So kann und so will sie nicht mehr leben. Nur wie und wo und mit wem dann?

«Ein Hotel.»

«Ja. Das ist gerade alles ... ich bin zwischen zwei Jobs und habe noch keine Wohnung ...» Hör auf. Hör auf zu lügen. Er glaubt dir doch sowieso nicht.

«Morgen ist Sonntag.»

«Ja. Deshalb die Spargel, dachte ich. Die isst du doch gerne.»

«Beim Essen auf Rädern machen sie sonntags immer einen schönen Braten.»

«Ich kauf Schinken dazu.» Notfalls auch Nichtbio-Schinken.

Und dazu muss sie bald los, weil der Dorfladen sonst schließt. Thomas hat ihr ein Fahrrad versprochen, Florian sollte es reparieren und ihr bringen. Das ist zwei Tage her, ohne dass sie was von den beiden gehört hat und von Monika auch nicht. Mit dem Rad wäre sie nicht mehr auf den Dorfladen angewiesen, dann könnte sie nach Darmstadt fahren, zu Anna oder abends mal in die *Laterne*, die es immer noch gibt. In der Stadt könnte sie sich außerdem Laufschuhe kaufen und den Druck rauslassen auf den alten Wegen.

«Wir haben dir immer gesagt... aber du wolltest nie auf uns hören.»

«Ich weiß, ja.» Friss Demut, friss Kreide.

Er nickt, den Blick auf der Rose. «Also morgen Spargel.»

Das hat sie ihm auch noch nicht gestanden: Dass sie sein Essen auf Rädern nicht nur für den Sonntag, sondern für die ganze folgende Woche abbestellt hat. Ein Fehler vielleicht. Vielleicht kann sie den wieder revidieren. Und wie geht das dann weiter: Muss sie jeden Tag neu verhandeln mit ihm, ob sie bleiben darf? Nur fünfzehn Tage noch, dann kommen die Handwerker, und sie hat noch nicht einmal mit dem Packen begonnen, nur im Garten gearbeitet, um jeden Konflikt zu vermeiden.

«Du wolltest nie auf uns hören, Franziska. Du weißt, wie sehr das gerade deine Mutter gekränkt hat.»

«Ich weiß, Papa, ja. Glaub mir, ich weiß das.»

Das Gefühl zu platzen nimmt zu. Alles zu eng hier, ein Leben, in das sie nicht hineinpasst, nie hineingepasst hat, nie hineinpassen wird. Sie will reden können, in ihren eigenen Worten und ihrem eigenen Tempo, ohne für jeden Satz, jedes Tun einen Schwall von Missbilligung zu erhalten. Sie will das Leben zurückhaben, das sie auf dem Hof gelebt hat: in ihrem Rhythmus, ihrem Flow, mit ihren Leuten. Sie will sich von ihrem Vater nicht wieder maßregeln lassen wie ein renitenter Teenager. Aber das ist der Preis, wenn sie bleiben will. Drei Wochen nur, drei Wochen muss sie damit klarkommen. Die Zähne zusammenbeißen. Die Würde bewahren. Karma-Yoga. Selbstloses Dienen.

Ihr Vater stemmt sich hoch, schwankt, stabilisiert sich. Die Haut auf seinem Handrücken spannt sich zu Pergament. Als er seinen Stock fester umgreift, treten die Knöchel gelblich hervor.

«Lass mich, es geht schon.»

Sie spürt, wie er kämpft, als er sich an ihr vorbei zur Tür schiebt. Spürt seine stumme Erbitterung und den verletzten Stolz, dass ihm das wirklich passiert, dass er dieser klapprige Greis ist, der Hilfe braucht. Von einem Stock. Von seiner missratenen, lange verstoßenen Tochter; und all ihre Wut und die Ungeduld stürzen in sich zusammen.

*

EINMAL, SIE WAR NOCH sehr klein, haben sie einen Ausflug zum See gemacht. Ein kurzer sanfter Regen ging nieder. Kein Windhauch regte sich, und die Erlen am Ufer schienen ihre Äste zueinanderzustrecken, als wollten sie sie zum Gebet falten, lauter schwarze Finger. Vielleicht war es das, diese plötzliche Stille wie in einer Kirche, die sie dazu brachte, einen Kieselstein aufzuheben und ins Wasser zu werfen. Und genau wie die Regentropfen malte auch der sanfte Kreise, die größer wurden, auseinanderstrebten und vergingen. Es war faszinierend, dass sie etwas so Schönes hervorbringen konnte, mit – wie ihr schien – solch weitreichenden Konsequenzen. Nur durch einen Stein und eine einzige kleine Bewegung. Und sie warf noch einen Stein und noch einen, bedachter jetzt, behutsamer, und mit jedem Mal verstärkte sich dieses Gefühl, etwas sehr Wichtiges zu begreifen. Was genau, konnte sie nicht benennen, aber sie konnte es spüren, und es war, als würde sie so etwas sehr Essenzielles verstehen. Über die Welt und noch mehr über sich selbst: Dass sie tatsächlich einen Effekt auf die Welt hatte, jedenfalls einen Moment lang. Und was, wenn sie selbst so ein Kieselstein wäre, was dann?

*

SIE MELDET SICH FÜR DIE FRIEDENS-AG an, denn noch mehr Sport braucht sie wahrlich nicht, und fürs Theaterspielen, für Informatik oder Malen fehlen ihr sowohl das Interesse als auch die Begabung. Also die Friedens-AG, die trifft sich jeden Mittwoch ab der fünften Stunde in den Räumen der Schülervertretung und ist für alle Jahrgangsstufen offen. Aber die anderen, die mitmachen, sind alle älter als sie und offenbar bereits eine eingeschworene Gemeinschaft. Was soll sie ihnen sagen, wie hier bestehen? Sie weiß es nicht, fühlt sich fehl am Platz, ungelenk, unwissend. So wie hier über Politik diskutiert wird, hat sie das noch nie gehört.

«Sag doch auch mal was, wie siehst du das denn?» Artur fragt sie das manchmal. Artur, der drei Jahre älter ist als sie und Chefredakteur der Schulzeitung. Und dann wird sie noch verlegener und druckst herum und ist froh, wenn jemand anderes sich zu Wort meldet, Anna zum Beispiel. Anna, die schon sechzehn ist, nur ein Jahr älter als sie eigentlich, aber kein bisschen schüchtern.

Überhaupt ist Anna ganz anders als alle anderen. Ihre Eltern sind Schauspieler, die Mutter ist nach Hollywood durchgebrannt, als Anna noch klein war, ihr Vater hat sie und einen älteren Halbbruder allein großgezogen und ist am Darmstädter Staatstheater der Schwarm aller Zuschauerinnen. «Das ist einerseits cool», sagt Anna, «aber andererseits auch ziemlich nervig, weil er nach den Vorstellungen oft noch Kollegen, Freunde und Groupies mit in die Wohnung bringt und dann debattieren und saufen die bis in den frühen Morgen, hören Platten und spielen Gitarre und grölen rum oder vögeln, und gerade das Vögeln nervt mich total, weil es immer so 'n Krach macht, und total unberechenbar ist es auch noch, OHOHOH – Jajajaaa!», imitiert sie, wirft ihre feuerroten Locken in den Nacken und lacht ihr kehliges Lachen, dass die Zähne nur so blitzen und die Sommersprossen ihr übers Gesicht tanzen. «Stundenlang geht das manchmal so, bis zum Morgen, und deshalb zieh ich allerspätestens mit achtzehn in eine WG, darauf freu ich mich jetzt schon.»

«Einfach so?»

«Ja, das ist alles geklärt», sagt Anna leichthin und greift wieder zum Pinsel, um die Friedenstaube fertig auszumalen, deren Umrisse sie und Franziska zuvor sorgfältig mit einem Stück Schneiderkreide von Franziskas Mutter auf ein blau gefärbtes Bettlaken gezeichnet haben.

«Und dein Vater hat nichts dagegen?»

«Ach der, der liebt mich schon, aber er braucht eben seine Partys, und ich will fürs Abi lernen, das geht einfach nicht gut zusammen. Außerdem stehe ich morgens am liebsten früh auf, aber nicht, wenn ich dann über Bier- und Weinflaschen und Schnapsleichen stolpere.»

«Klingt aber auch irgendwie ganz schön abgefahren.»

«Tja, weiß nicht.» Etwas huscht über Annas Gesicht. Verlorenheit, denkt Franziska, Sehnsucht. Und zweifelt im nächsten Moment, dass sie das wirklich gesehen hat, weil Anna ein weiteres Lachen ausstößt und im Tonfall eines Nachrichtensprechers erklärt: «Darmstadt. Millionen Jugendliche träumen von wilden Partys und morgendlichem Ausschlafen, nur Anna Kilian wünscht sich um Punkt sieben Uhr eine Kanne Pfefferminztee und zwei Brötchen mit Nutella.» Und dann prusten sie beide los und malen das Plakat fertig, und Franziska denkt, dass es mit

Anna doch schön sein kann in der AG, und schon hat Anna die nächste Idee für eine neue Aktion oder eine Parole. Sie ist wie ein Motor und vollkommen furchtlos, reißt auch die Älteren mit, spricht einfach auf Augenhöhe mit ihnen, als ob das nichts wäre. Rote Anna, so nennen sie sie, sogar einige Lehrer, und immer schwingt darin Respekt mit, weil Anna zwar wild ist und laut, aber trotzdem die Klassenbeste in allen Fächern.

«Wer kommt noch mit an den See, in die Stadt, ins Café, in den Park», ruft sie nach der AG. Und Franziska spürt, dass die AG eigentlich nach der offiziellen Stunde in der Schule erst richtig losgeht, aber sie muss zum Bus, weil sie nachmittags Lauftraining im Verein hat, das ist ihre Stärke, im Sport hängt sie alle anderen ab, sogar Anna, und trotzdem lässt sie eines Tages den 14-Uhr-Bus ohne sie fahren.

«Heut hab ich Zeit», sagt sie mit klopfendem Herzen und folgt Anna und den anderen durch die Straßen hinauf zur Mathildenhöhe, wo sie am Brunnen unter der Russischen Kapelle die Jacken und Schultaschen von sich werfen und ins Gras sinken.

Es ist schön hier. Erhaben. Franziska kennt die Mathildenhöhe von Sonntagsausflügen mit den Eltern und Monika. Sie weiß, dass die umliegenden Jugendstilvillen und das Museum auch Künstlerkolonie heißen. Maler und Dichter und Bildhauer und Komponisten wollten hier eine andere, bessere Welt schaffen, eine freie Gemeinschaft, ein friedliches Miteinander, aber dann kam der Erste Weltkrieg und dann der Zweite, und jetzt gibt es hier nur noch die prachtvoll sanierten Bauten und den Platanenhain, wo die Boulekugeln klackern, und den Brunnen, der unter der Goldkuppelkapelle vor sich hin plätschert.

«Hier oben aufwachen morgens, davon träum ich, das wär was!» Anna rückt neben sie und zeigt auf eine der Villen.

«Und auf den Balkon treten mit einem Pfefferminztee!»

«Das hast du dir gemerkt?»

«Ja.»

«Und du, wovon träumst du?»

«Ich – ich weiß eigentlich gar nicht. Aber ich will auf jeden Fall was bewirken.»

«Deshalb bist du in der AG.»

«Ja, auch. Aber ich ...»

«Was?»

«Ich weiß nicht genau, also, wie das gehen soll, was ich tun kann. Mein Vater ist Geodät. Also Vermessungsingenieur, er plant Straßen. Als Kind fand ich das immer toll. Er hat zum Beispiel für Mühlbach die Umgehungsstraße eingemessen, am Wochenende hat er meine Schwester und mich manchmal mit in den Wald genommen und uns gezeigt, wie er das macht. Wir stapften in Gummistiefeln hinter ihm her, immer von einem rot-weißen Pfahl zum nächsten, und mussten ihm helfen, noch mal genau nachzumessen, ob er auch alles richtig gemacht hatte. Es klang auch alles sehr richtig, was er dazu erzählte. Wir würden uns alle freuen, wenn die neue Straße fertig ist, sagte er. Denn dann würden endlich nicht mehr so viele Autos und Lastwagen über unsere Hauptstraße donnern. Tja, und dann kamen die Holzfäller, und ich glaube, da erst hab ich begriffen, was diese rot-weißen Pfähle wirklich bedeuteten, und da musste ich weinen, und jetzt hört man in der Ferne das Rauschen der Straße, und durchs Dorf fahren trotzdem noch viele Autos – ach, ich weiß doch auch nicht ...»

Sie bricht ab, kommt sich unendlich dumm vor und wie eine Verräterin obendrein. Da sitzt sie und redet schlecht über ihren Vater und schwänzt das Vereinstraining. Sie kann nur hoffen, dass das nicht auffliegt, weil der Trainer direkt zu Hause anruft, denn wie soll sie das erklären, dass sie nicht zumindest zu Hause Bescheid sagt? Das wird ihre Mutter direkt wieder ängstigen, und dann wird sie wieder traurig. Bestimmt deckt sie im Garten unter der Walnuss gerade schon den Tisch und bereitet etwas Schönes vor: selbst gemachte Zitronenbuttermilch oder einen Apfelkuchen oder Himbeerquark oder Erdbeeren mit Schlagsahne. Das ist immer ihre liebste Zeit, nur die Mutter und sie im Garten, und stattdessen sitzt sie hier mit Annas Clique im Gras, und jetzt spielt dieser Artur auch noch Gitarre und singt, und plötzlich kreist eine Flasche Rotwein, sie kann doch nicht auch noch mit einer Fahne heimkommen, aber sie kann auch unmöglich nicht trinken, dann bleibt sie für immer das Baby.

«Komm!» Anna steht auf, schwingt ihre langen Beine über den Brunnenrand und steht im nächsten Moment bis über die Knie im Wasser, das sich sofort in ihr dünnes Baumwollkleid aus dem Indienladen saugt und es ihr auf die Haut klebt. Franziska zögert, folgt dann doch Annas Beispiel. Sie trägt Shorts, die sind praktischer, sie hat sich noch nie viel aus Kleidern gemacht, aber so eines wie Annas – himmelhellblau und ganz leicht und luftig aus dem Indienladen – hätte sie schon gern. Wobei andererseits auch wieder nicht, weil es dort, wo es nass an Annas Haut klebt, transparent wird, sogar Annas Slip zeichnet sich jetzt deutlich ab. Feuerrot ist der und ziemlich klein, eher wie ein Bikini, vielleicht ist es ja sogar einer, weil Anna sich überhaupt nicht zu genieren scheint, ganz im Gegenteil, sie ist regelrecht wassertoll, bückt sich, schöpft Wasser und spritzt es ihr mitten ins Gesicht. Und dann gibt es kein Halten mehr, und sie planschen und balgen sich wie zwei junge Hunde, bis sie außer Atem klatschnass beide gleichzeitig wieder innehalten.

«Du bist echt 'ne Nummer.» Anna wringt ihre Haare aus und schüttelt sich. Die Tropfen fliegen wie tausend leuchtende Glasperlen.

«Ja, du auch.» Franziska tut es ihr nach.

«Hätt ich gar nicht von dir gedacht erst.»

«Doch, ich schon. Also von dir.»

Anna grinst, lässt die Sommersprossen tanzen. «Komm, gehen wir wieder raus. Es dauert bestimmt nicht mehr lange, bis irgendwer die Bullen holt, weil das hier ja ein anständiger Park ist.»

«Ohne Baden.»

«Ohne Baden.» Anna streckt die Hand aus, ihre Finger verflechten sich ineinander. Sie hat eine Freundin gefunden. Sie ist nicht mehr die Kleine, die Ungeschickte, die Andere, wie zu Hause oder in ihrer Klasse. Sie ist nicht mehr alleine.

*

«THOMAS, ENDLICH. SEIT TAGEN versuche ich, euch zu erreichen.»

«Tut mir leid, Heinrich, aber hier war die Hölle los und ...»

«Wo ist Monika?»

«Monika ist im Urlaub, das weißt du doch, Heinrich.»

«Da kann sie aber doch wohl telefonieren.»

«Sie braucht einfach mal ein bisschen Ruhe.»

«Wie bitte?»

«Sie braucht RUHE! Lieber HEINRICH, ich bitte dich wirklich ...»

Wie er das hasst, dass sein Schwiegersohn in jedem Satz seinen Namen einflicht, als ob er senil sei und den nicht selbst wüsste.

«Franziska ist doch bei dir, Heinrich.»

«Franziska.»

«IST FRANZISKA NICHT BEI DIR?»

«Franziska hat gerade keine andere Wohnung.»

«Das meine ich nicht, Heinrich, sondern ...»

«Sie ist hier, ja. Und weiter?»

«Gut. Das ist gut. Kommt ihr zwei denn voran?»

«Wie bitte?»

«Wie kommt ihr zwei denn voran?»

«Voran?»

«Voran! Mit dem Packen. Die Handwerker kommen ja ...»

«Ich brauche keine Handwerker. Sag Monika, sie soll mich anrufen.»

«Aber, Heinrich du musst ... Hallo ...?»

Heinrich legt den Telefonhörer wieder auf die Station. Fast sofort beginnt es wieder zu klingeln, aber er hebt nicht ab, sondern sitzt reglos und wartet, bis es vorbei ist, dreht einfach seinen Lieblingsbleistift zwischen den Fingern. Dunkles Grün, glatter Lack, der die Kanten sanft abrundet. Er packt fester zu, fühlt, wie sich eine davon in den Knöchel des Mittelfingers drückt und eine andere in die Kuppe des Zeigefingers. Er positioniert die Handkante im richtigen Winkel und lässt die Bleistiftspitze über das Papier gleiten. Eine Linie. Noch eine, direkt darüber und gleich noch eine dritte. Er kneift die Augen zusammen und mustert das Ergebnis. Die Linien sind wackelig, sie zerfasern, also täuscht er sich doch nicht: Seine Hand gehorcht ihm nicht mehr so, wie sie sollte, selbst bei drei eigentlich anspruchslosen Strichen geht ihr die Kraft aus. Behutsam legt Heinrich den Bleistift zurück zu den anderen. Ebenso sacht reißt er den Bogen vom Block, faltet ihn einmal in der Mitte und platziert ihn auf dem Stapel der Ameisenbär-Skizzen, mit denen er sich in den letzten Wochen geplagt hat.

Und jetzt, alter Kamerad, was jetzt?

Heinrich hebt den Blick. Der Ameisenbär blickt aus seinem Messingrahmen stoisch wie immer auf ihn herab, und doch glaubt Heinrich, einen Anflug von Wehmut an ihm zu erkennen. Die natürlich nicht existiert, sondern nur ein Produkt seiner eigenen Sentimentalität ist. Eine Lithografie kann sich nicht verändern. Selbst ein lebender Ameisenbär ist zu komplexen Gefühlen nicht in der Lage. Im ewigen Jetzt seines selbstgenügsamen Trotts lebt der Ameisenbär sein Leben. Fressen, Schlafen und sich in jungen Jahren ein- oder zweimal vermehren, darum geht es. Nur im ersten Jahr seines Lebens reitet ein Ameisenbärjunges auf der Schulter seiner Mutter, dann ist es flügge, und beide gehen allein ihrer Wege, als ob nichts geschehen wäre. Kein Blick zurück, nicht im Zorn, nicht in Reue. Keine Sorgen um das, was da kommen mag, oder den Sinn ihres Daseins.

Heinrich schiebt den Aktenvernichter in Position und hält gleich wieder inne. Jemand redet im Flur mit Franziska. Oder nicht? Er tastet nach seinen Hörgeräten. Rauschen ist die Antwort. Fiepen. Mehr aufdrehen kann er den Empfang nicht. Er lässt die Hände wieder sinken. Doch, Franziska ist im Haus, und jetzt fällt eine Tür ins Schloss, er hört ihre schnellen Schritte, hört erneut eine Tür. Wenn das Gartentor zufiel und sie Seite an Seite losliefen, ist sie ihm immer am nächsten gewesen. Er hat sie gefördert, getrieben, sie sollte ihn überholen. Auf einmal begreift er, was Thomas eben mit seinem Anruf gewollt hatte, warum er ihn nach Tagen der Funkstille doch endlich zurückrief. Nicht nach ihm, sondern nach den Handwerkern wollte sein Schwiegersohn sich erkundigen. Und diese Handwerker sind schon im Haus, Franziska hat sie hereingelassen, sie redet mit ihnen, sie führt sie herum. Das ist, was ihn aufschrecken ließ: Männerschritte und Männerstimmen, die näher kommen, immer näher.

Heinrich steht auf. Der Stock kippt ihm weg, bevor er ihn gegriffen hat, aber damit will er sich nicht aufhalten, und das muss er auch gar nicht, denn seine Wut gibt ihm Kraft. Ungewohnt schnell erreicht er auch ohne Stock den Flur, eben noch zeitig genug, um zu sehen, wie ein Kerl in Schreinermontur im Wohnzimmer verschwindet.

Der Boden gibt nach, trägt ihn aber doch. Wenn er wüsste, es könnte noch einmal so werden wie früher, wäre das vielleicht gar nicht schlimm, er könnte sich daran gewöhnen zu gehen, als trete er mit jedem Schritt in Nebel. Oder in Schnee. Oder in die Wolken, die Johanne so gerne betrachtete und malte.

Weil sie so leicht sind, Heinrich, weil sie über alles hinwegfliegen und sich immer verwandeln.

Heinrich stolpert und stützt sich an der Wand ab. Das Wohnzimmer ist leer, aber die Terrassentür weit geöffnet, und dort draußen sind sie, folgen seiner Tochter mit langen Schritten über die Terrasse, drehen sich dort um und mustern sein Haus, und Franziska erklärt etwas, sie hebt in großer Geste den Arm, sie will ihnen etwas zeigen, sein Haus will sie ihnen zeigen, und die beiden Kerle hängen an ihren Lippen.

«Raus hier, sofort! Dies hier ist mein Haus. Mein Grundstück. Sie haben kein Recht, hier etwas zu zerstören!»

«Papa!» Franziska steht starr, den Arm halb in der Luft. Einer der Handwerker fängt sich als Erster, der Chef wohl, denn er verströmt diese Mir-gehört-die-Welt-Attitüde, wie er jetzt mit ausgestreckter Hand auf Heinrich zueilt.

«Königsbau, Königs mein Name. Hallo, Herr Roth. Entspannen Sie sich bitte. Niemand will hier irgendetwas kaputt machen, ganz im Gegenteil ...»

«Sie sind hier nicht erwünscht.»

«Aber lieber Herr Roth.»

Dieses Grinsen von oben herab, diese Siegesgewissheit, qua Jugend. Er kennt das schon, er kennt es viel besser, als er das je hatte kennenlernen wollen, er ist dessen so müde.

«Ich habe Sie nicht bestellt, hier ist auch nichts kaputt, also gehen Sie bitte.»

«Aber Papa, das ist –.»

«Das ist mein Haus, Franziska. Und mein Grundstück, noch bin ich nicht tot.»

«Okay, okay, ist ja gut. Beruhige dich bitte, lass mich doch ...» Franziska redet weiter und weiter, alle drei reden sie wieder, reden und reden, laut, schnell und durcheinander, vielleicht hat er das früher auch so gemacht, einfach so lange reden, bis das Gegenüber erschöpft ist und klein beigibt, aber er kann sich nicht daran erinnern, und in jedem Fall hat er nicht dauernd okay gesagt, okay dies, okay das, wenn nichts, überhaupt nichts okay ist.

«Gehen Sie bitte», wiederholt Heinrich, und als ob sie ihn nicht hörten, schauen die beiden Männer Franziska an, und erst als sie nickt, verabschieden sie sich mit einem angedeuteten Diener und schnüren hinter Franziska her in den Garten, wo sie wieder stehen bleiben und sich zum Haus wenden und dabei wieder zu reden beginnen, sie sind sich offenbar alle drei einig. Königs legt seiner Tochter sogar die Hand auf die Schulter. Sie werden also wiederkommen, und Franziska wird ihnen das erlauben, sie wird umsetzen, was Monika und Thomas ihr sagen, und Monika lässt es sich unterdessen gut gehen.

Das Leben ein Tanz, der Tod führt Regie. Er begreift nicht, warum ihm, sobald er wieder an seinem Schreibtisch sitzt, nun auch noch diese blödsinnige Inschrift auf dem Grabstein seiner Mutter in den Sinn kommt, aber so ist es. Schwarze Schreibschrift auf weißem Marmor, die Silhouette einer Tänzerin darunter und zwei schwarze Schwäne. Bevor sie die eine Zigarette zu viel geraucht hat, hatte Lilo Roth diesen Grabstein noch selbst entworfen und bei einem Steinmetz in Auftrag gegeben. Ein einziges, letztes Mal hat sie endlich vorausschauend für etwas gesorgt – nur die Bezahlung durfte er übernehmen, ebenso wie für die Bestattung und Haushaltsauflösung. Nichts auf der Kante, aber große Pläne und Illusionen. So hat er nie gelebt, und so soll es mit ihm auch nicht zu Ende gehen, so nicht.

Bis zu zehn Seiten gleichzeitig kann sein Aktenvernichter zerkleinern, aber nun, da seine Entscheidung gefallen ist, kommt es ihm zum ersten Mal seit sehr Langem so vor, als erlange er die Kontrolle zurück. Ein paar wenige Sätze nur muss der Notar noch ins Testament einfügen. Ein paar wenige Dinge muss er selbst noch sichten und ordnen. Heinrich faltet die DIN-A3-Seite mit den misslungenen Linien einmal in der Mitte durch, zerreißt sie entlang der Knicklinie und schiebt die beiden DIN-A4-großen Hälften eine nach der anderen in den Schlitz seines Aktenvernichters. Und jetzt die erste Ameisenbärenskizze, die zweite und immer so weiter. Der Aktenvernichter rattert und winselt, aber sobald Heinrich die Hörhilfen ausschaltet, ist das kein Problem mehr. Noch eine Seite. Und noch eine. Seine stümperhaften Stricheleien mit den toten Augen verschwinden, eine nach der anderen. Ein würdiger Abschied ist das. Vielleicht sollte er auch die Dokumente aus dem Safe so vernichten, damit die schlafenden Hunde nicht nochmals erwachen, auch nach seinem Tod nicht.

Ein Luftzug streift über sein Gesicht, dann ein Schatten. Johanne ist das, nein nicht Johanne, Franziska. Sie schreit etwas und presst ihre Hand auf seine Zeichnungen, aber er schüttelt den Kopf und zerrt die nächste Seite aus dem Stapel. Und Franziska sieht offenbar ein, dass sie kein Recht hat, ihn daran zu hindern, denn sie lässt ihre Hand wieder sinken, bleibt aber immer noch neben ihm stehen und redet und redet. Wie ist es nur möglich, dass sie äußerlich so nach Johanne kommt und ihr im Wesen so wenig ähnelt? Und wie kann es sein, dass sie nun auf einmal wieder verstummt und die Schultern hängen lässt wie mit dreizehn, als er ihr zum ersten Mal erklärt hat, wie es um Johanne bestellt ist und dass sie deshalb daheimbleiben muss und gehorchen?

*

WENN ER EINE PISTOLE besäße, müsste er nicht befürchten, dass im letzten Moment etwas schiefgeht. Ein Sprung von einem Dach oder einer Klippe wäre ebenso effizient. Aber er besitzt keine Waffe, und sein Körper lässt ihn keine Dächer und Berge mehr erklimmen. In ein Meer könnte er hinausschwimmen, notfalls auch in einen sehr großen See, aber beide sind für ihn unerreichbar, und die Idee mit den Pulsadern hat er auch wieder verworfen. Er weiß zwar inzwischen genau, wie und wo er den Schnitt setzen müsste – längs mit der Ader, nicht quer dazu und so lang als irgend möglich –, aber er traut seinen Händen nicht mehr. Auch das Erhängen oder Erdrosseln birgt Risiken, hat ihm das Internet verraten. Ein minutenlanges Ersticken möchte er bei aller Entschlossenheit doch gern vermeiden. Bleiben also nur die Tabletten im Safe, die er für Johanne besorgt hatte, als sie noch hofften, sie käme zumindest zum Sterben nach Hause. Es sind mehr als genug, und sie haben das Verfallsdatum noch nicht überschritten. Ein sanftes Hinwegdriften wird das sein, es wird nicht weiter wehtun.

Und willst du das wirklich, mein Heinrich?

Ist das Johanne? Unter Hunderten, Tausenden würde er ihre Stimme wiedererkennen, wenn sie tatsächlich noch einmal etwas sagte. Und doch fragt er sich in letzter Zeit, ob sich seine Erinnerung womöglich verfälscht hat. Schleichend nur, fast unmerklich, mit jedem Tag ohne Johanne etwas mehr. Der Gedanke macht ihn ganz verrückt, denn er kann es ja nicht überprüfen.

Und willst du das wirklich, mein Heinrich?
Es ist besser so, glaub mir.

38 Tabletten hat er, fast doppelt so viele, wie er benötigt. Er muss nur darauf achten, dass nach der Einnahme mindestens acht Stunden vergehen, bis Franziska ihn findet, oder besser noch zehn. Das ist der schwierigste Part, weil Franziska so flink ist und ihn manchmal so anschaut, als würde sie etwas ahnen. Und weil sie wie als Teenager bis weit nach Mitternacht durchs Haus geistert.

*

ER WIRD SIE JETZT HEIMHOLEN und zur Vernunft bringen.

Da, sieh, was du mit deiner Mutter gemacht hast, Franziska, wird er sagen. *Ist deine Freiheit das wert, willst du das wirklich?*

Heinrich durchquert die Toreinfahrt und sucht sich einen Platz im Schatten des Vorderhauses. Erst hat er erwogen, Franziska drinnen zu überrumpeln, dann aber entschieden, dass es doch klüger ist, sie allein abzupassen. Er steht still und versucht, sich zu sammeln. Bald 18:00 Uhr, lange kann es nicht mehr dauern, bis Franziska herauskommt, aber die Minuten scheinen sich zu zerdehnen, und die Hitze brütet in diesem Hof wie in einem Trichter. Heinrich fixiert das Gebäude ihm gegenüber. Ein typisches Kriegsüberbleibsel ist das, schmuddelgrau, zweistöckig mit einem improvisierten Flachdach und vergitterten Fenstern, aus denen hin und wieder ein Fetzen Gelächter in den Hof dringt. Forschungsprojekt biologische Schädlingsbekämpfung – das klingt erst einmal einigermaßen seriös. Jedenfalls so lange, bis man diese Baracke in Augenschein nimmt und sich klarmacht, dass deren Betreiber dort drinnen junge, leichtgläubige Leute wie seine Tochter dafür bezahlen, Motten zu züchten, und ihnen auch noch einreden, sie würden auf diese Weise die Welt retten.

Und was ist so schlimm daran, wenn wir das wenigstens versuchen?

Franziskas Stimme am Telefon, dunkel von Trotz, Tränen und Abwehr. Heinrich wischt sich Schweiß von der Stirn. Ein halbes Jahr ist vergangen, seitdem Franziska getürmt ist. Mit siebzehn! Er hat sich das nicht vorstellen können, dass sie damit durchkommt, aber offenbar doch, sogar die Polizei hat ihn immer nur wieder vertröstet, und nun ist sie volljährig. Er kann ihr nichts mehr befehlen, kann nur versuchen, sie zu überzeugen. Nur, was sind die richtigen Worte? Was soll er ihr denn sagen, was er ihr nicht schon in zig Telefonaten und Treffen gesagt hat? Er weiß es nicht, aber Johannes Zustand hat sich weiter verschlechtert, also muss er es noch einmal versuchen, nein, nicht nur versuchen. Er muss sie überzeugen diesmal. Franziska muss heimkommen. Und zur Schule gehen muss sie auch wieder.

Heinrich macht einen Schritt vorwärts, hält aber direkt wieder inne, weil die Barackentür nun tatsächlich aufschwingt. Ein junger Schlacks mit spackem Oberlippenbart tritt ins Freie, direkt gefolgt von Franziskas rothaariger Busenfreundin Anna und dann endlich auch seiner Tochter. BH-los in einem schmuddeligen Trägershirt und ihren alten Adidas-Laufshorts mit indischen Jesuslatschen an den Füßen, blinzelt sie in die Sonne und lehnt sich an die Hauswand. Etwas in Heinrichs Magen zieht sich zusammen. Vielleicht weil sie noch immer die Shorts trägt und so unversehrt wirkt und so wahnsinnig jung. So ganz und gar wie seine Tochter und doch wie eine Fremde.

Er sollte aufgeben und heimgehen, statt sich hier zum Narren zu machen, dann kann Monika wenigstens noch ins Schwimmbad, sie steckt schließlich schon so viel zurück und hat doch auch ein Recht auf ihre Jugend. Nein, er muss kämpfen. Er muss es zumindest noch einmal versuchen.

Wieder schwingt die Tür auf und entlässt eine Frau mit Dutt und Laborkittel ins Freie. Die Vorgesetzte ist das wohl, denn sie schließt die Barackentür ab, nickt den drei Jüngeren zu und übergibt den Schlüssel an Franziska.

«Bis Montag dann also. Und vergesst nicht die Versandlisten. Und denkt an die Fenster.»

«Machen wir, hundertpro. Du kannst dich auf uns verlassen.»

«Schön, also dann.»

Die Duttfrau schnürt durch die Toreinfahrt, ohne Heinrich zu bemerken. Der Milchbart druckst noch eine Weile herum, begreift aber bald, dass das keinen Zweck hat, und trollt sich.

«Nur wir zwei, Samstag und Sonntag. Fett oder?» Anna fördert eine Wasserflasche aus ihrer fransenbesetzten Umhängetasche und setzt sich auf eine der leeren Bierkisten, die offenbar zu diesem Zweck bereitstehen.

«Fett, ja. Und mit Wochenendzulage!» Franziska sinkt neben sie, streckt die braun gebrannten Beine aus, seufzt theatralisch und dreht sich eine Zigarette.

«Er gibt sich Mühe, der Emil, nun sei nicht so, Zissy», sagt Anna.

«Ich geb mir auch Mühe mit ihm.» Franziska lächelt und bläst drei vollendete Rauchkringel in die Luft.

«Meinst du.»

«Fahren wir jetzt an den See?»

«Pepe kocht doch heut italienisch.»

«Wow, stimmt. Das hab ich total vergessen. Aber ich will trotzdem noch schnell – ich beeil mich, okay?»

Sie springen auf, nehmen sich in die Arme, Anna läuft um die Baracke herum und verschwindet. Dies also ist sie, seine Chance, die er sich erhofft hat. Aber nun, da Franziska allein ist, ringt er doch wieder um die richtigen Worte. Zum Glück hat es Franziska offenbar doch nicht so eilig, denn sie geht in die Hocke und wühlt in ihrer abgewetzten, mit linken Parolen und Ansteckern übersäten Umhängetasche herum. Ein ehemaliger Bundeswehr-Proviantbeutel ist das, aber das scheint seine keine Friedensdemonstration auslassende Tochter nicht zu stören, und jetzt in diesem Moment wird er diesen Widersinn ganz sicher nicht mit ihr erörtern.

Heinrich löst sich aus dem Schatten des Vorderhauses und läuft über den Hof.

Franziska, komm heim. Jetzt. Auf der Stelle. Du musst heimkommen, Franziska. Wenn schon nicht für dich oder gar mich und deine Schwester, dann wenigstens für deine Mutter.

Sätze, die in ihm herumflirren, sind das. Erklärungen, Bitten, Befehle, doch als er ihr nah genug ist, kommt nichts davon über seine Lippen.

«Franziska», sagt er nur, nennt sie einfach bei ihrem Namen und sieht, wie sie zuckt und auf einmal ganz starr wird.

«Franziska», wiederholt er. Ein wenig sanfter.

Und sie hebt den Kopf, unendlich langsam. Sie versteht ihn, er dringt zu ihr durch, das sieht er in ihren Augen. Es war richtig, sie zu überrumpeln, er muss gar nichts mehr sagen, sie werden noch eine Chance haben.

Nur sein dummes Herz scheint das nicht zu glauben, das pumpt und hämmert sogar noch stärker. Weil Franziska zwar nickt und ihre stinkende Zigarettenkippe in den Staub tritt, zugleich aber etwas über ihr Gesicht huscht, das so schwarz ist, so alt und so müde, dass es unmöglich zu seiner Tochter gehören kann. Und doch war es da, für den Bruchteil einer Sekunde zwar nur, aber unverkennbar.

Franziska wird mit ihm kommen, begreift er. Sie wird dieses eine Mal tatsächlich tun, was er von ihr erwartet. Aber er hat sie trotzdem verloren.

*

SIE KANN DAS GERÄUSCH DES AKTENVERNICHTERS nicht ertragen, dieses Rattern und Mahlen und Quietschen, und noch viel schlechter hält sie die gebeugte Gestalt ihres Vaters aus, die winzigen Schweißperlen auf seiner rosigen Kopfhaut, seine einst so kräftigen Hände, denen es nun offensichtlich Mühe bereitet, ein Blatt Papier in den Aktenvernichter zu stecken.

«Warum, Papa, warum machst du das? Was soll das?»

Er hört sie nicht. Oder er ignoriert sie. Absurd ist das, irrational: Erst sorgt sie sich, weil er wie besessen seine Ameisenbär-Lithografie abzeichnet, und nun macht es ihr Angst, dass er seine Zeichnungen vernichtet.

Warum jetzt plötzlich, wegen der Handwerker? Ihretwegen? Weil er seinen eigenen Ansprüchen nicht mehr gerecht wird? Es gibt Künstler, die ihr eigenes Werk zerstören, Menschen, die sich selbst und ihre Partner ermorden oder ihr Heim niederbrennen, weil sie den schleichenden Abschied nicht ertragen. Und was will ihr Vater? Sie weiß es nicht, weiß es mit jedem Tag weniger, aber sie ist sicher: Etwas in ihm ist verändert.

Der Aktenvernichter verstummt, ihr Vater langt nach seiner nächsten Zeichnung. Sorgsam, präzise faltet er sie in der Mitte, zerschneidet sie hoch konzentriert in zwei gleich große Hälften und lässt eine nach der anderen in den Schlitz gleiten, fast sieht es so aus, als würden die eigentümlich verkrümmten Vorderkrallen des Ameisenbären winken, bevor sie darin verschwinden. Was, wenn ihr Vater zuletzt auch noch seine Originallithografie schreddert? Das darf sie nicht zulassen, sie weiß nicht, warum das so wichtig ist, sie weiß auch nicht, wie sie ihn davon abbringen könnte, sie weiß nur, dass sie das tun müsste.

Sie geht in die Knie, hält die Hand über den Einführschlitz, und da endlich sieht er sie doch an, wasserblau und kein bisschen verrückt, sondern so wie früher, als er für sie noch der Weltforscher, Weltmesser, Weltdeuter gewesen ist, dem sie bedingungslos glaubte, was richtig und was falsch ist.

«Sie sind misslungen, Franziska. Das musst du doch auch sehen. Ich will sie nicht aufheben.»

«Aber du hast dir so viel Arbeit gemacht und vielleicht könntest du die eine oder andere noch retten?»

Er schüttelt den Kopf, greift zum nächsten Blatt.

Lass mich, lass mich, lass mich.

Sie gibt nach und flieht ins Nähzimmer, wo es nach Schlaf riecht und nach Stoffen und Garnen, obwohl die nach Jahren,

Jahrzehnten keinen Eigengeruch mehr haben können. Und doch glaubt sie, einen Hauch davon wahrzunehmen. Und für einen zeitlosen Augenblick wird das entfernte Rattern aus dem Arbeitszimmer zu dem der Nähmaschine, und sie liegt wieder bäuchlings auf dem Teppich und sortiert die Ersatzknöpfe: nach Farben, Formen, Größe oder der Anzahl ihrer Löcher – vier, zwei, sechs – und in ein Extraglas all die, deren Ösen zum Festnähen auf der Unterseite versteckt sind. Die sechseckigen mit filigranen Bronzefäden bespannten sind die schönsten, ihre Mutter nennt sie Froschkönigaugen. Als würde ein eifriges Tierchen sich unablässig verneigen, sieht das aus, wenn die Mutter mit ihren Puschen aus hellblauem Kunstpelz auf das Antriebspedal der Nähmaschine tritt. Als gäbe es unter dem Tisch eine verborgene zweite Welt zu entdecken. Und ihre Mutter kennt sich aus mit solchen Welten, deshalb stickt sie ihren Hausschuhen mit schwarzem Garn Augen und Schnauzen. Ihre helle, fast kindliche Seite war das gewesen. Und doch ist Franziska kaum zehn Jahre später in dieses Zimmer gestürmt und hat ihrer Mutter vor die Füße geschleudert, was diese als Überraschung für sie genäht hatte.

Wie konntest du nur – mein Afghanhemd, die Jeans und das Indienkleid einfach wegwerfen, ohne mich auch nur zu fragen?

Aber das war doch alles so billig gemacht und verschlissen, Zissy! Und schau nur, den Schnitt von der Bluse hab ich aufgenommen und ein bisschen verfeinert, und der hellere Fliederton steht dir viel besser, und ein Froschkönigauge hab ich dir auch angenäht Ich dachte, du freust dich.

Franziska öffnet das Fenster. Am schlimmsten war niemals der Streit, war auch nicht ihre rasende Wut, sondern das, was danach kam: die bleierne Traurigkeit ihrer Mutter, und die Mahnungen ihres Vaters, ihr eigenes schlechtes Gewissen und Monikas Blicke.

Sie öffnet das Fenster, holt tief Luft, atmet aus. Vergangen.

Vorbei. Dies ist jetzt, heute, hier, darum muss sie sich kümmern, einen Weg finden, eine Lösung.

Kein Regen in Aussicht, niemand auf der Straße, nur dieses unwirkliche Postkartenblau am Himmel und die Hitze und die Hecken und Sträucher, die junigrün leuchten. Wie lange noch, bis ihr Laub vertrocknet, weil sich auch dieser Sommer zu einem Dürresommer entwickelt?

Regnen, es soll bitte sehr dringend regnen. Es ist sinnlos, sich das zu wünschen. Sie hat keine Macht, den Lauf der Welt zu beeinflussen, und wenn sie das endlich begreift, kann sie aufhören, damit zu hadern, und ihr Scheitern wird nicht mehr so wehtun. Sie wird frei sein und kann entscheiden, was sie mit dem Rest ihres Lebens tun will.

Sie zieht die Bettwäsche ab. Ein Nest ist dieses Zimmer, das Nest, das ihr Vater einst für ihre Mutter geschaffen hat: mit gezimmerten Garnrollenhaltern und Hakenleisten für die Maßbänder und Scheren an den Wänden, mit Schränken für die Stoffballen und Regalen für die sorgfältig beschrifteten Aufbewahrungsboxen. Litzen, Spitzen, Ösen, Druckknöpfe, Nadeln, Schrägband, Borten, Futtertaft, Schnittbögen, Flicken. Der Zuschneidetisch und die Bügelstation füllen beinahe den gesamten Raum aus, die Chaiselongue wirkt im Vergleich wie ein Sofa für Zwerge. Manchmal durften Monika und sie vor dem Zubettgehen darauf einen Kakao trinken. Jetzt rollt sich ihr Vater nachts darauf zusammen, obwohl sie zu schmal ist, zu kurz und zu weich, um darauf gut zu schlafen. Vielleicht erzählt er der Fotografie seiner toten Frau, wie sein Tag war, bevor er das Licht löscht.

Franziska saugt Staub und zieht frische Bettwäsche auf. Ihre Uroma Frieda hat auch immer auf der Chaiselongue geschlafen, wenn sie aus Darmstadt zu Besuch kam. Weiß sie das, weil sie sich wirklich selbst daran erinnert oder nur aus den Erzählungen ihrer Eltern? Doch, sie sieht ihre Uroma hier umhergehen: Immer schwarz und sehr akkurat gekleidet, aber eigentlich ziemlich lustig und nie ohne ihre riesige rote Handtasche, aus der sie allerlei Wunderdinge hervorzaubern konnte. Und jedes Mal, wenn sie die beiden Familienfotos über der Nähmaschine betrachtete, förderte sie ein riesiges Taschentuch hervor, polierte die silbernen Rahmen und zog die Mutter an ihrem beachtlichen Busen, und die ließ das geschehen und brummte beruhigende Töne. Die beiden verschmolzen zu einer summenden, sich leise wiegenden Einheit, obwohl der Rücken der Mutter doch eigentlich aussah, als wollte sie viel lieber weglaufen.

Franziska schließt das Fenster. Es kann nicht so gehen mit dem Umbau, wie Thomas und Monika sich das vorstellen. Sie kann dieses Zimmer nicht einfach in ein Schlafzimmer verwandeln, und sei es auch noch so vernünftig und praktisch, sie weiß aber auch keine bessere Lösung. Das reicht nicht, um mit Thomas und ihrer Schwester zu reden. Oder gar mit ihrem Vater. Es muss für den Anfang aber trotzdem genügen.

Sie räumt den Staubsauger fort, wählt ein weiteres Mal alle Nummern ihrer Schwester, dann die ihres Schwagers.

«Franziska, gut. Ich wollte dich auch heute ...»

«Wir müssen reden, Thomas, ernsthaft, wir müssen ...»

«Ich fahr eben nach Mühlbach rein, gib mir zwei Minuten, dann bin ich bei euch.»

«Ja, gut, aber ...»

Aufgelegt. Und im Arbeitszimmer ihres Vaters ist es jetzt auch still. Oder schon seit Längerem? Sie hastet zurück, die Brust eng, das Herz wild, atmet aus, als sie ihn in seinem Sessel im Erker entdeckt. Er ist eingenickt, sie hört ihn leise schnarchen, der Ameisenbär an der Wand blickt milde über seinen Kopf hinweg in die Ferne.

Wortlos folgt Thomas ihr in den Schatten des Walnussbaums, wortlos setzt er sich auf einen der Gusseisenstühle, behält die

Sonnenbrille vor den Augen. Sie schenkt ihm ein Glas Wasser ein. Dann sich selbst. Trinkt einen langen Schluck. Setzt ihr Glas ab.

«Königs war heute Morgen da. Seitdem ist Papa total durch den Wind und – er schreddert auf einmal all seine Zeichnungen. Irgendwas an ihm ist verändert, und ich – ich kann das so nicht, Thomas, also das mit dem Entrümpeln, nicht ohne noch einmal mit Moka gemeinsam zu überlegen, ob es vielleicht doch ...»

«Vergiss es, Franziska.»

«Thomas, verdammt! Das geht so nicht. Ganz egal, was gewesen ist, was sie mir auch vorwirft, sie kann doch wohl wenigstens einmal mit mir telefonieren.»

«Kann sie nicht. Wird sie nicht. Wird sie noch sehr lange nicht ...»

«Aber sie muss! Wenigstens einmal.»

Thomas schüttelt den Kopf. In seiner Sonnenbrille sieht sie sich selbst, nicht seine Augen. Aber offenbar schaut er sie an, denn er lehnt sich ein bisschen näher.

«Also gut, es hat ja so keinen Sinn, Ziska. Monika ist nicht verreist. Sie ist krank, weil sie einen Zusammenbruch hatte. Ein paar Wochen Ruhe hab ich gedacht, dann wird das schon wieder, aber so sieht es leider nicht aus.»

«Zusammenbruch, du meinst ...»

«Totalkollaps. Nichts geht mehr. Burn-out, sagen die Ärzte. Gestern ist sie in eine darauf spezialisierte Klinik verlegt worden, da komme ich gerade her, eine sehr gute Klinik ist das, für genau solche Fälle, aber Moni wird trotzdem so schnell nicht wieder ...» Er schüttelt den Kopf, wirft die Sonnenbrille auf den Tisch, vergräbt das Gesicht in den Händen. «Burn-out – Herrgott noch mal, ich hab immer gedacht, das ist alles bloß Psychotheater für Weicheier. Und Moni genauso, aber jetzt ...» Er hebt den Kopf, sieht Franziska zum ersten Mal an. «Sie ist wie weg, Ziska, wirklich weg. Also innerlich, mein ich. Nicht erreichbar, und die Ärzte versichern mir, dass das normal sei und sie aller Wahrscheinlichkeit nach wieder zurückkommen wird und einfach nur Zeit braucht.»

Zeit, sie braucht einfach nur Zeit. Meine Schwester hat Burn-out. Sie ist in einer Klinik.

Stumm sagt Franziska sich das vor, einmal und noch einmal, und ihr Kopf versteht, was das bedeutet, nur ihr Gazellenherz springt und springt und kann doch nicht vom Fleck kommen.

«Weiß Papa das schon, ist es das, was du ihm heute Morgen am Telefon gesagt hast?»

«Bist du verrückt?»

«Ich bin nicht verrückt, Thomas. Ich bin nicht so wie Moka und du, aber das heißt noch längst nicht, dass ich ...»

«Ist ja gut. Reg dich ab, Ziska.»

«Ja, du hast recht. Sorry.»

Thomas stützt die Ellbogen auf die Knie und starrt auf den Boden, wo das ledrige schwarze Laub des vergangenen Winters sich mit dem Kies und den Nussschalen vermengt hat.

Unter einer Walnuss kann nichts anderes wachsen, sie will immer allein stehen, Zissy, dafür schenkt sie uns ihren Schutz und ihre wunderbar nahrhaften Früchte. Komm, hier ist dein Korb, hilf mir schnell sammeln.

«Ihr hättet mich doch schon viel früher anrufen können.»

«Hätten wir das, ja? Wie vor Johannes Tod?»

«Das war nicht so, wie Monika das ...»

«Es ist mir egal, wie es war, Franziska. Das spielt doch jetzt keine Rolle.»

«Nein, wohl nicht. Aber ich muss ...»

«Ja?»

Mich entscheiden. Nur das. Will ich das, kann ich das, noch einmal hier einziehen, wirklich hierbleiben diesmal. Will ich das überhaupt können?

Ja. Nein. Ja. Nein. Monika mit fliegenden Zöpfen, die das an einem Gänseblümchen abzählt, die weißen Blütenblätter stieben in alle Richtungen, und sie ist zu klein, sie kann ihre Schwester nicht stoppen, weil Monika einen Kopf größer als sie ist und die Hände über ihren Kopf hebt, weit außerhalb ihrer Reichweite.

«Ich müsste im Ashram, also ich müsste ...»

«Ja?»

Nichts, gar nichts. Das Leben im Schwarzwald geht ohne sie weiter, sie fehlt dort nicht, fehlt auch nicht in Niedenstein, sie fehlt auch nicht irgendwo anders, und Thomas' Daumen umkreisen sich, drehen und drehen und drehen sich umeinander, er scheint das gar nicht zu bemerken, aber sie macht das ganz wahnsinnig. Franziska hebt eine der Nussschalen auf. Ihr Vater hat mit ihnen Figuren daraus gebastelt und Boote mit Zahnstochermasten und Papierfahnen, die ganze Welt in einer einzigen Nussschale, die Mutter mahlte die Kerne und backte Kuchen daraus, sie sammelten sie, knackten sie, stopften sie sich in die Münder, die Nusshälften wie kleine Gehirne, und manchmal wand sich ein Wurm drin.

«Wenn du zumindest den Sommer über bleibst, würde das schon wahnsinnig helfen. Den Umbau finanzieren wir, von mir aus auch dich, also wenn's am Geld liegen sollte ...»

«Nein, darum geht's nicht.»

Zwei Monate, vielleicht auch drei oder vier. So lange werden ihre Rücklagen reichen und noch sehr viel länger, sobald sie sich dazu entschließt, Lars ihre Hofanteile zu verkaufen.

«Wenn es Probleme mit den Handwerkern gibt oder Fragen, kann ich dich unterstützen, bedingt jedenfalls, denn ich muss mich zusätzlich zu meinem eigenen auch noch um Monikas Büro kümmern, und Lene lernt an der Uni in Heidelberg für ihre Zwischenprüfung, und mit Flori ist es schon schwierig genug gewesen, bevor Moni ..., egal jetzt, ich will jedenfalls weder ihn noch

Lene unnötig belasten.» Thomas lacht. Bitter. «Auch Moni würde das nicht wollen, unsere Kinder sollen nicht für ihre Eltern zurückstecken müssen, wie sie selbst immer. Sogar mich wollte sie immer möglichst aus allem, was ihre Eltern und dich anging, raushalten.»

«Und hast du das akzeptiert?»

«Hätte ich das getan, würdest du nicht hier sitzen.»

«Das heißt, Moka wollte nicht, dass ich ...?»

Er schüttelt den Kopf. «Wie gesagt, sie ist im Moment einfach nicht – sie ist ...»

«Und wenn ich es versuche, also hinfahre, mit ihr rede?»

«Bist du verrückt? Nicht mal ich darf jetzt zu ihr!»

«Das tut mir so leid, Thomas.»

Er atmet scharf ein, will etwas erwidern, überlegt es sich aber anders, sodass ihre Worte für eine Weile zwischen ihnen in der Luft schweben, und in dem Raum, der entsteht, sieht sie ihre Schwester. Die erwachsene Monika in einem ihrer praktischen Hosenanzüge, dem hellblauen, perfekt und praktisch frisiert mit dezentem Make-up und den Tennisschuhen an den Füßen, die sie immer fürs Autofahren anzieht und wenn sie Baustellen besichtigt. Makellos weiße Tennisschuhe mit drei goldenen Streifen, in denen sie nach einem langen Arbeitstag noch Lebensmittel und Getränkekisten in ihr Elternhaus schleppt und die Küche aufräumt und ihren Vater zu Bett bringt, um ihren Mann und die Kinder nicht damit zu belasten, und erst recht nicht ihre Schwester, auf die nie Verlass war.

Ja, nein, ja, nein. Gute Schwester. Große Schwester. Fremde Schwester.

«Weiß Monika, warum unser Vater Ameisenbären zeichnet, hat sie das mal erzählt?»

«Der Ameisenbär ist doch irgend so 'n Ding aus Heinrichs Kindheit, darum geht's doch jetzt echt nicht.»

«Vielleicht doch. Denn erst zeichnet er den wochenlang wie ein Besessener ab, und kaum kommen die Handwerker, jagt er seine Zeichnungen durch den Reißwolf.»

«Du hast die letzten zwei Jahre eben nicht mitbekommen. Euer Vater ist ...»

«Alt geworden, ja, das weiß ich. Alt, krank und starrköpfig. Trotzdem. Ich muss mehr von ihm wissen, sonst kann ich ihm nicht helfen. Ich muss auch ganz praktische Dinge erfahren. Zum Beispiel, wie Monika das mit dem Duschen gehandhabt hat.»

Thomas seufzt. «Bis Mai ging das noch mit den Treppen. Da bin ich am Wochenende mitgekommen und hab ihn mit Moni hochgelotst, und gut war's. Letzten Sommer sind wir sogar noch manchmal mit ihm schwimmen gefahren, an den Woog, das mochte er ganz gerne. Aber inzwischen ... Du bleibst also, ja, du kannst das einrichten?»

«Ich versuch's, ja.»

«Das reicht nicht, Franziska, das ...»

«Ja, verdammt, Thomas, das weiß ich auch. Was denkst du eigentlich von mir? Ich bin hier, und ich sehe, was los ist und nottut. Ich bin kein Kind mehr.»

Er hebt den Kopf, sieht sie an. «Und das heißt konkret bitte was?»

Sie schließt die Hand um die Nussschale, drückt so fest, dass es wehtut, aber das ist ein guter Schmerz, real, mit ihm kann sie umgehen. Sie öffnet die Finger und lässt die Schale zurück in den Kies fallen.

«Das heißt, dass ich bleibe. Bis Oktober zunächst. Dann sehen wir weiter.»

GEHEN

DIE ELTERN UND MONIKA SAGEN, dass Uroma Frieda tot ist, aber das kann nicht stimmen, denn sie kann sie noch sehen. Nicht im Nähzimmer oder in der Küche, aber draußen im Garten – mal zwischen den Büschen, mal unter der Walnuss. Sie wartet auf sie, will ihr etwas zeigen, eines der vielen Wunder, die sie in ihrer roten Handtasche mit sich herumträgt. Monika sagt, dass sie spinnt und das nicht sein kann, und der Vater sagt, dass Monika damit absolut recht hat. Sie soll sich nicht in ihre Fantasien hineinsteigern, soll nicht alleine im Garten herumstromern und vor allen Dingen soll sie sich nicht wieder im Rhabarber verstecken, wie an dem Morgen, als sie zur Beerdigung fahren mussten und ihretwegen beinahe zu spät kamen.

Alles ist anders seitdem. Die Mutter lächelt zwar noch, wenn sie sie in den Arm nimmt, aber nur mit dem Mund, nicht mit den Augen, und sie ist dauernd müde und muss sich erholen, sogar zur Mittagszeit manchmal. Dann telefoniert Monika mit dem Vater und tut furchtbar erwachsen und kocht Ravioli oder Erbsensuppe aus der Büchse und deckt den Tisch nur für sie beide. Es ist aufregend, ohne die Eltern zu essen, manchmal spendiert Monika ihnen sogar noch ein Eis aus der Gefriertruhe. Aber dann muss Monika ihre Schulaufgaben machen und trägt ihre Hefte und Bücher nach draußen, und das heißt, Franziska muss neben ihr auf der Terrasse spielen, aber den Mund dabei halten, denn Monikas Schulaufgaben sind wichtig, außerordentlich wichtig, *aber das verstehst du noch nicht, Zissy, weil du dafür zu klein bist.*

Franziska schiebt ihre Murmeln zur Seite. Die Handtasche von

Uroma Frieda hat einen goldenen Verschlussbügel mit zwei ovalen Kugeln. Ein Klips ist das, damit kann man die Handtasche öffnen und schließen. Aufknipsen sagt Uroma Frieda dazu, das ist ein lustiges Wort, das genau wie das Geräusch klingt, das die beiden Kugeln beim Handtaschenöffnen machen. Unter allen anderen Geräuschen dieser Welt würde sie das erkennen, auch jetzt kann sie es hören, ganz nah, unter der Walnuss.

Leise, ganz leise erhebt sich Franziska. Rechts der Terrasse windet sich ein Geheimpfad durch die Blumen und Büsche. Die Mutter hat ihn mit Baumrinden bestreut. Auf ihm schleicht Franziska in den Schatten der Walnuss, und Monika merkt nichts. Es ist dunkel hier, kühl. Der Baumstamm ist beinahe so schwarz wie Uroma Friedas Kostüme, deshalb kann sie sie nicht gleich entdecken. Franziska blinzelt. Ja, sie hat recht: Uroma Frieda sitzt auf der hölzernen Bank und betrachtet den steinernen Engel genauso sinnend, wie sonst immer die Mutter. Kein bisschen tot sieht sie aus, ganz im Gegenteil leuchtet ihr rundes Gesicht so hellweiß, dass es scheint, als schaute sie direkt aus dem Baumstamm.

Franziska steht still, wagt kaum noch zu atmen. Je länger sie guckt, desto mehr ist ihr, als blickte sie in einen Spiegel und würde darin zugleich sich selbst sehen und ihre Mutter und Uroma Frieda und jemand ganz anderen, fremden. Das ist unheimlich, und sie will kehrtmachen und zurück zu Monika ins Licht laufen, aber ihre Beine gehorchen ihr nicht, und Uroma Frieda winkt sie näher.

«Schau was ich hier habe, Zissylein», flüstert sie und knipst ihre Handtasche auf. Doch es sind keine Katzenzungen-Schokoladen darin, kein Mininähzeug, keine sorgsam in Pergamentpapier gehüllten Fotografien, keine Taschentücher oder Pflaster oder Hustenbonbons oder Kaleidoskope oder kunstvoll genähte Puppenkleider oder Murmeln, sondern nur ein einziges großes Gewimmel. Lauter bräunliche Käfer krabbeln und schieben sich innen drin übereinander und recken zitternd die Fühler. Sie wollen sehr dringend ans Licht krabbeln, aber da knipst Uroma Frieda die Handtasche schon wieder zu und lacht ein Lachen, das klingt, als würde es gar nicht aus ihrem Bauch, sondern aus dem Baum kommen, als würde der Wind mit dem Laub spielen.

«Ich passe auf sie auf», erklärt sie. «Sie kommen zu mir und laben sich in der Dunkelheit, bis sie eines Tages groß genug sind, um zu fliegen – das ist das ganze Geheimnis.»

Und dann lacht sie noch einmal, seltsam stimmlos und zischelnd, und löst sich einfach in Luft auf. Nur vor Franziskas Augen flimmert und wimmelt es immer weiter, und auf einmal fallen ihr die Ameisen und Asseln und Würmer und Tausendfüßler ein, die die Mutter zuweilen beim Jäten und Graben ans Licht holt. Die sind gar nicht eklig, denn sie fressen alles, was nicht in den Boden gehört, sagt die Mutter. Sie fressen sogar die Toten, erst die Särge und dann die Menschen, und das sei richtig so, sagen Monika und der Vater. Der Lauf der Dinge sei das, der natürliche Kreislauf, Erde zu Erde. Die Erinnerung daran macht Franziska so hippelig, dass sie unmöglich wieder zu Monika und ihren Murmeln hinaufschleichen kann. Fort muss sie stattdessen, fort durch die Hecke zu den Hühnern der Nachbarn, aber die wollen an diesem Nachmittag nichts von ihr wissen, sie gackern nur und spreizen die Flügel und sehen aus, als würden sie sich vor ihr fürchten.

«Ksch», macht Franziska, «ksch», und scheucht sie vor sich her und schämt sich dafür, weil die Hühner ja nichts dafür können, dass alles so anders geworden ist bei ihr zu Hause, so unerklärlich und still. Im selben Moment hört sie drüben Monika nach ihr rufen. Sie muss zurück, jetzt sofort. Sie muss folgsam sein und sie darf Edith Wörrishofen nicht belästigen und erst recht nicht ihren Mann, weil der es schwer hat und seine Ruhe braucht, noch viel, viel mehr Ruhe als alle anderen Erwachsenen, denn er hat im Krieg etwas verloren, das er nie wiederfinden kann, deshalb haben die beiden auch keine Kinder. Obwohl Edith selbst Kinder trotzdem sehr gern mag. Manchmal darf sie sogar mit Edith zusammen die Hühner füttern oder – und das ist das Schönste – im Stall ihre Eier einsammeln. Vielleicht liegt dort sogar genau jetzt eines, obwohl es schon Nachmittag ist, und kaum fällt ihr das ein, kriecht sie auch schon durch die niedrige Luke.

Es ist dämmrig im Hühnerstall, eine eigene Welt. Es riecht nach Mais und nach Stroh und Hühnerdreck und ist warm wie unter einer Bettdecke. Trotzdem zittert sie plötzlich, und ihre Zähne klappern so wild aufeinander, dass ihr ganz bang wird. Wie eine Kugel rollt sie sich ins Stroh. Von weit, weit her werden die Rufe ihrer Schwester lauter und schriller, und bald ruft sie nicht mehr allein, bald ruft auch ihre Mutter.

Sie muss sich jetzt wirklich sehr, sehr dringend aufrappeln und aus dem Stall kriechen. Aber sie kommt einfach nicht wieder hoch, und sie zittert und zittert. *Ich passe schon auf*, flüstert Uroma Frieda. *Mach die Mutti nicht traurig*, der Vater. Vorsichtig schiebt Franziska ihre zitternde Hand in eines der mit Stroh ausgepolsterten Fächer, in denen die Hühner nachts ihre Eier ablegen, genau so, wie Edith Wörrishofen ihr das gezeigt hat. Und richtig, da ist eines, ein vergessenes Ei, das sich rund und glatt und perfekt wie von selbst in ihre Hand schmiegt. Behutsam legt Franziska die Finger darum. Etwas pocht und pulsiert in seinem Inneren, und auch wenn ihre Mutter jetzt noch lauter schreit, mit einer Stimme, die Franziska so noch nie gehört hat, kann sie sich nicht davon lösen.

*

SIE WILL HIER NICHT AUSMISTEN müssen, Kisten packen, Gespenster aufscheuchen und ihren Vater bevormunden. Sie will überhaupt nicht hierbleiben. Wie albern das ist, so zu fühlen, denn genau das hat sie Thomas doch versprochen. Die Vollstreckerin ist sie. Weil das Loslassen eine Fähigkeit ist, die sie als schwarzes Familienschaf tatsächlich besser beherrscht als alle anderen Mitglieder dieser Herde. Ihr ganzes Leben lang hat sie das schließlich trainiert, immer wieder ihre Sachen gepackt und von vorne begonnen. Auch im Yoga geht es letztendlich immer nur darum. Loslassen. Loslassen. Alles vergänglich. Jeder Atemzug, jedes Gefühl, jeder Gedanke, jedes Ding, jede Errungenschaft, jeder Schmerz, jedes Leben. Selbst die Erdkugel ist – kosmisch gesehen – nur eine vorübergehende Erscheinung. Eine Spielart des göttlichen reinen Bewusstseins.

Im Nähzimmer ist es jetzt still geworden, der Lichtstreifen unter der Tür ist erloschen. Franziska sinkt mitten im Flur in die Hocke und lehnt sich an die Wand. Müde, so müde, nun, da der Garten gewässert ist und die Küche geordnet und ihr Vater nach einigem Zureden zumindest etwas gegessen und getrunken hat, seine Tabletten genommen und mit geputzten Zähnen in einem sauberen Schlafanzug auf der frisch bezogenen Chaiselongue liegt. Wie geht es ihm jetzt, schläft er da drinnen oder wacht er? Sie tastet nach ihrem Handy. Thomas hat bereits geantwortet und ist einverstanden mit ihrem Vorschlag, Florian spielt auch mit, und Anna fragt, wann sie denn nun endlich zu Besuch kommt.

MORGEN ABEND, tippt sie. VERSPROCHEN. SONST WERD ICH VERRÜCKT HIER. Und schickt Thomas und Florian erhobene Daumen und Smileys und versucht, sich zu erinnern, wie das gewesen ist, als es für sie alle vier nur das samtbezogene Telefon an der Garderobe gab und für den Vater einen Extraapparat auf seinem Schreibtisch. Keine Chance, ungestört zu telefonieren, keinen Anrufbeantworter und natürlich erst recht keine Mails oder Handys. Das Warten so endlos, die Zeit unerträglich, die Währung, das durchzuhalten, hieß Sehnsucht.

Und wenn sie dann endlich wieder mit den anderen Schülern und Berufspendlern in den Morgenbus in die Stadt steigen konnte, wusste sie trotzdem nicht, ob Anna sie an der Bushaltestelle erwartete und Artur in der Raucherecke des Schulhofs oder im Redaktionskeller.

Sie rappelt sich auf, geht nach oben ins Bad, schöpft sich kaltes Wasser ins Gesicht und trinkt ein paar Schluck aus den gewölbten Händen. Die Zeit nutzen muss sie, nicht schlappmachen jetzt, draußen ist es noch nicht einmal vollkommen dunkel. Sie trocknet sich ab und öffnet den Spiegelschrank. Nivea, Penatencreme, Creme 21 und eine Tube Sonnenlotion der Marke Piz Buin, offenbar original aus den 70er-Jahren. Das rote Lederetui mit dem Nagelnecessaire ihrer Mutter daneben, eine Schachtel mit Haarklemmen, ein Fläschchen Tosca, ein Deodorant mit der Duftnote Wildrose. In der hellblauen Haarbürste hängen noch ein paar dunkle Haare. Ihre Mutter wollte nicht grau werden, nicht aus Eitelkeit, sondern um sich keine Blöße zu geben. Die Haltung bewahren, immer und überall. Wenn sie weinte, tat sie das hinter verschlossenen Türen. Falls sie doch einmal die Fassung verlor, schrie sie und tobte, um danach für Tage zu verstummen. *Mach Mutti nicht traurig.* Hat Monika eigentlich jemals geweint oder ihr Vater? Weinen sie jetzt gerade, ihr Vater im Nähzimmer und Monika in der Klinik. Gibt es dort irgendwen, der sie tröstet?

Franziska öffnet den Mülleimer und lässt die Sonnenlotion hineinfallen. Lichtschutzfaktor 6. Eine Antiquität aus dem Zeitalter vor dem Ozonloch. Die entstandene Lücke im Regal wirkt riesig. Franziska schraubt den Deckel von der Creme 21, mustert die scheinbar intakte Stanniolfolie, knibbelt ein Stück davon auf. Die verbliebene Creme ist zu einer ranzigen Pfütze geschrumpft, und doch steigt ihr noch ein Hauch dieses Jahrzehnte vergessenen Dufts in die Nase. Monika hat so gerochen, bevor sie, wie die Mutter das ausdrückte, zu einem Backfisch heranwuchs und deshalb ihr eigenes Fach im Spiegelschrank füllen durfte. Das jetzt leer ist. In das also jetzt sie ihre Tuben und Haargummis legen könnte, doch stattdessen klaubt sie die Sonnenmilch aus dem Mülleimer, stellt sie zurück in den Badezimmerschrank und kann ihre Tränen nur mit Mühe zurückdrängen.

Der Einbauschrank im Schlafzimmer ihrer Eltern nimmt eine ganze Wand ein. Franziska entfaltet einen der Umzugskartons, den Thomas gebracht hat, sie muss nicht mal hinsehen, so vertraut ist ihr jede Bewegung, beinahe wie ein Heimkommen. Die linke Seite des Schranks gehört ihrem Vater, die rechte ihrer Mutter, im Mittelteil lagerten je nach Saison die Winter- oder Sommersachen und was sie nur selten benutzen. Franziska öffnet eine der Türen. Lavendelgeruch schlägt ihr entgegen. Die Abendkleider und Smokings hängen in Glocken aus Folien, die Trainingsanzüge ihres Vaters und daneben der geliebte, doch kaum je getragene Orchideen-Morgenmantel ihrer Mutter. Darüber ist ein ganzes Fach voller Badeanzüge und Badehosen, sogar der handgenähte Schwimmbeutel aus rotem Kunstleder existiert noch.

Sie schließt die Tür wieder, atmet tief durch, öffnet die nächste. Mehr selbst geschneiderte Abendgarderobe, sogar Monikas Abiturkleid mit den golden durchwirkten Knöpfen hängt hier noch und die Kostüme zur Faschingsparty, die sie anlässlich der Beförderung ihres Vaters zum Abteilungsleiter gefeiert hatten. Prinzessin und Frosch. Old Shatterhand und Nscho-tschi. Franziska streicht über die hellbraunen Veloursfransen, sieht die Eltern von damals einen Augenblick lang wieder vor sich. Unten im Partykeller, ihr hochgewachsener Vater mit dem Henrystutzen aus Plastik über der Schulter wirkt wie ein Doppelgänger Lex Barkers und schenkt einer Schar Piraten, Clowns und grell geschminkter Damen in Fantasiekostümen Bier und Schnaps aus. Nscho-tschi serviert Käseigel dazu, russische Eier und Tomatenhälften, die Prinzessin Monika zuvor in der Küche mit Mayonnaisetupfern zu Glückskäfern verziert hat. Und sie selbst ist der Frosch, wuselt zwischen den Beinen der Gäste umher und lässt eine goldene Styroporkugel an einem Gummiband hin und her flitschen, was alle zum Anbeißen niedlich finden. Alles bunt, aufregend, überwältigend, laut, was die Erwachsenen plötzlich veranstalten, jemand tritt sie versehentlich, sie muss raus, muss sich verstecken, sie weint plötzlich. Warum? Ist es überhaupt so gewesen?

Franziska zieht einen der Kartons vom Schrankboden ans Licht, findet darin zwischen Perlen und Federn ein goldenes Krönchen und die Froschkönigkugel. Auch das bauchige Laborglas und der Spitzenkragen liegen darin, Utensilien, die Monika später zum Schulfaschingsball trug, da wollte sie unbedingt Marie Curie sein. Sie stößt den Karton zurück ins Dunkle und knallt den Schrank zu. Staub brennt und sticht in ihren Augen, sie wischt mit dem Handrücken darüber, reibt und wischt, aber das hilft nichts.

Weiß ihr Vater, dass ihre Mutter das alles hier mit Lavendelsäckchen, Folien und Mottenpapier konserviert hat? Sie stellt ihn sich vor, wie er hier steht und den Schrank öffnet und in diesen Kleidungsstücken und Kostümen blättert, die er selbst, seine Frau und die Töchter vor Jahren, Jahrzehnten abgestreift und zurückgelassen haben wie alte Häute. Und Monika, was ist mit ihr? Hat sie sich das alles angeschaut, bevor sie entschieden hat, dass es wegkann? Franziska lässt sich rücklings aufs Bett sinken und schließt die Augen. Wenn sie jedes einzelne Stück noch einmal in die Hand nimmt, wird sie verrückt werden, doch was, wenn sie das nicht tut? Das Haus scheint zu lauschen, zu warten, draußen im Garten singt eine Amsel ein verspätetes Gutenachtlied.

Die Tauben, die Meisen, die Amseln: Das letzte Geräusch jedes Tages ist das und das erste am Morgen. Da liegt sie im Bett ihrer Eltern und weint und weiß alles wieder. Sie springt auf, flieht die Treppe hinunter. Die Tür zum Arbeitszimmer ihres Vaters steht offen, die zum Nähzimmer ist verschlossen. Vielleicht sollte sie den Moment nutzen und einige seiner Zeichnungen vor ihm verstecken, bevor er die am nächsten Tag auch noch vernichtet, vielleicht wird er ihr das sogar danken, wenn seine Zerstörungswut abebbt. Ja oder nein? Wie fremd er ihr ist, dieser Mann, der sie gezeugt und geliebt hat. Ihr Held ist er einmal gewesen, ihr Weltdeuter, Trainer, Vertrauter, und dann ist sie gegangen, und er ist zu einem Fremden geworden.

Sie lässt das Arbeitszimmer links liegen, läuft durchs Wohnzimmer und schaltet den Bewegungsmelder der Außenbeleuchtung ab, tritt auf die Terrasse. Die Amsel singt nicht mehr, die Nacht sinkt in den Garten, weit entfernt rauscht die von ihrem Vater vor Jahrzehnten geplante Schnellstraße. Franziska hebt den Kopf. Hoch über den Wiesen schwebt ein blasser Sichelmond, eine Ahnung nur, noch kaum zu sehen. Die kalten Sandsteinplatten, die holprigen Stufen unter ihren Füßen, alles noch da, alles immer noch da, der Garten, die Walnuss, die Büsche, das Gartenhaus und die Hecke. Sogar der Rasen erholt sich inzwischen, sie fühlt die feuchten Halme unter ihren nackten Sohlen, auch die Rosen und Stauden erwachen zu neuem Leben, weil sie wässert und wässert und jätet und gräbt und schneidet. Franziska dreht sich sehr langsam um ihre eigene Achse und versucht, sich vorzustellen, wie es wäre zu bleiben. Sie wünscht sich die Leuchtkäfer zurück, wenigstens einen einzigen. Und ihr Vater soll noch einmal mit ihr durch den Wald laufen und Monika Gänseblümchen pflücken und sie auslachen, weil sie schon wieder Angst vor etwas hat, das sie nicht einmal richtig benennen kann.

Es waren einmal zwei Trollkinder, die hießen Franz und Franziska. Verträumt klang die Mutter, wenn sie so erzählt hat, als pflückte sie ihre Worte in großer Ferne. Unter der Walnuss erzählte sie diese Geschichte am liebsten, auf der Bank bei dem

Steinengel. Franziska beginnt, sich zu bewegen, halbherzig erst, aber bald findet ihr Körper in den Rhythmus des seit Tagen vermissten Yoga. Lange, sehr lange bewegt sie sich so, bis sie endlich doch still sitzen kann und einfach nur atmen und schließlich für eine Weile nicht atmen, weil in diesem Zustand alles sehr weit ist, sehr hell, ein großes Pulsieren, und die Zeit außer Kraft tritt, sodass manchmal die Antworten wie von selbst zu ihr kommen und manchmal nur alle Fragen verstummen.

*

SOBALD ER DEN AKTENVERNICHTER ausschaltet, springt ihn die Stille an. Wie ein Tier, das zu lange eingesperrt war. Heinrich sitzt reglos am Schreibtisch. Die Stille hallt nach, in der Luft gleißt Papierstaub, die Partikel sehen aus wie mikroskopisch kleine Lichtpunkte, die sich schwebend umkreisen und schließlich verflüchtigen. Das dauert viel länger, als er gedacht hätte, aber plötzlich ist es dann doch so, als hätte es sie nie gegeben.

Und jetzt, was ist jetzt? Einen Augenblick lang fühlt er sich einfach nur leer, verloren. Wochenlang hatte er sich mit den Zeichnungen abgemüht, hat sich eingebildet, er könnte auf diese Weise den Verfall seiner Nerven in den Händen hinauszögern oder wenigstens kontrollieren. Beinahe zwei Tage hat er gebraucht, die Ergebnisse dieses zutiefst sinnlosen Unterfangens wieder zu vernichten. Er öffnet den Zirkelkasten und bettet den Adapter für Tuschen und Bleistifte in seine angestammte Kuhle, verschließt den Kasten und verstaut ihn im Schreibtisch. Das Lineal daneben, den Winkelmesser, das Dreieck, die Bleistifte, Radiergummis und den Füller. Wie seltsam das ist, danach einfach nur zu sitzen. Morgen Nachmittag wird der Notar kommen, um die notwendigen Änderungen im Testament zu besprechen. Lange dauern wird das nicht, denn er hat seine Entscheidung getroffen, mit kühlem Verstand, ohne Sentimentalitäten. Er müsste ein Tor sein, das noch einmal zu hinterfragen oder zu hoffen. Er darf nicht länger abwarten, sondern muss gehen, bevor es zu spät ist. Schluss, aus und Ende und gnädige Schwärze, und die Welt wird sich trotzdem noch drehen und der Ameisenbär mit diesem leichten Silberblick auf den Schreibtisch herabschauen, mitleidlos und stoisch seinen eigenen Weg fortsetzend, und genau dadurch wird er ihm die nötige Kraft geben...

«Papa, hallo!» Franziska sagt das. Seine Tochter mit den schnellen unhörbaren Schritten, die läuft und läuft und läuft, vom Haus in den Garten, vom Garten in die Küche, ins Nähzimmer und die Treppe hinauf und gleich wieder herunter, aus dem Haus und zurück zu ihm, nur um doch wieder zu verschwinden. Den ganzen Tag geht das so und die halbe Nacht. *Ich tue nichts ohne dein Einverständnis, ich schmeiße nichts weg, ohne mit dir zu beraten*, versichert sie ihm. Aber er hat sie mit diesen Handwerkern beobachtet, hat sie lachen gehört und zugeschaut, wie sie sein Haus, entsprechend ihren Anweisungen, mit Blicken vermessen und auseinandergenommen haben, und selbst wenn er das nicht gesehen hätte, wie könnte er gerade Franziska vertrauen?

«Papa? Hallo?»

«Ich brauche nichts, lass mich hier einfach nur sitzen.»

Aber Franziska schüttelt den Kopf, und im nächsten Moment tritt sein Enkelsohn vor ihn: Flori, der kleine Indianerhäuptling mit der ewig triefenden Nase, der nun zwei Köpfe größer als Heinrich ist und mit seinem albernen Zopf und dem Bartflaum beinahe so aussieht wie dieser Jugendfreund von Franziska, der sie damals endgültig auf die schiefe Bahn gebracht hat, bevor es so tragisch mit ihm geendet ist. Albert, nein Artur hieß der.

«Hey, Opapa, wir fahren jetzt baden!» Flori beugt sich zu ihm herunter und zieht ihn in eine holprige Umarmung, die nach Zigaretten riecht und trotzdem sofort die Erinnerung an Monika zurückbringt, seine andere Tochter, an die er vom ersten Tag ihrer Geburt an ohne Wenn und Aber geglaubt hatte, die immer da war, auch in den dunkelsten Stunden, verlässlich, verständig, klug und vernünftig, bis zu diesem dämlichen Streit über die Kurklinik.

«Halt», sagt Heinrich. «Halt. Ich will nicht, ich ...»

Aber sie lassen ihm keine Chance, haken ihn rechts und links unter und ziehen ihn aus dem Haus, wo Monikas Auto bereitsteht, obwohl von Monika selbst nichts zu sehen ist.

«Wo ist deine Mutter?», fragt Heinrich.

Aber Florian nuschelt etwas und weicht seinem Blick aus und drängt ihn mit sanfter Gewalt auf den Beifahrersitz.

Die Autotüren schlagen zu, Franziska schwingt sich ans Steuer, greift über ihn und schnallt seinen Gurt fest.

«Moka macht eine Kur, Papa. Sie braucht mal ein bisschen Abstand», sagt sie mit einer Stimme, die klingt, als sei er wieder zwölf, im KLV-Lager und soll seinen Lauch essen.

Heinrich tastet nach dem Türöffner. Wo ist der noch mal, welcher Hebel?

«Hey, Opa, ganz cool, wir machen nur einen Ausflug.» Florian sagt ihm das direkt ins Ohr, Florian mit einer überraschend tiefen und männlichen Stimme. Offenbar ist er hinten eingestiegen und kommt auch mit.

Der Motor springt an. Heinrich fühlt es mehr, als es zu hören, ein sanftes Vibrieren in seinem Rücken. Franziska hat nie ein Auto besessen, er hat nicht einmal gewusst, dass sie überhaupt fahren kann, aber offenbar ja. Erstaunlich routiniert und ohne auch nur mit der Wimper zu zucken, lenkt sie Monikas weißen SUV aus der Einfahrt, als hätte sie nicht erst am Rande von Johannes Beisetzung eine flammende Hassrede gegen genau solche *klimakillenden Monsterschleudern* gehalten. Wie kann das sein, wieso fährt sie auf einmal mit Monikas heiligem BMW durch die Gegend? All die Jahre, Jahrzehnte, nichts als Streit, Dramen, Tränen zwischen seinen Töchtern, und nun, da alles zu spät ist, tut Franziska fromm wie ein Lamm, was ihr Monika aufträgt?

Wald links und rechts der Straße jetzt, der Buchenwald, den Johanne so geliebt hat: das helle Maiengrün und die sattgrüne Sommerpracht und das Goldorange, wenn der Frost kam. Heinrich wendet den Blick von der Straße. Baumstämme fliegen vorbei, so oft sind sie hier gefahren, alle zusammen, nur er und Johanne oder er alleine zur Arbeit. Im Bus anfangs noch, da fraß der Kredit für das Haus sein Gehalt, und es blieb nicht genug für ein eigenes Auto. Schön war das aber auch, vor allem dann, wenn ihn abends im Dorf eines der Mädchen oder sogar alle beide an der Bushaltestelle erwarteten, um ihn mit ihren Erlebnissen zu bestürmen. Was sie in der Schule gemacht hatten, was Johanne gekocht hatte, was sie für Pläne hatten für den Abend oder fürs Wochenende oder die Ferien. Was sie sich von ihm wünschten.

Das Ortsschild von Darmstadt gleitet vorbei, erste Häuser, ein ganz neues Viertel, bekanntes Terrain dann und die evangelische Klinik.

Fahren Sie heute Abend nach Hause und erholen Sie sich ein wenig, Herr Roth. Sie müssen bei Kräften bleiben, auch Ihre Frau braucht ein paar Stunden Ruhe. Sie ist hier ja gut versorgt, Ihre Tochter bleibt in der Nähe. Er wollte das nicht, ließ sich doch überreden, und dann ist Johanne gestorben. Ohne ihn. *Sanft hinübergeglitten*, so haben die Ärzte das ausgedrückt. *Mama hat nicht gelitten*, hat auch Monika behauptet und hielt seinen Blick doch nicht lange genug, ihn zu überzeugen.

Der BMW kommt zum Halten, direkt vor dem Eingang der Badeanstalt.

«Los, Opapa, wir zwei gehen schon mal vor.» Florian öffnet die Autotür, löst Heinrichs Sicherheitsgurt und zieht ihn nach draußen.

«Aber ich habe doch gar nichts ...»
«Doch, Opapa, hast du!»

Franziska entschwindet in Monikas SUV. Florian hakt Heinrich unter und zeigt ihm den Schwimmbeutel aus rotem Kunstleder, den Johanne zum zehnten Hochzeitstag für sie genäht hatte. Handtücher sind darin, Duschgel und Shampoo und sein Deodorant und sogar Heinrichs rot-grün karierte Badehose und darunter frische Wäsche. Im vergangenen Sommer haben Thomas und Monika ihn hin und wieder zum Woog mitgenommen, da ging es noch besser mit seinen Beinen, da hatte er auch noch Kraft in den Händen.

«Gib her, das schaffe ich schon noch alleine», sagt Heinrich, als sie die Herrenumkleide erreicht haben. Denn das kann nun wirklich nicht angehen, dass sein baumlanger Enkel ihm beim Umkleiden zur Hand geht, und es muss auch nicht sein, wenn er sich auf die Bank setzen kann und in Ruhe gelassen wird. Das immerhin scheint Florian zu akzeptieren, blitzschnell zieht er sich selbst um und lehnt dann geduldig am Spind und daddelt an seinem Handy.

«Und was macht die Schule?»
«Alles cool.»
«Cool.»
«Cool, Opapa. Fertig?»

Das Licht blendet ihn, als sie aus der Umkleidekabine treten. Der See führt den Blick in die Weite. Und Franziska ist auch wieder da. Braun gebrannt in einem schwarzen Bikini. Sie hat in diesem See das Schwimmen gelernt, und das Tauchen hat er ihr hier beigebracht, heimlich jedoch, um Johanne nicht unnötig zu beunruhigen. Seine Johanne, die nie den Kopf untertauchen wollte und das Wasser doch liebte. Am frühen Morgen oder am Abend schwamm sie hier am liebsten, wenn die Sonnenanbeter und johlenden Kinderhorden noch schliefen oder sich wieder getrollt hatten, sodass sie den See nur mit einigen wenigen anderen Badegästen teilen mussten und mit den Tauchhühnern und Enten oder manchmal dem Reiher.

«Schau, Papa, ist das da drüben nicht deine Nachbarin?» Franziska fasst seinen Arm und zeigt zu den Sprungtürmen. Und in der Tat steht dort unverkennbar Edith Wörrishofen. Eben stülpt sie sich eine schreiend rosafarbene Badekappe über die weiß leuchtenden Haare.

Heinrich wendet sich ab. Die historischen Sprung- und Wettkampfbecken des Woogs sind mit Betoneinfassungen vom Badesee getrennt, Leitern führen von den Stegen hinab ins Wasser. Man kann auch einfach bis an ihr Ende laufen und hineinspringen, wie früher die Mädchen und er, wenn er mit ihnen allein war. Doch Johanne benutzte immer nur die steinerne Treppe. Wie eine Königin ist sie die hinabgeschritten, mit sehr geradem Rücken, Stufe für Stufe. Manchmal hat er die Geduld verloren und ist ihr vorausgeeilt. Nun braucht er nicht nur den Halt des Geländers, sondern auch noch den Arm seines Enkelsohns, um die Treppe zu meistern, denn auch wenn seine nutzlosen Füße das Wasser und die Stufen nicht fühlen, spürt er sehr wohl, wie sich die Beschaffenheit der Treppe unter der Wasseroberfläche verändert. Tückisch werden die Stufen hier und rutschig, doch im nächsten Moment reicht ihm der See schon bis über die Knie, das Gefühl kommt zurück, er kann wahrnehmen, wie die Kühle an seiner Haut leckt, und nach vier weiteren Schritten steht er bis über den Bauch im Wasser, nicht mehr rutschend jetzt, sondern im sandigen Grund des Woogs verankert. Heinrich senkt den Blick und erkennt im diffusen Braungrün seine Füße. Bleich und fremd sehen sie aus, und wenn er sie vorwärtsschiebt, verschleiert der aufstiebende Schlick sie zu Schemen. Ein Schlick, der weich wie Samt ist. Kühl quetscht er sich in die Zwischenräume seiner Zehen. So intensiv ist die Erinnerung daran, dass Heinrich einen Moment lang sicher ist, seine defekten Nervenbahnen hätten ein Einsehen und würden ihm gestatten, das noch einmal richtig zu fühlen.

Er beugt die Knie, lässt sich sinken. Ein Indianerschrei neben ihm. Noch einer. Franziska und Florian hechten kopfüber an ihm vorbei, schießen wieder ans Licht, schütteln sich und winken und rufen etwas, das er ohne die Hörhilfen unmöglich verstehen kann.

«Da!» Franziska fasst ihn am Arm und deutet erneut auf die Sprungtürme, wird auf einmal ganz starr. Dabei sieht es ganz selbstverständlich aus, wie die Gestalt mit der leuchtenden Kappe an den Rand des Zehn-Meter-Plateaus tritt. *Erst kostet es Überwindung, aber dann, in der Luft, diese köstliche Freiheit ...* so hat Edith Wörrishofen ihm das mal beschrieben. Kurz nachdem sie wieder zurückgekehrt war und mit weit über siebzig noch das Turmspringen für sich entdeckt hatte, ist das gewesen. Dabei wollte er das überhaupt nicht hören. Aber das hatte Edith natürlich nicht interessiert, und nun fällt es ihm doch wieder ein, und wie um ihn zu foppen, breitet sie dort oben die Arme aus und hebt sich auf die Zehen. Als wolle sie den Himmel umarmen, sieht das aus, und schon stürzt sie sich kopfüber ins Blaue. Heinrich löst sich vom Arm seiner Tochter. Er will das nicht sehen, und das muss er auch nicht. Er senkt einfach den Kopf, und schon heißt ihn das Wasser willkommen, hüllt ihn ein, nimmt ihn auf, er schmeckt es sogar auf der Zunge. Brack, Algen, Süße. *Der See schmeckt soooo grün!,* hat Franziska früher gerufen, und jedes Mal, wenn sie untertauchte, hat Johanne ihren Kopf noch etwas höher gereckt und vergebens versucht, Franziskas Kurs unter Wasser zu verfolgen. Meine Schwanenhalsfrau, so hat er Johanne geneckt.

Heinrich taucht wieder auf, blinzelt. Flori schwimmt neben ihm, und Franziska entfernt sich, kraulend, in trägen Zügen. *Und was ist mit den Kindern?*, das hätte er Johanne wohl fragen müssen, bevor er den Notar an ihr Sterbebett holte. Und das wollte er ja auch. Jeden Tag hat er sich das vorgenommen und auf den passenden Augenblick dafür gewartet, hat gehofft, er könnte mit dieser Frage Johanne doch noch von einer Erdbestattung überzeugen. Doch der richtige Zeitpunkt war nie gekommen, er wollte ja um Himmels willen auch nicht mit ihr streiten, wollte überhaupt nicht mit ihr über den Tod sprechen, sondern nur ihre Hand halten und ihr zureden. *Bleib noch ein wenig, mein Liebchen, halte noch etwas durch. Vielleicht schlägt die neue Therapie ja doch an, und bestimmt kommt bald Franziska.*

Heinrich schwimmt. Brustzüge, nicht Kraul, aber mit jedem Zug senkt er sein Gesicht ins Wasser, nur zum Einatmen muss er es kurz heben. Wie wohltuend das ist, wie erfrischend, das hatte er tatsächlich völlig vergessen. Er dreht sich auf den Rücken und breitet die Arme aus, und der See ist wie ein Freund und trägt ihn, lässt ihn schwerelos gleiten. Man kann nicht willentlich aufhören zu atmen oder dem Herzschlag befehlen zu stoppen. Auch das Schwimmen kann man nicht verlernen. Es sei denn, das Wasser ist winterlich eisig, und das Schiff, das die Rettung hätte sein sollen, muss sinken. Ein Schrei aus Tausenden Kehlen sei in diesem Moment erklungen, berichteten die, die das wie durch ein Wunder überlebt hatten. Im Endstadium soll das Ertrinken sogar ein schöner Tod sein, so wie das Erfrieren, das dem Sterbenden vorgaukelt, ihm würde in Wirklichkeit wärmer und wärmer. Auch das hätte er Johanne wohl sagen müssen. Dass ihre Eltern und Geschwister vielleicht nicht bis zum Ende gekämpft und gelitten haben, als die Ostsee sie unerbittlich hinabzog. Dass das Überleben für Johanne womöglich viel schmerzlicher war als für ihre Familie das Sterben.

Franziska ist wieder da, prustend wie ein junger Seehund. Ein Mann krault neben sie, der gar kein Mann ist, sondern sein Enkel

Flori. Lacht ihn an, hebt den Daumen und scheint etwas von ihm zu erwarten.

«Herrlich», sagt Heinrich und sieht, wie die beiden sich freuen und nicken, und bevor er sich's versieht, hebt auch er seinen Daumen. Er wundert sich, dass er das tut, denn er wollte nicht schwimmen gehen und hat kein Glück mehr erwartet. Und doch ist es jetzt da, und auch wenn es an seinem Entschluss nichts mehr ändern kann, ist es ein Störfaktor, den er nicht einkalkuliert hat, und das irritiert ihn.

*

JAHRE, JAHRHUNDERTE TRENNEN das junge Paar, das an einem Hochsommertag den Kaufvertrag für dieses Haus unterzeichnet hat von der Familie, die nun tatsächlich hier einziehen wird, so scheint ihm. Und doch schöpft er vorsichtig Hoffnung, als Johanne und er mit Monika zwischen sich auf die Terrasse treten und den Garten betrachten. Eine Wildnis ist der, das Gras ungemäht und bleich wie Greisenhaar, die Beete von Unkraut überwuchert. Und doch ist das Potenzial klar zu ahnen, auch Johanne sagt das, und er fühlt Monikas kleine Hand in der seinen, bebend und schwitzig vor Aufregung. So viel Platz plötzlich, so viel Licht, so viel Neues.

Du bekommst einen Sandkasten und eine Schaukel, du wirst sehen, das wird alles ganz wunderbar werden, vertrau mir. Nachts, wenn ihn die Unruhe aus dem Bett treibt, raunt er Monika das ins Ohr. Sie wacht nie davon auf, und doch ist ihm nun, da sie tatsächlich in diesem Garten stehen, als hätte sie ihn gehört und würde sich an seine Worte erinnern.

Versteht sie am Ende viel mehr, als er denkt? Er weiß es nicht, denn sie spricht noch nicht viel, und auch jetzt wartet sie einfach ab, statt zu quengeln und an ihren Händen zu zerren wie andere Zweieinhalbjährige. Falsch ist das, denkt er, ganz falsch, und im selben Moment gräbt der Schmerz seine hässlichen Zähne ein weiteres Mal in diese Stelle in seiner Brust, brennt dort und lodert.

Heinrich kniet sich ins Gras und zieht seine Tochter in die Arme. «Der große Baum rechts, das ist ein Nussbaum, im Herbst fallen die Nüsse herunter, dann können wir sie einsammeln, und Mama backt uns einen Kuchen daraus. Und im Sommer hängen wir eine Schaukel hinein, was meinst du?»

Ein zartes Nicken, ein Lächeln, fast unsichtbar erst, dann strahlender, staunend.

«Nein, nicht dort.» Johanne spricht leise, doch jedes Wort schneidet.

«Johanne, wir ... ich ... wir haben doch besprochen ...» Heinrich zieht Monika fester an sich und blickt zu seiner Frau auf. Acht Wochen noch, bis das Kind kommt, vielleicht auch nur sechs. Es erfüllt ihn mit Hoffnung, dass Johannes Hände offenbar wie von selbst immer häufiger auf ihren Bauch gleiten, ihn sogar streicheln, auch jetzt tun sie das, eine instinktive Liebkosung. Sie wird dieses Kind lieben, denkt er, so wie sie auch Monika liebt. Und mich liebt sie auch, genau wie ich sie. Deshalb, nur deshalb, haben wir die letzten Monate überstanden, wegen unserer Liebe. Wir brauchen nur Zeit, um zu heilen.

«Wir hatten daheim eine Walnuss, das war unser Hausbaum. Meine Brüder sind bis in den Wipfel geklettert, aber eines Tages ist ein Ast abgebrochen, und Frieder wäre um ein Haar ...» Johanne beißt sich auf die Lippen, ihr Blick verliert sich in der Ferne.

Bleib, Liebste, bleib bitte hier bei uns. Er spricht das nicht laut aus, er bewegt sich auch nicht, hält einfach nur seine Tochter im Arm und wartet.

Zeit vergeht. Wie viel, kann er nicht sagen, und es spielt auch keine Rolle. Was zählt, ist die sanft pulsierende Wärme in Monikas kleinem Körper und Johannes Ringen mit sich, bis sie in die Gegenwart zurückkehrt.

«Komm, Moni», sagt sie, lächelt und streckt die Hand aus, «komm wir gehen einmal ganz bis nach hinten zum Gartenzaun und gucken, wo Papa dir einen Sandkasten hinbauen kann.»

*

DAS GLÜCK IST FÜR IHN EINMAL ein Kuss im nasskalten Sprudel einer Fontäne gewesen. Und ein Frühlingstag in einem verwilderten Garten, in dem seine Frau ihm noch einmal geschenkt wurde. Ihre Sommermahlzeiten auf der Terrasse später und das erste Mal, als Johanne mit Monika und Franziska im Garten Verstecken gespielt hat, so übermütig wie ein junges Mädchen. Das leise Kichern seiner Töchter, wenn sie in den nie ganz dunklen Julinächten den Leuchtkäfern nachjagten. Nachhausekommen, und Johanne und die Mädchen fertigten etwas im Nähzimmer: ein neues Tischtuch, Gardinen, ein Puppenkleid, eine Bluse oder etwas zum Anziehen für ihn, das er vorab auf keinen Fall sehen durfte. *Ksch, Liebling, raus mit dir, hier drin haben Mannsleute heute nichts zu suchen.* Johannes Stimme, die lachen konnte und liebkosen in solchen Momenten. Wie im Garten, wenn sie die Zeit vergaß und mit den Mädchen die Wolken betrachtete. Wenn sie ihre Geschichten erzählte oder sie alle vier am Wohnzimmertisch Rommé gespielt haben, Malefiz, Memory oder das lustige Puzzlespiel mit den Flundern. Glück war, im Gänsemarsch barfuß durchs tropfnasse Gras zum Gartenhaus zu rennen, um dem Regen zu lauschen. Johanne, die Mädchen und er in der Eisdiele in Poreč vor gigantischen Glasschalen voller Vanilleeis und schwarzblauer Beeren, die so aromatisch gewesen sind, dass sie allesamt Oh und Ah riefen. Und wie sie dann entdeckten, dass sich ihre Zungen blau färbten, Grimassen zogen und gelacht haben. Das Glück war auch Monika, die zu ihm aufblickte, das Nivelliergerät in ihren Händen, *erklär mir das, Papa, zeig es mir, ich will das lernen.* Wie sie stundenlang neben ihm ausharrte – hoch konzentriert, das Kinn auf der Tischplatte –, während er neue Messdaten in einen Plan übertrug. Ihr Eifer, sobald er sie die Bleistifte anspitzen ließ oder mit Tuschestift, Lineal und Schablone die Nummerierungen eintragen. Franziska in ihren Turnhosen, die neben ihm durch den Wald rannte, mit wehenden braunen Zöpfen und leuchtenden Augen. Wie sie an der Eiche anschlug und ihn anstrahlte, als sie ihn zum ersten Mal überholt hatte. *Gewonnen, Papa, diesmal hab ich gewonnen, oder hast du geschummelt?* Ihre sehnigen schmalen Schultern, die sich hoben und senkten, hoben und senkten, während sie mit einem kleinen erleichterten Seufzer die verschwitzte Stirn an den knorrigen Stamm presste. Wie er ihren Atem gezählt hat und gewartet, bis er sich wieder beruhigte, um sie nicht zu überfordern. Und wie bereitwillig sie sich auf sein Geheiß wieder zu ihm umdrehte. Immer noch sichtbar erschöpft, aber voller Vertrauen. Das Glück waren auch ihre süßen Geheimnisse, die sie mit ihm teilte. *Papa, ein Baum atmet auch, ganz genauso wie wir. – Papa, ich glaube, es gibt doch ein paar Leuchtkäfer, die einfach nur so herumfliegen wollen und leuchten, weil ihnen das Spaß macht. – Du, Papa, wenn wir loslaufen, bin ich manchmal ganz traurig, aber wenn wir wieder heimkommen, bin ich das nicht mehr, geht dir das genauso?*

*

SIE ZERRT DIE VON IHRER MUTTER genähte Bluse über den Kopf, streift stattdessen das Afghanhemd über, das ihr Anna geschenkt hat. Es ist helllila wie die Bluse, aber verwaschen, und es riecht nach Patschuli. Eigentlich gehörte es mal einer Bekannten von Annas Vater. *Einer seiner Geliebten*, so drückt Anna das aus, als ob dabei nichts wäre. Franziska verstaut die Bluse ihrer Mutter in ihrem Schulranzen. Es mufft in der engen WC-Kabine. *Schickimicki is sooo Ficki* hat jemand mit schwarzem Filzstift an die Wand geschmiert. *Wer sich nicht wehrt, lebt verkehrt.* Und daneben ein Peace-Zeichen und einen Penis. Neben ihr betätigt ein Mädchen die Spülung und rennt los, eine Tür knallt, dann wird es still in der Schultoilette, und ihr Herz schlägt ihr bis in die Kehle, denn jetzt ist es so weit, sie kann diese Chance ergreifen, die Anna ihr verschafft hat, indem sie heimlich Franziskas Bericht über die Startbahn-West-Demo bei der Schulzeitung eingereicht hat, obwohl für die NEUE WELLE doch meist nur die Schüler aus der Oberstufe schreiben dürfen, seit Artur Bellmann das Sagen hat.

Franziska schluckt hart. Wenn sie jetzt rennt, kann sie mit Ach und Krach noch den Bus nach Mühlbach erreichen und mit ihrer Mutter Mittag essen, und dann wird die NEUE WELLE-Redaktion sich vielleicht ein bisschen wundern, aber sie schon im nächsten Moment vergessen und nichts wird geschehen sein. Sie stößt die Klotür auf, zögert dann doch wieder, stoppt vor dem Spiegel. Anna hat recht, das Afghanhemd steht ihr. Und mit dem Kajallidstrich sieht sie außerdem älter aus als sechzehn. Nicht richtig cool vielleicht, aber ein bisschen geheimnisvoll. Die Bügelfalte in der Jeans geht allerdings gar nicht, und die gelbe Schultasche ist total kindisch, wenn sie jemand danach beurteilt, dann war's das.

Gehen oder bleiben? Freitags gibt es immer Fisch. Sie kann förmlich vor sich sehen, wie ihre Mutter jetzt leise vor sich hinsummend Butter, Zwiebeln, Lorbeer und Wacholderbeeren in die Pfanne gibt und den Kabeljau und den Dill schneidet. Sie hört ihre Lieder und denkt plötzlich wieder an all die Geschichten, die die Mutter ihr früher vorgelesen und erzählt hat. Wie schön das gewesen ist und wie sie, Franziska, sie weitergesponnen hat, immer weiter und weiter, wenn ihre Mutter sie längst zur Nacht geküsst und das Licht gelöscht hatte. Als sie den Bericht über die Demo geschrieben hat, hat sie sich ein bisschen wie damals gefühlt. Die Sätze kamen einfach von irgendwoher, wurden zu Bildern, begannen zu fliegen.

Sie hebt die Arme und streicht sich die Ponyfransen aus der Stirn. Die Ärmel des Afghanhemds sind zerschlissen, aber sie flattern wie Fledermausflügel, und das sieht gerade gut aus, lässig. Sie denkt an die Abendeinladungen ihrer Eltern, bei denen Monika und sie gestriegelt und geschniegelt die Canapés servieren und Getränke ausschenken. Und an die neuen Messpläne ihres Vaters, die in seinem Arbeitszimmer inzwischen über die ganze Wand reichen, weil er darauf so stolz ist. Die Einmessung der Autobahnzufahrten zur geplanten Flughafenerweiterung ist der größte Auftrag, den sein Büro bislang erhalten hat. Zur Feier des Vertragsabschlusses hat er eine Flasche Sekt mit nach Hause gebracht und einen Riesenstrauß Rosen. Taugenichtse und Drückeberger nennt er die Demonstranten. Undankbares Pack. Terroristen. Sollen zum Friseur, zur Bundeswehr oder gleich nach drüben. Wer nicht will, der hat schon. Und wenn sie versucht, mit ihm zu diskutieren, und einwendet, dass doch auch er den Wald liebt und die gute Waldluft genauso, dass sie die alle brauchen, statt immer noch mehr Straßen, will er das nicht hören und sagt, dass sie zu jung ist und ihm vertrauen muss.

Keine Startbahn West. Keine Pershing II. WAA-WAHNSINN. Bürger, lasst das Gaffen sein, kommt herunter, reiht euch ein. Bei der Schuldemo haben Anna und sie das selbst gemalte Plakat mit der Friedenstaube getragen. Es hat sich so gut angefühlt an diesem Nachmittag, so richtig, und trotzdem hat sie die ganze Zeit Angst gehabt, dass ihr Vater sie erkennt, oder einer seiner Freunde aus dem Sportverein oder ein Kollege. Denn die denken alle wie er, ja, sie sind sogar schlimmer als er, das weiß sie von den Abendgesellschaften, zu denen der Vater hin und wieder einlädt. Sobald die Zahl der leeren Wein-, Bier- und Schnapsflaschen hoch genug ist, lockern sie ihre Krawatten und sprechen das aus, was sie sonst nicht laut sagen, jedenfalls nicht in der Öffentlichkeit, weil sie ja keine Nazis sind, nur aufrechte, konservative Bürger, die ein Land wiederaufgebaut haben und nach vorn blicken und sich das nicht von Chaoten und Kommunisten kaputt machen lassen wollen. Und die Frauen sind auch nicht viel besser, die ziehen sich derweil die Lippen nach und kichern zu viel und bewundern im Nähzimmer die Werke ihrer Mutter: die Gardinen, Kissenhüllen und selbst geschneiderten Kleider, die vor allem. *Wie schön ihr es habt hier, Johanne, wie sauber du alles hältst, wie wohlgeraten deine Mädchen, und komm, jetzt helfen wir dir noch schnell beim Abwasch, aber natürlich, das ist doch selbstverständlich, und ein Gläschen Sekt noch ...* Und die Mutter gehorcht, sie schenkt ihnen nach und lacht dieses Lachen, das nach brechendem Porzellan klingt.

Was würde Anna wohl sagen, wenn sie ihr davon erzählte? Und was ihre Eltern und Monika, wenn die sie hier so sehen könnten? Sie ist eine Betrügerin geworden, es zerreißt sie zwischen zwei Welten, und der einzige Kitt, der die noch zusammenhält, ist ihr Herz, aber das ist nicht stark genug, weil die beiden Welten unaufhaltsam auseinanderdriften, immer weiter und weiter.

Die Schulglocke gongt, wie ein Warnton von weit her. Den Bus hat sie verpasst, selbst zur Redaktionssitzung wird sie nun zu spät kommen. Besser als erst noch verlegen herumstehen müssen. Zum Glück befinden sich die Redaktionsräume der NEUE WELLE wie die Toiletten im Souterrain. Sie rennt los, rennt, um nicht mehr zu überlegen, und schafft es gerade noch hinein, bevor ein langmähniges Mädchen mit Schlagjeans und Norwegerpulli die Tür schließt und sie mit hochgezogenen Brauen anstarrt.

«Und du willst bitte schön was?»

«Ich ... also ich hab eine Einladung bekommen, wegen meines ...»

«Wegen der Demo-Reportage?»

«Ja, also ich ...»

«Setz dich.» Die Langmähnige deutet vage zu dem aus vier zusammengerückten Schulpulten bestehenden Konferenztisch. Ein einziger Platz daran ist noch frei, schräg gegenüber von Artur Bellmann, der am Kopfende mit einer Selbstgedrehten zwischen den Lippen in Papierstapeln blättert, als ob ihn das ganze Szenario nichts anginge.

Vor den Souterrain-Fenstern, auf der Straße, laufen Beine vorbei. Kinderbeine, die in bunten Halbschuhen stecken, Anzugbeine, Nylonstrumpfbeine und schwarz-weiß gefleckte Hundepfoten. Die Redaktionswände sind vollgestopft mit Regalen voller Ordner, Papiere, Tassen, Teekannen, Konservendosen, Weinflaschen, Kerzen. Lebt jemand hier unten und kocht sich Ravioli? Neben dem Waschbecken blubbert eine Kaffeemaschine, es gibt auch eine Kochplatte und eine aus ausrangierten Autositzen improvisierte Sitzecke.

Tabakqualm beißt Franziska in die Augen, die Kehle. Sie fühlt die schnellen Seitenblicke der anderen. Sie ist neu, sie ist anders, sie ist die Jüngste. Eine Zehntklässlerin mit einer Bügelfalte in der Wrangler und zu kurz geschnittenem Pony. Was bitte schön will die hier?

«Hört mal zu, Leute.» Artur Bellmann ist offenbar fündig geworden, denn er zieht zwei getippte zusammengetackerte Seiten aus einem der Stapel und streicht mit der Rechten darüber, als wolle er auf diese Weise schon einmal vorkosten, was darinsteht.

Keiner sagte etwas, der Qualm wird noch dichter. Ihre Mutter wird ganz sicher den Zigarettenrauch riechen. Vielleicht, wenn sie ihr erzählen könnte, dass ein Bericht von ihr in der Schulzeitung erscheinen darf, würde sie zumindest ...

«Du bist Franziska.» Artur Bellmanns Stimme lässt sie an Malzbonbons denken. Seine Augen, soweit sie das durch die Tabakwolken erkennen kann, haben exakt diese Farbe. Auf seinem T-Shirt prangt das Konterfei von Frank Zappa, zumindest glaubt sie, dass das Zappa sein muss. Oder Jim Morrison? Oder Che Guevara? Arturs lange hellbraune Haare sind um einen Bleistift herum zu einer Art Dutt gezwirbelt, was komischerweise kein bisschen albern oder mädchenhaft aussieht. Erinnert er sich an sie von den Nachmittagen auf der Mathildenhöhe? Falls er das tut, lässt er das nicht erkennen. Guckt sie einfach an, zieht den Bleistift aus seinem Haarknoten und tippt auf die zusammengetackerten Seiten. «Dein Bericht, ja?»

«Ja, aber ich ... also ich wollte eigentlich gar nicht ...»

Arturs ungeduldiges Handwedeln lässt sie sofort wieder verstummen. Immer noch ruht sein Malzbonbonblick auf ihr, dass ihr ganz heiß wird und kalt, beides zugleich, obwohl das ja eigentlich gar nicht sein kann. Und dann, gerade als sie sicher ist, dass sie das keine Sekunde länger mehr aushält, schnippt Artur eine Aschewurst in Richtung des bereits überquellenden Aschenbechers und beginnt zu lesen.

«Am Dienstagnachmittag in der Friedens-AG haben wir das Plakat mit der Taube gemalt. Jetzt tragen wir es durch die Stadt, Anna und ich. Und neben uns, vor uns, hinter uns tragen andere Schüler und Studenten weitere Plakate und Transparente. Wir sind viele, sehr viele, bestimmt mehrere Zehntausend, nicht nur Jugendliche, auch Erwachsene. Wir halten unsere Botschaften in den grauen Oktoberhimmel und haken uns unter. Wir rufen und singen und laufen und laufen, wir fluten die Straßen. Es darf keine weitere Flughafen-Startbahn geben, nicht noch mehr Autobahnen und Atomkraftwerke, keine Pershing-2-Raketen, keinen NATO-Doppelbeschluss, keine Kriege. Es ist wie ein Rausch, denke ich. Wir schaffen das wirklich. Wir werden die Welt zu einem besseren Ort machen. Und meine Erleichterung ist so gewaltig, dass ich gar nicht merke, wie es zu regnen beginnt und der Wind auffrischt und kälter wird, immer kälter. Ich laufe einfach und halte die Taube und bekomme nasse Füße und nasse Haare und steif gefrorene Finger. Doch auch das nehme ich gar nicht richtig wahr, ich laufe und hoffe, ich bin eine von vielen. Erst am Regierungspräsidium denke ich wieder an die Männer, die darin arbeiten, Männer, wie mein Vater. Hier in unserer Stadt, in Wiesbaden und in Bonn; und dann sehe ich die Blicke der Leute, die uns begaffen, und plötzlich weiß ich: Es wird nicht reichen. Egal, wie viele wir sind, egal, wie laut wir auch werden. Sie werden den Wald am Frankfurter Flughafen trotzdem abholzen lassen und zubetonieren, damit ihre Flugzeuge darauf starten. Sie werden ihre Atomkraftwerke bauen und die Bundeswehr aufrüsten und immer noch mehr Waffen produzieren und den Amerikanern erlauben, Atomsprengkopf-Marschflugkörper in Deutschland zu stationieren. Sie werden nicht aufhören damit, niemals, und dabei von Marktwirtschaft sprechen und von Frieden und trotzdem den Krieg schüren. Sie werden die Welt, die ich liebe, zerstören, weil sie kein Gefühl, keine Wertschätzung für sie hegen und erst recht keine Ehrfurcht. Sie werden die Wälder abholzen und Flüsse und Seen vergiften und das als Fortschritt bezeichnen, denn sie werden ihren Profit immer wichtiger finden als Tiere und Pflanzen und unsere Träume. Sie werden so lange weitermachen, bis alles kaputt ist; und wenn unsere Erde nur noch eine tote Atomkloake ist, werden sie es sein, die als Letzte sterben, weil sie in ihren Betonbunkern die letzten Vorräte gehortet haben. Und vielleicht, ganz vielleicht, werden sie dann doch noch begreifen, dass wir recht hatten, aber dann wird es zu spät sein.»

Artur verstummt und lässt das Blatt sinken. Und erst in der sich ausbreitenden Stille begreift Franziska, dass das tatsächlich ihr Bericht ist, den er gerade vorgelesen hat. Ihre Worte und

Sätze, die sie auf der schwarzen Triumph ihres Vaters mühsam ins Reine getippt hatte. Warum hat Artur das gemacht, was will er damit demonstrieren? Dass das alles nur peinlich ist – oder dass er das gut findet? Eine schreckliche Ewigkeit lang vermag sie das nicht zu entscheiden und fällt, fällt, fällt in einen Abgrund. Dann hebt Artur endlich den Kopf und sieht ihr direkt in die Augen.

«*Yes*, Leute», sagt er. «Genau so! Das ist, was ich will – auch wenn das *steif gefroren* vielleicht noch zu streichen wäre, das ist a *bit too much*, auch an ein zwei anderen Stellen könnte man noch feilen. Leidenschaft brauchen wir, aber nicht zu viel Pathos, dann ist die Wirkung am stärksten. Aber das, Leute, ist Kleinkram, weil der Stil insgesamt sensationell intim und direkt ist. Und deshalb möchte ich, dass wir Franziska an Bord holen. Obwohl sie erst in der Zehn ist. Also immer vorausgesetzt natürlich, sie will das.»

*

«WER BIST DU, WER BIST DU?»

«Ich bin Ziska. Und ihr seid Luise und Philip. Richtig?»

«Lu und Phil!» Der Junge spricht mit fast heiligem Ernst, das Mädchen blinzelt zu ihr empor. Zwei Rotschöpfe mit nussbraunen Augen und Latzhosen, die die Zeit zurückdrehen, als ob Annas eigene Kinder noch klein wären. Franziska überreicht ihnen je ein Seifenblasenröhrchen. Phil steckt seines in die Hosentasche und rennt voraus in den Garten. Lu strahlt sie an und bläst zum Dank eine Traube schillernder Blasen in den laublauen Abend. Sie treiben direkt auf Franziska zu. Instinktiv streckt sie die Hand aus, und fast hat es den Anschein, als würde eine darauf landen, doch kaum dass sie die Haut berührt, zerplatzt sie. Lu juchzt auf und schreit «Komm, Ziska, komm nur» und hüpft, eine ganze

Kette neuer Seifenblasen hinter sich herziehend, auf das Haus mit den bunten Holzläden und Sandsteingesimsen zu, durch dessen weit offene Tür nun Anna tritt und auf sie zuläuft.

«Sie wollten dich unbedingt noch sehen.» Anna schließt sie in die Arme, riecht nach Anna, gemähtem Gras und Vanille.

«Sie sind jetzt schon so groß.»

«Du warst zwei Jahre nicht hier.» Anna langt hinter sich und stoppt Phil, der inzwischen wie seine Zwillingsschwester Seifenblasen hinter sich herziehend um sie herumspringt, mit einem routinierten Handgriff.

«So, mein Herz. Feierabend. Für euch ist jetzt euer Opalo zuständig, und du», sie strahlt Franziska an, «kommst mit mir in mein neues Refugium, da hab ich's uns hübsch gemacht.»

Protestgeschrei ist die Antwort und ruft Annas Lebensgefährten Lothar auf den Plan, der Franziska ebenfalls umarmt und die juchzende Lu in die Luft schwenkt. Und dann spielen sie alle zusammen noch eine Runde Fangen, und die neuen Hochbetten in den Kinderzimmern muss Franziska auch noch bewundern und mit Anna und Lothar alle drei Strophen von *Weißt du, wie viel Sternlein stehen* singen und Gutenachtküsse verteilen. Dann aber lässt Anna sich nicht weiter erweichen, hakt Franziska unter und lotst sie durch den Garten zu dem ehemaligen Kuhstall, den Anna zu einer Praxis mit angeschlossenem Geburtshaus umbauen hat lassen. Auch ihr Arbeitszimmer und zwei Gästeappartements befinden sich darin, und über deren Fenster und Türen spannt sich eine üppig mit Wein überrankte Pergola zu einer Laube.

«Mein neues Refugium! Was meinst du?»

«Wow, das sieht aus, als ob genau das noch gefehlt hätte.»

«Ja, nicht wahr? Letztes Jahr haben wir die Pergola gebaut, als es immer heißer und heißer wurde ...»

«Und zu trocken genau wie jetzt auch wieder ...»

«Komm, bitte, setz dich erst mal, mach's dir gemütlich.»

Mit einem Seufzer sinkt Anna selbst auf eine der mit Indienkissen bestückten Holzbänke. Franziska wählt die Bank über Eck von ihr, streift die Flip-Flops ab, legt die Füße hoch. Die Dämmerung kommt jetzt, senkt sich auf den verwilderten Garten, zwischen dessen Sträuchern und Bäumen Fußballtore, wild verstreute Bälle, Kindergefährte, Wasserpistolen, Gummistiefel, Gartenclogs und ein knallrotes Planschbecken schon den Gedanken an gepflegte Blumenrabatten so schnell verpuffen lassen wie eben noch die Seifenblasen der Kinder. Wie lange hin, bis die Welt endgültig kollabiert? Franziska weiß es nicht, will es nicht wissen, nicht jetzt, vielleicht gar nicht, sie will einfach nur hier sein, denn im Laub über ihren Köpfen glitzern Lichterketten und auf dem Tisch flackern Windlichter zwischen bunten Weingläsern, Wassergläsern, Karaffen und Steinguttellern voller Schafskäsewürfel, Brot, Peperoni, Oliven, Tomaten.

«Greif zu, bitte, los! Du siehst aus, als könntest du einen guten Happen vertragen.»

Anna schenkt ihnen ein. Sie prosten sich zu, trinken, ohne den Blick voneinander zu wenden. Anna, ein ganzer Abend mit Anna. So leicht, so selbstverständlich fühlt es sich auf einmal an, wieder hier zu sein. Die Freude jagt die Müdigkeit fort. Mit Anna zusammen sein. Anna ansehen, mit Anna sprechen, mit Anna schweigen. Nicht am Telefon, sondern bei Anna zu Hause.

«Nimm, iss, erzähl! Alles will ich wissen. Was ist mit den Ameisenbären? Was mit deiner Schwester?»

Franziska lädt Brot, Käse, Tomaten auf ihren Teller. Beißt in eine Peperoni. Angelt nach den Oliven. Alles köstlich, obwohl am Ende eines sicherlich vollen Tages schnell auf dem bunt zusammengewürfelten Geschirr arrangiert, genau so wie Anna und sie das vor sehr langer Zeit zusammen in Annas WG erfunden haben, die eine Zeitlang auch ihre WG gewesen ist, bis sie es doch noch einmal in ihrem Elternhaus versuchte. Nur um wieder zu gehen und nie mehr zurückzukehren, in jenem alles verändernden Sommer 1986.

Und jetzt, was ist jetzt?

Ich bleibe. Zumindest für diesen Sommer. Ihr Versprechen an Thomas, im ersten Schock über Monikas Burn-out gegeben.

«Erzähl», fordert Anna noch einmal und schenkt sich Wein nach. Und genau deshalb sitzt sie ja hier, um mit Anna zu reden, warum also fehlen ihr nun die Worte?

Sie trinkt ihr Wasserglas leer, füllt es erneut, verdünnt auch ihren Wein mit Wasser. Nichts mehr gewöhnt nach den Jahren im Ashram. Dabei gab es Zeiten, da konnte sie Anna unter den Tisch trinken. Und die meisten ihrer Liebhaber auch. *Last Woman Standing*, hat Anna sie damals genannt, mit dieser annatypischen Sorgenfalte zwischen den Brauen. Frau Dr. med. Anna Kilian, die jetzt eine Tomate viertelt, als gäbe es nichts Wichtigeres, und die notfalls auch bis zum Sonnenaufgang mit ihr hier sitzen wird und abwarten, bis sie ihre Sprache wiederfindet, und dann trotzdem um Punkt acht ihre Praxistür aufschließen. Oder nicht? Hat Anna dazu nach den letzten drei Jahren keine Kraft und Geduld mehr? Die Fältchen in ihrem wie eh und je vollkommen ungeschminkten Gesicht sind jedenfalls tiefer geworden, und Annas Haare sind vermutlich genauso gefärbt wie ihre. Da sitzen sie, zwei Frauen mit einer jahrzehntealten Geschichte, doch je länger Franziska ihre Freundin betrachtet, desto jünger erscheint sie ihr trotzdem. Vielleicht geht es ihrem Vater mit ihr ja genauso, und deshalb hat er so missbilligend reagiert wie früher, als sie ihm sagte, sie fahre zu Anna, statt ihm noch einmal genau zu erklären – oder besser zu zeigen –, was sie oben im Schlafzimmer alles gemacht hat.

Ich werfe nichts weg, ohne dich zu fragen. Vertrau mir. Um ihn zu beruhigen, hat sie ihm das schließlich versprochen. Ein Fehler. Denn wenn sie das tatsächlich tun würde, wird sie nie fertig werden, mit gar nichts, und ihr Vater ist klug genug, das zu wissen.

Sie setzt ihr Glas ab, räuspert sich, sagt einfach das Allererste, das ihr in den Sinn kommt, und jedes Wort brennt in ihrer Kehle, weil es so wahr ist. Auch Anna kann das fühlen. Anna, die schon so viele schwere Geburten betreut hat und Abtreibungen vorgenommen, wenn es für die Frauen keinen anderen Weg gab.

«Du hast es geschafft, Anna», sagt Franziska. «Trotz aller Krisen und Rückschläge lebst du dein Leben so, wie du es dir früher ausgemalt hattest.»

«Oh, bitte kein Heiligenschein! Das alles hier», Annas Hand beschreibt einen luftigen Halbkreis, «ist beileibe nicht nur golden.»

«Du wolltest Frauenärztin werden und ein feministisches Gesundheitszentrum gründen. Und in einer Hausgemeinschaft leben. Mit Kindern.»

«Schon, aber ich wollte nicht unbedingt mit über fünfzig, kaum dass meine eigenen beiden aus dem Haus sind, wieder von vorn anfangen und auch noch die Enkel meines dritten Lebensgefährten großziehen.»

«Aber ihr schafft es.»

«Wir können sie ja schlecht ins Heim geben, bloß weil ihre Eltern irgendwo in Südostasien verschollen sind.»

«Könntet ihr schon. Und dann einen schicken Barockgarten anlegen lassen.»

«Mein Traum!» Anna grinst und wird gleich wieder ernst. «In letzter Zeit überlegt Lothar, ob es vielleicht besser wäre, Markus und Stine für tot erklären zu lassen. Nach drei Jahren ist die Hoffnung, doch noch eine Spur von ihnen zu finden, gleich null. Mit den Behörden würde dann einiges leichter, vielleicht auch für die Kinder. Aber wie bitte sollst du das machen, deinen eigenen Sohn für immer und ewig abschreiben, ohne zumindest zu wissen, wie, wo, warum er gestorben ist. Es mag irrational sein, aber selbst für mich wäre das so, als würden wir dann eine Grenze überschreiten oder Markus und Stine überhaupt erst sterben lassen, keine Ahnung ...»

«Es geht doch auch so, Anna. Die Zwillinge wirken nicht so, als ob sie unglücklich wären.»

«Ja, das stimmt, und das ist ja auch unser Ziel. Lu und Phil sollen wissen, dass wir nicht ihre richtigen Eltern sind, aber sie sollen sich hier zu Hause fühlen und nicht mit einem Totenkult aufwachsen. Vor Lothars Trauer um Markus haben wir deshalb von Anfang an versucht, sie zu beschützen, aber in letzter Zeit ...»

«Was?»

«Ach, keine Ahnung, es ist nur ... Sie waren ja erst anderthalb damals, sie konnten das alles noch gar nicht verstehen, und das ist wohl eine Gnade. Aber manchmal, gerade dann, wenn sie wie vorhin wie die Derwische herumspringen und sich einfach nur freuen, dann gucke ich Lothar an und seh, dass er an Markus denkt, und dann kommt mir alles, was wir hier veranstalten, total unwirklich vor und falsch, und ich könnte auf der Stelle losheulen.»

«Weil Lothar um seinen Sohn trauert, während dessen Kinder sich nicht mal mehr an den erinnern und ihren Vater also auch nicht vermissen können und es deshalb so scheint, als ob Markus völlig ausgelöscht wäre.»

«Meine weise Franziska.» Anna ergreift ihre Hand und streichelt mit dem Zeigefinger ganz sacht über ihre Knöchel. «Wie recht du hast. Und wie schmal und ernst du geworden bist. Und wie sehr ich dich vermisst habe.»

«Ich wollte ja kommen. Glaub mir, so oft war ich schon beinahe auf dem Weg, aber dann wollte ich doch nicht ...»

Mit leeren Händen dastehen. Euch mit meinen Liebesdramen belasten, nach Darmstadt zurückkehren ... alles richtig und doch nicht die Wahrheit, nun, da sie mit Anna unter ihrer weinlaubberankten Pergola sitzt, gesteht Franziska sich das ein.

Sie hebt ihr Weinglas und hält es vor eines der Windlichter. Die Flamme züngelt und zuckt darin, gebrochen im Hellgrün des Schliffs. Wenn sie das Glas dreht, stieben Lichtpunkte über die Tischplatte wie kleine Gespenster. Sie hatte die gleichen Gläser auch für Lars und sich gekauft. Vielleicht trinkt er eben in diesem Moment Rotwein mit ihrer Nachfolgerin daraus, und nebenan schläft sein Kind.

Sie setzt das Glas wieder auf den Tisch. Die Gläser gefallen ihr immer noch. Sie kann sich dieselben noch einmal kaufen. Oder ganz andere. Die Gläser sind nur Dinge. Sie sind nicht wichtig.

«Ich wollte nicht angucken müssen, wie gut ihr zu zweit alles hinbekommt, Anna. Und du allein in deiner Praxis. Ich hab gedacht, ich könnte dein Glück nicht ertragen, nachdem ich selbst so krachend gescheitert bin mit allem.»

«Bist du doch nicht, du bist nur ...»

«Doch, Anna, ich bin gescheitert, und du bist das nicht. Zu allem, was mich gequält hat, war ich auch noch neidisch auf dich, das ist die Wahrheit.»

«Und jetzt?»

«Ich weiß es nicht, Anna. Ich bin froh, dass ich hier bin, und schäme mich, dass das so lange gedauert hat. Und ich weiß nicht mehr weiter: Privat. Beruflich. Politisch. Ich bin von Ashram zu Ashram getingelt, aber das, was ich suche, habe ich in keinem gefunden. Ich will nicht in einem Ashram mein Leben beenden, so viel weiß ich inzwischen, ich bin dafür nicht geeignet, also ist auch dieser Hoffnungsschimmer gescheitert. Und nun kampiere ich wieder in meinem Kinderzimmer im Haus meines alten Vaters, der mir nicht verzeihen kann und mir genau dieses Scheitern schon immer prophezeit hatte.»

Franziska hebt ihr Glas wieder, parodiert ein freudiges Anstoßen, trinkt und setzt das Glas wieder auf den Tisch, so fest, dass sein Inhalt über ihre Hand schwappt. Sie könnte eine Papierserviette nehmen, sie abtrocknen, aber sie sitzt einfach da und starrt in den Garten, der jetzt fast vollkommen im Dunklen liegt, denn auch im Haus sind die Lichter erloschen.

Sie senkt den Blick wieder auf ihr Glas. Ihre Hand hält es immer noch fest, in den kühlnassen Tropfen auf ihrer Haut zittern bunte Reflexe, bis sich Annas Hand über ihre legt. Franziska sieht sie und fühlt sie und fühlt sie doch nicht, als wäre diese Hand, die da von Annas Hand sanft gedrückt und gestreichelt wird, gar nicht ihre.

«Ich kann nicht mehr», sagt sie. «Ich mache und tue und strenge mich wahnsinnig an und denke immer wieder: Jetzt, jetzt, jetzt kriegen wir die Kurve, jetzt dringe ich zu meinem Vater durch – aber dann kippt alles, und er feindet mich an. Er will keine Hilfe. Er will vor allem nicht, dass *ich* ihm helfe. Und dann wieder verschwimmen plötzlich die Ebenen. Gestern zum Beispiel: Da waren wir mit Flo im Woog, das hat meinem Vater wirklich gefallen, glaub ich, auch wenn er sich erst gesträubt hat. Es geht, es geht, denke ich, wir kriegen es hin, ich kriege es hin. Aber dann sehe ich, wie eine Nachbarin vom Zehn-Meter-Turm springt, und mir bleibt fast das Herz stehen, als wäre Artur erst gestern ..., als wäre ich wieder neunzehn. Oder ich packe wie heute den ganzen Tag voller Elan die überflüssige Tisch- und Bettwäsche und Unterwäsche meiner Mutter in Umzugskartons. Ich ackere wie ein Tier und weiß die ganze Zeit, dass das genau richtig ist. Mein Vater braucht ein Schlafzimmer im Erdgeschoss, ich muss aussortieren, was er nicht benötigt, die Handwerker kommen bald ... Aber dann lege ich den letzten dieser rührend biederen, blickdichten, beigen BHs meiner Mutter in den Karton und denke auf einmal, dass mein Vater vielleicht genau diese Schlichtheit geliebt hat. Und schon stelle ich mir vor, wie es ihn – und auch sie – vielleicht einmal erregt hat, wenn er sie in den Armen hielt und ganz sacht nach den Verschlusshaken genau dieses BHs getastet hat, um ihn zu öffnen und ... Herrgott noch mal, ich weiß ja nicht mal, ob die beiden überhaupt noch Sex hatten, ich weiß nur, dass es irrsinnig ist, mich so zu quälen. Und trotzdem stehe ich da mit diesem BH, und nichts geht mehr, dabei war das doch ich, die mit großer Verve immer das Loslassen kultiviert hat.»

«Das ist doch alles nur menschlich, Ziska. Zumal du und deine Mutter ...»

«Oh, Anna, ich weiß, mein Vater braucht Hilfe, und ich habe Thomas versprochen zu bleiben, zumindest so lange, bis Monika wieder ... Aber ich weiß nicht, ob ich das schaffe.»

*

WAS WEISS SIE VON IHREM VATER, was von ihrer Mutter? Was können Kinder und Eltern je wirklich voneinander wissen? Die Ameisenbärlithografie stammt aus einer Ausgabe von *Brehms Tierleben* aus dem Jahr 1927 und ist ein Kindheitsschatz ihres Vaters. Sie hat ihren Vater von Berlin ins KLV-Lager und von dort kurz vor Kriegsende allein wieder nach Berlin begleitet. Warum gerade der Ameisenbär? Und warum war ihr Vater bei seiner Rückkehr alleine?

Ach, Franziska, es war eben Krieg, so waren die Zeiten ...

Ein einsamer Junge ist ihr Vater gewesen, so viel glaubt sie zu wissen. Unehelich geboren als Sohn einer kapriziösen Varieté-Tänzerin, die ihn mehr aus Pflicht denn aus Liebe mit durchschleuste. Das Tierlexikon hatte ihm einer ihrer Verehrer geschenkt, Onkel Albert hieß der. Oder war das womöglich sein Vater? Kein Wort dazu, jemals.

Eine Art böse Märchenfee ist diese ostdeutsche Großmutter für Monika und sie gewesen: die Haare burgunderrot, in der rechten Hand von frühmorgens bis zum Schlafengehen eine Zigarette. Wenn sie zu Besuch kam, musste sie zum Rauchen unter die Walnuss, selbst im Winter oder wenn es regnete. Der Rauch kräuselte sich in einer dünnen Säule zwischen deren Äste, die Asche schnippte Oma Lilo in einen silbernen Aschenbecher zum Aufklappen. Wenn sie sie zum Abschied küsste, hinterließ ihr Lippenstift rote Münder auf ihren Gesichtern, die sie für den Rest des Tages wie Trophäen trugen. Nie schickte sie Postkarten oder Geschenke. Als sie starb, hatten sie sie jahrelang nicht gesehen und beinahe vergessen. Zu ihrer Beisetzung fuhr der Vater alleine und weinte nicht eine Träne.

Ein Schachspieler ist ihr Vater gewesen. Ein Stratege. Er war überzeugt, das Leben ließe sich berechnen und ordnen und lenken. Er liebte auch das Zupacken. Aufbauen. Seiner Hände Kraft, die Beine, die ihn trugen.

Macht eure Mutti nicht traurig. Nehmt Rücksicht. Nehmt Rücksicht.

Es ist doch nicht meine Schuld, dass bei euch früher Krieg war!
Einmal, als Kind noch, hat sie das geschrien, und nachdem sie das Licht gelöscht hatte, kam ihre Mutter dann zu ihr ans Bett und hielt ihre Hand und erzählte ihr von dem schwarz-weißen Pony Flecki, das ihr als Mädchen gehört hatte, und von den Erdbeeren, mit denen ihre Mutter ihren Geburtstagskuchen belegte. *Die herrlichsten tiefroten Erdbeeren aus unserem eigenen Garten, Zissy. Mit Pferdemist gedüngt und von meiner Mutter gehegt und gehätschelt. Wie die geduftet und geschmeckt haben!*

Es muss ihre Mutter viel Überwindung gekostet haben, ihr das zu erzählen, denn sie sprach sonst nie über ihre Kindheit. Aber die Liebe zu ihr war stärker. Sie wollte nicht, dass sie litt. Sie wollte ihr nah sein, wollte sie nicht verlieren. Konnte den Abschied von ihr nicht ertragen.

Und wen oder was hat ihr Vater als Kind verloren? Sie hat

ihn das nie gefragt. Wollte die Antwort nicht hören. Fürchtet sie selbst jetzt noch.

Zwei Überlebende sind ihre Eltern. Kriegswaisen. Traumatisierte. Auf den Hochzeitsfotos ihrer Eltern glaubt sie, in ihren Gesichtern eine Art Staunen zu sehen, dass sie das wirklich sind, die hier heiraten, sich gefunden haben, ja, dass sie überhaupt noch leben. Doch gesprochen haben sie immer nur über das Wetter am Hochzeitstag und Johannes von Uroma Frieda nach einem Pariser Modell geschneidertes Kleid und die Waldmeisterbowle, die sie ihnen im Restaurant der Orangerie spendierte. Da stehen sie Seite und Seite und lächeln. Zwei adrette und vollkommen unversehrt wirkende Vertreter der Wirtschaftswunderaufbruchsgeneration, die den Blick nach vorn richten, nur nach vorn, auf diese glänzende Zukunft, die sie für sich selbst und wohl noch mehr für die Kinder, die sie miteinander bekommen möchten, zu erschaffen gedenken.

Das Frühstück um sieben, um halb acht fährt der Vater im Opel Admiral zur Arbeit und kehrt erst am Abend um sechs Uhr wieder. Die Mutter kümmert sich unterdessen um Haus und Garten, kocht Mittagessen, hilft ihnen bei den Schulaufgaben und näht, bastelt, malt, musiziert, spielt mit ihnen. In den Ferien fahren sie an die Nordsee oder nach Jugoslawien. Der Vater sitzt am Steuer, Monika und sie nicht angeschnallt auf der Rückbank. Sie spielen «Ich sehe was, was du nicht siehst» oder Kennzeichen-Raten. Sonntags um zwölf gibt es einen Braten, danach den obligaten Spaziergang, selbst gebackenen Kuchen und Brettspiele, um acht Uhr ist Schlafenszeit, ein Lied noch und Licht aus.

War dies das Glück, von dem ihre Eltern geträumt hatten? Sehnten sie sich nicht doch hin und wieder nach etwas anderem?

Manchmal, im Garten, wenn ihre Mutter sich unbeobachtet fühlte, sang sie ein Lied in einer Sprache, die seltsam klang, wehmütig und verloren. Als hätte es sie einmal gegeben, aber jetzt nicht mehr, und dann kam es Franziska immer so vor, als würde sich eine sonst immer verschlossene Tür einen Spaltbreit öffnen. Und einen Augenblick lang glaubte sie, etwas erspähen zu können, das wichtig war, sehr wichtig sogar – und vielleicht sogar wirklicher als das, was ihre Eltern und Monika Wirklichkeit nannten. Aber jedes Mal, bevor sie erkennen konnte, was das war, schloss sich die Tür wieder. Dass es die überhaupt gab, hatte etwas mit dem Krieg zu tun und mit diesem seltsamen Lied ihrer Mutter. Und noch mit etwas anderem, das mindestens ebenso schlimm war. Aber darüber durfte man nicht reden, es war überhaupt besser, diese Tür nicht einmal zu erwähnen. Vielleicht hofften die Eltern ja, dadurch würde sie mit der Zeit verschwinden. Oder aber das, was sich dahinter verbarg, war tatsächlich unaussprechlich.

*

SIE STEHEN IN REIHE, den rechten Arm vorgestreckt, die Augen starr auf die Fahne geheftet, die der Rektor zum Abschied persönlich gehisst hat. *Vorwärts, vorwärts schmettern die hellen Fanfaren*, singen sie. *Vorwärts, vorwärts, Jugend kennt keine Gefahren, und die Fahne führt uns in die Ewigkeit, ja, die Fahne ist mehr als der Tod.* Und die Hacken zusammen und hoch mit den Rucksäcken auf ihre Schultern und *Abmarsch*. In Zweierreihen stapfen sie zum See hinab, der starr ist und grauweiß, ein endloses Nichtland, und bei jedem Schritt pfeift der Ostwind durch ihre pludrigen Hosen und HJ-Uniformjacken, und nicht zum ersten Mal in diesem Winter wünscht Heinrich sich sehnlichst, er hätte die von seiner Mutter gestrickten Wollunterwäschegarnituren und Socken in Berlin doch im Koffer behalten, statt im letzten Moment wieder *Brehms Tierleben* hineinzuschmuggeln. Dumm ist er gewesen, ein dummer Junge, der sich nicht hat vorstellen können, dass der Sommer vergehen würde, ohne dass sie zurück nach Berlin führen, und danach noch ein zweiter, und wie kalt diese Winter im Osten sein können. Aber andererseits: Die Wollsachen kratzten, und außerdem hatten die Unterhosen rosa Kanten, weil seine Mutter ihre Häkelstola dafür verwendet hatte, sie zu vollenden. *Unter der Uniform sieht es ja keiner, vertrau mir.* Das war wieder mal typisch für sie gewesen: Vergießt auf dem Bahnsteig zum Abschied theatralische Tränen, aber kann oder will sich nicht vorstellen, dass er im Schulheim in Posen in einem Schlafsaal mit dreißig anderen Jungen übernachten muss, die alles sehen, alles kommentieren und nichts je verzeihen, das aus der Art schlägt.

Liebe verehrte Mutter, es geht mir hier gut, wir lernen tüchtig, treiben viel Sport und bekommen genug zu essen. Gestern hat es geschneit. In Mathematik haben wir Algebra. Ich hoffe, du bist wohlauf. Sieg Heil und viele Grüße von Deinem Dich liebenden Sohn Heinrich.

Jeden Sonntag müssen sie diese total nichtssagenden Briefe verfassen. Trotzdem wünscht er sich, seine Mutter hätte ihm hin und wieder geantwortet. Wenigstens zu seinem Geburtstag. Oder gar zu Weihnachten ein Paket geschickt, wie die Mütter der anderen Jungen das machen, und wenn auch nur eines mit den rosa gestreiften Garnituren.

«Hopphopphopp, vorwärts mit euch!» Die Stimme des Rektors scheucht sie die Böschung hinab. *Deutschland wird siegen, wir kommen wieder!,* haben ein paar seiner Schulkameraden mit Kreide an die Wände des Herrenhauses geschrieben, in dem sie die letzten drei Monate untergekommen sind. Und mit demselben heiligen Ernst haben sie alles, was nicht in ihr Marschgepäck passte, in ihre Spinde geschlossen. Aber er nicht, denn das Einzige, was ihm etwas bedeutete, gibt es nicht mehr, und die gerettete Buchseite mit dem Ameisenbären steckt in seiner Brusttasche.

Der gefrorene See dehnt sich vor ihnen aus. Weißgrau. Unendlich. Der Schnee knirscht unter ihren Tritten, trotzdem rutschen sie mehr, als dass sie marschieren, und der Wind stemmt sich ihnen entgegen und sticht wie tausend Nadeln.

«Vorwärts, voran!»

Sie stolpern, sie rutschen, sie gehen immer weiter. Jenseits, am anderen Ufer des Sees liegt Züllichau, das müssen sie vor der Dunkelheit erreichen, denn in Züllichau hält die deutsche Wehrmacht die Stellung, man wird für sie sorgen, ein Zug wird kommen und bringt sie gen Westen, bis der Russe besiegt ist.

«Da links. Unten. Im Eis!» Wie eine Welle durchläuft diese Botschaft die Reihen. Das beherrschen sie alle: fast stimmlos zu sprechen und ohne die Lippen zu bewegen.

Heinrich wendet den Kopf, zuckt zurück, schaut direkt wieder hin. Ein Ameisenbär, nein, ein Dachs steckt im Eis fest, tot und gefroren, mit Eiskristallklauen, doch die weit aufgerissenen Augen scheinen sich dennoch in Heinrichs zu bohren.

Er schluckt hart, stolpert weiter. Wenn er nicht so dumm gewesen wäre, den Lauch hinter die Heizung zu kippen, könnte er nachschlagen, wie ein Dachs überwintert. Wenn sie denn jemals irgendwo ankommen. Zumindest aber könnte er sich damit trösten, dass der *Brehm* noch in seinem Spind liegt.

Wer unser gutes Essen verschmäht, muss das wiedergutmachen, das siehst du doch ein, Heinrich?

Ja, Herr Direktor.

Also heizen wir jetzt kräftig an, und dein Lexikon ...

Nein, bitte nein!

Er durfte nicht schreien und konnte sich doch nicht beherrschen. Fing sich auch noch zehn Hiebe ein, während sein Lexikon verbrannte. Wenn er wenigstens eine andere Seite herausgerissen hätte. Die mit dem Löwen zum Beispiel. Aber wie konnte er denn auch ahnen, was kommen würde. Dachte nicht nach, riss einfach das Tier heraus, von dem er gerade las, weil es so merkwürdig war und so ganz und gar unbegreiflich.

Der Schnee fällt jetzt noch dichter, hüllt sie ein und verschluckt alles andere. Vor Kälte fühlt Heinrich seine Füße nicht mehr, die Beine, die Hände. Selbst das Zittern hat aufgehört, vielleicht also war's das, und sie verenden hier einfach wie dieser Dachs. Vielleicht wäre das sogar besser. Aber dann ragen doch endlich Bäume vor ihnen auf. Tot sehen die aus, wie schwarze Gerippe, als könnten sie nie wieder Laub tragen. Durch brechendes Schilf kraxeln sie darauf zu. Es dämmert jetzt schon, und der Wind trägt Gefechtslärm heran – oder ist dieses Pfeifen und Grollen nur der Wind?

Vorwärts. Voran. Das Unterholz wird mit jedem Schritt dichter, Brombeerranken reißen an ihnen, Schnee kriecht ihnen in die Stiefel. Im letzten Tageslicht stoßen sie auf einen Fahrweg und bald auf eine Sperre. Deutsche Soldaten. Ein Panzer. Dann Katen mit zerschossenen Fenstern und eine Reihe Villen hinter geschmiedeten Zäunen. In keiner brennt Licht, vor einer flattert gar statt der Reichsfahne ein weißes Laken. Aber nicht in dem Herrenhaus gegenüber, in dessen Eingangsportal ein einbeiniger Soldat zur Begrüßung den Arm hebt.

Der Saal, in den man sie führt, ist riesig und leer und von zwei Gasleuchten mehr als spärlich beleuchtet. Aus dem Kamin ragt ein verkohltes gedrechseltes Stuhl- oder Tischbein, doch niemand macht Anstalten, ein Feuer zu entfachen. Aber eine Suppe bekommen sie doch und löffeln sie, dicht nebeneinander auf dem Boden sitzend, aus ihren Näpfen. Kohl, Zuckerrübe und ein paar Graupen. Es schmeckt noch viel schrecklicher als der Lauch, den er vor sehr langer Zeit in einem anderen Leben – wie es Heinrich nun scheint – hinter den Heizkörper gekippt hatte. Und nun kratzt er sogar seinen Napf aus, weil die Suppe immerhin etwas wärmt und ihn einlullt.

Kälte weckt ihn wieder auf. Seine Füße tun weh, so eisig sind die, seine linke Körperhälfte fühlt sich an wie erfroren. Nur rechts ist noch etwas Leben in ihm, denn rechts von ihm kauert Tobias. Zumindest glaubt Heinrich, dass er das ist, denn die Gaslampen sind erloschen, seine Schulkameraden allenfalls zu erahnen. Er rappelt sich auf, schiebt sich an der Wand hoch. Direkt neben dem Eingangsportal ist das Klo, am Ende des Flurs, der ein pechschwarzer Schlund ist. Heinrich stolpert und fängt sich, tastet sich mühselig vorwärts. *Schwerfällig, langsam, unbeholfen sind die Ameisenbären in ihren Bewegungen*, steht neben der Zeichnung im Lexikon. *Bei manchen ist der Gang ein höchst sonderbares Fortholpern, da sie gleichsam auf den Nägeln gehen. Der Schwanz muss noch helfen, das Gleichgewicht zu vermitteln.* Vielleicht also ist der Ameisenbär doch der richtige Gefährte für ihn, denn genau so fühlt er sich jetzt auch, nur dass er natürlich keinen vogelstraußähnlichen Schweif hat.

Begreift so ein Viech eigentlich, dass es stirbt? Hat es Angst, kennt es Glück, will es etwas erreichen? Der Glasblick des Dachses geht ihm nicht aus dem Sinn. Wie sich die Vorderklauen ins Eis krallten, als hätte er bis zuletzt versucht, sich zu retten.

Männerstimmen auf einmal. Ganz nah. Jemand befiehlt etwas mit einer Stimme, die klingt wie knarrendes Leder. Wo? Hier im Flur? Nein, links von ihm, hinter einer der Türen.

«Nach Westen geht nichts mehr. Also weiter nach Osten.»

«Aber der Führer hat doch befohlen, dass wir sie nach Berlin ...»

Der Rektor ist das, der da widerspricht, der Rektor in einem nie zuvor gehörten Tonfall, der klingt wie ein Winseln.

«Um drei kommt ein Zug durch. Den nehmen Sie. Abmarsch.»

«Aber wir ...» Stühlerücken und das Geräusch schwerer Stiefel auf hallenden Böden. Heinrichs Angst trägt ihn vorwärts, schnell muss er jetzt sein, sie dürfen ihn hier nicht finden. Er schleicht an der Tür vorbei, wischt mit der Hand über ein Gesims. Etwas liegt darauf und droht zu fallen, gerade noch rechtzeitig kann er es festhalten. Klein ist es. Kreisrund und eiskalt. Weiter, nur weiter. Da endlich der Saal mit seinen schlafenden Kameraden, und kaum ist Heinrich auf seinen Platz gesunken, huscht schon der Schein einer Gaslaterne über ihre Köpfe, und der Rektor befiehlt den Aufbruch.

Hat er das nur geträumt, dass der eben noch gejault hat wie ein Welpe, dem man auf den Schwanz tritt? Keine Zeit, darüber zu sinnieren, denn von hinten drängen sie bereits los, irgendwer rammt einen Tornister in Heinrichs Rücken, und er torkelt am Rektor vorbei, dann am Einbeinigen, und durch den nun schwach illuminierten Flur der Kälte entgegen, die Faust immer noch fest um das Ding vom Gesims geschlossen. Rund ist es und flach. Heinrich riskiert einen verstohlenen Blick. N O S W und eine zitternde Nadel darüber. Ein Kompass. Schnell schiebt er ihn in seine Jacke.

*

WAS HAT IHN GEWECKT? Die Kälte? Der Durst? Wer ist er und wo? Heinrich öffnet die Augen. Tiefe Stille und eine Wand neben ihm. Lichtstreifen glimmen darauf. Das Nähzimmer also, und im nächsten Moment kommt die Erinnerung wieder. *Ich gehe jetzt*, hat Franziska gesagt. *Ich fahre zu Anna. Vertrau mir, ich tue da oben nichts, was dir nicht recht ist.* Wie soll er ihr glauben? Er kann ihr nicht glauben. Und trotzdem ist Franziska gegangen, und er war zu müde, mit ihr zu streiten. Heinrich wälzt sich auf die Seite. Seine Bettdecke ist auf den Boden gerutscht, deshalb ist ihm so kalt. Und austreten muss er auch, obwohl er doch Durst hat. Oben rein, unten raus. Wie erbärmlich das ist, dass das Leben sich am Ende erneut auf diese Grundformel reduzieren lässt. Ein Schlag ins Gesicht der Persönlichkeit, zu der man über Jahre, Jahrzehnte gereift war, an die man geglaubt hat.

Er setzt sich auf und schaltet das Licht ein. Johannes Foto ist an seinem Platz. Sie lächelt ihm zu, als wüsste sie etwas, das er noch nicht weiß. *Das Leben ein Tanz. Der Tod führt Regie.* An die Grabinschrift seiner Mutter will er jetzt wirklich nicht schon wieder denken. Oder an sie. Und doch scheint sie ihm einen Moment lang so nah, als wäre sie nie gestorben. Jung, mit wiegenden Hüften und diesem spöttischen Blick, den sie immer aufgesetzt hat, wenn er sich als Junge über etwas ereiferte.

Heinrich stemmt sich hoch. Vor Mitternacht noch. Er wird nicht mehr einschlafen können, nun, da die Erinnerung wieder da ist. Er schlurft zur Toilette, trinkt in der Küche einen Becher Milch. *Vertrau mir, vertrau mir.* Wenn Franziska im Garten ihr Yoga macht, ist ihm jedes Mal, als sei seine Mutter zurückgekehrt und übte fürs Varieté. Vielleicht verfolgt sie ihn deshalb bis in den Schlaf.

Heinrich setzt den Milchbecher in die Spüle und tapst in sein Arbeitszimmer. Der Mond hat erstaunlich viel Kraft, dabei ist er noch lange nicht voll. Der Ameisenbär blickt ihm entgegen und zugleich durch ihn durch. Ein stoischer Schemen. Sein Zufallsgefährte. Oder war das kein Zufall, dass er gerade diese Seite aus dem Buch riss? Wie schön wäre es, wenn er das noch einmal könnte wie damals, einfach gehen und nicht mehr zurückkehren. Heinrich steht eine Weile und überlegt, hebt die Lithografie von der Wand, legt sie sacht auf den Schreibtisch.

Im Wandsafe sind sein Testament und Johannes Tabletten. Er muss ihn nur öffnen, und dann hat dieses unwürdige Dasein ein Ende.

Und wenn Franziska zurückkehrt, bevor es vorbei ist? Oder wenn er ihr unrecht tut, was dann? Wenn er ihr dieses eine Mal doch vertrauen kann?

Der Handlauf der Treppe ist aus gedrechseltem Holz. Heinrich schließt seine Finger darum, holt tief Luft und manövriert seinen linken Fuß auf die erste Stufe. Unvorstellbar die Zeiten, als er dieses Geländer beim Hinauf- und Hinabsteigen nicht einmal berührte und zuweilen genauso leichtfüßig über die Stufen sprang wie die Mädchen. Das zweite Bein jetzt, er legt auch die andere Hand aufs Geländer, nutzt die Kraft seiner Arme, um die zweite Stufe zu erklimmen, die dritte dann und die vierte, die fünfte. Ein Hinaufziehen ist das eher als ein Steigen.

Bett- und Tischwäsche habe sie aussortiert, alles nur Dinge, die nicht mehr gebraucht werden, sagt sie. Aber wie will sie das denn wissen, was ihm etwas wert ist? Und was, wenn sie ihm frech ins Gesicht lügt und Johannes Sachen hinterrücks aus dem Haus schafft?

Ihr Lachen im See gestern, sein erhobener Daumen, dieses Gleiten im Wasser, so mühelos plötzlich. Nur ein bisschen davon könnte er jetzt gut gebrauchen, denn nun, da er es beinahe nach oben geschafft hat, versagen ihm auch die Arme, und er fühlt das Geländer nicht mehr, und von allein will sein Bein nicht auf die nächste Stufe. Heinrich atmet durch, versucht, sich zu sammeln. Aussichtslos, er kommt nicht vor noch zurück, er kann nur versuchen, die linke Hand vom Geländer zu lösen und unter die Kniekehle zu fassen, um dem widerspenstigen Bein die Richtung zu weisen. Ein Kraftakt ist das, ein Balanceakt zudem, denn seine Hand findet das Geländer einfach nicht wieder, und im nächsten Moment beginnt alles in ihm und um ihn herum zu summen. Ein weißes Summen ist das, obwohl ein Laut doch keine Farbe hat, ist Heinrich sehr sicher, dass dieses Summen tatsächlich weiß ist und gleißend und ihn in die Luft hebt. Fast hat es sogar den Anschein, als könnte es ihn tragen, aber dann kippt sein Körper doch hintenüber, die Treppe verschwindet, der Handlauf, die Zeit und die Schwerkraft. Einen Moment lang denkt er an Edith Wörrishofen auf ihrem Sprungturm. Bis es tief hinabgeht und etwas in ihm zerbirst und der Schmerz alles auslöscht. Dann nichts mehr.

STERBEN

ÜBER DEM HAUS SCHWEBT ein blasser Halbmond, die Wölbung nach rechts, zunehmend also. Nie kann sie zum Mond schauen, ohne ihre Mutter zu hören, die die Buchstaben einst für sie in den Himmel gemalt hat. Franziska schiebt ihr Rad in die Garage, wischt sich den Schweiß von der Stirn und öffnet die Haustür. Es ist spät geworden, nach zwei Uhr schon, das letzte Glas Wein hätte sie besser nicht mehr getrunken, und es war verrückt, durch den Wald heimzuradeln statt entlang der Bundesstraße, verrückt und gefährlich. Einmal wäre sie um ein Haar gestürzt, hat dann auch noch den Abzweig nach Mühlbach verpasst und musste fast bis zurück nach Darmstadt, um sich neu zu orientieren.

Sie zieht die Tür hinter sich zu, hebt sie dabei ein wenig an, damit sie mit einem kaum hörbaren Seufzen ins Schloss schnappt. Dass sie das noch erinnert, wie man unbemerkt ins Haus hinein- und hinausschleicht. Sie lehnt sich an die Tür, steht reglos im Dunklen. Als Kind lag sie nachts manchmal stundenlang wach und lauschte den Hausgeistern. Sie huschten umher und beobachteten sie, dessen war sie sich sicher, doch anders als in ihren Bilderbüchern trugen sie keine weißen Kapuzenumhänge und rasselten auch nicht mit Ketten und Säbeln. Die Geister in diesem Haus nährten sich von der Dunkelheit und von den Träumen seiner Bewohner, und solange sie ihnen nicht zu nahe kam, würden sie sie verschonen.

Ihre kindlichen Fantasien, wie lange das her ist, dass sie tatsächlich davon überzeugt war, die Geister zu hören. Wie lange her auch, dass sie sich nach einem verbotenen Treffen mit Anna oder Artur im Dunklen ins Haus stahl und hoffte, sie würde niemanden wecken. Und jetzt steht sie hier und sorgt sich, weil von ihrem Vater nichts zu hören ist, obwohl sie doch weiß, dass er schläft und ohne die Hörgeräte so gut wie taub ist. Und doch, je länger sie lauscht, desto mehr ist ihr, als ob etwas fehlte im Haus, und also drückt sie mit mehr Nachdruck auf den Lichtschalter, als es nottut. Links an der Wand ist der, und er klackt immer noch so wie früher. Dann aber zersplittert alles, was bisher gegolten hat, und im nächsten Moment kniet sie am Ende des Flurs neben der Treppe. Immer schon war sie so, wenn es drauf ankommt: Sie verfällt nicht in Schockstarre, sie weint nicht, sie schreit nicht, sie handelt. Und zugleich sieht sie sich dabei zu, wie aus sehr großer Höhe. Da kniet sie neben dem reglosen, seltsam verdrehten Körper ihres Vaters und sucht seinen Puls und seinen Atem. Das ist sie, die sich zu ihm herabbeugt und beschwörend auf ihn einredet, während ein weiteres Ich von ihr zugleich mit dem Notarzt telefoniert – *schnell, bitte, schnell, nein, ich weiß nicht genau, was geschehen ist und wann, also wie lange mein Vater hier schon so liegt* …

Was ist, wenn sie mit der Herzdruckmassage nur noch mehr kaputt macht und wenn nicht nur sein in einem absolut unnatürlichen Winkel abstehendes Bein gebrochen ist, sondern auch sein Rückgrat oder der Schädel? Und was ist mit dem Blut auf den Fliesen, seinem Blut, ist es viel oder wenig? Lebt er überhaupt noch? Sie weiß es nicht, aber sie sieht ihn, sie fühlt ihn, sie sieht ihre Umhängetasche auf dem Boden und sich selbst in ihrem violetten Sommerkleid neben dem dünnen gestreiften Pyjamakörper ihres Vaters.

Du rennst, Zissy, du rennst immer nur weg.
Nein, tu ich nicht.
Du musst leben, Papa, du musst bitte noch leben.

Sie weiß nicht, ob diese Stimmen nur in ihrem Kopf sind oder ob sie laut spricht, sie weiß nicht, ob ihr Vater sie überhaupt hören kann. Kalt ist er, so wahnsinnig kalt schon. Sie rutscht näher zu ihm und beginnt mit der Herzdruckmassage, bis nach sehr langer Zeit endlich Blaulicht ins Haus flackert.

*

SIE HAT KEIN RECHT, um das Überleben ihres Vaters zu beten. Hat nicht mal das Recht, um ihn zu weinen. Und trotzdem: Sie betet. Sie will das Ende so nicht akzeptieren, nicht bevor sie ihm wenigstens noch gesagt hat, dass ... Ja, was, Franziska, was denn? All diese Jahre, Jahrzehnte des Schweigens. Sie hat sie hingenommen, hat ihm noch nicht einmal im Ansatz ihre Fragen gestellt, hat ihm nichts erklärt, sie hat noch nicht einmal begonnen, mit ihm zu sprechen – nicht als Kind oder wütender Teenager, sondern als Erwachsene, als die Frau, die sie jetzt ist. Nein, das ist falsch. Sie hat es versucht, immer wieder. Doch vielleicht nicht energisch genug und nicht mit den richtigen Worten.

Aber wie hätten die richtigen Worte denn auch lauten sollen und was überhaupt will sie ihrem Vater denn nun plötzlich so unbedingt anvertrauen oder von ihm erfahren? Da steht sie im Krankenhausflur und schämt sich, weil sie das gar nicht benennen kann, und ihr Vater entgleitet in einem Raumschiffbett in eine Galaxie, zu der ihr der Zutritt verwehrt ist. Sie kann ihn nicht mehr erreichen, sie kann ihm nur hinterhersehen. Und warten. Und hoffen. Und warten. Und das nicht ertragen. Und immer noch warten. Und beten.

*

WEISSE TÜREN MIT SCHWEREN Klinken. Ein verlassener Schiebewagen mit Desinfektionsmitteln, Verbandsmaterial, Handschuhen. Ein in Folie verpacktes Bett zwischen zwei Infusionsgalgen. Das hellgraue PVC des Krankenhausflurs verschluckt ihre Schritte und will sie nicht tragen. Sie sieht den Boden zwar, aber sie kann ihn nicht fühlen, mit jedem Schritt droht sie zu versinken. So ist es wohl für ihren Vater gewesen, deshalb ist er gefallen, und selbst wenn sie im Haus gewesen wäre, oder im Garten, hätte sie das nicht verhindern können, vielleicht nicht einmal bemerken.

Hatte er sie gesucht oder nach ihr gerufen, wollte er alleine die Treppe erklimmen? Er hatte kein Licht angeschaltet, so viel weiß sie. Also wollte er wohl einfach nur zur Toilette. *Ich kenne den Weg doch, warum soll ich denn Licht machen?*

Blumenfotografien hängen an den Wänden des Krankenhausflurs. Tulpen und Sonnenblumen und Lavendel. Wer sucht so etwas aus und mixt das so vollkommen willkürlich durcheinander, und weshalb verschwendet sie daran überhaupt einen Gedanken? Auf der Station, auf der ihre Mutter gestorben ist, hingen frühlingsstrotzende Bäume. Oder ist dies derselbe Flur, und sie haben umdekoriert? Nein, ist es nicht. Dasselbe Krankenhaus, aber ein anderer Trakt. Franziska lehnt sich mit dem Rücken an die Wand und gleitet zu Boden. Hockt unter den Tulpen und kontrolliert ihr Handy. Kein Rückruf von ihrer Schwester. Kein Anzeichen, dass Monika die Nachrichten auf ihrer Mobilbox überhaupt abhört. Thomas wird kommen, muss jeden Moment da sein.

Verdammte Scheiße, Franziska, das darf Monika nicht erfahren. Aber es kann sein, dass er stirbt. Da muss Moka doch ...

Du lässt sie in Ruhe, Franziska. Ich komme.

«Frau Roth, hallo, ist alles in Ordnung?»

Sie richtet sich auf. Mühsam. Ihr Rücken ist eisig, und sie riecht ihren Achselschweiß. Der Arzt ist jung, auf seinem Namensschild steht ein griechischer Name. Er hat braune Augen, die aussehen, als würde er oft lachen.

«Kommen Sie, folgen Sie mir, Sie können jetzt zu ihm.»

«Er lebt?»

«Wir konnten ihn fürs Erste stabilisieren.»

«Und was heißt das?»

«Wir brauchen Geduld.» Der Arzt sieht sie an. «Ihr Vater schläft jetzt erst einmal eine Weile, und wir unterstützen seine Atmung ein wenig, er bekommt auch etwas gegen die Schmerzen.»

«Aber sein Bein ist gebrochen und vielleicht auch der Rücken. Und das Blut ...»

G. Nikolaidis heißt der Arzt. Nickt und berührt sehr sanft ihren Ellbogen. Als wäre das eine Antwort. Aber was soll, was darf er ihr denn versprechen, was kann er überhaupt schon wissen? Intensivstation, sie hatte gedacht, das wäre ein Saal voller Betten und ohne Wände, doch ihr Vater liegt allein in einem schlauchförmigen Raum hinter einer gläsernen Trennwand. Es gibt auf der anderen Seite des Bettes sogar ein Fenster nach draußen, durch die Lamellen der heruntergelassenen Jalousie drängt der neue Tag und malt Lichtstreifen auf die Decke, unter der ihr Vater viel zu wenig Platz einnimmt. Als wäre ihm etwas Substanzielles abhandengekommen durch seinen Sturz, zehn Kilogramm Masse oder sogar noch viel mehr, obwohl das doch unmöglich sein kann.

«Bitte, seien Sie ehrlich – ich muss das wissen. Können Sie ihn ..., also ich meine, wird er es schaffen?»

«Es ist zu früh, etwas seriös zu prognostizieren.»

Nein, es ist viel zu spät. Mein Vater schwindet, denkt sie. Er schwindet vor meinen Augen, und niemand kann das verhindern. Denkt es und sagt es nicht laut, doch G. Nikolaidis hört es offenbar trotzdem.

«Sie haben alles richtig gemacht, Frau Roth, wirklich, wie im Lehrbuch», sagt er, «ich denke, wir haben durchaus eine Chance.»

Eine Chance, wie groß ist die? Vielleicht ist das ja gar nicht ihr Vater, und sie träumt einen Albtraum, aus dem sie vorübergehend nicht herausfindet. Wie schön wäre das, dann doch noch zu erwachen, aber das wird nicht geschehen, dieser Teil ihrer Persönlichkeit, der immer noch alles, was sie tut und sagt, wie von weit her beobachtet, hegt keinerlei Zweifel daran, dass dieses von blinkenden, summenden, fiependen Monitoren und Maschinen flankierte Krankenhausbett mit ihrem Vater darin real ist.

«Wir überwachen ihn gut», sagt der Arzt und macht eine vage Handbewegung in Richtung der Monitore. «Es ist immer jemand in der Nähe. Ich denke, Sie sollten für ein paar Stunden heimfahren und sich etwas erholen. Wir bräuchten dann ja auch noch die Versichertenkarte, und falls es so etwas wie eine Vollmacht für Sie und eine Patientenverfügung gäbe ...»

«Also rechnen Sie doch damit, dass sich sein Zustand verschlechtert.»

«Das habe ich so nicht gesagt.»

«Nein?»

«Es würde uns aber sehr helfen, zu wissen, was Ihr Vater sich selbst wünscht.»

«Ja, ich verstehe.» Versteht sie das wirklich? Was wünscht sich ihr Vater, was will er?

«Gibt es denn so etwas?»

«Ich, also – ich kläre das. Kurzfristig.»

«Gut, das ist gut.» Der Arzt schiebt einen Stuhl für sie neben das Bett, drückt ihre Hand und entfernt sich. Leise Gummisohlenschritte auf Grau, vielleicht bildet sie sich auch nur ein, die zu hören, denn sobald sie mit ihrem Vater allein ist, saugen die Maschinen sie einfach hinein in ihr Rauschen und Summen.

Sie zieht den Stuhl näher ans Bett und setzt sich. Rotes Polster, harte Lehne. In den Handrücken ihres Vaters stecken mit Pflastern und Mull fixierte Katheter, durch die unentwegt etwas in ihn hineinströmt. Sehr vorsichtig ergreift sie seine Finger. Spürt er das? Kann er überhaupt etwas wahrnehmen? Es ist so lange her, dass sie mit ihm Hand in Hand ging oder ungeduldig an seinem Arm zerrte, um ihm etwas zu zeigen oder sich von ihm mitreißen ließ – *komm, mein Gazellchen, na komm schon* –, sie kann sich eigentlich gar nicht mehr erinnern, wie das gewesen ist, als er groß und sie klein war, kann nicht mehr nachvollziehen, wie sich das angefühlt hat, ihre Kinderhand voller Vertrauen in seine zu schieben. Oder wie es gewesen ist, den Kopf in den Nacken zu legen und zu ihm aufzusehen, diesem baumlangen hellblonden Mann mit den blitzblauen Augen. Aber es gibt Fotografien davon. Erzählungen. Es hat diese Zeit tatsächlich gegeben, jahrelang ist dies sogar die einzige Wirklichkeit gewesen, die sie kannte. Ihr Vater, der sie auf den Schultern herumträgt und hoch in die Luft wirbelt und wieder auffängt. Ihr Vater, der mit seinen kräftigen warmen Händen alles tun kann, was er möchte, alle Wunder herbeizaubern, alles tragen und heben und reparieren. Und jetzt lässt sie der Anblick seiner dünnen geäderten Finger an Vogelknochen denken, und ihre eigene Hand ist zwar immer noch viel kleiner als seine, aber zu sonnenbraun, und sie hat ebenfalls Altersflecken bekommen und hervorstehende Adern. Und doch würde es ihre Hand, würde es sie als Person ohne ihn nicht geben, und obwohl er es ist, der zwischen Leben und Tod schwebt, ist ihre Hand kälter als seine.

«Franziska, verdammt, das hätte jetzt nicht noch passieren dürfen, nicht das auch noch, so ein grandioser Bockmist!»

Thomas steht auf einmal neben ihr, Thomas mit Lene und Flo im Schlepptau, die sie anstarren, dann das Bett, dann wieder sie und ihren Vater.

Franziska springt auf. «Da seid ihr ja. Und Monika kommt nicht?»

Ein Knall hinter ihr. In ihrer Hektik hat sie den Stuhl umgerissen.

«Scheiße, ich, sorry.» Sie hebt den Stuhl wieder auf. Ihr Vater liegt immer noch reglos. Ist das gut oder schlecht? Ihr Herz rast. Sie zittert auf einmal, braucht alle Beherrschung, nicht zu schreien und den Stuhl wegzutreten oder mit beiden Fäusten auf dieses Raumschiffbett zu trommeln.

«Monika», sagt sie. «Monika muss doch ...» Sie schluckt. Hart. Es hilft nichts. Nun, da sie auf gar keinen Fall zusammenbrechen will, beginnt sie zu weinen. Es schluchzt einfach aus ihr heraus, als hätte sich eine Schleuse geöffnet, und nach einer Weile fasst Thomas sie an den Schultern und zieht sie in eine ungelenke Umarmung.

«Monika darf jetzt auf gar keinen Fall damit belastet werden, Franziska, wir können nur hoffen, dass Heinrich das durchsteht.»

«Aber was ist, wenn nicht? Monika muss doch wenigstens die Chance haben, sich von ihm ...»

«Nein!» Thomas spuckt das Wort förmlich aus, stößt Franziska wieder von sich. «Es geht nicht. Akzeptier das. Reiß dich jetzt am Riemen!»

«Das ist die Lösung, ja? Keine Gefühle!»

Thomas schnaubt, und sie beißt ihre nächsten Worte zurück. Nicht streiten, nicht hier, auf gar keinen Fall hier am Krankenbett ihres Vaters.

«Entschuldigt mich kurz.» Sie kann ihre Worte zurückhalten, aber nicht ihre Tränen, sie muss durchatmen, sich sammeln, ein paar Minuten allein sein. Sie läuft los, auf den Flur und flieht in die Damentoilette. Müde, so müde. Und einatmen. Ausatmen. Einatmen. Ausatmen. Thomas will Monika schützen. Er traut ihr nicht, verrät ihr nicht einmal, wo Monika behandelt wird. Sein gutes Recht ist das wohl als Ehemann. Es ist ja eigentlich gar nicht anders vorstellbar, als dass ihr Vater eine Patientenverfügung und eine Vollmacht verfasst hat. Und wenn nicht aus eigenem Antrieb, hat ihre genauso korrekte Schwester sich darum gekümmert, und Thomas wird davon wissen. Oder nicht? Auf Thomas kann sie sich nicht verlassen, in jedem Fall muss sie als Erstes das Arbeitszimmer durchsuchen, vielleicht hat ihr Vater ja auch ohne Monikas Wissen etwas formuliert, weil er ahnte ...

Franziska betätigt pro forma die Spülung, tritt ans Waschbecken, schöpft sich kaltes Wasser ins Gesicht und trinkt ein paar Handvoll.

«Hier bist du.» Lene kommt herein und verschränkt die Arme auf die genau gleiche Weise, wie Monika das früher getan hat, wenn sie sich gezankt haben. Blondschopf-Lene mit den strahlenden blauen Augen ihrer Mutter und ihres Großvaters Heinrich.

«Tut mir leid, Lene, aber ich musste kurz ...»

«Erst machst du alle und alles kaputt, und jetzt heulst du hier rum, ja? Das ist so – du bist so scheißverlogen!»

«Ach, Leni, ich weiß, das ist hart für dich, für uns alle, aber es ist nicht so, wie du ...»

«Ach, nein?»

«Nein, es ist ...»

«Lass Mama in Ruhe! Und Flo und mich auch! Und Papa! Lass uns einfach in Ruhe, sonst ... sonst ...»

Lene winkt ab, und einen Augenblick lang ist alle Feindseligkeit und jugendliche Selbstherrlichkeit aus ihrem Gesicht wie weggefegt und sie sieht einfach nur wahnsinnig jung aus, jung, überfordert und verängstigt. Doch bevor Franziska reagieren kann, hat Lene sich schon wieder unter Kontrolle, stürmt auf den Flur und knallt die Tür zu.

*

HILFT IHR YOGA, DIE FASSUNG zu wahren? Es hilft. Nein, es hilft überhaupt nicht. Doch, es hilft, ohne Zweifel. Manchmal zumindest. Ein paar Minuten lang oder auch nur für Sekunden. *Soham* lautet ihr persönliches Mantra. *So-ham*, das heißt, aus dem Sanskrit übersetzt: Ich bin das und nur das. Nicht mein Körper und nicht, was ich denke und fühle, sondern ein winziger Teil dieser höheren Kraft, die das Einzige ist, was Bestand hat, weil alles Irdische nicht von Dauer sein kann, sondern zwangsläufig vergehen muss.

So-ham-so-ham-so-ham-so-ham. In der Meditation hat dieses Mantra nach einer Weile keinen Anfang mehr und kein Ende, dann klingt *so-ham* genauso wie *hamsa*, das Sanskrit-Wort für Wildgans, das die Schriften als Synonym für Seele verwenden. Vielleicht weil die Seele so frei fliegend ist wie die Zugvögel.

So-ham. Ham-sa. Es beruhigt sie, sich das immer wieder bewusst zu machen. Etwas tief in ihr weiß, dass es wahr ist, der einzige Weg wohl, nicht zu verzweifeln: Nichts festhalten, was doch aufhören muss. Nicht hadern damit oder dagegen kämpfen. Ohne Tod ist kein Leben. Weil du lebst, wirst du sterben. Du und alle anderen. Auch die, die du liebst und niemals verlieren willst. Mach deinen Frieden damit, hadere nicht, sondern liebe das Leben genau so und so lange, wie es dir geschenkt ist. Doch wie sehr sie das auch versucht, der Schmerz bleibt.

*

IN KERALA HAT SIE SICH nach dem Winter gesehnt oder jedenfalls nach einer Pause von dieser zu hellen Sonne und der überbordenden feuchtwarmen Üppigkeit der Ashram-Gärten, Obstplantagen und Mangrovensümpfe. Aber wie bitterkalt ein deutscher Dezembertag sein kann, hatte sie bis zu dem Augenblick vergessen, in dem sie sich viel zu dünn angezogen und in Sneakers durch knietiefen Schnee zum Flughafenbus kämpft.

Sie wird sich erkälten, nein, sie hat sich bereits im heruntergekühlten Transitbereich in Mumbai verkühlt oder im Flugzeug. Nicht mehr zu ändern, Hauptsache, sie ist endlich gelandet, und immerhin faucht aus der Lüftungsanlage des Busses Warmluft. Franziska wischt ein Stück Fenster frei. Fremd alles, unwirklich. Selbst auf der Autobahn klumpt grauer Schneematsch.

Mutti stirbt, Ziska. Sie will dich noch mal sehen, du musst umgehend kommen.

Sie checkt ihr Handy und drückt auf Wiederwahl, lauscht ein weiteres Mal der Ansage von Monikas Mobilbox. Will ihre Schwester nicht ans Telefon gehen oder kann sie gerade nicht? Bald zwei Tage her, dass sie telefoniert haben. Immerhin weiß Monika seitdem, dass sie in Indien war. Weiß ihre Mutter das auch? Ist sie überhaupt noch bei Bewusstsein? Sie sagt der Mobilbox, wann sie ankommen wird, und unterbricht die Verbindung. Die Zeit zurückdrehen können will sie. Oder nach vorn spulen. Aber als sie im Krankenhaus ankommt, dauert es noch einmal endlose Minuten, bis man ihr am Empfang den Weg weist.

Palliativstation. Zimmer 407. In der Nische am Ende des Flurs sitzen Monika und ihr Vater. Dicht nebeneinander und zusammengekrümmt, eine Einheit aus Schmerz, denkt Franziska und fühlt, wie sich auch in ihr alles zusammenzieht und sie umreißen will.

Sie versucht, etwas zu sagen, aber alles, was sie hervorbringt, ist eine Art Japsen, das aber ausreicht, weil Monika den Kopf hebt. Roh sieht sie aus und übernächtigt, mit verschwollenen roten Augen.

«Du kommst zu spät.»

«Nein!»

«Doch, Franziska. Sie ist vor drei Stunden gestorben.»

Weißes Rauschen um sie. Leere. Irgendwie befreit sie sich von ihrem Rucksack und sinkt vor ihrem Vater und Monika auf den Boden. Irgendwie schafft sie es wieder hoch, weil keiner der beiden sie auch nur ansieht.

«Ist sie da drin?»

«Der Bestatter wird jeden Moment hier sein.»

«Bitte. Nur ein paar Minuten.»

Das Klacken der Tür hinter ihr. Ihre Mutter auf dem Bett mit über der Decke gefalteten Händen, in denen ein schlichtes Kreuz steckt. Sie haben sie schon für den Abschied zurechtgemacht und ihr den Kiefer gebunden, doch ihre Lider sind nicht völlig geschlossen, als hätte sie Franziska bemerkt oder auf sie gewartet und wollte sie noch einmal betrachten.

«Es tut mir leid, es tut mir so wahnsinnig leid, Mama, aber ich wusste doch nicht, dass du so krank bist.»

Hell, dunkel, hell, dunkel, hell, dunkel, auf dem Nachtkasten glimmt eine LED-Kerze, vielleicht sieht es deshalb so aus, als wäre der Blick ihrer Mutter lebendig und ihr Brustkorb würde sich heben und senken. Aber ihre Haut ist schon kühl, wächsern, und da ist eine Stille, die Franziska so noch nie zuvor gehört hat. Sie sinkt auf die Knie und legt die Wange neben den Kopf ihrer Mutter. Drei Monate her, seit der Krebs diagnostiziert wurde. Drei Monate unaufhaltsames, qualvolles Sterben. Sie hätte ihren Eltern sagen müssen, dass sie sich von Lars getrennt hat und für eine Weile fortgeht. Sie hätte zumindest mal anrufen können, als aus den eigentlich geplanten vier Wochen erst Monate und dann ein Jahr wurde. Und Lars' Nachrichten hätte sie außerdem lesen müssen, statt sie jedes Mal blind zu löschen.

Franziska steht auf und öffnet das Fenster. Schneeflocken stieben herein, dicke Bilderbuchflocken, als würde der masurische Winter, von dem ihre Mutter immer so geschwärmt hatte, ihr zu Ehren noch einmal zurückkehren. Fliegt die Seele hinaus, wenn das Fenster geöffnet ist? Vielleicht tut sie das wirklich. Fliegt an einen Ort, wo nichts mehr wehtut.

Die Schneeflocken stechen auf ihren Wangen wie Nadeln. Sie würde gern weinen, aber sie kann nicht. Steht stumm neben Vater und Schwester und sieht dem Sarg nach, folgt ihnen ebenso stumm zu Monikas Auto.

Nebel danach, und sobald sie in ihrem alten Kinderzimmer aufs Bett sinkt, steigt das Fieber. 39. Dann über 40. Sie kommt nicht mehr hoch. Sie kann nichts mehr tun. Auch Monika sieht das ein und versorgt sie mit Paracetamol, Pfefferminztee und Suppe und wechselt ihr morgens die Bettwäsche, bis das Schlimmste vorbei ist. Ihre große Schwester mit den schnellen, präzisen Bewegungen, die alles schafft, alles regelt, sie aber nicht berührt, auch nicht mit ihr spricht oder sie richtig ansieht, bis sie ihr eines Abends mit Todesverachtung einen schwarzen Hosenanzug und einen anthrazitfarbenen Rollkragenpulli aufs Bett wirft.

«Zieh das an morgen. Damit du anständig aussiehst.»

«Den Schein wahren, ja?» Franziska setzt sich auf. Warum kann sie nicht ihren Mund halten? Sie ist Monika doch sogar dankbar, dass sie die Kleidungsfrage für sie gelöst hat.

«Tut mir leid, Moka. Danke.»

«Nicht dafür.»

«Ich hab das doch nicht gewusst! Woher denn? Du hast mich erst angerufen, als es schon zu spät war.»

«Ich habe dich angerufen. Mehrmals.»

«In Niedenstein auf dem Festnetz.»

«Und was war daran falsch? Du hast doch immer gepredigt, wie schädlich die Handystrahlung ist und dass du dein Telefon deshalb auf deinem heiligen Biohof nicht dauernd mit dir herumschleppst. Und woher bitte sollte ich wissen, dass du auch mit deiner großen Liebe Lars gebrochen hast und wieder mal alles stehen und liegen gelassen hast und einfach abgehauen bist?»

«So war es nicht, es war ... Lars hatte ... Egal. Ich wusste einfach nicht mehr weiter. Ich brauchte Abstand.»

«Abstand. Natürlich.»

Lass uns reden, Zis, bitte, lass uns wenigstens noch mal reden. Du kannst doch nicht einfach verschwinden ...

Schlechtes Karma, Lars' Jammernachrichten in Indien abzuhören, und noch viel schlechteres Karma, sie zu vermissen, als sie schließlich ausblieben. Sie hatte sich auf Entzug gesetzt. Kalten Entzug und ihn aus ihrem Handy gelöscht. Erst die Hölle und dann die Befreiung. Und als sie eben geglaubt hatte, dass sie drüber weg sei, rief Lars doch wieder an und kurz darauf ihre Schwester.

«Hat Lars dir denn nicht gesagt, dass ich nicht mehr auf dem Hof bin?»

«Das führt doch zu nichts.» Monika geht zur Tür. «Morgen früh um Punkt acht fahren wir los. Es ist alles schon schwer genug, also sei bitte pünktlich.»

Die Tür schnappt ins Schloss. Franziska will aufstehen und Monika nachlaufen, sie packen und schütteln, weil etwas falsch ist, ganz falsch in allem, was Monika ihr vorwirft, aber sie kommt nicht schnell genug aus dem Bett, und als sie das nächste Mal zu sich kommt, ist es Nacht, und das, was vorhin so dringlich schien, ist zwar immer noch dringlich, aber sie weiß nicht mehr, was genau es denn eigentlich war, sie bekommt es nicht mehr zu greifen. Das Einzige, was ihr plötzlich bewusst wird, ist, dass sie keine Schuhe hat, die sie zu diesem Anzug anziehen kann, und also steht sie doch auf und findet im Schuhschrank ihrer Mutter ein Paar schwarze Wildlederstiefel, die ihr nur ein bisschen zu klein sind.

Wie schick siehst du so aus, Zissy. Regelrecht elegant.

Franziska presst die Stirn an den Flurspiegel. Die Zeit noch mal zurückdrehen können, nur einmal ihre Mutter so hören können.

Sie schleicht wieder nach oben und erstarrt vor dem Schlafzimmer ihrer Eltern. Ihr Vater weint da drinnen, liegt alleine im Dunkeln und schluchzt, doch sobald sie die Tür öffnet, verstummt er.

«Papa?»

Kein Laut, nichts.

«Es tut mir so leid.» Sie beugt sich über ihn. «Papa bitte.»

Er rührt sich nicht, aber sein allzu gleichmäßiger Atem verrät ihr, dass er wach ist.

Sie kann hier nicht bleiben. Aber zurück zu Lars auf den Hof kann sie auch nicht, und Indien hält sie auf Dauer nicht aus. Alles zu intensiv dort und zu existenziell auf eine Art, die sie noch nicht in Worte fassen kann, sie weiß nur, dass sie daran kaputtgeht.

Sie schläft nicht in dieser Nacht. Liegt mit offenen Augen in ihrem Zimmer und wartet, bis es Zeit ist, sich fertig zu machen für die Trauerfeier ihrer Mutter. Ein Abschied nur, ohne Beisetzung. Das halbe Dorf ist gekommen, Nachbarn und Vereinsfreunde ihres Vaters, sogar ein paar seiner einstigen Kollegen drängeln sich auf den Bänken. Der Sarg ist aus schlichtem Kiefernholz, obenauf liegt ein Herz aus roten Rosen und Efeu. Im Anschluss wird er verbrannt werden, und dann ist von ihrer Mutter nichts mehr übrig als ein Häufchen Asche. Franziska versucht, sich das vorzustellen, und kann es nicht. Sie fragt sich, ob ihre Mutter im Sarg noch immer die Augen geöffnet hat, und kann den bloßen Gedanken daran nicht ertragen.

«Sie hat auf dich gewartet, Franziska», sagt Monika später, als sie sich zufällig einen Moment zu zweit in der Toilette des Restaurants begegnen. «Die ganze Zeit, jeden Tag, als es immer schlechter und schlechter um sie stand und sie schon mit Morphium zugedröhnt war, hat sie nach dir gefragt. *Wo ist Zissy, wo bleibt sie, wann kommt sie?*, jeden Tag wieder.»

«Und du hörst dir das an und gibst mir nicht Bescheid, wochenlang nicht?»

«Du weißt nicht, wie es war. Du hast ja keine Ahnung.»

«Nein, hab ich nicht. Weil du mich nicht informiert hast.»

Monika packt sie am Arm. «Wag es nicht, Ziska. Wag es bloß nicht, mir deine Schuld in die Schuhe zu schieben! Du bist die, die immer abhaut und alle im Stich lässt!»

Prasselkuchen, belegte Brötchen und Suppe mit Einlage. Kaffee und Schnaps. Sie will nicht zusehen, wie alle darüber herfallen, als könnten sie so den Tod in Schach halten. Sie will nichts damit zu tun haben und setzt sich trotzdem, isst ein Käsebrötchen, trinkt ein Glas Wasser.

«Komm mit zu uns, Zissy», flüstert Anna, die als Letzte doch noch gekommen ist und sich als Erste wieder verabschiedet. «Oder komm nach, das hältst du doch nicht durch hier.»

Franziska nickt und umarmt sie und stellt sich vor, wie das sein würde: Anna und Lothar im Ausnahmezustand mit der Trauer um Lothars verschollenen Sohn und den frisch verwaisten Enkeln und sie mit ihren Fragen. Kein schönes Bild, überhaupt nicht. Und wenn sie jetzt wieder aus Mühlbach verschwindet, kann sie nie mehr zurückkehren.

Oder ist das die einzig richtige Lösung? Sie weiß es nicht, weiß es immer weniger. Einer ihrer ehemaligen Lauftrainer aus dem Sportverein setzt sich zu ihr und schenkt ihr einen Schnaps ein, und sie trinkt ihn. Dann noch einen.

«So ein Talent warst du, Ziska. Eine Granate. Hättest es weit bringen können, sehr weit.»

«Ach, übertreib nicht.» Er schüttelt den Kopf, schenkt ihr nach. «Na los, Mädchen, wird schon.»

Nebel dann wieder. Stimmen, Gerüche, Gesprächsfetzen. Irgendwann ist es vorbei, die Trauergäste verabschieden sich, und ihr Vater folgt dem Kellner in einen Nebenraum und begleicht die Rechnung. Sein Stock klackt hart auf dem Boden, als er zurückkommt. Schlurfende Schritte. Zeitlupentempo.

«Das hätten wir also.»

«Ja, das hätten wir, Papa.» Im Chor sagen Monika und sie das, so wie früher manchmal, und das ist am Ende dieses Tages so absurd, dass Franziska beinahe auflacht. Alles kaputt, aber sie sind doch noch immer zwei brave Soldatinnen. Schwestern. Familie. Und vielleicht kann das genügen, und sie werden es schaffen, noch einmal neu zu beginnen.

«Ich wollte das wirklich nicht», sagt sie, «ich hab alles probiert, aber es ging einfach nicht schneller aus Indien. Ich wünschte, ich hätte ...»

«Also fahren wir heim», sagt ihr Vater. «Und morgen früh bringt Moni dich zum Bahnhof.»

*

ER SCHWIMMT IN EINEM LICHTBLAUEN Meer, das kein Ufer hat, keinen Anfang, kein Ende und also vielleicht überhaupt nicht das Meer ist, sondern der Himmel. Aber, nein, das stimmt auch nicht, denn Johanne schwimmt vor ihm, Johanne in ihrem marineblauen Bikini mit ihren hell leuchtenden schmalen Füßen. Nixenfüße, denkt er und folgt ihr in die Tiefe. Er ist immer ein guter Schwimmer gewesen, konnte sie jederzeit leicht überholen, auch wenn er das natürlich nie getan hatte, aber jetzt ist sie schneller als er, und ihr Vorsprung wird größer. *Johanne*, ruft er und strengt sich noch mehr an. Warum wartet sie nicht auf ihn, warum kann er sie nicht einholen?

Er ruft nach ihr, aber sie hört nicht. Nein, das ist falsch. Sie hört ihn sehr wohl und winkt ihm. *Komm, Heinrich, komm doch.* Ihr flirrendes Lachen. Glitzernde Luftperlen. Ihr weißer Arm, der ihm zuwinkt. Er strengt sich noch mehr an, begreift im nächsten Moment, dass er gar nicht Johanne folgt, sondern Franziska. Franziska als junges Mädchen, und also sind sie wohl wieder in Poreč, wo er Franziska Taucherflossen und eine Schwimmbrille geschenkt hatte, obwohl Johanne protestierte. *Zu gefährlich, das ist zu gefährlich*, aber da hatte er sein Versprechen schon gegeben, *in diesem Urlaub hat jede meiner Töchter einen Wunsch frei*. Und natürlich wählte Monika für sich ein Armband und Franziska das, was sie eigentlich nicht durfte. Aber das Meer war so durchsichtig türkisgrün und friedlich, dass selbst Johanne schließlich zugeben musste, dass sie das wohl riskieren könnten.

Seine dreizehnjährige Tochter, die wassertoll ist, meerestoll und schier unermüdlich Muscheln, Schnecken und Seesterne emportaucht, sie andächtig bestaunt und wieder zurückwirft. Ganz klar sieht er sie plötzlich vor sich. Und sich selbst, wie er sich bemüht, auf sie aufzupassen, um Johanne zu beruhigen. Und dann, gerade als er sich entspannt, sieht er seine Tochter und diesen jugoslawischen Jungen, der einen Seeigel für sie vom Boden pflückt, ihn mit einem blitzenden Messer zerschneidet und ihr die orangefarbenen Seeigel-Innereien in den Mund schiebt. Die Geschlechtsdrüsen des weiblichen Seeigels sind das, die gelten tatsächlich als Delikatesse, die männlichen Seeigel sind hingegen ungenießbar. Später, viel später in Paris hat er das am Rande einer Messe erfahren. Und sich schmerzlich an diesen Moment zurückerinnert, als er seiner wild um sich tretenden und schlagenden Tochter die Taucherbrille vom Kopf riss und sie in den Müll warf. Wie dumm er gewesen ist, zu glauben, so könnte er sie zur Vernunft bringen, das Unheil noch stoppen. Wie viel dämlicher noch, als er ihr erlaubte, die Taucherbrille wieder aus dem Müll zu ziehen und weiter zu tragen.

Wo sind sie jetzt, seine Frau, seine Tochter? Heinrich will schneller schwimmen, er muss sie finden, muss sie unbedingt finden, er muss auf sie aufpassen, sie retten, es noch einmal versuchen. Aber da ist eine andere Kraft, die an ihm zieht und ihn fortreißt, immer tiefer in dieses Lichtblau. Er will das nicht, will sich dagegenstemmen, doch er kann nicht.

*

«HOPPHOPPHOPP, REIN MIT EUCH, Tempo, na los. Und macht euch gefälligst da drinnen ein bisschen dünne!»

Wehrmachtsoldaten flankieren die Zugtüren, stoßen und schieben sie, wenn es ihnen nicht schnell genug geht, der Einbeinige gibt die Kommandos, der Rektor steht neben ihm und lässt sie nicht aus den Augen. Zusammen mit ein paar Sextanern gerät Heinrich in den dritten Waggon, findet sich unverhofft mit dem Gesicht an der wogenden Brust eines Bauernweibs wieder. Raus, er muss raus hier, sonst wird er ersticken. Heinrich windet sich, schiebt, drängelt, kämpft sich zur Tür durch. Er hat sich nicht vorstellen können, dass so viele Menschen in einen Waggon gepfercht werden könnten und dass alle riechen und Laute ausstoßen, die nichts Zivilisiertes mehr an sich haben, sondern nur eine Art Seufzen sind, ein Schnaufen und Stöhnen. Er öffnet die Faust, erhascht einen schnellen Blick auf den Kompass. Der Zug wird nach Osten fahren, ohne Zweifel. Und der Direx passt auf, dass sie vollzählig sind, und fährt selbst nicht mit.

Heinrich zuckt zurück. Raus, er muss raus hier, aber auf der anderen Seite. Er weiß nicht wie, aber irgendwie schafft er es bis zu der vom Bahnsteig abgewandten Tür, boxt und stößt sich frei und bekommt den Hebel zu fassen.

«Was Jungchen, was denn?»

Jemand packt ihn am Kragen und will ihn zurückhalten, aber da hat er schon die Tür aufgestoßen und springt, und das keine Sekunde zu früh, denn schon ruckt der Zug an. Heinrich kommt auf die Beine und duckt sich hinter einen Kasten mit Streugut.

Kalt, bitterkalt. Der Schnee ist hier nicht geräumt worden, reicht ihm fast bis zur Hüfte. Ruß sprenkelt ihn, doch der Zug hält nicht an, er nimmt Fahrt auf. Also fort von hier, schnell. Heinrich rappelt sich auf und stolpert hinab in die Unterführung. Flüchtlingsfamilien, Bauernweiber und Soldaten suchen dort offenbar vor dem Wind Schutz. Rot gefrorene Gesichter mit leeren Augen.

«Na, Kleener, haste och deine Leute verloren?» Die Sprecherin schiebt einen schwer beladenen Kinderwagen vor sich her, ist aber in ihrem feinen Mantel mit dem Pelzkragen gekleidet wie ein Filmstar. Zwei Soldaten kommen ihr zu Hilfe und schleppen den Wagen für sie auf den Vorplatz. Heinrich folgt ihnen mit Abstand und kommt gerade noch rechtzeitig, um im Schutz eines Pfostens zu beobachten, wie der Direx mit dem Einbeinigen in ein Militärauto steigt und davonfährt. Die Pelzkragenfrau ruckelt den Wagen an ihm vorbei und summt vor sich hin. Er weiß nicht, warum, vielleicht wegen ihres Mantels oder weil sie berlinert hat, aber auf einmal denkt er an seine Mutter und an das Sommerhaus, das Onkel Albert ihr geschenkt hat. Vielleicht stellt sie dort abends für ihn eine Kerze ins Fenster, so wie es die Nachbarsfrau getan hatte, als ihre zwei Söhne nach Stalingrad einrücken mussten.

Nein, ganz bestimmt nicht. Seine Mutter ist keine, die Kerzen ins Fenster stellt und betet, seine Mutter ist Schauspielerin, sie hat keine Zeit für so etwas, und außerdem hat er sie maßlos enttäuscht, bestimmt ist sie ihm wegen der verschmähten Wollgarnituren immer noch böse.

Neben ihm pieselt ein Knirps in den Schnee, lauthals weinend. Im Bahnhofsgebäude verteilt das Rote Kreuz Suppe. Aber dort, wo sein Blechnapf baumeln müsste, greift seine Hand ins Leere. Sein ganzer Rücken ist leer, jetzt, viel zu spät, fällt ihm das erst auf. Der, der ihn festhalten wollte, hatte nicht seinen Kragen gepackt, sondern seinen Rucksack, so muss das gewesen sein. Und er hat sich losgerissen und ist gesprungen und hat nicht gemerkt, dass sein Rucksack im Zug blieb, und jetzt hat er nur noch das, was er am Leib trägt, und den Kompass noch und die Buchseiten mit dem Ameisenbären, aber kein Geld, keinen Ausweis, keine Fahrkarte, keinen Napf, keinen Löffel, den Feldstecher nicht und die Decke, wie soll er so je nach Berlin kommen?

Auf der Wartebank neben der Gepäckaufbewahrung wird ein winziger Platz frei. Heinrich kauert sich darauf zusammen, zieht den Kopf tief zwischen die Schultern.

Kein einziger Ameisenfresser hat einen bestimmten Aufenthalt, alle Arten schweifen umher. Mit Tagesanbruch wird ein Gang gegraben, und in ihm verhält sich der Ameisenfresser bis zum Abend, dann kommt er heraus und trollt weiter.

Wie einfach das in *Brehms Tierleben* klingt. Aber der Ameisenbär lebt in Südamerika, und dort ist es warm, und Krieg gibt es da wahrscheinlich auch nicht.

«Hier, Kleener, iss!»

Heinrich blickt auf. Die Schauspielerin mit dem Pelzkragen setzt ihm einen Porzellanteller auf den Schoß, der Löffel ist aus echtem Silber, auf dem goldenen Tellerrand liegt ein Brotkanten.

«Aber das ...»

«Ich brauch das nicht mehr. Nu iss, bevor's kalt wird. Oder soll ich das wegschütten?»

Er zögert nicht länger, lässt den Brotkanten in seiner Jacke verschwinden und schlingt die Suppe herunter. Rüben, Graupen und Sandkörner, aber er hat Glück und hat auch ein Stück Sehne mit ein paar Fleischfasern erwischt, das manövriert er mit der Zungenspitze in seine Backe für später.

«Willste den Teller behalten?»

Er schüttelt den Kopf. Was soll er denn mit einem Porzellanteller, er kann den doch nicht in den Händen mit sich herumtragen.

«Dann eben nicht.» Die Frau reißt ihm den Teller weg, lässt ihn in ihrem Kinderwagen verschwinden und beginnt wieder zu summen. Ein Wiegenlied wohl, und sie ruckelt den Wagen, als müsste sie wirklich ein Kind in den Schlaf lullen, dabei würde das von all den hoch aufgetürmten prallen Säcken und Koffern doch sicher erdrückt werden.

Und Ihr Baby, wo ist das? Er weiß nicht, warum, aber er wagt nicht, das zu fragen, er traut sich nicht einmal, den Blick zu seiner Wohltäterin zu erheben und ihr für ihre Großzügigkeit zu danken. Wie schäbig das ist, doch die Frau scheint ihn ohnehin schon vergessen zu haben, und im nächsten Moment heulen Sirenen, jemand schreit Fliegeralarm, und alle, die eben noch so apathisch wie er in der Bahnhofshalle ausharrten, drängen, stoßen und schieben sich zur Unterführung. Und wenn die von den Tiefffliegern beschossen wird und einstürzt, was dann?

Heinrich rennt los, blind, in die andere Richtung. Er rennt mitten hinein in das Geheul der Sirenen, dicht an die Häuser gepresst und ohne sich noch einmal umzudrehen. Nach Westen.

*

SIE WILL, DASS IHR VATER das überlebt. Nein, viel mehr. Sie will, dass er wieder gesund wird. Leben soll er. Und sie selbst, sie will auch leben. Sie versteht zwar durchaus, dass der Tod eine Notwendigkeit ist, Erlösung sogar, ein Schritt zur Erleuchtung. Aber nicht, wenn der Tod sie persönlich betrifft, dann wird sie irre daran, kann ihn nicht akzeptieren.

Der Ozean bleibt. Der Tropfen löst sich für eine Weile aus ihm, fliegt und schillert und muss wieder in ihn zurückfallen und sich mit ihm vereinen, sagen die Yogameister und die Schriften.

Es ist tröstlich gemeint. Doch wer ist sie denn noch, wenn sie sich von ihrer irdischen Identität löst, wie von alten Häuten und an nichts und niemandem festhält?

Sie möchte kein Tropfen im Ozean sein, sie will leben. Leben. Hier, jetzt und ewig, in dieser Welt, im Besitz ihrer geistigen Kräfte, gesund in genau ihrem Körper. Und alle, die ihr etwas bedeuten, sollen ebenfalls leben. Wie zutiefst menschlich das ist. Wie egoistisch zugleich. Wie unmöglich.

*

SIE WIRFT DIE WILD VERSTREUTEN Verpackungen, die die Sanitäter hinterlassen hatten, in den Müll und wischt das Blut ihres Vaters von den Steinfliesen. Sie schrubbt selbst die Fugen, bis nichts mehr zu sehen ist. Als könne sie so auch den Sturz ungeschehen machen. Abend schon, die Schatten erobern den Garten, und trotzdem kommt es ihr vor, als seien nur Minuten vergangen. Das Zeitgefühl kommt ihr abhanden, so übermüdet ist sie. Wenn sie nicht aufpasst, wird sie als Nächstes im Keller nach den Laufschuhen suchen – die großen schwarzen und ihre eigenen, sehr viel kleineren weißen mit den roten Streifen.

Ist Ihr Vater womöglich aus größerer Höhe gestürzt, können Sie uns das sagen, Frau Roth?

Ich weiß es nicht, ich glaube, er wollte einfach nur zur Toilette.

Sie kocht Tee, gibt Zitrone dazu, leert die erste Tasse in schnellen Schlucken. Wie weiter jetzt, wo beginnen? Das Haus scheint ein weiteres Mal den Atem anzuhalten und zu warten. Dieses Haus, das sie schon so lange nicht mehr als ihr Zuhause bezeichnet, obwohl es noch immer so aussieht, als würden sie alle vier augenblicklich auf ihren angestammten Plätzen am Küchentisch Mensch-ärgere-dich-nicht spielen oder zusehen, wie ihre Mutter aus der geblümten Thermoskanne Kaffee einschenkt, und ihr Vater mit diesem halben Lächeln im linken Mundwinkel, das genau so nur ihr galt, sagt, *danke Johanne*.

Was braucht er jetzt in seinem Raumschiffbett mit all den Kabeln und Schläuchen? Schlafanzüge, Handtücher, Creme und Deodorant. Den Rasierapparat, den Medikamentenplan und die Krankenversicherungskarte. Hat er eine Patientenverfügung und eine Vollmacht verfasst und ein Testament? Sie kann das nur vermuten, Thomas weiß das angeblich auch nicht, und ihre Schwester und ihren Vater selbst kann sie nicht fragen.

Sie weiß so wenig von ihrem Vater, hat sich schon so oft von ihm verabschiedet und geglaubt, sie sei fertig mit ihm, diesmal wirklich, und jetzt kann sie den Gedanken an einen weiteren und diesmal wirklich endgültigen Abschied schlicht nicht ertragen.

Sie stößt die Tür zum Nähzimmer auf. Die Rollos sind noch heruntergelassen, das Licht ist nicht eingeschaltet. Ihr Vater schläft ein und wacht auf. Es ist Nacht. Er muss zur Toilette. Er schaltet auch jetzt kein Licht ein, weil er entlang der Fußleisten bewegungsaktive LED-Spots installiert hat. War es so? Das Bettzeug auf der Chaiselongue wirkt jedenfalls so, als habe er darin geschlafen. Das Porträtfoto auf dem zum Nachttisch umfunktionierten Beistelltisch zeigt ihre Mutter, als sie noch wesentlich jünger war, als sie selbst heute. Jung, makellos, schön, mit todernsten Augen.

Sie wird ihm auch dieses Foto ins Krankenhaus bringen, und seine Hausschuhe darf sie nicht vergessen. Und den Stock und den Rollator, als Zeichen der Hoffnung. Ist das für ihn eine Hoffnung, kann es das jemals werden?

Lass mich, Franziska, nun lass mich.

Sie wendet sich ab, sagt sich vor, was sie suchen muss: Die Versichertenkarte als Erstes, die wird in seiner Brieftasche stecken und die wiederum in der obersten Schublade seines Schreibtischs hinter den Zirkelkästen, Linealen und Bleistiften.

Ein letzter Streif Abendsonne fällt durch die Fensternische auf den Lieblingssessel ihres Vaters, wo sich bei ihrer Ankunft noch all seine Ameisenbärenzeichnungen gestapelt hatten. Inzwischen hat er auch die nicht gar so misslungenen geschreddert und statt ihrer die Originallithografie in den Sessel gelegt. Und dort, wo das Bild hing, befindet sich ein Wandsafe, von dem sie bis zu diesem Moment nichts gewusst hatte.

Franziska steht reglos. Es ist Nacht, er steht auf, hängt den Ameisenbären ab, weil er etwas in den Safe stecken will. Oder herausholen. Oder darin nachschauen. Aber dann geht er stattdessen über den Flur und fällt hin.

Das ergibt keinen Sinn. Oder doch?

Ein Zahlenschloss mit sechs Ziffern. Sie versucht es mit dem Geburtsdatum ihrer Mutter, mit dem Sterbedatum, mit Monikas Geburtstag, mit seinem, sogar mit ihrem eigenen. Ihr Herz rast. Ihr Kopf dröhnt. Sie sieht unter der Schreibtischunterlage nach, unter dem Schreibtisch selbst, zieht nacheinander alle Schubladen auf, in denen immer noch alle Dinge so akribisch geordnet sind, wie sie es in Erinnerung hat. Nur in der untersten Schublade liegen nun keine Prospekthüllen und A3-Umschläge mehr, sondern die Malsachen ihrer Mutter.

Sie hätte wissen müssen, dass ihr Vater die Dinge, die ihm etwas wert sind, nicht einfach unverschlossen herumliegen lässt, natürlich hätte sie das wissen müssen, er überließ doch nie etwas dem Zufall. Aber sie hat nie darüber nachgedacht, kann sich nicht daran erinnern, dass der Ameisenbär jemals nicht an seinem Platz hing.

Sie braucht diesen Code. Jetzt, sofort, auf der Stelle. Sie reißt weitere Schubladen und Schranktüren auf. Ordner, Ordner, Ordner, Diakästen, alte Kameras, alte Vermessungsgeräte und Zeichenpapiere, Fotoalben und Elektroschrott, und im Archivschrank ruhen offensichtlich Kopien aller Straßenbauprojekte, die ihr Vater im Verlauf seines Berufslebens je eingemessen hatte.

Du und deine tollen Leute, ihr macht alles kaputt, Papa! Den ganzen Wald, die ganze Welt, vor nichts schreckt ihr zurück. Warum habt ihr uns denn überhaupt geboren?

Wie sie ihn angeschrien hat damals, als er die Erweiterung des Frankfurter Flughafens mit ihnen feiern wollte. Ganz still ist er da geworden, weiß vor Wut im Gesicht.

Du bist hysterisch, Franziska. Indoktriniert bist du. Ein dummes Gör. Du hast ja keine Ahnung.

So kommt sie nicht weiter. So kann sie das unmöglich schaffen. Sie muss aufhören damit, sofort aufhören.

Sie geht in den Garten und dreht den Wasserhahn auf. Der Schlauch pulsiert in ihren Händen. Das Kräuterbeet an der Terrasse beginnt zu duften, dann der Lavendel. Bienen stieben auf. Zwei Falter umkreisen sich, setzen sich wieder. Der Geruch nasser Erde wirkt auf unerklärliche Weise beruhigend.

«Franziska!»

Edith Wörrishofen trägt eine leuchtgrüne Schlaghose und winkt mit einem Weidenkörbchen, wie Kinder es benutzen.

«Ich hab ein paar Eier für euch. Wie geht's deinem Vater?»

Eier, Schnittlauch, ein Stück Käse mit Kümmel und eine Rose.

«Wie lieb, vielen Dank. Er ist auf der Intensivstation. Die Ärzte sagen, dass es eine Chance gibt, aber ...»

Nicht weinen jetzt und nicht umkippen. Franziska richtet den Schlauch auf das nächste Beet, lehnt sich an den Zaunpfosten.

«Er hat einen starken Willen, dein Vater.» Edith Wörrishofen schaut sie auf eine Weise an, die sie aushält.

«Ja, ich weiß.»

«Ich hoffe, es ist in Ordnung, wenn ich dich hier so überfalle und duze wie früher. Aber ich habe den Krankenwagen gesehen und ...»

«Danke, dass Sie sich sorgen.»

«Nenn mich doch bitte Edith. Wie früher, als du noch klein warst.»

«Ja, gut.»

Das Wasser zischt Kühle. Es gab eine Zeit, in der sie mit ihrer Schwester nackt durch den Rasensprenger getanzt ist und neugierig durch die Hecke in Edith Wörrishofens Garten geschaut hat. Der war so ganz anders als der ihrer Mutter und mit den Hühnern und all den kunterbunt durcheinander gemischten Sitzmöbeln, auf denen, sobald die Dämmerung hereinbrach, oftmals Gäste mit glitzernden Gläsern in den Händen Platz nahmen, faszinierend exotisch. Es gab, ganz hinten, auch eine Lücke, durch die konnte sie kriechen. Und dann plötzlich nicht mehr, nur noch einen Maschendrahtzaun, und sowohl Edith selbst, als auch ihre Hühner waren verschwunden, und die Sitzmöbel auch und die Gäste.

«Haben Sie, also ich meine, hast du in letzter Zeit manchmal mit meinem Vater geredet, also nach dem Tod meiner Mutter?»

«Das ist schon eine Weile her. Letzten Sommer und Herbst. Da war er ja noch recht gut zu Fuß und drehte jeden Tag seine Runde im Garten.» Edith stützt sich mit beiden Händen auf ihren silbernen Stock, legt den Kopf schief und blickt in die Ferne. «Er hat sie so geliebt, deine Mutter. Und ich war da ja auch schon alleine, weil Hubert ... Manchmal haben wir einen Kaffee zusammen getrunken.»

«Und dieses Jahr nicht mehr?»

«Als der Winter kam, wollte er nicht mehr. Vielleicht dachte er, dass es zu intim sei, wenn er mich in sein Haus bäte.»

«Zu intim?»

«Das ist nur eine Vermutung. Es war ja nicht immer so einfach gewesen zwischen deiner Mutter und mir. Vor allem nicht, nachdem du dich in meinem Hühnerstall versteckt hattest.»

«Das war ja aber meine Schuld.»

«Schuld.» Edith lächelt. «Da warst du doch noch klein und wusstest gar nicht, wie dir geschah und was das bei deiner Mutter ausgelöst hat.»

«Ausgelöst?»

«Sie hatte wohl geglaubt, du seist bei den Meyers von schräg gegenüber im Gartenteich ertrunken. Wie sie geschrien hat, das werde ich nie vergessen. Die Feuerwehr rückte an, alles und alle in Aufruhr. Nur du warst wie erstarrt, als ich dich endlich im Hühnerstall entdeckt habe, ganz herzerweichend geweint hast du, wolltest auf keinen Fall wieder herauskommen, dabei warst du doch sonst eigentlich ein recht fröhliches Mädchen. Ich seh dich noch vor mir, unten im Partykeller bei euch, als Frosch bei dieser Faschingsfeier, im selben Jahr ist das gewesen, im Winter davor glaube ich.»

«Ja, ich erinnere mich.»

«Wirklich?»

«Zumindest an die Kostüme. Und an sehr viele lange Beine.» Und an ein diffuses Gefühl von Verlorenheit, daran auch plötzlich. Und an ihren Old-Shatterhand-Vater, der eine Frau mit rosa Perücke, unzähligen Armreifen und einer über und über mit bunten Stoffblumen benähten Hippiehose in den Heizungskeller lotst und die Tür hinter sich zuzieht.

War diese Frau Edith Wörrishofen gewesen? Edith, die eines Tages ohne Abschied für Jahrzehnte verschwunden war und nun wieder hier wohnt?

Zu viel plötzlich alles. Zu viel und zu nah. Vielleicht ist es ihrem Vater mit Edith Wörrishofen ja genauso ergangen.

Franziska dreht das Wasser ab, ohne den Schlauch aufzurollen, wünscht Edith einen schönen Abend und stellt sich im Haus lange unter die Dusche. Sie muss in der Gegenwart bleiben und nur da. Sie muss vor allem als Erstes den Code für den Wandsafe finden. Wo könnte ihr Vater den verwahren? Im Rahmen des Ameisenbären womöglich. Nein, sicher nicht, viel zu offensichtlich, aber dort nachschauen muss sie trotzdem. Bevor sie zu Anna gefahren ist, hatte sie ihm noch das Abendessen gemacht. Und dann wollte er unbedingt von ihr wissen, was sie im Schlafzimmer gepackt hatte. Und sie hatte sich über seine Kontrollsucht geärgert und ihn auf den nächsten Tag vertröstet und keinesfalls vorgehabt, seinem Wunsch nachzugeben. Was er vermutlich gespürt hatte. Selbst wenn er bei Bewusstsein wäre, würde er ihr den Code zu seinem Geheimfach wohl kaum verraten.

Sie schiebt den Mischhebel auf kalt, bis sie anfängt zu zittern. Trocknet sich ab, zieht frische Sachen an und steht eine Weile lauschend im Schlafzimmer. War ihr Vater hier oder wollte hierhin, ist er deshalb gestürzt? Wollte er etwas vor ihr in Sicherheit bringen und im Wandsafe verstecken? Sie weiß es nicht, das Zimmer verrät es ihr ebenso wenig wie die Treppe, und doch ist sie auf einmal sicher, dass ihr Vater ins Schlafzimmer gewollt hatte. Weil er ihr nicht vertrauen kann. Weil er ihr nie vertraut hat. So einfach ist das. Oder doch nicht?

Im Erdgeschoss rattern die Rollos herunter, vollautomatisch, von ihm so programmiert. Als Mädchen hatten die Rollos sie manchmal zum Weinen gebracht. Sobald sie heruntergelassen wurden, schien das Haus immer enger und enger zu werden, und obwohl es weder auf der Straße noch hinten im Garten im Dunklen etwas Spannendes zu sehen gab, wollte sie sich doch mit jedem Blick aus dem Fenster vergewissern können, dass die Draußenwelt noch existierte.

Sie tritt ans Schlafzimmerfenster. Alles noch da, der Schlauch liegt im Gras, nebenan scheucht Edith Wörrishofen ihre Hühner. Franziska geht in die Küche und lässt die Rollos wieder hochfahren. Niemand da, der dagegen protestieren kann, sie hysterisch schimpft, albern, schwierig oder zu empfindlich. Zum ersten Mal ist sie als erwachsene Frau alleine in ihrem Elternhaus, auf einmal wird ihr das bewusst. Und was folgt daraus? Gar nichts wahrscheinlich. Oder alles.

Müde ist sie, so wahnsinnig müde. Sie verstaut Ediths Eier im Kühlschrank, schlingt im Stehen zwei Scheiben Brot mit Käse und Schnittlauch herunter und schenkt sich ein Glas Wein ein.

Die Wanduhr tickt. Das Licht der Straßenlaterne, das von draußen hereinfällt, taucht die Küche in ein rostmildes Zwielicht, das sie so nie zuvor wahrgenommen hat. Franziska setzt sich an den Küchentisch. Erst auf ihren Platz. Dann auf Monikas. Dann auf den ihres Vaters und schließlich den ihrer Mutter. Etwas verändert sich dadurch, jedes Mal, wenn sie die Position wechselt, verändert sich etwas, doch was das ist, kann sie nicht greifen.

*

IN DER NACHT WIRD IHR KINDERZIMMER zu einer Höhle, in der alle Farben verschwinden: die blauen Gardinen mit den bunten Punkten und der rote Spieltisch. Die Puppen und Stofftiere und die Bilder. Die Welt trägt ihr Nachtgewand und hütet deine Träume, sagt die Mutter, wenn sie das Licht löscht. Und dann reiht sie Franziskas Lieblingstiere und Puppen an ihrem Bett auf, damit auch die sie bewachen, und singt ein Gutenachtlied.

Weißt du, wie viel Sternlein stehen – guten Abend gute Nacht – Vater lass die Augen dein über meinem Bettchen sein – schlaf, Kindlein schlaf – der Mond ist aufgegangen – morgen früh, wenn Gott will, wirst du wieder geweckt.

Die Mutter hat eine wunderschön samtige Singstimme und kann jeden Text auswendig. Der Vater und Monika kommen manchmal dazu, aber sie brummeln eher, als zu singen. Trotzdem kommt in den Liedern nie eine Mutter vor, und eine große Schwester natürlich auch nicht, immer nur ein Vater. Aber heute Abend hat niemand gesungen. *Weil alles anders ist jetzt,* hat Monika gesagt und ihr einen Gutenachtkuss geben. *Jedenfalls für eine Weile.*

Franziska schreckt hoch. Ihre Mutter ist fort, das ist das, was jetzt anders ist. Ihre Mutter ist fort und wird nie mehr zurückkommen.

Im Schwarz über ihr schwebt das helle Rechteck des Fensters wie ein strafendes Auge. Weil sie böse war, deshalb. Weil sie sich wieder versteckt hat.

Und was ist, wenn Gott das nicht will, Mama?
Was meinst du, mein Schatz?
Wenn er mich nicht aufwecken will?
Aber natürlich will er dich aufwecken.
Woher weißt du das?
Ich weiß es. Du bist doch mein liebes Mädchen. Also mach jetzt die Augen zu und träum süß.

Franziska strampelt die Decke fort. Sie muss nachsehen, sofort. Vielleicht ist die Mutter ja doch hier. Der Teppich ist weich, die Holzdielen glatt. Sie ist jetzt schon groß genug, um die Klinke ganz leise herunterzuziehen, und sie weiß, wo sie hintreten muss, damit die Dielen nicht knarren. Sie schleicht an Monikas Zimmer vorbei zum Schlafzimmer ihrer Eltern. Ganz still ist es darin, still und dunkel, und es riecht nach der Nachtcreme mit Rose und nach etwas anderem, das süß ist und schwer, erwachsen, ein großes Geheimnis.

«Mama?»

Stille. Nur Stille. Die Betten sind leer, und auch Monika schläft nicht in ihrem Zimmer, dabei hat sie doch am nächsten Tag Schule.

Ein kleiner Jammerlaut dringt aus Franziskas Kehle. Ihr Herz rast und pumpert. Sie zittert und schluchzt und schreit nach ihrer Mama, sie weint so sehr, dass sie hinfällt. Niemand mehr da. Niemand und nichts mehr, sie haben sie einfach zu Bett gebracht und sind verschwunden. Und sie ist schuld daran, sie ganz alleine. Weil sie nicht lieb sein kann, sich nicht fügen, weil sie wegrennen muss, immer wieder. Weil sie sich im Rhabarber versteckt, unter dem Küchentisch, bei den Hühnern. Immer aufs Neue.

«Schsch, Zissy, schsch», der Vater kniet auf einmal vor ihr und zieht sie in seine Arme. «Die Mama ist nicht tot. Ganz gewiss nicht. Versprochen. Sie macht nur eine Ferienreise, und dann kommt sie wieder.»

«Aber sie hat sich doch gar nicht verabschiedet.»

«Weil sie traurig war, Zissy. Sie vermisst Oma Frieda. Und sie hatte sich furchtbar erschrocken, als du dich so lange versteckt hast. Sie hat gedacht, dass du tot seist.»

«Das wollte ich nicht, Papa.»

«Ja, das weiß ich. Aber mach das nie wieder.»

«Hat sie mich dann wieder lieb?»

«Sie hat dich immer lieb, Zissy. Immer. Mehr als ihr eigenes Leben. Dich und Moni und mich auch. Was redest du da nur für einen Blödsinn?»

Ihr Vater fördert ein kariertes Taschentuch aus seiner Hosentasche und tupft ihr das Gesicht ab. Aber ihre Tränen fließen noch immer, und erst guckt er sie an, als wollte er mit ihr schimpfen, aber dann hebt er sie mit Schwung auf seine Hüfte und trägt sie die Treppe hinunter ins Wohnzimmer. Hell ist das und warm, und Monika ist auch da. Auch sie schon im Nachthemd, und normalerweise ist das immer ihr Schönstes: noch mal aufstehen dürfen, wenn das Licht bereits gelöscht ist. Jetzt aber sieht Monika gar nicht so aus, als ob sie sich freute, ganz im Gegenteil sogar, sie hat ganz rote Augen.

Sieht der Vater das auch? Ganz bestimmt, denn er klatscht in die Hände.

«So, Mädchen, jetzt ist's genug mit der Heulerei!», ruft er. Und dann heißt er sie zu warten und eilt in die Küche. Topfklappern ertönt, und im Nu ist er mit Bechern voll dampfender Ovomaltine und der Plätzchendose mit den Rosen wieder bei ihnen. Das ist eigentlich streng verboten, weil sie ja längst ihre Zähne geputzt haben. Aber darauf kommt es an diesem Abend offensichtlich nicht an, und die Plätzchen mit dem roten Erdbeermarmeladenauge schmecken fast so gut, als ob ihre Mutter nebenan an der Nähmaschine sitzen würde oder etwas in der Küche machen oder im Garten.

«Es wird alles gut werden», versichert ihr Vater. «Eure Mama wird bald wieder hier sein. Wir sind doch eine Familie.»

Und zum Schluss legt er auch noch sein Lieblingslied für sie auf. Das mit den Millionen Sternen und tausend Laternen, zu dem er so gern mit der Mutter herumtanzt. «Aber dich gibt's nur einmal für mich», singt der Mann auf der Schallplatte. Und ihr Vater singt mit, ein bisschen schief, aber aus vollem Herzen, als ob er wirklich ein Schlagerstar wäre, und da endlich muss sie lachen und Monika auch. Es platzt einfach aus ihnen heraus, sie können gar nicht mehr aufhören. Doch es fühlt sich nicht fröhlich an, denkt Franziska. Und auch wenn der Vater sich noch mehr ins Zeug legt und das Lied gleich noch einmal erklingen lässt, sieht auch er plötzlich aus, als würde er eigentlich weinen.

*

DAS GLÜCK IST DAS EIS mit Erdbeeren und Schlagsahne gewesen, das ihm seine Mutter vor sehr langer Zeit auf dem Ku'damm spendiert hat, an jenem Nachmittag, bevor es Krieg wurde. Die

Milchsuppe, die sie ihm manchmal gekocht hat und wie sie ihn umarmt hat, als er nach zwei Jahren im KLV-Lager wieder zu ihr zurückkam. Das größte Glück war der Moment, als er Johanne in Friedas Änderungsschneiderei begegnet ist, und natürlich die Flitterwochentour mit ihr nach Italien, ihr junger, biegsamer Körper ganz dicht an seinem auf der Vespa, viele Stunden lang, Tage, sie beide zusammen wie ein einziger Organismus. Ein Glas Zitronenbuttermilch mit Johanne unter der Walnuss war Glück und ein Glas Wein auf der Veranda des Gartenhauses, während die Mädchen im Gras herumsprangen. Johannes Atem am Morgen, kurz bevor sie erwachte, ganz sacht, fast unhörbar, wenn sie eine gute Nacht gehabt hatte. Wie er dann neben ihr lag und lauschte, ohne sich zu bewegen, und sicher sein konnte, dass sie nichts quälte. Ihr Geruch auf dem Kopfkissen und in diesem lustigen Grübchen unter ihrem Nabel. Ihre Hände, die seinen Körper mit dem Maßband erkundeten und dann manchmal nicht aufhörten, ihn zu berühren. Ihr Lächeln, wenn er ihr heiße Milch mit Honig ans Bett brachte und das Häutchen vorsichtig mit dem Teelöffel herausklaubte, denn das Milchhäutchen konnte sie aus einem Grund, den sie ihm nie verraten hat, nicht ertragen. Das Glück war auch, wenn er frühmorgens alleine im Wald eine Inspektionsrunde drehte, ganz allein, noch bevor die Forstleute kamen, um zu roden. Die ersten Sonnenstrahlen, die durch die Wipfel zu ihm hinabzeigten wie leuchtende Finger. Die knackenden Äste und Bucheckern unter seinen Tritten, die er nicht nur hören konnte, sondern auch durch die dicken Sohlen seiner Stiefel hindurch fühlen. Aber darauf achtet er eigentlich gar nicht so recht, er nimmt das einfach hin. Ohne zu zögern oder zu stolpern, bahnt er sich seinen Weg von Messstab zu Messstab, springt über Stock und Stein und kriecht durchs Gestrüpp, um sein Aufmaß ein allerletztes Mal zu kontrollieren. Und ahnt nicht, dass er damit die Weichen gestellt hat, seine Tochter Franziska zu verlieren, und kann sich nicht vorstellen, dass ihm seine Beine eines Tages nicht mehr gehorchen. Ein Tor ist er, wie er da durch den Wald stapft, überzeugt davon, alles in seinem Leben ginge immer so weiter. Und so ist das Glück am Ende vielleicht nur, nicht zu wissen, was kommt, ja nicht einmal daran zu denken.

*

ER HATTE GEHOFFT, AUF DER ANHÖHE würde er leichter vorankommen, doch stattdessen verlassen ihn auf dem Plateau die Kräfte, und der Wind bläst ihm eisige Flocken ins Gesicht, die stechen wie tausend Nadeln. Langsam dreht Heinrich sich einmal um seine Achse. Schnee, nichts als Schnee, so weit sein Blick reicht, nur grauweiße Ödnis. Er wird es nicht schaffen. Irgendwann im Frühling oder im Sommer wird ihn vielleicht jemand finden und verscharren und nicht wissen, wer er mal war und wohin er gewollt hatte und zu wem er gehörte. Selbst die dunkle Linie der Bahnstrecke gen Westen droht ja in diesem Sturm zu verschwinden. Heinrich duckt sich an einen der Krüppelbäume und tastet nach dem Brotkanten in seiner Hosentasche. Nicht schlingen darf er, am besten nicht einmal kauen, nur ein Stück abbeißen und dann mit der Zunge zerdrücken und lutschen. Süßlich schmeckt der Brotbrei nach einer Weile, er schluckt ihn nicht runter, sondern schiebt ihn so lange wie möglich im Mund hin und her. Vielleicht macht ein Ameisenbär das ja genauso. Bestimmt sogar, denn ein Ameisenbär hat ja keine Zähne, sondern nur seine sehr lange Zunge.

Er beißt noch ein Stück Brot ab, schiebt den Rest wieder in seine Hose. Der Wind reißt und zerrt an ihm, die Hände und Füße kann er kaum noch fühlen. Trotzdem stemmt er sich wieder hoch. Er weiß nicht, warum und woher er die Kraft nimmt.

Den Kompass hervorwursteln jetzt, ein blinzelnder Blick auf die zitternde Nadel. Nach Westen, nach Westen, der Weg führt ihn geradewegs über die Anhöhe. Den rechten Fuß aus dem Schnee ziehen. Vorsetzen. Einbrechen. Den linken nach vorn jetzt. Dann wieder den rechten. Und weiter. Und weiter, selbst wenn dort unten im Tal jetzt ein Zug fährt. Winzig klein, wie ein Spielzeug. Heinrich steht starr. Der Einbeinige hat gelogen, dieser Zug fährt nach Westen. Er hätte sich hineinschmuggeln können, das zumindest versuchen, hätte einfach nur ausharren müssen im Bahnhof. Aber nun ist es zu spät, vor dem Einbruch der Nacht kann er es unmöglich zurück nach Züllichau schaffen.

Jetzt heult er also doch, er heult Rotz, Wut und Wasser, er kann gar nicht mehr aufhören, deshalb wohl sieht er die beiden Jaks erst, als die Lok und zwei Waggons lichterloh explodieren und die Jaks wieder abdrehen. Unwirklich sieht das aus. Genauso unwirklich wie die dunklen Pünktchen, die jetzt aus den anderen Waggons in den Schnee strömen und wild hin und her krabbeln. Wie Ameisen, deren Bau jäh zerstört wurde, dabei sind es doch Menschen.

Menschen wie er. Das ist fast wie ein Pakt. Wenn jetzt der Direx ihn sehen könnte, der Habicht oder seine Mutter, wie er die Zähne zusammenbeißt und nicht aufgibt, *warum denn nicht gleich so.* Nur die Tränen, die laufen ihm trotzdem über die Wangen. Weil es so ungerecht ist, so abgrundtief ungerecht alles. Sein ganzes Leben lang hat er nirgendwo richtig dazugehört, und jetzt muss er hier alleine im Schnee verrecken.

Doch bis es so weit ist, schiebt er sich trotzdem weiter, er rutscht die Anhöhe hinab, kriecht und stampft, spuckt und jault, schlägt mit den Fäusten Gestrüpp oder Schneeplatten zur Seite, kämpft sich unten im Tal weiter, weiter, nur weiter. Bis gar nichts mehr geht und er feststeckt, nicht mehr vor noch zurück kann. Mühsam hebt Heinrich den Kopf. Ein Zaun, er hängt an einem

Koppelzaun fest, und am anderen Ende der Weide ist eine Kate, in der ein Licht glimmt.

Am Zaun entlang also, auch wenn dieses Licht nicht für ihn ist. Aber der Schuppen daneben scheint leer zu stehen, und er hat eine hölzerne Tür, die er aufstoßen kann.

Dunkelheit drinnen. Kein Wind mehr. Kein Schnee. Nur der Geruch von Dung, Stroh und den Ausdünstungen warmer Leiber, ein zaghaftes Muhen über ihm, das Scharren und Rascheln von Krallen, Gackern. Heinrich sinkt auf die Knie, fühlt Lehmboden und Spreu, ertastet neben sich die Forken einer Mistgabel, eine Schaufel, Eimer und Melkhocker und lederne Stiefel. Er kriecht weiter, schräg über ihm schält sich die Kontur einer Kuh aus dem Dämmer mit weiß schimmernden Augen. Der nächste Verschlag ist vergittert, darin gackern Hühner. Heinrich kriecht näher heran und streckt seinen Arm durch die Stäbe. Die Hennen versuchen zu fliehen und schlagen wie wild mit den Flügeln. Er streckt den Arm tiefer hinein, konzentriert sich auf den Boden. Ein Ei nur für ihn, ein einziges Ei nur – und wirklich, da ist eins. Er schließt die Finger darum, zieht es näher.

Aufhängen werden sie ihn, wenn sie ihn erwischen. Oder wie einen räudigen Köter in den Schnee jagen. Aber jetzt ist er hier, und jetzt hat er diese Chance. Heinrich dreht sich auf den Rücken und zerdrückt das Ei direkt vor seinen Lippen. Er saugt und schlürft den lauwarmen Glibber und Dotter, bis nur noch die Schalen in seiner Hand liegen. Liegt dann lange still und nuckelt den letzten Rest seines Brotkantens. Das letzte Tageslicht schwindet jetzt schnell, und der Sturm rüttelt an den Dachbalken und Wänden. Im letzten und größten Verschlag des Schuppens wurden wohl einmal Ziegen gehalten. Er kann sie noch riechen, das wird also noch nicht lange her sein. Doch nun ist nur Stroh darin. Stroh, das ihn wärmen kann und verbergen. Heinrich rollt sich wieder auf alle viere und wühlt sich so tief hinein wie nur möglich. Ich darf nicht einschlafen, denkt er, und bevor der Tag anbricht, muss ich verschwinden.

*

EIN JUNGE KAUERT AUF EINER hölzernen Wartebank in einem Bahnhof. Er trägt einen Anzug aus schmuddelbraunem Tuch und eine Schirmmütze. Er hungert und friert, er ist völlig alleine, und sie läuft auf ihn zu, sie muss ihn erreichen. Aber so sehr sie sich auch anstrengt, sie kommt ihm nicht näher, ganz im Gegenteil scheint der Junge mit jedem ihrer Schritte zu verblassen wie die Linien der Ameisenbärenzeichnungen, an denen ihr Vater zu oft herumradiert hatte. Aber sie rennt trotzdem weiter, sie rennt und rennt, sie muss diesen Jungen erreichen, aber die Bank und der Bahnhof lösen sich vor ihren Augen in nichts auf, und der Junge verliert sich in einem gleißenden Weiß, das vielleicht Schnee ist, vielleicht auch nur Licht, eine Täuschung. Franziska schreckt hoch. Es gibt diesen Jungen nicht, hat ihn vermutlich auch niemals gegeben, es gibt nur ihren Vater, der reglos in seinem Astronautenbett vor sich hindämmert.

Sie steht auf und öffnet das Fenster, lehnt sich ein paar Atemzüge lang in den brütenden Mittag. Staubgeruch. Stadtlärm. Das Laub der Platanen am Eingang der Klinik sieht welk aus, der Himmel so kraftlos, als sei ihm das Blau weggebrannt worden. Sie stellt das Fenster auf Kipp, schaufelt am Waschbecken kaltes Wasser in ihr Gesicht und bestückt die mitgebrachte Vase neben der Fotografie ihrer Mutter mit frischen Blumen. Sonnenhut, Phlox und Lavendel aus dem Garten. Der vierte Tag seit dem Sturz ist das heute. Und der zweite Tag, an dem ihr Vater nicht mehr auf der Intensivstation liegt. Ein Fortschritt wohl. Oder ein anders beginnender Anfang vom Ende. Im Seitentrakt dieser Station ist ihre Mutter gestorben. Vielleicht sogar im selben Bett, in dem ihr Vater jetzt vor sich hindämmert. Schlechtes Karma also. Oder gar keins. Oder eins, dessen tieferen Sinn sie schlicht nicht verstehen kann. Karma, das Prinzip von Handlung und Wirkung und den wiederum daraus folgenden Handlungen, die untrennbar verknüpft sind.

Und wie geht es jetzt weiter mit ihm?

Sie müssen Geduld haben. Wir reduzieren die Beruhigungs- und Schmerzmittel nur schleichend, um den Organismus daran zu gewöhnen.

Und wenn Sie damit fertig sind, wird mein Vater aufwachen?

Davon gehen wir aus, ja.

Und das heißt konkret was?

Das wissen wir noch nicht, aber ein Sturz in diesem Alter und dazu noch die Polyneuropathie ... Es wird ein langer Weg, aller Voraussicht nach aber wird Ihr Vater nicht mehr so selbstständig leben können wie zuvor.

Und was genau heißt das?

Wir müssen abwarten, bitte.

Dieselben Fragen und Antworten, die sich wiederholen. Dieselben Wege, die sie zwischen ihrem Elternhaus und der Klinik zurücklegt. Vier Tage lang erst, aber es könnten auch Wochen sein. Monate. Jahre. Das Zeitgefühl kommt ihr abhanden, das Leben, das sie über Jahrzehnte geführt hatte – anders und unabhängig und weit entfernt von ihren Eltern –, entgleitet. Wie von einem unsichtbaren Gummiband gezogen, ist sie unverhofft wieder ganz an den Anfang zurückkatapultiert worden. 1972 hat sie in diesem Krankenhaus die Mandeln entfernt bekommen, selbst das scheint auf einmal wieder gegenwärtig. Ein Saal voller Betten mit kranken Kindern, zwischen denen Schwestern in grauen Kitteln und weißen Hauben hin und her huschen. Ihre Mutter durfte sie jeden Tag eine Stunde lang besuchen, und dann klammerte sie sich an ihre Hand und versuchte, ihr zu vermitteln, dass sie den klebsüßen Tee aus dem Schnabelbecher unmöglich trinken konnte und stattdessen Wasser wollte, einfach Wasser. Aber ihr Hals war zu wund, alles, was sie hervorbringen konnte, war eine Art Fiepen, und ihre Mutter begriff zwar ihre Not, aber verstand nicht, was sie wollte, küsste sie, streichelte sie und verschwand wieder, sobald die Schwestern sie dazu aufforderten.

Und ihr Vater, was will er, was braucht er in seinem Raumschiffbett? Wird er tatsächlich wieder aufwachen und fähig sein, das zu äußern, wird er Hilfe von ihr überhaupt akzeptieren? Sein Schlafanzug ist am Halsbündchen verschlissen, sein Kinn ist unrasiert, sein Mund steht halb offen. Sie ergreift seine Hand, streichelt vorsichtig seine Finger, glaubt, ein zaghaftes Flattern als Antwort zu fühlen.

«Papa?»

Nichts, kein Flattern mehr, keine Regung.

Sie streichelt ihn weiter. Sachte, sehr sachte. Es ist viel zu warm und zu stickig in diesem Zimmer, und die Raumschiffgeräte summen und fiepen, wie soll hier jemand gesunden?

«Ich geh jetzt und erledige ein paar Dinge und komme später noch einmal wieder.»

Das leise Schnappen der Zimmertür hinter ihr, ein vager Geruch nach Fäkalien und zu dünnem Kaffee auf dem Flur, die Fotografien kraftstrotzender Bäume, die Versorgungswagen der Pflegekräfte, zwei leere zerwühlte Betten, ihre eiligen Schritte – alles vertraut schon und doch jedes Mal wieder ein Schock. So ist das jetzt also, so ist das, gewöhn dich daran, Franziska.

Irgendwo stöhnt jemand, irgendwo fiept ein Alarm. Franziska tritt in den Aufzug, lehnt sich an die kühle Metallwand. Wenn sie tut, was sie sich vorgenommen hat, gibt es kein Zurück mehr. Ist es das Richtige, will sie das wirklich? Hat sie denn überhaupt eine Alternative?

Mosaikpflaster ziert den Gehsteig des Jugendstilviertels hinter dem Krankenhaus. In einer der prachtvollen Villen befindet sich das Planungsbüro ihrer Schwester, innen empfangen Franziska gekühlte Luft, Grünpflanzen und eine junge Frau im Hosenanzug, die sie über mehrere Monitore und Telefone hinweg mustert.

«Franziska Roth, ich müsste etwas im Büro meiner Schwester nachschauen.»

«Die Schwester, aha. Gehen Sie einfach durch. Herr Dr. Jandel ist da und kann Ihnen sicher helfen.»

Herr Dr. Jandel. Thomas. Er springt auf, als Franziska eintritt.

«Franziska. Was willst du?»

«Nur so eine Idee. Ich dachte, vielleicht hätte Monika hier —.»

«Den Safecode? Vergiss es. Aber ich verstehe auch ehrlich nicht, warum du ... Ich hab dir eine Kopie der Patientenverfügung besorgt, und die Vollmacht ist auf dich übertragen worden, das reicht doch.»

«Nein, das reicht nicht, Thomas.»

«Franziska. Bitte. Ich versuche hier neben tausend anderen Dingen, Monikas Team zu unterstützen und wenigstens noch den Auftrag in Dubai zu retten, und du ...»

«Wenn wir Muttis Nähzimmer plattmachen, wird mein Vater den Umbau im Leben nicht akzeptieren.» Mutti — wann hat sie das zuletzt gesagt, woher kam das auf einmal? Und *mein Vater* stimmt auch nicht, er ist schließlich auch Monikas Vater. Egal jetzt. Sie zwingt sich, Ruhe in ihre Stimme zu bringen. «Es muss noch eine andere Lösung geben, ich brauch nur etwas Zeit.»

«Die Pläne sind durch, Herrgott noch mal, begreif das. Königs weiß, was er zu tun hat, und wird in zwei Tagen anfangen.»

«Du besprichst dich mit Königs, aber mit mir nicht?»

«Das hätte ich schon noch.»

«So geht das nicht, Thomas. So geht das verdammt noch mal überhaupt nicht.»

«Und du kannst das beurteilen, ja?»

«Durchaus, ja. Auf dem Hof haben wir nämlich ... Egal. Darum geht's nicht. Ich weiß jedenfalls ungefähr, wie mein Vater tickt. Unser Vater.»

«Ach, tatsächlich?»

«Ich denke schon, ja.»

Thomas schnaubt, wendet sich ab, reißt eine Schublade des Archivschranks auf, rammt sie gleich wieder zu.

«Und Moka weiß das auch. Unser Vater ist stur. Er wird es nicht akzeptieren, wenn wir das Nähzimmer plattmachen. Du hast mir doch selbst gesagt, dass sie sich über den Umbau zerstritten hatten, bevor Moka ...»

Thomas dreht sich wieder zu ihr, eine schnelle, gereizte Bewegung. «Lass Moni da raus!»

«Das kann ich nicht, sie ist immerhin meine Schwester. Sie wird doch nicht ewig in dieser Klinik bleiben müssen, sie wird wieder zurückkommen, und dann muss doch auch sie ...»

«Sie kann jetzt aber nicht. Sie will nicht. Sie will ja nicht mal ...»

«Ja?»

Thomas schüttelt den Kopf, aber einen Augenblick lang glaubt sie trotzdem, sie sei zu ihm durchgedrungen, doch im nächsten Moment hat er sich schon wieder unter Kontrolle.

«Sorry, Franziska, aber ich muss hier jetzt wirklich.»

«Sag Monika wenigstens, dass die Ärzte davon ausgehen, dass er bald wieder ansprechbar sein wird», sagt sie leise.

«Was? Wer?»

«Unser Vater. Dein Schwiegervater. Heinrich.»

«Heinrich. Ja, klar.»

«Sag ihr das bitte.»

Draußen legt sich der Sommer auf ihre Haut wie eine feuchtwarme Decke, und ohne zu überlegen, lenkt sie ihre Schritte hinauf zur Mathildenhöhe. Sie weiß nicht, wie viele Male sie diesen Weg schon gegangen ist. Oft, sehr oft. Sie hat ihn geliebt, diesen Platz über der Stadt, der wie ein ganz eigener Raum scheint, ein bisschen entrückt, als würden die Ideale der Künstler und Architekten, die diesen Ort so erdacht und gebaut hatten, um der Kunst und der Freiheit zu huldigen, noch immer nachklingen. Franziska bleibt stehen. Sie war so oft hier, so gerne und ist trotzdem gegangen, ohne sich noch einmal umzudrehen. Erst jetzt, Jahre, Jahrzehnte später, begreift sie, dass sie diesen Platz vermisst hat.

Sie steht sehr still, lässt den Blick schweifen. Alles noch da: die Russische Kapelle und die Ausstellungshalle, der Fünffingerturm, die Pavillons, der Platanenhain, die Skulpturen. Sogar die Boulespieler. Auf der Wiese neben dem mit Jugendstilmosaiken verzierten Brunnenbecken dösen ein paar Jugendliche zu den Rhythmen aus einer JBL Box. Zwei asiatische Touristen fotografieren die goldene Kuppel der Kapelle. Aber ihr einstiger Stammplatz auf der oberen Mauer der Brunneneinfassung ist frei, und dort, unter dem schlummernden Steinriesen, ist sie wie früher in ihrer eigenen Welt und hört nur das Rauschen der Fontänen. Franziska streckt die Beine aus. Die Steine sind warm, sehr warm, die Sonne sticht aus einem weißlichen Himmel und steht immer noch hoch, obwohl der Tag schon so lang war. Es ist zu heiß hier, einfach zu heiß. Sie denkt an Thomas in Monikas klimatisiertem Büro, den Moment tiefer Erschöpfung, den sie an ihm zu spüren geglaubt hatte. Auch sein Leben ist aus dem Tritt geraten. Genauso wie ihres. Und Monikas. Und dennoch geht es immer weiter und weiter.

Schweiß läuft ihr übers Gesicht, aber sie bleibt trotzdem sitzen. Wenn sie die Augen schließt, werden die Jugendlichen im

Gras zu Anna und Artur und den anderen aus der Clique, und ihr Kopf ruht auf Arturs Bauch und Annas Kopf auf ihren Beinen, sie teilen sich eine Zigarette, manchmal auch einen Joint, und Artur dreht eine ihrer Haarsträhnen um seine Finger. Oder er spielt Gitarre, Dylan am liebsten, *All Along the Watchtower. Blowin' in the Wind. Like a Rolling Stone.* Seine Stimme ist tief, und sie kratzt ein wenig, eine Gänsehautstimme, manchmal singt sie die zweite Stimme dazu, und dann putzt Anna sich die Nase und sagt, *ihr klingt wie zwei Elfen, ihr Süßen, ihr solltet echt auftreten.* Oder Artur gibt ihr die Gitarre, und sie spielt die Songs, die sie sich selbst beigebracht hat, die Ballade vom Kaspar Hauser und die Moorsoldaten. *Mein Mollmädchen*, nennt Artur sie dann, legt seinen Kopf auf ihre Beine und schaut zu ihr auf, als könne er sich niemals sattsehen. Als würde nur das für ihn zählen.

Sie waren glücklich gewesen. Jetzt, hier, im Rückblick, erkennt Franziska das plötzlich. Sie hatten sich zwar nicht für glücklich gehalten, keiner von ihnen, viel zu bedroht schien ihnen die Welt dafür zu sein, viel zu kaputt schon. Und sie selbst war zerrissen zwischen der Liebe zu ihren Eltern und diesem neuen, aufregenden, so ganz anderen Leben, das sie mit Artur und Anna entdeckte. Und doch waren sie glücklich gewesen. Auch Artur. Glücklich und unbeschwert auf eine Weise, wie es nur möglich ist, wenn man jung ist und an seine Träume glaubt. Wenn man das Scheitern zwar fürchtet, aber noch nicht erlebt hat.

Sie öffnet die Augen wieder. Sie muss in den Schatten, muss wieder ins Krankenhaus zu ihrem Vater, muss dringend zurück nach Mühlbach und Axel Königs anrufen. Und noch etwas muss sie tun, als Allererstes sogar, muss sich endlich dazu überwinden. Hier, jetzt, auf ihrem einstigen Lieblingsplatz. Wenn sie das jetzt nicht tut, wird sie es niemals schaffen.

Das Telefon in ihrer Hand dann. Lars' Eintrag im Adressbuch hatte sie in Indien gelöscht, aber in der Liste der unbeantworteten Anrufe findet sie seine Nummer. Sie erkennt sie sofort, es ist noch dieselbe wie früher. Sie setzt sich aufrechter hin, drückt auf Verbindungsaufbau.

«Franziska hier», sagt sie, sobald Lars sich meldet, sagt es schnell, damit sie nicht zögert oder doch wieder auflegt. «Ich hab mich entschieden. Ihr könnt den Hof haben. Ich verkaufe euch meine Anteile.»

*

MANCHMAL STELLT SIE SICH VOR, wie es hätte sein können: Die Eltern und Monika, die sie zum Abschied umarmen und ihr Glück wünschen, stolz darauf, dass sie erwachsen geworden ist und auszieht. Ihre Mutter, die ihr vor dem Tod noch einmal die Hand drückt. Artur, der zumindest versucht, sich ihr zu erklären, bevor er von diesem Dach springt. Lars, der zu einem Zeitpunkt, als noch etwas zu retten war, zu ihr sagt: *Ich bin nicht mehr glücklich mit dir, Zis, wir müssen etwas verändern.*

Womöglich wäre sie dann trotz der Trennung auf dem Hof geblieben. Womöglich hätte auch ihr Vater nicht aufgehört, mit ihr zu reden, solange er das noch konnte, und Monika auch nicht, und dann würde sie sich jetzt nicht fühlen, als balancierte sie auf einem Drahtseil, ohne zu wissen, ob sie abstürzt oder je auf der anderen Seite ankommt und was sie dort erwartet.

Wenn – dann, wäre nicht – hätte ich. Eine Illusion ist es, das Leben auf diese Weise verstehen zu wollen. Eine noch größere Illusion, zu glauben, die Zukunft sei planbar. Sie weiß das und plant und hofft insgeheim trotzdem. Sie will, dass sie noch eine Chance bekommt und einen Lebenssinn findet. Einen Beruf. Ein Zuhause. Eine neue Liebe. Sie will nicht wieder und wieder loslassen müssen – auch ihren Vater nicht, jedenfalls nicht, bevor das, was sie niemals geklärt haben, endlich geklärt ist.

Und wenn das gelänge, was dann? Der Abschied wird dennoch kommen, und er wird wehtun – sonst ist es kein Abschied.

*

KÜSS MICH, DENKT SIE, SOBALD Artur sie ansieht. Küss mich, küss mich, küss mich. Doch Artur hat anderes vor, vielleicht weil er sie nicht hübsch genug findet oder zu jung oder einfach nicht als ein Mädchen betrachtet, mit dem er ausgehen möchte. Aber er schickt sie auch nicht weg, und er druckt ihre Artikel. Nicht alle natürlich und kaum jemals, ohne dass sie sie zuvor überarbeitet. Aber das verlangt er auch von den anderen, und obwohl es natürlich viel leichter ist, bei den Redaktionssitzungen zu debattieren und Geschichten zu planen, als sie zu vollenden, ist es auf eine Art noch viel aufregender, alleine mit Artur zurückzubleiben und die von ihm redigierten oder sogar selbst verfassten Artikel mithilfe von Duden und Synonymwörterbuch Korrektur zu lesen, noch ein bisschen an ihnen zu feilen und sie schließlich ins Reinformat zu tippen.

«Kommst du heute Abend noch rein, Zissy, kann ich auf dich zählen?»

Immer häufiger fragt Artur das, und sie nickt jedes Mal und sagt ihren Eltern, sie schlafe bei Anna oder treffe sich in einer Lerngruppe oder erfindet Schulveranstaltungen und Geburtstagspartys, und wenn das alles nichts hilft, stiehlt sie sich aus dem Haus, durch den Keller und über die Felder zu dem Graben, in dem sie schon am Nachmittag ihr Fahrrad versteckt hat. Sie will so nicht sein, sie will ihre Eltern nicht anlügen, aber es gibt keine andere Möglichkeit, weil sie ihr jedes Treffen mit Artur außerhalb der offiziellen Schulzeit strikt verbieten. Der falsche Umgang sei er, die ganze Schulzeitung nur pubertäres rotes Geschreibsel. Sie mögen auch Anna nicht, aber sie hassen Artur, dabei haben sie ihn überhaupt nur einmal gesehen. Und Monika spielt ihnen in die Hände und tut so, als wüsste sie Dinge über Artur, die jede weitere Diskussion erübrigen, bloß weil sie und er mal in einer Schulklasse gewesen waren, bis Artur die Elf wiederholen musste.

Unstet sei er, sagen sie. Unstet und ungut. Ein Aufwiegler. Und damit zumindest haben sie ja recht. Es gibt keine halben Sachen für Artur. Er schont niemanden, am allerwenigsten sich selbst. Die Wahrheit will er und nur die. Die Wahrheit über Atomwaffen, Umweltgifte, Kapitalismus, und wenn sie auch wehtut. Er brennt, denkt Franziska. Er brennt lichterloh, aber in diesem Feuer kann sie auch seinen Schmerz spüren, diesen Schmerz, den sie selbst kennt. Weil es nicht reichen wird, was sie tun können. Weil die Welt trotzdem zugrunde gehen wird, egal wie sehr sie auch brennen und kämpfen. Und dann, was wird dann sein?

«Zis, hey, da bist du.»

«Klar, ja, hab ich doch versprochen.»

Sie zieht die Tür des Redaktionskellers hinter sich zu, sucht ihr von der Fahrradfahrt wild schlagendes Herz zu beruhigen und die Angst auszublenden, dass ihr Vater sie doch bemerkt hat und ihr gefolgt ist, dass er hier jeden Moment hereinplatzt und sie zurückholt. Oder dass ihre Mutter aufwacht und noch einmal nach ihr schauen will und also merkt, dass sie nicht in ihrem Bett liegt und auch nirgends im Haus ist.

«Also, was liegt an?»

Nie, niemals, wird sie Artur diese Angst verraten, Angst vor ihren Eltern ist uncool, und sie ist schließlich sechzehn, kein Kind mehr. Ist es überhaupt Angst vor ihren Eltern oder nur Angst um ihre Mutter? *Mach deine arme Mutti nicht traurig. Sie hat schon so viel verloren, sie kann das nicht verkraften, wenn du immer wegläufst. Du ruinierst sie sonst, hörst du, du ruinierst uns alle und dein Leben gleich mit – das willst du doch nicht wirklich?*

Sie setzt sich neben Artur an den Konferenztisch. Blass sieht er aus, übernächtigt, die Nägel kurz gekaut, die Augen gerötet. Kein Wunder ist das, denn der Aschenbecher neben seinem Schreibblock quillt schon wieder über, und der Tee in der Tonkanne mit der gesprungenen Tülle ist ebenso kalt wie die halb leer gegessene Dose Ravioli.

«Da, lies, ich hab deinen Einstieg noch etwas verändert, was meinst du?»

Seite eins, da soll ihr Artikel hin, sagt das Layout. Hitze steigt ihr ins Gesicht, als Artur ihr das zeigt. Sie riecht seinen Atem, Schwarzer-Krauser-Tabak und Ravioli, nimmt einen Hauch Waschmittel und Sandelholz wahr, als Artur sich näher beugt und dann doch wieder von ihr abrückt.

Wenn er sie küssen würde, wäre diese ganze Hibbeligkeit, mit der er seine strähnige Mähne mithilfe eines Einweckgummis zu einem Dutt zwirbelt, mit Bleistift, Pauspapier und Radiergummi hantiert und im nächsten Moment schon wieder auf die Tastatur der Elektroschreibmaschine einhämmert, wie weggefegt. Ganz sanft würde er sie berühren, spinnwebenweich und zeitlupenlangsam, das weiß sie. Sie träumt davon, träumt von dieser einen Bewegung, mit der Artur sie an sich ziehen würde, um sie zu küssen. Eine Frage wäre dieser erste Kuss, eine Einladung, nicht so ein peinliches Gefummel und Gesabber wie das der Jungs aus ihrer Klasse. Und sie würde Arturs Einladung folgen – sie würde ihr folgen und dann ... *Ja, was, Zissy, was denn*, fragt Anna, mit der sie das endlos durchdekliniert. Was sie tun kann, was anziehen, was sagen, damit Artur sie endlich ... Wie es dann sein würde.

Franziska kramt ihren Tabak aus der Umhängetasche mit den Stickern. Drum light, sie kann inzwischen blind Zigaretten drehen, mit Filter, perfekt gerade, genau wie fertig gekaufte. Sie schnappt sich Arturs Feuerzeug, inhaliert, bläst den Rauch Richtung Kellerdecke. Ihr Gesicht glüht immer noch, und ihr Herz schlägt noch schneller als auf dem Fahrrad. Seite eins, ihre erste Kolumne. Mit ihrem Namen. Mit all diesen Fragen, die sie formuliert hat. Einfach nur so, sie wollte das eigentlich überhaupt niemandem zeigen, außer Anna vielleicht, aber Artur saß auf der Mathildenhöhe plötzlich neben ihr. *Darf ich mal lesen – oh, cool, ist gebongt Zissy.*

Hier läuft so viel schief, hat sie begonnen. *Wenn ich nach Indien fahren würde oder nach Afrika oder mich in einem israelischen Kibbuz verdingen, könnte ich ganz bestimmt so viel mehr bewirken als hier in Deutschland. Aber hier sitze ich und schreibe. Ich klebe in diesem Land fest, in meinem Leben, und ich weiß, dass das politisch gesehen wahrscheinlich falsch ist und außerdem feige und trotzdem auch richtig, alles zugleich, das macht mich ganz wahnsinnig ...*

Sie springt auf und kocht Tee. Kirsche mit Marzipanaroma. Sie trinken ihn aus den Tassen, die einmal Henkel gehabt hatten und einen Goldrand. Sie halten sie mit beiden Händen – *wie die Zen-Meister,* sagt Artur – und spielen mit Überschriften und Vorspannen, bis Artur sich endlich zurücklehnt und lächelt.

«Das war's, so passt das, jetzt kleben wir das so ins Layout.»

Sie kann das manchmal kaum glauben: Dass sie das wirklich ist, dieses Mädchen im Afghanhemd mit der Wildlederjacke und dem Stirnband, das hier weit nach Mitternacht im Schulkeller Artikel aufklebt. Dass sie im Impressum steht. Auf der Titelseite. Die rechte Hand des Chefredakteurs Artur Bellmann. Und dass Artur sie danach zwar nicht küsst, aber immerhin eine Flasche Rotwein aus dem Regal zieht.

Eine 1,5-Liter-Flasche Maître Simon. Im Supermarkt liegt die im alleruntersten Regal, für 1,79 Mark. Wenn Anna und sie eine holen, brauchen sie immer ewig, die zu öffnen, so fest sitzt der Korken, meist klemmt Anna sich die Flasche zwischen die Beine, und sie hängt sich mit ihrem ganzen Gewicht an den Korkenzieher, und sie ziehen und ziehen, bis der Korken endlich ein Einsehen hat und nachgibt. Aber Artur hat seine eigene Methode, er zerbröselt den widerspenstigen Korken einfach mit seinem Taschenmesser, drückt die Reste in die Flasche und kippt den Wein durch einen Teefilter in ihre Gläser. Nicht am Konferenztisch, sondern in der Besprechungsecke mit den um zwei leere Kisten drapierten Matratzen und Autositzen.

Wenn sie jetzt sofort heimradelt, kann sie zu Hause vielleicht noch so tun, als habe sie irgendwelche Schulkameraden getroffen. Warum macht sie das nicht? Sie liebt ihre Eltern doch und Monika genauso, wie kann es dann sein, dass sie es trotzdem nicht mit ihnen aushält?

Sie leert ihr Glas, schenkt sich gleich noch mal nach. Als sie sich das letzte Mal mit ihrer Mutter gestritten hat, ist die regelrecht versteinert, und dann hat sie plötzlich zu schreien begonnen und sich selbst geohrfeigt, das war schlimmer als alles andere, diese schönen, sonst immer so liebevollen und geschickten, auf einmal rasenden, fliegenden Hände.

«Artur?» Franziska setzt ihr Glas ab.

Artur hebt den Kopf. In seinen Malzbonbonaugen spiegeln sich die Flammen der Kerzen. Sie funkeln wie Sterne, denkt sie, und dass sie es nicht aushalten kann, auch nur eine Sekunde länger so mit ihm zu sitzen. Und auch Artur scheint das zu empfinden, sein Gesicht wird weicher und immer weicher, als würde er eine Maske abstreifen, sieht das aus, ganz fremd und doch seltsam vertraut. Und dann sind sie eins, liegen ihre Lippen auf seinen und seine auf ihren, und sie weiß, dass es nicht genug ist, ihn nur zu küssen, dass es so nie genug ist. Alles will sie von ihm. Alles. Mit ihm und von ihm.

«Halt, Zissy, warte.» Artur fasst sie an den Schultern und schiebt sie ein Stück von sich, nicht wirklich sehr weit weg, aber so, dass er sie ansehen kann.

«Was?» Eine Silbe nur, wie ein Krächzen. Die plötzliche Kühle auf ihrer Haut sticht wie tausend Nadeln.

«Es ist nicht gut, wenn wir so ... Ich bin nicht ... also ich will dir nicht wehtun, verstehst du?»

«Du tust mir nicht weh.»

«Ich werde weggehen. Ich mach die Schule noch fertig, und dann hau ich nach Berlin ab.»

«Dann komm ich halt mit.»

«Ohne Abi?»

«Und wenn schon.»

Das Kerzenlicht flackert auf seinem Gesicht. Vielleicht sieht es deshalb so aus, als würde er gleich weinen. Nein, sicher nicht. Ihr Herz rast. Sie wartet. Sie kann das nicht aushalten.

Und dann, gerade als sie denkt, sie muss schreien, zieht er sie wieder zu sich und hält sie sogar noch fester als vorher. Und seine Zunge ist so weich und so gut mit der ihren, und seine Hände sind auf ihrer Haut, auf dem Rücken, dem Bauch und auf ihren Brüsten, dann in ihrer Jeans, und alles zerfließt, es fühlt sich so gut an.

Ein Laut auf ihren Lippen, beinahe wie ein Schluchzen. «Scheiße, Zis, scheiße», flüstert Artur. «Ich will dich doch auch, ich will dich schon so lange, und wir leben nur einmal.»

*

WIE VIEL VERANTWORTUNG HAT man für das Glück seiner Kinder? Wie viel Macht überhaupt, ihre Geschicke zu lenken? Ein einziges Jahr nur trägt eine Ameisenbärenmutter ihr Junges mit sich herum, danach ist ihre Aufgabe erfüllt, und beide gehen ihrer Wege, als sei nichts gewesen. Johannes Kindheit war bis zu dem Augenblick, in dem ihre Eltern sie in den Zug nach Darmstadt gesetzt hatten, uneingeschränkt glücklich gewesen und zerbrach ein halbes Jahr später endgültig mit einem sinkenden Schiff in der Ostsee. Er selbst hatte sich auf der Welt wie ein Fremder gefühlt, bis er Johanne begegnet ist. Erst mit ihr hat er erfahren, wie es ist, ein Zuhause zu haben und zu lieben. Und wie es ist, wenn diese Liebe verloren zu gehen droht.

Sie sollen es gut haben, unsere Kinder, Heinrich, sie sollen glücklich sein, glücklich. Sie haben gelebt für dieses Ziel, sie haben beide gekämpft dafür, alles gegeben, und mussten sich doch einer größeren Macht beugen.

Es ist genug jetzt. Es muss jetzt genug sein. Es war nicht dein Fehler, nicht unserer, glaub das bloß nicht. So oft hat er Johanne das versichert. Dass sie aufhören muss, sich mit der Vergangenheit zu quälen, und stattdessen nach vorn blicken, dass das die einzige Möglichkeit ist. Dass sie sonst verrückt wird. Sie und er auch. Dass sie doch immer noch seine Familie sind. Dass sie schon so vieles geschafft haben. Wer irgendwo ankommen will, kann nicht bei jedem Schritt wieder zweifeln, zurückblicken.

Ich weiß, Heinrich Liebster, ich weiß das, hat Johanne geantwortet. Und konnte doch nicht loslassen, bis zuletzt nicht.

*

ALS ER ZU SICH KOMMT, kriecht etwas über seine Stirn, dann über die Wange zum Hals und verharrt dort. Heinrich öffnet die Augen. Dunkelheit, Helligkeit, ein verschwommener Umriss. Das, was eben noch auf seinem Hals lag, verschwindet, dafür rüttelt jemand an seinem Arm und sagt etwas, das er nicht versteht. Fremde Laute, mehrfach die gleiche Abfolge fremder Laute. Eine Frage vielleicht. Erneut müht sich Heinrich, die Augen zu öffnen, nimmt ein Gesicht wahr, uralt, voller Runzeln, ein derbes Kopftuch. Die Bauersfrau! Gleich wird sie ihren Mann holen oder Soldaten, sie werden ihn packen und aus dem Verschlag zerren und wie einen räudigen Köter verprügeln und in den Schnee jagen. Heinrich will sich aufsetzen, zurückweichen, aber sein Körper gehorcht nicht, und die Alte legt einen gichtkrummen Zeigefinger auf ihre Lippen und presst ein Stück Brot zwischen seine Finger.

Heinrichs Herz rast, sein Arm gehorcht ihm nur mühsam. Die Alte erhebt sich, stöhnt, zieht sich zurück. Sie muss einmal stattlich gewesen sein, so groß wie der Habicht, aber jetzt wackelt sie tief gebeugt auf einen Stock gestützt zu den Hühnern und spricht auch mit ihnen. Eine uralte Stimme hat sie, sie knarzt wie die Balken des sicherlich ebenso alten Schuppens. Aber dem Federvieh scheint's zu gefallen, es gackert und schlägt mit den Flügeln und die Alte schleppt sich zu ihrer Kuh, zerrt den Melkschemel in Position und lässt sich mit einem Stöhnen darauf nieder.

Ihre Joppe ist aus grobem Tuch, die Röcke sind vielfach geflickt, bestimmt trägt sie mehrere übereinander. Kein Wunder bei diesem unerbittlichen Winter. Heinrichs Herz rast noch schneller, als er das blecherne Tröpfeln des Milchstrahls im Eimer vernimmt. Milch, echte Milch, lauwarm sicher noch. Er glaubt, die sogar zu riechen. Einen Schluck nur, einen einzigen Schluck davon nur für ihn, das wäre ... Aber selbst wenn er die Sprache der Alten beherrschte, er bringt keinen Ton raus, sein Mund ist so trocken und seine Kehle so wund, als habe ein Messer darin gewütet. Eine Halsentzündung hat er. Und wahrscheinlich auch Fieber, weil ihm heiß ist und zugleich eisigkalt, weil er nun, da er zu sich gekommen ist, nicht aufhören kann zu zittern.

Heinrich! Heinrich! Ist es Traum, ist es Wirklichkeit, ruft da tatsächlich jemand seinen Namen? Schatten huschen über ihn, weit entfernt glaubt er, immer noch dieses Tröpfeln zu hören. Er reißt die Augen erneut auf. So anstrengend ist das, so schwer sind die Lider, fallen gleich wieder zu. Als er das nächste Mal zu sich kommt, kann er sich immer noch nicht bewegen. Oder träumt er das auch? Er lauscht, hört ein Scharren und ein Geräusch, das klingt wie das Mahlen großer Zähne. Und ein Lied hört er. Dunkel und wehmütig. Die Bauersfrau ist das wohl, die dieses Lied singt. Singt ein Lied für die Kuh. Heinrich rutscht vorwärts, mühsam, sehr mühsam, und lugt in den Stallgang. Tatsächlich, da hockt die Bauersfrau neben ihrer Kuh auf dem dreibeinigen Schemel. Melkt sie und singt und drückt die runzlige Wange an deren magere Flanke, und die Kuh ihrerseits hat ihren Kopf gedreht und legt ihr triefendes Maul auf die Schulter ihrer Herrin.

Das hat er nicht gewusst, dass eine Kuh so sein kann, so innig, fast zärtlich. Heinrich sinkt wieder in sein Strohnest, und als er die Augen das nächste Mal öffnet, ist kein Tröpfeln mehr zu hören, kein Lied, nur leises Glucksen und Schnaufen. Aber am Ende seines Verschlags steht ein Emaillebecher. Milch! Die Alte hat ihm Milch hingestellt. Und ein Brotfladen liegt direkt daneben. Und auch der ist noch lauwarm. Heinrich zittert so sehr, dass er den Becher kaum fassen kann. Tränen laufen ihm über die Wangen, als er den ersten Schluck schlürft. Tränen der Dankbarkeit, weil diese Milch so gut schmeckt wie noch nie etwas auf der Welt. Tränen der Scham, weil er ihr ein Ei geklaut hat und sie ihm vom Kostbarsten schenkt, was sie hat. Ihm, dessen Volk ihr Land besetzt hält und Frauen wie sie als Polackenschlampen verachtet.

Er muss ihr das sagen. Wenn sie das nächste Mal wiederkommt, muss er ihr das sagen. *Dziękuję*. Das Wort ist auf einmal da. Ein Wort, das er in Züllichau auf dem Markt so oft gehört hat, auch auf dem Bahnhof. *Dziękuję*. Danke heißt das, es muss danke heißen, doch, er ist sicher. Er flüstert das Wort in den Stall, während er in sein Strohnest zurückkriecht und das Licht wieder schwindet.

Gefechtslärm lässt ihn hochschrecken, und im nächsten Moment blitzt der Schein einer Gaslampe über die Wände.

«Schaut, schaut, was ich habe!»

«Volltreffer!» Jemand lacht. «Kocht das Weib uns erst mal eine gute Suppe.»

Deutsche Stimmen sind das. Deutsche Soldaten. Warum gibt er sich nicht zu erkennen, er ist schließlich ein deutscher Junge? Aber er kann nicht. Selbst als sich die Todesschreie der Hennen mit dem heiseren Geheul einer gepeinigten Frau mischen, gibt er keinen Laut von sich, kann er sich nicht bewegen.

*

LANGSAM GEHT FRANZISKA durchs Haus, sieht sich alles noch einmal an, geht eine weitere Runde und fotografiert jeden Raum, jede Wand, jeden Winkel und alle Möbel. Bald wird hier nichts mehr so sein, wie es in ihrer Erinnerung immer gewesen ist, auf der Straße vor dem Küchenfenster steht bereits der von Axel Königs angekündigte Container. Aber noch ist sie allein hier, noch hat sie nicht mit dem Entrümpeln begonnen, und also hängt sie das Ameisenbärenbild wieder an seinen Platz neben dem Schreibtisch ihres Vaters, räumt die Ordner zurück in seine Schränke, fotografiert auch hier alles und lässt sich danach aufs Parkett sinken wie früher als Mädchen, als sie ihrem Vater und Monika dabei zugesehen hat, wie sie einen Plan zeichneten oder etwas berechneten.

Sie steht wieder auf und klemmt die Patientenverfügung und die Vorsorgevollmacht unter den Briefbeschwerer. Ihr Vater wünscht sich keine lebensverlängernden Maßnahmen, sollte er zu einem selbstständigen Leben nicht mehr in der Lage sein. Was ist selbstständig und was nicht? Keine Angaben dazu, ein Zwischenraum, Grauraum ist das. Im Zweifelsfalle sollte Monika entscheiden, was zu tun oder eben nicht mehr zu tun ist. Nur Monika und nicht sie, so hatte ihr Vater das verfügt – und nun ist trotzdem sie zuständig. Ohne das Wissen ihres Vaters, ohne seine Zustimmung. Sollte er wieder erwachen und ansprechbar sein, wird er diese Entscheidung revidieren. Vielleicht wird er ihr sogar vorwerfen, dass sie ihn gerettet hat, weil er sterben wollte. Vielleicht aber auch nicht, denn vor seinem Sturz hatte er sie ja doch auch im Haus gewähren lassen, es gab sogar Momente, in denen sie gedacht hatte, sie würden sich einander annähern.

Hat er das auch so empfunden? Sie weiß es nicht. Sie weiß überhaupt nichts. Als sie am späten Nachmittag noch einmal an seinem Bett saß, reagierte er mit Unruhe auf ihre Berührungen und auf seinen Namen. Als die Nachtschwester seinen Katheter überprüfte, begann er etwas zu murmeln, aber was er zu sagen versuchte, konnten sie nicht verstehen.

Vielleicht ist er nie wieder zu einem selbstständigen Leben in der Lage.

Wie bitter das für ihn sein muss, gerade für ihn, den Läufer, den Macher, der immer vorausgehen wollte, den Weg der Familie Roth nicht nur ebnen, sondern bestimmen. Oder hat ihr Vater das alles längst losgelassen und ihre Schwester womöglich auch, und sie ist die Letzte, die immer noch festhält? Die Standuhr mit dem goldenen Pendel beginnt zu schlagen, neun dumpfe bedächtige Schläge. Ein Anachronismus sind diese Schläge, die zu jeder halben und ganzen Stunde durchs Haus hallen, genau wie das stetige, überlaute Ticken des Uhrwerks. Nach dem Tod ihres Vaters wird sie diese Standuhr verkaufen, in einem Antiquitätengeschäft oder auf eBay. Sie wird das Pendel anhalten oder das Laufwerk einfach nicht wieder aufziehen, denn sie will diese Uhr nicht in ihrem Leben haben, vor allem nicht dieses konstante Ticken. Und doch wünscht sie sich, dass diese Uhr auf immer hierbleiben könnte, in diesem Zimmer ihres Vaters, gegenüber dem Ameisenbären, auf der anderen Seite des Schreibtischs.

Sie kann hier nicht weg, diesmal nicht. Diesmal muss sie tatsächlich bleiben. Nicht aus Pflicht oder Not oder um etwas nachzuholen oder gar wiedergutzumachen, denn das geht nicht. Womöglich nicht einmal aus Liebe, sondern einfach nur, um etwas zu verstehen – so überwältigend klar trifft Franziska diese Erkenntnis, dass es wehtut.

Im Nähzimmer zieht sie das Bettzeug von der Chaiselongue und schiebt den Beistelltisch wieder dorthin, wo er gestanden hatte, als ihre Mutter noch lebte. Sie fotografiert auch hier alles, steht dann eine Weile vor dem Zuschneidetisch und betrachtet die beiden silbern gerahmten Fotografien: die Mutter als Mädchen, mit ihren Eltern und Geschwistern. Die Mutter als junge Mutter mit ihr als Säugling in den Armen, der Vater daneben, sein Arm um die Schultern der Mutter, Klein-Monika, die mit rührendem Stolz in die Kamera blickt und sich an sein Bein lehnt. Zwei perfekte Familienporträts sind das, auch wenn die Rahmen schon lange nicht mehr geputzt wurden. Einen Wimpernschlag lang sieht Franziska wieder vor sich, wie Uroma Frieda ein riesiges Taschentuch aus ihrer roten Zauberhandtasche zückte, die Bilder eines nach dem anderen polierte und mit einem Seufzer zurück an ihren Platz hängte. Und wie ihre Mutter ihr stumm dabei zusah und so wirkte, als wollte sie ganz weit weg sein.

Franziska steht reglos. Die so früh und brutal aus dem Leben gerissenen Eltern und Geschwister ihrer Mutter spielten so eine große Rolle, aber was eigentlich war mit der Kindheitsgeschichte ihres Vaters? Sie weiß so gut wie gar nichts davon, auch an Traurigkeit von ihm kann sie sich nicht erinnern, nicht einmal an Wut, nur an die endlosen Diskussionen, in denen er sich mühte, jedes Argument, das seinem Weltbild entgegenstand, zu widerlegen, und an sein Schweigen, als es ihm nicht mehr gelang, sie von seiner Sicht zu überzeugen. Wie er sie dann gar nicht mehr richtig angesehen hat, sondern stumm die Laufschuhe anzog und ohne sie losrannte und sehr lange nicht zurückkam.

Aber das war später, viel später, nachdem sie Anna und Artur kennengelernt hatte. Auf dem Foto mit Monika und ihr als Säugling sieht er einfach nur stolz aus und glücklich und ihre Mutter genauso. Und doch schien ihre Mutter jedes Mal zu erstarren, wenn Uroma Frieda es betrachtete und seufzte. Franziska nimmt das Bild von der Wand, schaltet das Deckenlicht an, wischt den Staub vom Glas. Von ihr selbst ist eigentlich nur die Nasenspitze zu sehen, aber ihre Mutter hält sie im Arm und lächelt. Das Lächeln wirkt echt – und doch ist irgendetwas an diesem Bild irritierend. Sie dreht es herum. Auf die Rückseite des Rahmens ist Pappe getackert, die Klammern sind rostig. *Noch sind wir alle*, hat ihre Mutter mit rotem Filzstift quer über die Pappe geschrieben. Vermutlich Jahre nachdem dieses Bild entstanden ist, denn die Schrift sieht so aus wie in ihren späteren Lebensjahren. Ein bisschen gehetzt und unordentlich, beinahe zornig.

Franziska hängt das Bild wieder an die Wand. Ihr Herz sticht. Draußen senkt sich die Dämmerung herab, im rostigen Licht der Straßenlaterne wirkt der Container so plastisch, als sei er lebendig.

Ihre Mutter war am Boden zerstört, weil sie fortging, das weiß sie. Das ist nichts Neues. Wieder und wieder haben ihr Vater und Monika das vorgeworfen. Irgendwann in ihrer Verzweiflung hat ihre Mutter dann wohl diese vier roten Worte auf das Familienglückfoto geschrieben, und nun will ihr Vater an diesem Zimmer genau so, wie es ist, festhalten, deshalb muss sie jetzt wirklich nicht schon wieder weinen.

Sie wischt die Tränen fort, geht in die Küche und schenkt sich ein Glas Wein ein, kippt es direkt wieder in den Ausguss. Auf den Kacheln über der Spüle schimmern die Prilblumen wie Augen. Das Haus ist zu still und zu voll. Sie kann es nicht bändigen, das Haus nicht und die Erinnerungen nicht, völlig unmöglich.

«Franziska, Franziska!»

Kaum dass sie im Garten den Schlauch in die Hand nimmt,

schwenkt Edith Wörrishofen hinter den Staketen ein weiteres Körbchen.

«Ich hab noch mal Eier für euch. Und Himbeeren. Nimm bitte, nimm nur. Wie geht's ihm?»

«Ich weiß es nicht. Die Ärzte sagen, dass er bald aufwachen wird, aber wie es dann weitergehen wird, ob er je wieder hier leben kann, alleine ...»

Sie wünscht sich ein Sommergewitter und Regen, tagelang Regen, reinigend und nährend, denn auch wenn sie den Garten wieder am Leben halten kann, werden die Wiesen an seinem Ende von Tag zu Tag schlapper und brauner, sogar die Buchen am Waldrand werfen schon ihr Laub ab, die Fichten vertrocknen, die Kiefern, die Parkbäume, Straßenbäume, ganze Landstriche. Aber es wird keinen Regen geben, sofern der Wetterbericht recht hat. Der Sommer bleibt, brennt sie aus, brennt die Welt nieder, lehrt sie das Fürchten. Und doch, solange sie barfuß in Shorts und Trägertop im feuchten Gras steht und den Humusduft in sich aufsaugt und die Würze der Kräuter, spürt sie immer noch seinen einstigen Zauber. Alles überbordend und fruchtbar, voller Verheißung.

Sie reduziert den Wasserdruck, legt den Schlauch an den Fuß einer Rose. «Es wird in nächster Zeit etwas lauter hier werden, weil wir umbauen müssen», sagt sie über das Rauschen hinweg zu Edith. «Obwohl ich eigentlich gar nicht weiß, ob mein Vater ...»

«Man muss manchmal losgehen, ohne den Weg schon zu kennen.»

«So ist das wohl, ja. Aber das ist nicht einfach.»

«Dein Vater hat mir das mal gesagt. Einfach losgehen. Dass das manchmal die einzige Chance ist.»

«Mein Vater?»

«Erstaunt dich das so?»

«Ach, ich weiß nicht. Ja, doch. Er hat ja nie gerne etwas dem Zufall überlassen.»

«Es ist lange her. Mir hat er mit diesem Satz sehr geholfen.»

«Wie das?» Sie legt den Schlauch an die nächste Rose. *Compassion*. Mitgefühl. Pfirsichfarben, nach Pfirsichen duftend. *Schau nur, wie wunderschön sie ist, Zissy. Jede Blüte ein Gedicht und ganz eigen.*

Edith schaut unergründlich in die Ferne, scheint dann einen Entschluss zu fassen und richtet den Blick wieder auf Franziska. «Ich war unglücklich damals, sehr unglücklich. Hubert war – also, er hatte ein gutes Herz, aber er war sehr versehrt und ... Es ging immer schlechter mit uns, und ich ... ich hatte Angst. Ich spürte genau, ich würde zugrunde gehen, wenn ich bliebe. Aber wie sollte ich das schaffen, ein unabhängiges Leben? Ich hatte ja nicht einmal einen Beruf gelernt und brauchte als seine Ehefrau damals sogar Huberts Einwilligung, um mich überhaupt irgendwo zu bewerben.»

«Und mein Vater hat dir geholfen?»

«Er hat mir gesagt, dass ich gehen muss. Trotzdem. Einfach nur losgehen. Dass sich mein Weg schon finden wird, solange ich mein Ziel kenne.»

«Und du hast das beherzigt, daran kann ich mich noch erinnern: Plötzlich warst du weg und bist nicht mehr wiedergekommen, und kurz darauf waren auch die Hühner verschwunden.»

«Ach, meine Guten. Die armen Viecher. Hubert hat sie damals in seinem Schmerz einfach alle ...» Ediths Hand deutet einen Kehlschnitt an, ihr Blick flieht in die Ferne.

Hubert Wörrishofen hat Ediths Hühner getötet. Das hat sie nicht gewusst, aber trotzdem getrauert, wenn sie an dem neu von ihm gesetzten Maschendrahtzaun entlangschlich. Keine Hecke mehr, kein Durchschlupf, keine Hühnerstallwonne, keine glucksenden Hennen, keine Edith, die ihr Eier zusteckt oder Pfannkuchen mit Zimt und Zucker. Die Eltern, die das nicht erklären wollen und ihr verbieten, nach drüben zu starren. Das Getuschel im Dorf und die Blicke der Nachbarn, sobald Hubert Wörrishofen aus dem Haus tritt. Vage Bilder sind das, genauso vage wie das ihres Old-Shatterhand-Vaters, der eine Hippiefrau mit rosa Haarschopf aus dem Partykeller in den Heizungsraum lotst und die Tür schließt. War das Edith Wörrishofen gewesen? Hatten die zwei eine Affäre, ist sie deshalb ein paar Monate später verschwunden?

«Er war katholisch, mein Hubert. Eine Scheidung stand für ihn vollkommen außer Frage», konstatiert Edith Wörrishofen.

«Darum bist du am Ende wieder zurückgekommen?»

«Ach, das ist eine andere Geschichte.» Edith nickt, als wollte sie sich das selbst bestätigen. «Es waren ja einige Jahrzehnte vergangen, mein Liebster war leider gestorben, und Hubert war sehr gebrechlich geworden, und ich hatte ... Es war ja immer mein Haus geblieben, das Erbe meiner Eltern.»

Was sagen dazu, was fragen? Franziska wittert die Untiefen, will da nicht hinunter.

«Du siehst so müde aus, mach besser bald Schluss hier.» Edith Wörrishofen hebt die Hand und stakst auf ihre anmutige Weise zurück zu ihrer Terrasse. Einen Sari aus blauer Seide trägt sie an diesem Abend, ihr Silberhaar und ihr silberner Gehstock schimmern bei jeder Bewegung, bis sie sich im Zwielicht verlieren.

Doch auf der Holzstufe des Gartenhauses steht immer noch das Körbchen mit den beiden Eiern und den Himbeeren. Franziska schiebt es beiseite, stößt die Gartenhaustür weit auf, beleuchtet das Innere mit der Taschenlampe ihres Handys. Verrostete Gartengeräte, Säcke voller vertrocknetem Saatgut, ausrangierte Blumenkübel, Plastikstühle, Gerümpel. Damit wird sie beginnen, gleich am Morgen um sechs, noch bevor sie ins Krankenhaus fährt: all das hinausschaffen zum Container. Nur die Sitzbank aus massivem Teak zerrt sie jetzt schon zum Apfelbaum, holt sich ein Glas Wein und Sitzpolster, trinkt den Wein auf dieser Bank mit Blick auf die Walnuss.

Eine Feuerstelle könnte sie hier gut einrichten. Aus dem Gartenhaus könnte ein Yoga- und Meditationsraum entstehen. Und aus dem Anbau, den ihr Vater früher als Werkstatt genutzt hat, eine neue Wohnküche. Dann könnte aus der Küche im Haus ein barrierefreies Bad werden, aus dem Essplatz ein Schlafzimmer, und das Nähzimmer ihrer Mutter bliebe erhalten.

Woher sind diese Bilder so plötzlich gekommen? Sie zieht die Knie hoch und lässt sie wirken, isst Ediths Himbeeren direkt aus dem Korb, ohne sie zu waschen, wie Monika und sie früher. Sie wünscht sich, sie könnte sich mit ihrer Schwester besprechen. Wünscht sich, es gäbe noch eine Verbindung. Vielleicht gibt es die ja trotz allem. Vielleicht huschen sie alle beide noch immer durch diesen Garten und halten sich an den Händen, wie zu ihren besten Zeiten. Wenn sie sich lange genug auf diese unsichtbare Wirklichkeit einlässt, taucht womöglich sogar dieser einsame Junge aus ihrem Traum auf. Und sich selbst findet sie dann auch wieder: als Sechzehnjährige in Schlagjeans und Afghanhemd, die schon halb aus dem Gartentor geeilt ist, um die Welt zu retten, und sich doch noch einmal umdreht. Vielleicht fliegen ja selbst die Leuchtkäfer noch, vielleicht sind die nie ganz fort gewesen, sondern schweben auch jetzt durch die Büsche, und sie hat nur verlernt, sie zu sehen. Oder sie fliegen noch, aber leuchten nicht mehr.

Franziska stellt Ediths Körbchen beiseite und legt sich ins Gras. Es ist feucht, und es pikt, aber sie bleibt trotzdem liegen. Es könnte möglich sein, denkt sie. So könnte es mit dem Haus wirklich gehen.

*

WEITERMACHEN, IMMER WEITER. Die Toten zurücklassen und nach vorn schauen. Er weiß nicht, woher diese Worte gekommen sind, aber er sagt sie sich vor, im Rhythmus seiner Schritte, die andere Schritte geworden sind, weil er nicht mehr die ledernen Halbschuhe trägt, sondern die Filzstiefel aus dem Schuppen. Viel zu groß sind die Stiefel für ihn, aber er hat sie mit Stroh ausgestopft, blind, instinktiv, ohne zu zögern, nachdem das Geschrei der Bauersfrau und das Johlen der Soldaten endlich verstummt waren. Kein Ei mehr für ihn, kein Hühnergegacker zum Abschied, nur die dem Tod geweihte Kuh. *Dziękuję. Dziękuję.* Er ist in den Verschlag gekrochen, hat die räudige, knochige Flanke getätschelt, den mageren Bauch und das Euter, hat gedrückt und geknetet und an den Zitzen genuckelt, bis nichts mehr kam und er halbwegs gesättigt in die eisige Nacht taumelte und den Schuppen zurückließ, die Kuh und die Bäuerin, die Soldaten.

Weitermachen, immer weiter. Haben sie seine Spuren entdeckt, als der Tag graute? Werden sie ihn verfolgen? Er weiß es nicht, er hatte keine Zeit, keine Kraft, sie zu verwischen, er kann nur hoffen und sich weiter vorankämpfen, Schritt für Schritt, immer weiter.

Weiß um ihn wieder, unbarmherziges Weiß und die schwarzen Skelettstämme vereister Bäume. Es wäre so viel leichter, wenn er auf der Landstraße gehen könnte, aber das ist zu gefährlich, denn da rollen die Panjewagen und Panzer, sind die endlosen Flüchtlingstrecks und die Toten. Gehängt an den Bäumen, erschossen, erfroren. Der Wind hat sich gedreht, kommt jetzt aus Westen, als wollte er ihn zurückhalten, pfeift ihm durch die Hosen und die dünne Jacke. Längst kann er sein Gesicht nicht mehr fühlen, die Hände und Oberschenkel, nur die Füße und Waden in den polnischen Stiefeln scheinen noch lebendig. Heinrich duckt sich an einen Baumstamm, zückt erneut seinen Kompass. Nach Westen, nach Westen, durch den Wald jetzt. Auch der stemmt sich ihm entgegen, will ihn nicht ziehen lassen. Heinrich keucht. Keine Kraft mehr für Tränen. Keine Kraft mehr für irgendetwas als seine mühsamen Schritte. Der Tod wird ihn holen, es gibt kein Entkommen, selbst auf der Lichtung, die sich nun vor ihm öffnet, liegt ein Toter.

Heinrich verharrt, lauscht, wagt sich dann langsam vor. Ein Russe wohl. Ein Russe mit einem roten Stern auf der Mantelbrust. Langsam umkreist Heinrich ihn.

Kein Gewehr, keine Mütze, keine Handschuhe, keine Hose, keine Stiefel. Keine Spuren von irgendwem, und doch muss jemand all das genommen haben und ist damit verschwunden. Die bloßen Zehen und Hände des Soldaten sehen blau aus, die langen Nägel bräunlich und hornig, wie Tierklauen. Mund und Wangen sind von einem mit blutigem Raureif besetzten Bart überwuchert, die Augenhöhlen leer gepickt von den Krähen – und doch scheint es Heinrich, als würde der Tote ihn ansehen.

Heinrichs Herz jagt in pumpenden Stößen. Er beugt sich vor, schiebt die Hand in die erste Manteltasche, dann die zweite. Nichts. Gar nichts. *Verzeih mir, verzeih mir.* Heinrich packt den Mantelärmel und beginnt, daran zu zerren. Aber der Soldatenkörper ist ganz und gar steif gefroren und zu schwer, und Heinrichs fühllose Hände finden im Mantelstoff keinen Halt. Und doch, und doch – er kann sich noch mehr anstrengen, kann seine Finger in Klauen verwandeln und die Zähne ins Tuch schlagen und sich mit den polnischen Stiefeln gegen den kalten Leib stemmen, sich zurückwerfen und festhalten, festhalten, festhalten. Vielleicht macht ein Ameisenbär das genauso, lässt nicht los, was er einmal zu greifen begonnen hat, wie sollte er sonst allein überleben?

«Gib her, gib das her, du!» Heinrich zerrt, tritt und winselt, und endlich rutscht der Soldatenarm aus dem Ärmel, und mit weiteren Tritten und Flüchen, mit Drücken und Schieben gelingt es Heinrich schließlich auch, den steifen Leib auf die Seite zu hieven. Den Mantel freizerren muss er jetzt und das Tuch von den roten Eiskrusten auf dem Rücken ablösen, den Körper noch weiter drehen und den anderen Ärmel greifen, bis der Mantel endlich sein ist und der Soldat in Uniformjacke und Unterhose im Schnee liegt. Mager ist er. Und eingemacht hat er sich auch. Und jung sieht er auf einmal aus, gar nicht so viel älter als er.

Ein Jahr noch, dann dürft auch ihr kämpfen für den Endsieg und unseren Führer. So lange her, so endlos lange her, dass der Direx das beim Morgenappell gebrüllt hat. Und doch ist es Heinrich nun, da er den blutigen Mantel überstreift, als müsste er jeden Moment wieder unter der Fahne den Arm heben. Wird der Endsieg noch kommen, oder geht der Krieg einfach immer nur weiter?

Ein goldenes Kreuz trägt der Russe um den Hals. Ein Kreuz mit drei Querbalken und seine Marke. Heinrich zögert, lässt ihm dann aber beides. Die Söhne der Nachbarsfrau sind in Stalingrad gefallen, im Abstand von nur drei Wochen. Nur zwei Monate zuvor war ihr Mann an der Westfront geblieben. Als die Wehrmacht zum dritten Mal vorfuhr, begann die Nachbarsfrau zu schreien und ließ sich nicht mehr beruhigen. So unerträglich war das, dass die Nachbarn sich beschwerten und das Militärauto noch einmal kam und sie mitnahm. Danach blieb sie stumm, nur wenn sich ihr jemand zu nähern versuchte, begann sie zu wimmern. Selbst in den Bombennächten huschte sie mit leerem Blick durch die Straßen, statt in den Luftschutzkeller zu flüchten. Und dann eines Tages nicht mehr, und in ihr Haus zog eine neue Familie mit zwei blonden Mädchen.

Nazipack, flüsterte seine Mutter. So leise, dass Heinrich schon im nächsten Moment nicht mehr sicher war, ob er richtig gehört hatte. Aber etwas an der Art, wie sie ihn festhielt – ungewohnt innig an ihren Busen gepresst –, ließ ihn zu dem Schluss kommen, dass sie das tatsächlich gesagt hatte. Nicht zu rühren wagte er sich da, kaum zu atmen, nichts zu fragen, und ihr Herz hämmerte an seinen Rippen, bis sie ihn ebenso abrupt wieder losließ und sich eine Zigarette anzündete.

Du hast Glück, Heinrich, Glück, verstehst du?, sagte sie und stieß eine Rauchsäule Richtung Himmel. *Du hast Glück, weil du zu jung bist, deshalb musst du nicht in den Krieg ziehen.*

Glück. Er hatte ihr nicht widersprochen, aber bei sich gedacht, wie albern das klang, *in den Krieg ziehen*. Denn der Krieg war ja nichts, wo man hinging, der Krieg kam über sie, er war schon längst über sie gekommen, er bestimmte ihr Leben. Erst jetzt, während er in dem gestohlenen russischen Mantel durch den Wald stolpert, kommt es ihm so vor, als ob seine Mutter womöglich doch recht gehabt hätte. Er hatte Glück gehabt bislang, doch wie lange würde das anhalten?

Vielleicht war der Krieg ja schon vorbei, und Hitler mit seiner Wunderwaffe hatte doch noch gewonnen. Vielleicht hatten die Soldaten im Haus der Bäuerin deshalb so laut gejohlt. Oder die Russen hatten gewonnen. Oder die Amerikaner. Jetzt in diesem Moment konnte der Krieg vorbei sein, und wenn das so wäre, hieße das wohl, dass er noch eine Chance hätte, und also kämpft er sich vorwärts. Es wird nicht leichter so, jeder Schritt ist ein Kraftakt, aber der Mantel hält ein wenig den Wind ab, und nach einer Weile fühlt Heinrich zum ersten Mal wieder seine Oberschenkel und sogar die Finger, weil die Ärmel so lang sind, dass seine Hände darin verschwinden. Es tut weh und sticht wie glühende Nadeln, die in wundem Fleisch bohren, aber das ist der Preis, weil mit dem Schmerz auch die Wärme zurückkehrt.

*

EIN SCHWEIGENDER IST IHR VATER gewesen, sobald es um ihn selbst ging. Seine Kindheit und Jugend – reduziert auf ein paar wenige Eckdaten und Sätze. Seine Gefühle – konzentriert auf das Glück seiner Frau und den Zusammenhalt der Familie.

Macht eure Mutter nicht traurig. Nehmt Rücksicht. Nehmt Rücksicht.

Und was ist mit uns, Papa?

Ihr seid stärker. Ihr seid bei uns geborgen und glücklich. Sie hat zu viel verloren.

Aber was, Papa, macht sie so traurig? Sie hat doch jetzt uns.

Keine Antwort darauf. Vage Ausflüchte nur. Die immer gleichen Floskeln von Krieg, Flucht, Vertreibung und kindlicher Entbehrung. Vor allem aber: sein unbändiger Optimismus. Seine Lieder und Witze. Seine Tatkraft. Sein unverrückbarer Glaube, wenn man nur will und sich anstrengt und nach vorn blickt, gibt es für jedes Problem eine Lösung, kann alles gut werden.

Und wenn er doch einmal traurig war oder mutlos, was dann? Sie weiß es nicht, dabei müsste sie es doch wissen, sie sind so oft zusammen gelaufen, sie hat zu ihm aufgeblickt und ihn bewundert, er hat mit ihr geredet. Er muss ihr in diesen Jahren doch mehr von sich gezeigt haben als immer nur seine Pläne für sie und die Familie und die ewigen Sorgen um die Stimmungen ihrer Mutter.

Oder nicht? War ihm das gar nicht möglich? Er war mit der Kinderlandverschickung in Polen und einer der wenigen aus seiner Klasse, die lebend zurückkehrten, das weiß sie. Im zerstörten Berlin hat er seine Mutter wiedergefunden und nach dem Abitur verlassen, um in Darmstadt neu anzufangen. Er hat sie kaum je besucht oder eingeladen. Aber er hat sie trotzdem beerdigt, so wie seine Mutter das verfügt hatte. Ein Jugendfoto von ihr als Schauspielerin hängt zwischen den anderen Familienporträts im Wohnzimmer. Sie hält eine Zigarettenspitze zwischen den schlanken Fingern und wirft den Kopf in den Nacken, schön und fern wie Marlene Dietrich.

Hat er sie geliebt, zumindest als Junge? Hat er um sie geweint? Und um sie, seine jüngere Tochter? An Härte und stumme Wut kann sie sich erinnern. An endlose Diskussionen. Ihr Vater ließ ihre Argumente nicht gelten, wiederholte die seinen, die er als Fakten bezeichnete, bis zur blinden Erschöpfung, selten nur schrie er, meist lief er, wenn alles nichts half, durch die Wälder.

Ein anderes Schweigen als das ihrer Mutter ist seines gewesen, eines ohne Selbstvorwürfe und Abgründe. Lodernd dafür.

Du musst zurückkommen, Franziska. Für deine Mutter.
Und auch für dich, Papa?

Das hat sie ihn nie gefragt, hat das nicht gewagt. Oder hat sie gefragt – und er nicht geantwortet?

*

LEER GERÄUMT UND BEI TAGESLICHT wirkt das Gartenhaus wie eine Einladung, und also lässt Franziska die Tür weit offen stehen und frühstückt mit Blick darauf unter der Walnuss, obwohl sie nicht sagen könnte, wem diese Einladung gelten soll. Sieben Uhr erst, die Hitze des neuen Tags ist zwar schon zu ahnen, aber noch liegt der Garten im Schatten, im Gras blitzen Tautropfen, und der Himmel wirkt frisch, als ob alle Sorgen um den Klimakollaps ins Reich der Märchen gehörten. Sie trinkt ihren Tee, legt den Hinterkopf an den Baumstamm.

Sag, was ich tun soll, mein Freund, sag es.

Nichts, keine Antwort, natürlich keine Antwort. Die Zeiten, als Bäume zu ihr gesprochen haben, sind unwiederbringlich vorüber. Dafür hört sie auf der Straße eine Autotür schlagen, springt auf und geht Axel Königs entgegen.

«Danke, dass Sie direkt herkommen.»

«Ist nicht weit von mir, aber Axel und du bitte. Also?»

«Ich habe, wie gesagt, ein paar Ideen und hätte gern Ihre, also deine Meinung dazu.»

Er nickt, sieht sie an. Wartet. Will sie ihn duzen? Eigentlich nicht. Aber nun ist die Entscheidung gefallen, also Häkchen dran und weiter.

«Am besten, wir schauen uns das an.» Sie lotst Axel Königs zum Anbau, dann über die Terrasse durchs Wohnzimmer in die Küche.

«Kaffee oder Wasser?»

«Nein, passt schon.» Er beugt sich über seine ursprünglichen Pläne und den Grundriss, die sie auf dem Küchentisch ausgerollt hat. Zieht Pauspapier aus seiner Tasche und beginnt zu skizzieren. Läuft wortlos noch einmal in den Anbau und kehrt nach einer Weile wieder. Er kommt ihr nicht zu nah, in keiner Weise, und doch scheint die Küche in seiner Gegenwart enger zu werden, und je mehr seiner Fragen sie beantwortet, desto mehr kommt es ihr vor, als würden sie nicht nur über den Umbau sprechen, sondern auch über etwas anderes.

Sie tritt einen Schritt zurück, lehnt sich an die Spüle. 7:30 Uhr. Sie muss los, ins Krankenhaus, wo ihr Vater möglicherweise erwacht ist oder im Begriff ist zu erwachen. Mit viel Glück wird er dann ansprechbar sein, sie erkennen und nicht direkt wieder wegschicken. Sie wünscht sich, dass es so sein wird. Wünscht sich, sie müsste nicht über seinen Kopf hinweg für sein weiteres Leben entscheiden. Aber darauf, dass er das bald – oder überhaupt jemals – wieder selbst können wird, darf sie nicht setzen, versichern ihr die Ärzte. Ein weiteres Arztgespräch steht in jedem Fall auch an. Weitere Untersuchungen.

Axel Königs tippt auf seine Skizze. «Der Übergang vom Haus in den Anbau ist knifflig.»

«Knifflig und machbar? Oder unmöglich?»

Er mustert sie. Zögert. «Du meinst das echt ernst, oder?»

«Ich hätte in jedem Fall gern, dass du den Plan und die Kosten entsprechend überarbeitest.»

«Und wenn ich das getan habe?»

«Das entscheiden wir dann.»

«Heute noch?»

«Heute.»

Sie gibt ihm zum Abschied die Hand, schwingt sich auf ihr Rad, lässt ihn alleine im Haus zurück. Falsch-richtig-falsch-richtig-falsch-richtig. Zwei Worte im Takt ihrer Pedaltritte. Die Sonne flirrt grün durch die Baumkronen, malt ein Schattenbild auf die Wege. In ihrem Rucksack brummt schon wieder ihr Handy. Verstummt. Brummt gleich nochmals. Lars, der mit ihr reden will. *Einmal noch, hier im Hof, Ziska, bitte, bevor wir uns beim Notar treffen, das bist du uns schuldig.*

Sie zwingt ihre Gedanken ins Jetzt zurück, konzentriert sich auf die Bewegung. Sechs Kilometer nur bis in die Stadt, die letzten drei führen leicht bergan, und ihr Atem beginnt zu fliegen, weil sie ihr Tempo nicht mindert. Das Ortsschild dann und die Tankstelle, vis-a-vis dem Institut für Biologie, ohne dessen Forschung es Annas und ihren Mehlmottenjob nicht gegeben hätte. Sie lässt es hinter sich, biegt nach rechts in den Radweg zum Krankenhaus ein, der am Woog entlangführt. Für Sekunden wird der Blick auf den Sprungturm frei, und sie denkt an Edith mit ihrer knallrosa Badekappe, wie sie die Arme ausbreitete und absprang und wie ihr schwimmender Vater gelacht hat, den Daumen ins Blaue hob und alles gut schien.

Sie stellt ihr Fahrrad ab und prüft ihr Handy. Zwei Anrufe. Erst Anna und dann das Krankenhaus. Beide, ohne eine Nachricht zu hinterlassen. Sie hastet los, behält das Telefon in der Hand, bis sie auf der Station ist.

«Sie hatten eben versucht, mich zu erreichen?»

«Frau Roth, ach, da sind Sie.» Die Pflegerin mit dem blonden Zopf und den Ohrpiercings kommt ihr auf dem Flur entgegen und fasst ihren Ellbogen. «Das habe ich, ja. Kommen Sie, bitte. Wie gut, dass sie hier sind.»

*

ETWAS WARMES IN SEINEM GESICHT. Warm, feucht und rau. Die Kuh! Ihre riesige Zunge leckt ihm über die Wangen, die Stirn, sogar die Lider. Er will das nicht, bei aller Dankbarkeit kann er das nicht zulassen. Er versucht, die Kuh wegzuschieben, aber sie ist hartnäckig.

«Nein. Nicht!»

Kühle auf seiner Haut. Eine Art Murmeln, das keinen Sinn ergibt, als spräche jemand unter Wasser.

Johanne. Johanne? Heinrich öffnet die Augen. Keine Johanne, dafür ein fremdes Gesicht, das näher kommt und sich auflöst, ein trockenes Tuch legt sich über sein Gesicht, reibt sanft, streichelt, riecht nach Seife, verschwindet.

Licht beißt als Nächstes und wird milder, als ein anderes Gesicht auf ihn zuschwimmt. Johannes Gesicht, das ihm so lieb, so vertraut ist. Aber was ist mit ihrer Frisur – wieso trägt sie das Haar in diesem komischen Knoten?

Das Murmeln schwillt an und kommt näher, ruft nach ihm, zieht ihn. Er war fort, sehr weit fort, weiß er plötzlich, er hatte gedacht, dass es mit ihm vorbei ist. Wo ist er?

Heinrich blinzelt erneut. Franziska. Ihre Lippen vor seinem Gesicht. Unterwassergemurmel. Warme Tropfen auf seinen Wangen. Sie weint, warum weint sie?

«Musst doch nicht weinen.» Die Silben raspeln in seiner Kehle. Kommen die überhaupt raus, kann Franziska ihn hören? Johanne hatte nicht gewollt, dass er das Testament nochmals ändert, bis zuletzt hatte sie darauf beharrt, aber er wollte – ja, was, was denn?

Ein Plastikröhrchen schiebt sich zwischen seine Lippen. Pfefferminzgeschmack dann. Lauwarmer Pfefferminztee. Den mag er überhaupt nicht, aber er schluckt. Schluckt gleich noch einmal, weil er Durst hat. Durst und Hunger auf einmal. Genug jetzt, er will sich aufsetzen, umschauen. Keine Chance, er kommt einfach nicht hoch, kann sich nicht einmal auf die Seite drehen. Die Arme gehorchen ihm auch nicht. Aber etwas bewegt sich trotzdem. Das Bett drückt ganz sanft in seinen Rücken und befördert ihn in eine halbwegs sitzende Position.

Ein Krankenhausbett. Er erkennt die Bettwäsche mit den dünnen grünen und blauen Streifen wieder, den dunklen Holzschrank, die hellgelbe Wand, den grauen Plastiktisch und die zwei roten Stühle für die Besucher. Fast drei Monate lang haben Monika und er darauf gesessen, zu beiden Seiten von Johannes Kopfende, und ihre Hände gehalten, *bleib, Liebchen, bleib noch.*

«Herr Roth! Hallo! Guten Morgen, da sind Sie ja wieder!» Ein Arzt sagt das, ein halbes Kind noch, aber mit tiefer Stimme, das ist besser als dieses Gemurmel.

«Wissen Sie, wo Sie sind?»

Heinrich nickt.

«Sie sind im Elisabethenstift in Darmstadt.» Der Arzt lächelt, als sei das etwas Schönes. «Sie hatten einen Unfall. Nachts. Zu Hause.»

«Was ist?» Zwei kleine Worte nur, aber sie raspeln und kratzen. Wieso ist das so anstrengend?

«Erinnern Sie sich?»

Unfall. Zu Hause. Unscharfe Bilder. Sie foppen ihn, wirbeln. «Sie sind gestürzt. Sie haben sich das rechte Bein gebrochen und die Hüfte.»

Der Arzt taucht weg. Gemurmel folgt. Heinrich versucht, sich dorthin zu drehen. Wenn er schon nicht hören kann, will er wenigstens sehen, aber er kann sich nicht bewegen. Sie haben ihn eingegipst, deshalb, sie wollen ihn hier festhalten.

«Sie haben Glück gehabt, Herr Roth.» Unverhofft schwebt das Arztgesicht wieder vor ihm. «Ihre Tochter hat sie noch rechtzeitig gefunden.»

Heinrich nickt. Seine Tochter. Monika! Aber wo ist sie?

*

SIE SCHWIMMT. SCHWIMMT im Woog, taucht ins Algengrün ab, lässt sich treiben. Das Krankenhaus abspülen. Das Warten und Hoffen und Bangen. Den Anblick ihres Vaters, der zwar erwacht ist und ansprechbar, aber immer noch so fragil scheint. Dem Tod so viel näher als dem Leben.

Musst doch nicht weinen. Hat er das wirklich gesagt, hat sie das richtig verstanden? Die Hörhilfen muss sie ihm mitbringen, wie konnte sie die vergessen. Den Arzt hat er offenbar einigermaßen verstanden, aber sie nicht. Zu hohe Frequenz, vielleicht einfach nur deshalb.

Aber er hat sie erkannt. Ein tiefes Erkennen war das, eines aus dem Herzen. Wir sind vom Gleichen. *Musst doch nicht weinen.*

Franziska taucht an die Oberfläche und beginnt zu kraulen. Lange Züge, einmal quer durch den See und direkt wieder zurück und dann bis zu der hölzernen Badeplattform mit den dösenden jungen Leuten. Sie zieht sich zu ihnen hinauf, legt sich auf den Rücken. Nachmittag schon, doch die Sonne brennt immer noch, als ob sie am Zenit stünde, ein Irrsinn, das zu genießen. Und dennoch bleibt sie mit geschlossenen Augen liegen, bis ihr die Hitze doch wieder zu viel wird und sie dieselbe Strecke noch einmal schwimmt – hin und her bis zur Plattform.

Bauchlage diesmal, die Wange auf den gefalteten Händen.

Sachtes Schaukeln und Glucksen, träges Blinzeln ins Licht, das Kichern der anderen, die Sonne auf ihrer Haut eine warme Liebkosung. Ab und an springt einer, und die Mädchen kreischen. Kaskaden glitzernder Tropfen stieben auf, fliegen und fallen zurück ins Wasser. Süßseegeruch. Ein Reiher kreuzt, gleitet tiefer. Majestätischer Flügelschlag, langer Schnabel, kreisrunde gelbe Augen, die anders wahrnehmen, anders und anderes. Dahinter der Sprungturm. Wenn Artur gewartet hätte, bis sie, wie verabredet, nach Berlin kam. Wenn er sie angerufen hätte. Oder ihr wenigstens etwas hinterlassen, einen Brief, eine Postkarte, eine mickrige Zeile zumindest, ein T-Shirt, sein Halstuch, einen angebissenen Bleistift, irgendetwas zum Festhalten. Höhenangst hatte er, das war eins seiner Geheimnisse. Beim Schulschwimmen wollte er nicht mal vom 3-Meter-Brett springen, verbarg das hinter lautstarkem Protest gegen den Bahnendrill und die Stoppuhr, legte sich mit dem Lehrer an, bis er rausflog.

Aber schwimmen konnte er, fischartig beinahe, sich treiben lassen und tragen, mit dem Wasser verschmelzen. Seine Küsse im Waldsee schmeckten nach Algen, alles war intensiver, wenn sie sich unter Wasser berührten, umarmten, ihre kühle Haut an seiner, ihre tastenden Finger, und wenn niemand sonst dort war, sein Penis in ihr, ihre Beine um seine Hüften, fest, so fest, *lass mich nicht los, bitte,* seine Hände auf ihren Pobacken, die sie näher ziehen, näher, *du bist so gut, bist so gut, bist so gut, Zis.*

Sie richtet sich auf, springt kopfüber ins Wasser, beginnt wieder zu kraulen. Artur hatte auch andere Geheimnisse. Die Schwarzen nannte er die.

Die willst du nicht erfahren, Zis, glaub mir.
Doch, Artur, will ich.

Aber er hatte nur den Kopf geschüttelt, hatte sie ihr nie verraten.

Nicht weiterdenken jetzt, in der Gegenwart bleiben, die Erinnerung stoppen. Das hier ist ihre Auszeit, sie braucht sie, sonst kann sie nicht durchhalten, was sie sich vorgenommen hat, heute nicht und in den nächsten Tagen und Wochen erst recht nicht.

Hierbleiben. Hierbleiben. *So-ham. So-ham.* Sie taucht unter ins Grün, bis die Bilder von Artur verfliegen. Sitzt nur Minuten später mit noch nassen Haaren und leuchtender Haut mit Anna in dem Terrassenrestaurant hinter dem Sprungturm. Ein sehr später Lunch oder verfrühtes Dinner. Wasser, Roséwein und Steinpilzrisotto. Und Blaubeertarte zum Dessert mit frisch aufgebrühtem Pfefferminztee. Und die ganze Zeit ihre Worte, die leichtfüßig miteinander tanzen und doch auf den Punkt kommen. Ihre Umarmung zum Abschied.

«Bin ich verrückt, wenn ich das so durchziehe, Anna?»
«Ist doch egal. Du hast dich ja schon entschieden.»
«Hab ich das, wirklich?»

Anna lächelt. Sie pressen die Handflächen und ihre Stirnen aneinander, heben die Daumen zum Abschied und verschwinden, eine jede in ihr Leben. Und doch ist es danach etwas leichter geworden, auf einen der roten Stühle neben dem Raumschiffbett ihres Vaters zu wachen.

Er schläft mit halb offenem Mund und sieht zart aus, fast kindlich. Er schwindet, denkt sie, selbst die Maschinen sind stiller geworden, aber das liegt wahrscheinlich nur daran, dass ein paar davon fehlen, weil er die angeblich nicht mehr benötigt.

Wird er sich tatsächlich weiter stabilisieren und zurück in sein Haus kommen können? Wird er wieder stehen können und gehen, auf seinen eigenen Beinen, und sei es nur ein paar Schritte am Stock oder mit seinem Rollator? Will er das überhaupt – dieses Leben mit Einschränkung? Sie weiß immer noch nicht, was er am Safe wollte und ob sein Sturz nun ein Unfall war oder der Versuch, sich das Leben zu nehmen, bevor seine Töchter für ihn Entscheidungen treffen. Was wird, wenn er die nicht akzeptiert oder gar nicht mehr zurückkommen kann? Sie weiß es nicht. Sie kann nur tun, was ihr richtig erscheint. Jetzt. In der Gegenwart. Und hoffen, dass das nicht ganz falsch ist.

Lene öffnet ihr, als sie abends am Haus ihrer Schwester klingelt. Lene mit spiegelnder Sonnenbrille und Bikini und einem halb durchsichtigen Tuch um die schlanken Hüften.

«Pa telefoniert. Er kommt dann gleich runter», sagt sie über die Schulter und stolziert, ohne Franziska eines weiteren Blickes zu würdigen, zum Kühlschrank.

«Und Flo, wo ist der?»

«Keine Ahnung.» Lene nimmt sich eine Flasche Cola und verschwindet im oberen Stockwerk.

Warten also. Franziska geht auf die Terrasse und setzt sich zwischen die beiden Buddhaköpfe vor das Koibecken. Sie erwarten etwas von ihr, schieben und drängeln, sobald ihr Schatten aufs Wasser fällt. Futter wahrscheinlich. Vielleicht macht ihre Schwester das so: Heimkommen und die Kois füttern, vielleicht findet sie das entspannend. Wenn ihr Vater nach Monika fragt, wie soll sie ihm erklären, dass Monika fort und sie dafür da ist? Wie überhaupt irgendetwas? Es gibt so viele mögliche Antworten, doch keine scheint auch nur annähernd richtig.

«Franziska, ich fass es nicht», Thomas erscheint hinter ihr und wedelt mit einem Ausdruck des veränderten Umbauplans, die Kois stieben wild durcheinander. «Ich hab eben mit Axel telefoniert, also mit Königs! Das war, verdammt noch mal, strikt gegen unsere Verabredung, dass du mit ihm alles umschmeißt – noch dazu hinter meinem Rücken.»

«Ein Entwurf», sie steht auf. «Er hat nur eine AlternativIdee durchkalkuliert.»

«Ein ganz neuer Wohntrakt mit Glasfront zum Garten!»

«Den Anbau gibt es ja schon. Sogar die Anschlüsse für Strom und Wasser.»

«Und wennschon. Das kostet.»

«Zehn-, maximal zwanzigtausend laut Königs. Ich denke, das kommt etwa hin.»

«Denkst du. Na, dann.»

«Verdammt, Thomas, jetzt komm mal runter von deinem hohen Ross. Der Umbau ist so absolut realisierbar. In etwa derselben Zeit. Ihr selbst schwört auf Königs und habt ihn beauftragt.»

«Du kannst das doch gar nicht beurteilen, Franziska.»

«Ich kenn mich dank Niedenstein durchaus mit Umbauten aus.»

«Niedenstein.»

«Niedenstein, ja. Ein altes Hofgut mit Bioladen und Vertrieb, das Lars und ich gekauft und nach und nach ausgebaut haben.»

«Du besitzt Anteile an dieser Kommune?»

«Was hast du denn gedacht? Dass ich da all die Jahre lang nur im Matsch meinen Namen getanzt hab?»

Thomas lacht auf. «Chapeau, der war gut.»

Komm zum Hof, Ziska, komm wenigstens noch ein einziges Mal.
Und wozu Lars, was dann?

Da ist noch so viel, was wir ... Und deine Sachen, wir könnten ...

Hör auf damit, bitte.

«Ich gebe zu: Dein Plan ist nicht unattraktiv», sagt Thomas.

«Und das Nähzimmer bliebe erhalten.»

«Das wäre dann wohl ein Kampf weniger mit eurem Vater.»

«Ein Kampf weniger, ja.»

«Und die Küche wird er akzeptieren?»

«Zumindest eher als das Nähzimmer.»

«Bist du da sicher?»

«Ich weiß es nicht, ehrlich nicht. Ich kann das nur hoffen. Er ist heute aufgewacht, Thomas. Er war ansprechbar. Er hat mich erkannt. Ich bin sicher, er wird bald nach Monika fragen.»

«Hör auf damit, hör endlich auf, bitte. Moni kann nicht!»

«Ja, so viel habe ich verstanden.»

«Na großartig, herzlichen Glückwunsch.»

Sie starren sich an. Stehen unbewegt wie die zwei aufgespießten Buddhas. Vor ein paar Tagen hat sie in seinen Armen geweint, obwohl sie das niemals für möglich gehalten hätte. Aber geklärt hat es gar nichts, im Gegenteil, alles ist dadurch noch komplizierter.

Oder nicht? Sie hält Thomas' Blick. Wartet. Sucht nach den richtigen Worten. Sie wollte ihm anbieten, sich an den Umbaukosten zu beteiligen, sie wollte mit ihm über Monika sprechen, anders diesmal, ernsthaft, wollte ihm sagen, dass es ihr leidtut, sie wollte so vieles, aber jetzt bekommt sie die Worte nicht über die Lippen, sie weiß nicht vor noch zurück, kann nicht aus ihrer Haut. Kann nicht und muss doch.

«Thomas, ich möchte ...»

Thomas' Handy unterbricht sie. Er hebt die Hand, hält es ans Ohr, wendet sich von ihr ab.

«Florian, verdammt noch mal, wo steckst du, du solltest längst ... Was? Spinnst du? Kommt nicht infrage! Du kommst heim. Jetzt sofort. Keine ... Was? Verdammt!» Er tippt hektisch aufs Display, wartet, flucht, steckt das Telefon wieder weg.

Auch sein Leben löst sich auf. Seins, Monikas, Lenes und Florians, das ihres Vaters.

«Es tut mir leid, Thomas. Wirklich. Ich sehe, wie schwer das für euch ist mit Monika, ich will es nicht noch schwerer machen, aber ...»

«Ich wusste das nicht mit dem Hof», sagt Thomas. «Also dass du da investiert hast – wir waren ja nie dort.»

«Das war kein Spiel in Niedenstein, Thomas. Das war mein Leben.»

«Und warum jetzt nicht mehr?»

«Vorbei.» Es tut weh, das zu sagen, tut immer noch weh, auch nach beinahe drei Jahren, und Thomas hebt an, etwas zu sagen, bricht dann doch ab, setzt erneut an. So schwer, so verdammt schwer, wieso muss es so schwer sein?

«Ich fürchte, ich kann es nur so», sagt Franziska leise. «Auf meine Art und nach meiner Planung.»

Thomas mustert sie. «Und wenn es schiefgeht?»

«Meine Verantwortung.»

*

SIEBEN UHR MORGENS, ROSA Wölkchen treiben am Himmel und auf dem blitzblanken See, nach einer verregneten Nacht hat die Sonne ein Einsehen. Sie stehen bibbernd und splitternackt mit den Füßen im Uferschlick und spritzen sich nass, quietschen und juchzen, als wären sie wieder fünfzehn.

«Schau mal!» Franziska bückt sich und schickt mit der flachen Hand eine Welle aufs Wasser, dass es aussieht, als würden die Wolken darauf sich falten und dehnen.

«Spielkind!» Anna lacht auf und knufft sie in die Seite. Ihr dritter Tag in der Hütte von Sebastians Eltern ist das, noch zwei weitere bleiben. Kostbare Anna-und-Franziska-Tage, die es so schnell nicht mehr geben wird, wenn Sebastian sie wieder abholt. Denn Anna ist schwanger. Und sie, Franziska, wird, sobald sie die letzte Abiprüfung bestanden hat, endlich frei sein. Sie wird ihrem Elternhaus den Rücken kehren und zu Artur nach Berlin ziehen.

«Du wirst mir so fehlen, Zis», sagt Anna.

«Du mir auch.»

«Werd Patentante, ja? Für mein Mädchen!»

«Du weißt schon, dass es ein Mädchen wird?»

«Hab ich geträumt. Heute Nacht. Sie heißt Lilly, sagt sie.»

«Lilly.»

«Lilly Franziska.»

«Echt?»

«Echt.»

Anna als Mutter und sie als Tante. Mit gerade mal achtzehn beziehungsweise in Annas Fall neunzehn. Sie sieht Anna an, kann es noch immer nicht glauben.

«Hast du keine Angst, also ich meine, dass du als Mutter, also dass du nicht ...»

«Ich weiß nicht. Nee, ich glaub nicht, und das ist echt komisch, weil ich ja eigentlich gar kein Kind kriegen wollte, schon gar nicht so früh. Aber dann, mit Sebastian, irgendwie wollte ich das wohl doch, sonst wär's ja wohl nicht passiert. Jedenfalls, als ich meine Tage nicht kriegte, war ich gar nicht erstaunt und hab sofort gewusst: Ja, ich will das.»

«Man sieht noch gar nichts.»

«Guck mal von der Seite!» Anna dreht sich ins Profil und wackelt mit dem Hintern, dass ihre kecken Brüste wippen, als wollten sie rufen, schau nur, es stimmt doch. Und ihr Bauch ist tatsächlich ein klein bisschen runder geworden. Kein richtiger Bauch zwar, aber ein Bäuchlein.

Anna fasst Franziskas Hand und dirigiert sie unter ihren Nabel. «Da ist manchmal so ein Flattern, wie Schmetterlingsflügel, fühl mal.»

Franziska steht still, wagt kaum noch zu atmen. Ein Schmetterlingsflügel, vielleicht. Ein ganz zartes Pulsieren, das ihr durch und durch geht.

«Meinst du, unsere Mütter haben das mit uns auch mal so empfunden?», flüstert sie nach einer Weile.

Anna nickt. «Deine bestimmt.»

Neulich hat sie sich selbst geohrfeigt. Das kann sie niemandem sagen, nicht einmal Anna, obwohl ihr diese schreckliche Szene seitdem nicht aus dem Kopf geht. Die rasenden Hände ihrer Mutter, ihr verzerrtes Gesicht und das Schluchzen aus tiefster Seele. Einfach so, von einem Moment auf den anderen, mitten in einem weiteren Streit über Franziskas Pläne mit Artur.

Ich bin schuld, ich bin schuld, ich bin schuld!
Nicht Mutti, nicht Mutti, bitte, ich will doch nur ...

Keine Chance, nur Hilflosigkeit plötzlich. Dabei hat sie alles gemacht, was sie wollten. Sie wohnt wieder daheim, sie geht wieder zur Schule, sie wird in zwei Wochen auch noch die letzte Abiturprüfung bestehen.

«Zissy? Hallo?» Anna holt sie zurück in die Gegenwart, in den See mit den zartrosa Wolken.

«Du, ich glaub, sie bewegt sich tatsächlich.»

«Sie begrüßt dich. Sie hört uns!»

«Ach, Anna, du schaffst das bestimmt alles – auch als Mutter, ich weiß es.»

«Ich hoffe es.»

«Ich weiß es!»

«An Liebe wird es ihr jedenfalls nicht fehlen.»

«Nicht so wie dir, ganz bestimmt nicht.»

«Sie wollte halt Schauspielerin sein, nicht das Anhängsel meines berühmten Vaters, und er ...»

Sie. Annas Mutter. Die Frau von den Filmplakaten, über die Anna nie redet.

«Egal», sagt sie auch jetzt. «Lass uns Feuer machen und frühstücken! Der Tag ist so herrlich. Und ich hab eiskalte Füße!»

Und es ist herrlich, absolut. Die ganze Zeit in der Angelhütte von Sebastians Vater ist es einfach nur herrlich, obwohl es keinen Strom gibt, kein Radio, keine Dusche, nur ein Plumpsklo, dafür aber einen Holzofen drinnen und eine Feuerstelle draußen und den Steg mit dem Kahn und den See und die bayerischen Wiesen und Wälder, die eben im Begriff sind, ihr Frühlingslaub zu entfalten.

«Im Sommer kann man hier Blaubeeren pflücken und im Herbst super Pfifferlinge und Steinpilze sammeln», sagt Anna träumerisch.

«Und Silvester kann man in dieser Hütte ein Kind zeugen», fügt Franziska in genau demselben Tonfall hinzu, und es braucht einen Moment, bis Anna begreift, dass sie sie foppen will, dann lacht sie los, lauthals, den Kopf in den Nacken geworfen, und Franziska weiß nicht, warum sie auf einmal an das Märchen vom Rumpelstilzchen denken muss, diesem schrecklichen Giftgnom, der der Königin ihr Kind stiehlt. Schnell drängt sie den Gedanken beiseite, genau wie die Sehnsucht nach Artur. Sie könnte bei ihm sein jetzt, hat sich aber dieses Mal für Anna entschieden, und er fand das gut so. *Ich werde eh dauernd unterwegs sein, wegen der 1.-Mai-Demos, weißt du.*

Denkt er jetzt gerade an sie und vermisst sie? Wird er eines Tages ein Kind mit ihr zeugen – und sie, wird sie das überhaupt wollen? Es ist alles so kompliziert. Artur in Berlin. Diese fliegenden, rasenden Hände ihrer Mutter. Monika und der Vater, denen sie nie etwas recht macht.

Sie gibt Anna einen Knuff. «Los, einmal untertauchen, dann mach ich uns Feuer!»

«Meinst du echt?»

Franziska holt Luft und macht einen Bauchplatscher. Quietscht und strampelt. Das Wasser ist eisig, aber sie badet inmitten von Wolken, die jetzt nicht mehr rosig sind, sondern golden, denn eben steigt über dem Waldrand die Sonne empor, als wollte sie ihren Wagemut belohnen. Es ist gut, dass wir hier sind, denkt sie, als sie eingemummelt in dicke Pullover und Decken Spiegeleier verschlingen und Schwarzbrot mit Nutella und Pfefferminztee in ihre Emaillebecher gießen. Ich habe mich richtig entschieden, dass ich hier bin und nicht in Berlin bei Artur, nicht nur, weil mir das ein weiteres Drama mit meiner Mutter erspart hat.

«Artur geht bestimmt auf eine der Demos», sagt Anna, als habe sie Franziskas Gedanken gelesen.

«Er will drüber berichten ja. Da geht es wohl in Berlin ganz schön zur Sache.»

«Er wird schon aufpassen, Zis.»

Sie nickt und versucht, nicht an dieses Brennen in seinen Augen zu denken, wenn ihn etwas packt oder aufregt. Ein ganz anderer ist er dann plötzlich, einer, vor dem sie sich ein bisschen fürchtet. Aber das ist der Preis. Damit muss sie klarkommen, genau wie mit der ewigen Missbilligung ihrer Eltern und der bevorstehenden Trennung von Anna, wenn sie im Sommer zu Artur nach Berlin zieht.

Sie streicht Annas rote Locken zur Seite, legt die Wange auf Annas Schulter. «Ich wünschte, ich könnte bei Artur sein und trotzdem wieder mit dir und Basti in der WG wohnen.»

«Das wird schon gut in der großen Stadt, du wirst bestimmt bald eine total berühmte Journalistin und kommst uns ganz oft besuchen.»

«Oder ihr uns.»

«Unbedingt. Wir verlieren uns schon nicht.»

Franziska nickt, dreht sich eine Zigarette. Harziger Rauch und Pfefferminze in ihrem Mund. Holzfeuerqualm.

«Ich bin nicht so gut wie Artur, weißt du. Ich bin auch nicht so konsequent, also ich mein, ich kann ohne ihn nicht so gut auf den Punkt kommen.»

«Abwarten.» Anna steht auf. «Los, komm, mein Popo ist immer noch kalt. Gehen wir 'ne Runde.»

Und das tun sie, und das Buchengrün leuchtet sogar noch heller, als der nächste Regenschauer heraufzieht. Aber das macht nichts, weil es in ihrer Hütte warm und gemütlich ist und sie zu zweit sind und weil es wunderschön ist, aus dem Trockenen den Regentropfenkreisen auf dem See zuzusehen, zusammen zu sein und zu reden. Es gibt so viel zu sagen. Und am Abend reißt wieder der Himmel auf, gerade rechtzeitig, um mit dem Kahn in den Sonnenuntergang zu fahren und mitten auf dem See die Ruder einzuziehen und sich einfach nur treiben zu lassen.

«Es ist so still hier auf einmal», flüstert Anna. «Hör mal.»

Franziska nickt. Es ist still, unheimlich still beinahe, sogar die Vögel singen nicht mehr, obwohl es doch immer noch hell ist.

«Die ganze Welt hält den Atem an», flüstert sie. Und so scheint es tatsächlich, alles wirkt wie verzaubert und noch lange, nachdem die Sonne versunken ist und sie schon wieder angelegt haben und vom Steg aus die Sterne betrachten, hält diese Stille an. Und über dem Himmel scheint ein Schimmer zu liegen, wie Franziska ihn noch nie gesehen hat.

«Sogar die Nachttiere sind heute still», flüstert sie, bevor sie das Licht löschen. «Kein Uhu, kein Käuzchen». Und dann hört sie nichts mehr außer Annas sanftem Atem, bis am nächsten Morgen das Rattern eines Renault 4 näherkommt und im nächsten Moment Sebastian wie von Sinnen an die Tür hämmert.

«Anna!», schreit er. «Anna, Franziska! Ihr müsst aufstehen und packen, schnell, macht bloß schnell! Es hat einen Atom-GAU gegeben, es ist alles verseucht, ihr müsst weg hier!»

*

«SO JUNGCHEN, NU LAUF.»

Heinrich nickt und rutscht mehr vom Kutschbock herunter, als dass er abspringt. Er fällt hin und rappelt sich wieder auf, lässt den Trupp zerrupfter, geschlagener Jammergestalten an sich vorbeiziehen.

«Danke! Danke!» Viel zu spät ruft er das. Aber der zahnlose Alte auf dem Kutschbock hat es wohl trotzdem gehört und knallt mit der Peitsche einen Abschiedsgruß in die Luft, ohne seine Klepper damit zu beeindrucken. Zu alt sind die dafür wohl und zu ausgelaugt, aber immerhin zerren sie den Karren mit dem Alten und seinen drei Enkeln noch vorwärts. Die meisten anderen Flüchtlinge haben schon längst keine Pferde mehr, sie schleppen sich und ihre letzten Habseligkeiten mit purer Muskelkraft durch den Matsch. Warum der Alte gerade ihm angeboten hatte, ein Stück mitzufahren? Heinrich weiß es nicht, hat nicht gefragt, wird es nun nie mehr erfahren.

Nieselregen beginnt zu fallen. Im Gesträuch entlang der Chaussee zeigt sich bereits ein schwachgrüner Schimmer, obwohl in den Gräben immer noch Schnee klumpt. Heinrich duckt sich in seinen Mantel. Das dicke Tuch schützt vor Frost, doch im Tauwetter saugt es die Nässe auf wie ein Schwamm und wird mit jedem Schritt schwerer. Auf den Schultern kann er die Feuchtigkeit schon auf der Haut spüren, da klaffen die Risse, weil er die Schulterklappen mit den Rote-Armee-Emblemen abreißen musste, damit sie ihn nicht doch noch erschießen.

Der Abzweig nach Petershagen ist noch matschiger als die Chaussee, er rutscht mehr voran, als dass er Halt finden würde. Lange dauert es nicht mehr, dann wird er vollständig durchweicht sein. Petershagen. Wie unwirklich das ist, dass das nun tatsächlich vor ihm auftaucht. Sein Sprung aus dem Zug kommt ihm vor wie aus einem anderen Zeitalter. Endlose Tage seitdem. Wochen wohl. Monate. Alleine im Schnee, in fremden Schuppen und Scheunen, in einem Lazarett und einem Eisenbahnwaggon ohne Sitzbänke, zuletzt auf dem Kutschbock des Alten.

Hilf mir mal, Jungchen, und schieb. Darfst dafür ein Stück mitfahren.

Seine Füße sind wund. Er friert und er stinkt. Er hat bestimmt Läuse. Er hat keine Kraft mehr. Aber seine Beine, die laufen und laufen trotzdem noch weiter, wollen einfach nicht aufgeben. Der erste Weiler des Dorfs kommt in Sicht – ein Haufen verkohlter

Balken nur noch, daneben das verbogene Skelett eines Militärwagens. Am Horizont brennt die Hauptstadt. Seit Tagen nun schon. Bei Nacht sieht man den Feuerschein, hört die Flieger und die Detonationen. Was wird mit ihm, wenn seine Mutter nicht mehr in der Datsche von Onkel Albrecht wohnt, sondern in Berlin oder irgendwo anders? Was, wenn sie ihn gar nicht mehr haben will oder längst tot ist? Nicht nachdenken, nicht stehen bleiben, nur laufen, laufen.

Das Ortseingangsschild liegt zerschossen im Graben. Die Linden gibt es nicht mehr und die Kastanie neben dem Dorfladen auch nicht. Doch die Datschen und Sommerhäuser hocken noch wie früher von Kiefern und Eichen beschirmt in den Gärten. Als ob es keinen Krieg gäbe und keine Bomben. Und doch ist ihm, als ob das Dorf wie ein Tier sei, das ihn aus hundert Augen beobachtet und zum Sprung ansetzt auf seine Beute.

Das hier ist seine Straße. Links steht das Haus, in das die Familie mit den blonden Mädchen gezogen ist, die seine Mutter Nazis geschimpft hat. Sie wohnen da noch, er sieht eine der beiden am Vorhang. Zuckt zurück, als er den Blick zu ihrem Fenster hebt. Zuckt zurück, zerrt den Vorhang vor, erkennt ihn wohl nicht mehr, diesen lumpigen Eindringling.

Wie seltsam niedrig der grüne Zaun und das Gartentor von Onkel Abrechts Sommerhaus geworden sind. Gerade eben kann er noch die Stirn an die oberste Querstrebe sinken lassen und Luft holen. Er müsste klingeln, aber er kann nicht, und das Tor hat ein Einsehen und öffnet sich trotzdem, lässt ihn eintreten. Es quietscht, als es hinter ihm zufällt. Es quietscht noch genauso wie früher. Verrückt ist das, dass er sich an das Geräusch wieder erinnert und merkt, dass es ihm einmal lieb war, er hat doch eigentlich nie drauf geachtet.

Unter der Veranda mit den grün-weiß getünchten Pfosten hängen Laken zum Trocknen. Die Beete sind geharkt, in dem

Sandkasten unter der Eiche hat er vor unendlich langer Zeit mit seinen Zinnsoldaten gespielt.

Ich bin wieder da, Mama. – Hallo, Mama, erkennst du mich noch? Ich bin's, dein Heinrich. So oft hat er überlegt, was er wohl sagen wird, wenn er hier noch einmal stehen dürfte, aber jetzt bringt er keinen Ton raus, jetzt steht er nur und begafft die Erscheinung, die auf ihn zufliegt. Seine Mutter ist das, ganz unverkennbar. Seine Mutter mit nackten Armen und Schultern und Beinen. Nur ein viel zu kurz wirkendes Kleidchen mit schwarzem Fransen hat sie an und hochhackige Stiefeletten.

«Heinrich, mein Heinrich.»

Ihr Geruch nach Veilchen, Glycerin und Zigaretten, ihre kunstvoll toupierten leuchtroten Haare, ihre Hände, die nach ihm greifen, ihn ein Stück von sich schieben und wieder an ihre Brust ziehen. Ein Taumel ist das, der ihn schier überwältigt.

«So groß bist du, so groß wie ich beinahe, und ich dachte, du kommst nie mehr heim, wie die anderen Jungen aus deiner Klasse, aber du bist es wirklich!»

Sie dirigiert ihn ins Haus, durch den Flur in die Küche. Serviert ihm ein Glas bläuliche wässrige Milch und Brotsuppe mit einem dicken Stück Speck drin, entzündet eine Zigarette.

Zu viel alles, zu viel und zu schnell. Er hat sich das ausgemalt, immer wieder, aber nicht so, eigentlich überhaupt nicht, da war nur ein diffuses Sehnen. Sein Magen krampft, als er den Speck schmeckt. Speck mitten im Krieg. Bestimmt träumt er das alles. Ja, ganz sicher sogar träumt er. Und sein Kopf wird immer schwerer und schwerer, genau wie seine Lider. Er lässt den Löffel sinken, kann sich kaum noch auf dem Stuhl halten, hinlegen muss er sich, hinlegen, die Augen schließen und schlafen. Doch von Schlaf will seine Mutter nichts wissen. Baden soll er stattdessen, in der Zinkwanne im Anbau, und keinen Mucks machen.

«Aber, Mutter, ich ...»

«Du hast ein Bad bitter nötig, Heinrich, und ich, ich muss ...»
Die Tür fällt ins Schloss und verschluckt den Rest ihres Satzes, der Schlüssel dreht sich im Schloss, das Feuerholz im Badeofen knistert.

«Lilo?» Irgendwo im Haus ruft ein Mann sie beim Namen, klackern Absätze, klingen Gläser, ertönt ihr glockenhelles Lachen, beginnt ein Grammofon, einen Walzer zu spielen.

Heinrich entkleidet sich. Das Wasser ist viel zu heiß, es wird ihn verbrennen. Er kauert sich auf den Holzhocker und wartet darauf, dass es abkühlt. Seine Zehen sind blutig. Er friert und schwitzt, beides gleichzeitig. Er wünscht sich, er könnte sich einfach irgendwo verkriechen und schlafen, doch seine Mutter hat recht: Er stinkt und muss ein Bad nehmen. Sie hat ihm kein Handtuch gegeben, nichts Frisches zum Anziehen, er weiß nicht, wie lange es dauern wird, bis sie ihn wieder herauslässt. Und doch hat sie ihn wie eine richtige Mutter beim Namen gerufen und in den Armen gehalten. Als ob sie ihn tatsächlich vermisst hätte. Als ob sie sich freute, dass er wieder da ist. Als ob er ihr etwas bedeutete.

*

DER KRIEG IST KEIN THEMA gewesen, über das die Eltern viel redeten. Die Flucht, die Verluste, die zertrümmerten Städte, Kindheiten und Träume, vor allem aber die Zeit des Wiederaufbaus waren Geschichten, die sie im immer gleichen Duktus erzählten, mit den immer gleichen Worten. Und doch hat der Krieg die Eltern geprägt und hat auch Monika und sie selbst von klein auf begleitet, obwohl er doch eigentlich schon lange vorbei war, als sie auf die Welt kamen.

Der Krieg saß mit am Küchentisch und machte, dass sie aufessen mussten, bevor sie aufstanden. Er schlich nachts durchs Haus und raunte. Er war Thema im Geschichtsunterricht und in den

Schulbüchern. Er zeigte seine Zerstörungskraft in den Baulücken in der Stadt und in der Ruine der Kirche mit der Gedenktafel, an der sie auf dem Weg zur Schule vorbeikamen. Der Krieg hatte Darmstadt zu einer Stadt voller schnell hochgezogener hässlicher Mietshäuser gemacht, die im Vergleich zu den Gründerzeit-Straßenzügen, die die Bombennacht heil überstanden hatten, noch schäbiger wirkten.

Vor allem aber saß der Krieg in den Köpfen und Herzen der Alten, die an Verbote glaubten und Regeln und Anstand und sie durch die von Gardinen verhangenen Fenster wie durch Schießscharten beobachteten, wenn sie durchs Dorf lief. Argwöhnisch. Missbilligend. Etwas an ihr schien immer zu fröhlich, zu bunt, zu anders, nicht wie es sich gehörte.

Wir geben nichts. Jedes Mal, wenn ihr Vater das sagte, wusste sie, dass auch dies der Krieg war. Dass ihrem Vater diese Zurückweisung selbst widerfahren sein musste, als er noch ein Kind war.

Was hast du im Krieg erlebt, Papa? Hast du gehungert? Hattest du Angst, hast du Tote gesehen, wen hast du verloren, musstest du selbst töten? Das hätte sie ihn fragen sollen. Immer wieder aufs Neue. Doch selbst wenn er bereit gewesen wäre, ihr zu antworten – was hätte sie dadurch verstanden?

Dass der Krieg furchtbar gewesen war. Unbeschreiblich. Dass auch ihr Vater gelitten hatte, nicht nur ihre Mutter. Dass ihre Eltern vermutlich beide traumatisiert waren. Dass sie den Krieg in sich herumschleppten, sorgsam verpackt, und nicht herauslassen wollten. Oder konnten. Dass für ihren Vater das Laufen die wichtigste Therapie war, obwohl er das selbst nie so ausgedrückt hätte.

Reißt euch am Riemen. Seid nicht so empfindlich. Seid dankbar. Was euch nicht umbringt, macht euch nur härter.

Auch das war der Krieg. Genau wie die silbern gerahmten

Schwarz-Weiß-Fotos und die Migräne der Mutter. Ihre Tabletten in der runden Holzdose, die für ihre Töchter strikt tabu war, und ihre Aufenthalte im Krankenhaus. Die Ordnung im Haus, dass immer alles an seinem Platz liegen musste. Die übervollen Vorratsregale und Schränke, die Spitzendecken und Teppiche und Gardinen, die selbst geschneiderten adretten Kleidchen und Blusen, die Rituale im Takt der tickenden Uhr und das Festhalten daran, komme, was wolle.

Sie weiß, dass es so ist. Sie versteht es. Doch sie kann es nicht nachempfinden, nicht wirklich aus tiefstem Herzen. Eine Frage der Generationen wohl. Sie kennt die Angst vor dem Krieg und seine Folgen, beides hat sie geprägt, doch sie kennt nicht den Krieg selbst, sie musste ihn nie erleben.

Vermutlich geht es ihren Eltern mit ihr genauso: Sie begreifen zwar theoretisch, dass ihr bis unters Dach mit Besitztümern gefülltes Eigenheim keine Sicherheit bietet, doch sie hören trotzdem nicht auf mit Horten und Festhalten. Sie können nicht nachempfinden, wie es ist, wenn das gemachte Nest zu eng und die Sehnsucht nach anderen Welten zu groß wird. Können nicht eingestehen, dass es in diesem Nest nicht immer so weitergehen kann und im Leben nicht immer nur aufwärts, so wie sie das wünschen, nicht für alle jedenfalls, nicht für ihre Kinder und Enkel, weil Leben Veränderung ist und die Erde schlicht nicht genug hergibt für alle.

Ihr habt es doch gut. So viel besser als wir.

Auch das ist der Krieg. Dass sie weiß, dass sie es auf eine Art wirklich gut hat, viel besser, als es ihre Eltern je hatten, und auf eine andere Art überhaupt nicht. Dass sie Mitleid hat mit ihren Eltern. Mehr Mitleid als mit sich selbst. Dass sie sich insgeheim schuldig fühlt, weil sie den Krieg nie erlebt hat.

*

DER REINSTE TAUBENSCHLAG ist sein Zimmer, kaum dass es hell wird. Schwestern hasten herein und wieder heraus, machen sich an ihm zu schaffen. Die Visite dann. Lauter weiß bekittelte junge Ärzte und Ärztinnen, die hereinrauschen, sein Bett in Position fahren lassen, die Decke zur Seite klappen und auf ihn herabschauen.

«Guten Morgen, Herr Roth. Haben Sie gut geschlafen? Haben Sie Schmerzen? Wie geht es Ihnen heute?» Laut, sehr laut sprechen sie mit ihm. Überdeutlich.

«Ich will nach Hause.» Seine Stimme klingt fremd. Dünn. Kraftlos. Sein Bein steckt in einem seltsamen blauen Kokon. Stangen ragen heraus. Deshalb kann er nicht einmal allein zur Toilette.

«Das geht leider nicht. Sie müssen noch eine Weile hierbleiben.»

«Warum? Wie lange?»

«Sie haben sich das Bein gebrochen. Und die Hüfte hat ein paar Haarrisse abbekommen.»

«Aber ...»

Die Ärzte warten nicht ab, bis er seine Fragen gestellt hat, lächeln, nicken und rauschen wieder heraus, stattdessen kommt eine Schwester und bringt ihm Frühstück.

«Kaffee oder Tee?»

Bevor er antworten kann, ist sie schon wieder verschwunden, kehrt zurück und presst einen Schnabelbecher zwischen seine Lippen. Kamillentee diesmal. Heinrich kneift die Lippen zusammen. Schlucken soll er, stillhalten und schlucken, aber er will nicht. Er dreht den Kopf zur Seite.

«Wo ist ... meine Tochter?»

Die Schwester antwortet etwas. Wartet. Holt Luft. Redet. Wartet.

«Was?»

«Sie – kommt – am Mittag!» Sie schreit jetzt. Heinrich nickt, lässt sich den Schnabelbecher in die Hand drücken, damit die Schwester wieder geht. Aber der Tag nimmt seinen Lauf, und Monika kommt nicht. Den zweiten Tag schon. Oder den dritten? Er verliert das Zeitgefühl hier, er verliert hier so vieles.

Die Tür geht wieder auf, und im nächsten Moment wird er in seinem Bett durch lange Gänge in einen Aufzug geschoben, in den Keller gefahren und in eine Röhre geschoben. Es brummt und blitzt, schon geht es wieder hinauf in sein Zimmer, und eine ihm bislang unbekannte Schwester mit Kopftuch bringt ein Tablett mit Hackbraten und Kartoffelbrei und versucht, ihn zu füttern.

Sein Kopfteil fährt wieder herunter, vor das Fenster senken sich Jalousien. Mittagsschlaf. Gemurmel als Nächstes, Helligkeit, ein Gesicht, das Johannes Gesicht ist und doch nicht Johannes, und Finger, die sich an seinem rechten Ohr zu schaffen machen. Heinrich zuckt hoch. Franziska. Sie will ihm seine Hörhilfen einsetzen, aber er will nichts hören, er will wieder – ja was will er denn eigentlich?

Er wendet den Kopf ab, aber Franziska ist hartnäckig. Immer schon ist sie so gewesen. Stur, wenn sie sich erst einmal etwas in den Kopf gesetzt hatte. Stur bis aufs Blut. Er presst sein Ohr fester ins Kissen, fühlt, wie sie dagegenhält, hört sie etwas sagen. Unterwassergemurmel. Es hilft nichts, die Drähte der Hörhilfen sind widerspenstig, so oft schon hat er sich selbst darüber geärgert und mit Monika und dem Hörakustiker gestritten, ob das wirklich so sein muss. Können zum Mars fliegen die Ingenieure, können so vieles, aber bei den Hörgeräten scheitern sie kläglich. Selbst Franziska muss das schließlich einsehen.

Sie richtet sich auf, lässt sein Ohr wieder in Ruhe. Warum ist sie eigentlich hier? Sonnige Luft strömt durch das weit geöffnete Fenster. Ein dumpfes Rauschen. Verkehr ist das, die Autos auf der Landgraf-Georg-Straße vor der Klinik. Heinrich liegt still und denkt nach. Franziska war nach Mühlbach gekommen – auf einmal weiß er das wieder. Steht aus heiterem Himmel vor seiner Tür mit ihrem riesigen Rucksack, quartiert sich bei ihm ein und durchwühlt seine Sachen. Will ihn bevormunden, genau wie Monika das getan hatte. Weil Monika in den Urlaub gefahren ist, sagt Franziska. Aber das kann er nicht glauben.

Die Kartoffelbreischwester eilt an sein Bett. Aber diesmal trägt sie kein Tablett. Ein kurzes Gemurmel der beiden, dann macht sie sich an seinen Ohren zu schaffen. Und bevor er noch weiß, wie ihm geschieht, sitzen die Hörhilfen an der richtigen Stelle.

«So, Herr Roth, das hätten wir also!» Ihre Stimme gellt, unwillkürlich dreht er den Kopf fort. Zu viel alles, zu laut, zu nah und zu hell plötzlich. Er will sich aufsetzen und fortgehen, über die Felder wie früher. Und weiter. Er war doch schon auf der anderen Seite gewesen, es war alles gut dort, warum mussten sie ihn zurückholen?

«Papa?» Franziska sagt das. Auch sie spricht zu laut, aber immerhin ist ihre Stimme etwas dunkler.

«Wa – was ist passiert?» Er nuschelt. Wie würdelos ist das.

«Du bist gestürzt. Du hast dir das Bein gebrochen.»

Unwillig schüttelt er den Kopf. Das weiß er ja schon.

«Papa?»

«Wann? Wie?»

«Vor einer Woche. Nachts. Zu Hause. Kannst du dich erinnern?»

Vor einer Woche schon? Das ergibt keinen Sinn, wenn er doch eben erst aufwacht. Edith segelt durch die Luft, mit weit ausgebreiteten Armen. Ein vages Bild ist das. Eine Erinnerung. Edith fliegt, und er schwimmt. Aber das erklärt überhaupt nichts, im Gegenteil, das macht alles noch wirrer.

«Es war nachts, Papa. Du wolltest wahrscheinlich aufs Klo. Du hast das Ameisenbärbild von der Wand genommen.»

«Was?»

«Der Safe, Papa. Dein Wandsafe hinter dem Ameisenbären.»

Der Safe. Hat er ihn geöffnet? Wieder versucht er, sich aufzusetzen, aber sein Körper gehorcht nicht. Er versucht es noch einmal. Scheitert wieder.

«Papa? Hallo? Es ist alles gut. Nicht aufregen, bitte!»

Er schüttelt den Kopf. Nichts ist gut, gar nichts. Da war etwas, was er tun wollte. Etwas, das mit Franziska zu tun hatte. Johanne hatte das nicht gewollt, aber er ...

«Was ist in dem Safe, Papa? Soll ich etwas für dich nachsehen? Kannst du mir den Code sagen?»

Wenn Franziska nach dem Code fragt, ist der Safe noch verschlossen. Das ist gut. Das ist wichtig. Heinrich entspannt sich ein wenig, schließt für einen Moment die Augen.

«Papa? Dein Abendessen ist jetzt da. Sie sagen, du trinkst nichts. Du musst aber trinken!»

Er öffnet die Augen wieder. Seine Lider sind bleischwer. Mühselig ist das. Leberwurstgeruch steigt ihm in die Nase. Pfefferminztee. Er wendet den Kopf ab, kneift die Lippen zusammen. Franziska seufzt. Ihr Schatten huscht über seine Augen und verschwindet, kommt wieder.

«Monika», sagt er. «Monika soll kommen.»

«Hier, Papa. Milch.»

Ein Plastikhalm schiebt sich zwischen seine Lippen. Die Milch ist süß. Kühl. Genau so, wie er sie mag. Er saugt. Schluckt. Im Sommer nach dem Krieg hat seine Mutter ihn jeden Tag in die Blaubeeren geschickt, und manchmal, wenn er abends zurückkam, hat sie Milchsuppe gekocht. Milchsuppe mit Blaubeeren und Zucker und eingeweichten Brotklumpen. Sie hat ihm nie verraten, woher sie den Zucker bekam und die Milch. Hat sich stumm eine Zigarette angezündet und zugeschaut, wie er seinen Teller leer löffelte, und manchmal hat sie ihm sogar noch einen Nachschlag gegeben und gelacht über seine blauen Lippen, es war fast wie bei seinem Schulfreund Peter, dessen Mutter ihn niemals fortschickte oder einsperrte, sondern mit ihnen Canasta spielte und ihnen, wenn sie sich beim Toben die Sachen beschmutzt hatten, alles schnell wieder richtete, so selbstverständlich, als ob das ein Teil ihres Spiels sei.

Er dreht den Kopf wieder zurück und öffnet die Augen. Die Sonne ist fort, die Milch ausgetrunken, Franziskas Gesicht liegt im Schatten. Er nickt ihr zu. Es ist gut, will er sagen. Aber seine Zunge gehorcht ihm nicht, und es sind wohl auch nicht die richtigen Worte. Nicht einmal ihre Hand kann er drücken, weil er wieder zu sinken beginnt, immer tiefer und tiefer, wie in Watte sinkt er, und wenn er sich fügt, ist das gar nicht so furchtbar.

«Werd nicht alt», flüstert er. «Werd nicht alt, Zissy.»

Und er weiß, dass sie etwas erwidert, doch er kann sie nicht hören.

*

ES WIRD SCHON WIEDER dunkel, als sie an diesem Abend endlich dazu kommt, wenigstens noch das Kräuterbeet zu wässern. Der Schlauch pulsiert in ihrer Hand. Ihre Mutter stand so, fast jeden Abend. Jetzt steht sie selbst hier, hat mit jedem Tag mehr das Gefühl, sie wiederhole etwas, das so schon vor langer Zeit programmiert wurde. Sie dreht den Hahn ab. Sie muss schlafen, das wäre vernünftig. Oder wenigstens meditieren. Alles im Umbruch. Der Anbau ist leer geräumt, der Container füllt sich. Die Baumaschinen und Materialien von Axel Königs warten auf ihren Einsatz. Im Esszimmer stapeln sich Kartons, die sie durchsehen muss. Genau wie im Obergeschoss. Und in der Garage. Und ihr Vater ahnt davon nichts. Nein, das stimmt nicht. Obwohl er von Tag zu Tag kräftiger wird, weigert er sich, über den Umbau zu sprechen. Tut einfach so, als wäre er zu müde oder könnte nichts hören.

Sie läuft über den Rasen zum Gartentor, lehnt sich an die Metallstäbe und blickt über die Wiesen.

Na, komm, mein Gazellchen, laufen wir eine Runde.

Die Knochenbrüche heilen so weit recht gut, doch aller Erfahrung nach wird Ihr Vater nicht wieder derselbe.

Das Leben ist das. Einfach nur der Lauf des Lebens.

Werd nicht alt. Werd nicht alt, Zissy.

Aber wann soll ich dann sterben, Papa? Mit sechzig? Mit siebzig? Wann beginnt es denn, dieses Altsein?

Keine Antwort von ihrem Vater darauf, natürlich nicht. Hat er wirklich genug, will er nicht mehr leben? War sein Sturz gar kein Unfall? Sie kann ihn verstehen, doch, das kann sie. Sie hasst Abhängigkeit genauso wie er. Sie braucht ihre Freiheit. Und wenn das so nicht mehr geht eines Tages, weil die Verluste überwiegen, was dann? Vielleicht kommt dann ja etwas anderes zum Vorschein, und auch diese Zeit ist wichtig in einem Leben: eine Periode des Erntens und Loslassens, womöglich sogar der Erkenntnis. Wie stimmig das scheint, solange das noch weit entfernt ist.

Oben am Waldrand flackert ein Licht auf, nimmt Fahrt auf, wird heller. Ein Radfahrer ist das. Ihr Neffe Florian fährt mit seinem Mountainbike über den Feldweg, so wie sie früher, wenn sie von ihren nächtlichen Redaktionssitzungen mit Artur zurückkam, von Anna, vom See. So wie Artur selbst, als er sie zum ersten Mal besucht hatte.

Franziska öffnet das Gartentor, winkt und tritt auf den Weg. Ihr Neffe schießt auf sie zu und bremst so scharf ab, dass ihm das Hinterrad wegrutscht, fängt sein Rad direkt wieder ein, springt ab und grinst.

«Hey, Tante Ziska.»

«Flori, hey, willst du zu mir?»

«Flo, bitte.»

«Flo.»

«Ich komm grad von 'ner Probe.»

«Ah, verstehe.»

«Ist der kürzeste Weg. Hast du 'n Bier kalt?»

«Bier?»

«Ich bin siebzehn.»

«Da hast du auch wieder recht, großer Häuptling.»

Er grinst. Wartet.

«Also ja. Aber ich übernehme keine Haftung.»

«Für mich?»

«Für das Bier. Eine einzige Flasche hab ich, und die ist lauwarm. Keine Ahnung, wie lange dein Opa die schon im Vorratsschrank stehen hat.»

«Ich werd's schon überleben.»

«Das hoffe ich.»

Er hebt den Daumen, schiebt sein Rad in den Garten und folgt ihr in die Küche. Lässt sich dort zu einem Teller Auberginenauflauf überreden. Der Rest ihres zu späten Abendbrots. Noch lauwarm. Flori schlingt ihn herunter, wischt den Teller mit Brot sauber.

Sie stellt Oliven, Wasser, Gläser auf ein Tablett. Gibt ihm sein Bier, steckt den Weißwein in den Kühler, den sie im Partykeller entdeckt hat, wo sich weitere Kisten stapeln.

«Los, komm, wir gehen unter die Walnuss.»

Flori – nein *Flo, bitte* –, folgt ihr und sinkt auf einen der Stühle, riecht nach Aftershave und Jungsschweiß, streckt die langen Beine weit von sich.

«Cheers, Tante Zissy.»

«Lass die Tante ruhig weg. Prost, Flo.» Sie tippt ihr Weinglas gegen seine Flasche.

Er nickt, trinkt, heftet den Blick auf seine roten Converse-Chucks, die sich in den Kies bohren.

Franziska springt noch einmal auf und entzündet die schwedischen Windlichter aus dem Partykeller. Gelb. Rot. Grün. Violett. Das rote hat sie vor den Steinengel gestellt, und obwohl es so windstill ist, dass die Flamme sich nicht bewegt, wirkt es auf einmal, als würden seine Gesichtszüge lebendig.

«Stand der immer schon hier?» Floris Gesicht schimmert grüngelb im Kerzenlicht, eine Stirnlocke verdeckt sein linkes Auge.

«Solange ich denken kann, ja. Die Pflanzen rechts und links sind Tränende Herzen. Rosa und giftig. Als Mädchen durften wir die nicht anfassen.»

«Irgendwie cool, dieser Garten. Unserer ist so ...»

«Japanisch?»

«Gestylt. Alles so still.»

«Ist ein anderer Stil.»

Er bohrt die Fersen tiefer in den Kies, lässt die welken Blätter und Nussschalen rascheln.

«Früher haben deine Mutter und ich oft drüben vorm Gartenhaus gesessen. Sie hat mit den Zehen Gänseblümchen gepflückt und einen Kranz draus geflochten, den sie sich ins Haar gesetzt hat. Manchmal auch mir.»

«Ohne Scheiß?»

«Ohne Scheiß. Und wir haben zusammen die Leuchtkäfer beobachtet.»

«Leuchtkäfer?»

«Glühwürmchen.»

«Hat sie mir nie erzählt.»

«Stimmt aber.»

Er hebt den Kopf und sieht sie an. Will etwas sagen, schaut dann wieder zu seinen Schuhen.

«Was ist los bei euch, Flo? Ist das wirklich nur Zufall, dass du hier vorbeiradelst?»

«Soll ich wieder gehen?»

«Nein, ganz und gar nicht.»

Sie wartet. Sieht, wie er sich ein bisschen entspannt, einen Entschluss fasst und Kopfhörer aus seinem Rucksack hervorkramt.

«Mein neuer Song. Willst du mal hören?»

«Unbedingt.»

Die Kopfhörer lassen alle anderen Geräusche verstummen, die Musik trifft sie mit umso größerer Wucht.

Got the groove on the nowhere road, girl. Down we go, downhill now.

Sein Gesang ist überraschend tief, ein bisschen brüchig und rotzig und auf die genau richtige Art dissonant. Schlagzeug und Bass peitschen satten Beat, die Gitarrenriffs hätten jeder 70er-Jahre-Rockband gut zu Gesicht gestanden.

«Das ist gut, Flo. Ganz schön düster und hart, aber gut.» Sie gibt ihm die Kopfhörer wieder.

«Findest du. Echt?»

«Hast du das geschrieben?»

Er nickt.

«Wow.»

«Pa sagt, dass das alles nur Schrott ist.»

«Dieser Song?»

«Meine Musik, meine Band. Nur ein Hobby, nichts weiter.»

«Und Lene und deine Mutter?»

«Lene fand's früher ganz cool. So niedlich halt: Der kleine Bruder macht einen auf Rockstar, aber seit sie Jura studiert ...» Er verdreht die Augen.

«Und deine Mutter?»

«Manchmal, früher, wenn sie gut drauf war, kam sie abends noch in mein Zimmer und hat sich angehört, was ich Neues komponiert habe, also ich mein, sie hat wirklich zugehört, aber seit Oma tot ist ...» Er steckt die Kopfhörer wieder in seinen Rucksack, richtet sich auf, sieht Franziska zum ersten Mal richtig an. «Wart ihr immer schon so, du und sie? Also so, wie ihr jetzt seid?»

«Was meinst du?»

«Dass ihr nicht sprecht und so.»

«Wir waren immer schon sehr verschieden. Aber früher waren wir uns trotzdem nah.»

«Und dann nicht mehr.»

«Tja.»

«Sie musste früher immer auf dich aufpassen, oder? Und du bist immer weggelaufen.»

«Na ja, oft, nicht immer.»

«Einmal hast du dich im Hühnerstall bei den Nachbarn versteckt. Und niemand konnte dich finden. Da war Oma völlig außer sich und Opa auch, und Ma ist vor Angst und schlechtem Gewissen fast gestorben.»

«Das hat sie dir so erzählt?»

Er hebt die Schultern. «War so 'ne Art Abschreckungsstory bei uns früher: So bitte nicht, liebe Kinder.»

«Das tut mir leid.»

«Schon okay. Also ich mein, Ma kann echt nerven ...» Flo trinkt einen Schluck Bier. Noch einen. Steckt den Zeigefinger in den Flaschenhals, lässt die Bierflasche baumeln.

«Wie geht es ihr, weißt du das?»

«Keine Ahnung. Wir dürfen ja nicht zu ihr.»

«Aber ich dachte, zumindest dein Vater ...»

«Nope. Also er fährt da schon hin, aber ...»

Neue Wege auf dem Hügel heißt die psychosomatische Klinik, in der Monika untergebracht ist. Nachdem Franziska sich einmal entschieden hatte, Annas Liste der infrage kommenden Kliniken abzutelefonieren, war es nicht allzu schwer gewesen, das herauszufinden.

Meine Schwester ist bei Ihnen?

Ja, aber mehr darf ich Ihnen nicht sagen.

Das verstehe ich. Aber unser Vater – er ist schwer erkrankt, und er fragt nach ihr.

Das ist uns bekannt.

Aber.

Ich sage gerne Bescheid, dass Sie angerufen haben.

Ja, bitte. Und bitte notieren Sie auch meine Telefonnummer.

«Gibt's noch Nachschub?» Floris Bierflasche ist leer.

«Wein hab ich noch, willst du?»

Er nickt, und sie holt ein Glas für ihn und Eis für den Weinkühler.

«Komm», sagt sie. «Setzen wir uns ans Gartenhaus.»

Er nickt und folgt ihr, nimmt sogar zwei der Windlichter mit, ohne dass sie ihn dazu auffordert. Ein junger Mann, ein großes Kind, er sucht etwas hier, sucht es bei ihr, so war es schon früher. Aber kann sie ihm helfen?

Sie schenkt ihnen ein. Halb Wein und halb Wasser.

«Mädelsgesöff, ja?» Er mustert sein Glas mit hochgezogenen Brauen.

Florians linke Hand fährt durchs Gras, ertastet ein Gänseblümchen, pflückt es, zerdrückt es, schnipst es in den Garten, sucht sofort nach dem nächsten, und für einen Augenblick weiß sie wieder genau, wie es damals gewesen ist, wenn Monika im Gras kniete und alle Gänseblümchen rings um sich ausriss, obwohl sie schon längst einen Kranz im Haar trug. Wie ihre Schwester einfach nicht aufhören konnte, wie sie pflückte und pflückte und dabei lachte, obwohl sie ganz genau wusste, wie sehr sie Franziska damit quälte. War das Monikas Rache dafür gewesen, dass sie immer weglief? Oder lief sie weg, weil Monika die Gänseblümchen kaputt machte? Nicht mehr zu ergründen. Wie stolz sie gewesen ist, wenn Monika ihr einen Kranz ins Haar drückte, daran kann sie sich erinnern. An das warme Halbdämmer im Hühnerstall und an ihre Ehrfurcht, wenn sie in einem der strohgepolsterten Legefächer tatsächlich ein Ei ertastete: Wie es darin zu pochen schien, als würde, wenn sie nur geduldig genug wartete, ein lebendiges Küken direkt in ihre Hand schlüpfen.

War Monika jemals im Hühnerstall gewesen? Ediths Pfannkuchen mit Zucker und Apfelmus haben sie beide geliebt. Und Ediths Zitronenrührkuchen. Aber sonst? Sie sind Schwestern und in derselben Familie aufgewachsen und doch in zwei Welten. Das weiße Schaf und das schwarze.

Ganz sacht, als müsste sie ein Tier zähmen, legt Franziska die Hand auf den Arm ihres Neffen.

«Lass noch ein paar übrig für mich, ja?»

«Was?» Er zuckt zusammen, versteift sich.

«Von den Gänseblümchen, mein ich.»

«Oh, okay, sorry, ich ...»

«Ist schon gut.»

Er füllt sich Wein nach. Unverdünnt diesmal.

«Erzähl mir von ihr.»

«Von Ma?»

«Ja.»

«Was denn?»

«Irgendwas. Was dir einfällt.»

Er trinkt, ohne anzustoßen, richtet den Blick in den dunklen Garten.

«Früher fand ich sie megacool. Eine Ma, die ein Mathegenie ist und auf Baustellen rumspringt und allen dort sagt, was sie zu tun haben, die hatte sonst keiner.»

Er leert sein Glas, greift sofort wieder nach der Flasche.

«Langsam, Flo, langsam.»

Er schüttelt Franziskas Hand ab. «*Trink nicht so viel, Flo. Mit der Band, das führt doch zu nichts. Lern lieber was für die Schule, und ins Bett musst du auch bald*. Fängst du jetzt auch noch so an, ja?»

«Wenn du dich betrinkst, ist das keine Lösung.»

«Musst du gerade sagen. Du warst doch früher genauso.»

«Und deshalb weiß ich auch ...» Franziska springt auf und streckt Florian die Hand hin. «Los, komm, leg dich mit mir ins Gras.»

Erst hält er dagegen, dann gibt er doch nach, trinkt noch zwei hastige Schlucke und folgt ihr ohne sein Glas auf den Rasen, lässt sich neben sie sinken.

«Zufrieden, *Tante* Zissy?»

«Tut gut, oder?»

«Das Gras kratzt.»

«Als Kind hab ich oft so gelegen. Ich hab mir dann immer vorgestellt, die Erde unter mir würde sich ganz sachte bewegen, wie der Rücken eines schlafenden Riesen, der mich irgendwohin trägt.»

Sein Atem neben ihr. Alkoholatem. Seine pulsierende junge Wärme. Er räuspert sich. Hustet. «Und jetzt? Wie geht das hier jetzt weiter?»

«Abwarten. Gucken. Da über dem Waldsaum steht der Große Wagen, und dieses W ist die Kassiopeia.»

«Jetzt klingst du schon wieder wie Ma.»

«Echt?»

«Ja, aber in schön. Früher, im Urlaub. Da sind wir nachts öfter runter zum Strand, und Ma hat uns Sternbilder gezeigt und erklärt, wie man die Sternsorten voneinander unterscheidet. Die roten Riesen, die Pulsare, die Zwerge, die Planeten und Monde und Kometen. Und die längst erloschenen Sterne, von denen man nur noch das Licht sieht, und wie man die Lichtgeschwindigkeit berechnet ...»

«Das könnte ich nicht.»

«Pa auch nicht. Aber sie wusste das alles und konnte es super erklären, einfach so, als wär's nichts.»

«Sie weiß viel, aber sie denkt nicht genug nach.»

«Was?»

«Das hat ein Schulkamerad von ihr früher mal gesagt.»

«So ein Bullshit. Mathe ist immer auch Philosophie.»

«Jetzt klingst *du* wie deine Mutter, Flo. Und wie dein Opa Heinrich.»

Keine Antwort von Flo. Franziska versucht, sein Gesicht zu erkennen, aber im Dunkel ist es nur ein Schemen.

Sie ist hübsch, deine Schwester. Und klug, sehr, sehr klug. Sie weiß wahnsinnig viel. Aber sie berechnet zu viel und denkt die Dinge nicht konsequent bis zum Ende. Ganz zu Anfang, als sie noch kein Paar waren, hat Artur das so gesagt. Sie hatte ihm nicht widersprochen, sich im Gegenteil still gefreut. Ihre große, perfekte Schwester, die zumindest in Arturs Augen doch nicht so perfekt war.

Franziska liegt still. Wenn sie Florian zu sehr bedrängt, wird sie etwas zerstören, das gerade erst anfängt. Oder fängt gar nichts an? Da liegt sie im Gras neben ihrem Neffen, eine Frau über fünfzig, und kann ihm nichts, gar nichts Tröstliches sagen, sehnt sich stattdessen nach ihren Eltern und ihrer großen Schwester, die vor sehr langer Zeit einmal für sie gesorgt haben.

«Ich glaub, sie mochte dich eigentlich mal echt gern», sagt Flori mit Reibeisenstimme. «Ich glaub, mit Lene und mir ist das genauso.»

«Aber Flori, Lene und du, ihr beide seid doch ...»

Er setzt sich auf. «Es haut einfach nicht mehr hin mit uns, weißt du? Genau wie mit euch! Und Ma will natürlich, dass das anders ist, und Lene und ich auch, und ich geb mir ja Mühe, aber dann geht mir Lene doch wieder auf die Nerven mit ihrem Große-Schwester-Getue und weil sie immer so scheißperfekt ist, und Ma und Pa nerven sowieso und kapieren überhaupt nichts, und also zieh ich wieder los und kack in der Penne ab und deshalb ...»

«Flo! Bitte!» Franziska fasst ihn am Arm. «Du bist nicht schuld, dass es deiner Mutter im Moment nicht gut geht. Glaub das bloß nicht!»

«Fuck, ist ja auch scheißegal, ändert eh nichts.» Er reißt sich los, hastet zu seinem Fahrrad und verschwindet im Dunkel. Lässt sie alleine mit seinen Worten.

*

SIE RÄUMT, PACKT, SCHIEBT, RÜCKT und sortiert. Es ist nur ein Vorgeschmack auf das, was sie erwartet, wenn sie eines nicht mehr so fernen Tages den gesamten Hausstand ihrer Eltern auflösen und das Haus leer räumen muss. Vorläufig geht es eigentlich nur um ein paar wenige Zimmer. Doch auch das nimmt kein Ende. Sie fängt in einem der Küchenschränke an, landet im Keller, im Esszimmer oder in der Garage. Sie findet ganz hinten im Vorratsschrank Puddingpulver aus den 70er-Jahren und Weckgläser mit Gewürzgurken, die ihre Mutter im Sommer 1986 eingelegt und sorgfältig etikettiert hatte. Sie findet das Puppenhaus, die Spielesammlung und den Kaufmannsladen und die originalverpackte WMF-Kaffeemaschine, die ihr Vater einst als Ersatz für die mit der defekten Wärmeplatte gekauft hatte. Sogar das Preisschild klebt noch daran: 68,70 DM. Sie findet den Handrührer, mit dem Uroma Frieda die Sahne geschlagen hatte, weil ihr der moderne elektrische Mixer angeblich zu schwer in der Hand lag. Nie benutzte Salatschälchen, Auflaufformen und Küchengeräte. Die Gardinen aus ihrem Kinderzimmer und die aus Monikas und die blauen Wohnzimmervorhänge. Generationen aussortierter Schuhe, Jacken, Schals und Schirme. Vergilbte Saatguttütchen und rostige Gartengeräte. Das Hochzeitskleid ihrer Mutter, Krawatten aus sechs Jahrzehnten und einen ganzen Karton voller selbst gehäkelter, gestrickter, genähter, bestickter Säuglingskleidung.

Man weiß ja nie. Die Dinge sind doch noch gut. Die Zeiten können sich ändern. Vielleicht freuen sich später mal eure Kinder ...

Sie hatten die Augen gerollt früher, wenn die Eltern das wieder und wieder betonten. Sie hätte schwören können, dass Monika genau wie sie ihre Kinder- und Jugendschätze längst entsorgt oder mitgenommen hätte. Aber offenbar nicht – denn im nächsten Karton, den sie öffnet, entdeckt sie Monikas Kindermikroskop, ihren Setzkasten mitsamt allen Figürchen und Neppdingen und ihre Schallplatten: Smokey. Abba. Bay City Rollers. Reinhard Mey. Den *Logical Song* von Supertramp als Singleauskopplung. Gehörte die überhaupt Monika, oder war das ihre? Ihr erster Lieblingshit war der *Logical Song* jedenfalls gewesen.

Sie versucht, systematisch zu arbeiten und die Tage zu strukturieren: Vormittags räumen. Nachmittags ihren Vater besuchen, zwischendurch Besprechungen mit den Ärzten und Axel Königs, manchmal auch mit Thomas, abends den Garten versorgen und mittags kochen für alle. Sie kocht jeden Mittag: Pasta mit Tomaten, Basilikum und Mozzarella. Ofenkartoffeln und Salat oder indisches Dal mit Reis und frischem Koriander. Sie müsse das nicht, sagt Axel Königs, aber sie tut es gar nicht in erster Linie für ihn und seine Leute, sondern für sich selbst. Es erdet sie, wenn sie um 12:30 Uhr alle zusammen an der aus einem Tapeziertisch improvisierten Tafel im Schatten des Apfelbaums Platz nehmen. Sie lässt die Gespräche der Männer an sich vorbeiplätschern, fällt hin und wieder ein, wenn ihr danach zumute ist, scherzt, lacht, entdeckt ihren südhessischen Zungenschlag wieder. Es sind andere Gespräche als in Niedenstein, wenn sie an den Ernte- oder Pflanztagen alle zusammen im Hof aßen. Und doch kann sie sich ein bisschen so fühlen, als wäre sie nicht mehr im Übergang, sondern zu Hause.

Nie lange, maximal eine Dreiviertelstunde. Dann arbeiten sie weiter, und sie selbst füllt weitere Säcke und Kisten für die Altkleidersammlung und für Oxfam, für die Obdachlosenhilfe und den Kindergarten, und wirft alles, was nicht mehr von Wert ist, in den Container. Und sie legt für ihren Vater und Monika je eine Erinnerungskiste an. In Monikas Kiste steckt sie das Mikroskop und den Chemiebaukasten, die verspiegelte Sonnenbrille mit den Strasssteinen, ein paar ihrer Mathe- und Physikhefte und zwei Abendkleider ihrer Mutter. Für ihren Vater bewahrt sie einen BH, ein Unterhemd und ein Miederhöschen ihrer Mutter auf, ihre Nackenrolle mit drei Bezügen, das himmelblaue Nachthemd mit den Spitzeneinsätzen, ihre Lieblingsstrickjacke und das Sommerkleid mit der Wespentaille und dem weit schwingenden Rock, das ihr Vater so geliebt hatte. Nur für sich selbst braucht sie keinen Karton, sie behält einzig eine violette Häkelstola von Uroma Frieda und den Morgenrock mit den dunkelvioletten Orchideen, den ihre Mutter zwar wunderschön fand, *gewagt* sogar, *richtig extravagant*, aber nur selten trug, um ihn zu schonen.

Wie wird es sein, wenn ihr Vater zurückkommt? Sie stellt sich vor, wie sie ihn durchs Haus führt und ihm zeigt, was sie für ihn aufbewahrt hat. Wie sie ihn in sein neues Schlafzimmer führt, in das neue Bad und durch den Durchbruch am Ende des Flurs in den Anbau, wie sie ihm dann in der neuen Küche einen Kaffee kocht oder einen Becher Milch reicht. Er wird mit ihren Entscheidungen nicht einverstanden sein, ganz sicher nicht, er wird jede Veränderung hassen, und sie wird er auch hassen. Vielleicht gar nicht so sehr, weil das Resultat selbst ihm missfällt oder er die verschwundenen Roth'schen Familienfetische tatsächlich vermisst, sondern weil sie diese neue Wirklichkeit für ihn geschaffen hat. Nicht er selbst und nicht Monika, sondern ausgerechnet sie, diese Tochter, die ihn immer nur enttäuscht hatte. Das schwarze Schaf der Familie.

Und was ist mit ihr – kann sie das wirklich aushalten, wenn es die alte Küche nicht mehr geben wird, das Elternschlafzimmer und das Esszimmer nicht – und wenn irgendwann in nicht allzu ferner Zukunft auch alle anderen Zimmer des Hauses leer geräumt sein werden? So oft schon hat sie sich vorgestellt, wie das sein könnte: Sich nie mehr innerlich schütteln müssen über die sündteuren Kitsch-Sammelteller ihrer Mutter. Sich nie mehr in der Küche die Hüfte an Uroma Friedas Anrichte stoßen und beim Essen die Scheibengardinen und Rollos hassen. Den Zierrat. Die Schränke, in denen kein Zentimeter Platz ist. Luft und Licht reinlassen stattdessen. Platz für Neues. Es wird ihr das Herz brechen und sie trotzdem befreien. Eine Last wird sich von ihr lösen. Vielleicht wird sie auch dann erst wirklich ermessen können, was ihr das Elternhaus einmal bedeutete. Und doch wird es dann nur noch in ihrer Erinnerung existieren. Genau wie die Toten.

*

«ES TUT MIR SEHR LEID», sagt die Ärztin.

«Wie lange noch, sagen Sie?», fragt Johanne. Ganz ruhig fragt sie das. Beinahe so, als ob die Antwort für sie kaum Relevanz hätte.

«Vielleicht bis Weihnachten noch. Mit viel Glück auch bis Ostern.»

Kein Sommer mehr also, denkt Heinrich. Das kann nicht sein, das kann einfach nicht stimmen, Johanne liebt doch den Sommer.

«Wird meine Mutter leiden müssen?», fragt Monika heiser. Seine verlässliche Tochter, die heute eigentlich einen Geschäftstermin in London wahrnehmen müsste, aber entschieden hat, sie zu begleiten.

«Es gibt inzwischen zum Glück eine sehr gute palliativmedizinische Versorgung», sagt die Ärztin. «Und sehr wirksame Schmerzmittel.»

Palliativmedizin. Pallium heißt Mantel. Heinrich legt seine Hand auf Johannes. Sie drücken und nicht mehr loslassen. Mit ihr fortlaufen dann, ab auf die Vespa und über die Alpen. Den Fahrtwind im Gesicht, Johannes Arme an seinem Bauch spüren, ihren Körper an seinem. Ihr im Wind fliegender Pferdeschwanz und das blaue Kopftuch mit den weißen Punkten.

«Haben Sie noch weitere Fragen?»

Natürlich haben sie Fragen. Sie haben so viele Fragen, dass es unmöglich ist, diese überhaupt nur zu denken. Vor drei Wochen noch war alles gut gewesen. Sie hatten die Walnüsse geerntet und die ersten direkt geknackt und gemahlen. Johanne hatte einen Kuchen gebacken, und just, als sie ihn aus dem Ofen holte, kam die Oktobersonne hervor, und sie ergriffen Teller und Tassen und saßen noch einmal eine halbe Stunde auf der Terrasse. Und abends klagte Johanne über eine leichte Übelkeit, am nächsten Tag immer noch und auch am folgenden. Der Hausarzt erst und dann der Facharzt. Johanne wollte nicht hin, Monika blieb unerbittlich. *So viel Aufhebens, das ist doch übertrieben.* Aber ihre Übelkeit wurde schlimmer. Und nun, kaum drei Wochen später, sitzen sie hier und erfahren, dass alles zu spät ist, dass es schon seit Monaten zu spät war und der Tod mit am Tisch sitzt.

Ihre Hand ist ihm so lieb. So lieb und eiskalt. Er schließt alle zehn Finger darum, hebt sie an sein Herz. Johanne lässt es geschehen. Fragt nichts mehr. Weint nicht. Sie weint auch später nicht, als sie wieder in Mühlbach sind. Johanne weint nicht, aber Monika weint jetzt. Ganz lautlos weint sie, gibt sich Mühe, das zu verbergen. Heinrich wendet sich ab. Auch ihm laufen Tränen über die Wangen.

«Ich taue uns schnell den Kirschkuchen auf.» Johanne weint immer noch nicht. Sie deckt den Tisch mit dem blauen Arzberg, setzt Kaffee auf, schlägt Sahne.

«Es tut mir so leid», sagt sie, als sie sitzen. Und dann verteilt sie den Kuchen und sagt sehr lange nichts mehr. Legt einfach die Hände um ihre Tasse und schaut auf ihren Kuchen und sieht schön aus, wie immer, genauso schön wie an diesem Morgen, und Heinrich versucht zu begreifen, was die Ärztin erklärt hat: dass das ganz normal ist, dass man den Krebs erst einmal gar nicht sehen kann, gar nicht fühlen, dass er aber trotzdem da ist und wächst – und dass das in Johannes Fall leider zu schnell ging, sodass gute Tage wie dieser von nun an gezählt sind.

Es wird nun wahrscheinlich sehr schnell gehen, so hat die Ärztin das ausgedrückt. *Nutzen Sie also diese Zeit – ganz bewusst. Genießen Sie sie. Wir können Ihnen auch jemanden zur Seite stellen, der Sie dabei ein wenig begleitet. Auch Sie, lieber Herr Roth, täten gut daran, sich unterstützen zu lassen.*

Heinrich wirft einen Blick auf Monika. Johannes Kirschstreuselkuchen mit gemahlenen Walnüssen ist ihrer beider Lieblingskuchen, doch auch Monikas Stück ist erst zur Hälfte gegessen, dafür hasten ihre Finger unter dem Tisch wie ein Heer aufgescheuchter Ameisen über das Tastaturfeld ihres Handys.

Sie blickt auf und bemerkt, dass er sie beobachtet, isst hastig einen Bissen Kuchen.

«Der ist wieder so lecker, Mama! Unschlagbar. Auch aufgetaut», intoniert sie in diesem zu lauten Tonfall, in dem sie neuerdings auch manchmal zu ihm spricht, wenn er ohne Stock und Rollator aus dem Haus gehen will und sich weigert, sein Auto abzumelden. Und *Mama* sagt sie sonst auch nicht. Auch Johanne muss das bemerken, doch sie lächelt schon wieder. Ihr Mutterlächeln, voller Liebe. Und Monika lächelt auch und nimmt sich ein zweites Stück Kuchen. Und dann senkt Johanne den Blick wieder in ihre Tasse und Monika macht sich erneut an ihrem Mobiltelefon zu schaffen.

Er weiß, was sie da tut. Sie sucht im Internet nach medizinischen Forschungsergebnissen, Krankenhäusern, Fachärzten und

Behandlungsmethoden, die die Worte der Ärztin widerlegen. Genau wie er ist Monika nicht dazu bereit, sich einem Urteil zu fügen, jedenfalls nicht ohne zu kämpfen. Und vielleicht wird es ihr ja gelingen und wird nicht so sein wie bei seiner Polyneuropathie, die auch Monika schließlich als Dauergast in seinem Leben akzeptieren musste. Vielleicht wird es anders sein bei Johanne.

Der Kuchen klumpt in seinem Magen. Er spült ihn mit Kaffee herunter, schenkt sich hastig nach. Wie absurd das doch ist: Seit die Ärzte ihm seine Diagnose gestellt hatten und seine Beine von Tag zu Tag mehr erlahmten, haben Johanne und er über das Ende gesprochen. Er hat vorgesorgt dafür. Die Witwenrente, die Sterbeversicherung, das Testament und die Vollmachten und die letzten Wünsche: Alles geordnet und abgeheftet und notariell beglaubigt. Er hatte wirklich für alles gesorgt und doch nichts verstanden. Hatte sich schlichtweg nicht vorstellen können, dass er es sein soll, der alleine zurückbleibt. Und jetzt sitzt er hier und weiß nicht mehr weiter. Er weiß nicht, wie das gehen soll – ein Leben ohne Johanne.

Ihre Hand findet seine. Leicht wie ein Schmetterlingsflügel. Er sieht sie an. Jetzt schimmern doch Tränen in ihren Augen.

«Hier, wusste ich's doch! Ich hab da was gefunden!», sagt Monika mit ihrer zu munteren lauten Stimme. Und redet gleich weiter. Was die Statistik besagt. Was sie gleich morgen früh tun wird. Gleich als Erstes. Dass es ganz sicher noch nicht zu spät ist.

«Ach, Liebes», sagt Johanne, als Monika ihre Ausführungen beendet hat. «Ach, Liebes. Ich denke doch, du solltest nun auch bald Franziska anrufen.»

*

DIE TAGE IM KRANKENHAUS gleiten ineinander, den Rhythmus diktieren die ratternden Servicewagen, Visiten und um ihn herumschwirrenden Schwestern. Ein neuer Tag heißt: Es kommen wieder andere Schwestern und Pfleger. Andere Hände waschen ihn, kämmen ihn, schieben ihm Bettpfannen unter und Urinflaschen, betasten und traktieren ihn mit ihren Instrumenten und gespielt guter Laune.

Franziska kommt jeden Tag. Monika kommt nicht, ruft nicht an, ist nicht erreichbar. Thomas besucht ihn dafür, mit Lene und Florian, die alle drei nicht wissen, wohin mit ihren Blicken und Händen. Sie stellen ihm Multivitaminsaft und eine Sonnenblume auf den Nachttisch. Stehen und sitzen an seinem Bett und reden zu laut und zu fröhlich von Monikas Urlaub und der Schule und Lenes Semesterarbeit und den Fortschritten von Monikas Projekt in Dubai und verkünden, bevor sie wieder gehen, dass ganz bestimmt bald alles wieder gut sein wird, dass es ihm schon gefallen wird, wenn er erst wieder daheim ist.

Sie lügen ihn an, und Franziska lügt auch, aber immerhin tut sie nicht so, als ob alles schön wäre. Sie kommt immer nachmittags, bringt ihm Milch und Pfannkuchen mit Zimt und Zucker, Quark mit Schnittlauch und Gurken, bringt ihm Erdbeeren. Sie sieht müde aus, abgekämpft, dünnhäutig.

«Iss, Papa. Trink, Papa.»

«Warum?»

«Weil du sonst nicht gesund wirst.»

«Was?»

«Gesund! Weil du sonst nicht gesund wirst!»

«Muss ich das denn?»

«Willst du das denn nicht?»

Er antwortet nicht. Was soll er darauf erwidern? Sie krempeln sein Leben um, und er muss das hilflos geschehen lassen. *Vertrau mir, vertrau mir.*

Franziska schenkt ihm Milch ein. Die Erdbeeren duften verführerisch. Johannes Lieblingsfrucht, immer. Auch seine. Franziska stellt Milch und Erdbeeren auf sein Schwenktablett und lässt sein Kopfteil in Position fahren.

Er wollte ins Schlafzimmer hinauf, inzwischen ist er sich dessen sicher. Er musste sehen, was Franziska da oben geräumt und gepackt hatte, wollte das Schlimmste verhindern. Wollte und musste. Und dann?

«Du wolltest die Treppe hoch, Papa? Ohne Hilfe? Du weißt doch aber, dass das nicht mehr geht.»

Er schüttelt den Kopf. Erinnern muss er sich, erinnern. Seine Hand am Geländer, sein Fuß tritt ins Leere, Edith Wörrishofen fliegt durch die Luft – ein Moment großer Leichtigkeit ist das –, dann Schmerz und Dunkelheit. Vage Bildfetzen. Seine Beine sind tot, und sein Hirn lässt ihn auch im Stich. Das geht nicht, das geht absolut nicht. So kann er nicht leben.

«Und der Safe, Papa? Was ist damit?»

Sie ist hartnäckig, seine Tochter. Immer gewesen. Unbeugsam. Wie ein wachsamer Habicht hockt sie auf dem Stuhl mit dem roten Polster. Lässt ihn nicht aus den Augen.

Heinrich wendet den Blick ab. Im Safe sind Johannes Tabletten. Das Familienbuch. Das Testament. Und noch ein paar andere Dinge, die niemanden außer Johanne und ihn etwas angehen. So weit entfernt. Unerreichbar für ihn. Wie soll er da rankommen?

«Papa? Hallo?»

Sie meint es gut. Sie gibt sich Mühe mit ihm. Mehr Mühe als jemals. Aber er kennt sie. Er weiß ganz genau, wie es in ihr arbeitet, brodelt. Sie ist ein Pulverfass, diese Tochter.

*

DIE STILLE IN GESCHLOSSENEN RÄUMEN ist eine andere als die unter freiem Himmel. Ein altes Haus klingt anders als ein modernes, ein bekannter Raum vertrauter als ein fremder, ein möbliertes Zimmer dumpfer als ein leeres. Die tiefste Stille von allen ist die Stille am Totenbett eines Menschen. Zwanzig Minuten lang hat sie allein neben ihrer toten Mutter gesessen. Ein paar Minuten dieser Stille hat sie aufgenommen. Die Datei ist wie alle anderen Stille-Momente ordentlich mit Datum und Stichwort versehen auf ihrem Handy gespeichert. Wenn ihr danach ist, kann sie die Kopfhörer aufsetzen und noch einmal in diese Stillen hineintauchen, und manchmal glaubt sie dann, etwas zu erfassen, das sie während des Aufnehmens nur erahnt hatte.

Besondere Fähigkeiten? Ich konnte einmal Reden halten und Reportagen und Flugblätter verfassen und andere von meiner Weltsicht überzeugen, wenn auch nicht meine Familie. Ich glaubte, das Wesen der Bäume zu verstehen, ja, ihre Stimmen zu hören, wenn ich alleine im Wald war und mich an einen Stamm lehnte. Ich bin mit Walen geschwommen und kann einen Biohof organisieren und einen Hofladen und schreinern und gärtnern und Mehlmotten züchten. Ich kann Yoga unterrichten und Meditationen anleiten. Ich kenne mich aus mit den Qualitäten von Stille, ich kann Schweigen aushalten, ja es oft sogar deuten. Und ich kann loslassen, immer wieder von Neuem loslassen und fortgehen, mit schnellen Schritten und leichtem Gepäck, ohne ein Wort und ohne mich noch einmal umzudrehen. Oder stimmt das so gar nicht, stimmte es vielleicht niemals?

Sie hat auch die Stille der Ashrams aufgenommen, dem in Indien und denen in Deutschland. Und die auf dem Hof, wo sie eben begonnen hatte, Yoga zu unterrichten. Es war noch längst nicht perfekt gewesen, die Ausbildung hatte sie da gerade erst beendet, doch die Leute kamen auch so, sogar aus den umliegenden Ortschaften. Sie übte Yoga und Meditation mit ihnen und führte sie in die Stille, und wenn sie dann eine Weile stumm und ohne sich zu bewegen, auf ihren Meditationskissen gesessen hatten, war das wie ein Geschenk. Sie begannen dann, tiefer zu atmen und wirklich anwesend zu sein. Sie glaubte, körperlich wahrnehmen zu können, wie sich auch dieses unentwegte Plappern, Hadern, Grübeln und Sehnen in ihren Köpfen allmählich beruhigte.

Sie hat diese Stille-Datei des Hofs nie mehr angehört, nachdem sie den Hof verlassen hatte, genauso wenig wie die ihrer verstorbenen Mutter. Sie trägt diese Stillen mit sich herum und kann sie nicht löschen, vielleicht ist es nun an der Zeit, das zu ändern, aber sie kann sich noch immer nicht dazu durchringen.

Sie legt sich im Arbeitszimmer ihres Vaters auf den Boden, schließt die Augen, hört das Haus um sich, ihren eigenen Atem und das Laub der Walnuss, das sich vor dem geöffneten Fenster im Wind wiegt. Vor sehr langer Zeit ist sie nachts mit ihrem Kassettenrekorder durchs Haus geschlichen, ohne das Licht anzuschalten. Sie wollte etwas erforschen auf diese Weise, etwas, das sie nicht in Worte zu fassen wusste, das aber mit dieser Tür zu tun hatte, hinter der sich diese andere Wirklichkeit auftat. Diese namenlose Welt, die sie so deutlich spürte, obwohl ihre Eltern und Monika sie verleugneten.

Doch es hatte nicht funktioniert. Egal wie behutsam sie die Rec-Taste auch drückte – die zweite von rechts war das, rot, mit einer winzigen Plastikwarze in der Mitte, damit man sie blindlings betätigen konnte –, immer hörte sie auf dem Band erst das Klacken der Taste und danach keine Stille, sondern das leise Sirren des Tonbands. Vielleicht gibt es diese Kassette sogar noch. Irgendwo in einer der Kisten, Schubladen, Schränke. Wenn sie sie findet, kann sie sie noch einmal anhören und würde doch nicht erfahren, was sie damals gespürt hatte. Was hätte gesagt werden müssen, aber nicht gesagt wurde.

*

MONIKA – AUSSORTIERT, hat ihre Schwester in akkurater Blockschrift auf den Deckel des Pappkartons geschrieben. Und ihn dann doch nicht weggeschmissen oder mitgenommen, sondern in den Anbau getragen und dort sicherlich vergessen. Wann war das gewesen? Vor sehr langer Zeit sicher. Wahrscheinlich als Monika ihre Promotionsstelle in Frankfurt antrat und sich dort endlich eine eigene Wohnung gesucht hatte. Oder als sie ein paar Jahre später mit Thomas nach Mühlbach zurückzog. Ließ bei ihren Eltern zurück, was sie nicht mehr brauchte, in ihrem neuen, durchorganisierten Leben.

Der Karton riecht streng und droht zu reißen, als Franziska ihn anheben will. Die Pappe ist an zwei Seiten gewellt und rissig, als ob sie einmal feucht geworden sei. Oder mehrmals. Vielleicht hatte sich ein Kater in den Anbau verirrt und dagegengepinkelt. Oder ein anderes Tier.

Du rührst meine Sache nicht an, Zissy, ich warn dich. Du wirst das sonst sehr bereuen, ich schwöre.

Als ob mich dein Scheiß interessiert!

Ihr Ehrenkodex war das gewesen. Aber das hier ist etwas anderes – diesen stinkenden Karton wird sie ihrer Schwester so nicht einfach vor die Tür stellen.

Modergeruch wallt Franziska entgegen, als sie den Deckel aufklappt. Obenauf liegt in einem Nest aus zerknülltem Seidenpapier Monikas einst hellblauer Teddy Herr Brummibumm. Jetzt ist er schmuddelgrau, und sein Plüschbauch ist aufgeplatzt oder wahrscheinlich eher aufgenagt worden, denn in der Schaumstofffüllung steckt ein mumifizierter Mäusekadaver. Franziska streift Handschuhe über und wirft den Bären in die Schubkarre. Ein klarer Fall für den Container ist der. Schulhefte stapeln sich darunter, allesamt in Monikas ordentlicher Handschrift betitelt. MATHE LK 1. PHYSIK ABI. INFORMATIK GRUNDKURS. Sie legt ein paar davon für ihre Schwester beiseite. Vielleicht wird Monika sich darüber freuen, so wie über ihr Kindermikroskop und ihr Marie-Curie-Faschingskostüm. Vielleicht können sie sich eines Tages sogar gemeinsam an jene Phase erinnern, in der Monika es sich in den Kopf gesetzt hatte, aus ihrer zappeligen kleinen Schwester eine würdige Assistentin ihrer naturwissenschaftlichen Experimente zu machen. Und im Rückblick darüber lachen, wie grandios dieser Plan scheiterte.

Zwei Ausgaben der BRAVO klemmen unter den Heften. Franziska lächelt und legt auch sie beiseite. Ein prall gefüllter brauner A4-Briefumschlag kommt als Letztes zum Vorschein. Auch der ist einmal feucht geworden und müffelt. Aber sie öffnet ihn trotzdem, öffnet ihn mit wild klopfendem Herzen, weil er vor sehr langer Zeit einmal an sie adressiert wurde.

Darmstadt, 17. Juni 1986

Liebe Franziska,
wir haben im Nachlass unseres geliebten Sohns Artur diese Briefe von Ihnen gefunden, die ich Ihnen anbei zur Erinnerung zurückschicke. Wir haben Sie ja, wie Sie wissen, nie kennengelernt, Artur hat uns leider nie viel von sich erzählt, aber unsere Tochter sagt, dass sie sich wohl von der Schulzeitung kannten, dass Artur Sie sehr gerngehabt hat und dass sie beide wunderschön zusammen auf der Mathildenhöhe musiziert hatten. Wenn Sie mögen, kommen Sie uns also einmal besuchen. Wir würden Ihnen dann zur Erinnerung gern Arturs Gitarre vermachen, ich denke, das wäre in seinem Sinne gewesen. Bitte rufen Sie aber vorab an, damit wir uns ein bisschen vorbereiten können, denn Sie verstehen sicherlich, dass das für uns alles nicht leicht ist.
Mit freundlichen Grüßen und in tiefer Trauer
Ihre Martha Bellmann – auch im Namen meines Mannes und unserer Tochter Katja.

Franziska sitzt reglos. Es kann nicht sein, es kann einfach nicht wahr sein, dass Monika diesen Brief von Arturs Mutter abgefangen, geöffnet, gelesen und ihr niemals ausgehändigt hatte. Es kann nicht sein, aber es ist so, weil der braune Umschlag an der Seite schon aufgeschnitten war und sie ihn nun erstmals in der Hand hält.

Sie steht auf, langsam, sehr langsam, trägt den Brief in die Küche, setzt sich und leert seinen Inhalt auf die Tischplatte. Arturs erste Berliner Adresse. Die zweite. Die dritte. Er hielt den Kontakt zu ihr, ließ sie wissen, sobald es in einem der besetzten Häuser nicht mehr klappte. Meist rief er sie an. Wenn er ihr doch einmal schrieb, beschränkte er sich auf wenige Worte, viel wichtiger waren ihm die Flugblätter und Reportagen, die er ihr mitschickte.

Magst du keine Briefe?

Keine Zeit. Keine Ruhe, ist auch nicht so mein Ding. Aber deine mag ich.

Sie hatte lila Tinte benutzt, um an Artur zu schreiben. Das Briefpapier aus dem Umweltladen war vom Grundfarbton her eher grau als weiß gewesen und verziert mit allerlei Ornamenten. Acht Briefe mit ihrer noch jugendlichen Handschrift liegen vor ihr. Und ein Schlüssel steckte ebenfalls in dem Umschlag. Vorsichtig, als wäre er zerbrechlich, legt Franziska ihn neben die Briefe. Den hatte sicherlich nicht Arturs Mutter geschickt, den muss Monika in den Umschlag gesteckt haben. Der verlorene Gartentorschlüssel ist das, ganz ohne Zweifel. Sie erkennt ihn an seinem roten Nylonbändchen und der roten Holzkugel, die ihre Mutter daran geknüpft hatte, damit sie ihn nicht dauernd suchen mussten. Und eines Nachts, als sie von einer Redaktionssitzung mit Artur zurückkam, war der Schlüssel trotzdem verschwunden gewesen und das Gartentor verschlossen. Ein Riesentheater hatte das verursacht, weil sie deshalb nicht wie sonst immer ungesehen ins Haus schleichen konnte. Das neue Schloss hatte sie von ihrem Taschengeld bezahlen müssen, weil alle sich einig gewesen waren, dass sie den Schlüssel verschlampt hatte, egal wie nachdrücklich sie ihre Unschuld beteuerte.

«Franziska? Bist du hier drinnen?»

Axel Königs kommt ins Haus. Sie reißt sich los, geht ihm entgegen.

«Ich hab eben das Okay vom Lieferanten gekriegt», er lehnt sich in den Wohnzimmertürrahmen. «Morgen früh können wir mit dem Durchbruch starten – das wird dann ein paar Tage Lärm und Dreck geben.»

«Ja, gut.»

«Und dann hab ich noch überlegt, dass du aus der ersten Etage leicht eine Einliegerwohnung machen könntest. Die Anschlüsse für die Küche könnten wir im Zuge der Badsanierung direkt mit hochlegen, das ist keine große Sache, und hier am Übergang zum Eingangsbereich zieh ich dir eine Tür rein, und zack...» Er stoppt. Mustert sie. «Passt wohl gerade nicht so gut. Ist alles in Ordnung?»

«Ja.» Sie zögert. «Oder eigentlich nein, aber ...»

«*Bad news* aus dem Krankenhaus?»

Sie schüttelt den Kopf. «Familienscheiß.»

«Auch nicht gut.»

«Du sagst es.»

Abhauen jetzt. *Up and away* durchs Gartentor über die Felder und einfach nicht mehr zurückkommen. Oder aber die Briefe nach Datum sortieren und sie einen nach dem anderen aus den Umschlägen ziehen und lesen, so wie Artur das vor sehr langer Zeit auch einmal getan hatte. Voller Ungeduld, davon zeugen die zerfledderten Risskanten an den Oberkanten. Sie kann förmlich sehen, wie er seinen Zeigefinger in die Öffnung an der Seite des Umschlags gezwängt hatte oder einen Bleistift, wie er sich eine

Zigarette drehte, daran zog, den Rauch ausstieß und zu lesen begann, mit dieser steilen Falte zwischen den dunklen Brauen, die nichts damit zu tun hatte, dass ihm ihre Briefe missfielen, sondern einzig damit, dass er eigentlich eine Brille gebraucht hätte.

«Morgen früh also», sagt Franziska zu Axel Königs, geht zurück in die Küche und breitet die Umschläge vor sich aus. Soll sie sie noch einmal lesen oder lieber nicht? Wie beim Zahnarzt fühlt sich das an, wenn sie das Sirren des Bohrers schon hörte, aufspringen und aus dem Wartezimmer laufen wollte, aber genau wusste, dass sie die Zahnschmerzen dadurch nicht loswürde. Und also saß sie wie gelähmt und starrte die Tür des Behandlungszimmers an, nur ihre Zunge fuhr hektisch über ihre Zähne und rieb sich ganz wund in diesem Akt des Verabschiedens. Und zugleich wollte sie, dass es endlich vorbei wäre, dieses Warten auf das Unvermeidliche. Wollte mit einem Kampfschrei auf den Behandlungsstuhl springen, den Mund aufreißen, sich das Lätzchen umbinden, *na los, Leute, nun macht schon!*

Der Brief von Arturs Mutter stammt vom 17. Juni. Da war Artur schon über vier Wochen beerdigt gewesen. Anna hatte ihr Baby verloren. Und sie hatte zwar ihr Abiturzeugnis erhalten, aber das Versprechen, das sie ihrem Vater gegeben hatte, gebrochen. Ihr letzter Auszug aus ihrem Elternhaus war das gewesen – ohne ihre neue Anschrift zu hinterlassen. Aber das hatte Arturs Mutter nicht wissen können, denn der Absender auf Franziskas Briefen an Artur war die Adresse ihrer Eltern gewesen.

*

LIEBER ARTUR, ICH HÄNGE GERADE *noch etwas in dem Dachzimmer von Annas WG ab und gucke in den Himmel, bevor ich wieder zu meinen Eltern fahren muss. Abendbrot und so ... Ich bin echt froh, dass die WG dieses Zimmer zurzeit* *nicht vermietet. Kannst Du Dir ja denken! Hier liege ich also und musste gerade an die Nacht denken, in der es so geschneit hatte. Zuerst sind die Schneeflocken noch auf der Scheibe zerschmolzen, aber dann blieben sie darauf liegen, weil der Ölofen mal wieder nicht richtig gut funktionierte. Aber unter unseren Schlafsäcken und den Wolldecken war es doch warm genug, oder?* (Mit Dir war es warm genug, hatte sie eigentlich schreiben wollen, sich dann aber doch nicht getraut, denn das wäre vielleicht doch ein wenig zu viel des Guten, hoffnungslos kitschig.) *Denkst Du da auch manchmal dran? Wie es draußen immer stiller und stiller geworden ist und in unserem Zimmer so seltsam blaudämmerig, ganz unwirklich. Und wie wir dann ... Das ist verrückt, oder, weil doch Frühling ist, dass ich jetzt gerade daran denke, oder? Kann ich aber nicht ändern. So ist es.*

Ich muss Dir was sagen, Artur, auch wenn mir das tierisch schwerfällt: Ich werde über den ersten Mai mit Anna nach Süddeutschland fahren und nicht zu Dir nach Berlin kommen können. Das klappt nämlich mit der Hütte von Sebastians Eltern, und wenn das Baby erst einmal da ist, wird das mit so einer Tour zu zweit ja erst mal nicht mehr gehen ... Das Blöde ist nur: An den Wochenenden davor und danach kann ich auch nicht zu Dir nach Berlin kommen, weil Anna und ich wieder beim Mehlmottenprojekt angefangen haben. Sie zahlen uns diese Saison sogar mehr als im letzten Jahr. Am Wochenende 25 Mark pro Stunde, stell Dir mal vor! Also bin ich tapfer und schufte und büffle, immer abwechselnd, und vermisse Dich schrecklich und freu mich auf den Moment, wenn ich endlich das Abi geschafft habe und frei bin! Oder kommst Du vorher noch mal nach Darmstadt? Ach, komm bitte! Das wäre so cool. Anna sagt, wir können auf jeden Fall immer das Dachzimmer haben.

Ich muss jetzt gleich aufhören, ich bin echt schon müde, und morgen früh um sechs geht es schon wieder weiter. Erst die Schule und dann die Motten. Wir haben uns die Arbeit jetzt übrigens aufgeteilt. Anna füllt immer das neue Korn in die Mastgitter der Mottengehege, und sobald sie damit fertig ist, komme ich mit dem Gummihammer und klopfe an die Wände, dass die Motten hinab in die Ernteflaschen taumeln. Aber das Zentrifugieren muss ich neuerdings immer allein machen, weil Anna sagt, dass sie das irgendwie nicht mehr so gut abkann, mit dem Baby im Bauch. Es ist ja auch fies – also vor allem aus Perspektive der Motten. Ein paar lasse ich deshalb immer fliegen, weil sie mir so leidtun, aber die allermeisten dürfen eben nicht überleben, denn es geht einzig um ihre Eier. Den Zentrifugator musst Du Dir so ähnlich vorstellen wie eine riesige Waschmaschine. Sobald ich die Motten in die Trommel gefüllt habe, leite ich quasi den Schleudergang ein, und dann brummt es und staubt und die Zentrifuge beginnt zu rotieren, immer schneller und schneller. Wenn ich sie nach zwei Minuten wieder ausschalte, bewegt sich in ihrem Inneren nichts mehr, und dann siebe ich stundenlang die Überbleibsel unserer Motten. Ich filtere Beinchen und Flügel und Fühler heraus, lauter Leichenteile sind das, Artur. Ich siebe so lange, bis nur noch die Eier in meinem Sieb liegen – lauter winzige Eier, die die Mottenweibchen in ihrem Bauch trugen, bevor sie von der Wucht der Rotation zerdrückt wurden.

Das also ist mein Job, Artur. Ich bin gar nicht die ‹Mottenmutti›, wie Du immer spottest, ganz im Gegenteil töte ich jeden Tag Tausende Motten. Ich töte sie, Artur.

Ja, klar, ich weiß, so darf ich nicht denken. Die biologische Schädlingsbekämpfung des Maiszünslers ist wichtig, und unsere Motteneier sind dafür der Grundstoff. Wir halten dadurch die Welt von Chemie frei und schützen viele Arten. Ich weiß das alles, aber immer, wenn ich zu lange über die Motten nachdenke und dass sie vielleicht ganz genauso gern leben wollen wie wir, und der Maiszünsler auch, dann kann ich das eigentlich gar nicht aushalten. Ich könnte darüber einen Artikel verfassen, was meinst Du? Mein MOTTENDILEMMA könnte er heißen! Könntest Du den vielleicht mal in Deiner Redaktion in Berlin vorstellen? Oder interessiert so was außer mir niemanden? Schreib mir bitte, was Du dazu meinst, ja? Und schick mir unbedingt Deinen neuen Artikel über das Waldsterben, den leg ich meinen Eltern dann auf den Frühstückstisch. (Nein, tu ich nicht, das würde alles nur noch schlimmer machen – und es ist ja nun nicht mehr lange hin, bis ich zu Dir nach Berlin komme.)

Siehst Du in Deinem Kreuzberg nachts eigentlich die Sterne? Oder ist es zu hell dafür oder zu schmutzig? Schreib mir auch das, Artur, ja? Und schreib mir vor allem, wie es Dir geht! Oder, noch besser, ruf mich an!

Eines noch, auch wenn das abgedreht ist: Vorgestern konnte ich nicht schlafen und bin nachts in den Garten gegangen, und da kam es mir auf einmal vor, als seien die Sterne lauter leuchtende, im Zeitlupentempo umherwirbelnde Motten. Vielleicht fliegen oben im All also gar keine Gesteinsbrocken herum, sondern leuchtende kleine Insekten? Als Kind habe ich es im Sommer total geliebt, in unserem Garten die Glühwürmchen zu beobachten (wir mussten sie immer Leuchtkäfer nennen, aber ich mag das Wort Glühwürmchen lieber). Die gibt's in Berlin bestimmt nicht. Die gibt's auch sonst nur sehr selten. Ich wünschte, das wäre anders. Eines Tages will ich Dir sie unbedingt zeigen.

Ich hör jetzt auf, denn ich sehe hier fast nix mehr, ich hab auch viel länger geschrieben, als ich eigentlich wollte, deshalb wird es daheim bestimmt gleich wieder Terz geben. Aber egal!

Morgen schick ich den Brief direkt ab – dann hast Du ihn hoffentlich schon am Wochenende!

Lieber Artur, sei mir bitte nicht böse wegen des Wochenendes mit Anna, ja? Und melde Dich mal wieder! Und bitte, Du weißt ja: Wenn was ist, wenn Du mich brauchst ...

Alles Liebe und Küsse – missing you – loving you – Zissy.

*

«ICH SOLL IHNEN GRÜSSE ausrichten, Herr Roth.»

Heinrich zuckt hoch. Grüße, hat sie Grüße gesagt, diese Schwester, hat er schon wieder geschlafen? Sie scheint seine Verwirrung zu bemerken, beugt sich leicht zu ihm herunter.

«IHRE TOCHTER kann Sie heute NICHT BESUCHEN. Sie lässt GRÜSSE AUSRICHTEN!»

«Grüße.»

Die Schwester nickt und lächelt. Die mit dem Ring in der Nase ist das, ihr Pferdeschwanz wippt und schillert im Nachmittagslicht, als sie hinauseilt. Blau heute, warum, bitte schön, färbt man sich die Haare blau? *Es gefällt ihr halt, Papa*, würde Franziska vermutlich sagen. Seine Tochter, die ihm gestern noch versprochen hatte, heute wiederzukommen und Milch mitzubringen. Was ist los, was tut sie, statt ihn zu besuchen? Er fährt sein Kopfteil hoch. Zwei Meter nur trennen ihn von dem Schrank, in dem seine Kleidung und seine Schuhe verwahrt werden, zwei läppische Meter. Heinrich heftet den Blick auf das Foto an der Wand gegenüber seinem Fußende. Mohnblumen, die hätten Johanne sicher gefallen. *So herrlich rot, aber sehr empfindlich. Man möchte sie so gerne pflücken, doch man darf es nicht, weil sie das nicht verzeihen und sofort verwelken.*

Über der Tür, durch die er nicht gehen kann, hängt ein schlichtes Holzkreuz. Sie war keine Kirchgängerin, seine Johanne. Sie beide nicht, nie gewesen. An welchen gutwilligen Gott sollten sie denn auch glauben? Weihnachten gingen sie hin, selbstverständlich, allein schon für die Mädchen. Und Ostern. Zu den Taufen und Konfirmationen. Bei Johannes Trauerfeier hatte der Pfarrer ein paar würdige, überraschend passende Sätze verlesen, vor allem wohl, weil Monika ihn entsprechend instruiert hatte.

Eine Woche noch, vielleicht zehn Tage, bis sie sein Bein aus dieser monströsen Umhüllung befreien werden, und auch danach wird es noch dauern, das sagen sie ihm immer wieder. *Schnelle Luftsprünge dürfen Sie nicht erwarten, Herr Roth.* Die Metallplatte, die sie ins Schienbein gesetzt haben, werden sie drinlassen, sagen sie, die wird also mit ihm im Krematorium landen, erst aus der Asche werden sie die wieder herausklauben. Und dann geht es ab in die Ostsee, dort dürfen sich seine und Johannes sterbliche Überreste wieder vereinen.

Er zieht den Nachtkasten zu sich heran, fördert sein Handy hervor. Ein schickes Smartphone, das er nicht gewollt, das Monika ihm aber trotzdem gekauft hatte. Monika, die laut Kalender seit drei Tagen aus ihrem Urlaub zurück sein müsste. Und heute hätte sein von Monika für ihn gebuchter Reha-Aufenthalt enden sollen, wenn er den nicht storniert hätte. Wie sie ihn angeschrien hat. Wie von Sinnen ist sie gewesen, nicht gewillt, das vernünftig zu besprechen. Dabei hatte er ihr doch von Anfang an klargemacht, dass er da nicht hinwollte. Und zur Strafe schickt sie ihm Franziska und meldet sich nicht mehr.

Der Handy-Akku ist schon wieder leer, um das Ladekabel in die Steckdose zu manövrieren, muss er ein weiteres Mal eine Schwester herbeiklingeln. Ich bin zu alt, denkt er. Zu alt für diese Warterei, zu alt mich noch einmal herumschubsen zu lassen. *Sag immer schön bitte und danke, Heinrich. Und strammgestanden, Abmarsch und keinen Mucks mehr. Gib deiner Mutti ein Küsschen.*

«Soooo! Jetzt sollte das funktionieren!»

Vielleicht ist doch dieser gespielte Enthusiasmus, mit dem ihm in einem fort alle begegnen, am schwersten erträglich. Als ob er senil sei. Als ob es so schwer wäre zu kapieren, dass es nichts, überhaupt gar nichts Beglückendes hat, wenn man nicht mal alleine ein Kabel in die Steckdose stecken kann oder zum Pinkeln aufs Klo gehen.

Er nickt der Schwester zu und wählt erst Franziskas Nummer, dann Monikas, dann seine eigene in Mühlbach, dann Monikas Bürotelefon und schließlich Monikas Privatnummer. Nichts. Gar nichts. Überall nur der Anrufbeantworter.

Sind sie zusammen in seinem Haus, um weiteres Unheil zu planen? Er muss das wissen. Jetzt, sofort, muss er das wissen ... Thomas. Nie zuvor hat er seinen Schwiegersohn mit dem Mobiltelefon angerufen, aber Monika war gründlich – auch Thomas' Nummer findet sich in seinem Handy, und im Gegensatz zu Monika und Franziska nimmt er den Anruf an.

«Du musst herkommen», sagt Heinrich statt einer Begrüßung. «Jetzt sofort, musst du herkommen.»

«Heinrich? Was ist denn ...»

Heinrich drückt das Gespräch weg, legt das Telefon vor sich auf die Bettdecke. Er hat nie viel von Thomas verlangt, konnte seltsamerweise nie viel mit ihm anfangen. Wenn er jetzt so zurückdenkt, ist sein Schwiegersohn für ihn eigentlich immer nur der Mann im Hintergrund geblieben. Erfolgreich wie Monika, ein loyaler Ehemann und Vater, ohne Tadel in seinen Umgangsformen, wenn sie sich trafen. Bei den Familienfesten schenkte er den Wein nach, mähte auch schon mal den Rasen und half mit dem Computer oder bei kleineren Reparaturen, wenn Monika ihn schickte. Und trotzdem ...

Der Ameisenbär linst unter der Datums- und Zeitanzeige auf dem Handydisplay zu ihm auf. *Na, los, Kamerad, nun komm schon.* Monika hat ihm das so eingestellt. Ein schnelles Foto, kurzes Handytippen.

So, schau, Papa, so kannst du dein Telefon immer direkt erkennen, kommst nie mit anderen durcheinander.

Und was hab ich davon? Es liegt doch sowieso immer auf dem Schreibtisch.

Ach, Papa ...

Sie hat es gut gemeint, seine Tochter. Immer meint sie es gut mit ihm. Vielleicht hätte er das mit der Kur, die sie für ihn gebucht hatte, einfach akzeptieren sollen.

«Heinrich, was ist denn? Ich war mitten in einer Besprechung!»

«Thomas, gut. Setz dich.»

Siebenunddreißig Minuten sind seit seinem Anruf vergangen. Dabei liegt Thomas' Büro am anderen Ende der Stadt. Er muss sich wirklich beeilt haben.

Heinrich mustert ihn. Ein bisschen blass sieht er aus, auf seiner Stirn kleben Schweißperlen, die er hektisch mit dem Handrücken wegwischt, als ob Heinrich ihn dafür gerügt hätte. Wieso ist Thomas blass, spielt er kein Tennis mehr, sein Training war ihm doch immer heilig? Vielleicht spielt er ja in der Halle, wegen dieser brütenden Hitze, die sie neuerdings sogar schon in der Tagesschau als eine katastrophale Folge des Klimawandels bezeichnen.

«Heinrich? Hallo? Was ist los? Was ist so dringend?»

«Was ist mit Franziska?»

«Franziska? Woher soll ich das wissen? In Mühlbach wird sie sein. Ruf sie doch einfach an.»

«Das habe ich, aber sie geht nicht ans Telefon, und sie will heute auch nicht hierherkommen.»

Thomas stöhnt auf, beherrscht sich sofort wieder. «Dann ist ihr halt etwas dazwischengekommen.»

«Und Monika meldet sich auch nicht.»

«Heinrich, ich bitte dich, nicht schon wieder!»

«Deine Frau ist nicht im Urlaub. Nicht ohne dich und nicht so lange. Ich bin nicht senil, also hör auf, mich zu belügen!»

Die Worte sind ihm einfach rausgerutscht, das Ergebnis seiner Überlegungen, und offenbar sind sie ein Treffer ins Schwarze, denn nun zeigt sich ein Riss in der glatten Fassade seines Schwiegersohns, und Thomas' Adamsapfel zuckt wild auf und nieder.

Heinrich legt nach. «Geradeheraus, Thomas. Jetzt. Hier. Von Mann zu Mann. Sag mir auf der Stelle, was los ist. Habt ihr Streit gehabt, hat sie dich sitzen lassen, hast du sie betrogen?»

«Was? Nein. Nein! Absolut nicht!»

«Sondern?»

Thomas schweigt, und auf einmal weiß Heinrich nicht weiter. Wenn Franziska ihn nach dem Sturz nicht gefunden hätte, wäre er gar nicht mehr hier. Ein sauberes, schnelles Ende wäre das gewesen, wahrscheinlich besser für alle.

«Okay, du hast recht.» Thomas schluckt hart. «Irgendwann musst du es ja erfahren. Monika hatte ..., sie hatte einen Zusammenbruch, Heinrich. Nervlich. Einen Burn-out.»

«Einen Burn-out? Aber das kann sie mir doch sagen. Da kann sie mich doch wenigstens anrufen. Da steckt doch noch etwas anderes dahinter, so verantwortungslos ist sie nie gewesen.»

«Verantwortungslos?» Thomas springt auf, ballt die Fäuste, schreit auf Heinrich herunter. «Verantwortungslos? Moni ist zusammengeklappt! Sie ist völlig ausgelaugt, Heinrich! Sie kann gerade gar nichts, denn sie ist in einer Klinik!»

«Aber das kann doch nicht sein, das ...» Etwas summt plötzlich. Summt und brummt immer lauter. In seinem Kopf, in seinem Brustkorb. Heinrich schüttelt den Kopf. Es hilft aber nichts. Monika ist in einer Klinik. In einer Nervenklinik, wie Johanne.

Thomas lehnt sich näher, lässt ihn nicht aus den Augen. «All die Jahre, Heinrich. All die Jahre hat sie viel zu viel getragen. Ihren Job. Die Kinder. Johanne und dich, euer Haus, Johannes Krebs, deine Launen ... Hast du dich nie gefragt, wie sie das eigentlich alles bewältigt? Dir nie klargemacht, dass sie immer für dich da war? Und dann fährst du nicht einmal in die von uns gebuchte und bezahlte Kur!»

«Ach, so ist das, ja? Ich bin schuld? Ich habe keine Kur gewollt, Thomas. Nicht gewollt, nicht gebraucht. Und außerdem – du bist ihr Ehemann! Moni ist deine Frau – wo bist du denn gewesen, als sie dich brauchte? Du bist für sie verantwortlich!»

Thomas springt auf. «Nein, verdammt, das bin ich nicht! So läuft das nicht heute. Jeder ist für sich selbst verantwortlich, und Moni wollte halt nie, dass ich ...»

«Das ist Unsinn, Thomas, und das weißt du!»

«Ich weiß, was ich weiß. Ist das alles, weshalb du mich herbestellt hast?»

«Wo ist sie?»

«Das sage ich dir ganz bestimmt nicht! Moni braucht Ruhe.»

«Aber ...»

«Sie braucht Zeit für sich, Heinrich. Und Ruhe. Akzeptier das!»

Thomas stürmt aus dem Krankenzimmer, die Tür schnappt hinter ihm ins Schloss, und für ein paar wunderbar friedliche Augenblicke verstummt alles, und Heinrich treibt wieder in diesem lichtblauen Meer, und Johanne schwimmt vor ihm. Sie sieht ihm direkt ins Gesicht und entgleitet ihm trotzdem, er kann sie nicht erreichen. Weil sie das nicht will, denkt er. Ich soll ihr nicht folgen. Aber das ist noch immer nicht die ganze Wahrheit.

*

SIE WAR SCHON EINMAL HIER. Hier, auf diesem Parkplatz, im Schatten dieser gigantischen Zeder hat sie schon einmal gestanden. Als Kleinkind noch, an der Hand ihrer Schwester. Das ist unmöglich, und doch sind die Erinnerungen, die auf sie einstürmen, eindeutig. Ihre Mutter ist fort. Seitdem muss sie tagsüber in einen Kindergarten gehen, der aber gar keinen Garten hat, sondern nur einen Hofplatz, auf dem sie Ball spielen, Fangen und Hüpfkästchen. Den Mittagsschlaf hasst sie. Den süßen Tee, den sie zu den Mahlzeiten trinken muss, genauso. Nachmittags leistet ihr wenigstens Monika dort Gesellschaft, aber vormittags muss Monika jetzt in die Schule. Am Abend holt sie der Vater ab und wärmt ihnen Dosengerichte auf. Eines Tages klettern sie alle drei in sein Auto und fahren die Mutter besuchen oder, besser gesagt, ihr zuwinken – hier, auf diesem Parkplatz hinter dieser Klinik haben sie damals gestanden.

Franziska steigt aus dem Mietwagen, klickt die Tür zu. Die Hitze stülpt sich über sie wie eine Decke. Franziska geht ein paar zögernde Schritte in Richtung der Zeder, dann ein paar Schritte nach links. Der Parkplatz war damals fast leer und noch nicht gepflastert. Es gab Pfützen, ein kalter Wind wehte, sie trugen die von ihrer Mutter gestrickten Wollfäustlinge und Jacken. Franziska geht in die Hocke, legt den Kopf in den Nacken. Die Fassade ist hell, hat aber mit ihren Gesimsen und Erkern eine spukschlossartige Anmutung.

Dort oben, an dem Fenster ganz rechts, da winkt euch gleich die Mama!

Der Vater verschwindet. Monika hält ihre Hand fest. Sie frieren. Irgendwann schwingt wirklich das Fenster auf, das der Vater ihnen gezeigt hat. Eine helle Gestalt erscheint, die vielleicht ihre Mutter ist, vielleicht auch ein Engel, hebt ihren weißen Arm und winkt ihnen.

Die Mama, da oben, siehst du? Monika beginnt zu winken.

Franziska zögert, tut es ihr dann doch nach. Kurz darauf tritt eine zweite, dunklere Silhouette hinzu, der weiße Arm hört auf zu winken, das Fenster wird wieder verschlossen.

War es wirklich so? War ihre Mutter vor vielen Jahrzehnten in derselben Klinik gewesen wie jetzt ihre Schwester? Es ist möglich, durchaus. Die Klinik hieß damals noch nicht *Neue Wege am Hügel*, sondern schlichtweg Wetterau-Klinik.

Franziska folgt den Hinweisschildern zum Haupteingang, der sich in einem neu gebauten Gebäudetrakt befindet. Sie hat ihren Besuch nicht telefonisch angekündigt, sie hat, ohne zu überlegen, ihre Briefe an Artur eingesteckt, ist zum Hauptbahnhof Darmstadt geradelt und hat sich ein Auto gemietet. Nicht mehr wegschauen, ausweichen, schweigen, sondern hinsehen. Aber nun, da sie an der Rezeption steht, ist das Chaos in ihrem Kopf nur noch größer geworden. Weiß Monika, dass ihre Mutter auch einmal hier war? Ist sie deswegen hier?

«Es dauert ein bisschen, wir sind mit der Besuchszeit für heute offiziell schon am Ende, aber nehmen Sie doch gern in unserem Wartebereich Platz. Ich schaue, was ich für Sie tun kann», sagt die Empfangsdame.

Franziska dankt ihr und läuft über dunkles Parkett in eine Lounge, deren eine Seite von einem künstlichen Wasserfall dominiert wird, während die gegenüberliegende Fensterfront den Blick auf die sanft geschwungene Landschaft freigibt. Noch knapp siebzig Kilometer weiter von hier liegt Niedenstein. Früher ist sie an der Autobahnabfahrt zu dieser Klinik vorbeigefahren, ohne von ihr zu ahnen. Sie setzt sich auf einen der Lederzweisitzer mit Blick auf die Rezeption. Sie wird erst einmal überhaupt nichts sagen, wird einfach nur Arturs Briefe vor Monika auf den Tisch legen, und vielleicht auch den Torschlüssel.

Ihr Handy meldet sich. Thomas. Sie drückt das Gespräch weg, schaltet in den Flugmodus. Zeit vergeht. Das Wasserplätschern hat nach einer Weile nichts Entspannendes mehr, die heruntergeklimatisierte Luft lässt sie frieren. Sie geht zur Toilette, nimmt sich an der Getränkestation eine Flasche Rhabarberschorle. Rosa Bläschen und Zucker, wenn das Leben so einfach wäre. In der Nische über der Küchenbank stand eine Holzdose, in der ihre Mutter ein paar ihrer Tabletten verwahrte, es war Monika und ihr strikt verboten, auch nur den Deckel der Dose zu berühren.

«Frau Roth?»

Eine Frau in weißer Baumwollhose und farblich zur Rhabarberschorle passenden Tunika läuft auf sie zu. Ihr Gesicht wirkt jung, obwohl ihr zu einem Knoten gestecktes Haar schneeweiß ist.

«Ich bin Anette Meller, die behandelnde Psychologin Ihrer Schwester.» Dr. Anette Meller, verrät das Namensschild an der Tunika. «Ich weiß um die schwierige Situation mit ihrem Vater, aber leider ...»

«Es geht nicht um meinen Vater.» Wie das erklären? Sie fasst den Flaschenhals fester, sieht der Psychologin in die Augen. «Ich habe im Haus etwas gefunden, das meine Schwester offenbar vor vielen Jahren vor mir versteckt hat. Etwas, das eigentlich mir gehört hatte. Ich weiß nicht, warum. Aber – ich muss sie das fragen.»

«Bitte, kommen Sie mit mir.» Die Psychologin lotst sie durch den Eingangsbereich in einen Flur, durch einen von hohen Mauern umfriedeten kleinen Park in ein weiteres Gebäude und schließlich in ein Sprechzimmer mit zwei hellen Sesseln. Sitzt ihre Schwester hier auch immer? Franziska wählt den Platz mit Blick auf eine Kiefer, die sich in bestem japanischen Zen-Stil über den tadellos gepflegten Rasen neigt. In der Wasserkaraffe liegen Bergkristalle, die Gläser sind hellblau, aus der Holzbox daneben ragt ein Papiertaschentuch.

Dr. Meller schenkt ihnen Wasser ein und setzt sich Franziska gegenüber. «Ich glaube zu sehen, dass Sie sehr aufgewühlt sind, und ich verstehe natürlich, in welch herausfordernder Situation Sie sich in Ihrem Elternhaus befinden, aber ...»

«Darum geht es nicht.»

«Nein?»

Komm, nimm meine Hand, Zissy. — Komm, ich zeig dir, wie man das richtig macht. — Komm, ich helf dir schnell, Zissy. Sei lieb jetzt, ich bitte dich, lass mich. — Los, hau ab, Ziska, geh schon. Nimm deinen Rucksack, verschwinde und komm nie mehr wieder. Es war mal schön früher, weißt du. Aber seit du auf der Welt bist, gab es immer nur Ärger und Tränen.

«Ich würde das wirklich gerne mit meiner Schwester persönlich besprechen.»

«Auch das verstehe ich, aber sie möchte keinen Kontakt im Moment. Zu niemandem, und das habe ich zu respektieren.»

«Aber ...»

«Erzählen Sie mir von ihr.»

«Von Monika?»

«Es könnte mir helfen. Also Ihrer Schwester.»

«Redet sie denn selbst nicht?»

Der rechte Mundwinkel der Psychologin lächelt. «Ich unterliege der Schweigepflicht, was unsere Patienten und Patientinnen angeht. Ich finde durchaus, einmal ganz allgemein gesprochen, dass Ihre Schwester auf einem guten Weg ist. Aber dieser Weg ist trotzdem noch längst nicht zu Ende beschritten. Und nach meiner Erfahrung kann eine zweite Perspektive nie schaden.»

«Meine Schwester war immer sehr golden. Die gute Tochter, meine große Schwester, die alles richtig gemacht hat, alles wusste und konnte und später alles erreicht hat, was sie sich vorgenommen hatte: Karriere, Familie, ein gutes Verhältnis zu unseren Eltern ... Ich war hingegen die, die nicht ins Familiensystem passte. 1986, mitten im Abi, bin ich endgültig ausgezogen.» Franziska hält inne, heftet den Blick wieder auf die Kiefer. «Das, was ich im

Haus gefunden habe, stammt genau aus dieser Zeit. Ich glaube, Monika hat das damals versteckt, weil sie mich gehasst hat. Sie wollte mir wehtun, mir schaden.»

«Hass ist ein sehr hartes Wort.»

«Ein hartes Wort für ein ebenso hartes Gefühl.»

Was wäre gewesen, wenn Monika ihr diesen Brief von Arturs Mutter und ihre eigenen Briefe damals gegeben hätte? Artur wäre nicht wieder lebendig geworden, hätte ihr nichts erklärt, ihre Trauer hätte das nicht gemildert. Aber sie hätte wohl seine Familie besucht. Sie hätten ihr Arturs Gitarre gegeben. Ein Stück von ihm. Totes Holz mit sechs Nylonsaiten und bunten Aufklebern, darunter die Friedenstaube, die sie ihm geschenkt hatte.

«Hassen Sie denn Ihre Schwester?» Die Stimme der Psychologin ist leise, fast schmeichelnd.

«Nein, ich hasse sie nicht. Aber … Ich will verstehen», sagt Franziska. Sagt es lauter als nötig. Begreift im selben Moment, dass es wahr ist. Der Grund, der sie hierhertrieb.

«Verstehen ist ein guter Anfang.» Das Mundwinkellächeln wieder.

Weiß Monika, dass sie in diesem Augenblick hier ist? Wird die Psychologin ihr erzählen, was sie gesagt und gefragt hat? Und wenn schon, es würde nichts helfen, nichts klären. Sie muss selbst mit Monika sprechen. Muss sie ansehen dabei. Muss es aus ihrem Mund hören.

Wie konntest du nur, Moka, wie konntest du mir den Brief von Arturs Mutter nie geben, mich nicht trösten, mich einfach gehen lassen. Du wusstest doch, was mir Artur bedeutete.

«Unsere Mutter wurde auch einmal in dieser Klinik behandelt», sagt sie, müde auf einmal, so müde. «Ende der 60er-Jahre muss das gewesen sein. Ist meiner Schwester das klar, hat sie davon mal gesprochen?»

«Ihre Mutter? Hier? Sind Sie sicher?»

«Ich bilde mir jedenfalls ein, dass ich vorhin das Gebäude am Besucherparkplatz wiedererkannt habe. Und die Zeder. Monika doch sicher auch – sogar besser als ich, ich war damals etwa drei, aber sie ging schon zur Schule.»

Die Psychologin neigt den Kopf. «Zum Einchecken parken die Patienten an der Rezeption. Ihre Schwester ist also möglicherweise gar nicht auf diesem Parkplatz gewesen.»

«Johanne Roth. So hieß unsere Mutter. Können Sie das herausfinden?»

Anette Meller verspricht, es zumindest zu versuchen, und begleitet Franziska zum Parkplatz. Bleibt dort stehen, bis sie gefahren ist. Vielleicht um sicherzugehen, dass sie tatsächlich fortfährt. Oder sie überlegt, was geschehen würde, wenn sie ihre Patientin Monika hierherführt.

Aber warum dürfen wir die Mama nicht wenigstens richtig besuchen?

Sie muss sich ausruhen, deshalb. So, kommt, nun wartet hier brav, bis ich zurück bin, und winkt schön.

Und wann kommt die Mama wieder nach Hause?

Der Vater bleibt vage, flüstert im Flur am Telefon, sodass sie es nicht verstehen können. Wenn er dann wieder bei ihnen ist, macht er Faxen und verziert ihre Abendbrothäppchen mit Tomatenmarkklecksen zu lachenden Gesichtern und morgens den Haferbrei mit Marmelade. Am Wochenende spielt er mit ihnen Rasieren und schäumt ihnen das Kinn ein. Und dann, eines Tages, war ihre Mutter zurück. Hielt sie in den Armen, sang wieder, nähte und kochte und zählte mit ihnen im Garten die Wolken und Leuchtkäfer.

Müde ist sie, so wahnsinnig müde. Franziska schaltet das Autoradio ein, lässt das Fenster herunter. Es dämmert schon, der scharfe Geruch eines Wildtiers weht herein, Staub und Verkehrslärm. In Darmstadt parkt sie vor dem Krankenhaus ihres

Vaters, steigt dann doch nicht aus, sondern sitzt eine Weile mit der Stirn auf dem Lenkrad, bringt das Auto zurück zur Leihstation und fährt mit dem Rad zurück nach Mühlbach.

Das Haus ist still, dunkel. Auf dem Küchentisch liegt ein Karton mit Pizza für sie – mit besten Grüßen von Axel Königs und seinen Leuten. Spinat mit Knoblauch, sie schiebt den Pizzakarton in den Kühlschrank und geht in den Garten.

Wässern müsste sie noch, aber sie ist zu müde dazu, zu müde für irgendetwas, selbst zu müde zum Schlafen. Als Kinder haben Monika und sie im Sommer jeden Abend gebetet, es möge am nächsten Tag bitte nicht regnen. Und am Tag darauf auch nicht. Die Sonne sollte scheinen für sie – die ganzen Ferien lang. Jetzt ist es umgekehrt. Jetzt wünscht sie sich jeden Abend aufs Neue eine Wolke, nur eine, ein kleines Stück Hoffnung, dass der Klimakollaps doch keine Realität ist.

Eine Grille zirpt. Über dem Feld geht der Mond auf. Wenn sie die Augen schließt, sitzen ihre Eltern wieder auf der Gartenhausveranda, der Arm des Vaters liegt auf den Schultern der Mutter, ihr Kopf neigt sich ihm zu, sie lächeln. Monika und sie tragen die Trägerkleidchen mit den Streublumen und spielen Verstecken. Uroma Frieda im schwarzen Kostüm klappt ihre rote Handtasche auf. Alle noch da, wenn sie sie nur sehen will. Sogar die Franziska im Afghanhemd ist noch hier, den Blick unverwandt auf das Haus gerichtet, die Umhängetasche mit den politischen Ansteckern hängt über ihrer Schulter, unschlüssig legt sie die Hand auf die Klinke des Gartentors. Gehen oder bleiben? Da ist so ein Zittern in ihr, eine Angst ohne Namen und zugleich dieses wilde Verlangen. Weg, nichts wie weg, will sie von den Schatten, die in diesem Haus nisten und noch viel mehr in den Herzen seiner Bewohner, obwohl die so tun, als ob es diese Schatten nur in Franziskas Fantasie gäbe, als ob es nur ihre Schatten wären, die alles zerstören.

Du warst allein damals, du warst so verdammt allein mit deinen Träumen. Und du warst mutig. Unbeugsam. Du wolltest so gerne die Welt retten. Das Mädchen Franziska lächelt und verschwindet in den Wiesen. Franziska nimmt seinen Platz ein. Der Torknauf ist warm von der Hitze des Tages. Im Haus brennt kein Licht, auch die Außenbeleuchtung hat sie abgeschaltet, und doch kann sie alles erkennen: die vertraute Silhouette am Ende des Gartens, den Giebel, die Walnuss links und rechts den Anbau mit den Baumaschinen und Gerüsten. Vor langer Zeit hatten ihre Eltern daraus einmal einen Wintergarten machen lassen wollen, aber dann war dieser Tag doch nie gekommen. Warum eigentlich nicht? Ist das, was sie zu sehen glaubt, überhaupt ihr Elternhaus oder nur ein Bild, das sie sich davon gemacht hat? Und wenn das so wäre – was erkennt sie dann noch nicht?

Franziska überquert den Feldweg und tritt auf die Wiesen. Die Heumahd ist bereits vollendet, sie fühlt die harten Stoppel der Gräser und die von der Trockenheit brüchigen Erdkrumen unter ihren nackten Füßen. Aber der Bach murmelt immer noch, und je weiter sie stapft, desto deutlicher riecht sie die modrige Feuchtigkeit seiner Böschung. Und da erst, bei diesem Geruch, ist es mit ihrer Fassung vorbei, beginnt sie zu schreien, fällt auf die Knie und drischt auf die Erdkrumen und die Stoppeln. Schreit und tobt und schlägt immer weiter zu, bis es nicht mehr so wehtut und alles in ihr nur noch leer ist.

*

ES GLEICHT JEDES MAL EINER PILGERTOUR, wenn sie zu Uroma Friedas Grabstätte aufbrechen. Die Mädchen herausgeputzt, mit straff geflochtenen Zöpfen, er selbst in Hemd, Anzug, Krawatte und Johanne in einem dieser Kostüme, die sie sich aus der von Frieda hinterlassenen Garderobe geschneidert hat.

Schwarz sind die, allesamt schwarz. Schwarz mit schwarzen Stickereien, schwarz mit schwarzen Borten, schwarz mit schwarzen Tupfen, schwarz mit dunkelanthrazitfarbenen Ornamenten. An Uroma Frieda hatte dieses ewige Schwarz gemütlich ausgesehen, es schien einfach zu ihr zu gehören wie die beiden goldenen Eheringe an ihrer Rechten. Aber Frieda war von ihrem Wesen her trotzdem fröhlich gewesen. Gemütlich und fröhlich mit der Körperstatur eines Walrosses. Außerdem peppte sie das Schwarz stets mit Broschen, Ketten, bunten Tüchern und Stolen auf – und natürlich durch ihre monströse knallrote Handtasche, die die Mädchen so sehr geliebt hatten.

Johanne hingegen sieht in Schwarz dünn, blass und elend aus. Sie ist gar nicht mehr richtig hier, denkt er. Sie ist wieder unter Wasser, bei ihren Leuten. Sie ertrinkt vor meinen Augen, seit Friedas Tod ertrinkt sie, und ich kann nichts tun, sie zu halten.

«Also los, ab ins Auto!» Seine Stimme klingt fröhlich. Verzweifelt fröhlich, das hört er selbst, drängt den Gedanken aber sofort wieder beiseite. Weil es sonst nicht mehr funktionieren wird. Einer muss schließlich die Stimmung hochhalten und nach vorn blicken, damit es wieder hell wird.

«Moni! Zissy! Wir fahren, kommt runter!»

Endlich, die Mädchen gehorchen und poltern die Stufen herunter, und selbst Franziska schiebt, ohne zu murren, die Füße in die von Johanne blank gewienerten Halbschuhe.

«Komm, ich bind dir die Schleifen!» Monika hat bereits ihr Mäntelchen übergestreift und kniet sich vor ihre kleine Schwester. Eine Doppelschleife links, eine rechts – so niedlich ist das, wenn die Mädchen gut miteinander sind. Auch Johanne sieht das und streicht ihnen über die Köpfe. Doch sobald auch Franziska ihre Jacke anziehen soll, droht der Frieden zu kippen, denn sie will ihr Marienkäfer-Jo-Jo nicht aus der Hand geben.

«Lass schon los, das Jo-Jo bleibt eh hier», sagt Monika.

«Nein!»

«Zissy, deine Schwester hat recht.» Heinrich beugt sich zu seiner Tochter herunter und streckt die Hand aus.

«Aber ich will das der Oma doch zeigen!»

«Die Oma sieht dein Jo-Jo auch so», sagt Johanne. «Sie ist ja jetzt im Himmel.»

«Aber wieso fahren wir dann überhaupt auf den Friedhof?»

«Komm, hilf mir mal mit den Blumen. Du eine und Monika auch eine, schön vorsichtig bitte. Jede darf eine tragen.»

Noch mehr Blumen. Auch die gehören unweigerlich zu ihrer sonntäglichen Pilgertour. Zwar hat Johanne das alte Familiengrab binnen kürzester Zeit in eine üppig blühende Oase verwandelt, aber sie findet trotzdem immer noch eine Lücke, um etwas Neues zu pflanzen. Oder sie setzt etwas um, jätet, zupft, rupft und schneidet, und die Mädchen beobachten sie mit heiligem Ernst und dürfen das Werk zum Lohn mit ihren kleinen Kindergießkannen wässern, die er mit der großen Friedhofsgießkanne so lange wieder auffüllt, bis Johanne befindet, dass es nun bis zum nächsten Mal wieder genug ist.

«Alle Mann an Bord?»

«Ja, Papa!» Monika ist auf die Beifahrerseite hinter Johanne geklettert. Einen Augenblick lang begegnen sich ihre und seine Augen im Rückspiegel, und das Herz wird ihm noch schwerer, weil er sich an den Grießpudding erinnert, mit dem sie ihn am Freitag nach seiner Arbeit hatte überraschen wollen. Ganz allein hatte sie den zu kochen versucht – aber nur eine scheußlich verbrannte Pampe zustande gebracht. Und Franziska kauerte unterdessen ganz und gar außer sich in ihrem Zimmer, weil Monika sie dort eingesperrt hatte. Was sie nicht durfte. Was sie auf gar keinen Fall ein weiteres Mal tun durfte. *Aber die Mama hat geschlafen und Zissy hat mich die ganze Zeit nur gepiesackt, Papa, und sie soll doch nicht wieder weglaufen.*

Heinrich startet den Motor, setzt rückwärts aus der Einfahrt, lenkt den Admiral durchs Dorf auf die Landstraße, mitten hinein in die goldorangene Pracht der Buchen.

«Schaut, wie das leuchtet», sagt Johanne unwillkürlich, und etwas an der Art, wie sie mit neuer Aufmerksamkeit zum Fenster hinausschaut, lässt Heinrich hoffen, dass die neuen Tabletten doch noch ihre Wirkung entfalten werden. Es muss doch möglich sein, dass wir das schaffen, denkt er. Wir lieben uns doch, und wir haben die beiden Mädchen, Frieda war doch nur ihre Großmutter.

«So wunderschön, diese Buchen», sagt er und greift nach ihrer Hand. Und einen Moment lang sieht er sie dann wieder vor sich: seine strahlend schöne Johanne in dem Leinenkleid mit den hellblauen Punkten, die ihn geradewegs in die Fontäne des Brunnens lockt und ihm dort klatschnass um den Hals fällt. *Wir bekommen ein zweites Kindlein.* Wenn er die Augen schließt, glaubt er, diese Worte noch immer auf seinen Lippen zu spüren. Und er weiß auch wieder, wie es gewesen ist, sie zu halten und zu küssen, ohne zu ahnen, dass alles Halten und Lieben nichts nützte.

Es ist nicht deine Schuld, Johanne. Es gibt überhaupt keine Schuld. Niemand ist schuld, niemand, so glaub mir doch bitte.

Aber wenn ich nicht eingeschlafen wäre, wenn ich nur ...

Du konntest doch unmöglich wissen, dass ...

Nicht, sag es nicht, Heinrich!

Dann schau auch du bitte nach vorn: Franziska lebt, und sie braucht dich. Und Monika genauso. Wir brauchen dich alle.

Er parkt vor dem Friedhofsportal, stellt den Motor ab, hilft erst Johanne und dann Franziska beim Aussteigen. Sie hat ihr Jo-Jo doch mit ins Auto geschmuggelt. Das also war es, was Monikas Blicke im Auto ihm mitteilen wollten. Er geht vor Franziska in die Hocke, packt ihren Arm und entwindet ihr das Spielzeug.

«Kein Aber jetzt und kein Geschrei bitte. Auf dem Friedhof gibt es kein Jo-Jo und basta.»

Franziska steht starr, ihre Unterlippe beginnt, gefährlich zu zittern. Monika lässt ihn nicht aus den Augen.

Er hätte sie am Freitag nicht ebenfalls einsperren dürfen, das weiß er. Aber andererseits – was blieb ihm denn übrig? Die tobende Kleine in ihrem Zimmer, Johanne apathisch, die verwüstete Küche. Sie trägt zu viel, seine Große, und sie ist sonst meist vernünftig. Doch sie geht jetzt zur Schule, sie muss die Regeln befolgen, und er hatte ihr unmissverständlich verboten, Franziska noch einmal einzusperren. Denn was, wenn Franziska sich in ihrem Zorn verletzt oder gar aus dem Fenster gestürzt hätte, was dann?

«Wir gehen jetzt, Abmarsch!» Er wirft das Jo-Jo in den Kofferraum, schultert das Netz mit den Gartengeräten und Gießkannen der Mädchen, sperrt das Auto ab. «Wir kümmern uns um das Grab eurer Oma. Aber danach fahren wir auf den Spielplatz am Otzberg, und ihr dürft euch alle beide ein Eis kaufen.»

Ein skeptischer Blick seiner Jüngsten ist sein Lohn. Monika mustert ihn noch viel skeptischer. Es ist Zeit, denkt er, höchste Zeit. Ich habe es so sehr gehasst, wenn meine Mutter mich einsperrte, und jetzt sperrt meine eine Tochter die andere ein, und ich bin nicht besser, und meine Frau sperrt sich selbst fort, das darf so nicht weitergehen, das muss aufhören, sofort. Wenn die neuen Tabletten nicht wirken, muss ich noch einmal mit Johannes Arzt sprechen.

Er legt seinen freien Arm um Johanne, schickt die Mädchen voraus. Das Rennen und die frische Luft tun ihnen gut. Nicht mehr lange, dann kann er zumindest Monika schon einmal auf eine kleine Laufrunde mitnehmen. Und vorher wird er mit ihr in die Stadt fahren und ihr ein Paar Turnschuhe kaufen.

Das Grab kommt in Sicht – ein buntes Leuchten zwischen den

anderen, meist mit Efeu und Erika überwucherten Gräbern. Nur das steinerne Kreuz ist nach all den Jahrzehnten, da Friedas Ehemann hier allein lag, verwittert und hängt leicht nach vorne über, als wollte es sich über die Blumenpracht beugen. Im nächsten Frühjahr, wenn sich das Grab gesenkt hat, wird der Steinmetz das richten. Heinrich hatte vorgeschlagen, dann auch die Namen von Johannes Eltern und Geschwistern in das Kreuz meißeln zu lassen, damit auch für sie endlich ein Gedenkort existierte, aber davon wollte Johanne nichts wissen.

Hier ruhen nur meine Großeltern, Heinrich, und so soll es bleiben. Die anderen sind in der Ostsee.

«Und die Oma ist wirklich, wirklich unter den Blumen?», fragt Franziska.

Jedes Mal fragt sie das, und sie hat ja durchaus recht, es ist nicht nur unbegreiflich, sondern schlichtweg unmöglich, dass ihre geliebte Oma sowohl in diesem Grab liegt und zugleich bei den Engeln im Himmel sitzt und auf sie herabschaut.

«Die Seele der Oma wohnt jetzt im Himmel», sagt er, sagt es vor allem für Johanne, und dann setzt er sich auf die Bank und sieht zu, wie Johanne und die Mädchen in stiller Eintracht die Pflanzen versorgen, sogar die Herbstsonne bricht zwischen den Wolken hervor und wärmt ihn. Heinrich streckt die Beine aus und muss unwillkürlich schmunzeln, weil Franziska immer mal wieder innehält und mit gerunzelter Stirn zur Sonne hinaufblinzelt. Er kann förmlich sehen, wie sie sich müht, ihre Oma dort oben auf einer der Wattebauschwolken zu imaginieren. Ausgerechnet ihre kugelrunde uralte Oma, die so ganz anders aussieht als die frohlockenden rosa Englein und Putten in den Bilderbüchern und Gemälden in der Kirche.

Sie sollte nicht hier sein, denkt er. Und schon gar nicht hätten wir sie zur Beisetzung mitnehmen dürfen. An dem Tag fing es schließlich an, dieses unselige Verstecken. Womöglich hätte sie sich dann ein paar Wochen später auch nicht in Ediths Hühnerstall verkrochen. Vielleicht aber doch, denn sie ist nun einmal von Geburt an ein Unruhegeist gewesen. Und trotzdem darf er nicht zu hart mit ihr sein und nicht ungerecht. Sie ist schließlich erst drei und konnte unmöglich ahnen, was sie mit ihrem Versteckspiel auslösen würde. Und doch hat sie zielgenau den wundesten Punkt ihrer Mutter getroffen.

«Wir brauchen jetzt Waaaa-ssser!» Franziska hüpft auf ihn zu, das Gesichtchen vor Eifer gerötet.

«Na, dann komm!» Er ergreift ihre Hand, nimmt sie mit zu der Wasserzapfstelle mit den Gießkannen.

Jetzt gibt es nur noch mich, hat Johanne nach Friedas Beerdigung geflüstert. *Aber du hast doch uns*, hatte er widersprochen. *Du hast mich, und wir haben die Mädchen.*

«Moni sagt, in der Erde, da wohnen die Würmer», sagt Franziska. «Die fressen erst den Sarg und dann die Oma.»

Heinrich setzt die Gießkanne in den Kies und kniet sich vor seine Tochter. «Es ist kompliziert», sagt er. «Der Körper von deiner Oma liegt tatsächlich im Grab, aber ein anderer Teil von ihr – ihre Seele – ist bei den Engeln.»

Franziska überlegt und kommt offenbar zu einer Erklärung, die sie befriedigt. «Wenn sie ihren Körper hier unten gelassen hat, kann sie bestimmt besser fliegen.»

Heinrich lächelt und schwingt seine Tochter in die Luft. Schwenkt sie herum. Lässt sie hochfliegen, hochfliegen, hochfliegen, setzt sie auf seine Schultern.

«Mehr, Papa, mehr!»

«Nein, jetzt gehen wir erst mal zurück zu den anderen.»

Er stößt ein Wiehern aus und scharrt mit den Füßen. Franziska juchzt auf. Er fühlt ihre kleinen heißen Hände in seinem Haar. An seinen Wangen, den Ohren, fühlt ihr Kinn auf seinem Scheitel und wie es bei jedem seiner angedeuteten Pferdetrab-Schritte federleicht auf und ab wippt. Fast drei Stunden hatte es gedauert, bis Edith sie endlich im Hühnerstall gefunden hatte. Ein kleines, verängstigtes Würmchen, wie erstarrt und voller Eiglibber, weil sie in der Aufregung offenbar ein ergattertes Hühnerei zerdrückt hatte. Nie wird er die unmenschlich schrillen Panikschreie seiner Frau in der Endlosigkeit davor vergessen.

«Du darfst nie wieder weglaufen, Zissy, nie wieder, verstehst du!»

«Ist die Mama dann wieder fröhlich?»

«Versprich mir das, bitte.»

*

IHR VATER TRINKT MILCH. Trinkt seine Milch wie jeden Abend, seit sie denken kann, aus dem blauen Keramikbecher mit den weißen Tupfen, und die Mutter schenkt ihm sogar nach, als ob nichts geschehen sei. ENTWARNUNG prangt über den grasenden Kühen auf der Milchtüte. ENTWARNUNG in roten Großbuchstaben sowie der kleiner gedruckte Hinweis: UNTER STÄNDIGER KONTROLLE DER ZENTRALSTELLE FÜR STRAHLENSCHUTZ. Was das für ein Amt ist, interessiert die Eltern nicht weiter. Eines von der Bundesregierung, das reicht ihnen.

Der Vater trinkt noch einen Schluck, behält ihn einen Moment lang im Mund, eine weißliche Milchlinie zwischen den Lippen, sieht er ihr direkt in die Augen. Atom-GAU? *Jetzt reiß dich zusammen, Franziska, das ist weit weg, bei den Russen, das kann uns nichts anhaben, sei nicht so hysterisch.*

«Nun nehmt doch Salat, Mädchen. Der ist ganz frisch, mit Dill aus dem Garten», sagt die Mutter beschwichtigend und schiebt die Schüssel zu Monika und Franziska herüber.

Was tun? Ein schneller Seitenblick zu ihrer Schwester verrät Franziska, dass Monika ebenfalls Angst vor dem Salat hat, vermutlich sogar noch mehr als sie selbst, weil Monika nun einmal besser in Physik ist und sich also mit all diesen Angaben über Cäsium-137, Jod-137, Millisievert, Becquerel, Halbwertzeit auskennt. In Niedersachsen lassen sie die Bauern den Salat jedenfalls unterpflügen, dabei war dort die Strahlenbelastung durch den Fallout viel geringer als in Südhessen. Aber hier sollen sie brav ihre Milch trinken und den Salat essen.

Die Gabel ihres Vaters pikt in seine Portionsschüssel, spießt eine Radieschenhälfte heraus, schiebt sie in seinen Mund. Er kaut. Es knackt überlaut. Sein Blick ruht immer noch auf ihr. Blaues Stechen. *Du bist hysterisch, Franziska. Wir sind hier nicht in Russland. Unsere Atomkraftwerke sind sicher, das ist nicht so eine Schluderei wie bei den Russen, die Bundesregierung hat alles unter Kontrolle, Tschernobyl ist weit weg, hier stirbt niemand*, das muss er nicht mehr laut sagen, die Leier kennt sie zehn Tage nach dem GAU in- und auswendig.

Monikas Fuß stupst sie unter dem Tisch, Monikas Kinn nickt zur Salatschüssel. Du ein paar Blättchen und ich ein paar, heißt das. Wir werden daran schon nicht sterben. Komm, hilf mir, damit sie sich nicht wieder aufregen, du weißt doch, wie das sonst endet.

Franziska nimmt Messer und Gabel zur Hand und schneidet eine Ecke von ihrem Käsebrot ab. Beschäftigt, so beschäftigt, keine Hand frei.

«Ich hab heute eigentlich gar nicht so viel Appetit», verkündet Monika munter. «Aber dein Salat schmeckt immer so einmalig lecker, Mutti, deshalb ...» Sie zieht die Schüssel zu sich heran, füllt ihr Schälchen zur Hälfte, schiebt die Schüssel weiter zu Franziska. Zwei Monate noch, dann ist Monika frei und studiert mit einem feisten Stipendium an der technischen Hochschule in Kalifornien. Deshalb weint und schreit und wütet jedoch niemand, darauf sind die Eltern einfach nur stolz, nur sie selbst, sie soll nicht nach Berlin ziehen.

Will sie das überhaupt noch? Während des Fallouts ist in Berlin Frühlingswetter gewesen, alle sind permanent draußen gewesen, sagt Artur. Auch er, wegen der Mai-Demos. Seine Reportage darüber stand auf der Seite eins der Tageszeitung, ganz groß aufgemacht. Mit vollem Namen. Die hat sie am Bahnhofskiosk gelesen und dann direkt versucht, Artur anzurufen, um ihm zu gratulieren. Aber die Leitung war tot, wie so oft hat Arturs WG ihre Telefonrechnung nicht bezahlt, und auf ihren Brief und die Postkarte hat er noch nicht geantwortet.

Monikas Fuß tritt sie noch einmal. Fester jetzt. Nun überwind dich schon, los, mach nicht alles wieder so kompliziert. Franziska gibt nach. Ihr Vater nickt. Selbstgefälliges Lächeln. *Na, geht doch, der Hunger treibt's rein.* Sie möchte aufspringen, schreien, ihm den Salat mitten ins selbstgefällige Gesicht kippen. Sie möchte einfach nur weg, ganz weit weg. Das war so still an dem See mit Anna. Der Himmel hat gelblich geleuchtet. Kann nicht sein, sagen alle. Die Strahlung sieht man nicht, schmeckt man nicht, riecht man nicht. Aber dort, wo sie waren, im Osten Bayerns, sind die Karten, auf denen der Fallout markiert ist, tiefrot. Und sie waren dort, zu zweit waren sie dort. Sie wissen genau, wie es war, das ist keine Einbildung.

Franziska angelt sich einen Zwiebelring aus ihrem Schälchen. Die Zwiebel ist vor der Katastrophe von Tschernobyl angebaut und geerntet worden, aber das spielt wohl keine Rolle, wenn sie nun mit dem verstrahlten Salat vermischt wurde. Oder doch? Sie schafft das nicht hier, nicht so, nicht nach diesem GAU, den die Eltern herunterspielen, als ob er nicht das sei, was die drei Buchstaben nun einmal besagen: Der größte anzunehmende Unfall, die Katastrophe, von der alle Atomkraftbefürworter immer gesagt hatten, sie könnte nie eintreten.

Wie stirbt man, wenn man verstrahlt ist? Nicht so wie in Hiroshima, das weiß sie jetzt auch, sondern langsamer, schleichend. Man kann Krebs bekommen, je höher die Strahlendosis war, desto schneller und tödlicher, sagt Anna. Man kann unfruchtbar werden davon oder andere Krankheiten kriegen, oder man bringt missgebildete Kinder zur Welt, noch schlimmer missgebildet als durch Contergan. Ganz leise sagt sie das, und es gibt nichts Tröstliches, was sie Anna sagen kann, nichts, was ihre Freundin beruhigen kann, weil sie an ihrem See genau mittendrin waren. Sie hatten es gespürt, ja. Aber sie konnten es nicht verstehen, fanden es sogar schön, dieses Licht, diese plötzliche Stille im Wald. Das vielleicht ist das Schlimmste. Dass sie es gespürt haben und doch nicht gerannt sind.

Die Türklingel lässt sie alle vier hochschrecken.

«Erwartet ihr jemanden?» Der Vater tupft sich den Milchbart ab, bereit, nach dem Rechten zu schauen. Die Mutter ist schneller, springt auf und schaut aus dem Küchenfenster, dreht sich wieder herum, langsamer nun, als ob sie draußen etwas gesehen hätte, das sie zutiefst schockierte.

«Deine Anna steht draußen, Franziska.» Die Mutter verharrt am Fenster. Der Mund ihres Vaters verzieht sich zu einer schmalen Linie. Monika wirkt, als halte sie die Luft an, lässt Franziska jedoch ebenfalls nicht aus den Augen.

«Wir sind gar nicht verabredet.» Franziska steht auf, ihr Herz rast plötzlich, pocht in unkontrollierbaren Stößen. Wenn Anna so einfach vor der Tür steht, muss etwas passiert sein. Etwas mit Sebastian vielleicht oder mit ihrem Baby. Nicht Lilly, bitte nicht Lilly! Ein stummes Gebet im Rhythmus ihrer Schritte. Angstschritte sind das, als ob sie auf zu dünnem Eis gehe, jederzeit kann es brechen. Der Flur dehnt sich ins Unendliche, sie stolpert gegen die Telefonkommode, fängt sich, tapst weiter. Ihre Hände zittern, sie bekommt kaum die Tür auf.

Regengeschmack legt sich draußen augenblicklich auf ihre Zunge. *Acid Rain.* Tödlicher Regen. Der Abend ist grau und verhangen, doch die Hecke leuchtet so grün, als ob es keinen Fallout gäbe, keinen GAU, nur den Mai und das Leben. Und da ist Anna. Anna, die jetzt wie in Zeitlupe die Arme ausbreitet und auf sie zukommt.

«Zissy,» sagt sie heiser. «Oh, Zissy, es tut mir so leid, es tut mir so wahnsinnig leid. Ich habe es eben erfahren, ich bin sofort los zu dir, damit ich bei dir – es tut mir so leid. Artur ...»

Anna verstummt, sucht nach Worten. Aber es braucht keine Worte mehr, denn Franziska weiß bereits, was jetzt kommen wird, und begreift im gleichen Moment, dass sie es schon seit Tagen gewusst hatte. Sie hat es kommen sehen und doch nicht gehandelt, sie hat es einfach nicht wahrhaben wollen, hat sich immer wieder vertröstet, immer wieder in Arturs WG angerufen und gehofft und Erklärungen gesucht und gebangt und gewartet. Weil es einfach nicht sein kann. Nicht sein darf. Und doch ist es wahr, das liest sie in Annas Augen und stößt einen Schrei aus, einen einzigen Schrei nur, und dann sackt sie einfach in sich zusammen, und Anna sinkt mit ihr zu Boden und hält sie. Ganz fest hält Anna sie, ganz fest an sich gedrückt, aber das spürt Franziska wie aus sehr weiter Ferne, genau wie Annas Worte nur von sehr, sehr weit her zu ihr durchdringen und doch messerscharf schneiden. «Es tut mir so leid, tut mir so leid, tut mir so wahnsinnig leid, Zissy. Ich weiß nicht, wie ich dir das sagen soll, weiß überhaupt nicht ... Artur hat sich umgebracht, Zissy.»

*

DAS VERRÜCKTE IST, DASS mit jedem Tag, den sie länger in ihrem Elternhaus bleibt, das, was sie längst vergangen geglaubt hatte, wieder zu ihrer Gegenwart wird. Zur einzigen Wirklichkeit, so kommt es ihr zumindest vor. Als würden die ersten siebzehn Jahre ihres Lebens doch noch triumphieren – wie der Igel in der Fabel von Hase und Igel. Dabei hat sie die längste Zeit ihres Lebens woanders gelebt, unabhängig von ihren Eltern, allein nach ihren eigenen Vorstellungen und Werten: als Journalistin in Berlin und Umwelt-Campaignerin in Hamburg, Vancouver und Südamerika, auf dem Biohof, in den Ashrams. Doch selbst die Jahre mit Lars in Niedenstein scheinen mit jedem weiteren Tag in ihrem Elternhaus an Bedeutung zu verlieren, so sehr, dass ihnen im Rückblick mit jedem Tag mehr etwas Unwirkliches anhaftet. Das ist nur eine vorübergehende Irritation, sagt sie sich vor. Eine Sache der Wahrnehmung. Eine Verzerrung der Perspektive. Sie wird wieder zu sich finden, nun, da ihr Vater fürs Erste einigermaßen stabilisiert ist und der Umbau voranschreitet. Es wird der Tag kommen, an dem sie ihr Elternhaus wieder verlassen wird. Wenn dieser Sommer vorüber ist, möglicherweise auch etwas früher oder später. Vielleicht wird ihr Vater dann leben. Vielleicht auch nicht. So oder so wird sie damit zurechtkommen müssen und irgendwo noch einmal neu beginnen, wo, wie und mit wem auch immer das sein wird. In jedem Fall werden ihre Kindheit und Jugend und auch dieser Sommer mit ihrem Vater dann einfach wieder Kapitel in ihrer Lebensgeschichte sein – wichtige zwar, aber nicht wichtiger als alle anderen, und vor allem: vergangen. Sie will die Zeit vorspulen, sie will mitten hinein in die Ungewissheit dieses Danach sprinten – bloß weg hier, wie früher. Doch sie weiß, dass das nicht funktionieren würde. Nicht so. Nicht diesmal.

*

KAFFEEGERUCH WECKT SIE. Vogelgezwitscher, das im nächsten Moment vom nervtötenden Heulton einer Kreissäge überlagert wird. Franziska reißt die Augen auf. Axel Königs hockt vor ihr und hält ihr einen dampfenden Thermosbecher vor die

Nase. Sie liegt auf der Veranda des Gartenhauses in einem Nest aus muffigen Polstern und Decken. Im Haus hatte sie es in dieser Nacht nicht ausgehalten. Sie hat verschlafen.

«Kaffee?»

«Nein, danke, ich will dir nicht ...»

«Kein Thema.» Er stellt den Becher vor ihr ab. «Du müsstest uns dann demnächst aufschließen, wir machen ja heute den Durchbruch.»

«Ist schon klar, sorry.»

Der Durchbruch zum Anbau heißt Lärm, heißt Dreck, heißt, dass im Haus nun wirklich nichts mehr so sein wird wie vorher. Als ob es das überhaupt noch wäre oder je wieder sein könnte. Sie nimmt den Becher nun doch. Ihr Hals ist trocken und wund. Wund geschrien. Sie sehnt sich nach Stille und kühlem Wasser. Nach Alleinsein. So lange her, dass sie in Ruhe meditiert hat. Es gibt Atemtechniken, die in einen Zustand führen, in dem das Atmen für ein, zwei manchmal auch drei Minuten nicht mehr nötig ist. Eine andere Energie übernimmt, jenseits des Körperlichen. Sie sehnt sich danach, will das wieder spüren: Dieses sanfte Pulsieren, das sich anfühlt wie Heimkommen.

«Alles in Ordnung mit dir?»

«Ja», sagt sie. «Nein. Aber dein Kaffee tut gut.»

Er lacht. «Meine Frau kocht den immer. Ich kann dir das Gartenhaus hübsch machen, wenn du lieber hier wohnst.»

«Ich denk drüber nach.»

Sie gibt ihm den Becher zurück. 7:28 Uhr. Ihr Handy war seit der Rückfahrt von Monika im Flugmodus. Sie hat es schlicht vergessen, vielleicht auch vergessen wollen. Ich stell mich tot, deshalb findet mich niemand.

Sie geht ins Haus und hört die Mobilbox ab. Kein Notruf vom Krankenhaus, aber ihr Vater hat zweimal versucht, sie zu erreichen, und keine Nachricht hinterlassen, nur seinen raspelnden

Atem. Anna will wissen, ob sie lebt, wie es ihr geht, ob sie etwas tun kann. Thomas will, dass sie ihn zurückruft. Dringend. Flo hat per WhatsApp ein Gitarrenriff und als Textbotschaft ein Fragezeichen geschickt. Sie schickt ihm ein Daumenhoch-Icon und tippt: ICH WILL DAS LIVE HÖREN – BALD. FULL VERSION!

Ist das genug oder viel zu wenig? Er ist unglücklich, aber er komponiert und sucht ihre Nähe, also will er sich aller Wahrscheinlichkeit nach nicht umbringen. Pass auf, dass du nicht die Welten verwechselst, Franziska, Flo ist nicht Artur. Nicht jede Geschichte wiederholt sich.

Oder doch? Sie kann sich an Tage erinnern, in der ihre Mutter wie abwesend wirkte und manchmal nicht einmal aus dem Bett kam. Sie kann sich auch an das Gefühl der Verlassenheit erinnern, als ihre Mutter wochenlang fort war. Sie mache eine Kur, hatte der Vater gesagt. Sie müsse sich erholen. Aber warum und wovon und wie lange? Keine Antwort darauf. Der Vater tat gut gelaunt und tatkräftig und versicherte, dass alles bald wieder gut würde. Sie fahren die Mutter besuchen, dürfen aber nur winken und warten, und irgendwann kommt der Vater wieder und kauft ihnen in einem Ausflugslokal Apfelsaft und Pommes frites. Dazu gab es wahlweise Ketchup oder Mayonnaise, das weiß sie noch genau. Und dass es die ersten Pommes ihres Lebens gewesen waren. Sie wählte Ketchup und Monika Mayonnaise und im Anschluss spendierte der Vater ihnen noch ein Eis. Oder bringt sie da etwas durcheinander, und das war ein ganz anderer Ausflug gewesen? Und besuchten sie die Mutter wirklich nur einmal? Was sie sicher zu wissen glaubt, ist, dass ihre Mutter Pommes frites nicht mochte. *Die machen nur dick, die nähren doch nicht*, sagte sie. Wenn sie mit ihr zusammen in ein Lokal gingen, aßen sie immer Kartoffeln. Das höchste der Gefühle waren Kartoffelklöße oder Kroketten.

Macht eure Mutti nicht traurig. Nehmt Rücksicht. Nehmt Rücksicht. Solange sie denken kann, gehörten diese steten Ermahnungen ihres Vaters zu ihrem Leben. Sie stumpften sie ab, sie wollte sie nicht mehr hören. Als sie die Schule abbrach und ins Anti-Startbahn-Camp in den Wald zog, erlitt ihre Mutter einen Nervenzusammenbruch. Als sie nach dessen Räumung zu Anna in die WG zog, noch einen. Ihre Schuld, ganz allein ihre Schuld. Ihr Vater kam und appellierte an ihr Gewissen. Sie gab nach, zog wieder in ihr Elternhaus, ging wieder zur Schule. Ein falscher Friede, bei dem auch Monika mitspielte, ja, sie schien ihr damals sogar regelrecht dankbar. Was wusste sie von den Eltern, das sie, Franziska, die drei Jahre Jüngere, nicht wissen durfte oder konnte?

Einer von Axel Königs' Männern beginnt, den Flurboden abzukleben. Franziska hängt die Bilder ab und verschließt die Türen. Axel Königs in Schutzkleidung schickt sich an, höchstpersönlich die Flex zu bedienen.

«Zwei Stunden!», sagt Franziska. «Dann bin ich wieder hier.»

Er hebt den Daumen, wendet sich der Wand zu, und sie packt, was sie braucht, und schwingt sich auf ihr Fahrrad, lenkt es in die Wiesen. Über dreißig Jahre lang hat sie diesen Weg vermieden, wollte ihn nie mehr benutzen. Und jetzt, ausgerechnet wo eigentlich so viel Drängenderes zu tun wäre, fährt sie ihn wieder. Eine Art Sog ist das. Wie in der Nacht zuvor auf dem Feld. Mitten hinein in den Schmerz, damit sie endlich etwas verstehen wird.

Sie war nicht sicher, ob sie den Weg noch findet, doch sie erkennt alles wieder und sieht, wie schön es ist, wie sehr ihre Landschaft: die Lichtungen links und rechts mit den murmelnden Bächen. Die Sträucher und Gräser, die Schattenrisse auf den Weg tuschen. Ich kann das aushalten, denkt sie, ich kann tatsächlich aushalten, dass das so schön ist. Sogar diese letzte Biegung kann ich ertragen und wie es danach den Abhang hinabgeht, gerade so, dass man nicht mehr treten muss, nur den Fahrtwind genießen.

Und wie die vorbeiwischenden Bäume dieses letzte Stück Weg wie einen Tunnel erscheinen lassen. Einen Tunnel oder ein Kirchenschiff, an dessen Ende der See blitzt, als gäbe es keine andere mögliche Richtung.

Sie bremst am Uferweg ab, steigt vom Rad, steht eine Weile einfach nur da und schaut. Obwohl es noch früh ist, liegen bereits die ersten Sonnenanbeter auf der Wiese. Ein paar haben hier vielleicht auch übernachtet, wie Artur und sie früher manchmal. Nicht auf der Wiese, sondern in ihrer eigenen kleinen Bucht unter den beiden Kiefern. Sie muss nicht nachdenken, um den Trampelpfad dorthin zu finden, schiebt ihr Rad über sandigen Waldboden und holprige Wurzeln, schickt einen stummen Gruß hinauf zu der Eiche, die sich noch genau wie vor Jahrzehnten ganz sachte dem Wasser zuneigt. Hier also bin ich, nach all diesen Jahren. Aber der Schmerz, den sie erwartet hat, will sich nicht einstellen, nur pure Freude. Sie findet sich selbst wieder, so fühlt sich das an, findet etwas, von dem sie bis zu diesem Augenblick gar nicht gewusst hatte, dass es ihr fehlte. Wie früher schiebt sie ihr Rad über diesen Pfad, das Herz hüpfend und leicht, voll froher Erwartung. Als alles noch möglich schien. Als sie mit Anna hierherkam und mit Artur. Als Artur noch lebte.

Franziska legt ihr Fahrrad ins Gras, zieht sich aus, legt sich nieder. Nie, niemals würde sie wieder herkommen, hatte sie sich nach Arturs Tod geschworen. Sie wollte die glückliche Erinnerung nicht zerstören – doch stattdessen hatte sie die Freude verloren. Diese Freude, die trotzdem noch da war. Viel präsenter sogar als die Trauer. Freude und Dankbarkeit, dass sie diese langen Sommer am See mit Artur überhaupt erlebt hatte.

Sie dreht sich auf den Bauch, atmet den Duft des sandigen, trockenen, südhessischen Waldbodens ein. Ihr Sommergeruch ist das einmal gewesen, so vertraut immer noch, als hätte sie ihn erst gestern zum letzten Mal gerochen, nicht vor über dreißig Jahren. Sie wendet sich wieder zum Wasser. Im See gibt es Strömungen, auch die erkennt sie jetzt wieder: Flächen, die anders gekräuselt sind, stumpfer. In den glatteren spiegeln sich Waldsaum und Himmel. Und der Wald ist noch grün hier, er ist immer noch grün, sie sieht zwar die toten Äste in den Wipfeln, sieht die Angsttriebe, doch er ist doch noch grün hier, lebendig.

Über den Seerosen stehen leuchtblaue Libellen. Träumen sie, rasten sie, warten sie dort? Wovon träumen Libellen? Franziska steht auf und watet ins Wasser. Nein, denkt sie, ich schreite. Ich hol mir mein Reich zurück. Sie taucht unter und öffnet die Augen. Wenn sie die Arme nach unten streckt, kann sie kaum ihre Fingerspitzen erkennen, so viele Algenpartikel treiben im Wasser, das sich trotzdem sauber anfühlt, heilend. Sie dreht sich auf den Rücken und lässt sich treiben, hört etwas, das sie an ein Summen erinnert. Den See vielleicht oder das Blut in ihren Ohren. Das Glück, das sie hier verloren geglaubt hatte, dabei war es einmal so leichtflügelig wie die beiden Rotmilane, die hoch über ihr umeinander kreisen.

Sie kann nicht sagen, wie lange sie geschwommen ist, als sie wieder auf ihrem Handtuch liegt. Zehn Minuten vielleicht oder auch fünfzig. Es spielt keine Rolle. Erst ihr Mobiltelefon reißt sie wieder zurück in die Gegenwart. Eine fremde Mobilnummer. Franziska zögert kurz, nimmt den Anruf dann doch an.

«Das hat mir keine Ruhe gelassen, was Sie da gestern erzählt haben», sagt Anette Meller. «Also bin ich in unser Klinikarchiv gegangen und siehe da: Ich habe Ihre Mutter gefunden. Johanne Roth, ohne Zweifel. Sechs Wochen lang wurde sie hier behandelt. Im Herbst 1969.»

1969. Das heißt, die beiden Mädchen, die in diesem Klinikhof winkten, hatte es tatsächlich gegeben. Eine Libelle sirrt auf Franziska zu, bleibt kurz in der Luft stehen, schießt weiter. Franziska fasst ihr Telefon fester.

«Und wissen Sie, warum?»

«Soweit ich das aus den Unterlagen ersehe», antwortet Anette Meller, «gab sich Ihre Mutter die Schuld am Tod Ihres Bruders.»

LEBEN

WANN GENAU IST DAS GEFÜGE gekippt? Es muss ihn geben, diesen Moment, an dem sich sein Scheitern schon ankündigte, aber noch zu verhindern gewesen wäre. Doch so sehr er auch nachdenkt, er kann diesen alles entscheidenden Augenblick nicht benennen. Die Partie ist nicht aufgegangen, obwohl er seine Züge mit großer Sorgfalt und bester Absicht geplant hatte. Schachmatt ist er, ein geschlagener König.

Wenn Johanne noch lebte – mit ihr zusammen könnte er vielleicht ... Verrückt ist das: All die Jahre hat er geglaubt, ohne ihn sei sie verloren, doch seitdem sie tot ist, kommt es ihm vor, als sei eigentlich sie es gewesen, die ihm Halt gab.

«So, dann wollen wir mal, Herr Roth!»

Der Stationsarzt rauscht in sein Zimmer, gefolgt von den beiden Physiotherapeutinnen mit den roten T-Shirts, die er am Vormittag unmissverständlich hinauskomplimentiert hatte. Aber nun lassen sie sich nicht aufhalten, schlagen beherzt seine Bettdecke zur Seite und schwingen seine Beine zu Boden.

«Na also, es geht doch!» Der Arzt scheint ehrlich begeistert, federt vor Heinrich in die Knie und betastet fachkundig seine Beine und Füße. Dürr, nutzlos und blau geädert sind die. Greisenfüße und Greisenbeine, vor allem das rechte, an dem frische Narben und Jodflecken verraten, wo sie ihm Metall in die Knochen geschraubt haben.

«Herr Roth? Hallo!»

Der Arzt fasst seinen rechten Fuß fester, drückt ihn sacht auf das graue Linoleum, schiebt ihn ein paar Zentimeter vor und wieder zurück. «Fühlen Sie das? Ihren Fuß auf dem Boden?»

Glatt ist der Boden. Und fest. Heinrich nickt.

«Gut, sehr gut! Dann versuchen wir jetzt mal das Aufstehen!»

Er will das nicht, schafft das nicht, aber die Physiotherapeutinnen fassen ihn unter die Achseln – ein schneller Ruck, und er steht dem Arzt gegenüber.

«Schmerzen? Schwindel?»

Sie werten sein Schweigen als Zustimmung, nehmen ihn zwischen sich und beginnen sacht, ihn zu bewegen. «Den linken Fuß etwas vor, Herr Roth, ja, sehr gut, und jetzt den rechten ...»

Unwürdig ist das, absolut unwürdig und auf gar keinen Fall Grund für diesen Enthusiasmus, mit dem die drei jeden einzelnen seiner tippelnden Greisenschritte bejubeln.

Eine kleine Ewigkeit scheint zu vergehen, bis er wieder in sein Bett darf – nassgeschwitzt und mit sausendem Herzschlag.

«Hier, zur Erfrischung!» Die blondere der beiden Physiotherapeutinnen füllt frisches Wasser in seinen Trinkbecher und hält ihm den vor die Nase. Den ganzen Tag soll er Wasser saufen wie ein Rindvieh, dabei kann er noch nicht einmal selbstständig austreten. Er hätte gern Milch, richtige Milch, keine H-Milch. Aber die Milch, die Franziska bei ihrem letzten Besuch gebracht hatte, ist sauer geworden. Kein Wort von ihr seitdem, kein Anruf, keine Nachricht auch von Thomas nach dessen unrühmlichem Abgang.

Er hätte es kommen sehen können, das stimmt wohl, weil die Tage sich häuften, in denen Monika wie ein Derwisch durchs Haus gehetzt war, überlaut mit den Töpfen klapperte, ihn gar nicht mehr richtig ansah und nebenbei ständig telefonierte.

Also gut – du willst es nicht anders, dann mach deinen Scheiß halt alleine! Nie zuvor hatte sie so geschrien wie an jenem Nachmittag, als sie den Stornobrief von seiner Kur fand. Pfefferte die Milchtüte in den Abwasch und stürmte aus dem Haus, ohne ihn noch eines Blickes zu würdigen.

«Papa? Hallo!»

Heinrich öffnet die Augen. Später Nachmittag schon, auf dem Schwenktablett steht sein Abendbrot, auf dem Besucherstuhl sitzt Franziska und sieht in ihren Shorts und dem Trägertop aus, als komme sie direkt aus der Badeanstalt. Doch entspannt wirkt sie nicht, ganz und gar nicht.

«Ich wollte Moka besuchen», sagt sie, jedes Wort einzeln betonend. «In ihrer Klinik. Aber sie haben mich nicht zu ihr gelassen – genau wie damals, als wir zu Mutti wollten.»

«Zu Mutti? Was ...?»

«1969.» Franziska lehnt sich näher. «1969 ist Mutti in genau derselben Klinik behandelt worden wie jetzt Moka.»

Er starrt sie an, versucht zu begreifen. Sie nickt und rückt noch näher.

«Eine Ferienreise, eine Kur, hast du damals zu uns gesagt. Und ich habe geglaubt, dass das wegen mir war, aber so war es nicht, richtig?»

Er will da nicht ran. Nicht noch einmal. Er wendet den Kopf ab, merkt, wie sich eine der Hörhilfen lockert. Es fiept. Weißes Rauschen. Gut so, er dreht den Kopf auf die andere Seite, aber Franziska ist schneller, schüttelt den Kopf und schiebt ihm die Hörhilfe wieder in Position.

«Erzähl mir von ihm, Papa!» Franziskas Mund ist zu nah. Ihre Augen sind grün wie Johannes. Waldaugen. Seeaugen. Und sie riecht auch so wie Johanne, nach frischer Luft und Nivea.

«Was? Wer?» Heinrich zuckt zur Seite.

«Erzähl mir von eurem Sohn! Unserem Bruder!»

«Das hat doch keinen Sinn mehr, das ist –»

«Keinen SINN?» Sie schreit nicht, sie tobt nicht, beugt sich nur noch näher. «All diese Jahre, Papa, all diese Jahre kein einziges Wort über ihn. Keine Kerze, kein gar nichts. Dabei war er doch immer da, Papa.»

«Er war tot, Franziska, wir hatten ihn doch nur sechs Monate. Aber Moni und du, ihr wart lebendig, und wir waren doch immer noch eine Familie, wir waren verantwortlich für euch und mussten euch beschützen.»

«Beschützen?»

Was, wenn er sich doch durchgesetzt hätte gegenüber Johanne, was dann? So oft hatte er das überlegt und dann doch weiter geschwiegen. Weil es zu dunkel war, dieses Kapitel. Weil es Johanne sonst zerstört hätte. Johanne, sie alle. Weil er so froh war, dass Johanne nach Franziskas Geburt überhaupt wieder Fuß fasste. Oder durch Franziskas Geburt, weil da noch einmal ein Neugeborenes war, das sie brauchte.

«Wie ist er gestorben? Wann? Wo habt ihr ihn beerdigt?»

«Franziska, ich ...»

«Ich finde das raus, Papa. Ich schwöre! Ich breche notfalls den Safe auf!»

«Das tust du nicht! Auf gar keinen Fall!»

«Dann sag mir, wie es war!»

Den Notar muss er anrufen. Dr. Meyer muss ihm helfen. Aber was, wenn Franziska den gar nicht ins Haus lässt? Weißes Rauschen. Keine Antworten. Keine Möglichkeit, seine Versäumnisse zu korrigieren. Er hätte das Testament in Ordnung bringen müssen, solange noch Zeit dafür war. Das Testament, die Tabletten und fertig. Sich in Würde verabschieden.

«Hieß er Franz? War ich nur ein Ersatzsohn?»

Wassermänni hatte er ihn gerufen, weil das Glück über diesen Sohn so untrennbar mit jenem Kuss in der Brunnenfontäne verknüpft war. Wassermänni und Fritz-Bitz. Wenn er ihm das ins Ohr sagte, begann er zu gurren und wedelte vor Entzücken mit den Fäustchen. Nach dem Baden küsste er ihm die Fußsohlen, und Moni tat es ihm nach und konnte sich gar nicht mehr einkriegen vor Lachen. Fritz-Bitz und Mo-Bo. *Mehr, Papa, mehr.* So lange schon hat er sich verboten, daran zu denken, aber die Erinnerungen sind so lebendig und gestochen scharf, dass er unwillkürlich scharf einatmet.

Heinrich streckt den Arm aus und fasst nach Franziskas Händen. Ein hartes, ineinandergefaltetes Bündel sind die. Ganz reglos, und doch scheint seine Tochter vor Anspannung zu vibrieren.

«Frieder hieß er.»

«Frieder.»

«Franziska ich ... wir ... du warst kein Ersatz, denk das niemals.»

Sie weint jetzt, diese Tochter, die immer nur wegwollte von ihm und nun, da es mit ihm zu Ende geht, trotzdem an seinem Bett sitzt. Sie weint lautlose Tränen, die auf seine Hand tropfen.

*

ZUERST BETRINKT SIE SICH ALLEINE, sie trinkt und kifft bis zur Besinnungslosigkeit, weil sie es nicht aushält in Berlin und doch nicht zurückkann nach Mühlbach. Manchmal, in sehr weiter Ferne, hört sie das WG-Telefon klingeln und ab und an klopft dann jemand an Arturs Zimmertür, die jetzt ihre Tür ist, und wenn es Anna ist, zieht Franziska das Telefon an seinem ewig verknoteten Kabel, so weit es irgend geht, durch den Flur, damit die anderen sie nicht hören, und dort, wo das Kabel nicht weiter nachgibt, kauert sie sich auf den Boden, presst den Hörer ans Ohr und kriecht in Annas Stimme. Anna, die nicht mehr schwanger ist und nicht mehr mit Sebastian zusammen und auch nicht mehr in Darmstadt, sondern in einem winzigen Studentenwohnheimzimmer in Freiburg. Anna, die ihr sagt, dass sie durchhalten müsse, bitte durchhalten, und wenn es auch nur für sie wäre. Und ja, Franziska hält durch. Sie hilft im Kollektivladen aus, sie klebt Plakate und trägt Zeitungen aus, sie jobbt als Bedienung in Kneipen und Nachtclubs, und nach einer Weile beginnt sie, die jungen – oder auch nicht mehr so jungen – Männer, die sie dort aufgabelt, mit in Arturs Zimmer zu nehmen, und das fühlt sich besser an als das Alleinsein.

Sie redet nicht viel mit ihnen, gibt nichts preis, außer ihrem Vornamen. Sie tut einfach so, als ob es schön wäre mit ihnen, oder jedenfalls okay, ein schneller Fick nach zu viel Bier, ohne Verbindlichkeit, ohne Erwartung. Und hin und wieder funktioniert es, und dann schließt sie die Augen und stellt sich vor, dass es Artur ist, dessen Körper an ihren drängt, seine Hände, die mit ihr spielen, und dann windet sie sich aus den Armen des Fremden und setzt sich auf ihn. Aber sie sieht diesen Mann unter ihr, der da mit ihr in Arturs Hochbett gelandet ist, niemals an, sie guckt immer nur an die Wand, an der ihre Silhouette mit sanft wippenden Brüsten im Lichtschein der Straßenlaterne auf und ab gleitet, auf und ab, auf und ab, langsam erst und schließlich schneller, und wenn der Fremde unter ihr das lange genug durchhält, kommt sie in wilden, trotzigen Stößen und findet ein paar Stunden Frieden.

All diese fremden Körper in Arturs Hochbett, sie wird wund, bekommt Blasenentzündungen und Ausfluss, einmal sogar Läuse. Sie schluckt zu viele Medikamente, raucht zu viel, trinkt zu viel, sie zerstört sich, es kann so nicht weitergehen, das weiß sie, es sind zu viele Körper in zu vielen Nächten. Anna sagt ihr das immer wieder, und Arturs WG-Mitbewohner sehen das auch so. Ohnehin lassen sie sie nur aus Mitleid hier wohnen, obwohl sie eigentlich viel zu jung ist und sich nicht beteiligt an den endlosen nächtlichen Politdiskussionen. Oder am Haushaltsplan. Oder an irgendetwas.

Heute, nur noch heute, schwört sie sich jeden Abend aufs Neue. Morgen trinke ich nicht mehr so viel und stelle mich in Arturs Redaktion vor. Und bei den anderen, die er mir genannt hatte, auch. Morgen schaffe ich das wirklich. Aber sobald sie allein ist, sieht sie wieder und wieder, wie Artur an diese Dachkante tritt und diesen letzten, allerletzten, alles für immer zerstörenden Schritt in die Luft macht – ausgerechnet er, der nicht mal von einem Dreimeterbrett springen wollte.

Wie lange dauert es, bis man 25 Stockwerke hinabgestürzt ist? Vielleicht war er wenigstens vor Entsetzen ohnmächtig geworden, bevor sein Körper auf den Asphalt prallte. Vielleicht hatte er sich vorher bekifft oder betrunken. Vielleicht wollte er sich auch gar nicht umbringen, sondern nur mit dem Tod spielen oder sich etwas beweisen, dass er keine Höhenangst mehr hatte oder dass er noch da war, obwohl in Tschernobyl ein Atomreaktor explodiert ist. Vielleicht hatte er auch ihren letzten Brief gelesen und wollte einfach nur an sie denken und die Sterne anschauen, und dann war ihm schwindlig geworden, und er hatte das Gleichgewicht verloren, und deshalb konnte er sich nicht von ihr verabschieden und ihr nichts hinterlassen, keinen Brief, kein einziges Wort, nicht einmal ein Haargummi oder einen seiner zerkauten Bleistifte.

Oder nicht? Oder doch? Sie wird verrückt daran, sie will, dass das aufhört, aber es hört nicht auf, sie sieht Artur fallen und fallen und fallen. Hat er geschrien? Hat er es bereut? Dieser Gedanke quält sie von allen am meisten: dass Artur, sobald es kein Zurück mehr gab, seine Entscheidung bereut haben könnte und dann nichts mehr tun konnte, gar nichts, nur fallen und sich damit abfinden, dass sein Leben auf immer vorbei war.

*

DER SCHMALE, LANG GEZOGENE Schädel, die winzigen Äuglein, der Vogelstraußschweif und die sonderbar einwärts gebogenen Vorderfußklauen, die viel kräftiger sind als die Hinterbeine: Der Ameisenbär ist kein schönes Tier, nicht klug und sicherlich auch kein guter Läufer – und doch ist er ihrem Vater ein treuer Gefährte.

Was hütest du, Freund, was ist dein Geheimnis?

Franziska hebt die Lithografie von der Wand, öffnet die Rahmung, löst behutsam die Rückwand. Kein Code ist darin versteckt, natürlich nicht, keine Botschaft.

Ich werde den Safe notfalls aufsprengen.

Das darfst du nicht, Franziska!

Da ist es wieder, ihr Dilemma: Sie will ihren Vater nicht entmündigen, aber um ihm zu helfen und ein halbwegs eigenständiges Leben zu ermöglichen, muss sie sich seinem Willen eben doch widersetzen. Und für sich selbst muss sie das auch. Und für ihre Schwester, vielleicht sogar für ihren unbekannten Bruder. Sie ist schon zu weit gegangen, sie kann jetzt nicht aufhören.

Sie hängt den Ameisenbären zurück an seinen Platz und macht sich auf die Suche. Morgen ist Montag, dann kann sie beim Einwohnermeldeamt Einsicht ins Melderegister beantragen und bei den Friedhofsverwaltungen nach einer Grabstätte fragen. Axel Königs und seine Leute werden wieder hier sein und können ihr, wenn sie darum bittet, den Safe bestimmt aufflexen. Jetzt aber ist sie allein hier, allein in der sonntäglichen Stille.

Langsam, barfuß, mit weit offenen Augen geht Franziska durchs Haus. Es gab einmal einen Sohn, einen Bruder. Er hieß Frieder. Ihre Eltern hatten ihn geliebt und doch verloren und fortan verschwiegen. Und doch war er da, die Erinnerung an ihn, diese lauernde Trauer, die jederzeit auflodern konnte. Sie konnten ihn verschweigen, doch sicherlich nicht vergessen. Sie hatte das gespürt als Kind, wusste es nur nicht zu benennen. Vielleicht ist sie deshalb nicht wirklich geschockt oder wütend. Es ist eher, als ob sich ein Bild vervollständigt, weil ein Puzzleteil endlich an seinen Platz fällt. Und irgendwo in diesem Haus muss es doch eine greifbare Spur geben, irgendein Andenken an diesen Sohn werden die Eltern bewahrt und möglicherweise nicht im Safe versteckt haben.

Das Nähzimmer hat sie bereits am Vorabend durchsucht, das Arbeitszimmer ihres Vaters genauso. Die Schränke und Kisten im Keller und in der Garage sind durchsortiert, im Schlafzimmer ist auch nichts. Franziska blättert im Wohnzimmer im Schnelldurchlauf durch die Fotoalben, sieht sich auch jede der sorgsam gerahmten Fotografien über dem Sofa ganz genau an: Das Hochzeitsfoto ihrer Eltern, der Flitterwochen-Schnappschuss auf der Vespa in Rimini, Monikas Tauffoto und direkt daneben ihr eigenes, auf dem ihre große und an jenem Tag selbst noch so kleine Schwester mit todernster Miene einen Zipfel ihres Taufkleides festhält. Die Einschulungsfotos mit den von der Mutter bemalten Schultüten. Die Konfirmationsfotos. Monika mit ihrem Abiturzeugnis im nachtblauen Etuikleid, die Jahres- und Stadtbeste, flankiert von den vor Stolz platzenden Eltern. Monikas Hochzeitsfoto, die Enkel. Uroma Frieda. Die Silberhochzeit der Eltern. Sie selbst mit dreizehn auf dem Siegertreppchen nach den Landesjugendmeisterschaften im 5000-Meter-Lauf, ihre Goldmedaille in die Luft haltend. Das Familienporträt aus Poreč, entstanden im selben Sommer. Da stehen sie alle vier braun gebrannt und lächelnd vor dem Hotel, das *Rubin* hieß – ein pyramidenförmig gebauter Betonklotz. Aber die Balkone hatten Meerblick, Monika und sie teilten sich ein Zimmer und reihten in seltener Eintracht Seeigelgehäuse und Muscheln aneinander. Der Speisesaal war violett gefliest, was sie beide todschick fanden, am Hotelstrand spielten sie Federball und Boccia, beim Minigolf demonstrierte der Vater das Prinzip von Einfalls- und Ausfallswinkel und wie man die korrekte Geschwindigkeit für den Abschlag berechnet, abends spazierten sie über die Promenade zum Hafen: Die Eltern und Monika untergehakt und plaudernd, sie selbst sprang derweil über die Karstfelsen. Sie sprang wie ein Äffchen, sprang in der vollkommenen Gewissheit, dass sie nicht fallen würde, sich nicht verletzen, nur immer so fliegen. Sie sieht das noch vor sich: Ihre weiß besockten Füße in den gelben Sandalen, ihre vorgereckten Hände, die ohne das kleinste Zögern den richtigen Halt finden. Sie kann diese kleinen Ewigkeiten ohne Schwerkraft noch fühlen, weiß, wie die Wellen gegluckst haben und dass die Luft schwer war vom harzigen Duft der Pinien. *Slastičarna* stand über der Eisdiele an der Mole und *Eis* hieß *sladoled* auf Jugoslawisch, wie sie damals noch sagten. Cremeweißes Vanilleeis mit Blaubeeren, so reif, dass sie am Gaumen zerplatzten und ihnen die Zungen blau färbten, haben sie gelöffelt, das Aroma so intensiv, dass sie sich alle vier immer wieder versicherten, etwas Köstlicheres könne es nirgendwo sonst auf der Welt jemals geben.

Sie waren glücklich gewesen in diesem Urlaub. Glücklich und weitgehend unbeschwert. Ihr Vater hat recht – es hatte diese Phasen in ihrem Familienleben gegeben. Doch ihr eigenes Leben endet laut dieser Galerie an der Wohnzimmerwand nach diesem Sommerurlaub an der Adria. Dabei war sie doch weiterhin da gewesen. Auf Monikas Abiturfeier zum Beispiel, in lila Afghanhemd und weißer Pluderhose. Es hatte Streit über dieses Outfit gegeben, natürlich, aber sie hatte sich durchgesetzt, weil sie Artur gefallen wollte. Artur in schwarzer Schlaghose, schwarzem Jim-Morrison-T-Shirt und weißen Turnschuhen, der als Chefredakteur der NEUEN WELLE dabei war und eigentlich auch sein Abiturzeugnis hätte entgegennehmen sollen, hätte er wegen der WELLE nicht zu viele Fehlzeiten angehäuft. Und so hielt nicht er, sondern Monika die Rede für den Abschlussjahrgang, was sie mit Bravour erledigte. Sie hätte überall hingehen können danach, die Welt stand ihr offen, doch sie entschied sich dafür, weiterhin bei den Eltern zu wohnen und in Frankfurt Bauingenieurwesen zu studieren.

Franziska wendet sich ab. Was ging in ihren Eltern vor, als sie diese Fotos so aufhängten, was sahen sie, wenn sie sie betrachteten? Eine geschönte Version der Familiengeschichte? Oder ging es ihnen wie ihr und sie sahen die Bilder, die fehlten, trotzdem, sahen diese sogar viel deutlicher als jene, die sie offen präsentierten? Und wenn das so war, wen wollten sie eigentlich schützen: sich selbst oder ihre Töchter?

Die Luft ist eine brütende, dickflüssige, beinahe greifbare Masse, die jede Bewegung in einen Kraftakt verwandelt. Der Durchbruch im Flur klafft wie eine Wunde. Sie tritt hindurch, geht im Anbau eine Weile zwischen den Parkettbohlen, Leimeimern und Werkzeugen umher und versucht, sich vorzustellen, wie es hier sein wird mit den alten Küchenmöbeln, ihrem noch viel älteren Vater, der nichts sagen will, nichts preisgeben, zugleich aber ihre Hand hält.

Sie geht ins Nähzimmer, zieht die Tür hinter sich zu, setzt sich auf die Chaiselongue. Etwas muss hier sein, im Herzzimmer ihrer Mutter. Ein Stück Stoff vielleicht, der sie an ihren Sohn Frieder erinnert hat, die Knöpfe von einem seiner Strampler, eine Haarsträhne, irgendetwas.

Franziska sitzt sehr still und versucht, sich vorzustellen, wie ihr Leben gewesen wäre mit einem Bruder. Ob ihre Mutter dann glücklicher gewesen wäre und sie alle zusammen auch. Ja. Nein. Nicht mehr zu ergründen oder je zu beweisen. Was sie weiß, ist, dass ihre Mutter in diesem Zimmer viele Stunden verbracht hat und das Nähen geliebt und gebraucht hat, das monotone Rattern der Maschine, ihr Fuß im hellblauen Pantoffel, der auf dem Pedal den Takt schlug, die Stoffe und Garne, die ihr so leicht durch die Hand glitten. Und Uroma Frieda liebte das Nähen genauso – und polierte bei jedem Besuch als Erstes die Silberrahmen der beiden Fotos und seufzte, und wenn sie die Mutter dann an ihre bebende schwarze Brust zog, wirkte die, als ob sie sich ganz weit fort wünschte.

Noch sind wir alle, die wütenden roten Lettern auf der Rückseite des Fotos. Franziska nimmt es von der Wand und trägt es zum Fenster. Ihre Eltern sehen unfassbar jung aus, jung und stolz und Klein-Monika genauso. Sie selbst scheint zu schlafen.

Ein Auto parkt vor ihrem Gartentor und Anna steigt aus. Anna mit zwei gigantischen Zucchini im Arm.

«Eigener Anbau, wir ertrinken in unserer Ernte. Zwei, maximal drei Stunden hab ich, Zis, dann muss ich mit Lothar und den Kids ins Schwimmbad, das hab ich versprochen, aber ich wollte doch mal nach dir gucken.» Anna stutzt. «Cooles Outfit hast du übrigens an. *Voll retro*, würde meine Tochter dazu sagen.»

Franziska lacht auf. «Ein alter Morgenrock meiner Mutter! Hat sie selbst kaum getragen, um ihn zu schonen. Komm rein, ich mach uns was zu essen, ich hab noch nicht mal gefrühstückt.»

«Du schläfst wieder nicht.»

«Ist gerade nicht die Zeit dafür.»

«Er liebt dich, dein alter Vater, da bin ich mir sicher. Er kann halt nur nicht aus seiner Haut raus.»

«Wer kann das schon, Anna?»

Jahrzehnte her, dass Anna in diesem Haus war. Sowieso hatte sie meistens Anna besucht, und falls Anna doch einmal zu ihr kam, sind sie direkt in ihr Zimmer gegangen oder in den Garten oder über die Felder zum Waldrand gelaufen. Bis auf das letzte Mal, als Anna gekommen war, um ihr zu sagen, dass Artur tot ist.

Franziska führt sie durchs Haus, erklärt ihre Pläne, lotst sie in die Küche und setzt Teewasser auf.

«Hier ist's immerhin etwas kühler als draußen.» Anna hat sich auf den Platz gesetzt, der einmal Franziskas gewesen ist, lehnt sich zurück, legt die Füße hoch, seufzt wohlig.

Franziska reibt die Zucchini, drückt das Wasser heraus, rührt zwei von Ediths Eiern in die Masse, gehackte Zwiebeln und Dill, Salz, Pfeffer, Kreuzkümmel, Schafskäse und Haferflocken. Ich hatte einmal einen Bruder, den haben uns unsere Eltern verschwiegen. Sie will Anna das sagen, gerade ihr will sie das erzählen, wem denn sonst, wenn nicht Anna? Aber nicht jetzt schon, nicht heute.

«Was wird das?»

«Zucchinipuffer.» Sie erhitzt Olivenöl, gibt die ersten Rohlinge hinein, verrührt Joghurt mit Dill und Salz, deckt den Tisch, füllt Wasser in Gläser und gießt Pfefferminztee auf. Ihr Magen knurrt, es ist, als ob sie aus einer Art Trance erwacht sei. Sie lässt die ersten zwei Puffer auf Annas Teller gleiten, gibt die nächsten ins brutzelnde Öl. Nahrung. Erdung. Das Gefühl von Zuhause auf einmal.

«Hmm! Seit wann kochst du so gut, Zis?»

«Seit dem Hof wohl. Und durch Yoga.»

«Yoga?»

Sie verteilt die nächsten Bratlinge auf ihre Teller und setzt sich Anna gegenüber auf den Platz ihres Vaters.

«Achtsamkeit. Tu, was du tust, mit ganzem Herzen und bester Absicht, aber hafte nicht an den erwünschten Ergebnissen, weil du eben doch nicht alles in der Hand hast.» Sie grinst, legt die Handflächen aneinander und deutet eine Verneigung an.

«Meine wilde Hummel Zis kocht wie eine Göttin und spricht wie ein Guru.»

«Glaub bloß nicht, ich sei erleuchtet. Ist wohl eher eine Frage des Alters.»

Sie lächeln sich an, heben die Tassen.

«Wie geht es dir, Zissy? Also wirklich?»

«Ich weiß es nicht. Es ist alles irrsinnig viel, ich komme mit dem Packen viel zu langsam voran, ich kann das alles hier eigentlich kaum aushalten und will im Augenblick trotzdem nichts anderes.»

«Du gehst da jetzt durch, und dann gehst du weiter.»

«Vielleicht. Ja.» So wie jetzt Anna saß sie beim Essen jahrelang ihrem Vater gegenüber. Und ihre Mutter und Monika saßen an den anderen beiden Tischenden. Wer hatte das Wann und Warum entschieden? Sie weiß es nicht. Nicht einmal das. Sie hat ihren Vater nie bewusst beim Essen beobachtet, er war einfach am anderen Ende des Tisches. Aber vielleicht, wenn er dort noch einmal säße wie früher und das Besteck mit der beiläufigen Präzision seiner jüngeren Jahre handhaben würde, ginge es ihr wie jetzt mit Anna. Sie würde sich instinktiv beheimatet fühlen, weil jede kleinste Bewegung, jedes Kauen, jedes Schlucken in ihr gespeichert sind, ohne dass ihr das auch nur bewusst war. Wie er sich bewegt hat, wie er gesprochen hat. Seine jüngere, kraftvolle Stimme und die ihrer Mutter, die sie schon nicht mehr genau erinnert und auch nicht imitieren oder beschreiben kann und dennoch beim Wiederhören blind unter Tausenden erkennen würde. Und Arturs? Sie weiß noch, was er gesagt hat, wie er sie angesehen hat, wie er geraucht und nachgedacht hat und wie ein Besessener auf die Tasten der Schreibmaschine eindrosch. Und wie er geschmeckt hat, das weiß sie auch noch. Oder nicht? Was ist Erinnerung und was ist das, was die Jahre daraus gemacht haben?

Sie holt die nächsten Zucchinipuffer aus der Pfanne, gibt die letzten hinein, dreht die Hitze ab. Sie essen. Genüsslicher jetzt. Trinken Pfefferminztee und Wasser. Ein Henkersmahl, denkt Franziska. Ein Abschied. Ein Kraftschöpfen für die nächste Runde. Zwei, drei Tage noch, dann wird es diese Küche so nicht mehr geben, und ich werde den verschütteten Teil der Familiengeschichte ans Licht gebracht haben und vielleicht einen Weg finden, wie ich meinem Vater in Zukunft begegne.

Anna seufzt, steckt den letzten Bissen in den Mund, schiebt ihren Teller beiseite. «Ich werde im Schwimmbecken untergehen wie eine Bleiboje.»

«Wirst du nicht. Du wirst ein bildhübscher Wal sein.»

«Na, herzlichen Dank!» Anna droht ihr mit dem Zeigefinger, wird dann doch wieder ernst. «Du schaffst das, Zis. Du kommst wieder auf die Beine. Es ist gut, dass du hier bist.»

«Denkst du noch öfter an Lilly?»

«Natürlich, ja. Im Frühling besonders. Aber es tut nicht mehr so weh. Ich denke vor allem an dieses Schmetterlingsflattern im Bauch und dass ich das mit ihr zum ersten Mal erlebt habe.»

«Du wärst keine Ärztin geworden, wenn sie dich mit der Fehlgeburt nicht so mies behandelt hätten, oder?»

«Wer weiß? Mit Sebastian wäre ich jedenfalls auf Dauer nicht glücklich geworden.»

«Das frage ich mich in letzter Zeit auch. Also, wie das mit Artur und mir wohl weitergegangen wäre, wenn er länger gelebt hätte ...»

«Er war schon extrem.»

«Das war ich doch auch.»

«Nein, du warst wild. Frei. Neugierig. Nicht zu bändigen. Und du hast echt geglaubt, du könntest die Welt retten.»

«Wie Artur. Wie du.»

«Eben nicht. Ich glaub, bei dir ging das tiefer. Du hast geheult, wenn sie einen Baum fällten.»

«Das tu ich immer noch. Ich kann das nicht angucken, diese brennenden Wälder im Fernsehen. Ich kann das schlicht nicht ertragen.»

Und wenn sie vorab gewusst hätte, dass Artur sich umbringen würde, was dann? Oder den Sturz ihres Vaters vorausgesehen, den Tod ihrer Mutter, den letzten Moment mit Lars auf der Bank, als sie dachte, dort sei ihr Zuhause? Wenn ihr jetzt jemand Annas Todesdatum verriete oder ihr eigenes? Undenkbar ist das. Unerträglich.

Sie steht auf, räumt die Teller ab, holt Erdbeeren aus dem Kühlschrank. «Hast du deinen Kindern eigentlich von Tschernobyl und Lilly erzählt?»

«Es ist nicht erwiesen, dass Tschernobyl der Grund für die Fehlgeburt war, Zis. Oder für deine Kinderlosigkeit. Bei mir hat's ja später auch noch geklappt.»

«Das ist mir schon klar.» Sie lächeln sich an. «Also, hast du?»

«Später, ja. Als sie schon Teenager waren. Und wenn wir Lilly hätten beerdigen können, sicher früher. Wir lügen ja auch Phil und Lu nicht an. Sie waren so verstört, als sie bei uns ankamen, zwei verlassene Würmchen, aber sie sollten doch wissen, dass Lothar eigentlich ihr Opa ist und ich ihre Stiefoma und sie nur bei uns leben, weil ihre Eltern verschollen sind. Sie bekommen auch mit, dass Lothar um seinen Sohn trauert. Im Ansatz natürlich nur, nicht das ganze Ausmaß.»

«Ihr schützt sie davor.»

«Sie können ja nichts dafür. Und sie sollen doch leben.»

*

ZWEI KLEINE GESPENSTER sind seine Mädchen gewesen. Zwei kleine geblümte Gespenster, die sich nachts zuweilen ins Elternschlafzimmer stahlen. Selten gemeinsam und jede auf ihre ganz eigene Weise – noch im Halbschlaf, ohne die Augen zu öffnen und das Licht anzuschalten, wusste er, welche der beiden hereinschlich: Ein beinahe unmerkliches Zupfen an seiner Decke, ein diskretes Räuspern: Monika, ohne Zweifel. Wartete brav, dass er sich ihr zuwandte, bis sie ihm ihr kleines Anliegen ins

Ohr wisperte. *Ich hab Bauchschmerzen. – Franziska schläft wieder nicht. – Ich hab Angst, dass ich für den Mathetest nicht genug geübt habe.* Sein kluges, ernsthaftes Mädchen. Nahm sich das kleinste Missgeschick oder Versagen zu Herzen, wiederholte nie einen Fehler. Ergriff seine Hand und zog ihn mit sich, leise, auf Zehenspitzen, um Johannes Schlaf nicht zu stören. Selten nur kroch sie zu Johanne und ihm unter die Decke, und wenn doch, ganz behutsam. Franziska hingegen warf sich bei ihren nächtlichen Besuchen ohne zu zögern zwischen ihn und Johanne. Ein körperliches Kind, mit dem Kopf durch die Wand. Ganz oder gar nicht. Drängte sich zwischen sie wie ein Dachsjunges, wälzte sich, drehte sich oder weinte und klagte noch eine Weile, ohne zu artikulieren, warum eigentlich. Und dann – von einem Moment auf den anderen – schlief sie wieder ein, und er lag mit ihrem warmen Körper an der Seite im Dunkel und lauschte Franziskas zufriedenen kleinen Seufzern und Johannes Atem und hoffte, dass auch Johanne das spürte und mit in den Tag nehmen würde: dass Franziska nicht immer nur weglief, sondern auch zu ihnen hin. Dass sie sie liebte und ihre Nähe suchte.

Ist das die Wahrheit? War es so wirklich gewesen? Ja. Nein. Nicht immer zumindest. Auch Monika weinte zuweilen. Und einmal, es dämmerte schon, schreckte er nachts hoch und entdeckte Franziska am Fußende. Mucksmäuschenstill, den Blick unverwandt auf Johanne gerichtet. Und mit jener traumwandlerischen Gewissheit, die sich zuweilen in den Sekunden zwischen Schlaf- und Wachzustand einstellt, war er sicher, dass Franziska dort schon sehr lange gestanden hatte – und das nicht zum ersten Mal. Und obwohl sie ihm den Grund nie verraten wollte, war er doch überzeugt, dass sie versucht hatte, über ihre Mutter zu wachen.

*

SIE HEBT DAS FOTO VON ihrer Taufe von der Wand und trägt es ins Nähzimmer. Sie schaltet das Arbeitslicht ihrer Mutter an und legt die beiden gerahmten Bilder nebeneinander auf den Zuschneidetisch. Sie zwingt sich hinzusehen, ganz genau, zu vergleichen. Vergiss nicht zu atmen. Sie richtet sich auf. Die Monika auf dem Tauffoto ist eine andere als die auf dem silbern gerahmten Familienporträt aus dem Nähzimmer, sie ist schon ein Stück größer. Doch das Kind, das die Mutter im Arm hält, ist trotzdem ein Säugling.

Noch sind wir alle. Diese wütende, rote Inschrift. Das ist nicht sie auf dem Nähzimmerfoto, das ist Frieder. Als dieses Foto entstanden ist, war sie noch nicht geboren.

Zeit vergeht. Irgendwann verfärbt sich der weißgraue Tag draußen in ein nicht minder drückendes Bleigrau, scheint zu lauern und näher zu kriechen. Sie würde gern weinen, aber sie kann nicht. Sie kann auch nicht schreien. Sie fühlt nichts. Frieder. Sie holt eine Lupe, beugt sich über die Fotos. Ein Näschen nur, die geschlossenen Augen. All die Jahre hatte sie gedacht, dass das Baby auf dem Foto sie war. Ihre Schwester so stolz, die Eltern genauso. Und ein Jahr später? Franziska nimmt das andere Foto und versucht, in ihren Gesichtern zu lesen. Den Verlust zu erkennen und diese immense Anstrengung, noch einmal mit einem anderen Säugling von vorn zu beginnen. Auch diese Tochter zu lieben. Es gelingt nicht. Sie sehen immer noch jung aus und festlich. Sie lächeln sogar ein bisschen.

Macht eure Mutti nicht traurig, nehmt Rücksicht, nehmt Rücksicht, sie hat schon zu viel verloren.

Aber was, Papa, was denn?

Sie knipst das Licht aus, nimmt die Fotos, ist schon beinahe aus der Haustür, als ihr auffällt, dass sie noch immer den Morgenrock ihrer Mutter anhat und sonst gar nichts. Also noch mal zurück, kaltes Wasser und Deo, sich anziehen. Die Angst kommt jetzt wieder. Diese Angst, dass ihr Vater stirbt, weil er die Wahrheit nicht aushält, die sie ans Licht holt. Sie hätte ihn anrufen müssen heute, nach ihm fragen, besser noch ihm seine Milch bringen. Jetzt ist es zu spät, schon beinahe zehn und sie wüsste auch nicht, was sie ihm sagen sollte, wie ihm begegnen, um nicht alles noch schlimmer zu machen oder zu lügen.

In Monikas Haus brennt noch Licht. Thomas öffnet ihr mit einem Geschirrtuch in der Hand.

«Franziska, was ist denn jetzt wieder?»

«Können wir reden?»

«Wir haben gegrillt, ich pack eben zusammen. Lene ist wieder nach Heidelberg, und Flo ...»

Sie folgt ihm durchs Haus zur Terrasse, trägt wortlos das Tablett mit den Tellern und Gläsern in die Küche und lädt sie in die Spülmaschine, während Thomas die Reste wegpackt.

«Also komm. Und danke.» Er lotst sie zu den beiden vor dem illuminierten Koibecken platzierten *Adirondack Chairs*, auf dem einen hat er offenbar schon gesessen, ein halb leeres Longdrinkglas steht griffbereit auf dem Beistelltisch. Franziska setzt sich in den anderen. Sie schwitzt. Sie ist müde. Ihr Kopf hämmert. Sie weiß nicht, wo beginnen, wo enden. Die halb liegende Position in den Stühlen macht es nicht besser. Am liebsten würde sie sich vornüberbeugen und zu den Kois tauchen.

«*Neue Wege am Berg*», sagt sie, «so heißt Mokas Klinik. Ich war dort.»

«Verdammt, Ziska, ich habe dir doch gesagt ...»

«Keine Sorge, sie haben mich nicht zu Moka gelassen.»

Thomas schnaubt. Leert sein Glas. Ein langer, wütender Schluck.

«Unsere Mutter wurde 1969 auch mal in dieser Klinik behandelt.»

«Wie bitte? Was? Bist du sicher?»

«Ja. Hat Moka das gewusst?»

«Nein. Nein! Also sie hat jedenfalls nichts gesagt. Die Klinik ist uns empfohlen worden, sie hat beste Bewertungen. Franziska, was soll das hier eigentlich, was wird das?»

Ja, was wird das? Die Kois hoffen auf Futter, ein glitzerndes schwarz-weiß-orange geflecktes Wimmeln.

«Es gab nicht nur Moka und mich, Thomas. Es gab noch einen Sohn. Unseren Bruder. Ich weiß noch nicht alles, nur, dass er Frieder hieß und noch als Säugling gestorben ist und fortan von meinen Eltern verschwiegen wurde. Aber meine Mutter hat das offenbar nicht verkraftet und Monika ... sie muss dieses Drama doch mitbekommen haben ... sie war jedenfalls schon auf der Welt.» Franziska gibt ihm das Familienporträt. «Hier, schau. Meine Eltern und Moni. Aber das Baby im Arm meiner Mutter, das bin nicht ich, sondern das ist Frieder.»

«Aber Moni hat nie was gesagt, nicht ein einziges Mal.»

«Vermutlich kann sie sich nicht erinnern. Nicht bewusst jedenfalls. Aber sie hat das erlebt: Frieders Geburt. Frieders Tod. Die Trauer unserer Eltern. Und dann meine Geburt. Alles auf Anfang.» Sie gibt ihm das andere Foto. Er leuchtet mit seinem Smartphone, runzelt die Stirn. Nickt schließlich.

Du rennst, du rennst immer nur weg!

Nein, tu ich nicht.

Doch, tust du wohl. Auf dich ist kein Verlass! Sobald du auf die Welt kamst, gab es immer nur Stress, Zissy.

Thomas steht auf. «Ich brauch jetzt noch einen Drink – für dich auch?»

«Was trinkst du, Gin Tonic?»

«Ich kann dir auch was anderes machen.»

«Nein, Gin Tonic ist okay.»

Sie lehnt sich zurück. Leere in ihr. Teile des Gartens liegen im Dunkel, vereinzelte Lichtspots setzen die Bambusbüsche und

Kiefern in Szene. Die Buddhaköpfe sind nur Schemen. Vermisst ihre Schwester das? Jetzt, in diesem Moment? Ihre große, verlässliche, ordentliche Schwester, die alles richtig machen wollte, immer nur richtig, die versucht hatte, sie zu bändigen, und einst ihre Liebesbriefe an Artur versteckt hatte und den noch viel wichtigeren Brief von Arturs Mutter an sie. Die sie viel zu spät angerufen hatte, als ihrer beider Mutter im Sterben lag.

Die Andeutung eines Lufthauchs streift Franziskas Gesicht, ein zweiter, kräftigerer weht durch den Bambus. Sie legt den Kopf in den Nacken. Keine Regenwolken in Sicht, nur undefinierbares Schwarz. Irgendwo, weit entfernt, geht jetzt wohl trotzdem dieses Gewitter nieder, das die Wetter-App angekündigt hatte, aber nicht hier, wo sie den Regen so dringend herbeisehnt.

Eiswürfel klirren, Thomas kommt wieder. Der Drink ist so stark, dass sie nach dem ersten Schluck husten muss. Stumm springt Thomas noch einmal auf und holt die Sodaflasche. Sie füllt auf, trinkt einen weiteren Schluck, setzt ihr Glas ab.

«Ich muss zu Moka fahren, Thomas. Mit ihr sprechen. Ich muss das alleine tun, bitte. Das ist so intim, so persönlich.»

Er lässt die Eiswürfel in seinem Glas kreisen, rund und rund. Auch die Kois hoffen nicht mehr auf Futter, sondern gleiten am Beckenrand entlang, kreisen und kreisen und können doch nicht heraus.

«Du glaubst, wenn du mit Moni über euren Bruder redest, geht es ihr besser?»

«Ich weiß es nicht, aber ich glaube schon, dass es einen Zusammenhang gibt. Und sie ist meine Schwester, du kannst mir das doch nicht verwehren, Thomas. Mir nicht und ihr nicht. Ganz im Gegenteil bitte ich dich, ein gutes Wort für mich einzulegen, damit sie mich zu ihr vorlassen.»

«Ich?» Thomas hebt die Hand, als sie aufbrausen will. «Nein, warte, hör zu: Nach diesem Streit mit Heinrich war Moni außer sich, echt von der Rolle. Aber ehrlich gesagt war ich trotzdem erleichtert. Fakten, dachte ich. Endlich. Die Karten liegen jetzt immerhin klar auf dem Tisch: So geht das nicht weiter mit Heinrich, schon länger nicht mehr. Jetzt finden wir eine Lösung. Also hab ich dich angerufen, damit wir ein bisschen Luft haben.»

Er setzt sein Glas so hart auf den Tisch, dass es überschwappt. «Wir! Kaum hab ich Moni das eröffnet, bricht sie komplett zusammen.»

«Weil du mich kontaktiert hast?»

Thomas hebt die Schultern. «Ich kann's nur vermuten. Ich darf seitdem nicht mehr zu ihr.» Er lächelt, bitter. «Du musst dir um mich also keine Sorgen machen, ich werde dir nicht im Weg stehen.»

*

SIE LAUFEN. SIE LAUFEN DURCH DEN WINTERWALD, und mit jedem Schritt wird es schwerer, verliert er die Orientierung. Heinrich prüft seinen Kompass. Die Stoppuhr. Die Zeiger zittern und drehen sich, aber er kann sie nicht ablesen. Franziska zieht an ihm vorbei. Leichtfüßig. Ihr Atem in hellweißen Wolken. Sie ist schnell, seine Kleine, schneller als er schon. *Gut gemacht, Heinrich, aus der kann was werden,* sagen sie ihm im Verein, klopfen ihm auf die Schulter und glotzen auf ihre Beine. Fünfzehn. Ein gefährliches Alter ist das. Nicht Fisch und nicht Fleisch, sie braucht noch viel Führung, er muss ihr den Weg weisen.

Schnee, nur noch Schnee plötzlich. Aber irgendwo in diesem Weiß läuft seine Tochter. Sie läuft ihm davon und blickt nicht zurück. Er hört ihr melodisches Lachen, unter allen anderen würde er das erkennen. Lacht sie ihn aus? Nein, sie freut sich. Er sieht sie jetzt wieder. Sie steht auf dem Siegerpodest eines Sportstadions und winkt ihm mit ihrer Medaille.

Für dich, Papa, nimm. Ich mach mir nichts draus.
Das ist Unsinn, Franziska!
Er schreit, aber sie hört ihn nicht und verschwindet.

Nacht ist es. Immer noch Nacht. Krankenhausnacht. Im Widerschein der Apparate tastet er nach der Schaltbedienung. Das menschliche Hirn ist anpassungsfähig. Es macht ihm keine Mühe mehr, das Kopfteil zu steuern, auch wenn das eine Fertigkeit ist, die er sich nie hatte aneignen wollen. Zwei, drei Tage noch, dann bringen sie ihn in die Reha. Vielleicht gibt es da eine ähnliche Steuerung.

Wenn Frieder gelebt hätte, wäre er dann mit ihm laufen gegangen und hätte die Mädchen bei Johanne gelassen? Von Anfang an hatte Heinrich sich verboten, solche Gedanken zu hegen. Fakten, nur Fakten. Das hat ihn gerettet. Ihn und auch Johanne.

Wir wissen nicht, wie er sich entwickelt hätte, unser Frieder. Wir haben zwei gesunde Töchter. Wir schauen nach vorne.

Und doch, wenn Franziska neben ihm rannte, im selben Rhythmus wie er, wenn ihn dann etwas trug, das kein Wollen war, keine Anstrengung, sondern etwas anderes, das ihm größer schien, unerklärlich, sah er ihn manchmal vor sich. Seinen Wassermann mit den kräftigen, rosigen Beinchen, die so energisch strampelten, wenn Johanne ihn windelte oder er mit ihm spielte.

Es gibt in der Schule jetzt mittwochnachmittags diese AGs, Papa. Ich würde da gerne mal hingehen.

So hatte das angefangen. Ganz harmlos, nach einem perfekten Lauf, mit einem noch kindlichen Augenaufschlag.

Aber mittwochs hast du jetzt das Extratraining in Frankfurt. Das ist eine Riesenchance für dich und zudem eine Ehre. Johanne fährt dich. Das haben wir doch fest vereinbart.

Aber alle gehen da hin, Papa. Alle.

Sie wollen dich fördern in Frankfurt. Du darfst dein Talent nicht vergeuden.

Ich will überhaupt nicht gewinnen, ich will einfach nur durch den Wald laufen, Papa.

Sein Herz rast. Er schaltet das Licht an, heftet den Blick auf Johannes Foto. Sie lächelt ihn an. Lächelt mit traurigen Augen. Er wollte konsequent sein, Johanne genauso schützen wie Franziska. Wehret den Anfängen. Später hat Franziska ihm das vorgeworfen. Dass er ihr keine Luft gelassen hatte, sie an die Wand gedrückt mit seinem Ehrgeiz.

Und Johanne war nachgiebig, immer nachgiebig, damals schon und immer wieder, bis zum Ende. *Wenn ihr Herz doch dran hängt, Heinrich.* Ihr ewig schlechtes Gewissen.

Er schaltet das Licht wieder aus, fährt das Kopfteil herab, starrt ins Halbdunkel. Zwei Stunden noch, dann kommt die Frühschwester und nimmt ihm Blut ab. Noch eine halbe Stunde danach bis zur Bettpfanne. Das Waschen im Anschluss und das Frühstück. Er würde gern mal wieder duschen. Alleine. Er würde gern noch einmal im See schwimmen. Er denkt an seine Frau, die tot ist, an seinen Sohn, den er nie hatte laufen sehen, und an seine älteste Tochter, die immer stark und verlässlich war, sein Fels in der Brandung, und nun offenbar wie Jahrzehnte zuvor Johanne in einer Psycho-Klinik behandelt werden muss, weil sie alleine nicht mehr zurechtkommt. Er denkt an Franziska, die gekommen ist und gegangen, gekommen und immer wieder gegangen. So wird es auch diesmal sein, denkt er. Sei kein Narr und stell dich drauf ein. Beginne nicht wieder zu hoffen.

Worum geht es denn in diesen AGs?

Ach, alles Mögliche, Papa.

Das ist keine Antwort, Franziska. Eine AG ist eine Arbeitsgruppe. Sie braucht ein Thema. Geschichte zum Beispiel. Sport. Informatik. Von mir aus auch Basteln.

Ich will in die Friedens-AG, Papa.

Sie hatte ihm nicht in die Augen gesehen, und wenn er sich

rückblickend daran erinnerte, kam ihm ihre Antwort noch hanebüchener vor als im ersten Moment, lernte sie in dieser Friedens-AG doch vor allem, Krieg gegen ihre Familie zu führen. Er hätte sie da niemals hinlassen dürfen, hätte sich wenigstens dieses eine Mal über Johannes Nachgiebigkeit hinwegsetzen und Franziska notfalls mit Gewalt und persönlich nach Frankfurt begleiten müssen. Vielleicht hätte er sie aber auch einfach nur in den Arm nehmen müssen, statt zu lachen.

*

DIE SCHWÜLE DER NACHT hat sich mit Einbruch der Morgendämmerung noch intensiviert. Wie geduckt scheint der neue Tag, lauernd. Selbst der Wald verströmt keine Kühle mehr, verdorrtes Laub säumt den Radweg nach Darmstadt, in den Baumkronen trägt das Sommerlaub braune Ränder. Regnen, es soll bitte regnen. Franziskas Mantra, so sinnlos. Sie hat beim Einwohnermeldeamt Einsicht ins Melderegister beantragt, hat die Friedhöfe abtelefoniert, hat eine Tasche mit frischer Wäsche und Schlafanzügen für ihren Vater gepackt und ein paar Polohemden, Hosen und Schuhe. Sie schließt ihr Rad vor dem Krankenhaus an. Sie weiß nicht, wie sie ihrem Vater begegnen soll. Weiß es noch immer nicht. Sie will nicht hineingehen. Will nicht und muss doch. Der Gin hängt ihr noch in den Knochen. Nicht das erste Glas, aber das zweite. Das dritte hat sie kaum noch angerührt. Zum Schluss kam Flo noch dazu. Ein Gefühl der Zugehörigkeit im Haus ihrer Schwester ist das gewesen, das sie so nie zuvor erlebt hatte – jetzt, ausgerechnet, da Monika nicht da ist.

Die Eingangshalle und der Aufzug. Die Blumen- und Baumfotos an den Wänden. Das graue Linoleum. Der Geruch nach Kaffee, Desinfektionsmitteln, muffigem Großküchenessen, Fäkalien.

Werd nicht alt, Zissy, werd bloß nicht alt.
Und wann soll ich dann sterben, mit wie viel Jahren?

Sie klopft am Arztzimmer und wird auf später vertröstet. Die Pflegerin mit den blauen Haaren hat Dienst, lächelt.

«Er macht sich, Ihr Vater. Er muss nur wieder Mut fassen.»

Mut. Franziska öffnet die Tür seines Zimmers. Ihr Vater ist eingenickt, die Luft ist zum Schneiden. Kein Sauerstoff hier, ganz gewiss nicht. Sie stößt das Fenster auf, ihr Vater öffnet die Augen, erkennt sie, scheint sich ehrlich zu freuen.

«Franziska!»

Sein Kopfteil fährt hoch. Zeitlupentempo, doch er steuert es selbstständig. Er sieht so erwartungsvoll aus. So zart. So bedürftig. Wie soll sie ihn da anschreien, ihn auch nur konfrontieren?

«Ich hab dir Milch mitgebracht.»

«Milch!»

«Möchtest du?»

Er nickt. Sie füllt seinen Becher. Er trinkt, schließt die Augen. Bläuliche Milchlippen. Sie rückt den Stuhl an sein Bett, setzt sich. Er müsste Wasser trinken, viel mehr Wasser. Aber er möchte kein Wasser, er will Milch. Milch, Bier oder Kaffee. Seine Lieblingsgetränke.

«Wir müssen reden, Papa.»

«Was?»

«Reden!» Ist das Angst in seinen Augen? Sie legt das silbern gerahmte Familienfoto auf seine Bettdecke. «Das bin nicht ich, Papa, richtig? Das ist Frieder.»

Er starrt sie an. Kann er sie hören?

«Schau bitte hin!» Sie hält das Bild höher, tippt auf den Säugling im Arm ihrer Mutter. «Frieder!»

«Frieder.»

Sie dreht das Bild auf die Rückseite. «*Noch sind wir alle* hat

Mutti da hintendrauf geschrieben. Ich habe geglaubt, dass sie mich meinte, aber so war es nicht, Papa.»

«Das stimmt nicht.»

«Das stimmt nicht?»

Er atmet. Hat er sie richtig verstanden? Seine Hörhilfen trägt er. Aber was, wenn sie ausgeschaltet sind oder die Batterien leer?

«Johanne war ... Sie wusste es da zwar noch nicht, und sie stillte ja noch, aber sie war da schon schwanger mit dir, Franziska.»

Ein Familienfoto mit allen drei Kindern. Das älteste strahlt, das zweite lebt noch, das dritte ist noch nicht geboren. Die jungen Eltern stolz und nichts ahnend. Deshalb der Ehrenplatz über dem Nähtisch. Deshalb die Seufzer von Uroma Frieda und dieser Blick ihrer Mutter, als ob sie am liebsten weit weg sei, sobald Frieda das Foto betrachtete und sie in den Arm nahm.

Ein kurzes Klopfen, die Tür fliegt auf, zwei Ärzte mit einer Entourage weiß bekittelter Assistenten strömen ins Zimmer. Visite. «Wir müssten mal eben. Wie geht es denn heute?»

Franziska macht Platz, tritt ans Fenster. Brütende Hitze, Staub und Verkehrslärm. Aus einem vorbeifahrenden Auto wehen Musikfetzen. Sie würde gern einsteigen. Zelt, Isomatte, Schlafsack und ein paar Klamotten in den Kofferraum werfen und ab ans Meer, wie früher.

Das Ohr ist das erste Sinnesorgan, das sich beim Fötus entwickelt. Das hatte ihr Anna vor langer Zeit einmal gesagt. Vielleicht also hatte sie ihre Mutter weinen gehört, bevor sie zur Welt kam. Vielleicht hatte sie zuvor sogar ihren nie gesehenen Bruder gehört. Ihn, Monika und ihre Eltern. Und dann? Tod, Trauer, Stille. Wie kann eine Frau, die um ihr gestorbenes Kind trauert, sich auf das nächste Kind, das sie in sich trägt, einlassen und freuen? *Mach Mutti nicht traurig.* Diese alles beherrschende Angst ihrer

Mutter, sie zu verlieren. Ihr Vater und Monika, die alles getan haben, sie zu halten. Und sie war gerannt und hatte sich schuldig gefühlt, immer schuldig. Dabei haben sie einfach nur alle getrauert.

Die Ärzte verabschieden sich, und Franziska setzt sich wieder auf ihren Stuhl. Rotes Sitzpolster, rotes Mohnbild. Alles zu fröhlich. Zu grell. Jeder Atemzug ist ein Kraftakt.

«Wie ist er gestorben?»

«Es war niemandes Schuld. Es gibt keine Erklärung dafür. Ein Schicksalsschlag. Plötzlicher Kindstod.»

«Wusstet ihr da schon, dass Mutti mit mir schwanger ist?»

Er schweigt. Also nein. Er sieht so müde aus, ihr alter Vater, so wahnsinnig müde.

«Du warst ...» Er räuspert sich. «Als wir erfuhren, dass du unterwegs bist, war das ein Halt, Franziska. Ohne diese Schwangerschaft, ohne dich ... Johanne hätte das womöglich nicht ...»

«Und Moka? Und du?»

«Moka war doch so klein, sie hat das alles noch gar nicht verstanden. Es waren ja auch nur einige wenige Monate, bis du auf die Welt kamst.»

«Gehirnwäsche.» Das Wort ist hart. Es schneidet, obwohl sie es kaum mehr als geflüstert hat, so eng ist ihr Hals plötzlich. Ihr schwerhöriger Vater hat es trotzdem verstanden und zuckt zusammen.

Sobald du auf der Welt warst, gab es immer nur Stress, Zissy.

Wahrscheinlich ist der tote Frieder in Monikas Erinnerung zu ihrer kleinen Schwester Franziska geworden, die Trauer um ihn wurde zu Wut auf Franziska, die alles, was vorher so schön und harmonisch gewesen war, auf immer zerstörte.

Oder kann ihre Schwester sich womöglich doch noch an Frieder erinnern? Monikas Psychologin in der Klinik wird das vielleicht wissen oder kann helfen, das zu rekonstruieren.

Und dann? *Geschaute Wirklichkeit ist freundlich – und wenn sie auch noch so brutal ist.* Der Biologe, der sie vor sehr langer Zeit im Pazifik vor Vancouver Island zu den Walen hinausbrachte, hat das einmal so gesagt. Ein Satz, der sie seitdem begleitet. Vielleicht gilt er auch für ihre Schwester.

Sie weiß so wenig von Monika. Abgesehen von den Eckdaten ihrer Biografie weiß sie eigentlich so gut wie gar nichts, weiß nicht, ob dieses frühkindliche Drama tatsächlich etwas mit ihrem Burn-out zu tun hat.

Doch, weiß sie wohl. Weil Thomas ihr das gesagt hat.

Kaum hab ich Moni eröffnet, dass du herkommst, bricht sie erst richtig zusammen.

Sie sieht ihren Vater an und versucht, sich vorzustellen, wie es für ihn gewesen sein muss: Sein Sohn tot, seine Frau verzweifelt, seine kleine Tochter auf Fürsorge angewiesen.

«Wie habt ihr das gemacht, Papa? Wie konntet ihr einfach so weitermachen und für Monika sorgen?»

Sein Blick schweift ins Leere. «Es musste ja weitergehen. Frieda hat uns geholfen.»

Natürlich, Uroma Frieda mit der roten Handtasche voller Wunder. Die Ersatzmutter ihrer Mutter. Aber kaum war das Drama über den Tod ihres Urenkels halbwegs überstanden, ist auch Frieda gestorben. Der eine Tod, der zu viel war. Und ihre Mutter kam in die Klinik. Auf einmal ist Franziska froh, dass ihre Mutter als Erste gestorben ist, nicht ihr Vater.

«Wo ist er, Papa? Wo habt ihr ihn begraben?»

«Er ist tot. Das spielt doch keine Rolle.»

«Doch, Papa, das tut es.»

Sie hat Angst, dass er weint. Sie will ihn doch nicht quälen. Und wie soll sie ihn denn dann trösten, ihn, der zeitlebens versucht hatte, alles im Griff zu haben, ruhig und sachlich zu sein, sich nicht von Gefühlen fortreißen zu lassen.

«Er war tot. Wir mussten Abschied nehmen von unserem Frieder, Franziska. Wir mussten ihn gehen lassen. Monika brauchte uns. Du warst auf dem Weg ...»

«Das verstehe ich.»

«Ja?»

«Ja. Aber warum habt ihr uns nie von ihm erzählt?»

Ausgelöscht habt ihr ihn. Totgeschwiegen. Das wollte sie eigentlich sagen, bringt es aber nicht über die Lippen. Sie beugt sich näher. Schweißperlen auf seiner Stirn. Sie kann auch ihren eigenen Schweiß riechen, aber seltsamerweise nicht den ihres Vaters.

«Erklär es mir, bitte.»

«Ich hatte das überlegt, aber ... Es ging nicht. Johanne, deine Mutter, sie konnte das nicht, sie hätte das nicht ertragen, und sie wollte doch für euch da sein.»

«Wo, Papa, wo? Wo habt ihr Frieder begraben?»

«Er ist in der Ostsee. Bei Johannes Familie.»

*

ALS ERSTES BEMERKT ER DIE STILLE. Als Nächstes fällt ihm auf, dass Johanne die Umzugskartons nicht gepackt hat, obwohl sie beim Frühstück angekündigt hatte, dass sie das an diesem Tag unbedingt tun wolle.

«Johanne? Moni?»

Keine Antwort.

Heinrich ruft noch einmal. Immer noch Stille. Er hängt seinen Schlüssel ans Schlüsselbrett und Hut und Mantel an die Garderobe, zieht sich die Schuhe aus und stellt sie ordentlich nebeneinander auf das dafür vorgesehene Regalbrett. Er zwingt sich dazu, vollführt jeden der vertrauten Handgriffe mit Bedacht, genau wie sonst auch immer. Aber es ist nicht wie sonst, weil Monika sich heute nicht glucksend an seine Beine hängt und Johanne nicht kommt und ihn küsst und sagt, *gleich gibt es Essen,* oder *wie war denn dein Tag, Liebling,* oder *gut, dass du da bist, ich muss kurz noch mal zu Frieda in den Laden, gedulde dich nur noch ein paar Minütchen.*

Frieda, natürlich. Heinrich atmet aus. Mittwochnachmittags hält Frieda die Änderungsschneiderei geschlossen, meist nutzen die beiden Frauen die Zeit, um dringende Bestellungen zu vollenden, oder sie kümmern sich um die Buchführung und ordern neue Stoffe und Garne. Aber gerade heute wollte Frieda nach Frankfurt auf die Zeil fahren und schauen, was die Sommermode bringen wird. Sie hatte versucht, Johanne zum Mitkommen zu überreden, aber Johanne ist in letzter Zeit oft müde und wollte lieber packen. Und außerdem wollte sie den Kleinen nicht um seinen Mittagsschlaf bringen.

Vielleicht hatte Frieda sie doch überredet. Doch warum hat Johanne ihm dann auf der Flurkommode nicht wie sonst in solchen Fällen eine Nachricht hinterlassen?

«Johanne?»

Ein Wimmern ist die Antwort. Moni ist das. In drei langen Schritten hat Heinrich das Laufställchen in der Küche erreicht, und richtig, da liegt sie mit ihrer Puppapup und ihrem Teddy Herrn Brummibumm im Arm, zusammengerollt, als hätte sie Schmerzen.

«Monimaus, Süße, was ist denn los hier?»

Er hebt sie auf seinen Arm. Sie presst ihr verschwitztes Gesichtchen in seine Halsbeuge. Sie muss lange geweint haben, sie wirkt wie benommen. Oder ist sie krank? Aber dann hätte Johanne sie ganz bestimmt nicht ...

«So geht das aber nicht, jetzt suchen wir beide zusammen die Mama und deinen Bruder ...» Heinrich müht sich, Zuversicht in seine Stimme zu legen.

Weiß er da schon, was ihn erwartet? Ist es das, was ihn zögern lässt, die Schlafzimmertür zu öffnen? Im Nachhinein fragt er sich das wieder und wieder: Ab wann hast du es gewusst, Heinrich? Als du den Hut abgesetzt hast, als du den Schlüssel ins Schloss schobst oder bereits in dem Augenblick, als es geschehen ist, als Johanne nach ihrem Mittagsschlaf die Augen aufschlug und nichts mehr war wie zuvor und nie mehr so sein konnte, während du noch im Büro warst und plötzlich gedacht hast: Jetzt ist es genug, jetzt mache ich Feierabend für heute, ein bisschen früher als sonst? Und wenn du es da schon gewusst hättest, wenn du direkt daheim angerufen hättest oder losgerannt wärst – hättest du dann eine Chance gehabt, deine Familie zu retten?

«Johanne, Liebste?»

Es ist noch hell draußen, doch sie hat die Gardinen vors Fenster gezogen. Sie schläft aber nicht, sondern sitzt mit dem Jungen im Arm auf der Bettkante und wiegt ihn. Sachte, sehr sachte.

«Johanne, was ist denn?»

Sie beachtet ihn nicht, nimmt ihn offenbar gar nicht wahr, beginnt, leise zu summen. Er kennt dieses Lied. Vor sehr langer Zeit hat er es schon mal gehört auf einem zugigen Bahnsteig in Züllichau. Es schnürt ihm die Luft ab.

Heinrich sinkt vor seiner Frau auf die Knie. Johanne reagiert nicht, summt einfach nur weiter. Eng alles, viel zu eng plötzlich und mit Monikas heißem Gesichtchen an seiner Kehle noch enger. Sie darf das nicht sehen, darf nicht mitbekommen, was er gleich tun muss. Wie in Trance steht Heinrich auf und trägt seine Tochter zurück in ihr Laufställchen. Wie in Trance kehrt er zurück, kniet sich wieder vor Johanne und versucht, ihre Hände von seinem Sohn zu lösen. Ganz weiß sind die Knöchel schon, so fest hält sie den Kleinen, viel zu fest, aber sie will ihren Griff nicht lockern, will ihm seinen Sohn nicht zeigen, will ihn nicht loslassen, sie kämpft gegen Heinrich an, sie knurrt ihn regelrecht an, aber er ist doch stärker, er braucht jetzt Gewissheit, er muss Johanne seinen Sohn entreißen, ihn hochheben und ans Licht tragen, seinen Wassermann, seinen Stammhalter, sein kleines blaublasses Gesichtchen.

«Er schläft», flüstert Johanne, als sie endlich nachgibt, «er will heute gar nicht mehr wach werden, und ich, ich bin auch eingeschlafen, ich war so müde, Heinrich, so wahnsinnig müde, und dann hat mich Moni geweckt. Aber da war es schon so spät, Heinrich, es war schon so·spät, und wenn ich doch nur die Kisten fertig gepackt hätte oder mit Frieda und den Kindern nach Frankfurt gefahren wäre, dann wäre das nicht, dann würde unser, würde unser Frieder noch ...», und da erst, als sie seinen Namen gesagt hat, beginnt sie zu schreien.

*

WAS HÄTTEN SIE TUN KÖNNEN, Frieders Tod zu verhindern? Gab es ihrerseits irgendein Versäumnis? Er wollte stark sein. Für Johanne. Für Monika und für dieses noch ungeborene, dritte Kind in Johannes Bauch, von dem sie an jenem grausigen Nachmittag noch nichts wussten. Er hat sich das Hadern und Brüten verboten, sich um Johanne gekümmert, um Moni und dennoch endlose Ketten gebildet mit seinen Gedanken. Ursache – Wirkung. Ei – Henne. Wenn – dann. Hätten wir – wäre er. Wenn ich an jenem Nachmittag zwei Stunden früher nach Hause gekommen wäre. Wenn Johanne nicht eingeschlafen wäre, weil sie so überlastet war mit dem bevorstehenden Umzug. Wenn er also das Haus überhaupt nicht gekauft hätte. Oder jedenfalls nicht zu diesem Zeitpunkt. Wenn Johanne an jenem Tag doch mit Frieda und den Kindern nach Frankfurt gefahren wäre. Oder den Kleinen nicht im Stubenwagen, sondern im Bett hätten schlafen lassen. Oder auf den Bauch gedreht. Oder gerade nicht auf den

Bauch gedreht. Oder ihm seinen Schnuller gegeben. Wenn Monika früher aufgewacht wäre, wie sonst auch immer. Wenn Johanne nicht, als sie das Unheil schließlich entdeckte, selbst versucht hätte, Frieder zu beatmen. Wenn sie stattdessen das Fenster geöffnet hätte und um Hilfe gerufen. Wenn Johannes Familie und Geschwister nicht in der Ostsee ertrunken wären, sodass sie vor Entsetzen überhaupt nicht auf diese Idee kam, Hilfe zu holen. Vielleicht, ja vielleicht wäre Frieder dann zu retten gewesen. Und dann hätte Johanne sich weniger schuldig gefühlt und nicht so viel Angst gehabt um die Mädchen. Es hätte sie nicht so zerrissen. Sie hätte zum Schluss nicht auch noch an Krebs zugrunde gehen müssen. Oder war es am Ende ihre Sorge um ihn, seine verfluchten, erlahmenden Beine, die ihr die letzte Lebenskraft genommen hatte? Wenn – dann. Hätten wir – wären wir. So sinnlos. So abgrundtief sinnlos. Selbst wenn er den Ursprungsfehler im Nachhinein klar definieren könnte, ließe sich die Zeit nicht noch einmal zurückdrehen.

*

SIE HAT NICHT GEWEINT nach dem Tod ihrer Mutter. Zu viel Schuld. Zu viel Reue. Zu viel Wut auch auf ihre Schwester und den Vater, die sie zu spät informiert hatten. Sie ist gegangen, wieder einmal gegangen, am Tag nach der Trauerfeier, so wie ihr Vater und Monika das gewollt haben. Sie ist am Darmstädter Bahnhof aus Monikas SUV gestiegen, hat ihren Rucksack geschultert, wusste nicht weiter.

Brauchst du Geld?
Ich komme schon klar.

Ihr letzter Wortwechsel. Keine Umarmung. Kein Blick zurück. Das Datum der Urnenbeisetzung ein paar Wochen später haben sie ihr nicht mitgeteilt. Wenn sie ihren Vater danach hin und wieder anrief, wollte er nicht mit ihr sprechen. Sie hat den Schmerz in sich verkapselt und ist in den Ashram im Schwarzwald gezogen. Sie hat meditiert und sich in die indischen Schriften vertieft und versucht, den Tod als unvermeidlichen Bestandteil des Lebens zu akzeptieren, statt gegen ihn zu wüten, mit ihm zu hadern, ihn zu fürchten. Sie weinte immer noch nicht. Ihre Mutter schien ferner, eine Gestalt aus der Vergangenheit, die sie einst geprägt hatte, aber nun nicht mehr da war oder jedenfalls nicht erreichbar.

Aber das hat nicht gestimmt. Jetzt, hier, mit jedem Tag, den sie länger in Mühlbach verbringt, scheint ihre Mutter wieder zu erwachen. Sie fühlt sie in ihren Bewegungen zuweilen so deutlich, als würde sie ihr die Hand führen. Fühlt sie, wenn sie im Garten innehält, um die Sonnenblumen zu bewundern, eine Rose, einen Falter, eine Hummel oder den Mond über den Wiesen. Sie kann die Stimme ihrer Mutter schon nicht mehr beschreiben, aber in sich hört sie sie dennoch, und wenn sie im Garten jätet oder welke Blüten abschneidet, ertappt sie sich zuweilen dabei, dass sie sich umdreht und dann erst erinnert, dass ihre Mutter tot ist.

Sie trägt ihre Mutter in sich. Nicht so, wie ihre Mutter einst sie, als sie mit ihr schwanger gewesen ist, aber sie trägt sie doch in sich. Ihre Mutter und ihre anderen Toten. Sie sind alle noch da. Unsichtbar, unhörbar, nicht zu greifen für alle anderen, aber sie fühlt sie.

*

ES DONNERT. ES GROLLT. DER HIMMEL verfärbt sich schwarz, dunkelgrau, braun, brombeerfarben. Wind peitscht durch die Büsche und schüttelt die Walnuss, und dann, als habe sich eine Schleuse geöffnet, fällt Regen. Es schüttet, es platscht und klatscht gegen die Fenster, eine Wasserwand ist das. Eine Sintflut. Ein Rauschen und Strömen. Es ist kaum zu glauben. Sie kann es nicht glauben, steht am Erkerfenster ihres Vaters, schaut und kann sich nicht sattsehen. Und dann reicht auch das nicht mehr, sie muss raus, muss ihn fühlen, den Regen. Sie läuft barfuß über die Terrasse auf den Rasen, sie breitet die Arme aus, legt den Kopf in den Nacken. *Es waren einmal zwei Trollkinder, die hießen Franz und Franziska. Die hatten ganz grüne Gesichter und Kleider und liebten den Regen, sie tranken ihn aus den Kelchen der Glockenblumen.* Die Stimme ihrer Mutter so nah plötzlich wieder. *Der Trolljunge trug ein Wams aus geflochtenen Gräsern, das seine Mutter mit Knöpfen aus Eicheln verziert hatte. Das Trollmädchen hatte ein Röckchen aus lichthellen Flechten an und eine Halskette aus Schlehen. Und Rindensandalen trugen sie an den grünen Füßen, mit denen sie die Bäume hinaufklettern konnten bis in die Wipfel. Da schaukelten sie in Nestern aus Zweigen und sprachen mit den Vögeln, wie es Trollkinder eben können. Nur zur Nacht krochen die beiden zurück in ihre Wohnhöhle, dort kochte die Trollmutter ihnen ein Süppchen aus Kräutern und Pilzen.*

Franziska steht reglos. Der Regen strömt, trommelt, fließt, zerplatzt auf ihrer Haut, dass es beinahe wehtut. Aber noch hat sie nicht genug, dreht sie sich langsam um ihre Achse. Immer nur ihr hat die Mutter von den Trollkindern erzählt, immer nur unter der Walnuss und immer nur, wenn sie alleine waren. Sobald ihre Schwester dazukam, erzählte sie etwas anderes, und ihre Stimme klang anders, ein bisschen zu hell plötzlich. Sie liebte sie alle beide, ihre so verschiedenen Töchter, sie wollte Monika keinesfalls ausschließen. Und doch erzählte sie die Trollkinder-Geschichten immer nur, wenn sie mit Franziska allein war.

Hat Monika das bemerkt? Bestimmt. Rupfte Gänseblümchen, lief zurück ins Haus, erzählte zu laut und zu viel von der Schule.

Es waren einmal zwei Trollkinder, die hießen Franz und Franzis-

ka. Doch der Franz hatte eigentlich Frieder geheißen. Franziska beschwört das Gesicht ihrer Mutter herauf, ihre grünen Augen, die auch sie selbst geerbt hat, die während des Erzählens so wirkten, als sähe sie diese Trollkinder vor sich, als purzelten sie schon im nächsten Moment aus den Ästen der Walnuss, fassten sich an den grünen Händchen und tanzten, so wie Monika und sie vor der Höhensonne.

Brüderchen, komm tanz mit mir. Sie wussten nicht, was sie da taten, und trotzdem sangen sie dieses Lied immer wieder und mochten es besonders, etwas veränderte sich dadurch, etwas daran war verboten, und doch sang die Mutter manchmal sogar eine Strophe lang mit ihnen, bevor es ihr zu viel wurde.

Die Asche ihres Sohns haben ihre Eltern in die Ostsee gestreut, die entsprechenden Dokumente werden vermutlich im Safe sein. Vielleicht auch ein paar Fotografien von Frieder. Doch davon abgesehen, haben ihre Eltern mit Ausnahme des Fotos im Nähzimmer, auf dem er kaum zu erkennen ist, im Haus alle greifbaren Erinnerungen an ihn beseitigt, obwohl sie doch sonst immer alles aufheben und bewahren wollten.

Loslassen. Weitergehen. Nach vorn blicken. Auch ihr Weg ist das. Doch von Artur hätte sie gerne mehr bewahrt als ein paar Zeitschriften, zwei unscharfe Fotografien und ihr allererstes Manuskript mit seinen handschriftlichen Anmerkungen und Redigierzeichen. Seine Gitarre zum Beispiel, die sie tatsächlich hätte haben können, hätte Monika ihr den Brief von Arturs Mutter gegeben. Aber jetzt ist es zu spät, Arturs Eltern sind tot, und die Schwester ist nach Argentinien ausgewandert.

Der Regen strömt immer noch, ein wenig ruhiger vielleicht jetzt und kühler. Die Gewitterböen haben Laub, Äste und die ersten noch unreifen Früchte von der Walnuss geweht, Lehmspritzer und Grashalme kleben an Franziskas Füßen und Beinen, sie hat keinen trockenen Faden mehr am Leib, trotzdem lehnt sie sich an den Stamm der Walnuss, fühlt, wie die Borke in ihre Haut drückt. Uromafriedabaum, Mutterbaum, Schutzbaum.

Wenn du eine Walnuss zu früh beschneidest, hört sie nicht mehr auf zu bluten, Zissy. Man muss Geduld haben mit ihr und auf den genau richtigen Moment warten. Im August frühestens oder noch besser im Januar darf man sie auslichten und ganz sanft in Form bringen.

Franziska macht ein paar unschlüssige Schritte und kniet sich vor den steinernen Engel.

Nicht anfassen, Zissy, nicht anfassen, nur gucken! Der Engel behütet unsere Träume und die Tränenden Herzen sehen zwar wunderschön aus, doch die Stile sind giftig. Gefährlich, verstehst du? Du darfst sie auf keinen Fall anfassen, versprich das!

Und wenn sie nicht gehorcht hätte, was dann? Doch sie hatte gehorcht, denn unter der Walnuss galten strenge Gesetze, noch strenger als im restlichen Garten und im Haus. Franziska streicht mit den Handflächen über den Boden, mit sachten, fast ehrfürchtigen Bewegungen wie einst ihre Mutter, wenn sie hier jätete oder die Herzstauden für den Winter mit Mulch und Tannengrün abdeckte.

Schwer, dunkel, feucht, klumpt das Erdreich an ihrer Haut, als sie die Hände hineingräbt. Sie steht auf, holt einen Spaten, gräbt weiter, gräbt, sticht und häuft, bis sie auf etwas stößt, das kein Wurzelwerk ist, kein Stein, nichts Natürliches. Rot ist das. Hart und rechteckig. Sie hebt es ans Licht. Ein sorgfältig in rotes Wachstuch mit weißen Herzen gewickeltes Päckchen, das Wachstuch wiederum ist kunstvoll mit Nylongarn verschnürt worden. Franziska trägt es ins Haus. Sie wäscht sich die Hände, reinigt auch das Päckchen und legt es auf den Küchentisch, bevor sie die Schnur löst. Ein Geduldsspiel ist das, aber irgendwann kann sie das Wachstuch aufschlagen und den Deckel der Metalldose öffnen. Zwei gehäkelte, hellblaue Säuglingsschuhe sind darin, eine Haarsträhne, die so hell ist wie Monikas Haar früher und das ihres Vaters, und das Namensbändchen von der Säuglingsstation, wie es die Mutter auch von Monika und ihr aufbewahrt und in ihre Fotoalben geklebt hatte.

Es waren einmal zwei Trollkinder. Wie aus großer Ferne hört Franziska die Küchenuhr ticken und auf der Fensterbank immer noch Regen. Behutsam, als seien sie zerbrechlich, legt sie die Erinnerungsstücke wieder in ihr Nest aus Seidenpapier, verschließt die Dose, hüllt sie ins Wachstuch, verschnürt sie. Behutsam auch das, die vorgegebenen Einkerbungen nutzend.

Frieder. Sie trägt die Dose wieder nach draußen, gräbt sie ein, tritt den Erdboden fest und fegt Mulch- und Laubreste darüber, bis von ihrer Grabung nichts mehr zu sehen ist – genau so, wie ihre Mutter es gewollt hatte.

*

DER SCHREI IST HOCH, SPITZ, unmenschlich beinahe. Ein einziger Schrei nur, der aber selbst durch das geschlossene Fenster ins Haus dringt. Johanne springt auf. Geschirr klappert, weil auch Moni und er viel zu hastig aufstehen.

«Johanne, was ist?»

Sie schüttelt den Kopf, den Blick starr in den Vorgarten gerichtet, die rechte Hand vor dem Mund, als wäre das eben ihr Schrei gewesen, nicht Franziskas, die mitten beim Abendbrot hinausgelaufen war zu ihrer Freundin.

«Oh, Gott, Heinrich, was ist denn nur mit Zissy – Himmel, ich muss, nein du nicht, Heinrich, lass mich ...», haspelt Johanne, schiebt ihn mit überraschender Kraft beiseite und hastet aus der Küche.

«Papa, was ist?»

Monika fragt das, mit einer seltsam gepressten Stimme. Sie

steht immer noch vor ihrem Teller. Sie hält in der rechten Hand sogar noch ihre Gabel. Und doch wirkt sie, als ob sie Angst hätte.

Heinrich wendet sich wieder zum Fenster. Da draußen im Vorgarten kauern sie: seine Tochter und ihre rothaarige Freundin Anna. Kauern und wiegen sich eng umschlungen in einem unendlich langsamen Rhythmus. Dort taucht nun auch Johanne auf und beugt sich zu ihnen herunter. Sie fragt wohl etwas, fragt es mehrmals, aber es dauert, bis Franziskas Freundin den Kopf hebt und etwas erwidert, einen kurzen Satz nur, der Johanne noch mehr zu verstören scheint, als dieser Schrei, sie erstarrt förmlich, schlägt wieder die Hand vor den Mund, gibt sich dann einen Ruck und streichelt Franziskas zuckenden Rücken. Ungelenk sieht das aus und übervorsichtig, als fürchte sie, ihre Berührungen könnten Franziska wehtun. Aber Franziska scheint das gar nicht zu bemerken, sie weint auch nicht, schreit nicht noch einmal, ganz blicklos und leer wirkt sie in Annas Armen, als sei alles Leben aus ihr gewichen, und auch wenn ihr Gesicht dem Haus zugewandt ist, wirkt es nicht so, als ob sie das überhaupt wahrnehme.

Zeit vergeht. Eine Minute und noch eine, vielleicht auch noch eine dritte. Anna wiegt Franziska in ihren Armen. Johannes Hand streichelt vorsichtig Franziskas Rücken. Er hört Monika hinter sich atmen. Er hört sein eigenes Herz schlagen, seinen eigenen Atem. Irgendwann löst sich Johanne wieder von den Mädchen und kommt nach drinnen. Schwerfällig nun, als würde sie an einer Last tragen.

Er will ihr entgegeneilen und ihr diese Last abnehmen und rührt sich doch nicht. Es ist so schwierig gewesen mit Franziska in den letzten Jahren, ein ewiges Auf und Ab, und kaum hatten Johanne und er wieder Hoffnung geschöpft, musste dieser russische Atommeiler in die Luft fliegen, und all die Kämpfe und Diskussionen begannen von Neuem. Und nun gibt es offenbar noch eine weitere Katastrophe. Er schafft das nicht mehr. Jetzt auf der Stelle will er seine Tochter ins Haus zerren und ihr sagen, dass sie nicht auf diese Anna hören darf. Dass sie jung ist und stark und also nach vorn schauen muss, sich auf ihr Ziel fokussieren, genau wie früher beim Laufen. Dass ihr Zuhause hier ist, bei ihnen, und sie sie lieben, trotz allem, und es also für ihre ewige Schwarzmalerei keinen Grund gibt.

Na komm, mein Gazellchen, wenn man stürzt, muss man gleich wieder aufstehen. Klopft den Dreck ab, läuft weiter.

Wie tapfer und willig sie ihm früher gefolgt war. Wie leicht es gewesen ist, sie zu trainieren. Und jetzt steht er wie eine Salzsäule in der Küche und fürchtet sich plötzlich. Er weiß nicht, wovor eigentlich, und kaum, dass er sich das überhaupt eingesteht, stolpert auch schon Johanne in der Küche. Kreidebleich ist sie und zittrig.

«Zissys Freund», stößt sie hervor. «Dieser Artur. Er hat sich umgebracht.»

«Umgebracht, aber ...»

Etwas klirrt. Monika ist auf ihren Platz gesunken und hat dabei ihr Glas zerbrochen. Die Milch rinnt ihr in den Schoß, aber sie macht keinerlei Anstalten, das zu stoppen, sie sitzt einfach da und birgt ihr Gesicht in den Händen.

*

ES REGNET NICHT MEHR, ALS SIE wieder aufwacht, doch die Luft, die durch ihr weit geöffnetes Fenster hereinströmt, ist kühl und gereinigt, die Schwüle der vorhergegangenen Tage verflogen. Noch vor fünf, im Ashram hat sie diese Stunden der Morgendämmerung geliebt. Das tiefe Schweigen, in dem sie die ersten Kerzen und Räucherstäbchen entzündeten, das leise Knarzen und Rascheln, wenn sie ihre Matten ausrollten. Jetzt, ohne zu überlegen, tut sie im Haus ihrer Eltern das Gleiche. Sie praktiziert eine Stunde lang, und mit jeder Bewegung rauscht ihr Atem sanft in der Kehle. *Ujai*. Der siegreiche Atem, der ins Innere führt und von dort in die Verbundenheit mit allem anderen. Dies ist nicht der Tagesbeginn, den sie geplant hatte, aber er ist gut so. Genau richtig. Ein Krafttanken vor dem Sprung, den sie immer noch fürchtet.

Hühnergackern reißt sie zurück in die Gegenwart. Die hellen Rufe von Kindern.

«Lakshmi! Kali! Renate!»

Die indische Glücksgöttin, die Göttin des Todes und Renate? Sie rollt ihre Matte zusammen, tritt auf die Terrasse und lächelt. In Ediths Garten scheuchen tatsächlich zwei indisch aussehende Kinder die Hühner. Das Mädchen ist vielleicht fünf, trägt ein rosafarbenes Hello-Kitty-Nachthemd und goldbestickte Pantoffeln. Der Junge ist etwas älter und trägt zu seinen Pluderhosen und einem schief gewickelten violetten Turban ein Ferrari-T-Shirt.

«Wer bist du, wo ist Onkel Henry?»

Franziska läuft zu ihnen an den Zaun. «Er muss eine Weile im Krankenhaus sein.»

«Wird er wieder gesund?»

«Ich denke schon.»

«Und wer bist du?»

«Ich bin seine Tochter.»

Der Junge legt den Kopf schief und scheint zu überlegen, ob das wohl sein kann: eine so alte Tochter. «Er bringt mir Schach bei», verkündet er dann. «Wie heißt du?»

«Franziska. Und du?»

«Rabindra. Du kannst Rabi sagen, das ist leichter.»

«Alle nennen ihn so», erklärt Rabis Schwester.

Franziska nickt. «Und du, wie heißt du?»

«Susheela. Spielst du auch Schach?»

«Ich konnte das mal, aber das ist lange her.»

«Es ist schwer.»

«Wir spielen auch Uno. Mit Oma.»

«Mit Edith, ja? Edith ist eure Oma?»

Susheela nickt. «Opa Rabindra ist mit einem Flugzeug vom Himmel gefallen, deshalb wohnt Oma Edith in Deutschland.»

«Und ihr, wo wohnt ihr?»

«Bei Papa und Mama.»

«In Kolkata», ergänzt Rabindra. «Meistens. Komm, Sheela, wir müssen jetzt Eier holen. Oma macht Pfannkuchen.»

Sie stürmen davon und krabbeln ins Hühnerhaus, kichern darin und kruschteln. Onkel Henry. Ihr Vater. Einen Moment sieht Franziska ihn wieder als Old Shatterhand vor sich: Einen Recken im Trapperanzug, der sich mit einer rosahaarigen Hippieschönheit in den Heizungskeller zurückzieht.

Er hat mir einmal sehr geholfen, hat Edith gesagt. *Er hat mir gesagt, dass man manchmal losgehen muss, ohne den Weg schon zu kennen.*

Franziska geht zurück ins Haus, duscht, frühstückt und bucht sich ein Car-Sharing-Auto. Sie erledigt die ersten Telefonate des Tages, bereitet das Mittagessen für Axel Königs und seine Männer vor und bespricht mit ihm die nächsten Schritte.

Sie will den Safe ihres Vaters nicht aufflexen lassen, will, dass er ihr vertraut und also freiwillig den Code nennt. Aber vertraut sie denn ihm? Und kann sie sich selbst trauen? Was weiß sie von ihm – und was weiß er von ihr? Was können sie überhaupt voneinander wissen? Zwei Tage noch bis zum Beginn seiner Reha. Vier Wochen – so alles gut geht –, bis er wieder heimkehrt. Zwei Tage auch oder eventuell drei oder vier, bis Monika von ihr besucht werden kann, sagt Monikas Psychologin. Auch die Auskunft vom Einwohnermeldeamt lässt auf sich warten. Vielleicht ist es gut so. Vielleicht braucht auch sie selbst diese Übergangszeit, diese immer zu prallvollen, zu langen Tage, in denen scheinbar nichts vorwärtsgeht und doch kein Stein auf dem anderen bleibt.

Sie lenkt den Mietwagen auf die A5, schaltet das Radio an und dann doch wieder aus. Sobald sie das Frankfurter Kreuz passiert hat, weitet sich die Landschaft allmählich, schwingt in sanften Erhebungen, gibt den Blick frei. Im Allgäu, in Mecklenburg und in Schleswig-Holstein hatten Lars und sie die Suche nach einem geeigneten Hof begonnen. Nordhessen stand definitiv nicht auf ihrer Wunschliste, doch sobald sie das alte Fachwerk-Gehöft auf dem Hügel bei Niedenstein entdeckt hatten, war es um sie geschehen gewesen. Und der Preis hatte auch gestimmt. Der Preis und alles andere. Vielleicht ist es ihren Eltern mit dem Haus in Mühlbach genauso gegangen.

Sie verlässt die Autobahn, fährt mit heruntergelassenen Fenstern durch Wald, Wiesen, Felder. Die alten Schleichwege, das letzte Stück Holperpiste ist ihr immer das liebste gewesen. Sie weiß gar nicht, warum, vielleicht einfach nur, weil sie sich aufs Nachhausekommen gefreut hatte.

Sie verlangsamt das Fahrtempo. Der Hof liegt auf einem Plateau und hat ein drittes Gewächshaus bekommen. Die Schafherde am Hang hat sich offenbar vergrößert, auf den Äckern sind ein paar Jugendliche zugange, ein wenig ungeschickt, als ob sie eben erst ein Praktikum oder Freiwilliges Ökologisches Jahr begonnen hätten. Auch ihr Kräutergarten existiert noch, ist sogar mit Holzschildern versehen worden. Sie parkt hinter dem Hofladen und steigt aus. Hühner gackern auch hier, irgendwo sägt jemand, die Schafglocken bimmeln. Die anderen fallen ihr ein. Andrea und Marlies. Peter natürlich. Britta mit ihren Tomaten. Sie hätte Kontakt halten können, hat es sogar versucht, sich dagegen entschieden. Kalter Entzug. Nicht der beste Weg, aber ihrer.

Im Ladenschaufenster wird ihre Sonnengruß-Kräuterteemischung, als ‹Tee des Monats› beworben. Schafsmilchseifen liegen daneben. Und Körbe voller Tomaten in allen Größen und Farben und Formen, sogar die grün-gelb gestreiften Zebra-Tomaten, über die Britta anfangs geflucht hatte, bis sie doch noch den richtigen Dreh fand. *Divas sind das, die reinsten Divas, ich sag's euch, aber so gottverdammt lecker.*

Zucchini, Bohnen, Gurken, Karotten. Die ersten Kürbisse. Es ist gut so, Franziska, gut so. Es ist das, was wir gewollt hatten: Ein Kollektivprojekt, das das Wirken jedes Einzelnen überdauert. Die Saat ist aufgegangen, das ist alles.

Sie zieht ihr Haargummi fest, strafft die Schultern. Über dem Hofcafé spannen sich neue Sonnensegel. Es riecht nach Kaffee, gebratenem Gemüse und ofenwarmem Kuchen. Ein kleines Mädchen mit roten Pausbäckchen rennt einem Ball hinterher, stolpert und fällt ihr der Länge nach vor die Füße.

«Hey!» Franziska geht in die Hocke.

Die Kleine liegt reglos. Zwei ist sie etwa. So wie Monika auf dem Nähzimmerfoto. Ein bisschen pummelig noch mit riesigen braunen Augen.

Keiner der Café-Gäste scheint sich verantwortlich zu fühlen, also zieht Franziska die Kleine vorsichtig auf die Beine.

«So, schau. War nicht so schlimm, oder?»

Stumm hält das Mädchen ihr die Handflächen hin. Dreck und Splittsteinchen kleben darin, eins hat die Haut aufgeritzt, die Wunde beginnt zu bluten.

«Soll ich pusten?»

Die Kleine nickt. Franziska nimmt die winzige Hand, entfernt den Splitt. Pustet. Das Mädchen hält still, ehrfürchtig beinahe. Sie sieht aus, als wolle sie eigentlich weinen, doch sie weint nicht.

«Wohnst du hier? Wo ist denn deine Mama?»

Die Kleine wendet sich um und tapst auf das Haus zu, das

einmal Franziskas Haus gewesen ist. Ihr Haus und Lars' Haus. So also hätte es sein können, denkt sie, als sie seiner Tochter zu der grün getünchten Tür folgt. Und es tut weh, immer noch tut es weh, aber sie kann es aushalten, sie kann das wirklich aushalten. Sie ist nicht einmal mehr sicher, ob sie und Lars mit einem Kind wirklich glücklicher gewesen wären.

«Franziska! Und Mia vorweg.» Lars öffnet die Tür, noch bevor sie sie erreicht hat.

«Sie ist mir direkt vor die Füße gefallen.»

«Gefallen?» Lars hebt Mia hoch, sie drückt ihr Gesicht in seine Halsbeuge.

«Nicht schlimm», sagt Franziska. «Glaube ich jedenfalls. Die linke Hand musst du dir angucken. Vielleicht tust du Jod drauf.»

«Komm rein. Komm doch erst mal rein.»

Sie zieht die Tür hinter sich zu. Der vertraute Geruch nach Lehmputz und altem Gebälk hüllt sie ein, mischt sich mit einem anderen, fremden. Kinderschuhe, ein Bobbycar, Chaos an und unter der Garderobe.

«Ich hab Pasta gekocht. Mit Tomatensoße. Dann macht Mia Mittagsschlaf, und wir können reden.»

Sie setzt sich an den Tisch, den sie auf einem Scheunenbasar entdeckt hatten. Er steht jetzt quer, gibt durch die hintere Tür den Blick auf ihre Bank und die umliegenden Hügel frei. Die Bank steht noch da, wo sie immer stand. Als hätten Lars und sie gerade erst darauf gesessen.

«Du isst doch mit, oder?»

Lars stellt drei Teller und Besteck vor ihr ab, schwingt Klein-Mia mit routiniertem Griff auf ihren Trip-Trap-Stuhl, bindet ihr ein Lätzchen um. Wo ist seine Lebensgefährtin? Er sagt es nicht, und sie fragt nicht. Sie essen und reden Belangloses, schauen sich nicht in die Augen.

«Ich bring Mia dann mal ...»

«Ja, ist gut. Ich bin draußen.»

Ihre Bank. Lars' Bank. Gesprächebank. Schweigebank. Sonnenuntergangsbank. Sterneguckbank. Morgenteebank. Zungenkussbank. Trennungsbank. Franziska fährt mit der Hand über die Lehne, die grau verwitterte Sitzfläche. Ein roter Kater stolziert herbei und streicht ihr um die Beine. Sie krault ihn hinter den Ohren. Denkt an ihre Mutter und die Walnuss und die Blechdose unter dem Engel. Denkt an ihren Vater und ihre Schwester, die von diesem Geheimnis vermutlich nichts wissen und von ihr auch nicht erfahren werden. An Axel Königs Ideen für das Gartenhaus und den Anbau, dass es schön werden könnte für eine Weile. Eine Basis für etwas, das sie noch nicht erkennen kann, obwohl es möglicherweise schon da ist.

«Sie wohnt hier nicht mehr.» Lars kommt mit zwei Bechern Kaffee, reicht ihr einen davon, setzt sich neben sie, kreuzt die Beine wie früher.

«Du redest von Mias Mutter?»

«Jule, ja.»

«Die große Liebe. Familie. Deine Verantwortung. Das, was du dir insgeheim immer gewünscht hattest.»

«Tja ...»

«Wie alt war sie noch mal?»

«Einundzwanzig.» Lars wirft ihr einen Blick zu. «Alter Sack und Lolita, ich weiß schon, brauchst du mir nicht zu sagen. Aber dann war sie auf einmal schwanger, und ich hab halt gedacht das sei irgendwie Schicksal, aber dann warst du weg, und mit Jule und mir, das wurde schon bald ...»

«Es ist vorbei mit uns, Lars. Ich bin hier, um den Verkauf mit dir zu besprechen. Das ist dir schon klar, oder?»

«Jule ist irgendwo in Argentinien. Oder Chile. Schon lange. Ist auch egal. Sie wird jedenfalls nicht zurückkommen. Ich hab das alleinige Sorgerecht für Mia beantragt. Sie hat nichts dagegen.»

«Die anderen helfen dir, oder?»

«Ja, klar, es ist alles okay so weit. Ich mein, wenn nicht hier, wo sollte das sonst gehen, das war doch unsere Vision. Franziska, ich weiß, ich hab kein Recht dazu, aber ... du fehlst mir. Und wenn du doch ... Ich würde es gern wiedergutmachen. Besser.»

Sie schüttelt den Kopf. Schluckt. Hart. Kämpft jetzt doch mit den Tränen. Fünfzehn Jahre Leben und kaum mehr als fünfzehn von einem Notar formulierte DIN-A4-Seiten sind nötig für einen Schlussstrich. Sie steckt die für sie vorbereitete Ausfertigung des Kaufvertrags in ihren Rucksack.

«Also dann.»

«Also dann.»

Sie fühlt Lars' Blick in ihrem Rücken, als sie zu ihrem Auto geht. Fühlt auch die Blicke der anderen. Vorbei. Wirklich vorbei jetzt. Sie dreht sich um, läuft noch einmal zurück und umarmt Lars zum Abschied.

*

WASSER STRÖMT ÜBER SEINEN NACKTEN Körper. Warmes Duschwasser aus einer Handbrause. Er hält sie nicht selbst, eine Pflegerin tut dies. Seine eigenen Hände braucht er zum Festhalten an dem eigens zu diesem Zweck in die Fliesen geschraubten silbernen Griff. Margareta heißt sie. Eine Polin. Seine Lieblingsschwester. *Dziękuję*, sagt er, wenn sie ihm etwas bringt oder Gutes tut. Dann freut sie sich immer. Jetzt aber klinkt sie die Handbrause in die Wandhalterung, schreit ACHTUNG und shampooniert seine Haare. Heinrich schließt die Augen. Der Schaum rinnt ihm übers Gesicht, das Wasser wird wieder klarer, als Nächstes seift Margareta ihn mit dem Waschlappen ab. Das Gesicht, seinen Rücken. Die Arme und unter den Armen. Sie fährt ihm sogar in die Poritze und zieht seine Vorhaut zurück, um die Eichel zu reinigen, tut all das so selbstverständlich, als ob es vollkommen normal sei.

«Dziękuję, Dziękuję.»

Sie streift die grünen Handschuhe ab und wirft sie mit einer lässigen Bewegung in den Mülleimer. Lächelt ihn an, hilft ihm in einen sauberen Schlafanzug, hilft ihm ins Bett, manövriert ihm die Hörhilfen wieder in die Ohren.

«So, lieber Herr Roth! Da steht auch schon Ihr Frühstück. Und schöne Grüße von Ihrer Tochter, die ist heute leider verhindert!»

«Verhindert?»

Er will protestieren, aber da ist Margareta schon aus dem Zimmer. Heinrich wälzt sich auf die Seite und fördert sein Mobiltelefon aus dem Nachttisch. Er braucht eine Weile, bis er Franziskas Nummer gefunden hat. Es klingelt vier Mal, dann meldet sich ihr Anrufbeantworter. Auch beim zweiten Versuch.

Er lehnt sich in sein Kopfkissen und betrachtet sein Frühstückstablett. Das Brötchen wird krümeln, die Marmeladen schmecken nach nichts außer Zucker. Er braucht jedes Mal ewig, um die Miniatur-Einwegpackungen zu öffnen. Der Kaffee hat kein Aroma. Immerhin ist er sauber. Sogar Rasierwasser hat Margareta ihm auf die Wangen getupft. Weil Franziska ihr das aufgetragen hat? Aber wofür und für wen denn? Er versucht es ein drittes Mal mit dem Handy. Wieder erfolglos. Was macht sie? Macht sie den Safe auf? Er behält das Telefon in der Hand. Es bleibt stumm, der Ameisenbär glotzt ihn an.

Als Junge, in Polen, war Heinrich überzeugt, dieser stoische Blick wäre gar nicht stoisch, sondern würde ihn ermutigen oder trösten. Je nachdem. Fantasie hat er gehabt damals. Was blieb ihm auch anderes übrig, es gab ja nichts anderes. Er bugsiert das Telefon auf den Nachttisch. Johanne lächelt ihr trauriges Lächeln. Es hilft nicht. Überhaupt nichts. Nicht heute. Sie ist keine Rechthaberin gewesen. Niemals. Und sie war klug. Sie hat ihm gesagt, dass es Unheil bringt, wenn er das Testament ändert. Weil es gerecht sein muss. Gerecht für die Mädchen. Und dass er noch leben soll, länger als sie, wenigstens noch ein Weilchen.

Was ist Gerechtigkeit? Wie lässt sie sich jemals bestimmen? Er weiß es nicht, weiß es mit jedem Tag weniger. Aber Johanne schien es zu wissen. Immer. *Eine Sache des Herzens, Heinrich, eine Sache des Herzens.*

*

DIE TOASTSCHEIBEN IM Brotkorb sind goldbraun und warm. Die Morgensonne lugt durchs Küchenfenster und wärmt Johannes ewig verspannten Nacken. In jedem Marmeladenglas steckt ein silberner Löffel. Alles selbst eingekocht, die Gläser und Deckel sorgsam beschriftet: Erdbeere, Brombeere, Pflaumenmus, Apfelgelee und Quitte.

«Kaffee für dich?»

«Aber ja, Liebste.»

Er reicht Johanne seine Tasse immer auf der Untertasse an, wie es ihm seine Mutter einst beigebracht hatte und Johannes Mutter Johanne. Der Duft des frisch aufgegossenen Filterkaffees steigt ihm in die Nase. Die Mädchen bekommen je einen Becher mit dampfender Ovomaltine und Honig. Johanne gibt das Brotkörbchen herum. Die Mädchen nehmen sich je ein Stück Toast, sagen Danke, die Butter schmilzt mehr, als dass sie sie verstreichen müssen. Sie nehmen sich Marmelade, reichen sie weiter oder stellen sie zurück in die Tischmitte. Sie reden nicht viel, weil das Frühstück ein Ritual ist. Eine Andacht beinahe. Beim Frühstücken ist der Tag noch nicht wirklich angebrochen, sie sind eine Einheit, ein einziger Organismus, der sich rüstet. Auch Johannes

Gesicht ist noch weich vom Schlaf, an der Schwelle vom Tag, das ist vielleicht das Schönste, sie so zu betrachten, vor allem dann, wenn es eine gute Nacht war. Sie steht immer als Erste auf, streift einen Morgenrock über, setzt Kaffee auf, bereitet die Pausenbrote und dreht – während er und die Mädchen im Bad sind und sich anziehen – noch eine schnelle Runde im Garten. Zupft Verwelktes ab oder schneidet eine Rose für die grüne Vase. Oder eine Malve, Vergissmeinnicht, einen Zweig Forsythie. Schleierkraut. Gräser.

Die grüne Vase steht immer in der Mitte des Tisches. Die Butter darf über Nacht auf keinen Fall in den Kühlschrank, damit das Messer am Morgen ganz leicht hineingleiten kann in den goldgelben Quader. Johannes Gesicht, wenn sie zu Beginn ihres Frühstücks die Butter auf eine Scheibe Knäckebrot streicht und alle Vertiefungen sorgfältig ausfüllt, bis die goldgelbe Masse eine glatte Schicht bildet. Ihr Gesicht, wenn sie Salz darauf streut und das erste Stück abbeißt. Das dezente Splittern und Knacken, mit dem sie zu kauen versteht. Eine Andacht auch dies, ihr ganz persönliches Gebet. Salz, Butter, Roggen. Ein Schluck Kaffee dann. Beim Schlucken schließt sie für den Bruchteil einer Sekunde die Augen.

Das Frühstücksgeschirr von Arzberg besteht aus roten, gelben und blauen Tellern und Tassen. Wer welche Farbe bekommt, entscheidet der Zufall, nur für sich selbst deckt Johanne immer in Blau ein. Zwanzig Minuten, manchmal auch dreißig benötigen sie für das Frühstück. Wenn sie fertig sind, gibt Johanne ihnen ihre Brotdosen: die beiden kleineren für die Mädchen und seine große. Obenauf liegt für jeden von ihnen in einer Extratüte ein geschnittener Apfel oder im Winter eine bereits gepellte Orange. Oder eine Mandarine, die können sie selbst schälen. Er könnte auch seinen Apfel einfach so aus der Hand essen, aber davon will Johanne nichts hören.

«Ich mach das doch gern, Heinrich. Und so ist es manierlicher.»

Was tut sie, nachdem sie ihn und die Mädchen zur Tür gebracht hat, sie geküsst und verabschiedet hat? Das Haus ist groß und der Garten genauso. Sie hält beides in Schuss, und das ist viel Arbeit. Er ruft sie mittags an, jeden Mittag, in seiner Pause. Redet Alltägliches. Er will sie nicht bedrängen oder kontrollieren. Fragt nicht nach den Tabletten.

In ihrem Nachttisch versteckt sie ihren Vorrat, in der unteren Schublade. Streng tabu für die Mädchen und ihn und immer verschlossen. Aber er weiß doch, wie er die Schublade öffnen kann. Alle paar Wochen nur zieht er sie auf, wenn Johanne im Garten ist. Zieht die Blister aus den Schachteln, hält die Flaschen ins Licht. Er schämt sich dafür, aber das muss er in Kauf nehmen. Er muss wissen, wie leer sie sind. Oder, in guten Phasen, wie voll.

*

DAS VERRÜCKTE IST, DASS ZWAR ihr Körper altert, sie sich aber trotzdem nicht alt fühlt. Im Gegenteil sogar. Sie ist mehr in sich zu Hause, als sie es als junge Frau gewesen ist. Und im Yoga, beim Meditieren, beim Tanzen, im Garten, beim Reden mit Anna, beim Kochen löst sich ohnehin die Zeit auf. Sie ist dabei einfach nur wach und lebendig und in ihrer Kraft, scheinbar ewig. Und doch sind sie da, diese Spuren der Zeit. Den Haaren ist irgendwann einfach die Farbe abhandengekommen. Ihre Schultern haben – kaum unbeobachtet und trotz all der Rückbeugen im Yoga – neuerdings die Tendenz, sich nach vorn zu krümmen. Ihre Brüste, die niemals groß waren, sind trotzdem ein wenig nach unten gesackt. Die Falten unter ihren Augen sind nicht mehr zu leugnen, die leicht hängenden Lider und Augenhöhlen. Die Schwerkraft zieht an ihr, unerbittlich. Sie kann sie noch immer in Schach halten, kann in den Spagat sinken, auf dem Kopf stehen, in der Brücke und kilometerweit durch den Wald joggen. Sie kann sich mit ausgestreckten Beinen auf den Boden setzen, vornüber lehnen und die Stirn auf die Schienbeine legen, ohne sich sonderlich anstrengen zu müssen. Sie könnte vielleicht auch, möglicherweise, sollte sie einem Mann begegnen, den sie attraktiv findet, wieder wilden und leidenschaftlichen Sex haben. Sehr wahrscheinlich sogar. Nur die Zeit kann sie dadurch nicht aufhalten oder zurückdrehen.

Was wird von ihr bleiben, nach ihrem Tod? Kein Kind, kein Lebenswerk zum Greifen. Kein Denkmal oder Lexikoneintrag für herausragende Leistungen. Sie wird noch eine Weile in der Erinnerung all jener existieren, die ihr im Leben bis zu ihrem Tod nah waren und sie geliebt haben. Sie werden ihre Asche unter einem Waldbaum verstreuen, sofern sie sich an ihre letzten Wünsche halten. Ein neues Bäumchen, zumindest aber ein paar Unkräuter und Pilze werden aus der mit ihrer Asche gedüngten Erde erwachsen. Neues Leben, das nicht mehr ihres ist, das nichts von ihr weiß und nichts wissen muss, um zu existieren, weil so nun einmal der Lauf der Welt ist.

Sie spannt den Oberarm an, lässt wieder locker, streicht mit der Hand über die weiche Haut seiner Unterseite. Sie weiß nicht mehr, wann sie die ersten Pergamentfältchen entdeckt hatte, sie kann auch nicht mehr sagen, wann ihr die ersten Besenreiser in den Kniekehlen auffielen oder sie ihr erstes graues Haar ausgezupft hat. Irgendwann, ohne Vorankündigung, waren sie da gewesen. Schüchterne Vorboten erst, die sich jedoch still und entschlossen vermehrten. Sie schwingt ihr Bein auf den Waschbeckenrand, spannt die Muskeln, lässt locker. Dieselbe Pergamentpapierhaut auch hier. Sie ist früh in die Wechseljahre gekommen, sehr früh. So früh, dass sich in den Schmerz, nie ein Kind gebären zu können, Erleichterung mischte. Keine Verhütung mehr nötig, nicht mehr dieses Bangen und Hoffen mit Lars von Monat zu Monat, nie mehr diese Enttäuschung, wenn es wieder nicht geklappt hatte.

Sie sieht sich an. Nickt sich zu. Die Pergamenthaut ist kein Problem, ist nie eins gewesen, fühlte sich im Gegenteil von Anfang an vertraut an. Weil sie diese Haut schon als Kind gesehen und geliebt hat, sogar schön fand: erst an ihrer Uroma Frieda und später an ihrer Mutter. Trotz allem, auch an ihrer Mutter.

*

«ALSO, WAS IST MIT DER KÜCHE?», fragt Axel Königs. «Willst du die nun haben?»

Die Küche stammt aus einer Haushaltsauflösung. Sie ist hell, schlicht, funktional, so gut wie neu und erschwinglich. Sie ist alles in allem perfekt für den Anbau, viel schöner als die klapprigen moosgrünen Hängeschränke ihrer Mutter. Ein perfekter Kontrast auch zu der düsteren Uroma-Frieda-Anrichte. Ihr geliebtes Samtsofa und ihr Flickensessel aus Niedenstein würden ebenfalls gut dazu aussehen.

«Ja, also ja. Schick die Rechnung an mich. Und bringt die alte Küche ins Obergeschoss bitte.»

Königs nickt, hebt den Daumen. Franziska sucht Fliesen aus. Badarmaturen, Waschbecken und gibt grünes Licht für den Umbau des Gartenhauses. Ein Wahnsinn vielleicht. Versenktes Geld, wieder einmal. Oder nicht? Sie denkt an Lars auf dem Hof, stellt sich ihren Vater in dem neuen Bad vor, das einmal seine Küche gewesen ist. Ihn und sich in dem Anbau mit der neuen Küche. Er weigert sich nach wie vor, sich an diesen Entscheidungen zu beteiligen. Er will all das nicht, aber womöglich wird es ihn ein wenig versöhnen, dass das gewohnte Geschirr, der Küchentisch und die Uroma-Frieda-Anrichte dann immer noch da sind. Und dass der Garten ihrer Mutter hinter den Glasflügeltüren zum Greifen nah scheint und ihre Kletterrosen den Anbau umranken.

Franziska bereitet ein Blech mit Ofengemüse vor, legt eine Packung Farfalle bereit, reibt den Parmesan. Ein Henkersmahl ist das. Das Gros des Geschirrs ist bereits verpackt. Morgen schon wird diese Küche Vergangenheit sein.

Sie schießt ein paar letzte Fotos und setzt sich im Arbeitszimmer ihres Vaters an den Schreibtisch. Vor zwei Stunden ist endlich die Antwort vom Einwohnermeldeamt gekommen. Ein elektronisches Anschreiben ohne Unterschrift mit der Geburts- und Sterbeurkunde des Kindes Frieder Wolfgang Roth im Anhang. Kaum acht Monate liegen zwischen Frieders Tod und ihrer Geburt. Etwas mehr als drei Jahre sind dann bis zum Tod ihrer Uroma Frieda vergangen und noch einmal drei Monate später ist ihre Mutter zusammengebrochen und musste in Monikas Klinik behandelt werden.

Und in den drei Jahren zuvor – wie hat sie, wie haben ihr Vater und Monika das bewältigt? Franziska schließt die Augen. Die Arme ihrer Mutter haben sie gehalten, sie hat Lieder für sie gesungen, ihnen vorgelesen, Geschichten erzählt, in die Wolken geschaut mit ihnen. Sie hat gekocht und genäht, sie haben vor der Höhensonne getanzt. Geborgenheit war das. Fürsorge. Liebe. Was für ein Kraftakt. Für ihre Mutter. Ihren Vater. Ihre Schwester. Auch Uroma Frieda ist beständig um sie gewesen.

Sie öffnet die Augen wieder, sieht den Ameisenbären an. Steht auf, hängt ihn ab, lehnt ihn vorsichtig in den Ohrensessel. Sechs Zahlen. Ein Tag, ein Monat, ein Jahr, vielleicht ist es so einfach. Sie atmet durch, beginnt die Rädchen zu drehen. Eine Null. Eine Fünf. Zur Belohnung ein kaum hörbares Knacken. Noch eine Null. Und eine Sechs. Wieder das Knacken. Ihr Gazellenherz hämmert. Eine weitere Sechs und eine Vier dann – das Geburtsdatum Frieders – die Verriegelung löst sich.

Du läufst, Zissy, du rennst immer nur weg.
Nein, tu ich nicht.
Oh doch, das tust du.

Franziska steht reglos. Wenn sie hierbleiben will, wirklich hierbleiben diesmal, muss sie hinsehen, egal, ob es wehtut. Will sie das wirklich – zumal gegen den erklärten Willen ihres Vaters?

Das Safefach misst kaum mehr als zwanzig mal zwanzig Zentimeter. Obenauf, wie hastig hineingestopft, klemmt ein durchsichtiger Gefrierbeutel voller Medikamente. Sie wirft ihn auf den Schreibtisch. In dem schwarzen Kästchen darunter befinden sich ein paar Schmuckstücke ihrer Mutter und eine goldene Taschenuhr. Und die riesige Brosche von Uroma Frieda. In einem unbeschrifteten Briefumschlag stecken 50-Euro-Scheine, makellos glatt, wie frisch aus dem Geldautomaten gezogen. Der A5-Umschlag darunter ist verschlossen. Das Wort TESTAMENT darauf ist zur Hälfte von mehreren Notizzetteln verdeckt, die ihr Vater mit einer Büroklammer festgeklemmt hat.

Schwarzblaue Tinte. Seine steile, sich ein wenig nach rechts neigende Handschrift. Rechenexempel sind das. Überlegungen, die er mit rot und grün mehrfach korrigiert hat: Das Haus geht als Schenkung an Monika, sie erhält vom Restvermögen nur ihren Pflichtteil. Haus und Vermögen gehen an Monika, sie erhält nur den Pflichtteil. Alles wird geviertelt und geht je zu einem Viertel an Monika, Florian, Lene und sie. Fragezeichen in Rot dahinter. Korrigierte Zahlenreihen. Eine andere Notiz ist mit schwarzem Kuli verfasst: *Meine Frau und ich sollen nicht in der See, sondern in der Familiengrabstätte in Bessungen beigesetzt werden*, lautet die ursprüngliche Version. Danach hat er *nicht in der See, sondern* rot durchgestrichen und – vermutlich zu einem späteren Zeitpunkt – mittels einer getupften Linie roter Punkte wieder als gültig markiert. Dann mit Grün den ganzen Satz durchgestrichen, dann doch wieder grün unterpunktet. *In der See schließlich* mehrfach grün umrahmt. Direkt dahinter klemmt die Visitenkarte des Notars Dr. Stefan B. Meyer mit der handschriftlichen Anmerkung: *Original-Testament dort hinterlegt.*

Franziska heftet die Notizen samt der Visitenkarte wieder an das Testament. Ihr Herz fliegt und springt. Sie fühlt nichts, fühlt zugleich viel zu viel. Nichts. Alles. Im Garten heult eine Säge auf. Hammerschläge dröhnen durch den Flur aus dem Anbau. In Ediths Garten spielen die kleinen Inder mit den indischen Göttinnenhühnern und der braunen Henne Renate Verstecken. Franziska zieht eine der Tablettenschachteln aus der Tüte. Schlaftabletten. Die Packung ist unangebrochen, genau wie die nächste. Auch ein paar lose Blister sind noch beinahe voll. Und die Fläschchen. Valium. Schlaftabletten. Antidepressiva. Genug, mehr als genug, um sich zu verabschieden. War es das, was ihr Vater vorhatte, hatte er deshalb in der Nacht vor seinem Sturz die Lithografie von der Wand genommen? Oder hat er den Berechnungen über sein Erbe und seine Beisetzung noch eine weitere Variante hinzugefügt? Die Grüne vielleicht, oder die Rote?

Vielleicht hatte er Skrupel bekommen, weil sie wieder da war. Oder auch gerade nicht. In jedem Fall hat er sich gequält mit diesen Entscheidungen. Mehrfach. Vielleicht hatte er sich auch gesorgt, die Tabletten würden nicht schnell genug wirken, und sich deshalb doch für die Treppe entschieden.

Sie stopft die Tabletten zurück in die Tüte. Ihr Herz lässt sich nicht beruhigen. *Nu lauf, mein Gazellchen, nu lauf schon, komm weiter.* Ganz zuunterst im Safe steckt das Familienbuch. Der Briefumschlag darin ist aus feinstem weißem Büttenpapier, aber offenbar viele Male geöffnet worden, denn seine Lasche ist verknittert. Sie setzt sich wieder an den Schreibtisch, breitet den Inhalt vor sich aus. Die Geburts- und Todesanzeigen ihres Bruders, leicht vergilbt schon. Ein paar wenige schwarz-weiße

Fotografien: Frieder allein, vermutlich kurz nach seiner Geburt, mit zerknautschtem Gesichtchen. Frieder ein paar Monate später mit strahlend zahnlosem Lächeln. Sein Tauffoto mitsamt Monika und den Eltern. Nur ihre Mutter und Frieder. Monika und Frieder. Vater und Sohn. Uroma Frieda und Frieder. Und schließlich das letzte Bild von der Beisetzung: Graue See unter Bleihimmel. Ein Kutter mit Schornstein. An der Reling der Pfarrer wie eine traurige Krähe, die die Flügel aufspannt. Ihre Eltern in Schwarz, weiße Rosen in den Händen, der Vater steht hinter der Mutter, scheint sie mit aller Mühe zu halten. Und etwas abseits der beiden stehen Uroma Frieda und ein winziges Mädchen, auch sie mit weißen Rosen.

Franziska beugt sich tiefer, nutzt ihr Smartphone als Lupe. Leid, so viel Leid in den blassen, nicht wirklich scharfen Gesichtszügen. Und ja, das ist ihre Schwester, sie hatten Monika tatsächlich mitgenommen. Eine Zweijährige in schwarzem Mantel und Kopftuch, die vollkommen verloren wirkt, gar nicht richtig anwesend, auch wenn ihre Uroma Frieda sie fest an der Hand hält.

*

SIE KOMMT ÜBER IHN WIE ein Sturm.

«Du wolltest dich umbringen, ja? Ohne Abschied von uns. Einfach tschüss und nach mir die Sintflut!»

«Franziska, das ist ... Du weißt nicht, was du sagst, du weißt nicht ...»

«Dann erklär es mir. Jetzt!»

Sie rückt den Stuhl näher zum Bett. Ein schrilles Kratzen. Wirft die Tüte mit Johannes Tabletten auf die Decke, das Familienbuch, die Fotos von Frieder. Sie hat den Safe geöffnet, wird also auch das Testament entdeckt haben, seine Notizen. Das sollte sie nicht, das wollte er auf gar keinen Fall.

Sie beugt sich näher zu ihm, fixiert ihn. «Du wolltest, dass ich dich finde, ja? Wolltest mir zeigen, wie das ist, wenn man nichts mehr tun kann, mich bestrafen! Weil du mir nicht vertraust. Weil du mir niemals vertraut hast. Das kann ich ja sogar noch nachvollziehen. Aber Monika? Monika? Was hat sie dir je getan, dass du auch nur eine Sekunde lang erwogen hast, ihr das anzutun?»

«Aber ich wollte doch nicht ...»

«Weil Moka einmal, ein einziges Mal nicht so funktioniert, wie du dir das vorgestellt hast? Wirklich deswegen, Papa? So erbärmlich?»

«Nein. Nein! Franziska, ich habe die Tabletten doch gar nicht eingenommen. Das waren Johannes Tabletten!»

«Schlaftabletten! Genug, um einen Elefanten zu töten. Die du gehortet hast, Papa!»

Sie reißt ihm die Tüte aus der Hand und hastet mit drei langen Schritten ins Bad. Rums. Die Tür fliegt weit auf, wieder zu, wieder auf. Was seiner Tochter offenbar egal ist, allein will sie da drin wohl nicht sein.

Mühsam, so mühsam ist das, die Beine über die Bettkante zu manövrieren. Noch mühsamer, sich sitzend Zentimeter um Zentimeter ans Fußende zu schieben. Schweiß rinnt Heinrich über die Stirn, kriecht ihm in den Nacken. Sein Herz hämmert. Zu warm ist es hier, viel zu warm wieder, trotz des Gewitters. War das gestern erst, vorgestern? Er weiß es nicht mehr. In jedem Fall ist es in diesem Zimmer zu warm und zu stickig. Er stemmt die Ellbogen auf die Oberschenkel, presst die Füße aufs Linoleum. Der Boden ist da, unter seinen Fußsohlen, aber er fühlt sich schwammig an. Heinrich hebt den Kopf, späht ins Bad. Franziska entleert die Blister und Flaschen in die Toilette, betätigt zwischendurch immer wieder mit einem wütenden Handkantenschlag die Spülung.

Er ruckelt sich vor, gibt noch mehr Gewicht auf die Füße, fasst die Metallkante seines Bettes fester. Franziska bemerkt ihn, ist mit zwei langen Sprüngen wieder bei ihm.

«BLEIB DA SITZEN! VERDAMMT, PAPA!»

Ist das Angst um ihn? Sorge? Trotz allem?

«Du wolltest dich umbringen, in dieser Nacht. Deshalb warst du am Safe. Und dann bist du doch lieber die Treppe hinauf. Um dich herunterzustürzen, richtig? Und ich sollte dich finden und fortan damit leben! Zur Strafe für all die Male, in denen ich euch enttäuscht habe.»

Er schüttelt den Kopf. «Du verstehst nicht. Ich wollte doch nur ...» Ja, was denn? Im Schlafzimmer nach dem Rechten sehen, um dann, falls Franziska ihn über ihr Tun dort belogen hat, endlich eine Entscheidung zu treffen, ob er das Testament ändert. Und dann erst, nachdem das erledigt war, wollte er dieses unwürdige Dasein tatsächlich beenden. Das kann er Franziska nicht sagen. Unmöglich. Was aber dann, Heinrich, was dann?

Heinrich räuspert sich, schluckt. «Das waren Johannes Medikamente, Franziska.»

«Johanne. Natürlich! Obwohl sie seit über zwei Jahren tot ist, hortest du ihre Tabletten. Im Safe!» Sie lacht auf. Nicht fröhlich. Grüne, wütende Funken in ihren Augen.

Zu warm ist es. Zu stickig. Heinrich holt Luft. «Das Fenster, Franziska, könntest du bitte?»

Sie mustert ihn, nickt. Öffnet es weit. Reicht ihm ein Glas Wasser. «Trink bitte.»

Trinken, immer trinken. Er zögert, gehorcht ihr dann doch. Sie atmet durch, lässt ihn nicht aus den Augen.

«Mach Mutti nicht traurig! Nehmt Rücksicht! Nehmt Rücksicht!», weißt du eigentlich, wie viel Kraft mich das all die Jahre gekostet hat, an euren Beschuldigungen, ich allein sei für ihr ganzes Unglück verantwortlich, nicht zu zerbrechen? Und dabei ging es gar

nicht um mich. Es ging auch nicht um Monika. Es ging die ganze Zeit nur um ihn. Frieder.»

«Sie hat euch geliebt, Franziska. Immer! Auch dich! Euch alle beide. Mehr als ihr eigenes Leben. Du darfst so nicht reden.»

«Und du, Papa, was war mit dir? Mit deinen Gefühlen? War dir das egal, dass ich wegging, hast du mich je vermisst – oder war das immer nur Mutti?»

Er sieht sie an. Sie bebt. Tränen strömen über ihre Wangen, dann verschwimmt ihr Gesicht, weil auch ihm die Tränen kommen, er kann sich nicht dagegen wehren, kann auch nichts erklären, er kann nur die geballten Fäuste seiner Tochter ergreifen, sie festhalten, drücken, fester noch als beim letzten Mal.

«Natürlich liebe ich dich. Und wir, ich – wir wollten doch nie, dass du leidest. Du solltest glücklich sein, glücklich. Du und Monika, ihr alle beide. Ihr solltet es besser haben als wir. Das musst du mir glauben.»

So schwer, so sehr schwer, die passenden Worte für all dieses Ungesagte zu finden. Johanne hätte das gekonnt, hat das immer so viel besser als er gekonnt. Oder stimmt das so gar nicht? Er hätte es wohl mehr versuchen müssen. Von ihr lernen, solange noch Zeit war. Und sich ihr in manchen Dingen auch widersetzen.

Franziska schnieft und wischt mit dem Handrücken über ihre Augen. Löst auch die andere Hand aus seinen Händen und kramt ein Päckchen Taschentücher aus seinem Nachttisch.

«Auch eins?»

Heinrich nickt, schnäuzt sich. Müde, so müde auf einmal. Ist dieses Taschentuch jetzt eine Geste des Friedens?

«Franziska, das Testament ...»

Sie schüttelt den Kopf. «Darum geht's nicht. Deshalb bin ich nicht gekommen.»

«Aber du hast doch sicher ...?»

Sie sieht ihn an. Unverwandt. Sieht ihn genauso an wie Johanne, wenn ihr etwas wirklich ernst war. «Ich habe es nicht geöffnet. Ich werde es vor deinem Tod auch nicht öffnen. Was du darin verfügst, ist allein deine Verantwortung.»

«Aber meine Notizen, die hast du doch sicher ...»

«Deine Verantwortung, Papa!» Sie steht auf, fegt mit routiniertem Griff seine Schmutzwäsche in eine Tüte.

«Thomas bringt dir nachher den Koffer, den ich dir für die Reha gepackt habe. Morgen früh wird dich ein Krankentransport dorthin bringen.»

«Die Reha. Das wird doch nichts bringen.»

Franziska wirbelt herum. «Das liegt an dir, und das weißt du. Und wenn du Moka und mir wirklich was Gutes tun willst, wirst du verdammt noch mal mitmachen!»

*

ASCHE ZU ASCHE, ERDE ZU ERDE. Seit Johannes Tod weiß er: Es gibt heutzutage sogar kompostierbare Urnen. Alles bio. Alles hundert Prozent und rückstandslos abbaubar. Wie makaber das ist. Absurd auch. Trotzdem hat er eine ausgewählt, eine dunkelgrüne. Würde sie je in die Erde gesenkt werden, könnten sich Millionen und Abermillionen Mikroben, Bakterien, Würmer ans Werk machen und seine und ihre sterblichen Überreste noch einmal vereinen. Die Kessler-Zwillinge haben angeblich sogar festgelegt, in einer gemeinsamen Urne bestattet zu werden.

Also doch keine Seebestattung, lieber Herr Roth?

Geben Sie mir noch etwas Zeit, bitte.

Selbstverständlich. Natürlich. Es wäre nur gut, wenn wir das dann bald testamentarisch festlegen könnten.

Ich melde mich wieder, Herr Dr. Meyer.

Johannes letzter Wunsch war diese Seebestattung. Ihr letzter Wunsch und sein letztes Versprechen. Jetzt hadert er, will es nicht halten, kann es zugleich nicht brechen. In Friedas Grabstätte wäre noch Platz. Wieder und wieder hatte er versucht, Johanne das schmackhaft zu machen. Ihr versichert, er würde die Pflege für Jahrzehnte im Voraus bezahlen, um Monika und Franziska nicht damit zu belasten.

Keine Erde für dich, Liebste, bist du wirklich sicher? Und du wärst dann doch bei deiner geliebten Oma.

Keine Erde für sie, nein. *Ich will heim, Liebster, heim mit dir zu den Meinen.*

Nur ein Urnenfach für sie also, eine Zwischenstation, bis auch er so weit ist für die allerletzte Reise. Aber die Ihren sind niemals die Seinen gewesen. Johannes Geschwister und Eltern sind für ihn lediglich Namen und schwarz-weiß lächelnde Gesichter auf alten Fotografien. Johanne war seine Familie, ist es noch immer. Johanne. Die Mädchen. Und Frieder natürlich.

Kein Grabstein. Kein nichts mehr. Das Leben aushauchen und spurlos verschwinden. Das Grab seiner Mutter hat er nie mehr besucht. Er weiß nicht, ob irgendwer sonst kommt, außer dem Gärtner, der Jahr um Jahr seine Rechnung schickt, ein Foto des Grabs und eine Grußkarte. Er hätte seine Mutter im Meer verstreuen sollen, ganz egal, was ihr letzter Wunsch war. Seine Mutter, nicht Frieder.

Es ist am Ende allein Ihre Entscheidung, Herr Roth. Den Toten kann es doch, mit Verlaub, egal sein.

Vielleicht hat Franziska recht: Sie war falsch, seine Rücksicht. Vielleicht muss er diese letzte Entscheidung seinen Töchtern überlassen, vielleicht ihnen sogar gestehen, dass er selbst, entgegen Johannes Wunsch, lieber ein Grab möchte.

Und was ist mit mir? Noch so eine Frage, die er Johanne nicht gestellt hatte. Johanne nicht und seiner Mutter auch nicht. Da liegt er nun also und bereut und sehnt sich nach einem Aufschub, nach Vergebung und nach seinen Töchtern. Ein alter Mann, dessen Tage gezählt sind. Ein alter Mann, der das Meer fürchtet.

*

SIE TANZT. SIE KÖNNTE auch schreien. Oder kollabieren, nach diesem Tag. Oder weinen. Oder sich in einen komatösen Schlaf trinken. Aber sie tanzt. Sie tanzt in der *Laterne*, einem Landmusikclub im Wald mit Bar, Tanzfläche, Bühne und Biergarten, in dem mit Ausnahme der Musik- und Lichtanlage alles noch genauso schummrig und schrammelig ist wie vor über dreißig Jahren, als sie zum ersten Mal mit Anna, Artur und den anderen aus der Friedens-AG hierhergekommen war und danach, bis zu Arturs Tod, immer wieder.

James Brown jetzt. *Sex Machine*. ZZ Top danach und Mother's Finest. *Oldie-Night. Eighties-Night. Rock-Night*. Die gespielten Titel flackern unter der DJ-Kabine über ein digitales Laufband, der DJ mischt die Musik mit dem Laptop ab, aber das tut nichts zur Sache, weil es immer noch dieselbe Musik ist. Ihre Musik. Laut, sehr laut. Und das Stroboskoplicht, die Nebelmaschine, die blinkenden Lichter, die Tanzenden um sie gibt es auch noch. Und mich, denkt sie, mich! Hier in der *Laterne*. Wie unglaublich ist das, doch hier bin ich und tanze: In lila Sneakers, schwarzer Hose und Top und dem neuen glitzernden, halbtransparenten Pulli, den ich heute Nachmittag, nach dem Krankenhaus unbedingt kaufen musste, eben weil er so glitzert. Denkt es und hebt die Arme noch höher, dreht sich und springt, weich in den Hüften, den Beinen, den Armen. Sie hat überhaupt nicht geahnt, wie sehr sie das vermisst hat, wie sehr sie es braucht, wie gut ihr das tut, jeder Song, jede Bewegung, jeder Blick zu den anderen, von den anderen, ihre Körper, die jeder und jede für sich allein tanzen und doch gemeinsam. Wir tanzen, denkt sie. Wir tanzen zum Soundtrack unserer Jugend, tanzen wilder als jemals, obwohl viele von unseren Rockstars längst tot sind. Jimi Hendrix und David Bowie. James Brown. Janis Joplin, Jim Morrison und Freddie Mercury. Die Liste ist lang, wird mit jedem Jahr länger. Und doch sind auch sie immer noch anwesend. Hier, mit uns, im Halbdunkel, auf dieser Tanzfläche. Sie sind hier, wir sind hier, und wir tanzen. Wir sind wieder jung mit ihnen, wir sind ewig, solange nur ihre Musik läuft.

Wir sind die Leute, vor denen uns unsere Eltern immer gewarnt haben. Den gelben Aufkleber mit dieser Aufschrift hatte Artur an seine Berliner Zimmertür geklebt. Sie hat schallend gelacht, als sie den bei ihrem ersten Besuch entdeckte, weil die langhaarigen, rauchenden, saufenden Freaks unter der roten Inschrift exakt so aussahen wie Artur und sie und die anderen. Sie hatte sich vorgenommen, an ihrem achtzehnten Geburtstag einen identischen Aufkleber an ihre Zimmertür in Mühlbach zu kleben, aber dazu war es dann nie gekommen.

Papa was a Rolling Stone. Sie weiß nicht, warum, aber diesen Song mochte sie nie. Also geht sie nach nebenan, an die Bar.

«Die Zissy, ich glaub's nicht!»

Sie stutzt, guckt ein zweites Mal hin. Der Barkeeper ist tatsächlich noch der gleiche wie damals. Pogo.

Sie schwingt sich auf einen Barhocker. «Hast recht, ich glaub's auch nicht. Dass du immer noch hier bist.»

«'n großes Ex?»

«Mach mir lieber 'nen Sauren.»

Apfelwein mit Mineralwasser, Pogo macht sich ans Werk und geizt mit dem Wasser. Nix verdünnen, klare Kante, seine Devise von früher gilt offenbar unverändert.

«Berlin, oder?» Er schiebt ihr das Glas hin.

«Schon lange nicht mehr.»

«Stimmt. Du hast doch die Wale gerettet. Und die Wälder. Bei Greenpeace.»

«Zu retten versucht».

«Und jetzt?»

«Mein Vater.»

«Ach, klar, deine Mutter ist ja gestorben. Sorry.»

«Schon okay.»

Sie sieht die roten Äderchen im Weiß seiner Iris, den Bauchansatz, die hängenden Schultern. Auch die Falten in seinen Augenwinkeln kommen nicht vom Lächeln. Ein hartes Leben. Welches? Sie will es nicht wissen, kann es nur ahnen. Pogo zapft Bier für zwei andere Gäste. Sie nickt ihm zu, nimmt ihr Glas, schlendert wieder zur Tanzfläche.

Led Zeppelin. *Whole Lotta Love*. Besser. Viel besser. Trotz der nach heutigem Standard alles andere als politisch korrekten Botschaft. Simon Posel, so heißt Pogo eigentlich, auf einmal fällt ihr das wieder ein. Er war hartnäckig in seinen Avancen um sie gewesen. Einmal hat er sie überrumpelt. Ein zu nasser Kuss, die Zunge, die Lippen, die Hände zu gierig, und doch war es aufregend.

Sie lehnt sich an einen der Pfosten, die die Tanzfläche begrenzen. Trinkt ihren Apfelwein. Drüben an Pogos Tresen hatte sie sogar ein paar Beiträge für die Schulzeitung verfasst. Halbe Nächte lang hat sie dort gesessen, wenn offiziell schon lange zu war und Pogo die Türen verschlossen und das Außenlicht ausgeknipst hatte. Sie hatte sie geliebt, die Intimität dieser verbotenen Stunden. Wer drin war, blieb drin, von draußen konnte niemand reinkommen, es sei denn, er klopfte im richtigen Rhythmus an die Jalousien vor den Fenstern der Bar. Aber diesen Code kannten weder Monika noch ihre Eltern. Sie war sicher hier nach der Sperrstunde, unerreichbar, es gab ja noch keine Handys. Sie war ein Teil dieser bunt zusammengewürfelten Theken-Familie, die zwischen Flipper, Holztischen, Tresen und psychedelischen Band-Postern in einer undefinierbaren Sehnsucht vereint war.

You need coolin', baby, I'm not foolin', way down inside honey, you need it.

Sie stellt ihr leeres Glas auf einen der Bartische, beginnt wieder zu tanzen. Sie kennt den Text noch. Jeden Beat, jede Zeile. Auch darüber hat sie einmal geschrieben, über genau diesen Song und über Typen wie Pogo, die gar nicht auf die Idee kamen, ein Mädchen könnte auf sie keine Lust haben. *Stell dich nicht so an, da ist doch nichts dabei.* Ein Mädchen, das nein sagte, galt als frigide, es gab schließlich die Pille. Schlief ein Mädchen jedoch, mit wem es wollte, galt es als Schlampe.

Schreib das so auf, schreib das genau so auf, mit dieser ganzen Wut, Zissy, mach das.

Heute wären Artur und sie womöglich YouTube-Stars, oder sie würden ihre Wut in Kurzformeln mit Hashtags verpacken und Hunderte, Tausende, vielleicht sogar Hunderttausende Follower haben und irgendwann trotzdem verzweifeln, weil ihre Ziele trotz aller Klicks, Likes und Retweets am Ende dennoch in diesem unguten Mix aus Sensationsgier und kollektiver Betroffenheit versanden würden, ohne dass sich etwas Grundlegendes änderte – oder wenn doch, viel zu wenig und zu langsam.

Doch damals brannte sie. Brannte. Schrieb über Frauenrechte, das Waldsterben und vergiftete Flüsse, gegen Atomkraft, die Startbahn West und die nukleare Aufrüstung. Wie konnte es sein, dass alle wussten, dass man das Haus, in dem man lebte, sauber zu halten hatte, und trotzdem die Augen verschlossen, wenn es um die Welt ging? Warum zerstörten die Menschen sich selbst? Warum lernten sie nicht einmal etwas aus den Kriegen?

Police, *Message in a Bottle*. Die Tanzfläche kocht. Das ist er, einer der Vorteile jenseits der vierzig. Man kommt her, um zu tanzen, und tanzt einfach. Man hat an, was man möchte, bewegt sich, wie man möchte. Und niemand stört sich daran, niemand schämt sich. Sie lächelt, biegt sich weit hintenüber, die Arme zum Himmel. Ein Paar in ihrem Alter tanzt neben ihr, Rücken an Rücken. Beide dickbäuchig, langhaarig, grauhaarig mit denselben Motiv-T-Shirts, tätowierten Armen und Waden, die sie mit erstaunlicher Eleganz zu bewegen wissen, sie wiegen sich, wiegen einander, ein einziger Organismus, zwei glückliche Wale mit geschlossenen Augen.

Sie tanzt um die beiden herum, driftet weiter. Sie springt und dreht sich wie ein Derwisch. Wenn sie hier vor 30 Jahren reingekommen wäre und das gesehen hätte: sich selbst und die anderen, die Falten, die Bäuche, die grauen Mähnen, sie wäre vor Schreck auf der Stelle gestorben. So unvorstellbar, dass ihre Eltern jemals so abrocken würden, zu dieser Musik, die sie so hassten, dass sie das mit ihnen hätte teilen können. So unvorstellbar damals, dass sie selbst überhaupt mal so alt werden könnte, fünfzig und darüber. Und dann immer noch tanzen.

Sie dreht sich. Sie lacht Fremde an, Frauen wie Männer. Einer hält ihren Blick länger als die anderen, kommt näher. Zu nah plötzlich, zu intim, sie dreht eine Pirouette, gleich noch eine zweite. Er dreht sich mit. Gutes Körpergefühl, gute Muskeln, keine Haare. Wieder sein Blick. Er lacht. Sie lacht zurück. Will sie das, wirklich? Mit ihm oder jemand anderem? Jetzt oder in ein paar Wochen oder Monaten? Überhaupt jemals wieder? Noch mal von vorne beginnen, mit ihrer Pergamenthaut und all diesen Narben auf dem Körper wie auf der Seele, mit all den Jahrzehnten Leben im Schlepptau?

Der nächste Song. *Logical Song*. Die erste Single, die sie sich je gekauft hatte. Oder war das doch Monika gewesen? Vielleicht sie beide, nach diesem Urlaub in Poreč. So wird es sein, das Verliebtsein, wie dieses Supertramp-Saxofon, hatte sie damals geglaubt. Genauso voller Verlangen und Wehmut.

Der kahlköpfige Tänzer verschwindet so schnell, wie er eben erschienen ist. Sie tanzt noch eine Weile weiter, holt sich dann bei Pogo noch einen Sauergespritzten und geht am Tresen vorbei in den Biergarten.

Ein Lagerfeuer brennt in seiner Mitte. Drumherum stehen Bierbänke und -tische im Kies. Lichterketten drüber, aus der offenen Tür zum Barbereich fließt die Musik von der Tanzfläche, das Laub der Kastanien ist welkbraun geworden, nicht nur von der Trockenheit, auch von den Miniermotten. Franziska wählt einen leeren Tisch, setzt sich rittlings auf die Bank. Die Flammen knistern, züngeln und lodern.

«Franziska? Zissy?»

Sie blickt auf. Der Tänzer. Wieso kennt er ihren Namen?

«Darf ich?»

Sie nickt, er setzt sich auf die Bank gegenüber. Sieht sie wieder so an, wie beim Tanzen.

«Emil.» Er trinkt einen Schluck von seinem Bier. «Emil Noll, von den Motten früher. *Emil ohne Detektive*, wie du früher gesagt hast. Kannst du dich jetzt erinnern?»

«Emil. Doch ja, jetzt, wo du das sagst.»

Er lacht. «Ich weiß, damals hatte ich noch Haare. Ich hab dich sofort erkannt eben.»

«Der brave Biostudent aus Frankfurt.»

Wieder lacht er. «Ich weiß, ich war eigentlich unter eurer Würde, viel zu spießig. Euer Streber. Wie hieß sie noch gleich, deine rothaarige Freundin?»

«Anna.»

«Anna, klar. Zissy und Anna.»

«*Ich* fand dich zu spießig.» Sie lächelt. «Anna war milder. Ist sie noch immer.»

«Ihr habt noch Kontakt.»

«Ja, na klar.»

Er prostet ihr zu. Sie trinken. Von der Tanzfläche weht Marillion.

«Du warst ganz schön tough damals. Beeindruckend.»

«Sprich's ruhig aus: Ich hab dich ordentlich rumgescheucht.»

Er lacht. «Aber ich hab's mir zu Herzen genommen. Inzwischen gehört mir der Laden.»

«Nicht dein Ernst!»

«Doch. Ich bin sozusagen der Mottenkönig von Darmstadt.»

«Emil, der Mottenkönig. Wenn ich das Anna erzähle ...»

«Und du, wie geht's dir, Zissy? Du warst lange weg, oder?»

Sie trinkt einen Schluck, streckt die Beine aus. Sein Blick wieder. Nicht indiskret, aber nah. Vertraut beinahe.

«Ich war lange weg, ja. Und jetzt – ich weiß noch nicht was. Ist gerade alles auf Anfang bei mir – oder am Ende. Je nachdem, wie man's sehen will. Aber hier, dieser Abend, die *Laterne*, das ist was.»

«Ich weiß, was du meinst.»

«Ja?»

«Ging mir vor vier Jahren genauso. Firma top, Ehe tot, eine Scheiß-Schlammschlacht das Ganze. Inzwischen fangen die Kids an, mir zu verzeihen, mein Sohn jedenfalls. Und ich bin nicht mehr bitter.»

«Das ist viel.»

«Ja.» Er steht auf. «Ich leg noch ein Scheit Holz nach.»

«Gute Idee», sagt sie und denkt, wie unwirklich das ist, dass sie hier ausgerechnet mit Emil Noll sitzt, erschöpft vom Tanzen, erschöpft von allem und total aufgewühlt von dem Gespräch mit ihrem Vater, und dass sie trotzdem nichts anderes will als genau dies: Ein Gespräch mit diesem Fremden, der gar nicht wirklich so fremd ist. Und Rockmusik. Und ein Feuer.

*

SIE SITZEN IM WOHNZIMMER UND gucken die Nachrichten, als sie Franziska ins Haus kommen hören. Johanne zuerst. Sie richtet sich auf und legt ihm die Hand auf den Arm, in ihren Augen glimmt Hoffnung.

«Zissy! Ich glaube, das ist sie. Mach doch mal leiser.»

Heinrich greift nach der TV-Fernbedienung, an die er sich immer noch nicht recht gewöhnt hat. Aber praktisch ist sie schon, ein kleines Wunder der Technik.

Jetzt hört er es auch. Ein Poltern im Flur, dann auf der Treppe. Es klingt, als schleife Franziska etwas über die Stufen, und Franziska ist nicht alleine. Heinrich steht auf.

«Sei gut zu ihr, bitte, du weißt doch ...» Johanne an seinem Arm, will ihn zurückhalten. Blass ist sie und übernächtigt. Drei Tage sind vergangen, seitdem diese rothaarige Anna Franziska vom Tod ihres Freundes unterrichtet hat, kein Wort von ihr seitdem, kein Lebenszeichen – und jetzt, was ist jetzt wieder?

Sie packen. Franziska und diese Anna. Sie packen Franziskas Sachen in drei Bananenkartons und ihren Rucksack. Ein langmähniger Jüngling ist offenbar dazu abbestellt, dafür zu sorgen, dass sie dabei von so unbedeutenden Randfiguren wie Franziskas Eltern nicht gestört werden.

«Wir sind gleich wieder weg, Herr Roth, keine Sorge.»

Heinrich schiebt ihn beiseite. Viel Kraft hat er nicht, dieser Aufpasser. «Franziska? Auf ein Wort, bitte.»

Sie kniet mit dem Rücken zu ihm vor einer Kiste und scheint beim Klang seiner Stimme regelrecht zu erstarren.

«Deine Mutter und ich, wir möchten mit dir ...» Heinrich bricht ab. Sie sieht fürchterlich aus. Erbärmlich. Sie zittert. Ihr Gesicht ist verquollen. Das darf nicht sein, dass seine Tochter so leidet.

«Franziska, ich bitte dich. Lass uns reden. Mach jetzt keinen Fehler.» Er streckt die Hand aus.

Ihr Blick irrlichtert zu ihren Freunden. Niemand sagt etwas oder bewegt sich. Das immerhin muss er ihnen anrechnen.

Franziska verschränkt die Arme. «Ich bin erwachsen. Ich gehe. Du hast mir nichts mehr zu sagen.»

«Aber wir hatten doch eine Vereinbarung. Du bist hier zu Hause. Wir wollen dir helfen, Franziska, auch nach der Schule noch. Dich unterstützen. Es ist doch nicht unsere Schuld, dass dein Freund in Berlin ...»

«Nicht eure Schuld? Ihr habt ihn gehasst und alles getan, uns auseinanderzubringen. Alles! Und jetzt seid ihr froh, dass er tot ist, und glaubt im Ernst, wenn ihr rumschleimt, könnt ihr mich wieder einfangen?»

«Das ist nicht wahr, Zissy, das stimmt nicht! Wir wollten doch nur, dass du ...» Johanne sagt das, Heinrich hat gar nicht bemerkt, dass sie ihm gefolgt ist. Er zieht sie an sich. Sie zittert fast ebenso sehr wie Franziska, die jetzt ungewohnt schwerfällig aufsteht.

Sie liebt ihre Mutter, er weiß es. Bei allen Streits sind die zwei sich doch auf eine Weise nah und verbunden, wie er es mit seinen Töchtern nie erlebt hat, vielleicht auch Johanne nicht mit Monika, obwohl sie das niemals zugeben würde. Johanne löst sich von ihm und geht einen vorsichtigen Schritt auf Franziska zu. Sie wird zu ihr durchdringen. Einen Moment lang ist Heinrich davon überzeugt und Johanne offenbar auch, denn sie wagt einen zweiten Schritt, breitet zaghaft die Arme aus.

«FASS MICH NICHT AN!» Franziska weicht einen Schritt zurück. «Und tu nicht so scheinheilig. Jedes Mal gab es Terror, wenn ich Artur getroffen habe oder auch nur in die Redaktion wollte. Jedes einzelne Mal, Mutter!»

«Aber doch nur, weil wir ...»

«Und als Artur in Berlin war, erst recht. Fahr da nicht hin, das erlauben wir nicht, der Junge verdirbt dich, du darfst dich nicht wegwerfen. Ehrlich, ihr seid doch froh, dass er jetzt tot ist.»

«Das reicht Franziska!» Heinrich macht einen Schritt auf sie zu. «Wir verstehen sehr wohl, dass du außer dir bist. Aber wir wollen dir helfen. Wir sind deine Eltern. Und es ist nicht unsere Schuld, dass Artur so labil war ...»

«Labil, klar. So einfach ist das! Ihr macht die Welt kaputt mit eurem Scheiß-Fortschritt. Ihr holzt alles ab, ihr verseucht die Flüsse und Meere mit eurer Chemie und denkt dabei nur an euren Scheiß-Profit und Scheiß-Bequemlichkeit! Selbst wenn ein Atomkraftwerk in die Luft fliegt und ihr mitten im Fallout hockt, tut ihr noch so, als würde euch das nichts angehen, und fresst euren verstrahlten Salat und nennt uns labil und hysterisch.»

«Du bist jetzt hysterisch, Franziska. Du bist ...»

«Vielleicht bin ich das, ja. Aber ihr, ihr seid KRANK! Und wenn ich nicht auf euch gehört hätte, wenn ich mit Artur zusammen nach Berlin gegangen wäre, statt hier dieses Scheißabi noch durchzuziehen, obwohl ich längst volljährig bin, dann würde Artur vielleicht noch, dann wäre er nicht ...»

Ihre Stimme bricht, sie schluchzt auf. Es schüttelt sie regelrecht, aber sie lässt sich nicht anfassen.

Er verliert sie und diesmal für immer. Er hält das nicht aus. Er darf das nicht zulassen. Er muss zu ihr durchdringen. Aber wie denn nur, wie nur?

«Franziska. Mein Mädchen. Wir lieben dich doch.» Johanne fleht. Es bricht ihm das Herz. Sie könnte Steine erweichen, aber nicht das Herz seiner Tochter, die wendet sich ab und beginnt, am ganzen Leib schlotternd, ihre Langspielplatten in eine der Kisten zu stecken.

«Ich gehe jetzt», stößt sie zum Abschied hervor. Drei Worte nur, ganz leise. Und dann fällt die Haustür zu, Autotüren schlagen, der unverkennbare Nähmaschinenklang eines 2CV beginnt zu tuckern.

Sie aufhalten, jetzt noch. Ihr hinterherfahren. Auf der Flurkommode liegt Franziskas Hausschlüssel. Er hat keine Chance, das weiß er. Sie hat ja recht, er kann ihr laut Gesetz nichts mehr vorschreiben.

Heinrich geht wieder ins Wohnzimmer. Tschernobyl. Noch immer. Er schaltet den Fernseher aus. Johanne hat sich in ihr Nähzimmer geflüchtet. Sitzt vor der Maschine, die Hände im Schoß verschränkt, starrt die Wand an.

«Liebste, es tut mir so leid. Kann ich dir etwas ...?»

«Lass mich», sagt sie. «Lass mich hier ein Weilchen.»

«Natürlich. Ja.»

Er lässt die Tür angelehnt, schleicht auf Zehenspitzen in die Küche. Macht sich ein Bier auf. Trinkt einen Schluck. Presst den Kronkorken wieder auf den Flaschenhals und stellt die Flasche zurück in den Kühlschrank.

Verloren. Er geht in sein Zimmer, setzt sich an seinen Schreibtisch. Hört Monika heimkommen von der Uni, hört sie mit Johanne reden, ihre beiden so lieben murmelnden Stimmen, ihre Schritte dann auf der Treppe. Hinauf erst und nach einer langen Weile, als er eben gedacht hat, dass sie oben eingeschlafen sind, wieder hinunter. Monika nur, nicht Johanne. «Hier bist du, Papa. Warum sitzt du im Dunkeln?»

Er schaltet das Schreibtischlicht an. Monika setzt sich in den Sessel unter dem Ameisenbären. Im grünlichen Lichtkegel kann er ihr Gesicht nicht erkennen.

«Wie geht es Johanne?»

«Ich hab ihr eine Tablette gegeben. Sie schläft jetzt.»

«Sie wollte allein sein, sonst hätte ich ...»

«Wir schaffen das schon, Papa.»

Wir. Er nickt. «Wie war es denn an der Uni?»

Sie schweigt, schweigt so ungewohnt lange, dass er schon überlegt, ob er das überhaupt laut gesagt hatte, aber just in dem

Moment, in dem er anhebt, seine Frage zu wiederholen, antwortet sie doch noch.

«Ich glaub, ich lass das Stipendium sausen», sagt sie. «So toll ist es in Kalifornien sicher auch nicht.»

*

WANN HAT ER AUFGEHÖRT, dieser Taumel aus Schmerz und Selbstzerstörung, in den sie nach Arturs Tod gefangen war? Sie hat nichts dafür getan, glaubte nicht einmal, dieser Zustand könnte je abebben. Sie gabelte Fremde auf und betrank sich. Sie kellnerte in Kneipen und Nachtclubs, und an den etwas besseren Tagen versuchte sie tagsüber, in Redaktionen einen Auftrag zu ergattern, wenigstens einen ganz kleinen. Sie blieb fremd in Berlin, fremd in Arturs WG, aber sie blieb. Es wurde Winter, und irgendwann wurden die Tage wieder länger und ein bisschen wärmer. Selbst in den trostlosen Kreuzberger Häuserschluchten fiepte hin und wieder eine frühlingsselige Amsel, eng umschlungene Paare schlenderten an ihr vorbei oder knutschten direkt vor ihrer Nase am Tresen herum, als ob die Welt ausschließlich rosarot wäre und niemals anders, und all die, die am Ende des Abends allein blieben, kamen ihr hungriger vor als im Winter, hungriger sogar als sie, wenn auch auf andere Weise, und aus irgendeinem Grund konnte sie das immer schlechter ertragen.

Sie hielt das nicht aus. Sie fand da nicht raus. Bis sie eines Abends, nachdem sie die letzten Gläser gespült, die Tische abgewischt und die Stühle hochgestellt hatte, einfach zurück in das WG-Zimmer ging, sich auszog und einschlief. Ohne sich zuvor bis zur Besinnungslosigkeit betrunken zu haben und mit einem Fremden zu vögeln, ohne sich in den Schlaf zu weinen, sondern ganz selbstverständlich alleine. Es war kein bewusster Entschluss gewesen, fiel ihr in dieser Nacht nicht einmal auf, es geschah einfach. Sie schlief ein und wachte am folgenden Morgen wieder auf – allein in dem Hochbett, das einmal Arturs gewesen war, in dem sie mit ihm hatte aufwachen wollen, in dem sie sich seit seinem Tod fast zerstört hatte.

Die Luft vor dem Fenster war hellgrau mit einer Ahnung von Blau. Sie musste pinkeln, also zog sie ein T-Shirt über und tappte barfuß durch den endlosen Flur des Altbaus ins Treppenhaus zur Toilette. Sie duschte so lange, bis der Boiler kein Tröpfchen mehr hergab, zog sich an, kochte Kaffee und aß in der WG-Küche einen Apfel und zwei Scheiben Schwarzbrot mit Käse. Sie kochte sich sogar ein Frühstücksei, und ihr war, als hätte sie seit sehr Langem nicht mehr etwas so Gutes und Nahrhaftes gegessen.

Sie spülte ihr Geschirr, räumte es gleich wieder weg. Sie kochte sich noch einen Kaffee, wärmte Milch, füllte beides in die Schale, die irgendein längst vergessener WG-Bewohner einmal aus Paris mitgebracht hatte, und setzte sich wieder an den Küchentisch. Sie legte die Beine hoch, drehte sich eine Zigarette und las die Tageszeitung, ohne an irgendetwas anderes zu denken. Die Luft draußen wurde noch heller, ein Sonnenstrahl fiel auf das staubige Fenster und brach sich in den leeren Weinflaschen mit den Kerzen, sprenkelte die Tischplatte und ihre Hand mit grünen Punkten. Sie ließ die taz wieder sinken, dachte auf einmal an die ersten Schneeglöckchen und Krokusse, an die Leberblümchen und Blausterne im Garten ihrer Mutter. Sie hielt ihr Gesicht in die Sonne, legte die Hände um die warme Porzellanschale und trank den Milchkaffee in kleinen Schlucken. Die Schale war außen mintgrün und innen weiß, beinahe durchscheinend. Sie hatte einmal einen Goldrand gehabt, der war kaum noch zu erkennen, einen Riss hatte sie außerdem, aber genau deshalb mochte sie sie besonders gerne. Sie ist wie ich, dachte sie und erschrak, weil ihr erst in diesem Augenblick bewusst wurde, dass es sie nicht mehr zerriss, dass sie einfach nur dasitzen konnte und ihr Gesicht in die Märzsonne halten und das schön finden.

*

SIE PARKT WIE BEI IHREM letzten Besuch auf dem Parkplatz hinter dem alten Kliniktrakt, diesmal jedoch im Schatten der Zeder. Vielleicht bringt ihr das Glück. Jedenfalls steht das Auto so nicht in der prallen Sonne.

Dort oben, an dem Fenster ganz rechts, da winkt euch gleich die Mama!

Sie steigt aus, schickt auf dem Weg zum Haupteingang ein schnelles Stoßgebet in den Himmel. Steh uns bei, Mama, bitte.

14:50 Uhr. Sie meldet sich an der Rezeption an, und kaum zwei Minuten später eilt Monikas Psychologin auch schon in die Lobby.

«Kommen Sie, Frau Roth, ich habe Ihnen einen der Therapieräume zugewiesen, damit Monika und Sie wirklich ungestört sein können.»

«Danke. Und Sie ...?»

Anette Meller schenkt ihr ein wissendes Lächeln. «Ich bin schnell zu erreichen, falls Sie mich brauchen.»

«Gut, das ist gut», sagt Franziska. Obwohl es das natürlich nicht ist. Nichts ist gut daran, dass ihre Schwester in einer Burn-out-Klinik behandelt werden muss und sie sich vor einem einstündigen Gespräch bei ihrer Psychologin absichert. Und doch ist es wohl das Beste, was sie und ihre Schwester im Augenblick schaffen. Eine erste Begegnung nach über zweieinhalb Jahren. Ein Gespräch. Im besten Fall vielleicht sogar eine Annäherung.

Sie folgt Anette Meller in einen lindgrün gestrichenen Flur mit geschlossenen Türen. Vor der letzten erst macht die Psychologin halt, klopft kurz an, drückt die Klinke herunter.

«So, hier bringe ich Ihre Schwester. Alles so weit in Ordnung? Na, fein. Dann gutes Gelingen», sagt sie durch den entstandenen Spalt in den Raum hinein, bevor sie mit einem Kopfnicken zu Franziska zur Seite tritt und die Tür weiter öffnet.

«Monika, hallo. Darf ich?»

Die Andeutung eines Lächelns. «Hallo, Franziska.»

«Hallo.»

Sie zieht die Tür hinter sich zu, fühlt sich nackt und nicht vorbereitet. Da steht sie mit leeren Händen und weiß nicht, wie beginnen, und die Blumen, die sie im Garten geschnitten hatte, hat sie zu guter Letzt im Chaos der Küchendemontage doch noch vergessen.

Ein schmaler Raum. Vor der lindgrünen Wand zwei dunkelgrüne Ledersessel und ein Tisch, an der Stirnwand des Raums gewährt ein bodentiefes Fenster einen Blick in den Klinikpark. Monika sitzt mit dem Rücken dazu. Sie ist dünner geworden und weicher im Gesicht. Beinahe durchsichtig unter dem dezenten Make-up. Vielleicht wirkt das auch nur so, weil sie ihr Haar offen trägt und kein Kostüm anhat, nicht einmal Jeans und Blazer, sondern einen dünnen, sicherlich teuren hellblauen Trainingsanzug und rosa Flip-Flops.

Franziska setzt sich auf den freien Sessel. «Papa lässt Grüße ausrichten.»

Falsch, offenbar, der total falsche Anfang. Sie glaubt, zu sehen, wie ihre Schwester förmlich versteinert.

«Er hat das kapiert, dass du eine Auszeit brauchst, Moka», sagt sie beruhigend. «Er ist jetzt in der Reha, da ist er beschäftigt. Er weiß auch nicht, dass ich heute bei dir bin, nur, dass ich irgendwann vorhabe, dich zu besuchen.»

Monika nickt. Langsam. Zwischen ihnen stehen zwei Gläser, eine Wasserkaraffe, eine Schale mit Pfefferminzdragees, ein Paket Kleenex und ihre zwei Leben. Als Wandtattoo hat jemand Löwenzahn gewählt. Die stilisierten Samen-Fallschirme wirken, als wehte der Wind sie nach draußen.

«Weißt du das noch?» Franziska deutet darauf. «Wie wir die immer gepflückt haben, hochgehalten und gerannt sind? Lauter Wünsche, hast du gesagt, das sind alles Wünsche, und wenn sie weit genug fliegen, gehen sie in Erfüllung.»

«Hat nicht so richtig geklappt, oder?»

«Das wussten wir da aber noch nicht.»

«Ja, das stimmt wohl.»

«Anette Meller hat es dir gesagt, oder? Von Frieder. Von Mama.»

Monika nickt. Schaut wieder ins Leere.

Mama, wie lange das her ist, wie unendlich lange, dass sie das so gesagt hat, so leicht, selbstverständlich. Wie gerne sie ihre Mutter noch ein einziges Mal so genannt hätte.

Du hast mir diese Chance genommen, du, meine Schwester. Du hast auch verhindert, dass ich mich von Artur verabschiede. Wenn sie das laut ausspricht, wie wird Monika reagieren, will sie ihr das zumuten?

«Ich zerbrech mir den Kopf seitdem», sagt Monika leise. «Also ob ich mich nicht doch an Frieder erinnere.»

Gehirnwäsche, das war Gehirnwäsche, Papa.

Sobald du auf die Welt kamst, gab es immer nur Stress, Zissy.

Du solltest glücklich sein, glücklich. Du und Monika, ihr alle beide.

«Ich hab Fotos dabei. Willst du sie sehen?»

Monika nickt wieder. Wartet, bis sie die Abzüge der Originalfotos herausgeholt und auf dem Tisch ausgebreitet hat. Zum Glück hat sie die nicht auch noch vergessen.

Franziska lehnt sich zurück. Lässt Monika Zeit. Ihr Herz hämmert. Weil es so gottverdammt schwer ist zu sagen, was sie zu sagen gekommen ist, trotz allem, so gottverdammt schwer.

Monika hebt den Kopf, sieht sie zum ersten Mal länger an. «Jetzt weiß ich zumindest schon mal, warum ich Bootsfahrten hasse.»

«Es muss schrecklich für dich gewesen sein, ein einziges langes Trauma. Du wirkst so unglaublich verloren auf diesem Foto.»

«Findest du?»

«Du etwa nicht?»

«Ich weiß das nicht mehr, ich weiß das alles nicht mehr, das kann doch nicht sein, oder?»

«Du warst zwei. Ich weiß auch nicht mehr, wie das war, als ich zwei war.»

«Du hast geschrien. Wie am Spieß. Stundenlang.»

«Die nervige kleine Schwester.»

Monika lächelt. Ein bisschen wie früher. «Na, dafür konntest du echt nichts.»

Franziska richtet sich auf. Spring, Ziska, spring jetzt.

«Monika, ich … Ich hätte mich so, so gerne noch von Mutti verabschiedet … Und dann hab ich beim Aufräumen vor ein paar Wochen meine Briefe an Artur gefunden und den Brief von seiner Mutter an mich. So hat das eigentlich angefangen. Ich war so irrsinnig wütend auf dich, wollte dich deshalb zur Rede stellen, und dann, auf dem Parkplatz hier, begreife ich, dass wir beide da schon einmal standen, 1969. Wegen Mutti. Und als Nächstes, warum Mutti damals hier war.»

«Frieder.»

«Frieder, ja. Der verlorene Sohn, der verlorene Bruder. Und der letzte Trigger für ihren Zusammenbruch war wohl der Tod von Uroma Frieda. Du hattest recht, Monika, das weiß ich seitdem. Ich bin weggerannt, immer wieder, vielleicht vor dieser unbewältigten Trauer. Ich konnte nicht anders, aber jetzt erst bekomme ich eine Ahnung, was ich auch dir damit angetan habe. Nicht nur Mutti, wie Papa immer gesagt hat, sondern auch dir.

Ich hab dich alleingelassen, Moka. Ich bin nicht einmal ansatzweise auf die Idee gekommen, dass du vielleicht auch noch andere Pläne gehabt hättest, als zum Ausgleich die gute Tochter zu geben. Ich hab mir immer gesagt: Du könntest ja ebenso gehen wie ich. Du warst für mich einfach immer nur meine große, perfekte, verlässliche Schwester. Und das tut mir leid, Moka, das tut mir im Nachhinein wahnsinnig leid. Und zugleich bin ich dir unendlich dankbar, dass du geblieben bist, all die Jahre, sodass ich diese Freiheit gehabt habe.»

Sie atmet aus. Leere. Ihre Schwester sitzt reglos und sagt nichts.

Zeit, Ziska, gib ihr Zeit. Irgendwo, weit entfernt, tutet ein Telefon und verstummt wieder. Sie wartet. Sie atmet. *So-ham. Ham-sa.* Das Richtige tun, in der besten Absicht, aber ohne Erwartung. Wenn es nur so einfach wäre im richtigen Leben, sich daran zu halten.

«Er hatte angerufen, kurz vorher noch, weißt du.» Monika spricht ganz leise, ohne sie anzusehen, wie zu sich selbst. «Artur. So von oben herab wieder zu mir. Wollte dich sprechen, nur dich. Als wären wir nie in einer Klasse und sogar zusammen Klassensprecher gewesen. Aber du warst nicht da, und ich hatte keine Lust, dir das auszurichten. Es war ja auch eigentlich gar keine richtige Nachricht. Nur so: Sag ihr doch, dass ich angerufen hab und fertig.»

Ihr Herz wieder. Wildwund. Ein fliehendes Herz, so fühlt sich das an. Franziska schluckt. Hart. «Und du meinst, das war ...»

«Zwei Tage später kam Anna. Und da konnte ich dir das doch nicht mehr sagen.» Monika schluchzt auf, birgt ihr Gesicht in den Händen.

Zwei Tage später. Wenn es Artur dringend gewesen wäre, hätte er noch einmal angerufen. Oder nicht? Vielleicht war er sogar froh, dass er sie nicht erreicht hatte und sie sich nicht meldete.

Und wenn sie noch einmal gesprochen hätten und er danach doch in den Tod gesprungen wäre, hätte nicht Monika, sondern sie diese Bürde der verpassten Chance, ihn zurückzuhalten, getragen.

«Es ist nicht deine Schuld, dass Artur sich umgebracht hat.» Ihre Stimme ist heiser. Wem sagt sie das eigentlich?

Monika hebt den Kopf. «Meinst du das im Ernst?»

«Ja.»

«Das ist sehr großzügig, Zissy.»

Sie schüttelt den Kopf. Das trifft es nicht. Das will sie so nicht. Keine Medaille, bestimmt nicht. Sie schenkt sich ein Glas Wasser ein. Trinkt. Ihr Kopf schwirrt. Ihr Gazellenherz hetzt über die Savanne. Die Stunde, die Anette Meller gewährt hat, ist längst überzogen. Sie würde sich gern draußen eine Weile ins Gras legen. Kopf an Kopf mit Monika, die Arme und Beine weit ausgestreckt wie früher manchmal, vielleicht würde das helfen. Nicht reden. Nur da sein.

«Ich glaub, ich kann jetzt nicht mehr», sagt Monika leise. «Ich bring dich noch zum Parkplatz.»

Steif fühlt sie sich, als wäre sie sehr lange gelaufen – oder sehr lange überhaupt nicht. Der Schatten der Zeder ist inzwischen gewandert, ihr Auto steht jetzt in der Sonne.

«Da oben war sie», sagt Monika. «Das ganz rechte Fenster.»

«Und du musstest auf mich aufpassen und mit mir winken. Dabei warst du doch genauso verloren.»

Sie stehen still. Seite an Seite, die Blicke auf die Fassade gerichtet. Früher stand sie immer links von Monika, jetzt steht sie rechts, plötzlich wird Franziska das bewusst. Hat das irgendetwas zu bedeuten?

Sie berührt Monikas Hand. Vorsichtig nur. Fühlt, wie die sich versteift.

«Ich kann das noch nicht, Zissy.»

«Ist okay.»

«Kommst du wieder? Trotzdem?»
«Wenn du das willst.»
«Gut. Ja. Dann fahr jetzt. Nur eins noch.»
«Ja?»
«Mutti. Als sie gestorben ist. Sie hat noch was gesagt. Das sollte ich dir ausrichten.»
«Und?»
«Sag Franziska, dass es mir leidtut.»

BLEIBEN

ALS REDAKTIONSASSISTENTIN HAT SIE keinen festen Aufgabenbereich. Sie ist Handlangerin, Kaffeekocherin, Aufräumerin, Hoffende. Sie spült das Geschirr und die Gläser, wenn die Gelage am Ende einer Redaktionskonferenz mal wieder ausgeufert sind, sie bedient das Telefon, sichtet Zeitungen, Zeitschriften, Leserbriefe und verteilt die Nachrichtenagenturmeldungen und Pressemitteilungen, die unentwegt aus der Telexmaschine und dem Faxgerät rattern, auf die Schreibtische. Sie führt Protokoll bei den Konferenzen, hilft beim Klebelayout, liest Korrektur, beantwortet Leseranfragen. Sie soll außerdem eigene Themenvorschläge erarbeiten und, wenn es ihr gelingt, nach Redaktionsschluss noch einen eigenen Artikel zu verfassen, darf sie den auf den Schreibtisch von Alexander oder Valeska legen, den beiden Chefredakteuren. Manchmal hat sie Glück, und sie drucken ihn. Oft reißen sie ihn auch einfach in Fetzen und werfen ihn in den Papierkorb. Aber immerhin: Sie ist dabei. Hier, in der Hauptstadt. Sie fängt an zu verstehen, wie das läuft mit der Politik, mit der Lobbyarbeit, mit der Pressearbeit und dem Journalismus. Sie bekommt ein kleines Gehalt. Fest. Jeden Monat. Sie ist zwar nicht dort, wo Artur bereits gewesen war, sondern mindestens drei Rangstufen unter ihm, aber sie ist dabei.

Aus dir wird nie was, vergiss es, hol mir noch einen Kaffee. Was willst du eigentlich hier, hast gerade mal Abi und ein paar Schulzeitungsartikel gekritzelt, aus reiner Freundlichkeit lassen wir dich hier mitmachen. Verstehst nicht die simpelsten Zusammenhänge, Politik ist Politik, das ist nichts Persönliches, Franziska ...

Sie beißt die Zähne zusammen, wenn Valeska und Alexander sie runterputzen. Sie redet sich ein, dass es ein Erfolg ist, als sie ihr nach einem halben Jahr Probezeit hundert Mark mehr zahlen und endlich einen eigenen Schreibtisch zuweisen. Im sogenannten Archivraum steht der, eingekeilt zwischen raumhohen, mit Zeitungen, Ordnern und ungeordneten Papierstapeln vollgestopften Ikearegalen und Umzugskartons, die vermutlich ebenfalls voller Papier sind, jedenfalls sind sie bleischwer, Franziska schafft es nicht, sie auch nur einen Zentimeter zu bewegen.

Es riecht seltsam süßlich in diesem Raum, nicht nur nach Staub, Zigarettenqualm und vergilbten Papieren. Sie würde gerne lüften, aber das geht nicht, denn es gibt zwar eine schmale Balkontür, aber die ist hüfthoch von einem weiteren Regal verstellt. *Rühr das nicht an, lass das Fenster bloß zu*, hat Valeska gewarnt. Aber am dritten Tag, während die anderen in einer weiteren Besprechung zusammenhocken – *nein, du nicht, Ziska, nur der innere Zirkel* – klettert sie doch über die Umzugskartons zur Balkontür und versucht, sie zu öffnen. Vergebens. Der Griff lässt sich zwar drehen, doch wegen des Regals kann sie die Balkontür nicht mal einen Miniaturspalt aufziehen.

Sie stellt sich auf Zehenspitzen und überlegt, was sie sehen könnte, würde sie von draußen hineinblicken. Nicht, dass das möglich wäre. Gegenüber ihrem Kabuff ragt eine fensterlose Wand in den Himmel. Der Himmel selbst bleibt für sie unsichtbar, kein Sonnenstrahl, der je den Weg auf diesen Balkon findet. Aber nun, da sie so nah ist, kann sie die Tauben noch lauter hören als sonst immer, und sobald sie auf einen Karton geklettert ist, kann sie sie auch sehen: Zehn, vielleicht sogar zwanzig drängen sich auf dem Balkon aneinander, der eigentlich gar kein richtiger Balkon ist, eher ein Austritt. Dicht an dicht hocken sie, in einer Kruste aus Kot, Federn, Geäst und Müll, eine sich beständig plusternde, gurrende Kolonie, die diesen Austritt offenbar zu ihrem Brut- und Sammelplatz erkoren hat. Sie sehen erbärmlich aus. Räudig. Sie flattern auf, taumelnd, schwerfällig, lassen sich gleich wieder nieder. Es gibt auch zwei Nester mit fast nackten Jungvögeln, und offenbar sind die auf den Hinterlassenschaften diverser Vorgänger errichtet worden, Franziska erspäht sogar zwei Taubenkadaver, auf denen die anderen einfach herumtrampeln. So also ist das. Nun weiß sie, woher dieser süßliche Geruch kommt.

«Flugratten, lass sie verrecken», sagt Valeska, als Franziska sie darauf anspricht. «Himmel, Kind, lern endlich, Prioritäten zu setzen.»

Aber wie soll das gehen? Sie kann den Anblick der Tauben zwar nicht ertragen, sie kann aber auch nicht mehr wegschauen. Immer wieder klettert Franziska auf den Karton, lauscht dem Gurren, starrt in die kreisrunden roten Augen, die sie im Gegenzug fixieren. Doch manchmal ist von einer Sekunde auf die andere auch alles anders. Dann schreien die Tauben und flattern, weil die Krähen herbeifliegen und die Nester ausrauben. Sie reißen auch die Küken, und die Taubeneltern ergreifen die Flucht. Sie können nicht anders, weil sie zum Kämpfen zu schwach sind. Aber sobald die Krähen wieder fort sind und die überlebenden Tauben sich beruhigt haben, beginnen sie von Neuem mit dem Nestbau und dem Brüten. Genau wie ich, denkt Franziska, ich mach auch immer weiter, als wäre nichts gewesen. Ich niste auf Arturs Leben. Nur nachts wird es still draußen, und wenn Valeska und Alexander und die anderen längst daheim sind oder in einer der umliegenden Kneipen noch weiterdiskutieren, steht sie manchmal immer noch an der Balkontür: Ein Schemen im Schwarz der Fensterscheibe, blass und dünn mit vom stundenlangen Lesen brennenden Augen, eine junge Frau zwischen Papierbergen und Taubenkadavern. Es ist eklig. Unerträglich. Aber zugleich scheint ihr, als würde sich genau hier, mit jeder Minute, in der sie das aushält und hinschaut, etwas in ihr zurechtrücken. Etwas, das wichtig ist. Wichtiger als all die Zeitschriftenseiten, die unterdessen am anderen Ende des Flurs in den lichtdurchfluteten Redaktionsräumen produziert werden.

«Wir müssen was tun. Die Tauben sind auch Lebewesen, und wenn wir doch eine gerechte Welt wollen ...» Fast ein Jahr vergeht, bis sie das endlich laut ausspricht.

Aber Valeska legt einfach den Kopf in den Nacken und lacht. «Du bist unverbesserlich, echt. Köstlich. Die Tauben sind nicht relevant, Franziska.»

Relevant. Es ist wie ein Schwamm, dieses Wort. Es saugt alle anderen Wörter auf, wird größer und größer. Es begleitet sie abends in die WG, es saugt sich in ihr Leben. Bis sie eines Sonntags in die Redaktion geht, sich vergewissert, dass sie wirklich allein ist, die Papierberge aus dem Regal räumt, das Regal wegschiebt und die Tür zum Balkon öffnet.

Widerlich ist das. Noch viel ekelhafter, als sie es sich vorgestellt hat. Aber ein paar der aus ihren Träumen – oder wohl eher Albträumen – aufschreckenden Tauben sehen doch so aus, als könnten sie es noch woandershin schaffen.

«Hier», lockt sie sie. «Kommt nur her», und streut Valeskas Biomüsli auf den Boden. Erst die angebrochene Packung und dann noch die neue, die sie am Freitag auf Vorrat für ihre Chefin gekauft hatte. Sie streut eine Müslispur aus dem Zimmer heraus durch den Flur bis auf Valeskas Schreibtisch und klemmt ihre Kündigung unter den Fuß der Schreibtischlampe. Sie hört die Tauben hinter sich, hört, dass sie näher kommen, immer näher. Sie lächelt. Dann geht sie.

*

SIE WILL IHM SEINE WÜRDE lassen. Sein Tempo. Seinen Willen. Also darf sie ihm nicht aus dem Stuhl helfen, sondern muss ihn allein aufstehen lassen, auch wenn es gefährlich aussieht, sehr gefährlich. Der erste Tapsschritt dann. Zeitlupenlangsam. Der zweite. Innehalten, Schwanken. Die Handgriffe des Rollators noch fester packen. Den linken Pantoffelfuß ein paar Zentimeter voranschieben. Leises Quietschen der Räder. Den rechten Fuß jetzt. Zwei, drei Sekunden vielleicht benötigt sie selbst, um vom neuen Bad durch den Flur in den Anbau zu gelangen, wo das Frühstück bereitsteht. Das Willkommensfrühstück im fertig umgebauten Haus. Gestern am späten Nachmittag erst ist ihr Vater nach fünf Wochen Reha zurückgebracht worden. Hat sich alles besehen, nicht viel gesagt, aber auch nicht protestiert, wollte sich einfach bald ausruhen.

Du schaffst das nicht, Papa, wir schaffen das so nicht, das dauert zu lange, komm, wir nehmen lieber den Rollstuhl. Wie sollte sie ihm das sagen, ihm, der ihr immer eingebläut hatte: Du kannst alles erreichen, wenn du dich nur genug anstrengst – und selbst nach dieser Maxime gelebt hat?

Sie drängt ihre Ungeduld beiseite. Die Zweifel. Es kann so nicht gehen. Sie wird das nicht durchhalten. Es muss aber gehen. Noch ein Weilchen zumindest.

Ihr Vater sieht sie an. «Geh du ruhig schon vor.»

«Bist du sicher?»

Er nickt. Konzentriert sich auf den nächsten Schritt. Er läuft, denkt sie. Er läuft, und er lebt noch. Er hat in der Reha mitgearbeitet und akzeptiert die Veränderungen. Und das neue Bad, das gefällt ihm. Die Haltegriffe in der Dusche und neben dem WC ganz besonders. Und der Klappsitz, sodass er sich hinsetzen kann beim Duschen. Eine Stunde hat er gebraucht, aber danach schien er glücklich. Und es kann immer noch besser werden mit dem Laufen. Die Heilung braucht Zeit, braucht noch immer viel

Zeit, sagen die Ärzte. Es wird nie mehr gut werden, nie mehr so wie vor dem Sturz, nicht in diesem Alter, aber doch etwas besser.

«Du rufst, wenn du mich doch brauchst, ja?», sagt sie und eilt voraus in den Anbau. Zehn Schritte nur, aber für ihren Vater bestimmt zwanzig. Vielleicht sogar dreißig. Eine Expedition. Eine Weltreise.

Sie zündet die Kerze an, vergewissert sich, dass auf dem Tisch wirklich alles bereitsteht: der Kaffee und die Butter, zwei Eier unter den von ihrer Mutter gehäkelten blau-weiß gestreiften Warmhaltehauben. Ein von Anna eingemachtes Glas Rhabarber-Erdbeermarmelade. Käse und Tomaten und Milch und eine Rose.

Sag Franziska, dass es mir leidtut. Der Satz hallt in ihr nach. Er macht etwas mit ihr, wirbelt Gewissheiten durcheinander. Ihr Selbstbild. Als wäre ihr Leben ein Mosaik, so kommt es ihr vor. Und jetzt müsste sie es noch mal neu legen. Dieselben Steinchen noch immer, nur um eine Nuance verändert. Franziska stellt sich an die Fensterfront, sieht hinaus in den Garten. Ein grauer Tag heute. Frühnebel. Wind rüttelt an der Walnuss, fegt die ersten Früchte und Blätter herab, die bereits gelb sind, dabei ist es erst Anfang September.

Erst oder schon. Der Sommer neigt sich dem Ende zu, sogar dieser so heiße, schier ewige Sommer. Sie steckt zwei Brotscheiben in den Toaster. Ein Geländer könnte sie an die Flurwand schrauben lassen, eins aus Holz, das der Hand schmeichelt, wie eine Ballettstange. In ein paar Wochen vielleicht, dann schafft ihr Vater es womöglich auch ohne den ihm verhassten Rollator bis in den Anbau. Vielleicht auch nicht. Vielleicht nie mehr.

«Soo.» Er hat es geschafft, er kommt näher, verharrt. Lässt die neuen Schränke auf sich wirken, die Uroma-Frieda-Anrichte an der Stirnwand des Anbaus, den alten Küchentisch mit der vertrauten Bank und den Stühlen vor der Fensterfront, ihr Sofa aus

Niedenstein und den Flickensessel, den Kaminofen und den Garten.

Sie schenkt ihm Kaffee ein, Tee für sich, gibt die gerösteten Toastscheiben ins Brotkörbchen.

Ihr Vater nickt und manövriert sich im Zeitlupentempo auf seinen Platz. Was geht in ihm vor? Sie weiß es nicht. Sie ist ihm so nah gekommen wie vielleicht nie zuvor in den letzten drei Monaten, und doch bleibt sein Innenleben für sie unergründlich.

«Haben wir auch Knäckebrot?»

«Knäckebrot? Warte, vielleicht, ja.» Sie springt wieder auf, findet tatsächlich ein Paket, das noch Monika gekauft haben muss. Oder sogar ihre Mutter? Wer auch immer, sie hat es aus der alten Küche in die neue getragen, wie so vieles andere.

Sie öffnet die Packung, gibt drei Scheiben ins Brotkörbchen. Ihr Vater nimmt sich eine, wiegt sie in der Hand, streicht dann vorsichtig Butter darauf, greift zum Salzstreuer.

«Mutti hat das jeden Morgen so gemacht», sagt er, beißt ab, kaut, schließt die Augen, öffnet sie wieder, trinkt einen Schluck Kaffee.

«Gut. Sehr gut.» Er lächelt.

«Schön, wenn es dir schmeckt.»

«Du hast dir viel Mühe gegeben.»

«Na ja, ich dachte halt ...»

«Das neue Bett ist natürlich etwas ...»

«Ja?»

Er beißt erneut in sein Knäckebrot. Kaut. Schließt die Augen. Höhenverstellbar ist das Bett. Mit beweglichem Kopf- und Fußteil. Voll elektronisch steuerbar. Sündteuer. Monikas Vorschlag war es, das zu kaufen, und sie hatte recht: Das Ehebett ist in die Jahre gekommen, zu voluminös für das einstige Esszimmer und vor allem zu niedrig, ihr Vater würde in seiner jetzigen Verfassung vermutlich aus seinem alten Ehebett nicht allein aufstehen können.

Ihr Vater greift zu seiner Kaffeetasse, führt sie an die Lippen, schließt die Augen. Nimmt einen zweiten, größeren Schluck, behält den im Mund, zieht ihn geräuschvoll zwischen den Zähnen durch, bläht die Backen, spült wie mit Mundwasser.

«Was ist mit dem neuen Bett, Papa?»

Er schluckt, öffnet die Augen. «Das Knäckebrot klebt an den Zähnen. Das ist ein Nachteil. Der einzige aber.»

Hört er sie nicht, will er sie nicht hören? Er will sie hinhalten, darum geht's. Ein bisschen zappeln lassen. *Der pinkelt sein neues Revier ab*, so würde Anna das ausdrücken.

Ihr Vater hält ihr die Kaffeetasse hin, mitsamt der Untertasse. Es kostet ihn Kraft, sie wackelt ein wenig, klirrt leise. Franziska will sie ihm aus der Hand nehmen, aber er gibt sie nicht her, also schenkt sie ihm nach.

«Danke.»

«Gerne.»

Okay, ich spiele mit, aber nach meinen Regeln. Das ist wohl die Botschaft an sie. Eine Ansage.

Er köpft sein Ei. Sie köpft ihr Ei. Sie frühstücken. Ediths Eier. Annas Marmelade. Es schmeckt ihm beides. Sie isst Schwarzbrot mit Käse und Tomaten, schneidet sich hinterher noch einen Apfel.

«Es ist gut, wie es ist.» Ihr Vater legt sein Besteck zur Seite, wischt sich den Mund ab. «Aber was ist das da für ein seltsamer Sessel?»

«Den hab ich aus Niedenstein mitgebracht. Der ist schön bunt.»

«Ja, das sehe ich.»

«Und sehr bequem. Musst du mal ausprobieren.»

Sie kann nicht so hart zu ihm sein, wie er es früher zu ihr war.

So intolerant auch. So unerbittlich. In ihrer Welt, ihrem Werteschema, gibt es kein Schwarz-Weiß mehr, kein *man tut dies so* oder *man tut dies nicht*, sondern Nuancen, Grautöne, unendlich viele Farben. Und außerdem haben die Rollen sich verkehrt. Sie ist jetzt die Stärkere. Sie ist freiwillig hier, sie kann gehen, wenn sie will. Er ist auf sie angewiesen. Auf sie oder jemand anderes. Er weiß es. Sie weiß es. Sie muss das nicht ausspielen.

Er stemmt sich hoch. Schwankt. Stabilisiert sich. «Räumst du ab?»

«Ja, klar.»

Sie schiebt ihm den Rollator in Position. Er übernimmt, setzt sich in Bewegung. Trippelschritt für Trippelschritt, am Tisch entlang, betrachtet die neue Küchenzeile, ihr samtgrünes Niedenstein-Sofa, den Flickensessel mit der passenden Fußbank, steuert darauf zu, langsam, unendlich langsam. Manövriert sich hinein.

«Die Walnüsse fallen schon.»

«Ja.»

«Und Monika, wie geht's ihr?»

«Besser.»

Er nickt, schließt die Augen, lehnt den Kopf an. Sie deckt den Tisch ab, verwahrt die Reste. Bei ihrem letzten Besuch in der Klinik hat Monika sie in den Arm genommen. Kurz nur. Weil sie Flo mitgebracht hatte. Flo, der im Partykeller ihres Vaters einen Probenraum einrichten möchte. Was sie lieben würde, lieben. Und trotzdem besteht sie darauf, dass das nur geht, wenn Monika ihr Okay gibt.

Ihr Vater schläft jetzt, er schnarcht sogar leise. Trotzdem holt sie die FAZ und seine Lesebrille und legt beides neben ihm auf den Beistelltisch.

Und jetzt, was als Nächstes? Es ist anders, so anders, seitdem er wieder da ist. Sie hat fast nie alleine gelebt, aber nach diesen drei Monaten alleine kommt es ihr vor, als ob das Haus trotz der Erweiterung schon für zwei Personen viel zu eng wäre. Weil sie loslassen muss, das Loslassen lernen, auch wenn sie Angst hat, ihr Vater könnte erneut stürzen. Weil sie immer noch nicht wirklich unbeschwert miteinander sein können. Und weil sie nicht damit gerechnet hatte, ihr Vater könnte sich hier im Anbau länger aufhalten wollen als zu den Mahlzeiten und in diesem Sessel sitzen, ihrem geliebten Sessel aus Niedenstein, den er dort nie gesehen hat, weil er sie nie besuchen kam.

Sie geht in den Garten, holt Harke und Korb, recht den ersten Schwung Walnüsse aus dem Kies. Eine Woche noch, dann ist das Gartenhaus fertig. Ihr kleiner, persönlicher Wahnsinn, vielleicht auch ihre Rettung in Momenten wie diesem. Axel Königs könnte ihr im Obergeschoss auch eine eigene Wohnung einrichten. Ihr oder einer Pflegekraft. Noch herrscht dort Chaos. Noch hat sie sich nicht entschieden.

Sie pult eine Walnuss aus der grünbraunen, fleischigen Hülle, schließt die Hand um die hellbraune, runzlige Frucht.

Sie gleichen einander sehr, und doch ist jede einzig. Und wenn du sie knackst, weißt du vorab nie, was du in ihrem Inneren findest.

Franziska richtet sich wieder auf. Dehnt sich. Streckt sich. Steckt die Nuss in die Hosentasche. Am Morgen ist sie schon gelaufen, zum ersten Mal bis zur Eiche, mit kleinen Pausen und ohne Stoppuhr. Verrückt ist das, dass sie diesen Weg, ohne zu zögern, wiedergefunden hat, dass sie ihn immer noch so gut kennt und doch jedes Mal wieder vollkommen neu zu betreten und zu sehen scheint. Vielleicht, denkt sie, während sie zurück ins Haus läuft, ist es mit meinem Vater und mir ja genauso.

*

OHNE ARTURS SELBSTMORD hätte sie nicht so schmerzlich und früh erfahren müssen, dass das Leben fragil ist, ein Blatt im Wind nur und kostbar. Sie wäre nicht so aus der Bahn geworfen worden, dafür aber womöglich niemals aus Arturs Schatten getreten, weil sie zwar gerne schrieb, aber noch lieber mit den Händen zupackte. Ihre Schwester hätte ihre Briefe an Artur nicht verstecken und sich deswegen fortan mit Schuldgefühlen herumquälen müssen. Und wenn Lars nicht – Jahrzehnte später – mit einer einundzwanzigjährigen Praktikantin ein Kind gezeugt hätte, würde sie, Franziska, noch immer in Niedenstein leben. Sie würde nie in einem indischen Yoga-Ashram Mantras gechantet und tagelang in tiefem Schweigen meditiert haben, auch nicht in einem deutschen. Sie hätte die alten indischen Schriften nicht so gründlich studiert, überhaupt nie so viel meditiert, wäre keine so gute Yogalehrerin geworden. Sie hätte Monika trotzdem nicht unterstützt – weder vor noch nach dem Tod ihrer Mutter – und wäre nach Monikas Kollaps sicherlich nicht für einen ganzen Sommer nach Mühlbach zurückgekehrt, um sich um ihren Vater zu kümmern. Und dann hätte sie niemals die Briefe gefunden, die Monika nach Arturs Tod vor ihr versteckt hatte, sie hätte Monika nicht in ihrer Klinik aufgesucht und also auch nicht das Geheimnis um ihren toten Bruder gelüftet. Sie hätten sich folglich auch nicht versöhnen und ein paar der alten Familiengeister begraben können. Natürlich ist diese Kette höchst unvollständig und auch völlig anders interpretierbar. Ihr erstes Glied ist zudem willkürlich gewählt. Tatsächlich ließe sich diese Kette nämlich noch viel weiter zurückführen: Ohne den Krieg und Frieders Tod in der Familiengeschichte beispielsweise wären sie womöglich alle vier glücklicher gewesen, zumindest weniger belastet. Aber andererseits wären sich ihre Eltern ohne den Krieg aller Wahrscheinlichkeit nach gar nicht begegnet. Sie hätten sich also niemals ineinander verlieben und heiraten können. Die Familie Heinrich Roth, sie selbst, würden dann schlichtweg nicht existieren, es hätte sie nie gegeben, was wiederum zeigt, dass das, was gemeinhin als glückliches oder leichtes Leben bezeichnet wird, nicht unbedingt das ist, auf das es am meisten ankommt.

*

SIE LAUFEN DEN HÜGEL HINAUF zum Waldrand. Oder besser gesagt: Franziska läuft und schiebt ihn im Rollstuhl. Er hasst das, und doch, als sie oben sind und auf Mühlbach hinabblicken, ist er froh, dass er sich schließlich hat überzeugen lassen. Denn der Tag ist makellos. Klar. Nicht zu kühl, nicht zu warm. Ein goldenes Licht liegt auf allem. Altweibersommer. Johannes Lieblingsjahreszeit war das.

So reich, Heinrich, so reich, der September. Ernten zu dürfen, was man gesät und gehegt hat.

«Wollen wir noch weiter zur Bank, Papa?»

Die Bank. *Unsere Familienbank*, wie die Mädchen früher gesagt haben, mit ganz langem i. Stürmten voraus, um zu schauen, ob sie frei für sie war. Besetzten sie schon mal, schlenkerten mit den Beinen.

«Zur Bank», sagt er. «Ja. Aber warte, nicht so.»

«Nicht so?» Sie versteht nicht, ist schon dabei, den Rollstuhl zu drehen.

«Nein, warte.»

Sie gehorcht.

«Den Stock haben wir doch dabei, oder?»

«Haben wir, ja.»

Er nickt, stemmt sich hoch. Grasbüschel unter seinen Sohlen. Ein holpriges Auf und Ab. Es wird gehen. Es muss gehen. Hundert Meter weit, vielleicht hundertfünfzig. Immer am Waldrand entlang, direkt hinter der Rechtskurve steht ja auch schon ihre Bank.

Er streckt die Hand aus, lässt sich den Stock reichen, deutet damit auf den Rollstuhl.

«Den parken wir hier und gehen zu Fuß weiter.»

«Zu Fuß?» Sie mustert ihn. Er rührt sich nicht, sagt nichts. Wartet.

«Also gut, wenn du meinst.» Sie schiebt den Rollstuhl ins Gebüsch, atmet durch, bietet ihm ihren Arm dar.

Johanne ging so neben ihm, wie er jetzt neben Franziska. Leichtfüßiger natürlich als er. Schwebend. *Ich hake mich bei dir unter,* so nannte sie das, mochte das aus irgendeinem Grund, den sie nie wirklich zu erklären vermochte, viel lieber, als Hand in Hand mit ihm zu laufen. Und nun muss er sich bei seiner Tochter unterhaken, muss sich festhalten an ihr, bürdet er ihr einen Teil seines Gewichts auf. Ihr und dem Stock. Er schafft es nicht anders, denn er zieht sich, der Weg, und der Boden ist tückisch.

«Geht es noch, Papa?»

Es geht. Es muss gehen. Aufgeben gilt nicht. Und sie kommen voran. Schrittchen für Schrittchen. Die Kurve, die Bank. Wie sehr sich die Dimensionen im Laufe der Jahre verändern. Was Jahrzehnte lang verlässlich und nah schien, rückt in unerreichbare Ferne. Was längst vergessen geglaubt war, kommt mit einer Macht zurück, vor der man nur kapitulieren kann.

Die Bank ist frei. Die Sonne wärmt ihm die Beine. So lange her, dass sie hier alle vier nebeneinandergesessen haben, oder später dann er und Johanne alleine. Er streicht mit der Hand über das von unzählbaren Mänteln und Hosen blank gescheuerte Holz. Franziska neben ihm seufzt, schließt die Augen, streckt die Beine weit von sich. Gazellenbeine. Möge es noch lange, sehr lange so bleiben.

Heinrich beschattet die Augen mit der Rechten, lässt den Blick schweifen. Sein Haus kann er sehen, die Wiesen dahinter, das alte Klärwerk, den Pfad, den er so oft heraufgejoggt ist, die nächste Ortschaft und die bergige Kette des Odenwalds. Die beiden Windräder sind neu. Stehen sie diesseits oder jenseits der Bundesstraße nach Darmstadt? Nicht zu entscheiden, denn die für den Bau gerodete Fläche ist längst wieder zugewachsen und die Schnellstraße, deretwegen Franziska damals so einen Terror veranstaltet und ihn monatelang wüst beschimpft hatte, nicht mehr zu erkennen.

«Man sieht sie nicht mehr», sagt Heinrich. «Genau, wie ich das gesagt hatte.»

Franziska öffnet die Augen. «Aber sie ist da. Und ich kann sie hören.»

Ja, na gut. Hören kann er die Straße schon auch mit den neuen Hörhilfen. Vielleicht. Ein bisschen. Wenn er sich anstrengt. Ein gleichmäßiges Rauschen. Nicht schlimm, überhaupt nicht.

Franziska verschränkt die Arme, ihr Fuß wippt. Alter Narr. Hättest nicht damit anfangen sollen, die gute Stimmung nicht trüben. Oder haben sie gar keine gute Stimmung? Ist es wirklich in Ordnung für sie, dass sie immer noch bleibt? Früher war es so leicht, in Franziskas Miene zu lesen. Nie konnte sie ihn belügen. Und nun schaut sie ihn an, scheinbar ruhig, aber er weiß nicht, ob es nicht doch in ihr brodelt. Und was in seiner anderen Tochter vor sich geht, weiß er erst recht nicht. Monika, die ihn jetzt immerhin ab und zu anruft, sich davon abgesehen aber weiterhin *freinimmt*, wie sie und Franziska das ausdrücken, noch mindestens bis zum Ende des Jahres.

«Ich habe die Straße nicht gebaut», sagt er. «Ich habe auch nicht entschieden, dass sie gebaut wird.»

«Stimmt.» Sie mustert ihn. «Aber du hast sie eingemessen.»

Fingerspitzengefühl, lange Erfahrung, Sorgfalt und Fachkenntnisse sind vonnöten, eine neue Trasse im freien Gelände korrekt und optimal zu planen, es überhaupt zu erschließen. Eine Kunst ist das. Man zieht nicht einfach wie mit dem Lineal einen Strich durch die Landschaft, sondern man muss die Landschaft in ihrer Komplexität erfassen und im Verlauf der Straße berücksichtigen: die Bodenbeschaffenheit, jede Wasserader, jede Erhebung, die Distanzen zu den nächsten Ortschaften, den Schall, die Zu- und Abfahrten, alles.

«Das war wie Magie früher, wenn wir gelaufen sind», sagt Franziska. «Es gab dann oft nur noch uns, so kam mir das vor, den Wald, unsere Schritte. Und im Herbst war es manchmal so neblig, weißt du das noch? Man sah kaum die Hand vor Augen in dieser Suppe, ich dachte, wir würden die Eiche nie finden, würden uns ganz sicher verlaufen, aber du hast nie auch nur eine Sekunde gezögert, und plötzlich tauchte die Eiche doch auf.»

Heinrich nickt. «Deine Eiche. Die hast du gemocht.»

«Das tue ich immer noch.»

«Gibt es sie noch?»

«Zum Glück. Ja.»

Glück. Ist das Glück? Kann ein Baum wirklich Glück sein? Vielleicht für seine Tochter. Er räuspert sich, versucht es noch einmal. Die richtigen Worte. Eine plausible Erklärung.

«Wenn ich den Auftrag damals nicht angenommen hätte, wäre die Straße trotzdem gebaut worden. Sie hätten einfach ein anderes Ingenieurbüro damit beauftragt.»

«Schon klar.» Sie hebt einen Kiesel auf, mustert ihn, schleudert ihn auf die Wiese. «Aber trotzdem habe ich nie richtig verstanden, warum dich das so kaltlässt. Du hast mir den Wald doch überhaupt erst nahegebracht. Er war dir doch wichtig. Hast du nie an den Lärm gedacht? An die Abgase? Unsere Zukunft?»

«Der Wald ist doch noch da.»

«Noch!» Sie sieht aus, als wollte sie noch viel mehr sagen, beherrscht sich dann aber.

«Es war mein Beruf, Franziska. Unser Leben. Ohne Infrastruktur gibt es kein gutes Leben. Der Wald ist kein romantischer Ort, nicht nur jedenfalls. Man darf ihn nicht verklären. Und die neue Trasse war dringend nötig. Man kam doch in Mühlbach gar nicht mehr über die Hauptstraße, den ganzen Tag ging das so, Stoßstange an Stoßstange.»

«Und die Eisenbahnlinie haben sie stillgelegt.»

«Die Bahn allein wäre keine Lösung gewesen. War sie noch nie. Wird sie nie sein. Das funktioniert nicht. Nicht bei so vielen Menschen.»

Sie schweigt. So verletzlich noch immer. Wie hat er das je vergessen können? *Zu sensibel, unsere Kleine ist viel zu sensibel.* Regelrecht empört hat Johanne das immer mal wieder festgestellt, als ob sie selbst je auch nur einen Deut anders gewesen wäre.

«Franziska, es war damals – es war vielleicht manches falsch, was wir, also was ich damals ... Wir haben Fehler gemacht. Beide. Ich wohl noch mehr als Johanne. Aber wir wollten ganz sicher nicht ...» Er stockt. Räuspert sich. «Du solltest es gut haben. Gut! Wir wollten doch für dich da sein. Und dann – ich weiß nicht, es ging schief. Ich kann nichts mehr ungeschehen machen. Es war sicher auch so, dass Johanne und ich als Kinder ...»

«Das weiß ich.» Sie sieht ihn an. «Glaub mir, das weiß ich.»

Weiß sie das? Nein. Sie kann es nicht wissen, und er kann es ihr nicht vermitteln. Ihm fehlen dafür die Worte. Was also dann? Was kann er ihr sagen? Er will, er muss ihr doch etwas sagen jetzt.

«Es ist schön, dass du da bist.» Ein Johannesatz ist das. Ein Johannesatz, der ihm einfach herausrutscht und erstaunlicherweise zu bewirken scheint, dass Franziskas Gesicht auf einmal ganz weich wird.

Nicht weinen, denkt er, bitte nicht schon wieder weinen. Aber sie weint nicht. Diesmal nicht. Sie lächelt ihn an. Lächelt ein sehr erwachsenes, ein wenig wehmütiges Lächeln.

«Da hast du recht. Das finde ich auch, Papa.»

*

«DAS KOMMT NICHT INFRAGE, so eine Schnapsidee, wer soll das bezahlen?»

«Ich will mich ja erst einmal nur informieren.»

«An der Technischen Universität. Im Westen!»

«In Berlin! In deinem geliebten Charlottenburg, Mutter! Ich möchte gern Ingenieur werden.»

«Er will also Ingenieur werden», sagt sie in Richtung eines nur in ihrer Vorstellung vorhandenen Publikums und hält Heinrich ihr Feuerzeug hin. In seinem Zimmer. Obwohl er das hasst. Aber darum soll es jetzt nicht gehen.

Er lässt die Flamme aufspringen, bietet sie ihr dar, wartet geduldig, bis sie sie gnädig akzeptiert hat. «Vielleicht bekomme ich ja ein Stipendium. Und wenn du das Haus vermieten würdest, könntest du ...»

«Bist du wahnsinnig?» Nun fällt sie doch aus ihrer Inszenierung und sieht ihn an.

«Berlin, Mutter! Da gehörst du doch hin. Das vermisst du doch so. Die Theater, das Schauspielen ...»

Sie lacht auf. Ihre Meerkatzenaugen funkeln Verachtung. «Wie bist du so dumm, Heinrich. Das war vor dem Krieg, weit vor dem Krieg. In meinen besten Jahren. Aber jetzt – sieh mich doch nur an.»

Diese Schleife also wieder. *Ich bin alt, ich bin hässlich, ich bin ganz alleine ...* Er würde gerne das Fenster öffnen. Würde noch viel lieber seinen Koffer packen und nach Berlin fahren. Selbst wenn sie ihn dort an der Universität nicht akzeptieren, können sie ihm vielleicht einen Tipp geben. Was hält ihn noch hier, warum ist das so schwer?

Seine Mutter wirft sich in Pose, lässt ihn nicht aus den Augen. Sie ist immer noch sagenhaft schlank und hat diese ebenso sagenhaft langen Tänzerinnenbeine, das Charlestonkleid reicht ihr allerhöchstens bis zur Mitte der Oberschenkel, ihr burgunderrot gefärbtes Haar lässt ihren Teint noch heller erschienen.

«Du bist doch immer noch wunderschön, Mama, du könntest doch sicher ...»

«Die schrullige Alte, so würden sie mich besetzen. Wenn überhaupt noch. Nein danke.»

Sie inhaliert, schnaubt eine wütende Rauchsäule ungeniert in seine Richtung, neigt den Kopf ein wenig. Kokett soll das wohl sein, aber sie hat schon recht, das Jungmädchengetue kauft ihr niemand mehr ab, die tiefen Linien zwischen Nase und Mund und unter den Augen kann sie nicht mehr überschminken und die Flecken im Dekolleté auch nicht.

Sie verlagert ihr Gewicht auf das linke Bein, stützt die linke Hand auf die Hüfte und lächelt. «Rudolf schuldet mir noch einen Gefallen, er will es in Straußberg als Jungwerker mit dir versuchen, und wenn du dich gut anstellst, Heinrich, dann ...»

Rudolf der Eisenbahner, ihr neuester Bekannter, dem sie Tanzschritte beibringt, und der Himmel allein weiß, was noch alles. Früher hat sie Heinrich weggesperrt, wenn Besuch kam, das wagt sie nicht mehr, könnte sie auch nicht mehr schaffen, inzwischen überragt er sie um eine Haupteslänge. Stattdessen geht er in die Wälder und übernachtet im Schuppen. Und wenn es dort gar zu kalt ist, tut er in seiner Dachstube so, als ob er nichts höre.

«Ich möchte nicht bei der Reichsbahn versauern, Mutter, ich will Ingenieur werden.»

«Mich fragt auch niemand, was ich will.» Eine Aschewurst

löst sich und fällt auf seinen Bettvorleger. Doch seine Mutter bemerkt das nicht einmal, weil sie erneut inhaliert, als gelte es ihr Leben, und dabei den Ameisenbären anstarrt, den er sich übers Bett gehängt hat. Selbst gerahmt, mit Fensterglas und alten Latten aus dem Schuttberg am Ende der Straße. Sie stößt die nächste Rauchschwade aus. «Was für ein hässliches Vieh. Geschmack hast du jedenfalls nicht, Heinrich.»

«Das geht dich nichts an!»

«Wie bitte? Was? Wie redest du denn? Dies hier ist immer noch mein Haus!» Sie schnellt vor, reißt das Bild von der Wand. Heinrich denkt nicht nach, er packt ebenfalls zu und drängt seine Mutter so rigoros beiseite, dass sie aufschreit und taumelt. Aber sie ist wendig und zäh, sie lässt die Zigarette fallen, um noch fester zuzugreifen.

«GIB DAS HER!» Er packt ihren Arm und verdreht ihn. Sie kreischt auf und krallt sich mit der freien Hand in seinen Unterarm, gräbt die Nägel ins Fleisch, dass er loslassen muss und das Ameisenbild auf den Boden fällt und zersplittert.

«Ich hasse dich!» Er stößt seine Mutter von sich und löst die Lithografie aus den Scherben – keine Sekunde zu früh, der Läufer qualmt schon. Heinrich rammt seinen Pantoffelabsatz auf den Brandherd. Und wieder und wieder. Der Qualm stinkt, beißt in seinen Augen. Sein Arm blutet, die Hand auch, er weiß nicht, ob von den Nägeln seiner Mutter oder von den Scherben, die Wut rauscht in seinen Ohren.

Seine Mutter kauert zusammengekrümmt auf seiner Bettkante und wimmert. «Mein eigener Sohn, mein Fleisch und Blut, für das ich alles gegeben habe, alles, greift mich an. Mich, seine liebende Mutter! Ich weiß nicht, womit ich das verdient habe ...»

Sie ist gut, wirklich gut, denkt er. Ohne den Krieg hätte sie es vielleicht weit nach oben geschafft am Theater. Ohne den Krieg. Ohne mich, diese Bürde.

Er richtet sich auf, schließt den Ameisenbären in seinem Schrank ein, faltet den Bettvorleger um die Scherben.

«Ich bin volljährig, Mutter. Ich will studieren, etwas werden. Das ist doch kein Verbrechen.» Ich will ein besseres Leben als hier, denkt er. Denkt es und wagt es doch nicht zu sagen. Und doch ist es wahr. Sein eigentlicher Antrieb.

Sie hebt den Kopf, und einen Augenblick lang sieht sie so verloren aus, kommt ihr Blick aus einer solchen Tiefe, dass es ihm alles fortreißt: den Boden, die Wut auf sie, jede Gewissheit. Doch bevor er darauf reagieren kann, guckt sie ihn schon wieder an wie immer, wenn sie sich streiten, richtet ihr Haar und tastet nach ihren Zigaretten.

«Also gut, Heinrich», sagt sie und hält ihm das Feuerzeug hin. «Wenn du gehen willst, geh. Aber dann komm nie wieder.»

*

JOHANNES FOTO STEHT SEIT seiner Rückkehr aus der Reha auf seinem Schreibtisch, so wie im Büro früher. Es macht sich dort gut. Wenn er abends die Lampe anschaltet, wirft ihr grüner Schirm einen interessanten Schatten darauf, dann wirkt Johanne fast lebendig. Heinrich lehnt sich in seinen Stuhl. Johanne vor ihm, der Ameisenbär an der Wand, im Erkerfenster stehen das Tachymeter und die Ferngläser. Auch sonst ist hier alles beim Alten. Wie auch in Johannes Nähstube. Und im Wohnzimmer, wenn man von dem neu von Franziska an die Ahnenwand gehängten Foto von Frieder einmal absieht.

Still ist es im Haus heute. Sonntäglich still. Besonders still, nachdem Franziska sich mit einem gehauchten Wangenkuss von ihm verabschiedet hat.

Hast du auch alles? Kommst du klar, Papa?

Sie sorgt sich um ihn. Sie beobachtet ihn. Er sieht und hört sie oft stundenlang nicht, aber dann, unverhofft, wie aus dem Boden gewachsen, steht sie wieder vor ihm und mustert ihn auf diese neue Weise. Sie überprüft, ob ich noch lebe, denkt er, das ist es wahrscheinlich. Und wundert sich, dass es so weit gekommen ist – mit ihm und mit ihr – und dass es ihm nichts ausmacht.

Trink etwas, ich hab gekocht, lass uns ein bisschen rausgehen. Du siehst müde aus, Papa, vielleicht solltest du dich ein bisschen hinlegen.

Das Gartenhaus hat sie sich umbauen lassen. Zu einer *Yoga-Shala*, wie sie das nennt. Auf eigene Kosten. Sie schläft dort manchmal sogar, verschwindet auch tagsüber darin. Er weiß nicht, was sie dort tut. Er weiß überhaupt nicht, was sie tut, wenn sie nicht um ihn herum ist, was sie will, was sie antreibt, wo sie mit ihrem Rad oder einem gemieteten Auto hinfährt. Manchmal zu Monika, manchmal in einen Nachtclub oder zu ihrer Freundin. Aber sonst? Sie versucht, es ihm zu erklären, aber er kann es nicht nachvollziehen. Kann so vieles nicht nachvollziehen. Aber irgendetwas scheint an diesem Yoga wohl dran zu sein, offenbar kann sie damit sogar Geld verdienen. *Personal Yoga* nennt sie das. Genauer fragt er lieber nicht nach. In jedem Fall hat sie Trittsteine von der Garage bis zum Gartenhaus verlegt, und seitdem parkt hin und wieder ein fremdes Auto oder Rad in seiner Einfahrt, eine Frau oder ein Mann in Trainingskleidung entsteigt ihm und trabt zu Franziska ins Gartenhaus, bleibt ein oder auch mal zwei Stunden, kommt in sehr viel gemäßigterem Tempo wieder hervor und fährt fort. Ja, tatsächlich, auch Männer scheinen sich für Yoga zu interessieren, es gibt sogar Unternehmen, die Yogalehrer für ihre Mitarbeiter buchen, sagt Franziska. Mit dem Besucher von heute ist sie jedoch nicht in der Yoga-Shala verschwunden, den hat sie ihm sogar vorgestellt.

Ein Freund von früher ist das, Papa. Von den Motten, kannst du dich noch erinnern?

Nein, kann er nicht. Will er auch gar nicht. Die Jünglinge, die einst um seine Tochter herumschwirrten, hatten samt und sonders zottelige Mähnen und keinerlei Manieren. Dieser hier aber war kurz geschoren und anständig gekleidet. Ein Mann im besten Alter, der ihm höflich und bestimmt die Hand drückte, seiner strahlenden Tochter den von ihr bereiteten Kartoffelsalat abnahm und den Blumenstrauß aus dem Garten, um mit ihr zu entschwinden.

Anna hat heute Geburtstag. Es wird spät werden. Hab es gut, Papa.

15:30 Uhr. Ein Kaffee wäre jetzt schön. Heinrich rutscht ein wenig vor auf dem Stuhl und presst die Handflächen auf die Tischplatte. Er atmet ein, atmet aus. Sammelt Kraft. Konzentriert sich. Ein Schwung, drücken, die Beinmuskeln anspannen. Noch ein Schwung. Fester drücken. Nach vorn lehnen, drücken. Na bitte, er steht. Und im nächsten Moment, als ob beides zusammenhinge, klingelt es an der Tür.

Ding-dang-dong. Genau wie früher klingt das. Die neuen Hörhilfen sind wirklich viel besser als seine alten. Wer aber soll das sein? Monika? Thomas? Die Enkel? Hat Franziska den Schlüssel vergessen? Heinrich fasst die Handgriffe des Rollators, setzt sich in Bewegung.

Es klingelt erneut. Da hat es jemand eilig. Heinrich schiebt. Schlurft. Ein alter Mann ist kein D-Zug. Außerdem ist es Sonntag. Er umrundet das Telefontischchen, späht durch den Türspion. Edith. Edith Wörrishofen mit einem Kuchen. Das will er nicht, absolut nicht. Das ging schon viel zu weit mit ihr letzten Sommer. Nach all diesen Jahren. In seinem Alter und Zustand. Wehret den Anfängen, das ist er Johanne schuldig. Wie damals. Im Partykeller, als er sich um ein Haar mit Edith nicht nur geküsst, sondern mit ihr ...

«Onkel Henry! Onkel Henry!» Es trommelt und klopft an die

Tür. Um Himmels willen, Edith ist nicht alleine, das sind ihre Enkel.

«Onkel Henry, wir haben KUCHEN! Wir kommen dich BE-SUCHEN!»

Das sehe ich, denkt Heinrich grimmig. Und hören tue ich das auch. Und es reimt sich sogar. Was hat er mit Ediths Enkeln eigentlich angestellt, dass sie ihn so sehr mögen?

«Sie haben mir keine Ruhe gelassen», sagt Edith. «Seitdem sie gestern hier ankamen, fragen sie schon nach dir. Sie wollen unbedingt wieder Schach spielen.»

«Schach.»

«Ich hab alles dabei!» Rabindra schwenkt das zusammenklappbare Reiseschachspiel, das Heinrich ihm im vergangenen Herbst vermacht hatte. Wem auch sonst? Franziska hat keine Kinder, Lene mochte noch nie mit ihm Schach spielen, Florian kann nicht still sitzen, genau wie früher Franziska, und Monika hatte ihm unmissverständlich zu verstehen gegeben, dass sie für Schach keine Zeit hat.

«Nicht so wild, ihr zwei, lasst uns doch erst einmal richtig reingehen», sagt Edith.

«Dürfen wir vor?»

«Geradeaus durch», sagt Heinrich, und wie der Wirbelwind stürmen sie in seinen Anbau. Was auch nicht besser ist, gar nicht. Was soll er mit Edith alleine denn reden?

Sie stützt sich auf ihren Silberstock. Sie ist zehnmal flinker als er, das weiß er sehr wohl, schließlich sieht er sie ja jeden Tag mit den Hühnern, aber das lässt sie ihn nicht spüren. «Zwei geschlagene Wochen bleiben sie diesmal, Heinrich. Die ganzen Herbstferien. Ich wäre dir wirklich sehr dankbar, wenn du in nächster Zeit hin und wieder für ein paar Stunden ...»

Und dein Sohn und die Schwiegertochter, warum kümmern die sich nicht? Das fragt er nicht laut. Er will keinen Streit. Ein wichtiges Projekt beschäftigt die beiden wohl mal wieder, Halbleitertechnik, so etwas. Auf ihren Sohn und ihre indische Schwiegertochter lässt Edith nichts kommen.

Wie soll er das machen, den Tisch decken und alles? Irgendwie geht es. Er kümmert sich um den Kaffee, Edith sucht in der Anrichte Geschirr heraus, die Kinder verteilen Servietten und Gabeln und benehmen sich tatsächlich auch bei Tisch ziemlich manierlich. Was nicht heißt, dass sie lange still sitzen. Im Nullkommanichts haben sie je ein großes Stück Kuchen verschlungen und wollen hinaus in den Garten.

«Lauft nur, lauft», sagt er, und weg sind sie. Springen über den Rasen und lugen in Franziskas Yogahaus, sammeln Walnüsse in den dafür bereitstehenden Korb, untersuchen das Fallobst.

«Noch ein zweites Stück, Heinrich?»

Er nickt und hält Edith den Teller hin. Zitronenkuchen. Er zerschmilzt förmlich auf seiner Zunge.

«Herrlich saftig ist der», sagt er und sieht in ihrem alten Gesicht auf einmal ihr junges. So unnötig, Johannes Eifersucht auf Edith damals. Mit ihr ging es ihm doch genauso, mit jedem Lebensjahr fand er Johanne nur immer noch attraktiver. Aber wäre er Johanne nie begegnet, wer weiß? Mit einer Frau wie Edith wäre sein Leben womöglich lichter gewesen, gleichwohl kann er sich nicht vorstellen, dass er mit ihr oder einer anderen Frau je aus so tiefem Herzen verbunden gewesen wäre, eine andere je so hätte lieben können wie Johanne.

Edith schenkt ihm noch eine zweite Tasse Kaffee ein. Mit langsamen, immer noch grazilen Bewegungen navigiert sie die Kanne über seine Tasse.

«Das Alter meint es gut mit dir.»

«Das täuscht, Heinrich.»

«Du läufst. Du backst Kuchen und hütest die Enkel, du besuchst mich. Und ich habe dich Anfang des Sommers am Woog gesehen. Auf dem Sprungturm.»

«Ach, das.» Sie wird tatsächlich rot. «Ein spätes Hobby. Nun übertreib nicht.»

«Wieso übertreiben, das war doch ...»

«Verrückt, ja. Ich weiß.» Sie tastet nach ihrem Stock, vergewissert sich, dass er griffbereit an ihrer Stuhllehne hängt. «Ich wollte ihm noch einmal nah sein, weißt du. Deshalb ...»

«Deinem ...» Wie soll er das ausdrücken? Deinem Mann? Deinem Liebhaber?

«Rabindra», sagt sie schlicht.

Ein Flugzeugabsturz, so war das gewesen. Deshalb war sie überhaupt wieder zurück nach Deutschland gezogen.

«Es hat aber nicht funktioniert», sagt sie. «Es geht viel zu schnell nach dem Absprung, nicht so, wie es für ihn und die anderen armen Seelen in dieser Unglücksmaschine gewesen sein muss.»

«Aber du springst trotzdem weiter.»

«Er ist schön, dieser eine Moment ohne Schwerkraft. Jedes Mal wieder. Wann habe ich das denn sonst noch?»

«Du übertreibst, Edith. Du brauchst deinen Stock ja eigentlich gar nicht.»

«Oh, doch, Heinrich, denn mein Augenlicht schwindet. Die Buchstaben tanzen mir vor den Augen, manchmal auch alles andere, und dann ...»

Die Kinder stürmen herein, bringen Fallobst und Nüsse.

«Spielen wir jetzt, spielen wir, Onkel Henry?»

«Wir spielen», sagt Heinrich. Sagt es genauso, wie Johanne das gesagt hätte. «Aber erst einmal wascht ihr euch die Hände und deckt den Tisch ab.»

*

RORY FINDET DIE WALE IMMER. Es ist geradezu magisch, als ob die Wale in den Tiefen der grau wogenden Unendlichkeit des Pazifiks nur auf ihn warteten. Rory gehört zum indigenen Stamm der im Norden Vancouver Islands ansässigen Kwakwaka'wakw und ist Biologe. Franziska ist überzeugt, er ist außerdem ein Schamane und steht mit den Walen in telepathischer Verbindung.

«Listen. Lie down.»

Sie tun, was Rory sagt, sie und der Neue aus Deutschland, legen sich flach auf den Bootsboden. Umständlich ist das mit der dicken Kleidung, dem Ölzeug, den Schwimmwesten, aber ohne geht es nicht bei kaum mehr als elf Grad, Wind und Regen. Lars heißt der Neue, den sie unter ihre Fittiche genommen hat. Drei Monate lang will er bei der Wiederaufforstung helfen. Sie wird noch nicht recht schlau aus ihm, er ist still, hält sich bedeckt, hat aber eine gute Energie und packt kräftig an. Und er hat kein Problem damit, ihre Anweisungen zu befolgen, obwohl sie eine Frau ist. Auch deshalb hat sie ihm angeboten, sie und Rory zu begleiten. Als Bonbon nach zehn harten Pflanztagen im strömenden Regen.

Rorys Boot ist aus doppelwandigem Kunststoff mit der Anmutung einer Nussschale, ein Nichts gegen die Wale. Doch der Hohlraum zwischen den Wänden wirkt zum Wasser hin wie ein Verstärker. Franziska bedeutet Lars, sein Ohr auf den Boden zu pressen. Zu lauschen. Es ist so eng, sie liegen dicht beieinander, durch alle Kleidungsschichten hindurch fühlt sie jede kleinste seiner Bewegungen, vielleicht sogar seinen Atem. Lange her, dass sie jemandem so nah war. Mit fünfunddreißig hat sie kein Interesse mehr an Affären, sie vermisst auch keinen Partner, und seit sie das Urwald-Projekt auf Vancouver Island leitet, ist sie abends sowieso zu kaputt, um irgendetwas außer Schlaf zu vermissen.

Ein ruhiger Tag heute. Sonntag. An Land war es so gut wie windstill, und der Pazifik wirkte beinahe so glatt wie ein Waldsee. Aber hier draußen ist er ein großes Wogen, hebt und senkt sie, hebt und senkt sie. Sie hat ihn schon anders erlebt, zerstörerisch, doch sie weiß, auch wenn sie jetzt kenterten, hätten sie trotz der Rettungswesten kaum eine Chance, schwimmend das Ufer zu erreichen. Der Gezeitensog ist zu stark, vor allem aber würden sie in kürzester Zeit unterkühlt sein.

Unter ihnen, in den Untiefen, die die Menschheit trotz allem technischen Fortschritt noch nicht einmal ansatzweise erforscht hat, schwimmen die Wale. Sie sind da. Immer da. Es ist ihr Ozean. Sie kann sie jetzt hören. Entfernt erst, dann näher. Ihr sphärisches Rufen.

«*A mother. A father. Their baby. They talk. Listen.*»

Sie presst ihr Ohr noch fester auf den Bootsboden, fühlt, dass Lars es ihr gleichtut. Rory hat recht. Natürlich. Je intensiver sie horcht, desto besser lernt sie, die drei Stimmen voneinander zu unterscheiden. Zwei tiefere und eine höhere. Die Melodien ihrer Rufe unterscheiden sich erst, aber nach einer Weile werden sie einander ähnlich, als hätten die drei sich auf ein gemeinsames Lied geeinigt. Ist diese Melodie die der Eltern oder die ihres Kalbes? Oder haben sie zusammen eine ganz neue erfunden? Nicht mehr zu ergründen, nicht wichtig auch, weil der Gesang jetzt weiter anschwillt, er hat so viele Facetten, immer noch eine neue, die Wale müssen direkt unter ihrem Boot sein.

Vielleicht tauchen sie auf, denkt sie, hofft es auf einmal. Sehen will sie sie, ihre glänzenden majestätischen Leiber, die so viel größer sind als das Boot, ihre gigantischen Schwanzflossen, die sich aus dem Ozean lösen und Kaskaden salziger Tropfen aufwirbeln, wenn sie wieder abtauchen. Doch die Wale zeigen sich nicht, sie entfernen sich und verschmelzen erneut mit der Unendlichkeit des Pazifiks.

«*Thank you! Thank you! This was – is – the best I have ever – it was. Wow. Such a gift! It was – overwhelming!*»

Lars stammelt das, als sie wieder anlegen und sich von Rory verabschieden. Er spricht aus tiefstem Herzen. Und wahrscheinlich ist das der Grund, dass sie mit ihm noch ein Feuer am Strand entzündet und ein paar Dosen Bier trinkt und ihm gesteht, dass sie es hier auf Vancouver Island wohl nicht mehr sehr lange aushalten wird. Trotz der Wale. Trotz des Erfolgs, dass sie dank ihres Projekts nicht nur gerodetes Land zurückgewinnen und aufforsten können, sondern auch ein noch viel größeres Stück Urwald vor dem schon so gut wie begonnenen Zugriff der Holzindustrie bewahrt haben. Trotz ihrer Liebe zu den uralten turmhohen Zedern, Fichten, Douglasien und den nebelverhangenen, zerklüfteten Ufern. Weil sie müde ist, einfach müde, nach über zehn Jahren Umweltschutz an vorderster Front. Weil sie zwar geholfen hat, einen kleinen Teil der Insel zu retten, sich aber die Erntemaschinen der Holzindustrie auf allen anderen Hügeln dennoch immer schneller und schneller voranfressen und den jahrtausendealten Regenwald vernichten.

«Ich gehe im Oktober zurück nach Deutschland», sagt Lars, als sie geendet hat. «Ich will mir da was aufbauen. Im Kleinen erst mal. Vielleicht einen alten Hof kaufen. Wenn's gut läuft, eine Familie gründen. Du könntest ja mitkommen.»

*

DER JUNGE IST WIEDER DA. NÄHER diesmal. Zwölf ist er, höchstens dreizehn. Ein Fluchtkind in braunen Tuchhosen und Uniformjacke. Hohlwangig mit hungrigen Augen. Ihr Vater ist das. Nicht ihr Bruder, ihr Vater. Aber diesmal liegt kein Schnee, diesmal ist Sommer, und er ist nicht alleine. Ein Ameisenbär sitzt neben ihm auf der hölzernen Bahnhofsbank. Und an der anderen Seite des Ameisenbären sitzt ein Mädchen mit grünen Augen und einem gepunkteten Kopftuch. Einträchtig reichen die drei ein Körbchen Erdbeeren herum. Nehmen sich je eine, geben es wieder weiter. Das kann nicht sein. Das ist völlig absurd. Ameisenbären sitzen nicht erdbeeressend auf Bahnhofsbänken und baumeln mit den Beinen. Auch der Junge scheint das jetzt zu denken – denn er hält inne und sieht Franziska an. Er schaut ihr mitten ins Herz. Er will ihr etwas sagen. Es ist, als würde er nach ihr rufen.

Sie schreckt auf. Das Traumbild zerfasert – schon weiß sie nicht mehr, wie der Traum eigentlich begonnen hatte, und alles, was darin eben noch selbstverständlich erschien, ergibt keinen Sinn mehr. Nur die Dringlichkeit bleibt, nimmt sogar noch zu, je schneller der restliche Traum sich verflüchtigt.

Sie tastet nach ihrem Smartphone. 2:05 Uhr. Sie friert. Es wird allmählich zu kalt, ohne Heizung im Gartenhaus. Dabei schläft sie so gern oben auf der Empore, schaut durch das Dachfenster in den Himmel und durch das rückwärtige Fenster in die Wiesen. Axel Königs muss noch einmal kommen und die Wände besser dämmen, vielleicht wirklich auch eine Fußbodenheizung einbauen, sonst kann sie im Winter hier weder schlafen noch unterrichten.

War das ihr Vater im Traum? *Schlaf gut*, hat er gesagt, als sie sich vorhin von ihm verabschiedet hatte, um zu Emil zu fahren. *Schlaf gut*. Dabei war es da gerade mal achtzehn Uhr durch. Sie schmeckt, fühlt, riecht Emil noch auf ihrer Haut, sie hätte bei ihm bleiben können, wollte dann doch nicht. Irgendwas zog sie heim, nicht ins Haus, sondern in ihre Shala. Dieser Traum? Eine Ahnung?

Sie klettert die Leiter herab und tappt durch den Garten zum Anbau, schließt die Tür auf, tritt ein. Still, so still ist das Haus. Beim Heimkommen hat sie sich nur kurz vergewissert, dass ihr

Vater im Bett liegt. Was ist, wenn er wieder aufgestanden und gestürzt ist. Was, wenn er tot ist?

Loslassen. Alle und alles. Immer wieder und wieder. Es muss sein, sie weiß es. Mal früher, mal später. Wahrscheinlich, was ihren Vater angeht, eher früher. Aber jetzt, gerade jetzt, soll es doch bitte noch nicht sein. Ein wenig nur soll es so bitte noch bleiben: Nichts mehr nachholen wollen. Nichts mehr klären müssen. Einfach nur da sein.

Ihr Herz klopft zu laut. Sie gibt sich einen Ruck und schleicht an sein Bett. Hält den Atem an. Lauscht. Atmet aus.

Er schläft. Sein Mund steht halb offen. Er schnarcht sogar ein wenig. Ein Phönix ist er. Hüpft dem Tod einfach wieder von der Schippe.

Sie schleicht zurück in den Anbau, trinkt ein Glas Wasser, zieht eine Strickjacke über, nimmt ein Glas Weinschorle mit in den Garten.

Kein Mond, der Himmel ist tiefschwarz, übersät von Sternen. Oktober schon, über den Wiesen probt der Große Bär Kopfstand. Die Luft riecht nach welkem Laub und satter Erde. Franziska setzt sich auf die Stufe des Gartenhauses, legt den Kopf in den Nacken. Vielleicht stirbt ihr Vater genau jetzt, in diesem Moment. Oder im nächsten. Vielleicht stirbt er erst morgen, während sie gerade einkauft. Oder er lebt noch drei Jahre, und sie wird im nächsten Augenblick von einem Kometen erschlagen. Toller Witz, ganz toll. Dies ist überhaupt keine Nacht zum Sterben, sie ist viel zu schön dafür. Oder vielleicht ist sie es gerade doch, weil die Sterne so nah scheinen.

Irgendwo in diesem Garten flüstert ihre Mutter von Trollkindern, Schafgarbe, Wegwarte, Wiesenschaumkraut und Sumpfdotterblumen. Irgendwo öffnet ihre Uroma Frieda soeben die riesige rote Handtasche. Es wuselt darin. Leuchtkäfer fliegen. Sie sind nicht wirklich, und doch kann Franziska sie sehen: hellgrün glimmende Punkte, die emporsteigen, hinabsinken, sich einander nähern und wieder voneinander entfernen, die sich umkreisen, verfolgen, verlieren und hie und da für eine Weile zu einer helleren Wesenheit vereinen.

Sie hebt ihr Glas, trinkt. Gut, denkt sie. Es ist gut so.

DANKE

Wie in all meinen Büchern sind die Figuren und Ereignisse in diesem Roman frei erfunden, obwohl ich beim Schreiben durchaus aus eigenen Lebenserfahrungen geschöpft habe. Ich habe mir Zeit genommen, diese Geschichte in ihrer jetzigen Form zu finden – oder mich von ihr finden zu lassen, denn es ist beim Schreiben ja immer eine Mischung aus beidem.

Danken möchte ich:

Meinen Eltern für ihre Erzählungen von früheren Zeiten. Ganz besonders meinem Vater für unsere Reisen in seine Vergangenheit, unter anderem ins heutige Polen und den Ort Sulechów (Züllichau) mit seinem Bahnhof, in dessen Warteraum heute noch Heinrichs Bank steht.

Den Yogameister*innen der Vergangenheit und Gegenwart, von und mit denen ich seit nunmehr zwanzig Jahren lerne.

Meinen Kolleginnen Brigitte Glaser und Judith Merchant für alle Gespräche über erste Ideen und frühe Fassungen.

Sabine Deitmer, die seit Januar 2020 fehlt und in meiner Erinnerung dennoch lebendig ist.

Natascha Würzbach für alles, was sie mir zu Studienzeiten über einen weiblichen Blick auf die Literatur und Dialektik beibrachte, und für unseren beglückenden Austausch über das Schreiben und die Essenz des Daseins.

Katrin Busch und Benno Kieselstein fürs adleräugige Testlesen der letzten Romanfassung.

Jan Henke für alle Gespräche über Herkunft und nächtliche Felder.

Anja Thöne, weil sie direkt für den Weg «less travelled by» plädiert hat.

Jan Henke für alle Gespräche über Herkunft und nächtliche Felder.

Meiner Agentin Andrea Wildgruber für lange Jahre Verbundenheit und das Vertrauen in mich.

Dem Rowohlt / Kindler Verlag und besonders Ulrike Beck für die Begeisterung.

Meinem Mann, Michael Haus, für so vieles, vor allem aber seine Liebe.

Dem Leben an sich und allen anderen, die mir verbunden sind und mich auf diesem Weg begleiten.

Köln, Oktober 2021
Gisa Klönne